대망 17 다이코 5
차례

용맹무비 멘주 이에데루 …… 11
양부현처 …… 33
귀공녀 …… 48
하쓰하나(初花) …… 60
오사카 축성 …… 76
향귤 …… 89
명문의 화(禍) …… 100
울보 진나이 …… 115
이색의 꽃 …… 129
방황하는 사람 …… 149
푸른 황새 …… 166
이누야마 함락 …… 184
지도 병풍 …… 201
고마키의 나비들 …… 216
진중에 핀 꽃 …… 235
흔들리는 댓가지 …… 258
훈풍진 …… 274

달인의 눈 …… 291
바둑 …… 304
허사 …… 325
여제자 …… 344
조카 …… 362
열탕을 마시다 …… 377
안개 …… 401
연계봉화 …… 424
북풍남파 …… 449
잡어와 대어 …… 473
하루 저녁의 맹세 …… 484
참을 인(忍) …… 504
겨울바람 …… 525
강권(强勸)·강거(强拒) …… 548

오륜서(五輪書) …… 563
요시카와 에이지의 추억 …… 612

용맹무비 멘주 이에테루

히데마사의 병력 5천 외에, 기슭의 가토에 주둔했던 오가와의 병력 1천도 하나가 되어 기쓰네즈카를 정면으로 공격했다.

선봉 창대의 앞을 총대가 사격을 하면서 주춤주춤 기어나갔다.

적도 팡팡 쏘아 온다.

그러나 극히 단속적이었다. 탄환의 밀도도 시원치 않다. 더구나 빗나가는 실탄이 많았다.

"창대, 돌격!"

오가와는 그의 창대들과 함께 말을 달려 총대 앞으로 나갔다.

'적은 약하다. 창으로 족하다'고 보았기 때문이다.

호리 본대가 그에 뒤질 리가 없다. 오가와 부대가 시가의 불탄 자리로 해서 돌격하는 것을 보고 호리 휘하의 각대는 산기슭을 따라 돌격하여 기쓰네즈카 직전에서 이미 격전에 돌입했다.

호리 겐모쓰, 호리 한에몬, 호리 미치토시 등 각조의 용사들이 적진 깊이 파고 들어가는 것이 여기저기 보였다.

때는 오전 9시 경이었다.

시각으로 보면 호서의 대안을 급진격해 온 히데요시 군이 마침 모야마의 마에다 부자의 진지 앞까지 육박했을 때였다.

저쪽 서쪽에서도 몽롱한 먼지와 대함성. 이쪽에서도 새로이 일어나는 돌격의 함성——이리하여 요고의 호수를 싸고 전 하시바 군은 곧 동서를 잇는 형세가 되었다.

그에 반하여 기쓰네즈카의 군은 이 충격에도 전혀 전의가 회복되지 않았다.

전초의 산병진지, 제1진지가 거의 여지없이 무너지고, 중군이 있는 사원 부근은 어쩔 줄 모르는 장병과 말로 우글거렸다.

"대공, 우선……우선은 여기를……."

아사미, 고쿠후 등이다. 가쓰이에의 커다란 몸을 갑옷 겨드랑 밑으로 싸안 듯 하여, 어거지로 산문을 빠져나와 지금 인마의 와중에서 외치고 있었다.

"빨리 말을 가져와. 대공의 말은 어찌 되었느냐?"

이 사이에도 가쓰이에는 펄펄 뛰며 외쳤다.

"후퇴는 않는다! 가쓰이에, 죽어도 여기서 후퇴하지 않는다."

그리고 놓지 않는 막료들에게 눈을 부라렸다.

"너희들은 도대체 무엇 때문에 내가 나가서 싸우는 것을 방해하는가. 이 가쓰이에는 알리면서 어째서 눈에 보이는 적을 제지하지 않는가."

말이 몰려 왔다. 금빛 어폐의 아름다운 마인(馬印)을 가진 사졸도 곁에 와서 섰다.

"모름지기 이곳은 방어하기가 어려운 곳입니다. 그러니 전사는 헛된 일, 기타노조까지 철수하여 재기를 도모하느니만 못합니다."

"바보 같은 소리!"

가쓰이에는 일갈하고, 크게 머리를 저었지만 좌우는 그를 말 위로 밀어 올리려고 애쓰고 있었다.

그만큼 사태는 급박했던 것이다. 그러자 평소에는 한번도 스스로 나선 일이 없는 가쓰스케——시동 조장 멘주 가쓰스케 이에테루가 달려 나와 가쓰이에의 말 앞에 엎드렸다.

"부탁입니다. 대공, 그 금빛 어폐의 마인을 저에게 내려 주십시오."

마인을 달라고——그가 군주에게 원한 것은 말할 것도 없이 뒤에 남아 대장 대신 죽음을 자원한 것이다.

멘주는 그 뒤 비는 듯, 말없이 엎드려 있을 뿐이었다.

"부디……."

그 모습에는 결사라든가, 필사라고 하는 맹위도 보이지 않았고, 평소 가쓰이에 앞에서 소동 조장을 지낼 때의 거동 그대로였다.

"뭐, 마인을 달라고?"

말 위의 가쓰이에는 땅에 엎드린 가쓰스케의 등을 의아하다는 듯 보고 있었다.

좌우의 제장도 한결 같은 마음으로 멘주를 보았다.

모두 의외의 일에 놀란 것이다. 왜냐하면 시바타 가의 수많은 신하들 중에서 평소에 멘주만큼 가쓰이에의 냉대를 받은 자도 없었던 것이다.

항상 멘주가 말이 없었던 것도 그 때문이었을 것이라고 할 정도였다.

그를 미워한 가쓰이에 자신이 누구보다도 그것을 잘 알 것이다.——그런데 가쓰스케는 지금 자진하여 대신 죽을 것을 각오하고 마인을 달라지 않는가.

한 줄기, 패풍이 진중에 불어닥치자, 새벽부터 달아나는 자들은 보기에도 딱할 정도였다. 일찌감치 무기를 버리고 걸음아 날 살려라 하고 도망친 비겁한 자도 적지 않았다. 그 중에는 가쓰이에가 평소에 아키던 자도 몇 있었다.

그것을 생각하고 이 일을 생각할 때, 가쓰이에는 창황한 중이기는 하였지만, 문득 눈시울이 더워지지 않을 수 없었다.

그러나 가쓰이에는 무엇을 생각했는지 말의 옆구리를 차며 모든 잡념을 떨치듯 소리쳤다.

"뭐야, 가쓰스케. 죽으면 같이 죽는 거다. 비켜라, 비켜."

멘주는 내닫는 말을 피했지만 손은 그 말의 재갈을 붙잡고 있었다.

"그럼 저기까지 안내해 드리겠습니다."

가쓰스케는 가쓰이에의 뜻과는 반대로 전장을 뒤로 하고 야나가세 마을까지 달려갔다.

마인을 지키는 자도, 기수들도, 가쓰이에의 말을 둘러싸고 한 덩어리가 되어 따라갔다.

그러나 그때 이미 히데마사, 오가와 등의 선봉대는 기쓰네즈카를 돌파하여 저지하는 시바타 군은 돌아보지도 않고 저만큼 달려가는 금폐의 마렴을 보고 창을 든 무리들이 뒤쫓아 갔다.

"가쓰이에가 저기있다! 놓치지 말라!"

가쓰이에를 호위하여 함께 달리던 부장들도 돌아서서는 추격해오는 적을 맹렬히 반격하다 죽어갔다.

멘주도 한번은 몸을 돌려 추격하는 적을 후려쳤지만, 다시 가쓰이에의 말을 쫓아가 부르짖었다.

"마인을 내리소서. 가쓰스케에게 주소서."

야나가세 근처였다.

가쓰이에는 잠깐 말을 멈추고, 곁에 선 자의 손에서 생애에 추억도 많은 ──귀신같은 시바타란 이름과 함께 오늘까지 진영에 울려 온──금막 어폐의 마렴을 자신의 손으로 잡아 훌쩍 던져 주었다.

"자, 가쓰스케 시중에……."

가쓰스케는 몸을 날려 잽싸게 그 자루를 받아 들었다.

가쓰스케는 환희했다. 일순 그 마렴을 흔들며 가쓰이에의 등 뒤에 대고 마지막 인사를 하였다.

"안녕히, 안녕히. 대공 전하."

가쓰이에도 돌아보았다. 그러나 말은 야나가세의 산지로 계속 달려갔다.

그때 가쓰이에의 주위에는 불과 수십기 밖에 보이지 않았다.

마인은 가쓰스케의 간청으로 가쓰스케의 손에 주어졌지만 그때 가쓰이에의 말 중에──시중에, 그 말 한 마디가 있었다.

시중에 부탁한다는 의미였고, 가쓰스케와 함께 사지에 남는 자들에 대한 배려였을 것이다.

금폐의 마렴 밑에는 순식간에 30여 명이 모여들었다.

이들만은 정말 명예를 아끼고, 성주에게 충성을 다할 지사들이었다.

'아아, 시바타군에도 사람이 없는 건 아니다.'

가쓰스케는 모두를 돌아보며 말했다.

"자아, 즐겁게 최후를 장식하자."

그리고 한 무사에게 마인을 들리고, 자신이 앞장 서서 야나가세 마을 서쪽으로 몇 정, 도치노키 산으로 달려 올라갔다.

여기는 앞서 도쿠야마, 가네모리 등이 진을 치고 있던 지점이다.

40명이 안되는 소수이기는 하지만 각오를 하나로 하여 결사적 태세를 갖추니까 수천 병력이 있던 아침의 기쓰네즈카보다 한층 더 늠름한 기개가 엿

보였고, 적을 비예하는 서늘한 바람조차 돌았다.

"가쓰이에는 산 위에 진을 쳤다!"

"최후를 각오하고 필사의 진지로 택한 모양이군."

다가온 호리, 오가와 휘하의 병사들은 과연 일단 주저하고 경계하는 눈치였다. 이 무렵 단기산 성채의 기노시타 군 5백도 추격해 와서 앞을 다투어 도치기 산으로 올라갔다.

"가쓰이에의 목은 내가 자르리."

산 위에 나부끼는 일기의 금색 기치와 30여 명의 결사대는 그냥 숨을 죽이고 있었다. 기슭에서 길도 없이 오직 산 위를 향해 허위단심 기어오르는 완강한 적은 각각 그 수를 더해 갈 뿐이었다.

"아직 물 한 잔을 나누어 마실 틈은 있다."

산 위에서는 멘주를 비롯한 30여 명이 이 짧은 시간에 바위틈에서 흐르는 석간수를 떠서 나누어 마시고 마음을 가다듬었다.

그때 멘주는 문득 자기와 함께 있는 형 모자에몬과 동생 가쓰베를 보고 말했다.

"형은 여기를 피하여 고향으로 돌아가세요, 3형제가 모두 전사를 하면 대가 끊어지고, 또 홀로 계시는 어머님의 노후를 돌볼 사람이 없지 않습니까. 형님은 대를 이을 장자니까 부디 여기……."

그러자 모자에몬이 대답했다.

"동생들을 적에게 내어주고, 형이 홀로 고향으로 돌아간대도 어머님을 뵈올 면목이 있느냐? 나는 남겠다…… 가쓰베, 네가 좋겠다. 너는 가거라."

"싫습니다."

"어째 싫으냐?"

"이런 때 살아 돌아가는 것을 기뻐하실 어머님이 아니십니다. 돌아가신 아버님도 오늘은 지하에서 우리 형제를 지켜보시겠지요. 오늘 에치젠으로 돌아 갈 다리는 저에게 없습니다."

일찍 아버지를 여의고 어머니의 손에서 자란 멘주 형제의 효성은 세상 사람들이 다 아는 바였다.

그 3형제가 모두 주가의 마인 아래를 떠나지 않고 가쓰이에의 위급을 구하고 무사로서의 이름을 부끄럽지 않게 한 것을 보면 평소의 그 가풍이나 어머니의 가르침을 짐작할 수 있다.

하여간 형 모자에몬도 동생 가쓰베도, 가쓰스케가 남는 이상 생사를 함께 할 각오로 금빛 찬란한 마인 밑을 떠날 기색조차 없다.
"그렇다면 함께……"
가쓰스케도 이제는 형이나 아우에게 고향으로 돌아가라고 하지 않았다.
그리고는 석간수 한 쪽박을 떠서 마시고 그 서늘함이 가슴에 스며들 때, 3형제는 한결같이 고향의 어머니를 향하여 마음속으로 빌었다.
"여생이 쓸쓸하시겠지만 세상에 부끄러운 죽음은 하지 않겠습니다. 모름지기 그것만으로라도 위로 받으시기를……"
적은 그 소리가 들릴만한 곳까지 사방에서 육박해오고 있었다.
"가쓰베, 마렴을 지켜라."
가쓰스케는 동생에게 말하고, 얼굴에 면협(투구에 달린 얼굴을 가리는 무구)을 썼다. 가쓰이에로 자처하여도 곧 적이 얼굴을 알아보지 못하게 하기 위해서였다.
5, 6발의 총알이 귓전을 스쳐갔다.
그것을 기회로 30여명이 일제히 몸을 굽혔다 일어서며 나가 적과 부딪혔다.
"야아!"
10여 명씩 세 패로 나뉘어서 적을 내려다보며 역습을 한 것이다. 숨차게 기어오른 쪽에서는 도저히 이 결사의 대항을 감당할 길이 없었다. 이마에 가슴에 칼과 창을 맞고 도처에서 처참한 희생을 내었다.
"죽음을 서두르지 마라."
가쓰스케는 일단 재빨리 방어책 뒤로 물러섰다. 그가 있는 곳에 금빛 마인이 있고, 마인이 가는 곳에는 결사대가 모인다.
"뭉쳐야 한다. 이 약세, 흩어지면 더욱 약해진다. 진퇴를 모두 마렴과 함께 하도록."
경고하고는 다시 뛰쳐나갔다. 이리 치고 저리 치고 찌르고 밟고 바람처럼 몸을 날려 방어책 뒤로 빠졌다.
이렇게 싸우기를 6, 7회.
공격부대는 이미 2백 이상의 사망자를 내었다. 해는 쨍쨍, 중천에 있어 정오가 가까움을 알렸고, 갑주에 묻은 선혈도 금세 말라 검게 빛났다.
마렴 아래에는 이제 10명 정도 밖에 남아 있지 않았다. 형형한 서로의 눈을 마주 보고도 누군지 분간을 못할 정도였다. 온전하게 사지가 붙어 있는 자가 한 사람도 없었다.

"앗!"

그때 화살이 가쓰스케의 어깨에 꽂혔다.

나무 뒤에 숨어서 활로 멘주를 쏜 자는 오가와의 부하 오즈카였다.

"에잇!"

가쓰스케는 흐르는 선혈을 보면서 어깨에 꽂힌 화살을 자기 손으로 뽑았다. 그리고 화살이 날아온 쪽을 휙 돌아보았다.

버석버석——하고 풀 속을 멧돼지처럼 기어오는 몇 사람의 투구 끝이 보였다.

"어이, 이게 어딘가?"

가쓰스케는 아직도 남은 수명의 전우에게 이렇게 조용히 말할 여유를 갖고 있었다.

"싸움이 지나가면 다시 싸움이 오느니. 그대들도 좋은 적을 골라 화려하게 최후를 장식하도록. 우선 가쓰스케부터 주군의 명예를 걸고 죽으리. 마인을 끝까지 높이 들고 한 덩어리가 되어 따르라."

결사대의 피투성이 무사들은 마인을 높이 세우고 풀섶 속의 적을 향해 나아갔다.

이쪽으로 다가온 적은 적중에서도 저마다 이름깨나 날리는 용사들뿐인 모양이었다.

조금도 겁 없이 창을 겨누어왔다. 가쓰스케는 그들을 향하여 그 예기를 꺾는 듯한 목소리로 말했다.

"오라! 오합지졸들아. 가쓰이에의 몸에 너희들의 창이 서랴. 귀신같은 시바타란 이름은 괜히 있는 게 아니다. 나와 맞서려면 오가와 기노시타 아니면 호리가 직접 오라."

아수라 같은 가쓰스케의 모습이었다. 그의 앞에 대항하는 자는 없고, 눈앞의 몇명은 창을 맞고 쓰러졌다.

이 용맹에 놀라고, 또 마인을 지키는 자들의 분투 탓으로 자부하고 다가온 적들도 포위를 풀고 2정 가까이나 기슭으로 후퇴하였다.

"가쓰이에가 직접 왔다. 지쿠젠 있거던 이리로 나오라. 원숭이 놈 나오라!"

가쓰스케는 비탈길로 나섰다.

거기서도 한 명을 찔러 쓰러뜨렸다. 그러나 모자에몬은 그 동안에 이미 전사하였고, 아우 가쓰베도 강적과 일대 일로 싸우다가 쓰러졌다.

그 곁의 금빛 마인도 빨갛게 피로 물들어 버려져 있었다.

언덕 위에서 언덕 아래에서 가쓰스케 한 사람을 향해 다가오는 무수한 창은 햇살을 받아 섬섬히 빛났다.

"내가 먼저 목을 베겠다."

이렇게 서로가 다투었다.

거의 난창 아래서 가쓰스케는 전사하였다.

"과연 귀신같은 시바타……."

적의 명장들조차 소름이 끼쳤을 만큼 그 최후의 싸움은 용맹무비하였다.

누가 알았으랴.

평소에는 말이 없고 온순하였으며, 남달리 학문을 좋아하였으므로 오히려 가쓰이에나 모리마사로부터도 별로 호감을 사지 못했던 25세의 백면 청년이 그 내면에 순수한 용기를 간직하고 있을 줄이야.

"시바타 가쓰이에를 쳤다."

"금 어폐의 마인을 내가 앗았다."

서로 외치는 개선의 함성이 산을 뒤흔들며, 잠시 동안 멈출 줄을 몰랐다.

그때 아직 하시바 쪽에서는 그 목이 시바타 가쓰이에가 아니라 대리인 멘주 가쓰스케라는 것을 몰랐으므로, 가쓰이에를 잡았다, 기타노조의 목을 잘랐다 하고 술렁대며, 그와 동시에 적의 마인, 금어폐도 빼앗았다고 환호하였지만 여기서 곤란한 문제는 멘주의 목을 벤 자가 누구냐? 마인은 누가 앗았느냐? 하는 것이었다.

모든 기록이 분분하여 도무지 알 수가 없다. 호리 히데마사 휘하의 공을 기록한 책에서도 일치하지 않고 있다.

그러나 이 호리는 배신으로서 그 이름이 세상에 유명했던 것은 사실이고, 시바타 휘하의 용장 고즈카를 친 것은 다른 기록에도 보이므로 그 한 가지는 거의 확실한 듯하다.

하지만 멘주의 목을 베었다고 자처한 자는 상당히 많았던 모양으로 기노시타가 잘랐다는 설도 있고, 또 다른 기록에는 오가와의 부하 중 누가 잘랐다고도 씌어 있다.

마인도 누가 앗았는지 일치하지 않아, 가모의 부하 나가하라가 앗았다는 설도 있고, 또 일설에는 이나바, 이자와, 후루타 등이 간신히 앗았다고도 되어 있어 전혀 시비를 가릴 수가 없다.

결국 분명하지 않은 것이 사실이며, 거기서 싸우던 자들도 몰랐다는 것이 진상일 듯하다.

그만큼 멘주가 가쓰이에라 칭하고 마인 아래에서 싸운 최후의 혈전은 격렬했던 것이다.

한편 히데요시는 이 때 이미 기쓰네즈카 부근까지 들어와 있었다.

이에 앞서 마에다 부자의 진은 모야마에서 기치를 돌려 멀리 귀향했고, 사쿠마의 잔병도 일단 멈추어 항전을 시도했지만 더 버틸 수가 없어 괴멸해버렸다.

하시바 주력은 이리하여 이미 갑주일촉의 가치 있는 적을 만나는 일도 없었다. 히데요시를 둘러싼 기마 일단의 막료와 전후의 요란한 군열은 기치와 마인을 휘날리며 장장 북진을 계속──모야마에서 후무로를 거쳐 구니야스, 덴진 앞을 지나 이마이치의 북방, 기쓰네즈카와 도치기 산 사이에 있는 가도로 속속 나타난 것이다.

모야마에서 여기까지는 약 20리 거리였다.

당일의 날씨는 초여름이라고 하나, 폭풍우가 지나간 뒤라 기상이 일변하여 급격하게 더워졌다. 찌는 듯한 날씨였다고 생각된다.

따라서 오가키 출발이래 계속 달리고 싸우고 하여 한 잠도 자지 않은 장병들의 피로도 보통이 아니었다.

뜨거운 갑주의 무게도 그랬지만, 거기에 싸여 있는 몸에서 흐르는 땀도 그냥 땀이라고만 할 수가 없을 정도였다.

모든 얼굴이 적동색으로 그을려 있었다. 이렇게 되면 전신의 혈흔도 먼지도 별반 관심거리가 못된다. 다만 무척 배가 고파 보였고, 한 모금의 물을 마시고, 흙바닥이든 풀밭이든 간에 한숨 자고 싶은 빛이 전 장병에게 엿보였다.

장거리를 달려온 병졸, 무리도 아니다. 히데요시도 이 고통을 알고 있었을 것이다.

다만 적에게 큰 허가 있으므로 굳이 감행한 강전법이었다──만일 이 장도일순의 노고에 대행하여 가쓰이에와 마에다 부자가 함께 결속 방어를 하였더라면 파죽지세의 정예를 자랑하는 하시바 군이라 하더라도 마침내 이 근처에서 힘이 다해 일거에 승패의 입장이 바뀌고 참담한 패퇴를 맛보았을는지도 모른다.

──그러나 마에다는 이미 문제 밖이었고, 가쓰이에의 기쓰네즈카 본진도 아무리 겐바의 큰 실수가 있었을망정, 너무도 쉽게 무너진 형편이었다.

어젯밤부터 오늘 아침까지도 총수 가쓰이에에게 아무런 대책이 없었던 것은 이미 이날로서 시바타는 망할 운명이었다고 할 수 밖에 없음을 증명했다.

이날 시즈가타케, 요고, 기쓰네즈카 부근의 세 전장에 걸쳐 시바타군의 전사자는 5천여 명에 이른다.

물론 이 많은 희생이 결코 일방적인 것은 아니었다. 히데요시 측에도 무수한 희생자가 난 것은 사실이다. 그러나 히데요시 군 쪽은 기록에 정확한 숫자가 남아있지 않다.

그 부상자에 대하여 일설이 전해오고 있다. 히데요시가 모야마 방면으로 옮기고, 기쓰네즈카 방면으로 진군해 오면서 중도에 무수한 부상자가 폭양 아래서 신음하고 있는 것을 보았다.

"가엾어라. 괴로우리라."

히데요시답게 말을 세우고 부근의 산을 둘러보았다.

산의 여기저기에는 백성들이 난리를 피하여 구름처럼 흩어져 있었다. 히데요시는 공병소장을 불러 명하였다.

"삿갓과 도롱이를 가진 촌민 남녀노소가 저기 보이는구나. 나중에 후히 상줄 터이니 달라고 하여 모조리 거두어 오라."

이윽고 공병이 모아온 그것을 부상자들에게 일일이 덮어주는 것을 보고 비로소 마음이 놓이듯 진군을 계속했다는 것이다.

휘하 제장이 피로를 느끼고 공복을 느낄 때, 그는 민심의 수습에 정신을 쏟았고 전후의 일에 심려를 기울였다고 풀이하는 자도 있으나, 글쎄 어떤지.

히데요시의 진정은 부상자의 고통을 보면 아무리 급하다 해도 길가에 그냥 버려두고 갈 수가 없었다. 다만 그 정도로 느꼈다고 보는 것이 평소에 그의 성격에 비추어 틀림없다고 하겠다.

──하여간 히데요시 주력의 호서 진격군과 호리 히데마사 휘하의 호동 유수 군 사이에는 야나가세 산지의 북국가도의 노상에서 합류하였고, 동시에 '가쓰이에 전사. 이하 중요한 부장도 대개는 전사하였음'이라는 풍문도

돌아 여기서도 잠시 만회의 환호성이 올랐다.

그러나 가쓰이에의 전사는 오보였음이 곧 밝혀졌다.

가쓰이에의 휘하 명장 중, 고쿠후, 요시다, 오다, 고바야시, 마쓰무라, 아사미, 진보 등은 기쓰네즈카로부터 야나가세 돌출지에 걸친 노상에서 전사하고 그 목을 호리, 오가와, 구로다 등의 하시바 군 휘하 용사들의 손으로 벤 것은 확실하지만 오보에 대해서는 특별히 히데요시 앞에 해명하러 왔다.

"대장 가쓰이에의 소동조장 멘주 가쓰스케였음이 밝혀졌습니다."

히데요시는 그 가져온 머리를 보았다.

면협이 벗겨져 있었다.──가쓰이에와는 전혀 닮지 않은 새파란 젊은이의 목이었다.

"군주의 마인을 맡아 가쓰이에를 자칭하고 죽었단 말인가……장쾌한 최후로다."

히데요시는 대견스러운 듯이 들여다보았다. 그 젊은 입술은 파르스름했지만, 흰 이를 조금 보이고, 군주, 군주답지 않더라도 신하는 신하다워야 하느니라──하는 그 의를 관철하여 회심의 미소를 짓고 있는 듯했다.

멘주 가쓰스케 이에테루의 이름은 히데요시의 뇌리에 깊은 감명을 준 듯, 후에 그가 에치젠에 진군하여 그 평정을 이룩한 날, 멘주의 어머니와 멘주가의 친척들을 찾아 정중하게 위문하고, 또 부양을 약속했다는 것이다.

그의 전시 행정은, 아니 평소에는 자연스럽게 처리하고 매사는 항시 정의의 기본을 따랐다.

본래 정책의 궤도는 이념을 기조로 하고는 있지만 그 표현에 자연히 그의 성격이 가미되어 정념을 주조로 하고, 매사에 도의를 기간으로 하여 법치 상벌의 거울로 삼았다.

이것도 며칠 뒤의 일이지만──.

사쿠마 겐바가 생포되었을 때에도 그러한 시정의 일례를 보였다.

겐바는 22일 밤, 자신의 진중인 에치젠의 산중에서 백성들의 손에 생포되어 히데요시의 진소로 끌려왔는데, 그때 히데요시는 시종을 시켜 다음과 같이 말하였다.

"겐바의 생포를 도운 자에게는 모두 상을 주리라. 남녀노소를 불문하고 관계있는 자는 내일 모두 출두하라."

다음 날, 나도 나도, 하고 한 무리가 몰려들었다. 그리고 서로의 공로를 주장했다.
 히데요시는 백성에게 말했다.
 "패했다 하여 어제까지 섬기던 영주를 잡아 침공한 적군에게 넘기는 비열한 심정은 증오할지어다. 이미 백성의 근본을 잃은 너희들 모두 목을 베리라."
 백성들은 울며 호소하였지만 듣지 않고 질타하며 용서치 않았다 한다.
 백성 안에 도의를 세우자면 정의로써 정치를 하지 않으면 안 된다. 정의를 법속에 살리자면 온정탄상주의만이 결코 상책은 아니다. 때로는 준열하고 무정한 엄벌도 필요한 것이다.

노상일별
 가쓰이에는 황망히 몸을 피했지만 가쓰이에의 날개였던 전군은 완전히 안개 걷히듯 흩어져 버렸다.
 야나가세 부근에는 오늘 아침까지의 금빛 마인 대신, 히데요시의 센뵤(千瓢)의 마인이 보였다.
 색다른 그것이 오늘은 특히 햇살을 받아, 무엇인가 사람의 지혜와 능력 이상의 표지처럼 보였다.
 또 그 주변 일대의 가도, 평야, 부락에 걸쳐 휘하 제후의 번기와, 각대 용장들의 창검이 밀집하여 장관을 이루었다.
 하시바 히데나가의 부대가 가장 컸고, 니와, 하치스가, 하치야, 호리오 등의 일부대. 호리, 다카야마, 구와야마, 구로다 부자, 기무라, 오가와, 가토 등의 전 부대 등——눈이 모자랄 정도의 군마였다.
 ——승리, 승리.
 이 운하가 물결치는 모습은 바로 그것이었다. 일개 병졸의 모습도 환희, 그것이었다. 말 등에 번쩍이는 땀도 그 승리의 빛이었다.
 사실 이날에 있어서.
 끝날 것은 다 끝났다고 해도 좋다.
 히데요시 대 가쓰이에——상호가 전력을 기울여 천하의 귀추를 건 일전은 여기에서 승패를 명백히 하였고, 다시 이 기세가 뒤집힐 여지도, 기적도 없었다.
 험산, 호수, 성시, 성채, 평야 등, 이 광범한 천지에 웅대한 구상을 펴고,

포진 대치가 오래였던 이 대결전도 최후 혈전은 실로 짧았다. 또 어처구니없을 만큼 일방적인 돌진맹격의 석권이었다.

후의 역사로서 보면 당연히 그럴 수밖에 없었던 것이다.

무수한 사례가 피로써 명백히 입증된 흥망의 공식 그대로였을 뿐이었다.

그러나 가쓰이에의 입장에서 본다면 도저히 그렇게 간단하게 처리될 수만은 없을 것이다. 더욱이, 정해진 법칙을 거슬렸기 때문에 패했다는 사실은 인정할 수 없었을 것이다. 히데요시 쪽에서도 그처럼 단숨에 이기리라고는 예기치 못했을 것이다.

오가키를 출발할 때, "나는 이미 이겼다!"는 한 마디와 그 쾌마 일편은 이긴다는 막연한 심정에서 나온 것이 아니다.

이미 가쓰이에와의 사생결단을 예기하고 나선——죽음 가운데 삶이 있고, 삶 가운데 삶이 없다——는 대 호령은, 단순한 영이 아니라 자신이 몸소 전군에 제시한 것이다.

그가 이미 이 싸움에 '이기지 못하면 죽음이 있을 뿐이다'라고 극단적으로 생각한 것이 틀림없다는 증거로는 시산혈해를 이룬 시즈가타케의 난투에서는 종시 진중에 섰고, 2, 30대의 젊은이들 못지않게 '이마로 적의 등을 받아라!' 하고 외치던 그 정력을 보아서도 알 수 있다.

이기면 당장 내일부터라도 천하의 일인자가 될 수 있는 그가 만일 그 순간에 추호라도 내일 이후의 세상이나 일신상의 영광을 생각했다면 결국 이런 무모한 승부를 하지 않았을 것이다.

하여간 히데요시의 정력과 강한 공격심은 아직 이 정도로 개선에 임할 성질이 아니었다.

때는 21일의 정오.

일단 전군은 식사를 했다.

시즈가타케에서 서전에 들어간 것이 지난 밤 새벽 4시. 그로부터 8시간 연속의 전투였다. 그러나 식사가 끝나자 전군은 곧 북진의 명을 받았다.

야나가세, 스바키사카, 오구로다니에 병마는 연연히 이어졌다.

국경 도치노키 고개에 접어들자 서쪽에 쓰루가의 바다가 벌써 보였고, 북방 에치젠의 산야는 시야에 훤히 가로누워 있었다.

이미 해는 기울었고, 천지만물이 고운 황혼에 물들어 있었다.

히데요시의 얼굴도 노을빛으로 물들었다. 오가키 이래 한참도 자지 못한 얼굴 같지가 않다. 어쩌면 그는 인간에게 잠자는 시간이 있다는 사실을 잊었는지도 모른다. ——가도가도 숙영을 하자는 말이 없다. 밤은 짧고 해는 한창 긴 철이다.

어두워서야 에치젠 이마조에 숙영했다.

선두부대는 더욱 행군을 계속하여, 밤 안으로 20리 전방의 와키모토까지 진출하라는 명령을 받았고, 후방 부대는 중군으로부터 거의 같은 거리인 이타도리에 주둔했으므로 수미 장장 4, 5리에 달하는 야영진이었다.

밤 꾀꼬리 우는 소리도 모르고 히데요시는 오랜만에 숙면을 하였을 것이다.

'내일은 후추의 성 밑에 당도하는데 과연 마에다가 인사를 나올 건지, 또 어떻게 받아 들여야 할지……'

잠들기 전에 당연히 이 숙제는 그의 뇌리에 있었을 것이다. ——그러나 모야마 퇴진의 태도를 보아도 도시이에의 의중은 어느 정도 알 수 있다고 보며, 그것을 전도의 장애로 생각하고 고민하는 히데요시도 아니었다.

——그 마에다 도시이에는 어떻게 하고 있었을까?

그는 동일 낮 경에는 이미 이 부근을 통과하여 해가 아직 많이 있을 때에 아들 도시나가의 거성 후추로 전군의 철수를 마쳤다.

"무사하셨군요……"

부인이 마중을 나왔다.

"돌아왔어."

그렇게 말할 뿐. 자기의 의사를 설명하지도 않았다.

"부상자도 생겼어. 성 안으로 들여 잘 보살펴 주오. 내 시중은 나중에 해도 좋으니까."

도시이에는 댓돌에도 올라서려 하지 않았다. 짚신도 벗지 않았고, 무장도 풀지 않았다. 그리고 현관 앞에서 서성거렸다. 소동들도 정숙히 늘어서서 명령을 기다릴 뿐이다.

이윽고 성문을 통해 무사들의 무리가 조용히 나왔다. 들것 위에 눕힌 전사자 시체를 호송해 오는 것이다. 갑옷을 입은 병사들의 시체 위에는 그들의 명예인 칼이 얹혀 있었다.

수 십개의 창과 칼이 성 안 불당으로 들어갔다. 다음에는 부상자가 업히기도 하고 부축을 받으며 들어왔다.

이 정경을 보면 알 수 있듯이 모야마 퇴진 때에 마에다 군이 지불한 희생은 전사자 십수 명과 부상 37, 8명이었다.

시바타 사쿠마의 피해와는 비교도 안 된다. 하지만 도시이에 부자는 이 소수의 희생자에 대해 예를 다했다. 종래의 경우와는 달리 예 이상으로 사죄하는 마음조차 있는 듯했다.

불당에서 종이 울리고, 해도 기울 무렵, 성안에는 저녁밥 짓는 연기가 올랐다. 병량을 취하라는 명령을 받은 것이다.

그러나 군대는 아직도 해산되지 않았다. 제장은 전장에서처럼 각기의 담당 구역에 배치되어 성벽을 단단히 지키고 있었다.

"시바타 장군이 방금 성문에 오셨습니다."

큰 성문의 위병으로부터 전령이 왔다. 가쓰이에가 여기 들렀다는 것이다.

"뭐? 가쓰이에 공이 성문에 오시다니?"

마침 성루에 있었던 도시이에는 놀랐다. 뜻밖이기도 했지만, 또 패전한 그의 모습을 상상하자니 차마 만나기가 어려운 눈치였다.

──잠시 말없이 깊이 생각하다가 말했다.

"마중을 나가지."

아들 도시나가와 함께 있던 막료 4, 5명을 데리고 걸음을 옮겼다.

"아버님."

계단 입구에서 도시나가가 말했다.

"마중은 저 혼자 나가서 현관까지 안내를 하겠습니다. 아버님은 거기서 기다리심이……."

"아, 그렇게 할까."

"그게 좋겠군."

성루의 계단은 급하고 어둡고 3층이나 된다. 도시나가는 탕탕거리며 앞서 뛰어 내려갔다.

뒤에서 내려가는 도시이에는 발걸음을 옮길 때마다 생각에 잠기는 듯했다. 마지막 계단을 내려, 당당한 큰 기둥이 몇 개나 어둠 속에 서 있는 회랑에 왔을 때였다.

시종 중의 무라이 나가요리가 문득 도시이에의 뒤에 다가서며 소매를 잡을 듯이 속삭였다.

"장군……."

시선만으로 '뭐냐?'는 투로 나가요리를 보았다.

나가요리는 다시 성주의 귀에 입을 가까이 하고 헌책하였다.

"때가 때인만큼, 여기에 시바타 공이 들르는 것은 실로 다행스런 일입니다. 그 목을 쳐서 지쿠젠 공에게 보내면 우리와 그쪽과의 사이도 쉽게 화해되리라 봅니다만……."

그러자 도시이에는 갑자기 나가요리의 가슴팍을 냅다 지르고 무서운 어조로 외쳤다.

"닥쳐!"

나가요리는 비틀비틀 뒷벽까지 가서 간신히 몸을 지탱했다. 얼굴이 새파랗게 질려가지고 엉거주춤하고 있었다.

그것을 흘겨보며 도시이에는 아직도 분이 가라앉지 않는 듯한 어조로 말했다.

"불의하고 비열한 입에 담기조차 부끄러운 잔꾀를 군주의 귀에 속삭이는 못된 놈! 무사로써 그 사도를 모르는 놈! 누가 문을 두드리는 궁장의 목을 베어 자가의 경영을 도모한단 말이냐. 하물며 가쓰이에와 도시이에는 수년간 같은 진영에 있던 사람이야. 망령된 소리도 분수가 있어야지."

떨고 있는 나가요리를 뒤에 두고, 도시이에는 가쓰이에를 마중하기 위해 현관으로 나갔다.

서성거리며 기다릴 틈도 없이 가쓰이에는 말을 탄 채 들어왔다. 꺾어진 창을 한 손에 들고, 부상당하지는 않은 듯하지만, 전신에 처참한 기색이 완연했다.

그 말고삐를 마중 나간 아들 도시나가가 잡고 친절히 직접 안내해온 것이다. 시종 8명은 중문 밖에 남겨두고 온 듯, 여기에는 가쓰이에 혼자였다.

"자제가 손수…… 아, 미안해서 이걸 어떡하나."

인사를 깍듯이 하며 말에서 내려 도시이에의 얼굴을 보자, 먼저 자조하듯 큰 소리로 말했다.

"졌어, 지고 말았어. 분하지만 이 꼴이라네."

의외로 씩씩해 보였다. 아니 원래 허세를 부리는 가쓰이에인지도 모르지만, 하여간 도시이에가 아까까지 상상했던 것보다 훨씬 쇠락한 풍모였다.

"무슨 말로 위로를 해야 좋을지…… 자 그냥 그대로……."

도시이에는 이 패장을 마중하는데 있어 평소 이상으로 친절했다. 아들 도시나가도 아버지 못지않은 성의로서 그 패장의 피에 젖은 짚신을 풀어 주기도 했다.
"야아……이건 마치 우리 집에 돌아온 것 같군."
이런 때의 이러한 온정이, 쫓기는 사람에게 진실한 감동을 주어 남을 원망하는 마음과 시기심을 버리게 하고, 세상의 빛을 생각하게 하는 유일한 구원임은 말할 것도 없다.
어지간히 흐뭇했던 모양으로, 가쓰이에는 본당에 오른 뒤에도 부자의 무사를 축하했다.
"이번의 패전은 모두 나의 잘못으로 말미암은 것. 그대에게도 누를 끼쳤으나 뭐, 용서하시도록……."
이렇게 솔직히 사과하고 말을 이었다.
"하여간 기타노조까지 후퇴하여 여한 없이 최후를 장식하고 싶소…… 더욱 수고를 끼치는 일이지만 더운 국을 한 그릇 얻었으면 좋겠는데……."
귀신같은 시바타가 부처가 된 듯한 말씨였다.
도시이에도 눈물을 감출 길이 없었다.
──아들을 시켜 준비를 서두르게 했다.
"곧 더운 국을 가져와. 물론 술도 함께……."
달리 위로할 말도 없었지만 기탄없이 말했다.
"흔히 하는 말이지만 승패는 병가의 상사, 오늘의 분패는 충분히 이해가 가지만 크게 우주의 윤회에서 본다면 그저 그런 것. 승리도 언젠가는 패할 그 첫걸음이요, 패전도 후일의 승리를 얻을 첫걸음이니 흥망의 유전, 일조의 희비와 같으리다."
가쓰이에도 도시이에의 말을 벌써 알아듣고, 극히 자연스럽게 말했다.
"그렇소. 아까운 것은 영원히 남을 그 이름뿐이지. 그러나 마에다 공 안심하시오. 결심은 했으니까."
평소의 가쓰이에와는 달리 조금도 초조한 빛이 없었다.
술이 오자 쾌히 한 잔 비우고, 어쩌면 이것이 마지막이 아닐까싶어 도시이에 부자에게도 잔을 권하고 나자 이번에는 도시이에가 탕국 한 그릇을 비우라고 권하였다.
'참으로 진미로다. 어떻게 만든 것일까? 이 몸 절대, 잊지 못할 것이오.'
그리고 창황히 일어나 작별을 고했다.

"마구간에 가서 내 말을 몰고 와."

도시이에는 밖까지 전송을 나가서 가쓰이에의 말이 무척 지쳐 있음을 보고 소동에게 일러 자기의 말을 가쓰이에에게 준 다음, 다시 아들에게 말고삐를 잡게 했다.

"무슨 일이라도 있으면 안 되니 성밖 시가 교외까지 바래다 드려."

도시이에는 이렇게 아들에게 명했다.

그리고 가쓰이에를 향하여 말했다.

"기타노조에 도착하기까지 이곳의 방어는 안심하시도록……."

가쓰이에는 일단 걸음을 옮기다가 문득 무엇이 생각난 듯이 다시 말을 돌려 도시이에의 곁으로 왔다.

다시 돌아와서 한 가쓰이에의 말은 이러했다.

"마에다 공……그대와 지쿠젠과는 젊었을 때부터의 둘도 없는 친구. 싸움이 이렇게 된 이상 이 가쓰이에에 대한 의리는 필요 없소. 잘 분별해서 하시도록."

그의 이 말은 도시이에에게 마지막 배려로서 그의 호의와 오늘까지의 감사를 표시한 것인지도 모른다. 가쓰이에의 표정에는 거짓이 없었다. 도시이에는 그 진심에 대하여 거짓됨없이 사의를 표했다.

"외람된 일."

성문을 나선 가쓰이에의 그림자는 붉은 노을 속에 부조되어 보였다. 기마 시종의 8명 보졸, 십수 명이라는 미미한 패잔군의 열은 이리하여 기타노조로 낙척해 갔다.

도시나가는 아버지의 분부이므로 가쓰이에의 말고삐를 잡고 따라갔다. 가쓰이에가 몇 번이나 "이제 됐어. 돌아가……" 하고 안쓰러워 해도 만일을 생각해서 후추 시가를 벗어날 때까지 배웅했다.

도중에 가쓰이에는 성 밑의 새로 지은 주택들을 보고 아무렇지도 않은 듯이 말 위에서 한담을 하거나, 때로는 농담까지 하여 도시나가를 웃기며 갔다.

"여기도 그대 아버지의 치정으로 눈에 띄게 번창해졌구려. 군의 통솔도 어렵지만, 정치의 어려움은 각별하니 선친께 배우도록. 가쓰이에는 본받지 말고……."

교외까지 빠져나와서 도시나가는 고삐를 시종에게 맡기고 작별을 하였다.

"그럼 여기서…… 평안한 노정을!"

도시이에는 가쓰이에가 떠난 본당의 일실에 고요히 혼자 앉아 있었다.

"……무사히 전송을 하고 돌아왔습니다."

"그래."

그뿐이었다. 그 감개가 어떠한지, 도시이에는 그저 침묵할 뿐이었다.

21일의 후추 성은 이렇게 저물어가고 있었다…… 그때 히데요시 군은 이미 도치기노 고개의 국경을 속속 넘어 이 후추와 한길로 연결되는 이타도리, 마고타니, 오치아이 등으로 부쩍부쩍 다가서고 있음을 아직 여기서는 모르고 있었다.

"아버님, 불을 켜리까?"

"아니다, 여기는 일 없어…… 오늘 밤에는 성루에 있어야만 한다, 너도 대문을 단단히 지켜라. 어쨌든 장병들은 피로해 있으니까. 너의 방심은 모두의 방심이 되는 거다."

"네…… 그럼."

"나도 성루로 가지."

함께 거기를 나섰다. 그때였다.

"바보, 멍추!"

성루 밑의 어두운 회랑에서 문득 우물 속에서 울려오는 듯한 소리가 들려왔다.

"……안돼, 안돼. 놓지 않겠어. 이런 데서 개죽음을 하려는 바보, 다시 한 번 꾸중을 들어야지. 숙부님 앞으로 가자구……."

필사적인 목소리 같기도 했고, 또 어딘가 맥 빠진 소리 같기도 했다.

"……누구냐, 저 소리는?"

도시이에가 묻자 도시나가는 곧 대답했다.

"게이지로입니다. 게이지가 틀림없어요."

소리 나는 쪽으로 도시이에는 걸어갔다.

성루 밑의 넓은 방으로 가는 어둔 회랑이었다. 자세히 보니 조카 게이지로가 한 무사를 잡고 있었다.

"자아, 와. 오라니까."

어거지로 그 팔을 잡아당기고 있었.

무사는 마음만 먹으면 아직 어린 14살 게이지로의 손을 뿌리치는 것쯤은 쉬울 것이다. 그러나 군주의 조카라는 점 때문에 가만히 그가 하는 대로 놓아 두고, 그저 그 뜻만을 거부하고 있는 것이다.
"게이지로가 아니냐? 뭣을 떠들고 있느냐?"
"아, 숙부님. 잘 오셨습니다."
"누구냐? 너가 잡고 있는 자는……."
"나가요리입니다."
"뭐? 나가요리라고……."
"네. 아까 숙부님이 계단 아래서 꾸중을 하신 나가요리입니다. 숙부님, 한 번 더 꾸중을 해 주세요. 나가요리는 바보입니다."
"너야 말로 뭘 그러니……나가요리가 왜 어떻게 했길래."
"여기서 할복을 하려 했습니다."
"흠……그래서?"
"말렸습니다. 내가."
"왜?"
"하지만……."
게이지로는 고개를 반짝 들었다. 그리고 숙부의 뜻을 모르겠다는 듯이 항변했다.
"사무라이의 신분으로 개죽음을 하는 것은 억울하지 않습니까? 할복도 때가 있습니다. 주군에게 꾸중을 들었다해서 할복을 하다가는 게이지로는 날마다 할복만 하겠습니다."
"하하하, 게이지가 또 우스운 소리를 하는구나."
아버지 뒤에 서 있던 도시나가는 '이것을 기회로 나가요리가 용서받을 수 있다면……' 생각하고 앞으로 나서며 아버지의 말을 가로챘다.
"게이지. 너는 어째서 여기 있었니?"
"아까부터 숨어서……."
"숨어서?"
"나가요리가 숙부님으로부터 꾸중을 들을 때 '이건 틀림없이 할복을 할거다' 하고 기둥 뒤에 숨어서 보고 있었습니다."
"하하하. 좋지 않은 장난도 하지만 현명한 놈이구나, ……아버님, 게이지까지도 이렇게 생각을 하니, 아까 나가요리의 실언을 용서해 주시지요."
게이지도 함께 나가요리의 용서를 빌었다.

"숙부님 앞에 끌고 와서 다시 한번 꾸중을 부탁드리려고 했어요. 나가요리를 용서해 주세요."

도시이에는 묵연한 채 용서고 뭐고 말이 없다.

——그러나 곧 나가요리에게 말했다.

"나가요리, 나를 원망하지 마라."

나가요리는 이 뜻밖의 말에 놀라 감동하여, 마루에 이마를 대고 오열하는 소리로 외쳤다.

"무, 무슨 말씀이시온지. 창피할 따름입니다. 다만 죽음을 주옵시기를……."

"군주를 생각하고 한 그대의 말이 아니었던가. 무엇을 나쁘게 생각하랴. 그러나 선의의 조언도 때에 따라서는 나를 위험하게 하는 법이야. 그래서 그대를 꾸짖는 거야. 언제까지나 가슴에 남겨둘 것도 없어. 잊어버려!"

무라이 나가요리는 감격에 젖은 얼굴을 언제까지나 들지 못했다.

게이지로는 그가 용서받자, 곧 어디론가 뛰어가 버렸다. 잠시도 한 곳에 잠자코 있지 못하는 소년이었다.

이미 14살이나 되므로 초진에 데리고 가토 좋을 나이지만 도시이에는 조카에게 만일의 경우라도 있어서는 안 되겠다 싶어서인지, 아니면 재질을 기르고 때를 기다리는 것인지, 잔소리도 별로 하지 않고 제 멋대로 내버려 두고 있었다.

그 게이지로는 성루에 올라가 있었다.

"아, 보인다. 보여……."

뭣인가 큰 소리로 외치다가 다시 뛰어내려 와서는 도시이에 부자를 찾는 눈치였다.

도시이에는 도시나가, 나가요리를 데리고 넓은 뜰의 막사로 가고 있었다.

"숙부님, 적이 보여요. 적이……."

게이지로는 그들을 쫓아가 소년다운 흥분을 보이며 말했다. 망루에 올라 보니, 호쿠리쿠의 와키모토 근처에 히데요시 군의 일부가 이미 정기를 나부끼며 다가오는 것이 보이더라고 했다.

그에 관해서는 지금 막 망루의 감시병으로부터 연락이 있었으므로 도시이에는 이미 알고 있었다. 그러나 히데요시 자신이 몸소 앞서 달려온 것인지, 아니면 다른 부장의 선봉대인지에 대해서는 아직도 알 길이 없었다.

"게이지, 시끄러워!"

잠자코 걸어가는 아버지 대신에 도시나가가 눈을 흘겨보았다.

그러나 종형인 도시나가의 위엄은 이 소년에게 별 효과가 없는 듯, 오히려 게이지로에게 좋은 상대가 될 뿐이었다.

"도시나가님, 싸움은 오늘 밤 시작될까요? 늘 숙부님은 나를 싸움에 데리고 가지 않지만 여기서 싸움이 벌어지면, 허락이 없어도 나도 싸움에 참가하겠어요. 나는 형님에게도 지지 않아요."

"시끄럽다니까. 너는 어머님께나 가 있어."

"여자들한테는 싫어요. 싸움이 시작되는데."

"야, 빨리 가."

"그냥 둬라."

도시이에가 돌아보며 말했다. 게이지로는 손뼉을 치며, 씁쓸하게 웃는 종형을 놀렸다. 그리고 뜰의 끝까지 달려가서 와키모토 방면을 바라보고 적의 횃불로 붉게 물든 밤하늘을 향해 시선을 보냈다.

대문을 들어서는 2, 3명의 기마병이 있었다. 정찰조인 듯, 곧 도시이에가 있는 막사로 들어갔다.

보고는 조장들의 입을 통해 곧 온 성에 전달되었다.

"오늘 밤 와키모토에 진을 친 적은 호리 히데마사의 선봉으로, 히데요시는 후방 이마조에 숙영한 듯하다. 장거리 행군을 해온 적이므로 즉각 이 성을 공격해올 염려는 우선 없지만, 무엇을 할지 모르는 히데요시 군이므로 새벽에는 특히 주의할 것."

후추 성의 장병들은 앞서 나가요리가 심하게 꾸중을 들었다는 이야기를 들어 알고 있었으므로 그것으로 도시이에의 심리를 계산하고, 히데요시와 이곳에서 흥망일거의 승패를 결정하리라 예상하여 모두들 피할 길 없는 농성전을 각오하고 있었다.

양부현처

하룻밤을, 아니 불과 반 밤을 이마조에서 숙면한 히데요시는 다음 날 22일에는 일찍 진영을 떠나 와키모토로 말을 달렸다.

호리 히데마사가 마중을 나왔다. 즉시 마인을 받아 거기에 세웠다. 총수가 있음을 나타내고, 이 선봉대의 위치가 곧 중군이 되었음을 알리는 것이다.

"어젯밤 후추 성의 동정은 어떠했는가?"

히데요시가 물었다.

"별일 없었습니다."

히데마사는 이렇게 답하고 덧붙였다.

"그러나 각오들을 단단히 하고 있는 듯이 보입니다."

"흠, 고수하고 있는가. 나와 필사의 일전을 위해."

자문자답을 하고 나서 히데요시는 그 언덕 위에서 후추 방면을 바라보다가 갑자기 명령을 내렸다.

"히사타로, 준비하라!"

"출마십니까?"

"그렇다."

탄탄대로를 바라보는 듯한 대답이었다. 히데마사는 곧 이를 히데요시의 각 부장들에게 전달하고 또 자신의 선봉대에도 소라를 불어, 곧 어제의 서열대로 행군이 시작되었다.
　후추까지는 한 시간도 걸리지 않는다. 히데요시는 히데마사를 앞서 가게 하고, 그도 선봉 중에 있었다.
　이미 성벽이 보였다. 성 쪽의 긴장은 말할 것도 없다. 위치를 바꾸어 성 쪽에서 보면, 침착히 다가서는 적의 병마 떼들의 센뵤의 마인은 손에 잡힐 듯이 보이는 것이다.
　"……서라"는 영이 내리지 않는다. 히데요시의 모습은 마 위에 있다. 그래서 선봉대의 장졸들은 이대로 포위태세를 취하는가 생각했다.
　히데요시 군은 후추 성의 성문을 향해 물밀 듯이 학익진을 폈다. 다만 센뵤의 마인만이 잠시 움직이지 않고 있었다.
　그때 성벽 위에서 쾅하고 총성이 울렸다.
　히데요시는 히데마사에게 병의 후퇴를 명했다.
　"히데마사, 좀 더 뒤로 물러서, 뒤로."
　그리고 또 명했다.
　"병을 전개하지 마라. 진형을 잡지 말고 한 자리에 모여 무형태를 취해라."
　선봉군이 사정거리 밖으로 나갔으므로 자연히 성쪽의 총도 멎었다. 그러나 쌍방의 전기는 일촉 즉발의 직전처럼 보였다.
　"누가 마인을 들고 내가 가는 앞을 열 칸 정도 앞서서 곧장 달려가라. 시종은 필요 없다. 이제부터 히데요시 혼자서 성 안으로 가리라."
　미리 누구에게 뜻을 밝힌 것도 아니다. 그는 갑자기 말 위에서 이렇게 말한 것이다. 그리고 제장의 아연해 하는 모습을 무시하고, 곧 혼자서 말을 몰아 띠걱띠걱 성쪽으로 나아갔다.
　"잠깐만, 앞장을 설 테니 잠깐만 기다리시기를."
　달려온 한 병사가 열칸 정도 앞으로 달려 나가 마인을 높이 들고 나아가자 곧 그 금표를 향해 몇발의 탄환이 날아왔다.
　"쏘지 마, 쏘지 마!"
　말 위에서 큰 소리로 외치고는 탄환이 날아오는 쪽으로 굳이 달려가며 깃발을 펄럭이는 인마는 나는 화살과 같았다.

"지쿠젠을 모르느냐?"

성문 가까이 다가서자 그는 금채를 허리에서 뽑아 성병에게 흔들어 보였다.

"나는 지쿠젠이야. 안면이 있는 자도 있지 않은가 총을 쏘지마."

성문 곁의 시창에 있던 다카바타케와 오쿠무라가 깜짝 놀라서 달려내려왔다. 그리고 문을 열고 아주 뜻밖이라는 표정으로 어찌할 바를 몰랐다.

"하시바 장군께서?"

히데요시는 이미 말에서 내려 있다가 스스로 다가가며 물었다.

"마에다는 들어왔는가?"

이어서 안부를 물었다.

"마에다 부자에게 별일은 없냐? 무사히 귀성했느냐?"

"두 분 다 무사히 귀성하셨습니다."

대답했다.

"그래. 다행이야. 비로소 안심이 되는군. 그대들, 내 말을 몰고 와."

말고삐를 두 사람에게 넘겨주자, 히데요시는 마치 자기 부하를 데리고 자기 집에라도 들어가듯이 서슴지 않고 성문 안으로 들어갔다.

총 방어를 위해 버티고 있던 갑주의 무리들은 망연히 히데요시의 거동에 놀라고 있을 뿐이었다. 또 도시이에 부자의 모습도 거의 같은 때에 저쪽에서 달려왔다.

그리고 서로 다가서자 이런 형편이었다.

"야, 이건 누구냐?"

"오오, 마타사냐?"

체면도 허세도 필요 없다. 오랜 친구의 정 그대로다.

"어때?"

히데요시가 말하면, 마타사에몬 도시이에도 맞받았다.

"그저 그래."

한바탕 웃고 나서 아들 도시나가와 함께 앞장서 본당으로 안내한다.

"우선 이리로……."

그것도 일부러 형식적인 대현관은 피하고, 쪽문을 밀고 들어가 진달래가 핀 뜰을 지나 안쪽 서재 가까이로 안내했다.

이것은 정말 내객으로 맞이한 것이었으며, 옛날에 담 하나를 사이에 두고 살던 시절의 왕래 또한 이러했던 것이다.
 히데요시도 이와 같은 소탈한 대우가 옛날을 생각나게 해서 좋았다.
 이윽고 도시나가가 서원으로 안내했다.
 "자아, 이리로……."
 그래도 히데요시는 짚신을 벗지 않고 서성거리며, 여기저기 살피다가 물었다.
 "저쪽 안에 보이는 집은 부엌 같은데?"
 도시이에가 그렇다고 대답하자 거기서부터 큰 소리로 부르며 부엌 쪽으로 서슴지 않고 걸어갔다.
 "그럼 먼저 부인을 만나야지. 부인 계시오?"
 도시이에는 놀랐다.
 아내를 만나겠으면 곧 이리로 부르겠다고 말할 사이도 없었으며, 부엌에 가서는 안 된다고 말할 수도 없었다.
 그래서 당황해서 아들 도시나가에게 말했다.
 "얘, 안내를 해드려. 빨리……."
 아들에게 히데요시의 뒤를 쫓게 하고, 자신은 서원 보도로 해서 아내에게 알리기 위해 급히 갔다.
 보다 놀란 것은 본당 큰 부엌에서 일하던 아랫것들이다.
 갑자기 감색 갑옷을 입은, 몸집 작은 한 장군이 나타나 "야아"하고 들어서며 외치는 게 아닌가.
 "도시이에의 부인은 안 계시오?"
 여기서는 아무도 히데요시를 모른다……그러나 차림으로 누가 보아도 보통 장군이 아님을 알 수 있다. 아무래도 대장이다. 하물며 아군 속에서는 본 일도 없는 대장이다.
 "……?"
 처음에는 모두 의아한 표정을 짓고 있었지만 금채장검의 그 위용을 보고, 놀라 모두 뒤로 주춤했다.
 "도시이에의 부인, 지쿠젠이오. 얼굴을 보이시오."
 히데요시는 더욱 부엌 쪽을 향해 부른다.
 마침 주방에서 하녀에게 지시하고 있던 도시이에의 부인은 문득 히데요시의 목소리를 듣고, "누굴까?" 하고 의아해 하면서 그리로 나왔다.

그리고 히데요시의 모습을 갑자기 보았을 때 그녀의 놀라움이란 이루 형언할 수가 없을 정도였다.

"어머……!"

잠시 눈을 깜박거리고 있었다.

"어머나, 이건 꿈이 아닐까요?"

"부인, 오랜만입니다. 그래 그동안 안녕하셨으니 다행이오."

히데요시가 다가서자 그녀도 비로소 정신을 차리고 몸을 낮추어 안내하였지만, 히데요시는 아무렇게나 봉당에 풀썩 주저앉았다.

"부인께 무엇보다 미리 알리고 싶음은 하리마에 있는 딸아이(도시이에의 딸을 히데요시의 양녀로 한 사람)도 히메지의 여인들과 사귀어 지극히 탈없이 성숙했음이오. 안심하시도록…… 또 이번에는 밖에서도 고된 출진을 한 모양이나 진퇴를 효과 있게 하여, 마에다 일진 만으로 보면, 승패가 없다고 해도 좋을 것이오. 이것도 다행이오. 부군의 무운은 아주 좋은 셈이오. 부인, 기뻐하시오."

"고, 고맙사옵니다."

그녀는 엎드려 합장했다.

이때 도시이에가 나타났다.

"여기는 너무도 누추해. 하여간 우선 신이나 벗고 위로 오르시도록……."

부부가 손을 잡을 듯이 권했지만, 히데요시는 여전히 잠시 들른 과객의 기분이었다.

"기타노조로 급히 가는 도중, 느긋하게 하고 있을 틈이 없어. 그러나 뜻을 받들어 찬밥 한 술이나 얻어먹을까."

"……그야. 그렇더라도 서원에라도 잠깐 올라앉아서……."

그렇게 온 집안이 잠시 쉬어가기를 권했지만 히데요시는 신을 벗고 쉬려 하지 않았다.

"훗날도 있으니까. 오늘은 서두를수록 좋아. 부인, 소망은 찬밥 한 그릇. 오직 가볍게……."

히데요시의 성미는 좋고 나쁘고 간에 속속들이 알고 있는 부부다. 의무나 형식이 가치를 가질 만큼 어색한 사이도 본래부터 아니다.

"네…… 그럼 급히 드리지요."

도시이에의 부인이 직접 조리장에서 그릇을 닦고 칼질을 하였다.

한 성의 큰 부엌이다. 많은 조리사와 하녀들도 있다. 그러나 그들에게만 맡기고 있을 만큼 부인의 솜씨가 없는 것도 아니었다.

어제도 오늘도 부상한 장병을 간호하고, 식사도 직접 준비한 부인이다.

평상시에도 남편의 기호에 맞춰 손수 요리를 만드는 일은 보통이었다.

가난한 세월이야말로 인격을 만든다. 특히 여자의 교양은 빈고궁핍의 겨울을 넘어온 풍설의 훈향이 아니면, 실로 뿌리 없는 꽃과도 같다.

히데요시는 이 부인이 옛날과 다름없이 소매를 걷어 올리고, 분주히 일하는 모습을 즐거운 마음으로 바라보고 있었다.

지금에야 말로 이 집도 노토나나오에 한 성, 이 후추에 한 성, 부자가 양쪽에서 22만 석의 웅번을 이루고 있지만 세이슈 시절의 가난은 이웃인 도키치로에게 지지 않을 만해서, 쌀 한 되 꾸는 것은 고사하고 소금 한 줌이나 저녁에 켤 기름조차 없을 때가 많았다.

"아니, 오늘은 불이 켜져 있구나."

이웃의 여유가 금세 알 수 있을 그런 시절도 있었던 것이다.

──그러나 그 무렵의 고생이 오늘에 와서 부인의 모습에 얼마나 향기롭게 나타나고 있는가, 착실한 교양미로서 나타나고 있는가. 히데요시는 자기들 부부의 그 무렵의 생활도 생각이 나서 진심으로 감탄하였다.

'우리 집의 네네 못지않은 여인!'

그러나 그것도 순간, 도시이에의 부인은 곧 두세 가지의 찬을 만들자, 그 상을 손수 들고 부엌에서 밖으로 나갔다.

"어서 이리로……."

음식이 가는 곳으로 히데요시도 따라가지 않을 수 없었다.

부인은 앞서서 밖으로 나갔다. 내당으로 통하는 정원의 산기슭, 성긴 솔밭 아래의 한 정자였다.

뒤따라 온 시녀들은 곧 부근의 잔디에 자리를 깔고, 곧 두 상을 더 내어왔다. 그리고 술병도 나왔다.

"아무리 급해도 장군님에게만 상을 드릴 수는 없어요."

"아아, 도시이에 부자도 함께요? 더욱 고맙소."

"뜰에서 병량을 취하시는 셈치시고, 부디 많이."

도시이에도 히데요시와 마주 앉았다.

정자는 있지만 사용하지 않고, 솔바람이 불지만 바람소리에 귀를 기울일 여유도 없었다. 술은 한 잔을 넘지 않았고, 히데요시는 도시이에 부인이 마련한 채소와 찬밥을 두 공기 쯤 먹었다.

정자에는 더운 물이 준비되어 있었다. 부인은 곧 그것을 한 그릇 떠다 올렸다.

"그런데 부인."

히데요시는 그것을 받아 마시며 아무렇지도 않게 말했다.

"여러 가지로 신세를 졌는데, 이왕이면 이제부터 부군 도시이에 공을 데리고 갈까 하오. 어떻소. 부인은?"

솔직한 어조였다.

그러나 만일 이것이 히데요시 쪽에서 마에다 쪽에의 정면교섭이라고 가정한다면 문제는 실로 중대해진다.

당연히 무가로서의 체면상의 문제도 생길 것이며, 내부적으로는 의견의 분열도 있을 수 있다.

서툴게 하면 성공하느냐, 못하느냐의 극히 위험한 상태에도 이를 수 있다. 성벽 안팎으로는 양군이 일족 즉발의 태세로 대치하고 있는 실정이다. 그리고 첫째 그런 방법으로는 많은 시간이 필요해진다.

"호호호."

부인이 밝게 웃었다.

그리고 말했다.

"오랜만에 신랑 좀 빌려달라는 입버릇을 듣게 되네요. 옛날부터 신랑 좀 빌려 가오⋯⋯는 장군님의 특기가 아니었나이까."

"하하하하."

히데요시도 웃고, 도시이에도 웃었다.

"여어, 도시이에. 부인은 옛 원한을 좀처럼 잊지 않는 모양이군. 그대를 빌려서 술 마시러 갔던 일을 지금 말하는군⋯⋯하하하. 부인, 온도는 알맞은데 조금 쓰오."

히데요시는 찻잔을 돌려주고 말을 이었다.

"그러나 옛날과는 다른 오늘의 얘기. 부인에게 이의가 없다면 도시이에 공이야 싫다 할 리 없겠지⋯⋯자제 마고시로 공은 부인의 위로를 위해 남겨 두는 것이 좋겠소."

담소하는 가운데 일은 이미 결정된 듯, 히데요시는 제멋대로 처리해 나갔다.

"그런데, 자제는 남더라도 도시이에 공은 꼭 가주었으면 하오. 도시이에는 전공자. 비교할 자가 없지. 그리고 영광된 귀진의 날에는 다시 여기에 들러, 그때는 부인이 귀찮아 하셔도 한 보름 묵어가지. 한번 기대해 볼 만할 거요. 그 때는 맛있는 요리를 부탁드리오. 자아, 내일 아침에 출발. 시간도 없으니 오늘은 이만."

히데요시는 벌써 일어서서 작별을 고했다.

일가 권속이 부엌 문께까지 전송을 나왔다. 그 도중에서 부인은 말했다.

"마고시로는 저를 위해 남기신다지만 저는 아직도 그럴 나이도 아니옵고, 그처럼 쓸쓸하지도 않사옵니다. 성을 지키는 데도 믿음직한 무사들이 많으니 부디 주인과 함께 데려가시도록……."

도시이에도 그것에 동의하였다.

다음 날 아침 출진 시각의 약속도 히데요시와 도시이에 가족들은 걸으면서 결정했다.

"다음에 들리실 때를 꼭 기다리고 있겠어요."

부인은 부엌문께서 전송하고, 부자는 대문까지 전송을 나갔다.

초패왕과 우미인

그가 마에다 가를 떠나 성 밖의 자기 진으로 돌아온 그날 밤이다.

영소에 시바타 진영의 거물급이 둘이나 포로가 되어 끌려왔다.

한 명은 사쿠마 겐바노조, 모리마사. 또 한 사람은 가쓰이에의 양자, 시바타 가쓰토시였다.

둘 다 산길로 기타노조까지 가려다가 도중에서 잡힌 것이다.

겐바는 부상을 입고 있었다. 여름에는 쉬 곪는다. 패잔병들이 흔히 이용하는 비상방법으로 뜸질이 있다. 겐바도 산중의 농가에 들러 쑥을 얻어 뜸을 떴다.

원시적인 요법 같지만 구더기가 생길만큼 큰 상처도 뜸질을 하면 세포나 살갗의 회복이 현저하게 좋아진다는 것이다.

또 당시의 무사들은 진펄이나 늪을 헤맨 뒤 무좀이 생기면 흔히 뜸질을 했다. 상처와 마찬가지로 무좀의 진지를 뜸으로 포위하고 병소를 화공으로 섬멸하는 것이다.

겐바가 안심하고 뜸질을 하고 있는 사이 농부들이 몰래 상의하여, '붙잡아서 상을 타자' 하고 그날 밤 두 장수를 재우고, 침실을 포위하여 멧돼지 잡듯 동여 묶어서 끌고 온 것이다.

 히데요시는 그것을 듣고, '잘 된 일이라고 하고 싶지만 농부들로서는 지나친 일……'이라며, 별로 기뻐하는 기색도 없이 오히려 백성들의 기대와는 반대로 엄벌에 처한 것은 앞서 기록한 그대로다.

 다음 23일.

 히데요시는 가쓰이에의 본거지 기타노조로 진군하였다.

 마에다 부자도 참가하였다.

 이날도 선봉은 호리 히데마사.

 후추에서 기타노조까지는 불과 40여 리. 당일 오후에는 이미 에치젠 제1의 도성인 기타노조의 성 밑은 물론, 구즈류 강과 아시바 산의 요지에도 히데요시 군의 병마로 가득차 있었다.

 도중에 도쿠야마 노리히데의 일족이나, 후와 미쓰하루(가치미쓰의 아버지) 등, 이미 겁을 먹고 진문에 투항해온 자도 적지 않았다.

 히데요시는 아시바 산에 진을 치고, 빈틈없는 지시를 내려 기타노조를 완전히 포위하였다.

 그것이 끝나자마자 히데마사의 일대에게 외곽의 일단을 공격케 했다.

 그리고 어젯밤에 생포한 겐바와 가쓰토시를 성벽 가까이에 끌어내었다.

 "가쓰이에 공, 이를 보라."

 북을 쳐 성 안에 있는 가쓰이에의 귀를 현혹시켰다.

 "자제 가쓰마사 공 및 겐바 공도 이미 이런 형편. 무엇인가 마지막으로 한마디 하고 싶거든 이리로 나와 말하라."

 2번, 3번 외쳤지만 성 안은 조용할 뿐 아무런 응답도 없었다. 보기에 딱해서인지 가쓰이에도 얼굴을 나타내지 않았다. ──물론 이것은 히데요시가 싸우지 않고 성병의 사기를 저하시키려는 술책이었다.

 가쓰이에는 그 전날, 마에다 도시이에와 작별하고 기타노조로 돌아 왔지만 지리멸렬로 돌아온 패잔병, 성에 남았던 잔유병, 비전투원을 합해서도 3천명이 되지 못했다.

 더구나 지금 겐바와 가쓰토시가 적의 손에 잡혔음을 알고서는 가쓰이에도 체념할 수밖에 없었다.

"모든 게 끝이로다."

공격조의 북소리는 그치지 않았다. 저녁때가 되자 외곽의 방어는 다 무너지고 성벽 앞 불과 15간이나 20간 가까이까지 하시바 군의 갑주로 가득하였다.

그럼에도 불구하고 성 안은 여전히 조용했다. 그러는 중에 공격의 북소리도 그치고, 밤이 되어 성 안팎에 사자의 왕래가 있었다.

'가쓰이에의 구명운동인가, 항복의 사자인가.'

그렇게 수군대었지만, 딱히 그런 것 같지도 않은 성 안의 공기였다.

밤이 깊어지자 그때까지 캄캄했던 본당에 환히 불이 켜졌다. 내당에도 그랬다. 아니, 무사들이 필사적으로 방어하고 있는 성루에조차 불이 밝게 켜졌다.

"아니?"

공격조는 의아해 했다.

그러나——곧 그 수수께끼는 풀렸다.

북소리가 울려나왔기 때문이다. 또 피리소리도 흘러나왔다. 다시 북국 사투리의 향토가 곡조까지 들려왔다.

"오오, 알았다. 성 안에서는 오늘 밤을 최후로, 가엾게도 작별연을 베풀고 있는 모양이군."

성 밖의 공격군조차 이날 밤은 감상적인 무엇이 있었다.

——회상되는 에이로쿠 시절.

당시의 오다 막장의 한 사람이었던 시바타 가쓰이에가 고슈 조고지 성에서 사사키의 강병 8천의 포위 맹공을 받아 마침내 물이 떨어져도, "물은 뜰에 버릴 만큼 많다"는 태도로 적사의 간담을 서늘하게 하여 쫓아보낸——그 젊었던 가쓰이에의 기개는 지금 어디에 갔는지.

고슈 조고지 성 안의 실태, 마침내 물이 모자라 병마가 모두 목이 말라 죽게 되었을 때, 아껴두었던 큰 병 세 개의 물을 성의 한가운데에 내놓았다.

"경들, 갈망의 물, 질리도록 마시라. 이것이 마지막 물이다."

이렇게 마음껏 마시게 하고, 병사들이 모두 목을 축이자, 창자루로 물병을 산산조각 냈다.

"물병이여, 들을지라. 우리들 무인, 어찌 비열하게도 물에 궁해 물고기처럼 말라 죽으랴. 목마르거든 마시라, 적병의 선혈을……."

이렇게 호언하며 "자아, 가자!" 하고 성문을 냅다 열고 적진에 돌격한 필사 1천의 투지, 오히려 8천의 대군을 패배시켜, 죽기 위해 나선 길을 오히려 개선의 대도로 하여 의기양양 돌아 왔다는 것이다. ──아아, 당년의 강병 시바타의 이름은 지금 어디로 퇴색했단 말인가.

오늘은 성 안의 병사나 공격군이나 모두 오다 휘하의 장사들이다. 가쓰이에의 과거를 모르는 자는 없다. 그만큼 더 감개가 무량한 것이다.

이날 밤, 기타노조의 성 안에서는 최후의 향연이 벌어지고 있었다.

본당 안에는 가쓰이에와 부인, 그 딸들을 중심으로 일족 80여명. 지척에 적군을 두고 촛불은 휘황히 타고 있었다.

"이렇게 한 자리에 모이기란 설날이 아니면 어렵지."

나카무라의 말에 모두 웃었다.

"날이 새면 죽음의 설날. 오늘 밤은 이 세상의 그믐."

촛불의 수도, 사람들의 웃음소리도 평소의 연회와 다를 바 없다. 다만 갑주 무장의 열좌인 것만이 숙연한 기분을 느끼게 했다.

이제 불과 11살이 된 막내딸이 상에 차린 음식과 사람들의 웅성거림에 들떠서 이것저것을 먹기도 하고, 언니에게 재잘대는 것을 보자 죽음을 각오하여 연회를 베푼 무사들도 눈시울이 더워졌.

부인 오이치와 묘령 16세를 필두로 세 딸의 차림이 어딘가 밝은 듯하면서도 처연해 보였다.

가쓰이에도 잔을 비우고 있었다. 이사람, 저 사람에게 잔을 권했다.

"겐바도 있었으면……."

문득 쓸쓸함을 나타내었지만, 더러 좌중에서 겐바의 실패를 탓하는 소리를 듣고는 말했다.

"겐바를 탓할 것은 없다. 모두 이 가쓰이에의 어리석음에 원인이 있는 것. ……그 말은 나를 책망하는 것이나 다름이 없으니까."

그리고 다시 마셔, 마셔하고 좌우에 권한 뒤, 성루의 병사들에게도 창고의 술을 풍족히 나누어 줄 것을 명했다.

"한없이 마셔 두도록. 높이 노래하여도 무방하다."

성루에서 노랫소리가 들리고, 웃음소리가 들렸다. 여기 본당 가쓰이에 앞에서도 북이 울리고 춤추는 은부채가 우아한 선을 그었다.

"옛날의 노부나가 님은 툭하면 일어나 춤을 추시고 가쓰이에도 추라고 강요를 하셨는데, 춤이 서툴러 굳이 사양을 하였더니, 이제 생각하면 괜한 짓이었어. 오늘 밤을 위해서도 조금은 배워 둘 것을…….”

가쓰이에는 이런 술회를 하였다.

생각할수록 옛 주인에 대한 그리움이 가슴에 솟구쳤다.

그리고 당시의 일개 병졸이었던 원숭이 때문에 이처럼 절망의 궁지로 몰리었다고는 하나, 하다못해 세상에 부끄럽지 않은 죽음으로 최후를 맞이할 생각이었다.

그는 아직 54세. 무장으로서는 이제부터라는 나이인데, 왕년의 보람도 없이 헛되이 죽음만을 생각게 되고, '이 세상에 미련 없이……' 하고 죽음의 향연만을 베풀고 있음은 도대체 어찌된 일일까.

자리에는 일족 80여 명이 있었고 성루에는 죽음을 각오한 철갑 2천을 넘는 군사가 있는데, 기타노조 패망의 최대 원인은 겐바의 젊은 혈기 이전에, 가쓰이에 스스로가 시즈가타케에서의 실수를 떨쳐버리지 못한 것에 있다.

왕년의 그를 아는 자, 누가 오늘날, 시바타가 늙었다고 하랴. ──초코성의 그 의기도 여기에 이르러서는 애석하게도 그 정기를 찾을 길 없다.

그 또한 세상의 수많은 범부와 다를 바 없다. 일개 범부로 변해 있었던 것이다.

잔은 돌고 돌아 밤이 깊어 감에 따라 몇 항아리의 술이 비워졌다.

노래에 북소리가 따르고, 춤에 은부채가 곁들여져 사람들은 웃고 떠들었지만, 슬픔과 근심의 기색은 아무래도 씻을 길이 없다.

때로 적요한 침묵과 밤기운에 흔들리는 촛불이 좌중 80여 명의 취한 얼굴을 술기운이 없는 듯 창백하게 보이게 했다.

"아직 밤은 깊다. 새자면 시간도 있고, 성 밖의 적도 고요하니 충분히 쉬도록……미련 없이.”

오지마는 주연 중에도 끊임없이 성루를 순찰하여 적의 움직임을 감시하고 있었다. 그리고 마음껏 즐기라고 상황을 보고해 왔다.

그 오지마의 목소리였다. ──거기 온 것은 누구냐? 고 묻고 있었다. 신고로라고 대답하는 소리가 들렸다. 그러자 오지마가 다시 말했다.

"아아 너냐? 왔구나.”

무엇인가 격한 감동을 받은 듯한 느낌이 실내의 사람들에게도 강하게 전달되었다.

"아버님, 왔습니다."
다음 말을 들었을 때, 주석의 잔은 모두 내려져 있었다.
"누굴까?"
모두 얼굴을 마주 보았다. 가쓰이에도 귀를 기울였다.
――그러나 잠시 후, 조용한 발자국 소리가 바로 문밖까지 다가왔다.
오지마는 자기 뒤에 한 젊은이를 데리고 왔었다. 이 젊은이의 연약한 무사 차림을 보았을 때, 가쓰이에 이하 일동은 다시 놀랐다.
왜냐하면 오지마 뒤에 선 것은 오랫동안 신병 탓으로 출사를 하지 못하고 집에서 요양을 하고 있었으므로 누구의 기억에서도 이제는 잊혀진――오지마의 큰 아들, 당년 18세의 오지마 신고로였던 것이다.
"드릴 말씀이 있습니다."
아비 오지마는 가쓰이에 앞에 엎드렸다.
"불초자식 신고로, 오랫동안 은록을 먹으면서 신병 탓으로 야나가세 출전 때도 따르지를 못했습니다. 이대로 집에 있는 것은 면목 없어 약첩을 버리고 달려왔습니다. 부디 자식에게도 내일 최후의 결전 때 함께 싸우기를 허락해 주시기를······."
가쓰이에는 감동한 기색으로 신고로를 눈으로 불러 즉석에서 잔을 권했다.
"주종은 천륜이라 하였지."
이 병약한 몸의 젊은 무사는, 다음 날 성문에 이렇게 크게 써 붙였다.
오지마 신고로오 18세. 야나가세 전투에 불참하였으나 오늘 충의를 다하리라.
그리고 맹화와 난군 중에서 분전, 타고난 병골에도 불구하고 그 종말에는 의와 효를 다했다.
앞서는 멘주 이에테루가 있었고 지금은 신고로가 있어 집안은 망해도 불멸의 무사혼은 죽지 않았다.
이러한 무사혼을 많이 포용하고 있으면서 마침내 대 붕괴를 좌시할 수밖에 없었던 가쓰이에의 가장으로서의 자책은 어떠하였으랴. ――촛불은 삼경, 연회는 아직 다하지 않았고, 어린 딸들은 어머니의 무릎에 기대기도 하고 졸기도 하였다.
딸들에게는 이 연회도 곧 따분해진 모양이었다.

막내딸은 어느 새 엄마의 무릎을 베고 새근새근 잠들어 있었다. 오이치는 그 애의 머리를 만지면서 시종 눈물을 참기에 안간힘이었다.

둘째 딸도 차츰 졸았고, 다만 큰 딸 자자만이 어머님의 심정을 이해하고 이 밤의 연회가 무엇을 뜻하는가를 알아 안쓰러울 만큼 차가운 표정을 짓고 있었다.

어머니를 닮아 딸들은 모두 미모가 대단하였지만, 특히 큰 딸 자자는 오다 집안의 핏줄을 물려받아 고귀함이 배어 나왔고, 거기에 그 묘령과 천질의 미모가 어우러져, 보는 자의 눈을 더욱 슬프게 했다.

가쓰이에는 문득 막내딸의 잠든 모습을 보고 말했다.

"천진스러워라……"

그리고 이들 약한 자, 어린 것들의 신상에 대해 오이치에게 말했다.

"그대는 노부나가 공의 누이. 이 가쓰이에의 집으로 옮긴지 아직 1년이 못 되는 인연이야. ──아이들을 데리고 날이 새기 전에 성을 나가는 것이 좋으리……도미나가를 딸려 히데요시의 진소까지 데려다 주지."

오이치는 눈물을 머금고 대답했다.

"싫어요……"

울면서 말한다.

"무가에 출가한 이상, 이런 일은 각오한 것. 그리고 숙명적인 것. 새삼 놀라지 않아요. 이 참에 성을 나가라는 말씀은 오히려 무정한 말씀입니다. 지쿠젠의 진문에 의탁하여 목숨을 건진다는 것은 생각조차 할 수 없는 일."

굳이 이렇게 거절하였다. 그러나 가쓰이에는 거듭 독촉을 되풀이했다.

"아니, 아니. 길지도 않은 인연, 이 가쓰이에게 정절은 고맙지만 세 딸 아이도 아사이(나가마사) 공의 유자. 또 히데요시도 주가의 누이인 그대들 모녀를 모른다 할 리는 없겠지. 그리 하오. 자아, 빨리 준비를……"

그리고 좌중의 시종을 불러, 다시 그 일을 숙의했다.

"신로쿠로오, 이리 와."

그러나 오이치는 아직 거부할 뿐이었다.

"뜻이 꼭 그러하다면 굳이 권하는 것도 오히려 뭣하리다. 그럼 하다못해 아무 것도 모르는 딸아이들만이라도 장군의 뜻을 받들어 성밖으로 내보내시는 것이……"

이렇게 중신이 권하자 그녀도 그것에는 동의하여 무릎에서 자고 있는 막내딸을 흔들어 깨워 부산히 시종에게 딸려 성밖으로 내보내게 되었다.
자자는 어머니에게 매달려 떨어지지 않으려고 몸부림쳤다.
"싫어요, 싫어. 어머님과 같이……."
하지만 가쓰이에가 타이르고, 어머니의 권유를 받아 간신히 시종을 따라 나섰다.
세 딸의 울음소리가 멀어질때까지 들렸다.
밤은 이미 4경이었다. 연회도 이젠 시들해졌고 무사들은 이미 들메끈을 고쳐 매고 무기를 들고 각기의 자리로 최후의 결전을 위해 흩어져갔다.
가쓰이에 부부와 일가 몇명은 본당 안으로 옮겼다.
오이치는 책상 앞에 앉아 세상을 하직하는 글을 썼다.
가쓰이에도 시 한 수를 남겼다.
장막 뒤의 촛불은 희미하였으며, 이또한 초패왕과 우미인의 한인가 싶었다.
꾀꼬리가 울어 날이 밝았음을 알렸다.

귀공녀

같은 밤——.

밤은 같은데 저마다의 밤은 같지 않다. 패자와 승자가 맞는 내일은 서로 너무도 다르다.

히데요시는 저녁 때 아시바 산의 본진을 다시 전진시켜 시가의 일단, 구즈류의 강 뒤편을 장좌로 정하고, 날이 새면 곧 총공격을 펼칠 작정으로 만반의 준비를 끝낸 다음, 조용히 날이 밝기를 기다리고 있었다.

시가도 의외로 평온했다. 2, 3곳에 불이 나기는 하였지만, 이것은 병정이 지른 것이 아니라 당황한 시민이 실수하여 낸 불이었으며, 오히려 이 큰 횃불을 이용하여 성병의 기습을 감시하는데 편리하도록 그냥 타게 내버려두고 있었다.

초저녁에 히데요시가 호리 히데마사에게 내린 군령은 곧 5, 60통 복사하여, 각진에 게시하도록 각 부장들에게 교부되었다.

그 조항은 다음과 같았다.

  1. 진퇴 공히 그 법을 따를 것.

  1. 난동하지 말 것. 특히 주점에 들리지 말 것.

1. 승리에 교만하지 말 것.
1. 전투를 각오하고 야간 기습을 준비 할 것.

초저녁부터 밤 사이에 각진에 소문이 퍼졌듯이, 히데요시의 영내에는 여러 인물들이 드나든 것이 사실이며, 그 때문에 가쓰이에의 구명운동이라느니 즉시 성이 개방되느니 구구각색으로 말들이 많았지만, 밤중이 지나도 당초의 작전방침에는 아무런 변경도 없었다.

일찍이 각진에는 새벽이 가까웠음을 느끼게 하는 움직임이 보였다.

소라가 울렸다. 안개를 흔드는 북소리가 둥둥 전진지에 울렸다.

이미 동녘 하늘은 훤하다.

총공격은 예정대로 인시 초 '오전 4시'에 어김없이 시작된 것이다. 성벽을 면한 선봉대의 총성에서 그 불은 당겨졌다.

팡팡하고 쨍쨍한 안개속의 소리였지만——웬일인지 그 총성도 선봉대의 함성도 털컥 멈추었기 때문에 전군의 움직임을 주저케 했다.

"아니, 무슨 일이야?"

그때 전령 1기가 안개를 뚫고 히데요시의 장막으로 되돌아 왔다.

이윽고 성밖의 야나기노 바바에서 3명의 여인을 동반한 1명의 전병이 히데마사 휘하의 전령을 따라 도보로 오는 것이 보였다.

"사격 중지. 사격 중지."

전령만이 기마로 주의 깊게 외치며 앞서 달렸다.

"오오, 성에서 나온 투항자인가?"

병사들은 시선을 모았다.

이들은 노부나가의 조카딸인 세 귀공녀인 줄은 모르고, 안개에 젖은 그녀들의 가련한 자태를 모두 지켜볼 뿐이었다.

언니는 동생의 손을 잡고, 또 그 동생은 막내를 이끌면서 험한 길을 총총히 걸어갔다.

투항자는 예의로서 신을 신지 않는 법이므로 귀공녀들도 버선발로 땅을 밟고 있었다.

"아파, 아파."

막내 귀공녀는 걸으려고 하지 않는다. 성에 돌아가겠다고만 한다. 성에서 따라 나온 도미나가는 달래어서 등에 업었다.

"신로쿠, 어디 가는 거야?"

등의 귀공녀는 겁에 질려 물었다. 아름다운 시체를 업고 있는 듯한 차가움에 신로쿠는 눈물을 흘렸다.

"좋은 아저씨가 계시는 곳에……."

"싫어. 싫어."

막내 귀공녀는 울었다.

13살, 16살의 두 언니는 열심히 위로한다.

"뒤따라 어머님도 오시지? 그렇지, 신로쿠?"

"네. 그럼요……."

그리고 잠시──히데요시의 진소가 있는 솔밭 가까이까지 왔다.

히데요시는 진막을 나와서 소나무 아래서 서성거리고 있었다.

──다가오는 것을 본 모양이다.

"모시고 왔습니다."

데리고 온 히데마사의 가신이 성에서 인도된 경위를 보고한다. 히데요시는 알았다고 말하고 곧 귀공녀들 곁으로 다가갔다.

"많이 닮았군……."

그가 가슴속에 그린 모습이 노부나가인지, 아니면 오이치인지, 하여간 그렇게 말하고 시선을 떼지 않았다.

"착한 아기들이군."

자자는 옅은 홍매색의 자락에 우아하게 띠를 매고 있었다. 가운데 귀공녀는 큼직한 자수 무늬의 소매에 연지색 띠를, 막내 귀공녀도 못지않는 차림에 각기 작은 금방울과 가라의 향대를 차고 있었다.

"몇 살이지?"

히데요시가 물었지만 셋 다 대답이 없다. 오히려 입술을 하얗게 하고, 곧 이슬방울 같은 눈물을 쏟을 것만 같았다.

"핫하하."

히데요시는 의미 없이 웃어 보이고, 자신의 코를 가리켰다.

"두려워할 것 없단다. 이제부터는 이 지쿠젠과 놀아."

비로소 중간 귀공녀가 조금 웃었다. 그녀만이 원숭이를 연상하였는지도 모른다.

그러나 이때.

이미 아침이 된 기타노조 주위 전면에 걸쳐 앞서보다 더한 총성과 함성이 일시에 땅을 뒤흔들었다.

귀공녀들도 성벽의 연기를 보자 절규하며 울었다.

"엄마, 엄마."

"아이들을 무서워하지 않을 곳으로 데려가라."

그들을 가신에게 맡기고, 히데요시는 말을 타고 화살같이 성 쪽으로 달려갔다.

나중에 이 귀공녀들이 자라서 첫째 자자는 히데요시의 측실로 들어 요도기미가 되고, 다음은 교고쿠 다카쓰구의 정실로, 또 막내는 도쿠가와 히데타다의 부인이 되어 이에미쓰를 낳게 되는 전국의 기구한 운명은 사기에 의하여 세상에 알려지게 된다.

구즈류 강의 물을 끌어다 놓은 외곽의 후타에보리는 쉽게 공격군을 접근시키지 않았다.

그러나 외호가 마침내 무너지자 성병은 대문의 당교를 스스로 불살랐다.

화재가 다문루에 옮겨 부근의 병사로 번졌다.

성병의 항전은 예상 외로 완강했다.

전날 밤부터, 공격군은 이미 이겼다는 마음이 아무래도 크게 작용한 탓도 있다.

"두려운 것은 적이 아니고 그 교만이야."

이것은 히데요시가 각진에 크게 알린 대로였다. 그 때문에 그는 오늘 아침부터 선봉군 가운데 서서 직접 지휘를 하였다.

정오에 외성이 함락되었다.

공격군은 모든 문으로 해서 본당으로 쏟아져 들어갔다. 그러나 기타노조 일문의 수뇌자들은 모두 성루의 일각에서 죽음을 각오한 방어전을 펴고 있었다. 이 성루는 9층으로 되어있고, 철문 돌기둥으로 된 견고한 것이었다.

공격군의 희생은 아침나절보다 여기 와서의 잠깐 사이 그 몇 배로 늘었다.

온 성안은 들이고 집이고 모두 불바다였다.

이윽고 히데요시가 들어왔다.

"일단 모두 물러서라."

성루의 함락은 어렵다고 보아 공격에 부심하는 병졸들을 물러서게 하였다.

"우선 한숨 쉬는 거야."

그러나 그 사이에 그는 직속의 정예 중에서도, 각대 중에서도 강한 병사만 수 백을 차출하여 총은 갖지 않고, 창과 망치만 들게하고 명하였다.

"이 히데요시가 여기서 보고 있으니 용감하게 성루로 돌격하라."

특별히 선발된 이 창수 일대는 벌떼처럼 누각을 싸고 기어올랐다.

각의 2층, 4층, 5층의 낭하에서 새카만 연기가 뿜어 나왔다.

"좋아!"

히데요시가 크게 말했을 때, 누각 지붕은 거대한 불의 삿갓이 되어 있었다.

그것은 가쓰이에의 최후를 알리는 섬광이기도 했다.

가쓰이에는 권속 80여 명과 함께 각의 3, 4층 근처에서 공격군에게 저항하다가 최후의 일각까지 혈전을 하였지만, 일족들이 빨리 준비를 하라고 독촉하여 5층으로 올라가, 오이치의 죽음을 확인하고, 자신은 분카사이의 도움을 받아 할복하였다.

때는 오후 네시였다.

각은 한 밤 내내 불타 구즈류 강을 비추었다. 노부나가가 에치젠 경영 이래 수많은 꿈과 수많은 영혼을 안고 이제 잿더미로 화한 그 빈터에서는 아무 것도 발견할 수 없었다고 한다.

그 때문에 가쓰이에의 죽음은 그 목을 잘라 확인할 수가 없었다.

"어쩌면?" 하는 억설도 한 때 나돌았지만 히데요시는 무관심하게 다음날 25일에는 이미 가가로 향하고 있었다.

아수라의 아들

가가의 오야마 성(가나자와)은 어제까지 사쿠마 겐바노조의 영이었다.

기타노조의 낙성이 전해지자 이 지방도 미리 투항해 왔다.

히데요시는 싸우지도 않고 오야마 성에 들어갔다.

——그러나 이기면 이길수록, 나아가면 갈수록 그는 군기를 엄하게 했다.

이러한 그의 의도는 가쓰이에를 정벌해도 더욱 가쓰이에와 같은 여타의 무리를 무언으로 위압하려함에 있었다.

도미야마 성에 있는 사사 나리마사가 그것이다. 그야말로 둘도 없는 시바타 편이며, 뼛속까지 히데요시 혐오자이자 히데요시를 멸시하는 사내였다.

원래 사사는 오와리 히다이의 성주로, 출신으로만 따져도 히데요시와 비교가 안 된다.

과거 노부나가 경영하에 있던 호쿠리쿠 출정 때도 시바타의 부장 격으로서 자타 공히 인정하고 가쓰이에가 야나가세 출진 때는 에치고의 우에스기 가게카쓰의 저지와 내정을 위탁받아 '여기 나루마사 있노라'고 호쿠리쿠를 위압하던 그이기도 했다.

지금 가쓰이에가 이미 망하고, 기타노조도 함락되었다고는 하나, 본래의 맹기와 히데요시 혐오를 표방하는 분수로 봐서도, '가령 가쓰이에의 전철을 밟더라도 잔병과 시바타 당을 규합하여 항전을 끌다 보면 사위의 변화도 생기겠지' 하며 사력을 그쪽으로 기울일 가능성이 짙다.

히데요시는 일부러 그 기세를 꺾지 않았다. 위용을 갖추어 굳이 공격하지 않고 그가 오기를 기다리고 있었다.

소위 나루마사에 대해서는 좀 생각해볼 여지가 있다고 여유를 두고 있었다고도 할 수 있다.

그 사이에 히데요시는 오히려 우에스기 가게카쓰에게 적극적인 맹약을 종용하고 있었다.

대 우에스기 정책에는 앞서 다키가와 정벌 이전에 밀사를 보내어 선수를 쳐놓기는 하였지만 그 이후 추이의 실상을 알리고, '존당의 근황 어떠한지……?' 하고 굳이 구체적인 의사표시를 요구했던 것이다.

호쿠에쓰에게는 스스로 호쿠에쓰의 진으로써 임하는 우에스기 가(家)가 고차적으로, 더구나 독자의 경략으로 이 대 풍운기를 넘어서려는 의도도 있었다.

가게카쓰는 가신 이시카와를 보내어 그 전첩을 축하하고 또 히데요시의 회맹에 대해서도 이렇게 은밀히 말하게 했다.

'호쿠에쓰의 산하 작금 다망. 타일 친히 만날 날도 있으리.'

히데요시와 우에스기 가(家)와의 사이에 우호관계가 보이는 한, 도미야마의 사사가 항전을 꾸밀 여지는 전혀 없다.

나루마사는 뜻을 가장하여 마침내 히데요시에게 투항해 왔다.——그리고 자신의 차녀를 도시이에의 차남 도시마사에게 출가시키기로 약속함으로써 본령 안도라는 짐으로 낙착되었다.

이리하여 기타노조 이북에 관해서는 거의 전투 없이 승리의 여세로 평정하였다해도 좋았다.
　4월 25일, 그는 도미야마의 성중에서 위로연을 개최했다. 마침내 회군하기 위해서다. 그 자리에 에치고의 사신 이시카와도 있었다.
　이시카와는 이미 사절로서의 공무도 끝나 있었으므로 에치고로 돌아가게 되어 있었으나 히데요시가 만류하여 오늘의 연회에 참석코자 귀국을 하루 늦추고 열석하였다.
　"당신의 얼굴은 전장에서 특별히 많이 본 기억이 있는데, 나를 모르겠소?"
　술이 거나해지고, 다리가 다소 흥청거릴 무렵 도시이에는 그의 앞에 잔을 권하며 말했다.
　"왜 모르겠소."
　이시카와는 잔을 받으며 웃었다.
　"……덴쇼 시월, 세이간지의 격전 때, 검은 가죽 띠를 피로 물들이며, 고전하는 군사를 질타하는 외눈 대장의 지휘 태도는 지금도 눈에 선한데, 잊다니오."
　도시이에는 무릎을 치고 말했다.
　"그때 항상 우에스기 군의 선두에 서서 아군을 괴롭히던 창(槍)의 고수를 에치고의 이시카와 하리마라고 하기에 기억해 두었다가 창의 우열을 가릴까 했더니, 마침내 만날 기회가 없다가, 오늘 여기서 무릎을 맞대다니……."
　"아니, 도시이에 공 그건 행운이었습니다."
　"하하하, 무슨. 하리마 공이야말로 목숨을 건졌지…… 이후의 목숨은 여분의 것. 그 셈치고 오늘은 마음껏 드시지오."
　도시이에는 좌중에서 제일 큰 잔을 들어 이시카와에게 권했다.
　"야아, 이건. 이건."
　에치고 무사로서 5홉이나 한 되를 겁낼 자는 없다. 이시카와는 입도 떼지 않고 쭉 들이켰다. 여기저기 모여서 환담을 하던 사람들도 모두 그 술 마시는 태도를 보고 감탄을 했다.
　"야아, 훌륭하다."
　히데요시도 보고, 곁에 있던 장식 잔을 들었다.
　"하리마, 또 한 잔."

그것은 보기만 해도 조금은 고개를 갸웃해 볼만큼 큰 잔이었다. 전 성주 겐바가 가쓰이에로부터 받은 유래가 있는 큰 잔이었다.

하리마노가미는 우러러 보고 절을 하였다.

"감사하옵니다."

그러나, 시종이 히데요시의 손에서 그 잔을 받아오려 하자 제지했다.

"잠깐만 기다려 주시오."

그리고 정중하게 말했다.

"그 잔이라면 나 말고 달리 꼭 받을 자가 있습니다…… 그 자에게 내리시면 더욱 고맙겠습니다만……."

히데요시는 의아해서 좌중을 돌아보았다.

"누구에게……이 잔을 하리마가 특히 받게 하고 싶은 자는?"

"아니, 여기에는 없으나……."

"없어?"

"제가 데려온 일행 중에 있는데, 만일 용납하신다면 이리로 불러 배알케 하리이다."

"좋구말구. 지금 부르오."

히데요시는 가볍게 대꾸했지만 곧 하리마에게 다시 물었다.

"……그런데 그자는 우리 집의 사람이오? 아니면 가게카쓰 공의 '사무라이'요?"

"아니, 아수라의 아들입니다."

"허어, 아수라의 아들이라?"

"네."

"아수라의?"

히데요시는 더욱 의아한 표정을 지었다.

하리마가 주흥에서 농담을 하고 있는 줄 알았기 때문이다.

그러나 이윽고 하리마가 불러온 자를 보니 12, 3살은 되었을 홍안의 소년이었다.

"하리마. 그런 아이에게 이렇게 큰 잔을 주다니 무슨 뜻인가? 주태백의 아들도 아닐 테고."

히데요시도 농을 했다. 그 소년에게로 시선이 모였다. 좌중이 모두 웃었다.

그러나 이시카와 하리마노가미만은 홀로 눈에 눈물까지 담고 그 소년을 곁으로 불러 히데요시에게 인사를 드리게 한 후, 말했다.

"지난 덴쇼 7, 8, 9년의 호쿠에쓰 진에 참가했던 자는 아직 잊지 않았을 것입니다만, 이 아이는 당시 우리 우에스기 가의 일장으로서 우오쓰 성에 거하여 오다 공의 원정군인…… 시바타 일족, 사사, 마에다 등의 대군을 홀로 막아 수년 간 공격군을 괴롭히고 귀신같은 시바타 조차도 마침내 공격을 포기케 한 에치고의 무사……다케마타 미카와노카미 히데시게의 아들입니다."

하리마의 진지한 태도에 사람들은 모두 잡담을 그치고 조용히 들었다.

특히 우오쓰 성의 다케마타의 유자라는 말을 듣자 좌중은 소년을 다시 보았다.

하리마는 다음과 같이 그때의 추억을 이야기했다.

──고성 우오쓰도 최선의 방어를 한 보람도 없이 마침내는 함락될 날이 왔다.

그때, 성장 히데시게는 온 성이 불바다가 되는 것을 보고 '적에게 이 성을 맡길 바에는 나 또한 적장 가쓰이에의 목을 빼앗아야겠다' 하고 화염을 뚫고 적진으로 뛰어들어 난군 속에 잠복하여 가쓰이에를 노리고 있었다.

가쓰이에는 이것을 모르고 이미 낙성되었다고 여겨 말을 타고 입성하려 하였다.

그때 갑자기 첩첩한 전사자의 시체 속에서 일어선 만신 선혈의 한 무사가 맹풍일념의 창을 들고 실로 나는 표범처럼 덤벼들었다.

"아느냐? 가쓰이에. 다케마타 미카와노카미, 여기서 너를 기다린지 오래였노라. 자아, 목을 바쳐라."

그러나 다수에 혼자. 덧없이도 적에게 철통같이 포위되고 말았다. 히데시게는 분노의 눈에 불을 뿜으며 싸웠으나, 종말을 깨닫자 하늘을 우러러 고별의 시를 두세 번 목이 터지게 읊었다.

아아, 아수라 왕만 못하랴.
환생하여 다시 취하리.
가쓰이에의 목을……

그리고 "참으로 잘 읊었다" 하고 자찬한 뒤, 가가대소하더니 스스로 자기의 목을 쳤다는 것이다.

우오쓰는 마침내 함락되었으나 우에스기 가의 무사들이 다케마타를 크게 자랑스럽게 생각하는 것은 말할 것도 없다.

그래서 이시카와도 이번 사절 행차 때, 그의 유자를 찾아내어 에치고로 데려온 것이라고 말했다.

만좌의 무장은 잔을 놓고 귀를 기울이고 있었다. 히데요시도 몇 번이나 고개를 끄덕이며 들었다. 그리고 큰 잔을 들자 손짓했다.

"아수라의 아들 좀 더 가까이……."

히데시게의 아들, 미노스케는 히데요시에게서 그 잔을 받았다. 하지만 소년이기 때문에 술이 아니라 잔을 받은 것이다.

"이 잔은 미카와노카미의 일념에 공양하기 위해 그대의 가문에 주는 것이야. 아버지를 거울삼아 그 못지않은 좋은 무사가 되도록."

감격하기 쉬운 소년의 얼굴은 붉게 상기되었다.

하리마는 미노스케와 함께 깊이 감사하고 그날 저녁 때 에치고로 떠났다.

히데요시는 다음 날 회군하여 기타노조에 이르러 5월 1일에는 호쿠리쿠의 제상에 대해 새 영토의 가봉 소속을 발표하였다.

오야마의 성은 마에다 도시이에의 경영으로 하였다. 히데요시는 도시이에의 우의에 답하기 위해 가가의 이시카와, 가호쿠 두 고을을 준 외에 아들 도시나가에게도 마쓰토(松任) 4만석을 주고, 대신 후추의 성은 환수하였다.

가가의 에소를 히데가쓰에게, 노미고오리를 무라카미에게──모든 지방 호족은 그대로 구령대로 두고, 이것을 모두 니와 나가히데에게 복속시켰다.

특히 히데요시가 주의를 기울인 것은 나가히데의 공이었다. 기타노조에 있던 어느 날, 그는 나가히데의 손을 잡고 눈물을 떨굴 뿐이었다.

"그대의 후의 없이 어찌 오늘이 있으리. 지금 그 공을 입으로 논하고, 노고에 답하려 한들 무엇을 어떻게 해야 좋을지……."

과연 히데요시가 이랬었는지는 모르지만, 하여간 그가 최대의 후의로 대한 것만은 사실인 것 같다.

즉 와카사, 오미의 구령에다 새로 에치젠 전주와 가가 2군을 부여하고, "그대 이제는 호쿠리쿠를 다스려 지쿠젠을 돕기를……" 하고 지극히 다정한 말투로 큰 몫을 떼어 주었으며, 또 아들 나베마루에게까지 시바타 전래의 명도를 주기까지 하였다.

이 외에 다른 직속 제후에게도 대규모의 논공행상이 있었다. 그러나 이것은 훨씬 훗날의 일이다.

호쿠리쿠의 처리를 마치고 히데요시의 개선군이 나가하마로 귀환한 것은 5월 5일 단오날이었다.

장병들에게 단오 놀이도 시킬 겸, 성에 이틀간 머무르게 되었다.

히데요시는 그 사이에 기후 방면의 전말을 보고 받았다.

그 뒤, 기후성은 이나바 등의 병사들이 공격을 계속하였는데, 시바타의 대패 소식을 듣자 간베는 물론, 성병의 사기는 완전 저하되었고, 더욱이 이나바의 친척이 많았으므로, 그들은 모두 성을 빠져나와 히데요시 편이 되어 버렸다.

결국, 남은 자 27, 8명이라는 궁상에 몰려 마침내 노부타카도 성을 빠져나와 나라 강에 배를 띄우고 기소강으로 내려가 오와리로 도피하였다.

무가사기(武家事紀)에는 이렇게 적혀있다.

산시치 노부타카, 시바타만을 믿으나, 망했으므로 뿌리가 걸린 나무처럼, 부하들도 모두 투항하고 아끼던 자들만 남느니라.

"산스케 노부오, 오와리의 세력을 갖추어 성을 포위. 사자를 보내어 오와리 쪽으로 오라고 권유. 성을 나와 배를 타고 지타의 우쓰미로 쫓기다. 거기에 노부오의 부하 나카가와를 보내어 자살을 강요하자, 진작부터 이럴 줄 알았다 하며 조용히 자살하니라."

이렇듯 노부타카는 형제인 오다 노부오가 교묘히 끌어내어 처치한 것으로 되어있다.

물론 지시한 것은 히데요시다. 주가의 혈통인 노부타카를 직접 자군으로 처치하기란 뭣하므로 노부오의 손을 빌어 이렇게 한 것이다.

이 일에 대해 세상은 히데요시의 불충을 탓하기도 하지만 야마가소코의 '무가사기' 등의 기술은 그와 뜻을 달리한다. 히데요시가 모리와 담합하여 야마자키의 미쓰히데를 치고 기요스 회의에 참석했을 때는, 결코 천하를 빼앗을 뜻은 없었다고 말하였다. 그러나, 천하 대사의 결말이 나자 노부오 노부타카의 공들을 비롯 가쓰이에 등의 구 중신의 계략이 모두 노부요시만 못하여 오히려 천하 병탄의 경망과 소지를 히데요시에게 주어 버린 것이라고 말하고 있다.

그리고 최종적으로 이 문제를 다음과 같이 결론짓고 있다.

——히데요시, 이것을 앗은 것이 아니라, 노부오, 노부타카, 이를 주니라.

하여간 세간의 평도 이 결론에는 이의가 없는 모양이지만 주고쿠에서 야마자키 전이 한창인 무렵에는 천하를 넘어보지 않았다는 설만은 어떻게 해석해야 할지 난감하다.

어쨌든, 노부오나 노부타카나, 이 형제의 평범함만은 인정하지 않을 수가 없다. 만일 형제가 마음을 합한다거나, 아니면 어느 쪽이 영특하여 시대를 내다보는 눈을 갖고 있었다면 결코 이런 파국은 오지 않았을 것이다.

노부오의 사람 좋은 용렬함에 비하면 노부타카는 재략은 부족하였지만 그래도 뼈대가 있었다. 오와리의 노마까지 도피하여 그곳의 절간에서 할복으로 최후를 맞이하며, '이렇게 되리라……'고 미리 각오하고 있었던 것을 보면 맹물은 아니었다.

일찍이 노마의 안요인(安養院)에는 오래된 묵화 한 폭이 있었는데, 오다 노부타카의 자살시에 걸려 있었던 것이라고 한다.

혈흔이 남아있어 당시를 기억하게 하는 것이라 가노 노에이가 그것을 두고 시를 읊었다고 한다.

　밤의 창, 꿈과 같은 서호에 이르러
　달 아래 꽃을 보며 쫓기던 자를 떠올린다.
　어디선가 종소리가 들려와 잠을 깨우니
　머리를 들어 반폭의 묵매화를 바라본다.

노부타카. 그의 나이 26세.
자살한 것은 5월 7일이라고 한다.
그 7일.
히데요시는 안즈로 출발, 11일에 사카모토에 주둔하고 있었다.
이세의 다키가와 가즈마스도 곧 투항해 왔다.
히데요시는 그에게 차(茶)의 탕료라며 토지 5천 석을 주고 전날의 죄를 추궁하지 않았다.

하쓰하나(初花)

 1년……실로 불과 1년 밖에 되지 않는다.
 작년 덴쇼 10년의 첫여름부터 금년 여름에 이르는 동안, 히데요시의 위치는 스스로도 놀랄 만큼 비약했다.
 아케치를 치고, 시바타를 무너뜨렸다.
 다키가와, 사사도 무릎을 꿇었다.
 니와 나가히데는 한결같이 신뢰로써 협력해 오고, 마에다 도시이에는 우정으로써 변함없는 모습을 보여주고 있다.
 노부나가의 분국은 모두 히데요시의 의도대로 돌아가고 있었다. 오히려 노부나가 때에는 적국이었던 분국 외의 제주까지도 최근 1년 동안에 그 관계가 완전히 달라져 있었다.
 노부나가의 패권에 대해 오랫동안 집요하게 대항을 계속하던 모리도, 지금은 아들을 볼모로 보내어 맹방으로 귀속되었고, 규슈의 오토모 요시무네도 이번에는 축서를 보내어 왔다. 또 사누키의 소고 마사야스도 강화를 청해 오는 형편이었다.
 게다가 에치고의 우에스기 가게카쓰도 은근히 하사를 보내어 맹약을 맺었으니 사방의 바람이 한결같이 히데요시를 향해 불어오는 듯 하였다.

……그러나 오직 한 사람, 마음에 걸리는 인물이 있었다.

도카이(東海)의 도쿠가와 이에야스다.

이에야스가 히데요시의 이 욱일승천같은 대두를 과연 어떻게 보고 있는가는 큰 의문이 아닐 수 없었다.

"그의 속셈은?"

히데요시도 지켜보고 있었다.

"아니, 히데요시란 자는."

이에야스도 괄목하고 있음에 틀림없다.

그리고 이 둘 사이에는 요즘 오랫동안 연락도 끊어져 있었다. 쌍방이 모두 서툰 술책은 쓰지 않기로 한 것인지도 모른다.

그러나 그것은 전혀 무위무책을 의미하는 것은 아니다. 현 상황을 드러내놓고 천하통일을 노리는 히데요시와 묵묵히, 자기의 진영을 굳게 다지고 있는 이에야스의 은밀한 속셈이 맞물리는 기간이었던 것이다.

그러나, 이러한 무표정의 지속은 이윽고, 이에야스 측의 외교형식을 띤 접촉으로 중단되었다.

그것은 5월 20일의 일로, 히데요시가 교토에 귀환하여 얼마 되지 않았을 때이다.

도쿠가와 가의 제1의 숙장, 이시카와 호키노카미 가즈마사는 이에야스의 뜻을 받아 야마사키 성으로 히데요시를 방문하여 차도구 하쓰하나(初花)를 바쳤다.

"금번 야나가세 출전의 대 승리는 실로 천하통일의 날이 머지않았다고 주인 이에야스도 함께 기뻐하며, 불초 신으로 하여금 축하의 뜻을 전하게 한 바입니다."

하쓰하나의 차도구는 일찍부터 천하에 이름이 난 명품이었다. 이것이 히가시야마 요시마사의 손에 들어갔을 때, 요시마사는 기쁜 나머지 시를 읊었다할 정도이다.

"하쓰하나의 곱고 붉은 빛이여! 그 아득한 그리움을 어이 잊으랴."

근래 특히 차에 관심이 많은 히데요시가 우선 이 선물에 대단한 희열을 보인 것은 말할 것도 없다.

그러나 보다 더 큰 만족은 이에야스가 먼저 이처럼 예로써 대해왔다는 사실이다.

 가즈마사는 즉일 하마마쓰로 귀국할 예정이었으나 히데요시는 굳이 만류하였다.

 "그리 급하게 서둘 것도 없지. 한 사나흘 놀다 가오. 내일은 작은 잔치도 있고 하니까."

 그 잔치란 작년 이래, 히데요시의 내치 전공을 가상히 여겨 조정에서 그에게 종 4위하 참의에 보한다는 서지를 받은 것이다.

 히데요시는 이 영광을 가신들에게도 나누어 주기 위해, 공을 세운 장수 36인을 포함하여 많은 사람들에게 광범위한 논공행상을 하였다.

 또 새로 분국 20개국에 신진의 성주를 봉하고 기내 5국을 병합하여 5월부터 오사카에 대 축성을 계획하고, 연내로 옮길 예정——이라는 사실도 발표했다.

 "이러저러한 겸사의 잔치가 있구려. 그러하니 천천히 쉬어 가도록……."

 히데요시가 이처럼 권하는 바에야 가즈마사도 굳이 사양할 구실이 없었다. 경축의 뜻을 표하러 온 사신이 잔치에 참석을 거부하고 떠나는 것도 이상하다고 생각했던 것이다.

 잔치는 3일이나 끌었다. 상을 받은 장수와 하객들의 등성은 끊일 틈이 없었고, 성시가 좁고 성문도 작은 야마사키 성은 수레와 인마로 넘쳤다.

 그러나 가즈마사는 이 조그만 성에 서리는 기운을 볼 수 있었다.

 '시대는 이미 이 사람의 어깨에……'

 그런 느낌을 솔직하게 갖지 않을 수 없었다.

 가즈마사는 오늘날까지 '우리 주군이야 말로 천하를 잡을 사람'이라고 굳게 믿어 의심치 않았었는데, 여기서 히데요시와 기거를 같이 하는 사이, 그 심경에 적지 않게 변화가 생겼다.

 그는 여러 방면에서 자국과 이곳을 비교하여 보았다. 도쿠가와 휘하의 사람들과 히데요시 휘하의 사람들을 비교하여 반성하였다.

 그리고 내심 결론으로서 '뭐라고 해도 하마마쓰, 오카자키는 아직 지방적——'이라고 탄식할 수밖에 없었고, 히데요시와 이에야스의 인물비교에서도, 혜안의 가즈마사는 이렇게 보았다.

 "나의 주군이기는 하지만 히데요시 공의 천성의 대기와 천의무봉의 인품에서 오는 중망에는 도저히 미치지를 못할 것이다. 사람들은 자연히 이 사람을 따르게 될 것이고, 시세는 착착 이 사람에게 다음의 천하를 위한 기틀을 마련하게 할 것이다."

아니, 혜안이 아니더라도 히데요시를 맹주로 하고 차츰 일어나는 기운은 일본 전국의 여명을 느끼게 했고, 그 중심임을 실증하고 있음에 비하여 하마마쓰의 이에야스로 말하면, 아직도 도카이 한 지역에 국한된 지방 세력에 불과함은 누구도 부인할 수 없는 것이다.

"너무도 지극한 대접에 그만 수일을 묵고 말았습니다. 내일은 하직을 드릴까 합니다."

"갈 테오? 그럼 내일은 교토까지 동행하구려. 지쿠젠도 교토로 가는 길이니까."

가즈마사의 작별의 뜻에 히데요시는 이렇게 말하고, 다시 밤을 그와 함께 보냈다.

다음 날……가즈마사의 귀국과 길을 같이 하여 히데요시도 교토로 출발하였다.

"가즈마사, 가즈마사."

도중에 히데요시는 말 위에서 열의 후미를 돌아보고 역시 말 위의 그를 불렀다.

가즈마사는 도쿠가와 가의 사절로서 성 안에서는 빈객 대우였지만 노상의 서열은 배신이므로 당연히 히데요시의 뒤를 따른다.

그러나 자꾸 부르므로 시종들을 두고 그 자신만 히데요시 곁으로 갔다.

"무슨 일이신지……."

히데요시는 느긋한 태도로 말하는 것이다.

"가즈마사여, 동행의 약속이었지. 떨어져 가는 것은 동행이 아니오. 교토까지의 노정, 심심할 테니 이야기나 하며 가는 것이 어떻겠소?"

"뜻을 받들겠습니다."

가즈마사는 좀 망설였지만 말머리를 나란히 하여 이야기 상대를 하였다.

연도의 백성들이 보면 이것은 히데요시가 가즈마사를 교토까지 바래다주는 것 같았으리라……그러나 히데요시는 전혀 개의치 않은 태도였다.

"여기서의 교토 출입은 참으로 불편하이. 왕복 시간 소비도 아까와. 그래서 연내로 오사카로 옮겨 나니와와 교토를 긴밀한 일환의 부로 하고, 모든 일을 거기서 볼까 생각하는데."

히데요시는 오사카 축성의 포부를 얘기했다.

"참 좋은 땅을 고르셨습니다. 노부나가 공도 생전에 다년간 오사카를 희망하신 것으로 들었습니다만."

"당시에는 아직 혼간사의 호조가 견고하여, 어쩔 수 없이 아즈치를 택했는지 모르지만 본의는 오사카였는지도 모르지."

"그런데 오늘에 와서는 축성의 소식을 듣자 각 주에서 돌과 제목을 운반하는 등, 오히려 하명을 기뻐하며 주야 공사에 열중한다니, 오직 위덕인 줄로 압니다."

"무슨. 모든 것이 다 기운(機運)이지. 나니와의 땅이 그렇게 될 기운이 지금 도래한 것에 불과하지."

어느 새 교토에 이르렀다. 가즈마사가 작별을 고하자 히데요시는 또 만류했다.

"이 더위에 육로로 도는 것은 현명하지 못해. 오쓰의 호상을 거쳐 배편을 이용하는 것이 좋아. 배가 준비될 때까지 겐이의 집에서 점심이나 먹자구. 자아, 어서 와요."

겐이란, 앞서 교토를 책임 맡았던 마에다 겐이를 말함이다. 히데요시가 강경히 가즈마사를 끌고 그 겐이의 저택으로 갔다.

문은 청소되어 있었다. 미리 알고 있었던 모양으로 겐이는 가즈마사를 정중하게 맞이했다.

"그리 딱딱하게 굴 것 없어."

히데요시는 시종 부드럽게 분위기를 이끌었고, 다정에서 오찬이 끝나자, 아니, 그 식사 중이나 차를 마시는 사이에도 오사카 경영의 얘기를 계속하였다.

"겐이. 도면을, 도면을 가져와."

"축성 도면말이옵니까?"

"그렇지. 여기에도 사본이 한 벌 있었지?"

"있습니다."

이윽고 겐이가 가져온 대 도면을 펼쳤다. 타국의 외신에게 태연히 이러한 것을 보이는 히데요시의 의중을, 겐이도 가즈마사도 다같이 두려워하는 눈치였다.

히데요시는 개방주의다. 이렇게 흉금을 털어 놓고 말하는 앞에는 가즈마사가 도쿠가와 가의 신하라든가, 그 도쿠가와 가(家)가 자기에게 있어서 어떤 존재인지에 대한 의식이 전혀 없는 것만 같았다.

"하여간 좀 보라구."

그리고 이렇게 그 설계의 비평을 가즈마사에게 요구했다.

"그대는 축성에도 권위가 있다고 들었어. 어딘가 마음에 걸리는 데가 있거던 서슴없이 지적하도록."

원도는 그 다실이 가득할 정도의 크기였다. 말한 대로 가즈마사는 축성 토목에는 다소 조예도 있었고 흥미도 가지고 있었으므로 보통 때 같으면 극비에 부쳐야할 것을 타국의 사신에게 어째서 보여 줄까하는 의심은 차치하고 도면 위로 몸을 굽혔다.

"그럼 보겠습니다."

"……."

히데요시가 추진하는 일이라 적은 규모는 아니라고 예상했던 가즈마사도 자세히 들여다볼수록 그 구상의 웅대함과 준비의 심원함에는 새삼 놀라왔다.

"허허어."

몇 번이고 감탄을 하고 도면에 매혹되었다.

그가 생각하건대……

일찍이 혼간사의 근거였던 때는 한쪽이 8정의 성곽이었는데, 지금 이 설계도를 보면 그 8정은 불과 본당의 기초 밖에 되지 않았다.

그리고 그 주변의 사천산해의 자연을 모두 포용, 경승을 고려하고, 공수의 난이, 경영의 이해를 생각하여 병마의 출입, 차마와배의 편리를 도모하였다. 이 모두를 둘러싸는 외곽은 실로 60여 리에 달하였다.

또 중심이 될 천수각은 성의 가장 높은 곳에 수 십간의 누대를 구축하고, 다시 우뚝 솟은 5중의 층이 설계되어 있었으며, 정상의 기와는 모두 금박을 입히도록 되어 있었다.

"아아, 과연."

다시 한번 가즈마사는 감탄하였다……경탄. 오직 혀를 내두를 뿐이었다.

……그러나 그가 지금껏 보고 있었던 부분은 아직 성부의 일각에 불과했다. 그것을 둘러싸는 오기칠도의 시가교통을 보면 그 광대하고 원대한 계획에 새삼 놀라지 않을 수 없었다.

왕성과 가깝고, 후시미, 도리우의 요진을 안았으며, 요도 강의 물을 끌어 곧 성을 휩싸게 하며, 중국과 조선, 남방제도를 왕래하는 무수한 교역선이 그곳을 지나게 하였으며, 나라의 가도는 멀리 야마토, 가나이의 산맥을 장벽으로 자연의 수비를 이루었고, 상잉, 산요의 양도는 시코쿠, 규슈의 해륙도를 이곳에 집결시켜 사통팔달의 관문을 이루고 있다. 그야말로, 천하 제1성의 땅으로서, 또 장차 천하를 호령할 땅으로서 노부나가의 아즈치에 비해 몇 배나 웅대하였으며 어디 한 곳 부족한 데가 없었다.

"어떤가, 그대가 보기에는?"

히데요시가 물었다.

"논평할 여지가 없습니다."

가즈마사의 솔직한 의견이었다.

그때, 겐이가 자리를 옮기자고 말해왔다. 너무 집중하여 도면을 보아서인지 가즈마사도 약간 피로해 보였다.

히데요시는 곧 앞서 일어섰다.

"그러지."

송음정에는 발이 쳐져 있고 청소가 되어 있었다.

"그저 경탄할 따름입니다."

거기에 와서 가즈마사는 다시 말했다.

"뭣을?"

히데요시는 이미 잊고 있는 듯한 표정이었다.

"오사카 경영의 그 도면에서 본 방대한 계획 말입니다."

"아, 오사카 축성인가. 그 정도면 될는지."

"만일 그것이 낙성되면 고금 미증유의 대 성시가 지상에 실현될 것입니다."

"그럴 작정이지만……."

"언제까지의 예정이신지?"

"연내에 옮길까 싶은데."

"네? 연내로……."

"대강 말이야."

"그렇다하더라도 저만한 대 공사를 마치려면, 실로 10년은 요할 터인데……"

"하하하. 10년이나 소비하다간 세상이 변해 버리지⋯⋯성내의 세부 장식도 3년에 끝내라고 명했어."
"공장의 독려도 쉽지는 않을 것이고, 또 석축 목재 등의 수량도 굉장하리라 보는데⋯⋯."
"28개국에서 목재를 베어 육해로 운반하고 있지⋯⋯."
"요하는 인부의 수는?"
"그건 모르지, 몇 만, 몇 십만이 드는지는. 내호, 외호를 파는 것만으로도 3개월. 하루 6만 명을 써도 겨우 겨우 라는 감독관들의 보고야."
"허어."
가즈마사는 침묵했다. 어이없는 표정이다. 자국의 오카자키 성이나 하마마쓰 성과 비교해 볼 때, 너무도 현격한 차이에 기가 죽는 느낌이었다.

도대체 돌이 없는 오사카에 그런 거석이 뜻대로 모아지거나 할지. 이 복잡다단한 전국에 그 방대한 비용을 어디서 염출할 작정인가? 의문은 한이 없었고, 히데요시의 위력도 허장성세가 아닌가 의심되었지만, 히데요시는 가즈마사를 앞에 두고 이미 무슨 급한 일이 생겼는지 보필에게 명하여 서면의 문언을 구술하기 시작했다.

"말하는 대로 받아 써."

그리고 오사카 축성 따위는 한가한 일에 불과하며 자기의 본령은 따로 있다는 듯이 가즈마사의 존재도 잊고 문구를 읽어 나갔다.

"⋯⋯."

듣지 않으려 해도 히데요시의 목소리는 가즈마사에게 들린다. 더구나 그것은 모리의 일족, 고바야카 다카카게에게 답서하는 중요한 외교문서인 듯하다⋯⋯여기서도 가즈마사의 상식으로는 따를 수가 없었다.

"공무가 급하신 듯하온데, 잠깐 물러가 있으리까?"
"아니, 그럴 필요 없어. 곧 끝나니까."

히데요시는 개의치 않은 듯. 구술을 계속했다.

그 서신은 다카카게로부터 이번의 전승을 축하해 온 서신에 대하여 히데요시가 야나가세 전황을 알림과 함께, 장차 모리 가의 향배를 그 기치에 분명히 할 것을 재촉하는 문면이었다.

사신이라면 극히 중대한 서면인 것이다.

히데요시의 말을 보필이 받아쓴다.

보필의 붓을 보면서 히데요시가 구술한다.
가즈마사는 묵묵히 그 곁에서 눈길을 뜰로 보내고 있었다.
"······시바타에게 숨 쉴 틈을 주어서는 시간이 걸릴 것같아, 천하의 치정, 이때에 달렸으므로 병을 전사케 하여도 지쿠젠의 탓은 아니리라. 결단을 내려 24일의 인시 말에 본성을 공격, 오시에 입성, 모두 목을 베었음이다."
이것은 기타노조 함락의 상황을 말하는 대목이다.
천하의 치정, 이때에 달렸다······는 말을 할 때에는 히데요시의 눈이 실로 그 당시처럼 다시 번쩍였다.
서면은 전진하여, 모리 가의 입장에 대하여 말했다.
"······총인원을 헛되이 두어도 그러니, 그쪽으로도 가서 경계의 의를 서로 정하고, 이쪽의 흉중도 보임즉 하나, 분별하여, 히데요시가 화내지 않도록 각오 있으시기를······."
가즈마사는 문득 히데요시의 얼굴을 훔쳐보았다. 대담하다고 속으로 혀를 찼다.
그러나 히데요시는 당장 다카카게를 앞에 놓고 담소라도 하듯, 이 노골적인 언사를 가볍게 하고 있다.
······방약무인이라고 할까. 천진난만이라고 할까. 가즈마사로는 헤아리기가 어려웠다.
"······도고쿠는 호조 우지마사, 호코쿠는 우에스기 가게카쓰, 모두 지쿠젠의 각오에 맡길 뿐. 모리 우마노카미 공에게도 히데요시가 각오에 맡길 뿐이니, 만일 각오를 한다면 천하의 치정, 요리토모 이래 이보다 나으리까. 잘 생각을 하시도록. 또 이의 있으시면, 이쪽은 염려 없이 그대로 하실 것. 7월 이전에 답을 주셨으면······."
"······."
가즈마사의 눈은 흔들리는 대나무를 바라보고 있었지만, 귀는 히데요시의 낮은 목소리를 모두 듣고 있었다. 마음속의 무엇이 대나무 잎처럼 떨려옴을 어쩔 수가 없었다.
······낙천적.
이 사람에게 있어서 오사카 축성 따위는 한쪽 일에 불과한 모양이다. 모리에게도 이의 있으면 7월 이전에 말해보라. 기치와 북으로 해결하자는 것이다……가즈마사는 감탄을 넘어 가벼운 피로조차 느꼈다.

"배가 준비되었답니다."

마침 한 막료가 보고해 왔다. 히데요시도 글을 끝낸 참이었다.

작별을 고했다.

히데요시는 찼던 칼을 끌러 가즈마사에게 주었다.

"오래, 되었지만 사람들은 좋은 칼이라고들 하더군. 촌지야."

가즈마사는 그것을 받았다.

밖에 나오자 히데요시의 호위병 일대가 그를 오쓰의 선착장까지 전송하기 위해 말을 가지런히 기다리고 있었다.

예양의 수레

교토에 나오면 교토에도 그의 재결을 기다리는 문제는 산적해 있었다. 히데요시는 앉으나 서나 간단하게 처리해 나갔다.

야나가세 이후 대세는 이미 결정되어, 싸움은 끝난 듯하지만 이세 방면에는 다키카와가 투항 하여도 아직 완강히 굴하지 않는 지방적 국면이 몇 곳 남아 있었다.

나가시마, 고베 등에 버티고 있는 이세의 잔군이다.

그 방면은 전적으로 오다 노부오가 담당했다. 소탕도 거의 끝이 나가고 있었다.

그래서……히데요시가 에치젠에서 돌아왔다는 소식을 듣고, 노부오는 전지에서 교토로 왔다. 그리고 그날 교토에서 히데요시와 만났다.

"나가시마가 함락되면 나가시마로 돌아가는 게 좋아. 미노, 이세에는 연고 깊은 가계나 무사들도 많고, 그대를 흠모하고 있을 텐데."

히데요시는 말했다.

노부오는 혼연히 나가시마로 돌아갔다. 용열한 이 공들은 히데요시로부터 약속받은 미미한 전승의 몫을 가지고 귀신의 목이라도 자른 듯이 의기양양하여 돌아갔다.

"다이토쿠사(大德寺)의 사승이 잠깐 뵈옵고자 아침부터 기다리고 있습니다."

노부오가 간 뒤의 객은 오사카에서 온 이케다였다. 이 이케다가 오래 앉아 히데요시와 담소하고 있으므로 근시가 아뢰었다.

"오, 오."

히데요시는 비소로 생각 난 듯 말했다.

"2일의 법요에 관한 타협말인가. 오늘 아침에 내가 가겠다고 다이토쿠사에 전해놓고 깜박 잊고 있었지. 히코에몬에게 말하라."

"하치스가 공은 어젯밤에 마키시마로 떠났습니다."

"아, 그래. 히코에몬은 없는가……누군가 법요에 밝은 자는 없는가?"

곁에 있던 이케다는 스스로 임무를 요구했다.

"6월 2일은 고 미기노후 님의 일주기인데 그 제사를 다이토쿠사의 승들에게 맡기시렵니까……? 그렇다면 제가 나가 제사에 대해 의논하도록 하겠습니다."

"음. 이케다는 작년에도 대법요 집사의 한 사람이었지. 금년 1주기에도 부탁을 할까?"

"알았습니다."

이케타는 별실로 나가 다이토쿠사의 센가쿠 화상 일행과 저녁때까지 1주기 법요의 상담을 하였다.

불이 밝혀질 무렵…….

그 사이 방문객 중의 하나였던 공경이 우차로 저택의 문을 나가자, 잠시 객도 끊기고, 히데요시는 저녁 목욕을 하고 단바에서 온 양자 히데가쓰와 마에다 겐이 등과 함께 저녁을 먹고 있었다.

거기에, 종자에게 말을 물리고 어디선가 들어온 자가 있었다.

히데요시에게 곧 근시의 보고가 있었다.

"지금 막 하치스카 공이 마키시마에서 돌아왔습니다."

기다리던 사람인 듯, 보고를 받자 히데요시는 곧 상을 물렸다.

"돌아왔는가……?"

난간의 말에 바람이 불고, 어디선가 여동들의 웃음소리가 들려왔다.

히코에몬 마사카쓰는 곧 안으로 들어가지 않고 욕탕에서 입을 씻고 머리를 손질하고 있었다.

우지의 마키시마에 말로 왕복을 하였으므로 먼지를 많이 썼던 탓이었다.

사병은 마키시마의 배소에 갇혀 있는 겐바를 만나기가 쉬운 것 같지만 상당히 어려운 일이며 히데요시도 그것을 알고, "그대가 아니면……" 하고 어젯밤에 특히 명함으로 우지까지 갔다온 길이다.

에치젠의 아스바 산중에서 생포된 겐바를 곧 참수하지 않고 우지의 마키시마로 보내어 둔 것은 히데요시에게는 오늘의 생각이 있었기 때문이었다.

그 송감 도중에도 히데요시는 호송의 무사에게 직접 주의를 줄 정도였다.

"무작정 수인 취급은 말라. 결박은 부득이 하더라도 가면서 길가의 백성들에게 이 자가 에치젠의 포로라하여 부끄럽게는 하지 마라. 결박도 느긋이 하고, 탈 것에 태워 마키시마로 가라."

들에 놓으면 당장 호랑이로 변할지도 모를 무당의 용장임을 알고 있으므로 마키시마의 옥에 감시병을 두기는 하였지만, 식사를 비롯한 그 외의 것들은 히데요시에게 생각이 있어, 극히 우대했다.

포로된 적장이라고는 하나, 히데요시는 분명히 마음속으로 겐바를 아끼고 있었던 것이다. 가쓰이에처럼 히데요시도 그의 천질을 사랑하고 "죽이기는 아까운 것" 하고 오늘까지 숙제에 부쳐둔 것이다.

그래서 히데요시는 교토로 돌아오자 곧 사자를 보내어, 솔직히 의중을 전하고 겐바노스케를 회유했다.

그 뜻은 이러하였다.

"가쓰이에는 이미 갔다. 이제는 히데요시를 가쓰이에로 생각하라. 곧 귀국도 하게 되고, 그대를 위해 어딘가 대국 일개 성을 떼어 놓지. 잘 생각해 보도록……."

여기에 답해 겐바는 잘라서 말했다.

"이미 가쓰이에가 갔을 이 바에는 겐바노스케 홀로 세상에 머물 생각은 없다……가령 천하를 준다해도 지쿠젠을 섬길 생각은 꿈에도 없는 일."

어젯밤에 히코에몬이 간 것은 첫 번째 사자가 헛되이 돌아오고 나서 두 번째로 간 것이다.

그런 만큼 히코에몬은 어렵다고 생각을 하면서 갔지만, 과연 밤새껏 설득을 하여도 겐바노스케의 뜻을 굽힐 수는 없었다.

"히코에냐? 어땠어?"

히데요시는 그를 보자 물었다. 모기향 연기가 그의 얼굴에 감기고 있었다.

"안 되겠더이다."

히코에몬이 답하자 그럴 줄 알았다는 듯이 히데요시도,

"틀렸구나."

"한결같이 참수를 고집할 뿐, 아무리 회유해도 겐바노스케의 뜻을 돌이킬 수는 없었습니다."
"그대가 말해도 듣지 않았다면 굳이 권하는 것도 정이 아니리."
히데요시는 체념의 표정을 지었다.
"모처럼의 뜻을 잘 이행치 못하와."
히코에몬은 자신의 불민을 사죄했다.
"아냐. 그게 아냐."
히데요시는 오히려 위로했다.
"……포로의 몸이 되어서도 이에 움직이지 않고, 지쿠젠에게도 굴하지 않는 겐바의 의절이 훌륭해. 그것이 곧 히데요시가 아끼는 점인데. 만일 그가 그대에게 설득되어 내 앞에 변절하여 온다면 그 모습을 보자마자 나는 정을 잃을지도 모르지."
"모름지기 그러리라 믿습니다."
"하하하. 그대도 무인. 그런 점을 안다면 억지로 겐바노스케를 설득할 수도 없었겠지."
"용납해 주시기를."
"뭐 그걸 가지고. 괜찮아, 괜찮아. 겐바는 달리 하는 말이 없던가?"
"그런데, 이제 강요는 하지 않겠다고 약속을 하고, 다른 얘기 끝에 겐바노스케에게 어째서 그대같은 무사가 전장에서 죽지 않고 산중으로 피신하여 농부들의 손에 잡혔는지. 또 이렇게 포로의 나날을 보내면서도 자살을 하지 않고, 참수되기를 기다리는 것은? 하고 물었더니."
"음. 뭐라 하던?"
"겐바노스케 말하기를, 히코에몬. 그대는 할복 전사만이 최대의 용기인 줄 아는가 그것도 무인의 명예기는 하지만, 내 경우는 악착같이 사는 데 목적이 있었다고 하더이다."
"음. ……그래서?"
"야나가세, 모야마의 난군에서 도피 연명한 것은 아직 가쓰이에의 생사도 결정되지 않았으므로 기타노조까지 살아 돌아가서 함께 제거를 도모코자 하였던 것이지만 도중에 상처를 견디지 못해, 농가에 들러 뜸질을 하다가 무운이 쇠해 이 꼴이 되었다고 하더이다."
"그럴 수도 있으리라."
"또 남여를 타고 마키시마에 호송되어 포로의 장군으로서 살아있는 수치를 견디는 것도 감시에 틈이 있으면 파옥 탈출하여 중국 진나라의 예양을 본받아 언젠가는 지쿠젠을 치고 죽은 가쓰이에의 원수를 갚아 시즈가타케 기습의 실패에 대한 죄를 씻을 속셈이었다고 태연히 말하더이다."
"아아, 아까와. 아까와."
히데요시는 탄성을 말함과 동시에, 눈물조차 보이며 겐바를 동정했다.
"그만한 사내를…… 서툴게 죽게 하다니, 역시 가쓰이에의 책임이야. 좋아, 좋아. 희망대로 깨끗이 죽게 해주지. 히코에, 계획하라."
"알았습니다. 그럼 내일이라도……."
"음. 빠를수록 좋아."
"참수지는?"
"마키시마의 들판."
"시중에 끌고 다닐 것입니까?"
"……."
히데요시는 한참 생각을 하다가 명했다.
"오히려 그것은 겐바노스케가 원하는 바이겠지. 교토 시가를 끌고 다닌 뒤에 밤에 마키시마의 들에서 참수하자."
그리고 다음 날. 히코에몬이 마키시마로 출발할 때, 히데요시는 옷 두 벌을 보내었다.
"수의도 때에 절었겠지. 마지막으로 이것을 입게 주거라."
히코에몬은 히데요시의 명을 받아 그날 다시 마키시마의 배소로 갔다.
그리고 겐바를 만나 전했다.
"희망대로 근일 경중을 순회한 뒤, 마키시마의 들에서 참수하자는 명이시다."
겐바노스케는 태연하게 인사했다.
"고맙군."
그래서 히코에몬은 다시 히데요시의 호의를 전하고 옷을 보였다.
"그날은 이것을 입으라고 지쿠젠 공이 옷 두 벌을 내리셨으니 받도록."
그것을 보더니 겐바노스케는 말했다.
"그 뜻은 고마워. 그러나 이 의상의 문장이며 마름이며가 겐바의 수의로서는 마음에 안 드니 돌려주도록."
"허어, 마음에 안 들다니?"

"병졸이 입는 것 같은 것을 입고 사람들이 보는 앞에서, 저 자가 시바타의 조카라는 소리를 듣는 것은, 돌아가신 숙부에게 면목 없는 일이야. 헐었더라도 이 옷으로 시중순회를 하는 편이 낫겠어. 그러나 지쿠젠 공이 새 옷 한 벌을 겐바노스케에게 입히고 싶다면 좀 더 겐바가 좋아할 옷을 주도록."

"그래 전하지. 희망은?"

"크고 붉은 문장의 통 넓은 소매. 뒤는 홍매가 막힌 통 좁은 소매를 주라."

솔직한 겐바노스케의 말이었다.

"이미 에치젠의 산중에서 백성의 손에 생포된 사실은 세상이 다 아는 것. 그 사이 살아있는 부끄러움을 참고, 지쿠젠 공의 목을 앗을 기회를 노리다가, 그 뜻도 이루지 못한 채 겐바 오늘 참수된다고 들으면 경중 사람들도 꽤 수선스러울 걸. 초라한 좁은 옷을 입는 것도 억울하리. 입을 바엔 전장에서 큰 칼을 차기에 흡족한 화사한 통 넓은 소매를 주도록. 그리고 군중 앞에서는 결박을 지어 주도록."

실로 감탄할만한 데가 있다. 히코에몬은 즉각 이것을 히데요시에게 전달했다.

히데요시도 듣고 바로 겐바노스케가 희망한 대로의 의상을 보냈다.

"최후까지 무인의 자세 훌륭해."

형 집행의 날이 왔다.

사쿠마 겐바노스케는 그날 마침 목욕도 하고 면도도 하고, 면도한 얼굴도 시원스럽게 머리까지 다시 손질하여 홍매의 통넓은 소매옷에 큰 무늬의 넓은 소매옷을 위에 걸치고 "오랏줄을" 하고 스스로 묶어줄 것을 바라더니 수레에 탔다.

당년 마침 30세가 되는 수려한 외모의 장부, 누구나 다 그 죽음을 안타까워 하는 모습이었다.

수레는 장안의 시치조(七條), 로쿠조(六條)를 시작으로 시내를 한번 돈 뒤에 밤이 되어서 마키시마로 돌아오자 들에 가죽 돗자리를 깔았다.

"할복하십시요."

인정어린 허리칼을 선자위에 얹어서 내놓았으나, 겐바노스케는 웃으면서 말했다.

"동정은 필요 없소."
오랏줄도 풀지 못하게 하고 조용히 목을 베게 했다.

오사카 축성

히데요시를 둘러싼 전후의 다망함은, 전쟁을 치르기 이전보다 더 심했다.

오사카 축성과 그에 부수하는 오기(五畿──근기오개지방) 경영의 일만 하더라도 쉬운 사업이 아니다.

종래의 축성 토목의 정도라면 천하의 지낭과 책임자들의 진행으로서도 되겠지만, 히데요시의 구상은 그때까지 어떠한 일본인의 창의보다도 훨씬 웅대했으며 그 도시계획만으로도 너무나 규모가 커서 도저히 타인의 머리로서는 부족한 것이다.

설계사가 생각을 거듭하여 작성한 원안도 히데요시 앞에 제시하면 반드시 이렇게 말하는 것이었다.

"작다 작아…… 20배로. 여기는 2백배로 하라."

너무 크니 작게 하라든지, 축소시키라는 예는 거의 없었다.

예컨대.

대천수각, 소천수각의 층루 등도 노부나가의 아즈치 성을 훨씬 능가하는 것이었으며, 또 진관의 규모도 당초 설계자의 원안은, 천 8백 평에 대소 약 2백여의 방수를 구도하고, "이렇게 하시면 천하무비올시다" 하고 규모가 큰 것을 자랑하면서 보였으나 히데요시는 일견 후에, "살기에는 좀 좁다"고 중얼거리고, 부지 4천 6백여 평으로 확대하고, 전랑 객관을 합쳐서, 총 방수를 6백2개로 하는 굉장한 칸수로 정정시켰다.

총괄적으로 그의 안목과 축성 당사자의 구상 사이에, 규모에 있어서 크나큰 차이가 있다는 것이 이 토목공사에 의해서 명백해졌다.

그러나 책임자와 축성자가 생각하는 바는, 요컨대 당시의 일반상식의 가장 고도의 창의인 것이며 히데요시의 기획과 구상이 혼자 너무 동떨어져 있었던 것은 말할 나위가 없다.

그리고 이 차이의 원인은 무엇에 기인하느냐 하면, 양자의 관념에 근본적인 커다란 차이가 있고, 말하자면 착안점이 전혀 다른 것이었다.

일본의 일반인 사이에서는, 당연히 이 구상에도, 일본이라고 하는 한계가 있었다. 모든 사물이 그 한계를 넘어서지 않는다.

그런데 히데요시의 경우는 그 대상을 일본에 한정시키지 않고, 해외를 고려에 넣고 있었던 것이다. 적어도 그는 전 아시아를 조감하고 있었다.

사카이의 항만은 그 바닷물이 멀리 유럽의 16세기 문화에 이어지고, 5기의 경영은 서구의 사신과 선교사들의 본국에 보내는 보고에 따라서 일본의 국위에 관계되는 바가 크다고 믿고 있었다.

따라서 그 이외의 사람이 모두 그 크기에 놀랐다고 할 정도의 기획도 그에게는 아직 심중의 포부대로 다하지 못한 듯한 감이 있었다.

그의 이러한 이상의 구현은 어제 오늘의 착상이 아니었던 것도 말할 나위가 없다.

물론 그러한 장대함은 그의 본질에 있던 것에 틀림이 없으나, 그때 점차적으로 발흥적 기운으로 나가고 있던 일본의 문화적 사명과 해외로부터의 풍조 등에 대해서 시대의 활안을 제공해준 은인은, 그에게는 주인이었으며 스승이었던 고 노부나가였다.

청출어람이 따로 없다.

노부나가의 유지는 그야말로, 히데요시에 의해서 계승되었다고 해도 좋을 것이다. 히데요시는 고주의 장점을 취하고 단점을 버려, 독특한 방향과 천질의 크기를 더해갔다. 벌써부터 해외에 눈을 돌려서, 어느 틈엔가 세계적 지성을 갖추고 있었던 것도 필경 노부나가의 덕택이었다. 아즈치의 고각의 일실에 있었던 세계 지리 병풍은 그대로 히데요시의 뇌리에 박혀져 있었다.

또 사카이와 하카타(博多)의 대상인들로부터 얻은 지식도 적지 않다. 그들과 공적으로는 평소에 총포 화약의 거래 등으로 접촉하고, 사적으로는 자주 만나 차를 마신다.

히데요시는 미천하게 태어나 역경 속에서 성장하여, 특별히 학문을 배우는 시기라든지 교양을 쌓으면서 보낸 세월을 갖지 못했기 때문에 언제나 접촉하는 사람들로부터 반드시 무엇인가 한 가지를 배운다는 것을 잊지 않는 습관을 갖고 있었다.

그가 사숙한 사람은 노부나가뿐이 아니었다. 아무리 범용한 사람이라도, 보잘 것 없는 사람으로부터도, 그는 그 사람이라도 자기보다 뛰어난 무엇인가를 찾아내어 그것을 자기 것으로 삼아왔다.

……나 이외는 모두 나의 스승이로다.

이렇게 생각하고 있는 것이었다.

그래서 그는 일개의 히데요시지만, 지혜는 천하의 지혜를 모으고 있었다.

중지를 흡수하여 본질 속에서 여과하고 있었다.

또 이따금 여과되지 않는 중우의 거동을 보이고, 본질의 개성을 노출해서 보이는 경우도 있기는 하다. 그는 자신이 비범하다는 자신감을 갖고 있었으나, 현자라는 생각은 하지 않았다.

아무튼 오늘날 그에게 있어서 뭐니 뭐니 해도 잊을 수 없는 사람은 역시 고 노부나가였다.

원숭이여.

이쪽을 보라.

저쪽을 보라.

아아, 다시 한번 그런 말을 듣고 싶다……는 생각도 드는 것이었다. 그래서 이 전후의 건설로 다망한 가운데에도 6월 2일의 기일을 잊지 않고 다이토쿠사에서 일주기의 법사를 지낸 것도, 결코 단순한 정략만이 아니었다.

사람들은 그렇게도 보겠지만 그는 원래 번뇌아였다. 어리석은 추억이나 추모와는 상극이었다. 노부타카의 처리와 노부오에 대한 생각을 선군의 위패에 명명리에 알리기도 하고 빌기도 해두면 그의 마음은 노부나가의 충고를 들은 것처럼 마음이 든든해 지는 것이었다.

노부나가의 법사도 끝났다.

6월 말이었다.

"제법 공사도 진행되었을 터인데 한번 보기나 하자."
그는 오사카로 행차했다.
축성 책임자는 이시다 미쓰나리(石田三成), 마스다 나가모리(增田長盛), 아사노 나가마사(淺野長政) 세 사람. 시구건설의 책임자는 가타기리 가쓰모토(片桐且元), 나가쓰카 마사이에(長束正家) 등이었다.
히데요시를 맞이하여 이시야마(石山)의 언덕에 서서 여러 가지 설명에 힘썼다.
그 옛날의 나니와(難波)의 갈대밭은 메워지고 개척되어 벌써 수로도 종횡으로 파여지고, 마을의 구역이 나뉘어진 곳에는 상인들의 가옥이 처마를 나란히 하여 지어지기 시작하고 있다.
사카이의 항구와 아지 강(安治江) 끝의 해면을 바라보니, 돌을 적재한 수백 척의 배가 즐비하게 돛대를 나란히 해서 들어온다……그리고 히데요시가 선 본영 예정지에서 보이는 한없는 지상에는 주야교대로 한시도 공사를 멈추지 않는 수많은 인부와 여러 가지 직종의 공장들이 개미처럼 일하고 있었다.
축성의 목수 감독으로서는 당시를 대표하는 기술자만이 선발되어 있었다.
공고(金剛), 나카무라(中村), 다몬(多門), 다케쓰지(武辻) 등 네 집안이었다.
인부의 공출은 모두 각번에 부과되어 있다. 태만이 있을 때에는 제후라고 하더라도 엄벌에 처한다.
각직 밑에는 하청이 있고 조장이 있고 현장 감독이 있어서 통솔하고 있었으나, 요컨대 그들 각조의 이름은 책임 범위의 명칭이었다.
그리고 책임자가 있는 곳에는, 반드시 명백한 책임이 있었다.
만약 그것에 결함이 있을 때에는 즉시 목을 베었다. 감독자인 각 번의 무사는 문책을 기다리지 않고 할복했다.
이리하여 평시의 토목 공사라고는 하나 그 분위기는 목숨을 건 것이었다. 전장과 다를 바가 없었다.
또, 이 시대의 특징으로서 공사는 모두 청부제도였다. 소위 "할당제"라고 부르는 제도였다.
할당제라 하면, 과거 기요스 성의 이름과 도키치로의 출세공사로서 유명한데, 그것은 특별히 도키치로가 처음으로 안출한 것이 아니다.

전국시대의 토목공사라 하면 긴급을 요하지 않는 공사는 거의 없었다. 특히 성세의 공사는 대개의 경우가 적 바로 앞에서의 강행공사였다.
 얼마나 신속하게, 얼마나 긴밀하게……그리고 적으로 하여금 틈을 엿볼 사이도 없이 완성시키는가가 중요했다.
 할당공사제는 그 필요성에 따라서 자연히 생긴 약속인 것이다.
 이 계약의 진척 중에 가장 조심해야 하는 것은 속되게 말해 '빠르고 형편 없는 것이다.' 졸속의 상태에 빠지기 쉽다는 것이었다.
 반대로, 할당 공사제의 특징의 첫째는 일하는 각자가 자신의 권한 시간을 갖을 수 있게 되므로, 날품팔이 근성으로는 나타나지 않는 '자신을 시험해 본다'는 노력이 나타나는 것이다.
 '내가 열심히 일하면 얼마나 일을 할 수 있을까.'
 를 우선 생각해보고 "해보면, 이런 것이다" 하는 자신을 갖고,
 '빠를 뿐 아니라, 나의 일에 불만이 있으면 말해 보라' 하는 자부심이 생기면 그것이 일에 대한 열중으로 이어져서, 자연히 일 그 자체에 혼이 담기고, 재미도 생기고, 장인으로서의 도의도 우러나오게 되는 것이었다.
 물론 이 청부제는 인간 범중이 지닌 이기심을 활용한 것이지만, 결국에는 소아에서 시작하여 무아로 들어가, 이익을 노리고 시작하여 이익을 따지지 않는 경지로 사람을 움직이는 것이다. 만약 이 수단이 나쁘다고 말하면, 사람이 도를 찾아서 성현의 말을 찾는 것도 하나의 이기이다, 불심을 일으켜서 보리를 구하는 것도 좋지 않다는 것이 된다.
 따라서 사회만반의 일, 모든 인간이 활동하는 세상에는, 불순함만이 존재한다는 것이 된다.
 ……그러나 지금.
 오사카 성의 대공사장 안에서는 그런 이념을 따지고 있을 틈이 없다.
 이 할당공사제의 땀 밑에서는 반석도 거목도 착착 운반되어지고 있었다.
 앞서 말한 것처럼 대공사도 아직 반쯤, 아니 반도 채 되지 않고 착수한지 얼마 되지도 않았는데, 히데요시는 그것을 여기에 보러 온 며칠 후 "이쯤에서 첫 다도회를 이 오사카 성에서 베풀어 보자."며 갑자기 사카이의 센노소 오에키와 쓰다 소큐(津田宗及)를 불러 들였다.
 두 사람은 이 곳에 와서 놀랐다. 광대한 지역 모두가 그야말로 토목의 전장이다. 혼간사 시절의 묵은 건물을 모두 헐어낸 상태에서 어디서 다도회를

여는 가하고 의아스러웠다.

"이러한 가운데에서 하는 다도회도 한층 더 재미가 있을 것이다."

히데요시는 그렇게 말했다.

그리고 그의 체재를 위해 급히 지은 가옥의 8첩 방에서 7월 7일부터 13일까지, 7일간 다도회를 열겠으니, 그 준비를 하라고 하명했다.

"그것은 한층 더 흥겨운 일일 것입니다."

두 사람은 분부를 받고 격일로 좌석을 담당했다.

7월 7일에는 칠석날에 알맞아 교쿠칸(玉礀)의 저녁종 그림을 방 정면에 걸고 쇼오(紹鷗)의 찻가마를 갖다놓고 하쓰하나의 다그릇이 사용되었다.

손님은 축성 공사의 책임을 맡고 있는 각 제후들이었으며, 하루 저녁에 4, 5명씩 차례로 초청했다.

꽃과 족자는 그날 그날 바꾸었다. 그러나 찻그릇 하쓰하나는 매일 사용되었다. 그리고 주최자인 히데요시는 히가시야마 전래의 하쓰하나를 자랑하기보다도 이에야스가 자기에게 이런 예의를 취해왔다고 하는 점을 자꾸만 명기 자랑을 빙자하여 천연덕스럽게 이야기하는 것이었다.

"이것은 요사이 야나가세의 승전축하로 미카와(이에야스)님이 일부러 사람을 시켜 보내준 물건이오……."

또 듣는 쪽에서는 그것이 세상에 널리 알려진 명기라는 것을 모두 알기 때문에, 그 이야기를 듣게 되면, 누구나가 히데요시에 대한 이에야스의 성의가 보통이 아니라며 수긍하는 것이었다.

"정말, 이에야스 님께서는, 큰마음을 먹고 이것을 보내셨나 봅니다."

7일간의 다도회에 입석한 제후는 거의 모두가 이 하쓰하나를 봉견했다. 아니 히데요시의 자랑을 들었다.

히데요시는 다도회 또한 전쟁을 할 때와 같은 열의로, 7일간 연이어 자리를 마련했다.

"들끓는 다도회로 한다."

이것이 히데요시의 입버릇이었다. 그는 무슨 일이든지 미지근한 것이 싫은 것이었다.

이리하여 여러 장수를 기쁘게 하면서 공사를 독려하고, 또 다른 면의 목적도 그는 달성하고 있었다. 지금 그의 마음속에 가장 크게 잠재하고 있는 것은 이에야스였다.

히데요시가 오늘날까지의 일생을 통해, 옛주인 노부나가를 제외하고, 인물 중의 인물……경외의 대상……이라고 남몰래 지켜보고 있었던 것은 오로지 도쿠가와 이에야스 한 사람 뿐이었다.

오늘날 자신의 위치가 여기까지 올라오고 보니, 이제는 필연적으로 이에야스와의 대립이 피할 수 없게 된 것이다.

추석이 왔다.

히데요시는 다이토쿠사의 소켄인에서 추석 성묘를 했다. 히메지에 있는 노모와 아내에게 오랜만에 소식을 보냈다.

"……지금 나니와에 새로운 주거를 만들고 있습니다. 이곳에서 조망하는 기분은 히메지와 비교가 되지 않습니다. 내년의 일을 이야기 하면 악귀도 웃는다고 합니다만, 다음 신정은 네네와 함께 그곳에서 봄을 맞이하게 되겠지요. 물론 당신의 아들도 그때까지는 오사카로 옮기고자 하여 여러 가지 일을 서두르고 있습니다."

그는 노모와 아내가 자신의 편지에 얼굴을 맞대며 읽는 모습을 눈에 그리며 써내려갔다.

음력 9월

그는 시신 쓰다 사마노스케 노부카쓰에게 특사를 명했다.

"하마마쓰로 가서, 도쿠가와 가에 답례를 하고 오너라."

그에게 후도 구니유키라는 명도를 맡기며 일렀다.

"일전에 가신 이시카와 가즈마사를 통해 비할 바 없는 명기를 주시어 지쿠젠노카미는 대단히 기뻐하고 있습니다……하고 말이야."

후도 구니유키라는 그 명도는 차 그릇의 답례로서 이에야스에게 보내는 선물이었다.

"간 김에 가즈마사에게도 일전에는 여러 가지 수고가 많았다고 잘 전하라."

히데요시는 가즈마사에게까지도 마음을 썼다. 가즈마사에게 보내는 선물도 있었다.

사마노스케는 그달 초순 하마마쓰로 출발하여 10일 경에 돌아왔다.

그는 도쿠가와 가의 환대는 이쪽이 황공하리 만큼 정말 훌륭한 대접이었다고 보고했다.

"이에야스님도 건강하시더냐?"

"지극히 건강하신 것 같았습니다."
"가신들의 사풍은 어떻더냐?"
"타가에서는 볼 수 없는 것이 느껴졌습니다. 검소한 가운데도, 무언가 모두 불굴의 표정을 지니고……."
"신참자도 많다고 들었는데……."
"대부분이 다케다 집안의 무사로 생각되었습니다."
"그런가……."

히데요시는 끄덕이며, 수고가 많았다고 칭찬했다. 그 동안에 그는 순간적으로 자기의 나이와 이에야스의 나이를 마음속에서 비교하고 있었다.

그는 이에야스보다도 연상이다. 이에야스는 42세, 그는 47세

……다섯 살 차이다.

훨씬 연상이었던 시바타 가쓰이에보다도, 나이가 아래인 이에야스에 대한 경계심이 훨씬 강하게 느껴졌다. 그러나 모든 것은 가슴 속에 감추어진 일이며, 표면상의 히데요시에게는 전후 얼마 후에 다시 그런 대전이 일어날 것이라고 예기하고 있는 눈치는 조금도 엿보이지가 않았다. 두 사람의 관계는 그야말로 원만하게 보였다.

히데요시는 이에야스를 위해서 그의 공을 조의에 품신하여 정4품 게사콘의 곤중장으로 승진을 주청하고, 얼마 후 다시 종3품 참의에 임서하시도록 주선했다.

히데요시는 그때 종4품 하의의 참의였다. 그가 연하의 이에야스에게 자기 이상의 계급을 주선한 것은 이에야스의 환심을 사는 것이 최선의 선책으로 알았기 때문이다.

이리하여 그 해 12월에는 예정대로 그는 다카라데라 성의 구거를 떠나 세쓰 오사카의 새로운 대성으로 이주하였다.

중용

사콘 에곤노 중장 미카와노카미 이에야스는 튼튼한 위장처럼 배에 가득히 넣어 모은 것을, 이 반년 동안——지난 덴쇼 10년의 하반기로부터, 올해 11년의 상반기에 걸친 1년간의 수확을——유유히 소화하는 데에 그쳤다.

그의 풍모 또한 느릿하게 보였다.

목은 살이 찌고, 몸은 비대해지고 있었다. 턱이 두텁고, 귀가 크다.

──도쿠가와 이에야스만큼 우스운 사람도 없다. 아랫배는 부풀어서 자신이 허리띠를 매지도 못하고 시녀들을 시켜서 매게 하였다.

이러한 여러 가지 일을 종합해서 평해 본다면 너무나도 느긋한 다이묘였다.

당시의 여러 가지 책에도 그런 식으로 씌어 있었다. 조금도 날카로운 품도 없었고 영리한 품도 없었다.

둔중하고, 시골티가 나는 대장이었다. 아니 어쩌면 그런 모습이야말로 그의 진가를 나타내는 것인지도 모른다.

그러나 노부나가의 사후, 즉각 고신에 군사를 보내어 숙망의 땅을 확대하고, 차녀 도쿠히메(德姬)를 호조 우지나오(北條氏直)에게 시집보내고, 오다하라 군과는 대립관계를 거두었다.

"고즈케(上野)에는 손을 대지 않는다. 양가가 싸우는 것은 공연히 에치고의 우에스기를 기쁘게 해줄 뿐이 아닌가."

또 이렇게 점령범위를 기정사실로서 인정케 하고, 일단 원하는 것을 손에 넣고 난 후에는 그냥 시치미를 떼고 있다. 신속성은 개구리가 파리를 삼키고 모르는 척하고 있는 꼴이었다.

멀리 기타노조에서 시바타 가쓰이에가 정중한 사자와 선물을 보내온 데 대해서 이에야스는 답례도 하지 않고 서신도 보내지 않았다. 그러나 야나가세 전투의 귀추가 확실해지자, 오히려 아무 소식이 없는 히데요시에게 자기가 먼저 하쓰하나의 찻그릇 등을 보내 환심을 사려 한 행동을 보면, 이에야스의 배짱이 보통이 아님을 알 수 있다.

날이 지나, 이번에는 히데요시쪽에서 후도 구니유키의 명도를 보내 오고, 잇따라 정4품과 에곤노 중장으로의 승진을 추천했다는 소식이 알려져 와도 그다지 기쁜 표정을 하는 것도 아니었다.

"지쿠젠도, 요사이는 상당히 신경을 쓰는구나."

이렇게 말하고, 한 사람의 시신에게 야릇한 웃음을 보였을 뿐이었다.

이 무렵──. 그의 시좌에 언제나 자주 보이는 가신은 다시 복귀한 혼다 야하치로 마사노부(本多彌八郎正信)였다.

추방이 용서되어 다시 돌아오는 가신도 없지는 않지만, 마사노부처럼 길었던 예는 드물었다.

마사노부는 이에야스가 어린 시절 인질로 이마가와에게 있었을 무렵부터 섬기고 있었으니 골수의 미카와 무사였으나, 나가시마반란 때 노여움을 사고, 그 후 18년 동안을 여러 지방을 유랑하고 있었던 것이다.

그리고 작년, 혼노사의 변이 있은 직후, 이에야스가 사카이 여행 중에 황급히 본국으로 돌아가는 도중, 급히 달려와서 위난의 길을 뚫고 무사히 하마마쓰까지 안내했던 일을 계기로 해서 19년 만에 귀참이 허용되었던 것이다.

"하시바 님이 마음을 쓰시는 것을 나리께서 아신다니, 나리께서도 다소 마음을 쓰는군요."

그 마사노부도 이에야스를 닮아 이렇다할 특징이 없는 평범한 무사였으나 나이는 주군보다 네 살 위였으며, 다년간 세상을 유랑하며 이에야스와는 다른 고생을 했기 때문에 자연히 인간의 텁텁한 맛이 몸에 배어 있었다.

마사노부의 귀참 이래 그와 이에야스는 자주 이렇게 차분히 이야기를 나누었다.

미움도 없고, 원한도 품지 않고, 18년간이나 헤어져 있던 어린 시절부터의 주종이 다시 옛날로 돌아와 수어처럼 군신의 정의를 새롭게 한 것이니 만큼 옛 추억을 되새기는 것만으로도 시간이 부족할 지경이었다.

──그러나, 이에야스는 그렇게 정회에만 잠겨있는 사람이 아니었다. 그가 그토록 혼다 마사노부를 가까이 두는 까닭은, 마사노부가 유랑 중에 배운 여러 지방의 실정과 그의 고생담에서 얻는 바가 컸기 때문이었다.

근년에 하마마쓰의 가중에는 그 판도의 증대에 따라 이전에 이마가와 가의 신하로 있던 스루가 군과 다케다 가 출신의 고즈케 무사가 다수 그 휘하에 들어왔다. 그 외 마쓰다이라 마을에서 일어난 역대 가신들의 쟁쟁한 인재가 넘쳐나는 실정이었다. 그 가운데 혼다 야하치로 마사노부가 되돌아와서 인원수를 더하니, 이에야스가 그를 특히 진중히 여기는 연유는 그가 그렇게 많은 가신들 중에서도 비할 바 없는 사나이였기 때문일 것이다.

과거 마사노부가 유랑 중이었을 때 마쓰나가 히사히데도 그의 사람됨을 보는 바가 있어서 이렇게 평했다.

"미카와 무사라 하면, 모두가 간고에도 잘 견디고, 소박하면서도 천하지 않고, 기골이 늠름하게 보이는 느낌을 가지나, 마사노부는 소박하면서도, 말투가 온화하고 사람을 대하는 데도 모가 나지 않고, 어딘가 속이 있는 내면을 엿볼 수가 있다. 미카와인으로서는 좀 생김새가 다른 자 같다."

이 말은 또 이에야스의 눈으로 본다면, 결코 마사노부의 전모를 다 평했다고 볼 수는 없을 것이다.
 이에야스가 남몰래 기대한 것은 이런 것이다.
 "이자는 무슨 일이든, 일단 도리를 따지는데 있어 훌륭한 상담 상대다."
 이에야스는 자기 한 사람의 지혜만으로도 충분하다고 여겼다. 그러나 그는 그 큰 머리 속에 또 한 가지 비상한 재주를 가지고 있었다. 놀랄만큼 조심성이 많은 점이었다. 지자는 지에 빠진다고 하는 경고를, 그는 언제나 몸에 간직하고 있는 모양이었다. 예지의 송곳을 찌르기 위해서는 그 느릿한 풍모로서도 아직 부족하다는 것 같았다.
 ──가즈마사의 말에 의하면, 지쿠젠이 손대고 있는 오사카 성은 고금을 통틀어 미증유의 것이라고 한다. 충천의 기세란 것은 요즈음의 지쿠젠을 나타내는 말이라고 생각된다.
 "이러니 이 이에야스도 다소는 마음을 쓰고 있어야겠군."
 "다소로는 모자랍니다."
 마사노부는 웃지도 않고 대답했다.
 "입술이 찢어져서 이가 시리다──란 말도 있습니다. 차차 바람이 불어오겠지요."
 "빠르겠나. 늦겠나?"
 "의외로 빠를 것입니다. 소문대로 하시바 님이 오사카의 성으로 옮기면, 때는 이미 닥쳐왔다고 생각해야 할 것입니다."
 "──그렇다면 무엇을 명분으로?"
 "아뢰기는 좀 난처합니다. 짐작하십시오──"
 "음……."
 이에야스는 노부오를 생각하고 있었다.
 마사노부는 여느때보다 더 오랜 시간을 이에야스 앞에 붙들려서 이야기하고 있었다.
 이 주종 사이에 벌써 히데요시에 대한 방책이 쉴 새 없이 짜여지고 있었던 것은 의심의 여지가 없었다. 그러나 표면은 어디까지나 서로 상대방의 환심을 사려고 하고, 양쪽 모두 겸양의 예를 취하여 감히 교만하고 건방지게 나오는 일은 티끌만큼도 없었다.
 이곳에 무엇인가 비범한 자질을 지닌 명인과 명인의 초기 국면을 지켜 보는 감이 있었다. 한 수 뜨고는 상대방의 뱃속을 보고, 한 수 대꾸해서는 상대방의 마음을 모르는 척 시치미를 떼고――말하자면 7대 3의 비율로――
덴쇼 11년에서 12년에 접어들려는 기간의 오사카와 도카이도 방면 사이에
조성되어 가는 기운이었다.

이 기류 배치에 의한 두 사람의 천지는 현저한 대조를 보이고 있었다.

신흥 나니와의 오사카는 하루 밤이 샐 때마다 욱일승천의 기세로 인심과
물질을 집중시키고 있는 데에 반하여, 도카이의 하마마쓰를 중심으로 하는
스루가, 도오도오미, 가이, 시나노에 걸친 뇌운은 오히려 희미하여 아직 지
방의 잠재세력에 머물고 있었다.

――그러나 가중 전체의 사기는 결코 그렇지가 않았다.

"히데요시 따위가 무언가?"

미카와 무사의 통념으로서는 여전히 그렇게 생각하는 것이었다. 또 이러
한 고집은 가신들 거의 모두가 가졌다고 해도 과언이 아니다.

"그는 원래 필부로부터 벼락출세를 한, 오다가의 일개 가신. 우리 주군께
서는, 원래 노부나가 공과도 자리를 같이 하신 분. 같은 위치에 있는 동맹
국의 대장이다. ――그가 먼저 와서 예를 갖추어야 한다. 무엇 때문에 우
리 측에서 먼저 예사를 보낼 것인가."

그런데, 이시카와 가즈마사가 돌아와서, 자꾸만 히데요시의 대담성과 오
사카 축성의 규모를 칭찬했기 때문에 가신들의 반감은 오히려 더해갔다.

"기세가 벌써 천하를 손에 넣을 배짱으로 보인다. 오다 가의 중신들과 다
투어 시바타를 치고, 다키가와를 멸망시킨 일은 아직은 봐줄 만하나, 오다
일문의 노부오 공으로 하여금 노부나가 공을 자멸케 하고, 오사카로 자리
를 옮겨 벌써 천하를 손에 넣은 양 허세를 갖추고 멋대로 굴고 있으니, 도
쿠가와 가로서는 그것을 허용할 수가 없다."

그뿐 아니라 요 전날 히데요시에게 사신으로 갔던 이시카와 가즈마사에게
까지도, 이상한 눈초리가 돌려졌다.

"가즈마사 님께서는 제법 히데요시의 귀여움을 받고 돌아오셨다오."

등의 말이 오고 가고 있는 데에, 얼마 후 히데요시의 답례로서 쓰다 사마
노스케가 왔을 때에는 다른 중신에게는 방문인사를 전하지 않았었음에도 불
구하고 오직 이시카와 가즈마사의 사저만 찾아가 선물을 전했다는 사실 등
으로 인해서 가즈마사는 더욱 의심을 받아야 했다.

그런 일들이 이에야스의 귀에도 들려오지만, 이에야스는 크게 관심이 없

다는 듯 혼다 마사노부와 낮은 소리로 속삭이거나 혼자 거실에서 서적 등을 펼치고 있을 때가 많았다.

그의 거실의 특징이라고 하면, 이것은 노부나가에게도 없고, 히데요시에게도 볼 수 없는 책의 기운이 충만하다는 것이다. 그곳에는 논어, 중용, 사기, 정관정요, 육도 등의 한서라든지 연회식과 아즈마 카가미 등의 일본책도 있었다. 그 중에서도 그가 즐겨읽는 책은 논어와 중용, 아즈마 카가미였다.

향귤

"독서 중이십니까?"

"다테와키. 무어냐?"

"방해가 아니라면, 우야(雨夜)의 심심풀이로 잠시 세상 이야기나 들려 드릴까 생각해서 말입니다."

"들어오라."

이에야스는 책을 놓았다.

부르지도 않았는데, 이렇게 주군의 방을 찾을 정도의 가신은 주종 사이에서도 상당히 허물없는 자가 아니고서는 안 된다. ─그러나 그것도 타가의 일이며, 하마마쓰 성이란 큰 집에서는 이러한 친근함은 보기 드문 일이 아니다.

왜냐 하면, 이곳의 역대 가신들은 지난 날 도카이도 제일의 가난뱅이라고 일컬어진 소국을 일으켜낸 사람들이기 때문이다. 이에야스가 기저귀를 차던 시절부터 역경과 싸우며 오늘날에 이르는 것이다.

주군이 가신을 양육한 것이 아니라, 가신이 주군을 양육해왔다는 변칙이 오히려 진정한 의미의 가족적 단결을 굳게 하여 타가에 그 유래를 볼 수 없는 독자적인 가문을 만들어 낸 것이다.
 말하자면 과거에 이 지방이 도카이도 제일의 빈국이었던 덕을 보고 있는 것이다. 그것이 지금에 와서는 산전수전을 겪은 무사들로 이루어진 가중――이라는 보기드문 견실성을 그 기초에 두고 있었다.
 "그럼 용서해주시기를……."
 다테와키(帶刀)는 무릎으로 걸어들어와 장지문을 닫았다.
 겨울비가 큰 처마를 싸늘하게 두드리고 있는 저녁이었다.
 "……."
 별다른 용무는 없다는 듯, 안도 다테와키 나오쓰구는 주군 앞에 공손히 앉아 있었다.
 "……."
 이상한 사나이로구나, 여기고 이에야스도 아무 말 없이 바라보고 있었다. 그러나 답답하지가 않다. 부자연스럽지도 않았다.
 빗소리를 들으면서, 이에야스는 이 자의 선친을 생각하고 있었다. 어린 시절부터 "할아범――할아범" 하면서 애만 먹인 노신 안도 이에시게의 모습이었다. 지금 있었더라면.
 그런 안타까운 마음이 드는 공신은 이에시게 뿐만이 아니다. 이에야스의 뇌리에는 열 손가락으로도 모자랄 정도로 많은 공신이 스쳐갔다.
 모두 오늘날의 성운을 보지 못하고, 이에야스의 장성도 보지 않고, 이 역경 중에 죽어간 노신들이었다.
 다테와키도 그러한 공신의 아들이었다.
 그러나 나이는 이에야스보다도 훨씬 위였으므로 그 아들의 머리에는 초로의 빛이 보이고 있었다.
 "다테와키 무얼 보고 있나?"
 "네에."
 다테와키는 비로소, 빙그레 웃으면서,
 "보시는 책이 언제나 달라지지 않아서 이상하게 바라보고 있었습니다."
 "이것 말인가……?"
 이에야스는 책장으로 다시 시선을 보냈다.
 "같은 책이라도 읽는 마음은 그때마다 다르다. 따라서 읽어서 얻는 바도 때에 따라 다른 법이다. 예를 들어 중용이나 논어는 20대 때 읽은 것과,

30대, 40대가 되어서 읽는 것과는 커다란 차이가 있지. 책은 그렇게 해서 평생 읽을 수 있는 책이 아니면, 진실한 책이라고 할 수가 없다."

"하하, 그럴까요?"

도대체 무료함을 덜어주기 위해 온 건지 답답하게 해주기 위해서 온 건지 마음을 알 수 없는 다테와키였다.

"……."

또 입을 다물어 버린다.

이에야스도 말없이 가만히 있다.

조용하여 바깥의 빗소리만이 들리며 추운 방의 촛대는 기름도 없는지, 불빛이 가늘다. 불길이라고는 이에야스 옆에 화로가 하나 있을 뿐이었다.

"세상 이야기 하러 왔다고 말했는데 무슨 일이라도 있었느냐?"

드디어 이에야스 쪽에서 재촉했다.

"네에, 그렇습니다."

다테와키는 입을 열기 시작했다.

그 더듬더듬 말하는 모양을 보니 이 사나이는 그다지 입담이 좋아 보이지는 않았다.

그것을 알고 있는 이에야스는 쓴웃음을 지으면서 말했다.

"다테와키. 그대는 젊은 사람들의 기에 눌려 온 거로구나. 근래 깅키지방에서 위세를 떨치는 자에 대해 내가 좌시하고 있는 듯이 보여 불만을 느낀 젊은이들이 간언을 올리라고 사주한 것이 아니냐? ──어떠냐?"

"넷……."

"아닌가?"

"아, 아니. 그렇습니다."

"하하하."

호골인 다테와키가 처녀처럼 얼굴을 붉히고 우물쭈물하는 것을 보고 이에야스는 더욱 웃었다.

"그래도 좋아. 자아 말해봐라. 이 사람아."

"실은…… 오늘 등성 전에 사쿠자님을 만났습니다."

"사쿠자…… 오오, 부교(행정·재판 사무 담당) 할아범을 만났단 말인가?"

"그런데 그 부교 혼다 사쿠자에몬 말씀입니다. 긴히 드릴 말씀이란 게, 사쿠자님 말씀에 의하면, ──근래 긴키지방에서 노부오(信雄)경이 살해당했다는 소문이 있다. 그래서 히데요시의 위세가 날로 높아가고, 두려움을 모르는 때이니 만큼 충분히 있을 수 있는 일이다. 정말 한심하다."

"……"

"그런데 주군께서는 긴키 지방의 정세를 어떻게 생각하시는지, 히데요시와 사신을 주고받고 하는데 마음을 쓰시고 조만간 가이 시나노 지방에 국경을 순시하러 떠나신다는 공고를 하고 계시는데, 이런 때에 긴급하지도 않은 변경지방의 순시를 하고 있을 때가 아닐 것인데, 정말 낭패스런 일이라고…… 그 무서운 사쿠자님이 얼굴을 찌푸리면서 걱정하고 있었습니다."

"다테와키!"

"네에."

"가중의 젊은이들이 자네를 사주한 줄 알았는데, 자네 궁둥이를 찌른 것은 그 할아범이었군."

"아니 한 사람, 사쿠자님만이 아닙니다. 가중의 많은 사람들이 모두 같은 생각을 품고 있습니다."

"그거 정말 낭패로군. 나이 꽤나 먹은 할아범까지 그렇게 눈치가 없어서야."

"왜 그렇습니까?"

"신스케님(三介 : 信雄)이 살해되었다는 소문은 소위 유언비어에 불과한 것, 그러한 거리의 헛소문이야말로 부교가 단단히 단속을 해야 하는데 오히려 부교가 앞장서서, 헛소문을 퍼뜨리고 있으니 낭패로다…… 이 사람아, 내일은 자네도 같이 가세. 비가 오더라도 나는 가이 시나노의 길을 떠날 참일세."

12월 초순.

칙사의 알현이 있었다.

때마침 이에야스는 먼젓달부터 가이, 시나노의 국경지대로 나가있어서 하마마쓰에는 없었지만 급보를 받고 즉시 되돌아왔다.

승계의 건은 이미 내시돼 있었으나, 칙사는 공식적으로 전달하기 위해 하향한 것이었다.

배수한 후 이틀 동안 칙사를 대접하는 성대한 연회가 베풀어졌다.

평소 검소한 하마마쓰의 성에 북과 피리 소리가 들리고 성 밑 서민들도 떡을 빚어서 영주의 영광을 축하했다.

귀경하는 공경행렬을 전송하자, 하마마쓰에는 연말의 풍경이 찾아왔다. 세모의 시장에는 활기가 넘쳤다.

시장에서 증대해 가는 지방의 부강을 느낄 수가 있었다. 지난날을 알고 있는 장터의 늙은이들은 격세의 감을 되씹으면서 점차 화사해져 가는 거리의 풍조를 타이르는 것이었다.

"우리가 어린 시절에는, 떡이 다 뭐냐! 죽조차 넉넉히 먹지 못하는 설이 몇 번이나 있었다오."

그러나 성시 가운데의 무시무시한 관가에는 우는 아이도 그친다는 무서운 부교 님이 살고 있었다. 밖으로는 타국의 첩보책동에, 안으로는 시민의 도의에 생활을 바치고 있었다. 정사단명(正邪斷明) 죄가 명백하면 엄벌에 처하고, 가중의 무사라 하더라도 용서가 없었다. 혼다 사쿠자에몬 시게쓰구는 자신의 임무를 충실히 수행했다.

　　부처님같은 고리키(高力)
　　악귀같은 사쿠자(作左)
　　어느 쪽도 아닌
　　아마노 사부로베(天野三郎兵衞)

그 무렵, 오카자키, 하마마쓰 일대의 동요에서도 이렇게 불리었을 만큼 사쿠자의 이름은 사민들 사이에서 무서운 영감으로 불리고 있었다. 그와 고리키 사콘(高力左近), 아마노 야스타카(天野康隆) 세 사람은 영락이래 줄곧 도쿠가와 가의 삼부교(三奉行)라 일컬어지고 있었다.

악귀 사쿠자는 준엄한 것으로 알려졌고 부처님 고리키는 인자로서 친근감을 느끼게 했고, 아마노는 중화를 잃지 않는 사람이라는 것이 정평이었다. 어느 쪽도 아니라는 것은 어느 쪽으로도 기울어지지 않는다는 것이다.

그 악귀 사쿠자가 눈을 부릅뜨고 주시하던 긴키 지방의 유언비어도 세모에는 잠잠해졌다. 이에야스가 일소에 붙인 소문은 명백한 유언비어에 지나지 않았다는 것이 그 후 자연히 밝혀졌다.

신정을 눈앞에 두고 교토에서 남양의 향귤이란 것을 헌상한 자가 있어서 그 입하가 하마마쓰의 성에 당도했다.
"이것은 지나나 우리나라에서 말하는 향귤과는 약간 다르단 말이야. 남만 밀감이란 나무 실과일 것이다."

등등, 성에서도 진귀하게 여겼으나 맛이 좋으므로 이에야스는 백 알 정도를 얼마전 차녀 도쿠히메가 출가한 호조 가로 보냈다. 그런데 호조 가의 관원들은 그것이 등자열매라 착각하고 있었다.

"하마마쓰에는 등자열매가 진귀한 모양이다. 오다하라에는 굉장히 많다는 것을 알려 주어라."

그들은 얼마 후 등자열매를 역부 여섯 명에게 지워서 보내왔다.

이에야스는 그 어이없는 일에 대해서 오히려 가신들에게 함구하도록 명령했다.

"오다하라의 사람들은 남의 선물을 눈으로 보기만 하고, 맛도 보지 않고 남을 얕보는 거동을 하는구나. 그곳의 정사도 거의 이와 비슷한 것이 아닐까. 좋아 좋아…… 아무 소리 말아라."

동병상련

아즈치에 있는 산보시(三法師)님도 새해에 다섯 살이 되었다. 설날을 맞이하여 건강히 성장하는 모습을 뵙기 위해 새해 인사차 찾아드는 다이묘(지방영주)들도 많았다.

"노부테루님이 아니시오?"
"오오, 주사부로(忠三郞)님이로군. 정말 잘 만났소."

본전의 대서원 앞에서 얼굴을 마주 치고, 새봄에 어울리는 목소리로 인사를 주고받는 제후가 있었다.

히데요시의 오사카 이전으로, 작년에 그 오사카에서, 오카키(大垣)로 이봉된 이케다 쇼뉴사이 노부테루(池田勝入齊信輝)와, 또 한 사람은 가모 주사부로 우지사토(蒲生忠三郞氏鄕)였다.

"더욱 더 건장해지신 것 같은데. 우선 무엇보다 반갑소."
"아니 원기는 여전하지만, 무엇보다 바빠서 말이요. 이번의 오카키 땅에와서도 제대로 잠을 잘 수가 없었소."
"아아 그렇군요. 노부테루님께서는, 오사카 공사의 책임도 겸임하고 계시지요."

"그런 일은 마쓰다나 이시다 등에게는 안성맞춤이지만, 나같은 무사에게는 맞지 않소. 보기 싫은 일만 많아서."

"그렇지 않습니다. 적임이 아닌 사람을 하루라도 부적소에 두는 지쿠젠 님이 아닙니다. 역시 책임자 여러분 속에 무엇인가 당신께서 필요로하는 바가 있을 겁니다."

"하하하, 전쟁 이외에 그러한 재능이 있다고 여겨지는 것은 나에겐 괴로운 일이요. 그런데 유군님에 대한 연하인사는 어떻게 하셨소?"

"방금 마치고 오는 길입니다."

"나도 돌아 가는 길이오. 그런데 좋은 기회인데, 좀 내담하고 싶은 일이 있는데……."

"실은, 얼굴을 본 순간에 나도 꼭 당신께 여쭙고 싶은 일이 생각이 났습니다."

"그런 서로의 생각이, 우연의 일치를 이루게 됐군요. 어디서 이야기 할까요?"

"소서원에라도."

아무도 없는 조용한 방에 두 사람은 마주앉았다. 화로는 없었지만 장지문 너머의 봄 햇살이 제법 따뜻하다.

"일전에 항간을 떠돌던 소문을 들으셨소?"

"들었습니다. 산스케님이 살해되었다고 사실인 것처럼 전해진 것 말이지요?"

"그것 말입니다……."

노부테루는 이맛살을 찌푸리고 숨을 크게 쉬었다.

"금년도 벌써 무슨 일인지 동란의 징후가 보이오. 상대에 따라서는 그것도 대단히 좋겠지만, 불씨의 원천이 원천인 만큼 요사이의 징후는 낭패란 말이요. 주사부로님, 당신은 젊지만 분별은 나보다도 뛰어나다고 보오. 무어, 미연에 좋은 대책을 강구할 수가 없을까?"

이렇게 심려의 기색을 나타냈다.

우지사토는 반문했다.

"도대체 그런 낭설이 어디서 나왔을까요?"

"글쎄, 그건 좀 말하기가 어렵군.——그러나 이렇게는 말할 수 있겠지. 아니 땐 굴뚝에 연기 안 난다고……."

"그렇다면 그와 비슷한 사실이 있기는 있었나요?"
"아니 없었소. 사실은 전혀 그 반대요.——그렇게 말하는 것은, 산스케 노부오 경이 작년 11월, 야마자키의 다카라데라 성(財寺城)으로 지쿠젠님을 찾아가셨소 그때, 이세 평정의 노고를 위로한다고 지쿠젠님께서는 손수 접대의 지시를 하시면서 크게 환대하시고, 4일간이나 머물게 하셨다는 겁니다."
"으음"
"산스케의 가신들은 다음 날 하직 예정인 이틀째도 아무런 말이 없고, 3일 째도, 4일 째도 노부오 경이 하직하시는 것을 못 보았기 때문에 무슨 일이 있는 것이 아닌가 하고 나쁘게 추측해서 성 밖의 하인들까지 쓸데없는 억측을 입 밖에 낸 것 같습니다."
"하하하. 정말 그런 내용이었습니까? 세상의 말이란 것은 뿌리를 보면 대개 시시한 것이로군요."
우지사토의 표정이 알았다는 기색을 보이자, 이케다 노부테루는 그 문제를 아직 다 말하지 않았다는 양으로, "그런데——말이요" 하고 갑자기 덧붙였다.
"그 후에 한가지 문제가 있어서 또 여러 가지 낭설이 이세 나가시마와 교토, 오사카 사이에 허허실실 유포되었지요. 첫째는 다카라데라의 성 안에서 노부오 경이 살해되었다고 하는 허설의 출처는 결코 노부오 경의 수행원들이 아닙니다. 하시바 가의 병졸들의 입에서 나온 것이라는 주장이 있지요. 노부오 경의 가신들의 의심암귀에서 나온 것이라고 반박하는 다카라데라 성의 주장이 서로 소리 높여 다투는 동안에 세상에서는 경위야 어찌됐든, 노부오 경이 모살당한 것 같다고 하는 소문만 바람처럼 유포되어 버렸다는 겁니다."
"세상은 역시 그러한 것을——있을 수 없는 일이라고는 생각하지 않고, 있을 수 있는 일이다라고만 생각하는 것일까요?"
"세간의 인심은 재기가 어렵지만, 기타바타케님께 연고가 있는 자들과 시신 중에는 시바타의 멸망에 이어 간베(神戶)님의 최후를 본 후로 다음에 오는 것은 무언가 하여 스스로 묻고 스스로 악몽을 그리고 있는 자가 적지 않다는 것은 틀림없을 겁니다."
"그런데. 그 점이 문제인데요."

우지사토는 비로소 자기의 비밀을 풀 듯이 무릎을 앞으로 내밀며 말하기 시작했다.

"어떠한 헛소문이 유포되었다 하더라도 하시바, 기타바타케 양가 사이에 굳은 이해만 맺어져 있다면──그러나, 지쿠젠님과 노부오 경의 사이가 그 때문에 틀어지고 있다는 생각이 듭니다."

우지사토는 눈동자를 크게 떴다. 노부테루가 거기서 크게 끄덕이는 것을 보는 눈치였다.

"이것도 세상의 낭설이겠지요만, 근래 이런 소리도 귀에 담았습니다──고 우대신님의 사망으로 발생한 전투와 여러 사정도 우선 일단락이 지어지고 어쨌거나 평정을 되찾은 지금은 지쿠젠님도 자신의 욕심을 보좌역에서 멈추고 모든 대권을 구주의 유족에게 돌려줄 것이 틀림없을 것이다. 그렇게 하는 데에는, 아무리 명분을 앞세워도 산보시 님은 너무 어리니 후계자로서는 노부오 경을 세우게 될 것이다. 또 그렇게 하지 않고서는 지쿠젠 노카미로서도 의리가 서지 않을 것이다. 오다 가의 은고에 보답하는 길에 어긋날 것이다……등등입니다."

"안 되겠는데……그야말로 마른 밭에 불을 뿌리는 식의 말입니다. 그 분의 저의가 뻔하나…… 오히려 거꾸로 돌아온다는 것을 모르시는 것 같군요."

"그러나 그분도, 정말 그런 얕은 생각을 하고 계실까요?"

"있을 수가 있지요. 어쨌든 쉬운 마음의 귀공자의 다산으로서는"

"반드시 오사카쪽에도 들리고 있을 것이며, 이래서야 상호간의 마음에 금만 가게 할 뿐이 아닙니까?"

"정말 곤란하군요."

노부테루는 다시 탄식했다.

이케다 노부테루와, 가모 우지사토는 히데요시의 장수로서 히데요시와는 완전한 주종관계를 맺은 것처럼 보여지고 있었지만 노부테루나 우지사토의 개인적 입장으로 돌아가 보면, 그리 간단히 말해 버릴 수 없는 사정도 있고, 관계도 있었다.

첫째, 우지사토는 노부나가의 적지않은 총애를 받으면서 노부나가 막내딸을 아내로 삼고 있었다.

또 노부테루 이케다 노부테루는 노부나가의 유모의 아들로, 노부나가와는 젖형제라는 대단히 깊은 관계가 성립된다.
 따라서 기요스 회의에도 이 두 사람은 단순한 유신자격이 아니라 오다 가의 외척으로서 참석하고 있었으며, 그 무렵의 서약에도 연대 책임을 지고 있었다. 따라서 오다 가의 후계 문제에 냉담할 수가 없었으며, 어린 산보시를 제외하고는 단 한 사람 남은 노부나가 혈통의 직계자——기타바타케 중장 노부오하고도 끊으려야 끊을 수 없는 친족이란 관계에 있다.
 그러나 그 노부오가 좀 더 쓸모있는 인물이었다면 이 두 사람의 남모르는 고민도 적었겠지만, 어찌하리, 타고난 그릇이 적은 것을.
 그는 기요스 회의를 전후하여 이미 모든 사람들에게서 노부나가의 후계자 감은 아니라는 평을 듣고 있었다. 그러나 노부오를 더욱 불행하게 하는 것은 그의 앞에서 그렇게 말하는 자가 한 사람도 없다는 점이었다.
 이 귀공자는 엎드려 수긍하는 중신과 교언영색의 방문자와, 또 그를 조종하는 자의 힘에 움직이면서——이 대변동기를 자각하지도 않고 지나고 있는 것이다.
 노부테루와 우지사토처럼 시대의 큰 파도를 몸소 느끼고, 눈으로 보고 있는 자에게는 노부오의 생각과 행동이 너무 어리석고 위태로와 때로는 "아아. 위험하다" 하고 탄성을 지르지 않고는 견딜 수 없는 경우가 셀 수 없이 많았다.
 예컨대, 작년처럼 복잡한 정세하에 미카와까지 가서 이에야스와 밀회를 가진일, 야나가세 전투이후에 히데요시의 종용으로 형제인 간베 노부타카를 자결하도록 꾸민 일, 전승의 공상으로 이세, 이가, 오와리 전역의 소령 107만석을 받고 득의만만하여 히데요시가 중앙의 대권도 자신에게 넘겨줄 것이라는, 출처가 뻔히 드러나는 졸렬한 소문으로 히데요시의 뱃속을 떠보려 한일, 예를 들자면 끝도 없다.
 "그러나 이 상태를 될대로 되라며 방관만 하고 있을 수는 없지 않습니까? 노부테루님께 무언가 좋은 생각이 없을까요."
 "아니 오히려 저는 그 지혜를 당신한테 빌리려고 생각했습니다. 주사부로님. 좋은 수를 짜내어 보시오."
 "내가 생각하건대 노부오 경께서 나가시마에서 나와 지쿠젠님과 흉금을 털어놓고 천천히 이야기 하시는 것이 무엇보다 좋지 않을까 생각합니다만……."

"좋은 생각이긴 한데……노부오가 근래에 격식을 찾는 것을 보면 그렇게 하려고 할지가 문제인데."
"권유는 제가 잘 해보겠습니다."

명문의 화(禍)

그 날 그 날의 마음이 오락가락하는 노부오의 마음은 언제나 편하지가 않는다. 또 그것이 무엇에 기인하는 것인가를 반성해 볼 사람도 아니다.

지난 가을 이세 나가시마 성으로 옮겨서, 이가, 이세, 오와리, 3개 지방에서 107만 석의 영지를 가졌으며, 위관은 종4품하 우콘에 중장이다.

나서면 군신이 엎드리고, 물러가면 관현이 맞이하며, 탐내서 얻지 못하는 것이 없고, 거기에 나이는 이 봄에 불과 27세.

명문가 자식의 불행은 명문의 자식이 좋아하는 여러 조건에 존재하는 법. 그러나 노부오로서는 여전히 부족함을 느끼고 있었다.

"이세는 시골이야."

그리고 작년부터 마음에 안드는 일은 "지쿠젠은 무엇 때문에 오사카에 그렇게도 굉장한 대성을 쌓는가. 자신이 살려고 하는가, 혹은 천하의 후계자를 맞이할 생각인가" 하는 것이었다.

그 말하는 품에선 아직도 이 사람의 머리에는 선친 노부나가가 크게 영향을 주고 있음을 알 수 있다. 그러나, 그 정신은 없고 형태만이 있었다. 선친의 유지는 받들 생각 없이 위세만을 계승할 기분으로 있었다.

그 눈으로 오사카를 보고, 히데요시를 판단한다. 그리고 신변을 생각한다.
"지쿠젠이야 말로 불순하구나. 어느 사이에 선친의 신하였던 본분을 잊고 선친의 유신에게 축성의 부담을 지게하고, 미증유의 축성을 서두는 데다 이몸을 방해자 취급하여, 근래에는 아무것도 상의하지 않는다."
서로의 음신이 끊어지기 시작한 것은 작년 10월 경부터였다. 근래 히데요시가 노부오를 제거할 계획을 하고 있다든지, 노부오는 벌써 살해당했다는 등, 노부오의 의심을 돋우는데 충분한 유언비어가 연이어 유포되었을 무렵부터의 현상이다. 동시에 노부오가 측신 사이에서 부주의하게 누설 시킨 말이 또 세상에 전해지자, 자신의 저의가 다소 히데요시를 자극한 것같이 생각되었기 때문에 설날이 되어서도 서로 신춘의 인사조차 나누지 않고 지내오고 있었던 것이다.
"히노(日野)의 젊은 나리께서 찾아 오셨습니다만."
신정 당일이었다.
노부오가 성 안의 뒷마당에서 부녀자와 시동을 상대로 공을 차고 있는데 바깥의 무사가 이렇게 알려 왔다.
오우미 가모 고을 히노의 젊은 나리라고 하면, 우지사토 밖에 없다. 나이는 노부오 보다도 두 살 위지만 인척관계로서 따지면 매제가 된다.
노부오는 보기좋게 공을 차면서 알리러 온 자를 되돌아보며 말했다.
"우지사토가 왔나. 좋은 상대가 나타났군. 마침 잘 되었다. 바로 정원 저 쪽으로 데리고 오라. 한 번 그와 공차기를 겨루어 보자."
알리러 온 무사는 달려갔다.
얼마 후 다시 와서 말했다.
"바쁘시다고, 벌써 서원에서 기다리고 계십니다."
"공은?"
"그런 놀이는 할 줄 모른다고 말씀하셨습니다."
"시골뜨기로군."
노부오는 웃었다.
철장으로 물들인 이가 검게 빛나고 있었다.
장속을 풀고 서원으로 올라갔다. 이윽고 자리를 바꾸어서 주안상이 운반되어 왔으며 주객의 환담은 스스럼이 없었다. 노부오와 우지사토와는 연령도 비슷했으며 서로 비교해보면 흥미로운 점이 있었다.

한쪽은 노부나가라는 명문가의 아들.

한쪽은 노부나가에게 정벌 당한 가모 가타히데라는 패장의 아들.

어린 우지사토가 노부나가 밑에서 길러지기 시작한 것은, 13세 무렵이었다고 한다. 노부나가 시좌의 여러 장수들이 언제나 군사를 논할 때 옆에 있었으며, 이 소년은 그 논의가 아무리 길어진다 하더라도 권태를 느낀 적이 없었다. 일심불란으로 이야기하는 사람의 입가를 보고 있었다고 한다.

이나바 사다미치가 전에 말한 적이 있다.

'가모의 자식은 보통이 아니다. 이 애가 훌륭한 무장이 되지 않는다면 누가 그렇게 되겠는가?'

당시 노부나가는 단조노주(彈正忠)라고 호칭하고 있었기 때문에 드디어 그 주(忠)의 한 자를 주어서 주사부로라고 이름을 지어주고, 얼마 후 자기 딸을 짝지어 주었다.

첫 출전은 14세 때, 노부나가가 가와치 성을 공격했을 때였으며, 이 소년이 적의 목을 베어 돌아왔으므로, "그것 보아, 보통 애가 아니다"며 노부나가는 직접 술안주인 마른 전복을 집어서 그에게 주었다고 했다.

이런 일도 있었다.

오다 긴자에몬이 명마를 가지고 있었다. 양도를 희망하는 자가 끊이질 않았다. 그래서 긴자에몬은 마구간 앞에 표찰을 세웠다.

──이것은 일단 유사시에 적진으로 가장 먼저 달려가기위해 기르는 명마이다. 소유자의 의도에 손색이 없고, 명마에도 부끄러움이 없을 만한 임자라면, 천지신명께 서약한 후 양도해 줄 수도 있다.

그러자 희망자의 발이 끊어졌다. 그런데 당년 16세의 가모의 아들이 어느새에 찾아가서 이 명마를 얻어왔다. 사람들이 의아스럽게 생각하고 있는데 얼마 후 다케다 하루노부의 군대가 동부 미노를 불태우고 방화교란전을 폈을 때, 약관의 주사부로 우지사토가 그 말을 타고 적중으로 달려 들어가 적의 한 쪽 두령인 호걸과 싸워이겨 그의 목을 안장 옆에 매달고 돌아왔다.

이리하여 노부나가의 총애, 가중의 신망이 모두 두터웠음에도 불구하고 우지사토는 17세 때 자진해서 이렇게 말했다.

'주군 옆을 떠나서 제후의 신하가 되는 것입니다만, 저를 시바타님의 휘하에 붙여주십시오. 하급 무사들과 섞여서 무사의 행세를 배우고 싶습니다.'

물론 허용되었다. 우지사토는 그 소년시절에는 시바타 가쓰이에의 수하에서 병사들과 함께 말똥 진중생활을 경험하기도 했다.

지금의 나이 29세. 그가 유능한 중신이라는 것을 히데요시도, 세상도 인정하고 있었다. 야나가세의 전투 후, 히데요시가 전공에 대한 보상으로 가메야마를 우지사토에게 주려고 했지만, 그는 받지 않았다.

"가메야마는 조상 대대로 세키 가즈마사의 땅입니다. 소신에게 주시는 셈치고 가즈마사에게 돌려주신다면, 소신과 그에게는 헤아릴 수 없는 기쁨이 옵니다."

세키와 가모 가와는 먼 친척이 되지만 아무리 그렇다고는 하더라도 좀처럼 하기 힘든 일이다. 노부나가에게 깊은 사랑을 받고 있던 우지사토는, 지금 히데요시에게서도 역시 진심에서 우러난 깊은 사랑을 받고 있는 것이었다.

──그러나 생각건대.

아무리 노부나가가 그를 사랑하고 있었다고 하더라도, 그 아들 노부타카와 노부오에 대한 사랑에는 비할 바가 못된다. 노부타카를 비명에 가게 하고, 노부오를 변변치 못한 사내로 만든 것은 그 익애(溺愛) 때문이었다고 말할 수 있다.

어려운 것일까, 명문가의 아비 노릇도.

우지사토의 방문 후 며칠이 지나서, 우지사토와 이케다 노부테루의 이름으로 서신이 와 있었다. 노부오는 수일전부터 몹시 기분이 좋고 들뜬 기색조차 보이더니 갑자기 4명의 노신을 불러서 다같이 이야기했다.

"내일 오쓰로 가겠다. 온조사(園城寺)에서 지쿠젠이 기다린다고 한다. 만나고 싶다는 거다. 히데요시 쪽에서."

──괜찮겠습니까?

그렇게 말하고 싶어 하듯이 표정이 변하는 자도 그 중에는 있었다. 노부오는 깨끗하게 철장으로 물들인 이를 내보이며 웃는 얼굴로 말했다.

"지쿠젠은 낭패스러운 모양이더군. 뭐니 뭐니 해도 나와의 사이가 불편하다는 것은 남들 보기에도 곤란한 모양이다. 그것도 그럴 것이, 주군에 대한 명분상 좋지 않으니까 말이다."

"그러나, 온조사에서의 회견은 어떠한 경로로……."

네 사람 중의 한 사람이 물었다. 그에 대한 대답도 노부오는 지극히 득의

양양하게 보였으며 조금도 불안을 느끼고 있지 않는 것 같았다.
"이렇게 된 거지. 전번에 우지사토가 찾아와서 나와 지쿠젠과의 사이가 항간에서는 좋지 않게 들린다고 말했지만, 지쿠젠의 본심은 결코 그렇게 무정한 것이 아니다. 그러니 어떤 자의 책모라고는 알고 있지만 그렇다고 해서 지쿠젠이 이곳까지 오는 것도 이상하니, 초봄의 대면을 겸해서 오쓰의 온조사까지 와달라는 것이지. 지쿠젠도 오사카를 나와 그곳까지 갈 것입니다라는 말을 덧붙이면서 그 말을 들어보니, 이 몸이라 하더라도, 지쿠젠에게 원한이 있는 것이 아니니, 좋다, 가자고 약속한 것이다. 반드시 안전하게 모시겠다고 두 사람의 서신에도 쓰여져 있지 않은가."
서신의 내용도 사람의 말도 정직하게 받아들이고 바로 믿어 버리는 경향이 강한 것은 순탄하게 성장한 탓이라고 말할 수 있으나, 노신들로서는 그만큼 세심하게 신경을 써야 했고, 어떤 일이 있을 때마다 위구심에서 벗어날 수가 없었다. 그래서 모두들 우지사토의 서한을 돌려보면서 수긍하고, "틀림없이 친필인가 봅니다" 하고 서로 중얼거렸다.
"다른 이들도 아니고, 노부테루님이나 우지사토님의 주선으로 이렇게까지 대하신다면 만의 하나도 틀림이 없겠지요."
하고 그때야 동의를 했다.
"그러나, 조심하셔야 합니다."
그리고 수행을 엄중히 하여 네 노신들도 따라 가기로 했다.
오카다 나가토노카미, 아사이다 미야마루, 쓰가 겐바, 다키가와 사부로베 네 사람이다.
다음 날 기타바타케 노부오는 이러한 경위로 오쓰로 행차했다. 약속 장소인 온조사란 미이사(三井寺)를 말한다. 그는 북원의 총문 안쪽에서 반 마장쯤 떨어진 서쪽의 렌게다니라는 골짜기의 호메이잉(法明院)을 숙소로 삼았다.
당도하자마자 우지사토가 찾아오고 이케다 노부테루도 뒤에 나타났다. 그리고 말했다.
"지쿠젠님께서는, 어제 도착하셔서 기다리고 계십니다."
회견 장소는 히데요시의 숙소 중원(中院)의 금당에 준비되어 있었는데, 일시는 언제가 좋으신가, 사정이 어떠신지——하고 묻는 말에 노부오는 약간 심술을 부리고 싶어져서 이렇게 말했다.

"오느라 피곤했으니 내일 하루는 좀 쉬고 싶은데……."

"그럼 모레로 날짜를 정할까요?"

두 사람은 그 말을 히데요시에게 전하기 위해 돌아갔다.

이와 같은 때에 누구 한 사람 하루라도 무위 속에 보내고 있을 만큼 한가한 사람은 없었지만 노부오가 "내일 하루는 휴양하고 싶다"고 말한 대로 다음 날은 온조사 안의 숙박인 모두가 쓸데없이 무위한 상태에 놓여 있었다.

이 온조사 전역에서는 중원의 금당이 건축의 주각이다. 그곳에 히데요시 주종이 들어가 있고, 노부나가의 숙사로는 렌게다니(蓮華谷)의 호메이잉이 할당되어 있었다. 온조사에 도착한 순간 노부오가 이에 불쾌함을 느낀 것은 말할 나위도 없다.

회견일의 결정에 조그마한 심술을 부리고 싶어진 것은 그러한 기분탓이었던 모양이지만, 막상 하루를 쉬면서 보내려고 하니 노부오 자신도 심심해서 견딜 수가 없었던 모양으로 혼자 투덜대고 있었다.

"가신들도 보이지 않는다."

절의 보물인 노래책을 구경하기도 하고, 노승의 긴 이야기 등에 권태를 느껴 가며, 간신히 하루를 보내자, 황혼에 가까운 시간에 네 명의 노신이 얼굴을 나란히 하여 그 방에 나타났다.

"오늘은 느긋하고 편안하게 휴식을 취할 수가 있으셨겠습니다."

──멍충이 같은 놈들. 노부오는 부아가 났다. 할 일이 없어서 못 견딜 지경이었다, 고 소리치고 싶었다. 그러나 아무리 주군이라 하더라도 그들의 성의에 찬 배려까지 하나하나 시정(是正)할 수도 없었다.

"음, 정말 편했다. 자네들도 각자 숙소에서 잘 쉬었나?"

"쉴 사이도 없었습니다."

"왜?"

"주군께 문안을 드리겠다는 사자들이 끊어질 줄 몰랐습니다."

"그렇게도 방문객이 많이 있었나. 그럼 왜 나에게 들리지 않았나?"

"모처럼 휴식하시는 하루를 손님 때문에 방해를 받으셔서야 되겠는가 싶어서……."

노부오는 손가락으로 동그라미를 만들어서는, 무릎 위를 튕기면서 고귀하고 감흥이 없어 보이는 표정을 비둘기처럼 가만히 짓고 있었다.

"아무튼 좋아……저녁은 자네들도 여기서 함께 하라. 한 잔 들자."

노신들은 얼굴을 서로 마주 보았다. 약간 곤란한 듯한 기미가 보였다. 그러한 심리를 짐작하는 일에 대해서 노부오는 민감했다.

"안될 일이라도 있나?"

"있지요——"

네 사람 중의 오카다 나가토가 황송한 듯이 말을 꺼냈다.

"실은, 아까 지쿠젠 노카미님이 사람을 보내와서 오늘 저녁에 네 사람이 함께 숙소까지 오라, 하는 초청이 있었습니다. 그래서 허가를 받고 가려고 이렇게 온 겁니다."

"무어냐? 지쿠젠이 너희들을 오라고 한다고. ——또 다도회인가?"

싫은 표정이었다. 기분이 언짢은 모양이었다.

"아니올시다. 그런 것이 아니라고 생각됩니다. 주군님도 계시고 또 같이 오신 제후 분들도 계신데 신하인 저희들을 특별히 다도회로 초청하실 리가 없다고 생각합니다…… 무언가 새삼스럽게 이야기 하고 싶은 일이라도 계시는 거겠지요."

"흐음……무얼까?"

노부오는 고개를 갸우뚱거렸다.

"그럼 자네들을 불러서 앞으로 이 노부오에게 오다 가의 모든 것을 계승해 달라고 하는 상의라도 하려는 건가? 그럴지도 모르지. 나를 제쳐두고 히데요시가 천하인으로 자리를 잡고 있다면 우스운 노릇이다. 첫째, 세상이 용서치 않는다."

고마키의 서장

중원 금당의 일실에는 사람은 없고 촛대만이 밤을 기다리고 있었다.

이윽고 손님이 안내되었다. 쓰가와 겐바, 다키가와 사부로베, 아사이다 미야마루, 오카다 나가토노카미 네 사람이었다.

다과. 그것만이 나왔다.

정월 중순이었다. 몹시 춥다.

얼마 후 기침 소리가 가까이 들려온다. 시종자의 발소리도 함께여서 히데요시란 것이 바로 짐작되었다. 무언가 큰 소리로 지시를 내리면서 오는 것 같았다. 감기에 걸린 목소리이다. 이윽고 들어와 말했다.

"오오, 기다리게 해서 미안하군."

그리고 주먹을 대고 기침만 한다.

고개를 들어보니, 단 한 사람이었다. 시동조차 뒤에 없었다.

네 사람은 쉽게 긴장을 풀 수가 없었다. 서로 인사를 주고받는 동안, 히데요시쪽은 코만 풀고 있었다.

"감기가 드신 것 같습니다."

간신히 사부로베가 긴장을 풀고 말했다. 히데요시도 격의 없이 대꾸했다.

"올해의 감기는 좀처럼 낫지를 않는군."

재미가 없는 자리다. 술도 안주도 아무것도 나오지 않는다. 잡담도 그다지 하지 않는다. 이윽고 히데요시가 말을 꺼냈다.

"산스케(노부오)님께서도 근래의 그런 상태이어서는 곤란하지 않는가."

네 사람은 가슴이 철렁했다. 그럼 그에 대한 힐책인가 싶어 조바심이 났던 것이다. 노신으로서의 책임을 모두 생각했다.

"자네들도 힘들겠지."

다음의 말은 이런 것이었다. 네 사람의 얼굴에는 생기가 되살아났다.

"……."

"네 사람 모두 남에게 못지않은 인물들이다. 산스케님 밑에서는 어떻게도 할 수가 없겠지. 짐작할 수 있다. 나도 자네들처럼 그분을 위해서 마음을 쓰는데 오히려 거꾸로만 되어가는 상태다. 정말 섭섭한 일이다."

어미에는 격기가 있었다. 네 사람은 몸이 섬뜩했다. 히데요시는 더욱 누누이 충정을 이야기했다. 구체적으로 예를 들어서 노부오에 대한 불만의 뜻을 밝히고 귀결되는 점은, "이제 단념했다"는 것이었다.

"다년간 충심으로 섬기는 자네들에겐 미안한 일이다. 그러나 어쩔 수가 없다. 나와 마음을 함께할 마음이 있다면, 자네들이 힘을 합쳐서 산스케 님에게 할복을 권유한다든지, 삭발하여 불문에 들어가게 한다면 일은 쉽게 끝난다. 군사를 움직이지 않고도 끝낼 수 있다. 또 그렇게 결과가 좋게 끝나면 자네들에게는 이세 이가 등의 땅을 공에 대한 보상으로서 나누어 주겠다. 이렇게 부른 것은 이런 이야기를 하려고 해서다. 잘 분별해서 대답하라."

"……."

그 네 사람은 한기뿐 아니라 몸이 오싹한 것을 견딜 수가 없었다. 네 벽은 모두 소리 없는 칼과 창으로 느껴졌다. 히데요시는 눈을 반짝이며 뚫어지게 바라보고 있었다. 싫다든가 응한다든가 어느 쪽의 대답이든 빨리 하라는 듯이 재촉하는 눈초리였다.

이러한 대사를 알게 된 이상 자리를 뜨게 하지 않으리라. 시간을 기다려 주지 않으리라. 절체절명이다.

네 사람은 탄식 속에 머리를 숙였다. 그러나 드디어 승낙했다. 바로 곧 서약서를 써서 올렸다.

"가신들이 버들(柳 : 방 이름)에서 술좌석을 벌이고 있다. 자네들도 어울려서 놀다가 가라. 나도 함께 상대를 해 주고 싶으나 감기 때문에 빨리 자야겠다."

서약서를 거두고, 그는 안쪽으로 자리를 떠서 가버렸다.

그날 밤, 노부오는 안절부절하는 기분인 모양이었다. 저녁 식사 때에는 시신, 이야기 재주꾼, 승려, 히에신사(日吉神祀)의 무녀들도 섞이어서 떠들썩하게 지껄이는 소리가 들려왔으나, 자리도 흩어지고 혼자가 되자,

"지금 몇 각이나 되었나."

라든지,

"노신들은 아직 금당에서 돌아오지 않았나."

하며 시동을 시켜 당직 무사에게 문의케 했다.

그 동안에 네 사람 중 다키가와 사부로베 다다토시(瀧川三郎兵衞忠利)만이 돌아왔다.

"혼자 돌아왔나?"

노부오는 의아스럽게 생각하여 눈앞에 있는 사부로베를 지켜보았다.

"네에, 혼자 돌아왔습니다."

그렇게 대답하는 표정이 심상치 않았다. 노부오까지 가슴이 두근거렸다. 사부로베는 양손을 짚고 고개를 숙인 채, 얼굴을 들지 않았다. 흐느끼는 소리가 났다.

"왜? 어떻게 되었나, 사부로베. 지쿠젠의 용무란 무엇이었나?"

"괴로운 초청이었습니다."

"무엇, 자네들을 나무라기라도 했단 말인가."

"그런 일이라면 괴롭다고 말씀드리지 않습니다. 분합니다. 칼 속에 앉게 하여 마음에도 없는 서약서를 쓰게 되었습니다…… 나리께서는 각오를 단단히 하셔야 합니다."

그는 히데요시가 자기들에게 꾸민 계책을 남김없이 노부오의 앞에서 털어놓았다.

"아니라고 한다면…… 그 자리에서 당장 살해당할 것은 뻔한 일이었기 때문에 하는 수 없이 네 명이 서약서에 이름을 같이 얹게 되어, 그 다음에…… 가중 일동이 동좌한 술자리에서, 틈을 엿보아 남몰래 돌아왔습니다…… 뒤에 사부로베 한 사람이 보이지 않는다고 떠들어대면, 벌써 이곳의 좌소도 안전한 곳이 못됩니다. 빨리 떠나실 준비를 하십시오."

노부오는 얼굴색까지 달라졌다. 사부로베가 말하는 바도 전혀 귀에 들어오지 않는다는 눈동자의 움직임이다. 벌떡거리는 가슴으로 도저히 말없이 있을 수 없는 것같이 더듬거렸다.

"그, 그래서…… 나가토와 겐바들은 어떻게 되었나. 다른 사람들은……."
"소신은 자신의 판단에 의해서 이렇게 도망쳐 왔습니다만, 남의 심중은 알 수 없습니다."
"그것들도 서약서에 성명을 했단 말이지."
"나가토님 이하 모두가."
"그리고 지쿠젠의 가신들과 술을 함께 마시고 있단 말이지. 사람을 잘못 보았다. 그 놈들은 개보다 못한 놈들이다."

욕하면서 그는 갑자기 일어서서 뒤에 있는 시동의 손에서 자기 칼을 당겨쥐었다. 그리고 바쁘게 호메이잉의 외곽으로 나가기에 사부로베도 당황해서 뒤를 쫓으며——나리, 나리 어디로 가십니까? 하고 부르니, 노부오는 뒤돌아보고 소리를 낮추어 말을 하면서 자꾸만 서둔다.

그 뜻을 알아차리고 사부로베는 마구간으로 달려갔다.
"기다립시오."

말은 명마를 가지고 있다. 가나즈치(金槌)라고, 밤색 털의 유명한 말이었다. 노부오는 그 말에 올라타자 말했다.
"뒤를 부탁한다."

그리고, 호메이잉의 뒷문을 빠져나가 밤의 어둠 속으로 달려갔다. 마구간 무사가 한 명 위타천(빨리 달리는 사람)처럼 뒤를 쫓아서 도중에서 말고삐를 붙잡았는데, 이세에 이르기까지 노부오를 수행하였다. 밤사이에 없어진 가나즈치는 이처럼 신속했으므로, 다음 날까지 아무도 아는 사람이 없었던 것이다.

당연히 히데요시와의 회견은 노부오의 신병 이유로 연기되었다. 히데요시는 예견하고 있었던 일처럼 태연히 오사카로 돌아갔다.

나가시마로 돌아온 노부오는 성중에 깊이 숨은 채, 그 후 병이라고 칭하고 바깥의 가신들에게 조차 일체 얼굴을 나타내지 않았다.

그러나 이 칩거는 실상 꾀병뿐만이 아닌 것 같았다. 그로서는 충분히 와병할 만한 이유가 있는 것이었다. 출입이 가능한 건 전의 뿐이요, 성 뒤쪽의 매화는 나날이 만발해 가건만, 관악의 소리는 끊어지고 춘원(春園)도 적막하다. 그와는 반대로 성밖에는, 아니 이세 이가 일원에서는, 낭설이 나날이 퍼져가고 있었다.

먼저 온조사에 혼자 남겨지고, 노부오가 달아난 후에 멋쩍게 돌아온 수행자들의 주인 없는 빈 행렬도 사람들의 의구심을 불러일으켰다.

"무슨 일일까?"

모두의 입에 오르내렸다. 또 그 무렵 수행한 노신들이 똑같이 각자 고향에 돌아가 은거하여, 나가시마에 등성하지 않는 일 또한, 의구심에 불을 질러 더욱더 영하의 불안을 북돋우고 있었다.

진상이 다시 노부오와 히데요시간의 불화가 농밀한 복잡성을 품고 재연되어 온 것은 틀림없다. 그것도 금년에는 작년의 정세 이상으로 극히 험악한 분위기를 띠었고, 사태는 이미 절박해 오고 있다. 인심의 저기류는 이미 전국에 퍼져있었다.

당연히 노부오의 위치는 태풍의 중심이었다. 이렇게 되니 그에게도 크게 기대는 곳이 있어 보였다. 본래 보수적인 그가 언제나 비책이라고 믿고 있는 것은 양다리라는 양면주의였다. 저쪽이 좋지 않으면 이쪽에 붙는다. 또 일치했다고 해도, 나에게 다른 방패가 있다는 허세를 그 일치자에게 시사해둔다.

그것은 노부오 자신이 언제나 흑막의 대비책을 두지 않으면 안심하지 못하는 성미때문이기도 했다. 노부오의 가슴 속에는 지금 그 흑막의 인물이 크게 불거져 있었다. 동해 하마마쓰의 와룡 종3품참의 도쿠가와 이에야스야말로 믿었던 바로 그 사람이었던 것이다.

이에야스는 새해 2월에 곤노중장에서 다시 승관하게 되었다. 종래의 위치로 보나, 근래의 실력으로 보나, 그 존재는 오사카의 히데요시와는 대조적인 무게를 가지고 있었다.

노부오가 히데요시와 협동하면서──그 이면에 이에야스와의 밀교를 두텁게 하고 있었다는 것은, 잔꾀이기는 하나, 제법 영리한 장난이라 할 수 있다.

그러나 그러한 발칙한 장난도 상대를 가려서 해야 한다. 노부오가 이에야스를 이용해서 히데요시를 견제하고 만일의 경우를 대비한 방패로서 이에야스를 써먹으려고 하는 생각은 처음부터 상대를 파악하지 못한 어리석은 계략이라 아니할 수 없다. 어리석은 자의 장점은 상대방을 모르는 데 있다.

사슴을 쫓는 사냥군이 산을 보지 않는 꼴이다.

이렇게 된 이상, 이에야스를 앞으로 끌어내어 히데요시의 대두를 억제하려 꾀한 것은 그로서는 당연한 귀착점이었다.

노부오의 밀사는 어느 날 밤, 몰래 나가시마를 떠나 오카자키로 길을 서둘렀다.

2월에 접어 들어서의 일이다.

이에야스의 심복인 사카이 요시로 시게타다는 이세 지방에의 여행을 명목으로 남몰래 나가시마를 방문하여 노부오와 만나서 무엇인가 밀담을 나누었다.

극비리의 일이었으나, 그 날을 미루어 보아서 노부오의 밀사가 오카자키를 방문한 직후였기 때문에, 그것이 노부오에 대한 이에야스의 대답이었던 것은 두말할 나위가 없다. 동시에 노부오와 이에야스와의 군사동맹이 비밀리에 체결되고 때를 기해서, 히데요시를 치자는 것으로 양자간에 합의를 본 것도 아마 틀림이 없을 것이다. 그뿐 아니라 사카이 요시로가 제반 방책을 협의하고 돌아갔을 것이란 추측도 충분히 가능한 상황이다.

노부오는 이후 병실을 나와 가신들과도 접촉하고, 또 자주 심복들과 밀담하는 데 밤을 새우기도 하고 먼 지방으로 사자를 파견하는 일도 많았다.

그러던 중, 3월 6일 오후의 일이었다. 온조사의 밤 이후로 오랫동안 등성하지 않던 네 노신 중의——다키가와 사부로베를 제외한 세 노신이 나란히 이 나가시마에 얼굴을 나타냈다.

이세 마쓰가시마 성주인 쓰가와 겐바, 오와리 호시자기(星崎) 성주 오카다 나카토노카미, 오와리 가리야스 성주 아사이다 미야마루였다.

향응을 명목으로 해서 노부오가 특별히 부른 것이었다. 그러나 그날 이래 '히데요시와 통해서 나를 없애려고 하는 역신들'이라고 깊이 생각하고 있는 노부오에게는 이 세 사람의 얼굴을 보는 것조차 증오에 차서 환장할 지경이었다. 그러니 오늘의 초청이란 것도 결코 보통 향연일 수가 없었다.

그러나 그런 기색도 보이지 않고 세 노신들을 대접한 후, 노부오는 우연히 생각난 듯이 나가토 한 사람을 병기실로 데려갔다.

"아아 그렇지, 사카이의 철공소에서 새로운 총이 만들어져 왔다. 나가토 한번 봐주겠나?"

그곳에서 오카다 나가토가 총을 보고 있으니 히지카타 간베(土方勘兵衛)란 한 가신이 돌연 뒤에서 붙잡았다.

"자, 받아랏! 주군의 뜻이다."

"정말 무정하시다."

나가노는 허리칼을 7, 8치 정도 뽑았지만, 힘이 센 간베에 눌려 몸부림치기만 했다. 노부오도 자리에서 일어서서, 벽의 둘레를 돌며 말했다.

"간베, 놓아라, 놓아라."

격한 격투는 그냥 계속됐다. 노부오는 손에 칼을 들고 당황하면서, 계속 말리고 있었다.

"놓지 않으면, 그놈을 칠 수도 없다. 간베 놓아 버려라."

간베는 나가토의 목을 엄지손가락으로 누르고 있다가 기미를 엿보아 밀어 놓았다.──놓았다고 하는 순간에 간베의 허리칼이 노부오의 칼을 기다리지도 않고 나가토의 옆구리를 관통하고 있었다.

실내의 약간의 선혈을 보고도 노부오는 의외로 태연했다. 마음이 약하면서도, 다른 일면으로 잔인한 성질이 이 사람의 어느 한 구석에는 있었던 모양이다.

그때 다른 가신들이 실외에서 무릎을 꿇었다. 그리고 입을 모아 아뢰었다.

"겐바놈을 방금, 이다 한베(飯田半兵衛)가 저쪽에서 찔러 죽였습니다."

"미야마루는 모리 겐사부로(森源三郎)가 주살했습니다."

노부오는 피비린내를 꺼리는 기색도 없이, 가볍게 고개를 끄덕였다. 그러나 긴 한숨을 어깨로 쉬고 있었다. 이유야 어떻든, 다년간 측근에서 신종해 온 보좌직 노신들 3명을 일시에 주살해 버린다는 것은 어쨌든 간에 너무 무참했다. 수단 역시 혹독하기 짝이 없고──.

흉폭하다고 할 수 있는 피는 노부나가에게도 있었다. 그러나 노부나가의 그것은 천하의 무사들이 수긍할 만한 큰 의의와 정열과 그리고 그 희생 뒤에 크게 살아날 수 있는 이상을 품고 있었다. 그래서 때로는 흉폭성도 노부나가의 경우에는 영단이라고 일컬어졌는데, 노부오의 그것은 잔꾀 감정에 의한 독단에 지나지 않았다.

　무릇 대기로에 임해서 한 손가락으로 세상을 가리키는 자의 '결단'이야말로 중요하다고 일컬어지고 있었다. 그러나 활안(活眼)이 없는 자의 '결단'만큼 무서운 것은 없을 것이다. 그릇된 손가락질은 경우에 따라선 일세를 그르친다.

　"이제 큰 난리가 일어날지도 모른다."

　나가시마 성 한 켠에서 벌어진 참극은 일어난 그날로 이곳 가중의 발끝에서부터 나라전체에 전란을 불러일으킬 것 같은 광란의 심리를 들게 했다.

　세 가신의 살해는 비밀리에 행해진 것이지만, 그 말을 증명이라도 하듯, 노신들의 거성을 공략하기 위한, 나가시마의 군사가 이세의 마쓰가시마, 오와리의 가리야스가, 호시자키의 각지로 급파되었기 때문에 사람들이 모두 대전투가 벌어질 것이라는 예상을 하는 것도 무리는 아니다.

　"이렇게 되고 보면, 히데요시와의 단절도 각오하신 것이 틀림없다."

　그리고, 이제 와서 보니 작년 이래 연기만 내뿜던 것이 지금에 와서 불이 붙어, 만천지를 태우는 전재로 화하려고 하는 것은 항간의 뜬소문도 억측도 아니며, 눈 앞에 펼쳐진 현실이있다.

　이때 네 가신 중의 한 사람 다키가와 사부로베 다케토시만은 이가의 우에노에 머물러 있었다. 그는 처음부터 세 가신들과는 달리 독자적인 행동을 취하고, 노부오에게 재빨리 히데요시와 회합하려던 진상을 알림으로서 의심을 받지 않았던 것이다. 따라서 세 노신들이 나가시마에 초청되었을 때에도 그만은 이름이 빠졌던 것이다.

　그리고 얼마 후 이가의 우에노에도 세 노신이 살해되고, 각 거성은 노부오의 군사가 즉각 몰수해 버렸다는 소식이 질풍처럼 들려 왔다.

　"……가만히 있을 수가 없다."

　사부로베는 바로 길 떠날 준비를 하고는 오사카로 향했다.

　그것은 그로서는 기이한 행동 같았으나, 주인 노부오와 히데요시와의 개전이 눈앞에 다가왔다는 것을 알자, 순간 그가 크게 당황한 것은 하시바 가에 인질로 잡혀있는 노모의 신상이었다.

　그러나 퍽 다행한 것은, 노모는 히데요시의 가신으로서 요사이 평판이 좋은, 시즈가타케의 칠본창 용사(히데요시 군에서 활약한 7인의 장수) 중의

명문의 화　113

한 명인 와키자카 진나이 야스하루의 집에 맡겨져 있다는 소식을 들은 것이다. 그래서 그는 이렇게 궁리하고 갑자기 길을 떠난 것 같다.

"개전하기 전에, 어떻게든 어머니를 이쪽으로 모셔와야 하는데……."

오사카의 변화는 사부로베의 눈을 놀라게 했다.

이 신도시는 한 달이나 반달만에 타지방의 십년, 이십년보다 더한 발전을 하고 있었다. 파괴도 하룻밤 사이에 이루어지는 반면, 건설도 하려고 들기만 하면 하루아침에 가능하구나하는 경탄없이는 그곳을 지나지 못할 것이다.

우러러 바라보니, 황금의 기와, 백벽의 누대, 오사카 성의 대천수각은 거리의 어디서든 눈에 띤다.

사부로베는 시골뜨기처럼, 이리저리 헤매다가 겨우 와키자카 진나이의 저택을 찾아냈다.

울보 진나이

담 흙은 희고 나무 향기도 드높은 새 저택이었다.

게다가 주인은 아직 30세가량의 청년. 이것을 보더라도 신흥 오사카와 히데요시 세력을 이끌어 가는 인물들의 연배를 짐작할 수 있다.

"소생이 와키자카올시다만……."

"진나이님이십니까. 저는 기타바타케 가의 노신, 다키가와 사부로베올시다."

"존함은 잘 듣고 있었습니다. 노부오 경의 노신되신 분이 갑자기 찾아오신 용무가 무엇인지요?"

"개인적인 사정이라……말하기도 부끄럽습니다."

"개인적인 사정이라니요?"

"창피를 무릅쓰고 말씀드리지요…… 실은 소생의 노모 말입니다."

"아아 자당에 관한 일입니까? 그렇다면 결코 걱정 마십시오. 지쿠젠 님으로부터 분부를 받고 볼모가 된 귀공의 모당을 소생의 저택에 맡고 있습니다. 충분히 미치지는 못하오나 뒤는 잘 돌보아 드리고 있소. 그리고 몸도 지극히 건강하시오. 요사이 홍모인(외래인)의 외래의를 시켜 틀니를 해드리기로 했소."
"대단히 고맙습니다."
사부로베는 인정에 감동하여 고개를 숙였다. 그러나 마음을 가다듬고 다시 말했다.
"그렇게까지 후한 대접을 받고 있으면서 이러한 부탁을 드리기가 죄송스럽습니다만……실은 그 노모가 어린 시절부터 남달리 사랑을 해 준 막내딸이 요사이 병 때문에 어머니만을 찾고, 헛소리에도 어머니, 어머니 하면서 그리워하여 불문 곡직하고 꼭 한번 만나고 싶다고 울부짖고 있습니다."
"음, 그것 정말……."
"어린애도 아니고, 나이는 벌써 열여덟이 된 딸이 분별을 못하는 소리를 한다고 나무라기는 하지만, 간밤에도 어머니의 꿈을 꾸었다고 운명하는 날이 가까워진 것을 아는지, 그러한 소리를 들으니, 사람이라면 누구나 갖고 있는 부모 자식간의 정이……너무나 애처로워서."
"당연하지요."
"낭패올시다……전장이라면 서로의 시체도 짓밟지만……."
"으음."
진나이는 상대가 눈물을 흘리는 것을 보고 자기 자신의 마음의 동요를 억누르고 있었다. 인정에 약한 자신의 천성을 경계하는 것이었다.
그러나 그 딸은 벌써 목숨이 오늘내일 하는 상황이며, 평소 얼굴을 맞대고 있는 고독한 노모의 심정을 헤아리니 참으려고 해도 눈물이 자꾸 쏟아져서 울지 않을 수가 없었다.
"……그럼 병중의 딸에게 노모를 만나게 해주고 싶어서 일부러 여기까지 오셨소?"
드디어 그는 상대방이 말을 하지 못하고 있는 것을 자기가 먼저 말해 버렸다.
사부로베는 몸을 떨었다.
"짐작하신 대로 올시다……이 다키가와 사부로베 평생의 부탁이올시다. 들어주시지 않겠습니까?"
몇 번이나 고개를 숙여 절했다. 애원하는 모든 말을 다했다.
"좋습니다, 데리고 가십시오. 주군님의 허가를 맡아야 할 일이긴 하지만, 말씀드려 보았자 허가하시지 않을 것이 뻔하오. 소생 독단으로 7일만 살짝 노모에게 자유를 주겠소. 반드시 데리고 돌아오시오."

사부로베는 미칠 듯이 기뻐했다. 그리고 어머니를 데리고 돌아갔다. 물론 극히 비밀리에 말이다.

그런데, 그날 밤이 새자 바로 진나이는 큰 후회에 사로잡혔다.

——어제는 좋은 일을 했다.

이렇게 혼자 기분 좋게 생각하고 있던 다음날 아침이었기 때문에 진나이가 받은 충격은 강했다.

나가시마에서의 세 노신의 살해 사건과 이세 오와리에 걸친 세 성의 상황 등이 이날 아침이 되어서야 비로소 오사카에도 알려져 왔던 것이다. 또 그 한 바탕의 파도 뒤에는 바로, '나가시마에서는 대군비에 착수하였다. 배후에는 이에야스 님이 있다'고 하는 소리도 오사카 성 안의 어떤 사람의 입에서 명백히 흘러나왔던 것이다.

진나이는 깜짝 놀라 자기 귀를 의심했다.

"정말일까?"

그는 그날 아침 등성하는 도중에 이케다 노부테루의 가신, 다케무라 고헤이타(竹村小平太)에게 그 말을 들었던 것이다. 틀림없느냐고 따지니 고헤이타는 말했다.

"간밤에 주인한테 이세의 사람 둘이 달려 들어와, 일의 전말을 전하고 있었습니다. 쓰가와 겐바의 가신이라고 했습니다. 어쨌든 노부오 경과 이에야스 님 사이에 큰일 날 조짐이 나타나고 있는 것만은 모두가 예상하는 바입니다."

오사카 성은 지금도 공사가 한창이다. 성호, 외곽, 제후의 저택 등에서는 여전히 수만의 인부와 기술자가 주야를 가리지 않고 일하고 있었다.

진나이는 본성에서 멀리 떨어진 대문 앞에서 말을 내리고, 그들의 거석과 목재 사이를 이마에 땀을 흘리며 달리고 있었다.

"진나이, 어디를 바쁘게 가느냐?"

동료인 가타기리 스케사쿠가 그를 보자 말을 걸었다. 그는 되돌아보기만 하고 대꾸도 하지 않았으나 무엇을 생각했는지 다시 달려 돌아와서 불렀다.

"스케사쿠, 스케사쿠."

"오오, 왜 그러나?"

"나가시마 일대에 무언가 일어나는 것 같다는 것이 사실인가?"

스케사쿠는 웃으면서 대답했다.

"그렇지. 이번에 칠본창이 활약하게 될 장소는 이세 방면일까, 미카와일까. 앞으로 알게 되겠지."

잠시 후. 진나이는 히데요시 앞에 있었다. 히데요시의 발 밑에 엎드린 채 수그린 고개도 들지 않고 있었다. 분부를 받고 자기 집에 맡아 두었던 기타바타케 가의 볼모를 허락도 없이 아들 다키가와 사부로베에게 주어 버린 잘못을 뉘우치면서 사죄했다.

"그놈의 거짓 눈물에 감동되어서 그만 소신의 독단으로 사부로베에게 맡기어 버렸습니다. 그런데 오늘 아침에야 기타바타케님께서는 벌써 히데요시 님과 단절할 각오라는 말을 듣고 땅을 치며 후회를 했습니다만, 이제 어찌 할 수가 없습니다. 정말 소신은 어리석은 놈이올시다."

그리고 벌을 기다렸다.

격노하여 나무랄 줄 알았는데 히데요시는 웃기 시작했다.

"어리석은 놈이라 잘도 말했다. 정말 너는 어릴 때부터 울보였으니 말이다. 그래 어떻게 하겠는가?"

"지난 날 하수한 칠본창의 찬사, 가봉 모두 거두어 주십시오."

"그런 일 가지고는 되지 않을걸······."

"결코 될 수 없습니다. 그러나, 이러한 실수를 가지고는 할복하고도 싶지 않습니다. 처단하신다면······목은 바치겠습니다만."

"그렇게 서두를 필요가 없다."

"소신 독단으로 처리하도록 허용해 주신다면 앞으로 어떠한 죄를 내리신다 하더라도 원망하지 않겠습니다."

"골치 아프군. 아무튼 뜻대로 하거라."

히데요시는 고개를 옆으로 돌리고 오무라 유키(大村由己)와 무언가 다른 이야기를 하고 있었다.

히데요시의 어전에서 물러나온 그는 날다시피 해서 저택으로 돌아왔다.

어머니 방에 귀가를 알리고 앉았을 때에는 벌써 마음은 가라앉았다.

"진나이, 오늘은 평소보다 귀가가 이르구나."

"네에."

잠시 사이를 두고 말했다.

"갑자기 출진명령이 떨어져서 그렇습니다."

"그래 알겠다. 지금부터라도 넉넉히 준비는 할 수 있을 테니까, 마음 놓고 다녀오도록 해라."

"……네."

그리고 다시 얼마 동안 침묵을 지키고 있다가 말했다.

"그런데 이번 싸움은 그전같이 휘하 장병의 자격으로 출전하는 것과는 달라, 와키자카 진나이의 병사들을 이끌고 싸워야 합니다."

"어쨌든 싸움은 싸움, 무사로서의 명예를 걸고 마음껏 분투하도록 하라."

"물론입니다…… 그러나 이번 싸움으로 결국 우리 와키자카의 집안은 이겨도 망하고, 지면 더 말할 나위도 없이 망해 버린다는 각오를 하고 있습니다."

"할 수 없는 일이지."

"어제, 다키가와 사부로베란 놈에게 맡아 가지고 있던 인질을 주군님의 승낙도 없이 몰래 내준 처사…… 이미 알고 계시겠죠."

"들었지…… 네게도 나 같은 늙은 어미가 있다. 다키가와 사부로베가 너를 속인 건 괘씸하지만 그것도 자기 노모를 염려하다 못해 한 짓이겠지. 큰 잘못을 저지르기는 했지만 이 어미는 조금도 후회하지 않는다."

"생각 없는 자식이 조상 이래의 가문을 그만 오늘로서 망하게 하고 밀았습니다. 불효 막심한 저를 용서해 주시기를."

"무슨 소리. 조상님들에게는 죄송하지만 의와 정으로 다소는 위안을 해드릴 수 있는 도리는 선다. 의나 정…… 이것도 무인으로서의 아름다움이 아니냐. 불의나 비도로 집안을 망치는 것과는 다르니까."

"그렇게 말씀해 주시니 이 몸 진나이도 마음 놓고 죽을 수가 있습니다. 따라서 가족들은 물론 데리고 가겠습니다만, 불쌍한 여자들이나 노파들은 지금 곧 말미를 주어 제각기 고향으로 돌려보내야겠습니다."

"그것이 좋겠지. 내 걱정은 말도록……."

"어머님 곁에는 제 처를 남겨놓고 떠나겠습니다. 나중에 싸움터에서 진나이가 죽었다는 소식을 들으시거든 주군 히데요시님께 알리시고 그 명에 따라 여생을 보내시든 또는 죄를 기다리시든 주군의 뜻에 따라 주십시오!"

"알겠다. 네 말대로 하겠다. 그럼 지체하지 말고 어서 하인들에게 네 뜻을 전하도록 해라."

눈곱만치도 동함이 없는 노모였다.

진나이는 곧 집안의 하인들을 한 사람도 빠짐없이 전부 안뜰로 모이게 했다.

바로 작년까지만 해도 250석의 녹밖에 못 받던 하급 무사였으나, 시즈가타케의 전투에서 발군의 공을 세웠다. 그는 3천 석의 녹과 거대한 저택의 주인이 되었으나 아직 부하의 수도 적고 말도 몇 필 안 된다. 이곳에 모인 하인들은 와키자카 진나이가 아직 출세하기 전부터 물을 긷고 장작을 패면서 빈곤을 같이 겪어 온 자가 대부분이었다. 그들은 오늘 아침부터 주인의 곤경을 이미 눈치 채고 있었다. 모두들 자기 일처럼 걱정하고 근심 하며 한숨을 내쉬고 마른 침을 삼키면서 주인의 얼굴을 쳐다보고 있었다.

진나이는 입을 열었다.

"오랫동안 부족한 나를 주인으로 삼아 충심으로 섬겨온 너희들을 갑자기 이집에서 떠나게 하는 것은 차마 못할 짓이라 생각한다만, 불가피한 사정이 있어서 오늘을 마지막으로 영원히 해고를 한다…… 모두들 고향으로 돌아가 여생을 편안하게 보내도록 하라. 그리고 여기 있는 내 물건은 무엇이든 사이좋게 나누어 가져도 좋다."

"……."

홀연 흐느끼는 울음이 터져 나왔다. 통곡하는 자도 있었다.

그러자 한 사람의 노복이 일동 중에서 소리높이 외쳤다.

"나리님 정말 무정한 말씀이십니다. 깊은 사정은 모르겠습니다만, 나리께서 각오를 하시고 계신 것은 아무리 무식한 소인들 하인배라도, 부엌 뜨기 계집들까지도 다 짐작을 하고 있습니다. 왜 다같이 각오를 하라는 말씀을 해 주시지 않으십니까?"

"고마우이, 고마워."

진나이는 몇 차례나 고개를 숙여 끄덕이었다. 얼굴의 눈물을 흔들어 뿌리면서 말했다.

"……그럼, 말하지만 생각할수록 어리석은 이 주인은 나의 주군 히데요시 님께……할복을 해도 시원치 않은 커다란 실수를 저지르고 말았다. 그래서 죽더라도 목숨이 붙어 있는 동안에 사죄의 뜻도 보이고, 오명의 일단이라도 씻지 않고서는 눈을 감을 수가 없다."

"알고 있습니다요. 나리의 기분은."

"내 말을 들어라."
진나이는 일동의 오열을 누르고 말을 이었다.
"그래서 지금부터 다키가와 사부로베의 거성, 이가, 우에노로 쳐들어 갈 생각이야. 그러나 무사들과는 달라, 너희들 늙은이나 전부터 어머님의 시중들고 부엌일을 맡아 보아준 아낙네들, 어린애들은 데리고 갈 수가 없는 일. 또 그냥 집에 남겨 놓고 싶어도 이 와키자카 진나이의 집도 오늘로 망해 없어지고 마는 것이다. 아니 내 스스로 집안을 단절시켜 마지막으로 이 집의 문을 나서는 것이다. ……이해해 주도록. 모두들 부디 눈물을 거두고 떠나 주게."
"어, 어째서 그러십니까? 어째서 집을 버리시는 것입니까."
찢어지는 가슴을 부둥켜안고 말하는 것은 진나이를 어릴 때부터 길러 온 늙은 유모였다.
그녀는 계속 말했다.
"조, 조상님들 면목을 생각해서라도 그, 그런 불효 막심한 처사가 어, 어디 있습니까?"
유모는 진나이의 조상을 대신해서 자기가 나무라듯 소맷자락을 물어뜯으며 한탄했다.
일동의 눈물을 보면서, 진나이도 역시 구슬 같은 눈물을 뿌리며 울고 있었다. 오직 소리를 내지 않을 뿐이었다.
"할멈, 정말 나 같은 불효 막심한 놈은 없지. 그러나, 이미 엎질러진 물그릇, 지난 일을 탓하지 말게. 그리고 오늘 지금부터 진나이가 벌이는 싸움도 주군의 명령없이 내 뜻대로 벌이는 거사야. 딱하구나, 이 불효막심한 놈의 처지는…… 가서 승리를 해도 망하고, 패해도 망한다. 하여튼 우리 집안은 도저히 보존할 수 없게 되어 버렸다. 그래서 너희들, 아무 죄도 없는 너희들은 각기 고향으로 돌아가서 목숨을 지키라는 것이다……알겠는가? 내 심정을."
"모르겠습니다요."
부엌데기 젊은 계집이 나섰다.
"그렇게 말씀하시면 하실수록 모르겠습니다. 어떻게 멀거니 서서 나리께서 떠나시는 것을 전송만 하고 있을 수가 있습니까? 어린애나 늙은이는 남겨 두더라도 저희들 젊은 것들은 데리고 가 주십시오."

"아냐, 우리 어머님과 내 처 그리고 내 아들도 남겨 놓고 가는 거야. 병사들 외에는 안돼. 모두들 그런 심정이라면 이 진나이의 외아들……저 아이의 후사를 부탁하네."

그의 처는 올해 두 살 되는 젖먹이를 안고, 남의 눈에 띄지 않는 마루 끝에서 고개를 숙이고 앉아 있었던 것이다.

낳은 지 얼마 안 되는 외아들과 처, 그리고 그 어머니를 오랫동안 자기의 시중을 들어오던 노복과 하복들에게 부탁하고 그는 집을 버리고 나섰다.

마구간의 말도 아직 2, 3필 밖에 못 가지고 있는 신분이다. 저택 안에 있는 남자란 남자는 한 사람도 빠짐없이 무기를 손에 들고 문 앞에 모였으나 총인수 겨우 30여 명, 이것이 진나이의 병사 전원인 것이다.

이 소부대를 이끌고 우리들의 주인은 지금부터 어디로 무엇을 하러 가는 것일까? ──그런 의아심은 다 가지고 있었다.

"전쟁을 시작하는 겁니까? 이런 소수인으로 격파할 수 있는 상대입니까?"

그러한 이치를 따져 묻는 자는 하나도 없다. 오직 주인이 줄달음치는 뒤를 따라, 주인이 싸우라는 상대에 대해 힘껏 싸워야 하겠다는 생각 외에는 아무런 생각도 갖고 있지 않다.

이와 같은 생명의 합치, 즉 정신과 정신의 결합은 그 자리에서 바로 생겨나는 것이 아니다. 무사의 수업에는 격식이 있다. 무사의 저택에서 숙식을 시작한 후 수 년, 혹은 수 십 년 동안에 걸친 훈련을 바탕으로 형성되는 것이다. 마구간의 마루로부터 현관의 신발지기에 이르기까지──.

'이제 멸사 봉공할 기회가 왔구나.'

이렇게 생각할 따름이다. 이런 주종 관계는 무사 사회의 법칙으로 어떤 집에는 있고 어떤 집에는 없는 그런 것이 아니니, 물론 주인의 인품 여하에 따라 차이는 있지만 무사 지망을 뜻에 두고 무장을 주인으로 섬기는 이상, 그와 동시에 무언의 봉공서약서를 주인에게 바치고 있다는 각오는 아무리 지위가 낮은 자라도 갖고 있었다.

지금은 오사카 성이라는 거대한 집의 주인이 되어 있지만, 그 히데요시가 아직 히요시라 불리던 수 년 동안 방랑 끝에 고향의 쇼나이 강에서 당시의 청년 성주 오다 노부나가를 발견하고, 갑자기 그의 말 앞으로 뛰어나가 애원을 했다.

"무사가 되고 싶습니다. 저를 써 주십시오."

그 때, 노부나가가 히요시에게 물은 한 마디는 이것이었다.

"너의 장기가 무엇이냐?"

그때 히요시의는 이렇게 대답했다고 한다.

"아무런 장기도 없습니다만, 유사시에는 죽어야 한다는 것만 알고 있습니다."

이렇게 말했다고 한다.

노부나가는 그 한 마디를 듣고는, 히요시를 그 자리에서 자기 행렬에 가입시켜 성으로 데리고 가서 하급 병졸로 부렸다. 이것을 보아도 무사 봉공의 안목은 부리는 주인이나 부림을 받는 자나 다같이 '일조 유사시'에 있었다는 것을 짐작할 수가 있을 것이다.

그런 이야기는 그만해 두고.

와키자카 진나이는 집을 떠나 우에노로 향했으나 결코 자폭이나 궁여지책에서 거사를 작정한 것은 아니다.

'아무리 소부대라도, 나와 일체 봉공인 30여명이 있으니까.'

이렇게 기대하는 바가 있었던 것은 물론이었다. 무엇을 기대하는가? 그것은 말할 나위도 없는 일이다. 아무리 속임수를 쓴다해도 하필이면 눈물로써 사나이의 징을 자아내고 의를 빌어 무사의 심담을 속게 한 다키가와 시부로베를 쳐 그 목을 베는 일이었다.

"아무리 어머니를 되찾기 위한, 그 아들이 저지른 인정상의 일이긴 하지만 그 간책, 그 비열함, 절대로 살려 둘 수 없다."

이것이 진나이의 말이었다.

백주, 갑옷에 몸을 싼 기마가 두 서넛, 군사 30여명이 오사카의 신시가를 동쪽으로 바람같이 달려가니 시민들은 누구나 눈이 휘둥그레졌으나 그 수가 너무나 적다. 아무도 그것이 죽음을 각오하고 전쟁터로 달려가는 사람이라고는 생각지 못했다.

진나이가 이끌고 있는 소부대는 히라노 가도에서 다쓰타로 빠져 그날 밤은 고리야마에서 야영했다.

고리야마의 영주, 쓰쓰이 준케이의 가신은 그들이 야영하고 있는 곳으로 나와 이렇게 항의했다.

"비렁뱅이나 떠돌이 무사들같이 보이지도 않는데 어마어마한 무장들을 하고 어디로 가는 길인가. 영내에 들어와서 무단 야영을 하다니, 이것이 불법이라는 것쯤은 알고 있을 텐데."

진나이가 나섰다.

"지당한 꾸지람. 그러나 그럴 틈이 없는 비상한 행군이므로 관대하게 용서해 주기를."

준케이의 가신은 심문하듯 되물었다.

"비상한 행군이라니?"

"비상이란 말을 쓰는 이상 전쟁입니다. 그리로 가는 도중입니다."

"모르겠는데, 어디서 전쟁이?"

"히데요시 공의 어명을 받고 이가의 우에노 성을 쳐부수러 가는."

"탐색댄가?"

"천만에, 우리는 본진, 이것이 전원입니다. 주군 쓰쓰이님께 다음과 같이 전해 주시기를. 나는 오사카 성의 무장 와키자카 진나이."

"아니 그럼 칠본창의?"

이렇게 묻고, 쓰쓰이의 가신은 부리나케 되돌아가 버리고 말았다.

한 덩이 주먹밥에 한 식경 잠을 자고 나자 밤은 아직도 어두웠으나 진나이 주종들은 다시 이가 가도를 달리기 시작했다. 그날로 나라, 야규, 사가라 지방을 돌파했다.

야규 사가라 근처에 왔을 때 진나이는 이렇게 외치며 지나갔다.

"나는 히데요시의 부하 와키자카 진나이다. 히데요시 공의 명으로 이가의 다키가와 사부로베를 치러가는 중이다. 다키가와의 우에노 성을 함락 점령하고 사부로베의 목을 베는 자는 누구라도 좋다. 그 공을 상신해서 마음껏 상을 타게 해 주겠다. 시기를 얻지 못해 벽촌에서 썩고 있는 용사는 나오라. 자신이 있는 초토의 용사는 무기를 들고 우리의 뒤를 따르라. 이 기회를 놓치면 다시는 세상에 나올 수가 없게 될 것이다."

한 채의 오두막집을 보아도 외치고 한 부락을 지날 때에도 소리쳤다.

그 소리를 듣자 홀연 진나이의 부대에 합세하는 자가 눈에 띄게 그 수를 더해갔다.

"제가 길을 안내하죠."

"저도 따르겠습니다."

누구 하나 이것이 우에노 성을 공략할 총수라고는 생각하고 있지 않았다. 탐색대의 일부라 생각하고 참가하는 것이었다.

다키가와 사부로베는 그 녹이 수 만 석. 노부오의 노직으로서 이가에 있는 우에노 성에서 적어도 2천여의 병력을 가지고 있다. 무장을 했다해도 벌거숭이에 가까운 진나이의 하인 30여 명 정도의 소부대로서는 그것을 공략 점령할 수는 없고, 또 누구나 이것이 총병력이라고 말해도 믿지 않을 것이다.

그러나 진나이는 그 30여 명에, 도중 진격해 오면서 주위 모은 2백 여 명의 떠돌이 무사와 농병을 더하여 우에노 성의 외곽진지를 향해 돌격을 감행했다. 그리고, 당당히 이렇게 외치며 그의 불의와 비열한 행동을 통렬하게 면박했다.

"다키가와 사부로베는 나오라. 네 잘못을 알거든 망대로 나와 내 말을 들으라."

사부로베는 웃으며 말했다.

"진나이씨 아닌가, 정말 잘 왔군그래. 우리 무사들의 예의로써 우선 이 화살로 인사를 드리겠네."

순간 화살이 우수수 날아와 떨어졌다. 소부대이긴 하지만 진나이의 군사는 돌담에 달라붙어 저녁때까지 분투했다.

밤이 되었다.

어쩐지 반응이 싱거워진 것 같다——고 의아해 있을 때 성주 다키가와 사부로베 이하 성병은 전부 뒷문으로 도망쳐 버렸다는 보고가 들어온 것이다.

진나이는 맥이 풀려 얼떨떨해지고 말았다.

시험 삼아 성문 가까이 가 보았다. 쏘아오는 총성도 없고 한 개의 화살도 날아오지 않았다.

"역시 거짓말이 아닌 것 같다."

진나이는 성문을 넘어 다시 외전에서 내전가지 들어가 보았다.

성안은 텅 비어 있었다.

"성장 다키가와 사부로베를 위시해 한 사람 성병도 나오지를 않는군. 도대체 어떻게 된 일이냐?"

진나이의 뒤를 따라온 결사의 부하들도 이 뜻밖의 사실에 눈이 휘둥그레지며 이렇게 서로 수상스러워할 뿐이었다.

이가 우에노는 쓰쓰이가 주인이 된 이후 이곳 지형과도 맞아 떨어져 세상에서도 이름난 난공불락의 성이다. 거기다 용맹하기 짝이 없는 다키가와 사부로베가 3천에 가까운 군사로 이것을 방어한다면 진나이가 제아무리 목숨을 내걸고 공격해 보았자 불과 3, 40명의 병졸과 급히 긁어모은 어중이떠중이의 무사 백이나 2백명으로는 절대로 함락 시킬 수가 없다.

명백한 이 사실을 사부로베도 모를 리 없을 텐데, 어째서 그 우세한 군사를 이끌고 이 성을 포기하고 야밤을 틈타 이세로 퇴각을 해 버렸을까? 진나이를 비롯하여 성안으로 들어온 자들이 무혈 점령의 기쁨을 기뻐하기 전에 의문에 싸여 있었던 것도 무리는 아니었다.

"이상하다?"

"알 수 없는 일야."

그 때——.

진나이의 부하 한 사람이 황망하게 무엇인가를 고해 왔다.

"뭐, 망루 벽에?"

진나이는 그렇게 말하고, 곧 그곳을 향해 뛰어올라갔다.

보니, 망루 3층 흰 벽에 다키가와 사부로베의 친필로 먹빛도 선명하게 한 줄의 글이 쓰여져 있었다.

1. 이성을 맡기는 증서의 건——

모는 나의 태다. 내 생명의 근본이다. 나의 목숨은 처음부터 주군에게 바치고 있으나, 우리 주군은 아직 병마의 명령을 내리지 않고 있다. 그 하루의 무사한 틈을 타, 인질로 잡혀 있는 어머니를 구출키 위해 그대의 의리를 속였다. 그 죄는 크지만, 이 불의의 처사를 탓하지 말라. 인간으로서 그 누가 어머니의 아들 안인 자 있겠는가. 따라서 지금 그대의 그 인정에 대해 쏘아댈 활이 없고 그대의 은혜에 대해 휘두를 칼이 없다. 그대가 그대의 주군에게 지은 죄와 똑같이 나도 일단 우리 주군에게 불충의 죄를 지어 이 성을 그대에게 맡기고, 패자로서의 욕됨을 참고 이세로 물러난다.

그대는 이 성을 인수하라. 후일 난 다시 이 성을 공략 점령할 것이다. 장래의 풍운, 미리 단언할 수는 없다. 오직 이에 지난날 그대의 온정에 감사드리고, 더욱더 무공을 세우기를 빌 뿐이다.

사부로베 다케도시

와키자카 진나이 님 귀하

"……"

몇 번이고 반복해 읽고 나서도 그 글에서 눈을 떼지 못하고 있는 동안, 진나이의 눈에서는 뜨거운 것이 흘러내리고 있었다.

곧 오사카의 히데요시에게 이 사실을 보고하고 삼가 죄를 기다리고 있었다. 사절 야마오카 다카카게가 즉시 오사카에서 와서 사실을 확인하고 돌아갔다. 그리고 뒤미처 마스다 나가모리가 히데요시의 서한을 가지고 왔다.

진나이의 무사로서의 면목은 섰다. 훌륭한 처사이었다. 앞서의 실수를 되찾고 치욕을 깨끗이 씻을 수 있는 공을 세웠다.――이렇게 히데요시는 적지 않은 칭찬을 했다. 그대로 그 성에 머물러 단단히 수비하고 있으라는 어명이기도 했다. 앞서 지은 죄의 문책도 없고, 진나이는 크게 면목을 되찾은 것이었다.

구상

이가 우에노 성의 주인이 바뀐 것은, 그 발단이 사사로운 일에서 시작 되었으나, 그것은 곧 히데요시와 오다 도쿠가와의 연합군이 공식으로 개전 선포를 하는 단서가 되었다.

이세로 물러난 사부로베는 곧 나가시마로 급사를 보내 자세한 사정을 호소, 처벌을 기다렸다.

"외람되어 치욕을 참고 수장으로서의 임무를 포기하고, 일단 성을 적에게 넘겨주었습니다. 어떤 처벌이라도 달게 기다리고 있습니다."

이미 노신 세 사람을 죽인 노부오 역시 다소의 후회를 하고 있을 때였다.

그것과 동시에 사부로베에게는 온조사 사건 때 히데요시의 편을 들지 않고 사실을 자기에게 고해 온 공도 있다.

노부오는 이렇게 답장을 썼다.

"죄를 기다릴 필요는 없다. 그대의 군사는 곧 이세에 있는 마쓰가시마 성으로 가라. 마쓰가시마 성은 역신 쓰가와 겐바의 거성이었으나 겐바는 이미 나가시마에서 주살해 버렸다. 그리고 지금 나가마사를 시켜 그 성을 토벌 중에 있으니 그대는 나가마사의 군사와 합세, 쓰가와의 가신을 쫓아내고 마쓰가시마 성을 지키도록 하라."

노부오의 명령을 받고 사부로베는 곧 마쓰가시마 성으로 달려가 나가마사와 협력해 성을 공략했다.

그가 쓰가와의 가신들을 토벌하고 마쓰가시마성으로 입성했을때 노부오로부터 두 번째 서신이 도착했다.

……히데요시는 드디어 야망을 드러내고 공공연히 우리에게 선전포고를

해 왔다. 우리 역시 결코 그에 대한 대비책이 없는 것은 아니다. 이미 도쿠가와 가의 원군은 속속 증파되고 있고, 또 서국 지방 시코쿠 지방, 기슈의 군사, 호쿠에쓰의 사사 가의 군사며, 간토지방 일대의 군사들도 다 우리편에 가담 호응할 것이고 오다와 연이 있는 여러 영주 이케다 가모 등의 참가도 틀림없다. 서전에서 히데요시는 반드시 그 선봉으로 이세를 공략하리라 본다. 주력부대는 우리와 거리는 멀지만 전력을 다해 그곳을 선방 분전해 주기를 빈다.

노부오는 이 서신을 보냄과 동시에 휘하 장성 사쿠마 마사카쓰에게 5천의 군사를 주어 이세를 향해 급행시켰다.

"급속히 성을 수축(修築)하여 히데요시의 내습에 대비하라."

또 이치노미야 성주 세키 시게마사, 다케하나 성주 후와 히로쓰나, 구로다 성주 사와이 다카시게, 이와사키 성주 니와 우지쓰구 그 밖의 여러 성주 등의 인질을 일제히 나가시마 성으로 옮기고 자신은 기요스로 옮길 것이라 전하였다. 여기서 비로소 군사적 움직임을 명백히 드러내기 시작한 것이다.

나가시마 성은 이코마가에 맡기고 노부오의 본영과 주병력은 거의 기요스로 옮겨갔다. 그것은 3월 13일의 일이었다.

이 행동은 물론 그가 단독으로 결정한 것은 아니다. 도쿠가와와 13일에는 기요스에서 회견을 한다라는 긴밀한 연락이 있었음에 틀림없다. 그날 도쿠가와도 그의 정예 부대를 이끌고 자신이 친히 기요스까지 말을 몰고 왔다.

엄중한 호위 아래 두 사람의 밀담은 수시간에 걸쳐 진행되었다.

이색의 꽃

 미노라는 곳에 있는 이부키 산과 요로 산이 형성하고 있는 오목하게 들어간 골짜기에는 예로부터 이름 있는 몇 개의 마을이 있다. 세키가하라에서 호남 지방으로 빠지는 나그네들은 이 협곡 가도를 걸을 때마다 반드시 그 옛날 이곳을 지나던 나그네의 모습을 머리에 그려 보는 것이었다.
 그 가도에서 옆으로 갈라지는 길이 있다. 그것은 후와에서 20리, 다루이에서 10리 밖에 안 된다. 그래서 이부키 산이 끝고 있는 산기슭이 서남으로 흘러가는 야산에는 사람이 살고 있는 듯한 초옥이 점재하고 있다. 그 고장의 이름은 이와테 마을이라 하며 그 등 뒤에 있는 언덕을 보다이 산이라고 부른다.
 큰 길목에서 떨어지기 겨우 10리 정도였으나 겨울의 기온은 낮고, 토지는 메말라 있었다. 그대신 산수는 청미하고 인심은 소박해서 언어 풍속에도 옛날 모습이 어렴풋이 남아 있었던 것이다.
 때는 3월 초순, 오와리 지방에서 보면 반 달 이상이나 늦다고 하는 매화가 이곳저곳에 만발하고, 하늘도 물도 새소리도 맑아서 봄이라기보다는 아직 쌀쌀함을 느끼게 하는 날씨다.

"아저씨, 그 그림 나 줘요."
"아저씨 그것 나 줘요."
"날 줘요, 아저씨."
아이들은 그의 뒤를 따라왔.
확실히 그림이라는 것을 알 수 있는 둘둘 만 종이가 그의 손에 들려 있었기 때문이다. 아이들은 이 그림쟁이 아저씨에게 이렇게 조르면 반드시 그림을 준다는 것을 이제까지의 경험에서 알고 있었다.
"이건 안 된다."
유쇼는 걸음을 멈추고 서서 뒤따라오는 애들을 쫓아버렸다.
"나중에 그려줄 테니까. 오늘은 그만들 가거라 이 그림은 너희들에게 줄 수 없는 거야."
"왜요, 왜 못 주죠?"
"애들에게는 소용이 없는 그림이거든."
"소용이 없는 것이라도 좋아요. 줘요. 줘요. 네? 아저씨."
"못줘. 못준다. 내말을 듣고 돌아가야 착한 아이다. 얌전하게 돌아가면 나중에 재미있는 그림을 그려 주겠다."
"그럼, 그 그림은 누구에게 주죠."
"저기 있는 분에게."
유쇼는 손에 들고 있는 둘둘 만 종이로 저편에 보이는 싸리문짝을 가리켰다.
애들은 일제히 말했다.
"뭐야, 여스님에게 주는 거야?"
그리고 약간 조롱하는 듯한 웃음을 보이며 말했다.
"아저씨는 여스님에게만 그려 주는구나. 쳇, 가자, 가자."
단념을 한 아이들은 오던 길로 되돌아 가버렸다. 유쇼의 웃는 얼굴이 그것을 지켜보고 있다. 친숙해지기 쉬운 풍모 탓인지 아이들이 곧잘 따랐다. 이 험악한 세상에 집도 없고 자신을 지킬 아무 것도 없는 그이기는 했지만, 떠돌아다니는 곳곳에는 항상 친구가 있다는 자신감만은 잃지 않고 있었다.
친구는 저 싸리문 안에도 있었다. 그가 이곳에 발길을 멈춘 뒤, 우연히 알게 된 젊은 여승이 있었다.
"계십니까?"

유쇼는 암자문을 밀고 있었다. 이 암자를 찾을 때마다 느끼는 것은 언제나 깨끗하게 쓸리어 있는 뜰과 대나무잎 사이로 암자의 방속 깊이까지 청결한 햇살이 비치고 있는 것이다.

"여스님은 안 계십니까?"

대답이 없다.

대범한 성품의 여스님은 빈 집을 지저귀는 산새에게 맡겨 놓고 근처에 외출이라도 한 것이리라.

유쇼는 묵묵히 서 있었다. 그러자 여스님이 아닌 다른 목소리가 어디선지 들려 왔다. 이야기하는 말소리가 아니라, 글을 읽는 소리였다. 이야기책이라도 읽고 있는 듯한 억양이었다. 목소리의 주인공은 주인인 여스님보다 젊은 여성으로 생각되었다.

장지에 비치는 햇살도 차가운 작은 방 가운데, 낮은 책상 하나를 놓고 그 양편에 나이 16, 7세로 보이는 아가씨와 절의 주인인 쇼킨 스님이 마주 앉아 있다. 겐지 모노가타리라는 옛날 궁중의 남녀 생활을 소설화한 이야기책이 몇 권이나 그 곁에 포개져 있다. 책상 위에 펼쳐져 있는 것은 그 중의 한 권이었다.

'대낮부터 서쪽채 부인이 건너와서 바둑을 두겠다고 한다.'

아가씨는 거침없이 내려읽어가고 있었다. 이 대목은 누구나 좋아하는 부분이므로 그녀 역시 몇 십 번씩 되풀이해서 읽었다는 듯, 줄줄 외우고 있는 것 같았다.

"어머나…… 누구야?"

열심히 책을 읽고 있던 소녀는 갑자기 낯을 붉히며 책을 덮어 버렸다. 은행 같은 귀여운 눈은 휘둥그레지며 숨을 어깨로 쉬기까지 하였다.

일과로서 이 책의 훈독을 가르치고 있는 쇼킨 스님은 문학에 열심인 이 소녀가 공부하다가 말고 이런 소리를 지르는 것은 처음 보는 일이었다.

"아니? 오쓰, 왜 그러지?"

쇼킨 스님은 웃었다. 그리고 오쓰의 눈길을 쫓아 마루로 통하는 장지쪽을 돌아보았다.

"저는 정말 놀랐어요, 스님……누군지 저기서 몰래 엿듣고 있었거든요."

"그럴 리가 있나, 아무런 인기척도 없는걸."
"아뇨 있어요. 아까부터 엿듣고 있었을 걸요."
"누가?"
"누군지 모르니까 더욱……."
"아마, 늘 오는 고양이가 또 온 걸 테지."
 쇼킨 스님은 일어나서 그 장지를 열어 보았다. 그러자 생각지도 않은 자가 어느 틈엔가 그 마루 끝에 와서 걸터앉아 있는 것이 아닌가. 안에서 문이 열리자 무엇인가 황홀경에 빠져 있던 그 손님도 쇼킨 스님 쪽으로 고개를 돌렸다.
"아니 이건."
"어머나, 어쩌면 그러세요. 아주 놀랐어요. 유쇼님이 오셨군요."
 쇼킨 스님이 말하자 안에서 오쓰도 그것 보라는 듯 말했다.
"있었잖아요, 모르는 사람이."

 친한 사이인 듯, 유쇼는 여승이 권하는 대로 안으로 들어갔다.
"정말 용서하세요. 실례했습니다. 뭐 아까 읽던 그 책의 주인공처럼 여자들만이 사는 비밀 세계를 엿본 것은 아니니까요. 너무나도 조용해서 혹 안 계신 것이 아닌가 하고 그만 뜰 안까지 들어왔습니다. 오래간만에 아름다운 목소리로 책읽는 소리를 들으니 그만 황홀해져서."
 자리에 앉자마자 우선 변명부터 죽 늘어놓는 것이다.
 오쓰는 급히 책상과 책을 방 한구석으로 치워 버렸다. 그리고 그 손님에게 일부러 화난 표정을 지어 보였다.
 그녀의 성격을 잘 알고 있는 쇼킨 스님은 우스워 죽겠다는 듯 깔깔거리면서 말했다.
"아녜요, 걱정 마세요. 이 애는 좀 괴벽스런 성질이 있으니까요."
 그러자 오쓰는 정말 골이 나서, 종알댔다.
"맞아요 스님. 저는 괴벽스런 애니까요."
 그러나 그 화난 표정은 진심으로 보이진 않았다. 오히려 그 속에는 대단한 애교까지 있어 보였다. 모처럼의 공부시간을 손님에게 방해받은 데에 대한 불평도 있었지만, 그 불평과 손님에 대한 인사를 교묘하게 가벼운 웃음거리로 만들어 귀엽게 표현하고 있는 것으로 보인다.

"하하하, 어쨌든 내가 잘못했어. 오쓰 아가씨, 용서하세요."

"아뇨, 못해요."

"뭐 못해. 이건 야단났군. 사과하지."

"그렇게 사과를 하신다면 용서해 드리겠어요. 여성들만이 있는 곳이라고 해서 그런 실례를 해선 안 됩니다. 앞으로 조심하세요. 만약 남자들만이 있는 곳이라면 당신은 무뢰한으로서 처단을 당했을지도 모를 일입니다."

"할말 없군. 아니 정말 괴벽한 아가씨임에는 틀림없군……정말로."

하고 유쇼는 그 모습을 뚫어지게 응시했다. 처음부터 근처 산촌 출신이라고는 생각하지 않고 있었다.

그러나, 지금 갑자기 유쇼에게는 비할 데 없이 청초해 보였다. 아까 소설의 주인공을 둘러싸고 있는 수많은 여성 중에도 그 유형을 찾아볼 수 없는 신선한 감각과 지성을 이 처녀에게서 발견하고 있었다.

'이건 뛰어난 조화의 꽃이다. 그러나 순진하기 짝이 없다. 꽃이라 해도 예지의 결정과 같은 꽃……'

오십 평생을 보낸 그의 생애에 젊어서는 많은 여성도 접했고, 영락한 후에는 가난한 방랑의 환쟁이로 변신해서 험한 세상 속에서 여러 종류의 인간과 온갖 경험을 쌓으면서 자연 속에서 길러온, 사물을 보는 화가적인 눈을 가지고 그는 정직하게 놀랐던 것이다.

"스님, 제가 하겠습니다."

그녀는 쇼킨 스님이 일어서려는 것을 보고 급히 자기가 대신 안으로 들어갔다. 손님에게 차를 대접해야 한다는 것을 깨달았기 때문이다.

유쇼는 아직도 그 뒷모습을 바라보며 말했다.

"스님, 저 사람은 스님의 동생, 아니면 친척이라도 됩니까?"

"곧잘 그렇게 질문을 합니다만 동생도 아니고 친척도 아니에요. 하기야 저희들 아버지 대부터 또 죽은 오빠도 친하게 지내던 집의 따님이기는 하지만요."

"그렇습니까. 그 또래의 처녀들로서는 머리가 굉장히 뛰어나군요. 소설을 읽고 있는 소리를 들어봐도 귓점을 또박 또박 끊고 대화와 지문을 명확하게 구별하는 등 감탄했습니다. 그 소설의 향기와 정경을 듣는 사람에게 그처럼 느끼게 하려면, 그 내용을 읽는 사람 자신이 충분히 이해하지 않으면 안 되는 일이거든요. 아무튼 뼈대 있는 집안의 태생, 좋은 환경에서 교육

받은 탓이겠죠."
"천만에요."
쇼킨 스님은 미소를 띠우며 그의 지레짐작을 정정했다.
"시골태생입니다. 역시 미노 지방이죠. 여기서 동쪽으로 80리가량 떨어진, 오노라는 촌에 있는 오노 마사히데라는 사람이 오쓰의 아버지입니다. 그러나, 그 아버지 마사히데는 그 애가 어릴 때 전사해서 일가친척들은 이리저리 흩어지고, 한때는 저의 오빠의 근친이 기르고 있었는데, 13세 때 연줄이 있어 아즈치 성으로 들어가 시중을 들게 되었죠. 워낙 똑똑한 애라 성주 부인에게도 귀여움을 받고, 또 성주 노부나가 공도 역시 귀여워했으나 덴쇼 10년, 노부나가 공이 혼노사에서 최후를 마치고, 아즈치 성도 저런 꼴이 되자 딱하게도 당시 15세 된 처녀의 몸으로 도중 숱한 고생을 겪으며 겨우 고향으로 돌아 왔답니다. 전쟁을 하면 패망한 무사들은 물론 고생을 하게 마련이지만, 어째서 아무 것도 모르는 처녀까지 이루 말할 수 없는 공포와 고생을 맛보아야 합니까…… 그러니까, 그애의 뛰어난 점은, 싹틀 때 치른 그 고통을 자기로서는 좋은 시련이었다고 생각하는 데 있는 것 같습니다. 그것만 해도 다른 처녀들 하고는 많이 다르다고는 생각하고 있습니다. 그래서 그런 철없는 짓을 하면서도 때로는 남자들이 당해내기 어려운 강인함도 있어 저희들도 간혹 놀라는 수가 많습니다."

여승의 말이 끊긴 것은 그때 당사자인 오쓰가 쟁반에 찻종을 받쳐 들고 사뿐사뿐 유쇼의 앞으로 다가왔기 때문이다.

고개를 숙여 인사를 한 뒤 다 마시고 난 찻종을 유쇼가 돌려주자, 오쓰는 다시 여승의 몫을 가지러 부엌으로 나갔다.

"그렇습니까. 아마 그렇겠죠. 그리고 지금은 스님 밑에서 훌륭한 여승이 되기 위해 수업을 쌓고 있는 것입니까?"

"천만에 말씀입니다. 그 애는 시골을 아주 싫어하거든요. 한때 아즈치 성에서 호화스런 생활을 했고, 또 해외에서 일제히 물결쳐 들어온 이국 문화에도 아주 깊이 물들어서 승방 생활 같은 것은 꿈에도 생각하고 있지를 않답니다."

"옳거니, 그것도 무리가 아니겠군요."

"지금 세상에는 수많은 여승이 있습니다만, 누구 하나 여승이 되고 싶어서 자진하여 승방을 찾아온 사람은 없습니다. 저희들은 모두 난세란 모진 바람에 흩어져 떨어진 가지 없는 꽃들입니다. 그런데 더구나 남달리 영리한 오쓰가 아닙니까. 틈만 있으면 내곁을 떠나 도읍지로 나가려고 한답니다 ……나는 그것을 나쁘다고 말하지 않고 그저 아직 진정한 평화가 오지 않고 있으니 그때가 오는 것을 기다리는 것이 좋다고 젊은 마음을 달래고 있을 뿐입니다. 그렇게 영리한 애라 언제까지나 이 답답한 산구석에서 저와 같이 물일도 하고 독서도 하고 그리고 새소리를 벗 삼아 지내지는 못할 것입니다."

여승은 자신이 없는 듯 말끝을 맺고 무심코 다시 자기의 그 나이 때를 회상이나 하는 듯 눈썹을 모았다. 이 여승도 나이는 아직 27, 8세 밖에는 안 되었을 것이다. 애처로울 만큼 젊은 여승이다. 특히 정진을 하고 있는 탓인지 피부로 스며드는 초로의 그림자도 없어서 보는 이로 하여금 묘령의 한 때에는 군침을 흘리게 했으리라 생각되게 한다.

"아참, 그렇군요, 유쇼님. 그 언젠가는 호의에 힘입은 바 무리한 부탁을 드려, 아마 무척 원망을 하셨겠죠."

여승은 자기 앞에 오쓰가 차를 내려놓는 기회를 틈타 자연스럽게 화제를 돌렸다. 유쇼도 그애 장단을 맞추어 뒤에 있는 둘둘 만 종이로 손을 뻗쳤다.

"그렇군요. 오늘 찾아온 것도 그 때문입니다. 그 후 즉시 그림에 착수해서 몇 번이고 다시 그리다가 이제야 겨우 바탕 그림이 완성 되어 가지고 왔습니다. 하여간 구경해 보십쇼. 그리고 기탄없이 마음에 안 드시는 점은 지적해 주세요. 그것을 참고로 더 수정을 하겠으니까요."

말을 하면서 그는 여승 앞에 가지고 온 그림을 펼쳐 놓았다. 그리고 조용히 의뢰자의 감상을 기다렸다.

그것은 젊은 무사의 초상화였다. 바탕 그림인 만큼 세부에는 손을 대고 있지 않았다. 그러나 몇 번이고 고쳐 그려 몇 겹으로, 몇 겹으로 겹쳐진 그 선에는 화가의 고심이 생생하게 나타나 있었다. 미완성화이기는 하지만 전체를 통한 구성이나 일선 일획의 필력에는 그대로도 감사의 값어치가 있을 정도의 힘과 정신이 충분히 담겨져 있었다.

"어떤가요?"

세 얼굴이 하나의 초점으로 시선을 모았다. 세 사람이 제 나름대로의 침묵을 지키고 있는 동안——,

"……정말 아주 비슷합니다."

쇼킨 스님의 눈에는 눈물이 괴기 시작했다. 그녀는 그림을 보면서 그림을 보지 않는다. 죽은 오빠의 모습을 그곳에서 보는 것이었다.
"정말, 그분하고 꼭 같습니다."
오쓰도 함께 탄성을 올리며 말했다.
"전 이 분이 누구신지 곧 알겠어요. 틀림없이 제 가슴 속에 떠 오른 분일 겁니다."
여승은 눈물을 감추지 않고 좋은 화제라 생각하여 말했다.
"오쓰는 이 초상화를 누구라고 생각하지?"
"스님의 오빠 아닙니까?"
"어쩌면, 정말……."
여승은 자신도 모르게 그리운 정을 얼굴에 가득히 담으며 말했다.
"맞았어, 그런데 넌 어떻게 그것을 알았지?"
"뭘요, 무사의 초상화는 어느 것을 보든 다 아주 억세게, 그렇지 않으면 위엄을 과시하고 있는 것이 보통 아니겠어요. 그런데 이 초상화에 그린 분은 갑옷도 입지 않고 걸상에 앉아 지휘채도 들지 않고, 의관속대도 아닙니다. 어디 이 근처 산속에서도 볼 수 있는 보통 무사가 소매 없는 웃옷에 누구나 입는 하의를 입고 반듯하게 앉아 있는 모습입니다. 그저 다른 것이 있다면 책을 곁에 놓고, 읽다만 그 한 권을 무릎에 펼쳐 놓고 있는 점만이 이곳 산천 무사들과 다른 점이겠죠."
"그것만으로 우리 오빠라는 것을 알았니?"
"아뇨, 더 확실한 것은 무사이면서도 무사답지 않은 그 면모입니다. 호걸의 체질이라기보다도, 병을 앓고 계셨군요. 학문에 조예가 깊고 예지가 넘쳐흐르고 젊어서 돌아가신 분의 그럴싸한 용모가 이 그림에도 환하게 나와 있지 않습니까?"
"그래…… 사실 그렇지. 나도 점점 살아 있는 오빠와 만나고 있는 것 같은 느낌이 들어서."
"더구나, 소매의 가문을 보셔요. 동그라미 속에 칡덩굴의 잎이죠. 그런 문양은 이 암자 뒤와 연결된 보다이 산 성의 낡은 기와에서도 볼 수 있어요. 물론 그 옛날 보다이 산성의 주인으로 지내다가 나중에는 구리하라 산에 몸을 숨겼지만 히데요시 님의 수차에 걸친 성화에 하릴없이 히데요시 님의 휘하로 들어가 가담, 주고쿠 지방을 공략 할 때 히라이 산의 장기 작전에 그만 병이 도져, 결국 돌아가셨다는 말을 들었습니다. 저 다케나카 한베 님이야말로 이 초상화의 주인공임에 틀림이 없습니다. 그렇죠, 스님. 맞았죠?"

"……."

여승은 끊임없이 용솟음쳐 오르는 지난날의 회상에 눈시울을 적신 채 옆으로 고개를 돌리고 아무런 대답도 못했다.

그 다케나카의 누이동생이라고 하니 이 쇼킨 스님이야말로 병든 오빠를 시중들기 위해 구리하라 산채에 머물던 한송이 백합과도 같던 가련한──오유라는 이름의 여성이었던 것은 다시 물을 필요도 없다.

산에서 내려와 시대의 물결과 권력 속에서 살게 되자 굳은 절조의 대쪽 같던 오빠도 드디어 일개 군사로서 히데요시를 섬기는 생애를 피할 도리가 없었다. 더구나 처녀 오유가 히데요시의 눈에 들어서 그의 독특한 정렬의 유혹을 받았을 때, 그녀는 그것을 이겨 넘기지 못하고 그의 측실이 된 것도 불가피했다.

그러나 이 사실은 오빠 한베로서는 생애를 통해 남모르는 불쾌와 고통이었음에 틀림이 없다. 오유는 물론 그것을 눈치 채고 언젠가는 히데요시의 총애에서 떠날 것을 기대하고 있을 때, 히라이 산 진중에서 오빠는 세상을 떠났다.

오유는 그것을 고비로 하직을 청원했다. 히데요시는 한베의 죽음으로 진정 순수한 비탄에 잠겨 있을 때였으므로, 망설임 없이 그녀의 청을 허락했다. 그래서 그녀는 오빠의 유골을 안고 미노 옛 고향으로 돌아와 머리를 깎고 이름도 쇼킨이라 고쳐 새로운 승방 생활로 여생을 보내고 있었던 것이다.

귀찮은 손님

"고맙습니다."

여승은 유쇼를 향하여 진심어린 사례의 말을 건네고, 한없는 기쁨을 나타냈다.

"살아 있는 것 같습니다. 너무나 뛰어난 그림이라, 묘신사(妙心寺)에 봉납하는 것이 아까워 언제까지나 저와 같이 이 초암에다 둘지도 모르겠습니다."

한베의 죽음은 덴쇼 7년 6월이었으므로 생각하건대 여승은 올해 7년 회기를 기회삼아 초상을 표구 해 그것을 이번 여름, 묘신사에 봉납 공양을 하겠다는 생각으로 마침 이 지방으로 여행 온 가이호 유쇼에게 그 뜻을 말하고 휘호를 의뢰하였던 것이다.

"그렇군요. 그것을 사원에 봉납하는 것보다 당신 곁에 두고 조석으로 옛 모습을 대하는 편이 고인으로서는 더욱 기쁘게 여길 것입니다. 화가로서도 그편이 더 고마운 일이겠습니다."

유쇼는 다시 말했다.

"이 그림은 고쳐 그릴 수 있습니다. 무슨 부탁이 있으시면 사양마시고 말해 주십시오."

그렇게 그것을 몇 번이고 다짐을 한 다음, 그럼 이것을 기초로 그리겠다고 부리나케 그림을 말아 가지고 돌아갈 차비를 차렸다.

"이제 저녁이 다 되었는데."

여승도 오쓰도 그를 붙잡았다.

"아무 것도 없습니다만……"

그렇게 말하고 한 사람은 급히 부엌으로 내려가고 한 사람은 불을 켰는데, 미처 사양할 틈도 없이 곧 저녁상이 들어왔다.

얻어온 것으로 손수 만든 것이라고 하면서 술까지 권하며 안주다운 것이 없다고 했지만 진심으로 대접하는 것이었다. 유쇼가 한 폭의 의뢰화에 이처럼 성심성의껏 응해 주는 데 대해 이 정도의 대접으로는 아직도 부족하다고 생각하고 있는 여승의 마음씨를 충분히 알 수 있다.

술을 좋아하는 편이고, 숙소로 정한 농가로 돌아가 보았자 이야기 상대도 없는 매일 밤이었으므로 그렇다면, 하고는 유쇼도 주저앉았다.

"승방에서 술을 마시면 마을 사람들의 입에 오르내리기 쉽지만 모처럼의 대접, 달게 받겠습니다."

유쇼는 따라주는 술을 사양 않고 마셨다. 그리고 계절은 좋아 매화꽃 향기 풍기는 초저녁, 오래간만에 얼근히 취하는 쾌미를 맛보았다.

"마을 사람들의 말 같은 건 염려하실 필요 없습니다."

여승은 계속 술을 권하며 말했다.

"저희들, 불가에 몸을 맡기고 있는 자는 세상의 소문 같은 것에는 일체 마음을 쓰지 않고 있습니다. 유쇼님도 권세에 붙지 않고, 백운을 친구 삼는 경지에 있는 화가가 아니십니까. 그런데 어째서 그런 말씀을 하시죠?"

"하하하. 날카로운 공격이시군요. 저에 대한 뜬소문은 상관없습니다만 스님께 폐가 될까해서."
"아뇨, 아무런 폐도 느끼지 않습니다."
"그러나, 이 유쇼는 지명 수배된 몸입니다. 알고 계십니까?"
"지명 수배자라뇨?"
"재작년, 야마자키 전쟁이 끝난 뒤, 교토 산조 강 벌판에서 두 번씩이나 죄수의 목을 도둑 맞은 일이 있었습니다. 전쟁에 참패한 아케치의 장수들의 목이 차례차례로 교토 강변에 진열되었었죠."
"피비린내 나는 세상사는 오랫동안 모르고 있습니다. 풍문에는 듣고 있었습니다만."
"처음에는 오구르스 마을에서 농부들에게 잡혀 죽은 미쓰히데공의 머리를 어느 날 밤 어떤 자가 훔쳐가 버렸습니다. 그후 며칠이 지나고 이번에는 아케치 편의 노장, 사이토 도시미쓰공의 머리가 없어졌습니다. 그래서 교토가 발칵 뒤집혔었죠. 하하하."
"그 하수인이 유쇼씨였나?"
"……그렇다고, 당시 모두들 말하고 있었죠."
부정도 하지 않고 긍정도 하지 않으며, 유쇼는 그저 웃고만 있었다. 무주의 산수에 적을 두고, 무장 생활을 청산하고 난 후 세월도 이미 많이 흘렀으나, 호연하게 웃으며 아직도 그 웃음의 밑바닥에는 녹슨 전장의 울림이 어딘지 남아 있다.

그의 태생을 들추어 보면, 유쇼도 역시 다케나카나 오쓰의 아버지 마사히데 등과 동렬인 소위 미노파라고 불리는 이나바 산의 사이토 요시타쓰의 가신으로, 그 주인 사이토가 노부나가에게 멸망당한 에이로쿠 6년을 전기로 해서 다케나카 일족도, 오쓰의 아버지도, 유쇼도 제각기 사방으로 흩어져 각각 다른 운명의 길을 향해 떠나 버렸던 것이었다.

그래서 다시 말하면 오늘밤 이 등동 밑에 모여 앉은 세 사람은 같은 고향에서 한 원목의 흩어진 싹이 해를 지나 여기 다시 합친 것이라고도 볼 수 있다. 아니 그런 감정은 서로 말하지 않더라도 각자의 가슴에 있을 것이라 생각된다.

이런 인연이 있었기 때문에 다케나카가 죽은 지 7년이 되는 기년에 우연히 그 혈연으로부터 초상화를 부탁받게 되었던 것이라, 유쇼도 그 붓에 한층 정성을 들였음이 확실하다. 한베가 구리하라 산에 숨고, 또 히데요시에게 초청을 받은 후부터는 마침내 만나지 못하고 말았으나 젊었을 때에는 몇 차례고 그 사람과 친히 만나고도 있었던 것이다. 다행히도 그 기억이 되살아나 초상화 밑그림의 선 하나하나가 될 줄이야.

'하여튼 아까운 인물이었다.'

이렇게 그에게 회고되는 이상으로, 여승도 오늘 밤에는 오빠를 시중들고 있던 구리하라 산의 봄날 밤을 생각하고 있을 것이다. 그래서인지 여승도 신기하게도 이런 말을 꺼냈다.

"손님에게 푸짐한 대접도 못했으니 하다못해 저의 가야금이라도 들려 드릴까요?"

"어머나, 정말입니까?"

오쓰도 재미난다는 듯 바로 가야금을 안고 왔다.

그리고 유쇼에게 소개했다.

"스님의 가야금 솜씨는 정말 훌륭하답니다. 비전의 곡을 터득하고 계시니까……그러나 누가 졸라대도 절대로 타신 일이 없습니다. 오늘밤엔 생각이 달라지셨나 봐요."

그리고 그녀 자신도 뜻밖의 행복을 얻은 듯 자리를 고쳐 앉으며 울려 나오는 비전의 곡을 고대하고 있었다.

가야금을 앞에 놓고, 줄을 고르면서 여승은 말했다.

"저보다도 돌아가신 오빠가 더 잘 탔답니다. 구리하라 산 산채에서 제가 타고, 또 오빠가 타고 달밤이 기우는 것도 잊을 때가 있었죠."

그녀의 눈에는 그 오빠가 그때 그 시절의 모습으로 보이는 모양이었다.

유쇼는 크게 고개를 끄덕이며 손에 든 잔을 내려놓는 것도 잊고 있었다.

줄은 울리기 시작했다. 미묘한 음계가 열세개의 줄에서 무궁무진한 변화를 엮어냈다가 다시 하나의 올바른 음향으로 통일되고, 그치다가는 돌연 다시 무너지고 흩어지고 모이고 떨어져 때론 앉아 있으면서도 억센 파도 속으로 잠겨 들어가는 것 같은 느낌에 싸이기도 하고 때로는 그 환하기와 빛남이 천계 같은 곳으로 둥둥 떠가기도 한다.

'오랜, 끝없는 문화의 변천, 또 흥망의 반복, 사람의 운명이 때로는 성하고 때로는 쇠하여 비탄하고 환희하고 유희하고 투쟁하는 그 모습을 음계로 바꾸어 놓은 것 같다. 빗소리, 바람소리, 새 우는 소리, 벌레 소리, 자

연에 있는 소리라는 소리는 다 그 속에 있다. 참으로 불가사의하다……'
 어떤 곡인지 유쇼로서는 알 수도 없다. 음악적인 지식은 없다. 그러나 눈을 감고 있으면 그렇게 느껴져 오는 삼라만상이 환영과 같이 뇌리를 스치는 것이었다.
 그때, 꿈꾸고 있는 사람들을 두들겨 깨우듯, 암자 생울타리 밖에서 무엇인지 사람의 목소리가 들려 왔다. 확실히 말이 걸음을 멈추는 소리도 들렸다. 그리고 계속해서 입구 쪽에서 무사로 보이는 자의 목소리도 들렸다.
 "물어 봅시다. 쇼킨 스님의 주거가 이곳입니까?"
 "밖에 손님이 온 듯한데……"
 유쇼는 짐짓 여승에게 깨우쳐 주었으나 여승은 조금도 마음에 두는 기색 없이 곡을 계속, 드디어 끝까지 다 마친 다음 천천히 오쓰쪽을 바라보며 말했다.
 "이 밤중에 누굴까, 나가봐요."
 "네."
 오쓰는 잠시 후 돌아와서 알렸다.
 "누군지 타인이 있는 듯해서 이름은 댈 수 없다. 여승님을 만나 뵈면 안다 ……하고 오사카의 무사 같은 사람이 종자 세 사람과 말 두 필을 끌고 서 있습니다."
 여승은 뜻밖에 고개를 세게 저으며 말했다.
 "밤중, 이름도 말하지 않는 사람하고는 만날 수 없어. 여기는 승방. 숙소를 찾으려거든 다른 곳으로 가보라고 말해요."
 "네."
 다시 오쓰는 나갔다. 그러나 이번에는 오랫동안 서서 무슨 실랑이를 하고 있는 모양이었다.
 유쇼는 상 앞에서 물러났다.
 "생각밖에 오래 있었군요. 오사카의 무사들이라면 귀찮은 존재, 지명 수배인은 도망치는 것이 상수입니다. 정말 기분 좋게 반나절을 지냈습니다."
 "뭐 상관없지 않으십니까?"
 "아닙니다. 얼근하게 취한 아주 좋은 기분, 밤 매화를 구경하면서 잠자리를 찾아 가겠습니다."
 "그렇습니까?"

여승은 직접 배웅을 나왔다.

입구에 버티고 서서 안내해라, 못하겠다, 하고 오쓰와 실랑이를 벌이고 있던 사십 전후의, 여장도 요란스럽게 차린 무사는 술내를 풍기며 안에서 나오는 사나이와 여승의 얼굴을 번갈아 쏘아보고, 이건 용서 못할 일이라는 듯한 표정으로 나아가는 유쇼의 뒷모습을 노골적인 눈초리로 물끄러미 바라보고 있었다. 그 그림자가 생울타리 밖으로 사라지는 것을 기다렸다가 그는 여승에게 인사를 했다.

"잊어버리셨는지 모르지만 히데요시 공의 가신 다케후지 기요자에몬입니다. 그리고 이 사람은……."

그리고 뒤에 서 있는 한 중을 가리키며 말했다.

"묘신사 암자 다이신잉(大心院)의 중 젠조스입니다."

"그러십니까? 어서 올라오시죠."

여승은 특별히 진객 취급도 하지 않고 또 아무런 겁도 내지 않고 안으로 안내했다. 가야금과 술상 등은 아직 치울 틈도 없어 방 한 구석에 밀어 놓여져 있다. 선종의 중 잠장주는 마치 자기의 치욕이라도 되는 것처럼 천시하는 표정을 얼굴 가득히 지으며 동행해 온 자에게 눈으로 말을 했다.

"무슨 볼 일이신지?"

여승이 물었다.

기다리고 있었다는 듯 다케후지 기요자에몬은 치러야 할 예의는 잊어 버렸다는 듯 뻔뻔스런 얼굴로 바로 대답했다.

"말씀드리자면, 저희들은 기소 강 근처에 있는 구로다 성까지 대사의 비밀명령을 받들고 오사카에서 내려왔소이다. 그런데 이것은 주군 히데요시님의 명령이신데, 그리 멀지 않은 보다이 산 기슭이므로 반드시 찾아가 근황을 듣고 오라는 말씀이었습니다. 그래서 일부러 후와에서 이리로 돌아 왔소이다."

"그건 대단한 수고이시군요."

여승은 남의 일처럼 말한다.

다케후지는 종자에게 말에서 풀게 한 물건을 여승 앞에 피로했다. 전부 히데요시가 보내는 물건이다. 몇 필인가의 비단과 찻그릇 등, 돈으로 환산해도 적지 않은 것이었다.

여승은 물건은 보지도 않고 히데요시의 정을 보았다. 해가 지나도 잊지 않고 있다는 것은 머리를 깎은 몸에도 역시 반가웠다. 남녀의 애욕으로서가 아니고, 인간과 인간이 서로 즐기는 정애는 아직도 순수하다. 아마도 아니, 정확히 히데요시의 마음도 그럴 것이다. 지금의 자기로서는 아무 소용도 없는 물건이기는 하지만, 그 마음만은 고맙게 받아 두어야겠다. 그녀는 그렇게 생각하면서 두텁게 사례를 하면서 심부름 온 두 사람에게 부탁했다.

"오사카로 돌아가시거든 이렇게 아무 일 없이 잘 지내고 있다고 말씀 전해 주십시오."

"그대로 전해 드리죠."

다케후지는 간단히 대답했다. 전에는 주군이 마음을 기울이고 있었던 부인. 좀더 공손히 대접을 해야 하겠지만 문간에서 이상한 느낌을 주는 사나이를 보고, 또 여승의 주거인 승방암자에서 세상의 이목도 생각지 않는 음곡이 울려나오고, 술상을 보게 되자, 그만 존경심이 사라지는 것도 무리는 아니라고 자신에게 변명을 하면서 의식적으로 거만스런 태도를 취하는 것이었다.

보통 때도 좋아하지 않는 손님에게는 좋지 않는 낯으로 대하는 여승이므로 다케후지가 무례를 하거나 말거나 여승으로는 문제되지 않았다. 여승은 방을 치우고 있는 오쓰에게 농담을 걸고 있었다. 다케후지도 또 함께 온 젠조스와 무슨 말인지 속삭이고 있다가 잠시 후 젠조스가 여승에게 말했다.

"잠깐 중요한 이야기가 있으니 그 처녀를 내보내 주실 수는 없는가?"

쉬운 부탁이라며 여승이 오쓰에게 말하자 오쓰는 물러가 버렸다. 다케후지는 새삼 점잖은 말투로 입을 열었다. 밀담이란 이러했다.

마침내 또다시 피치 못할 일이 벌어질 형세가 농후하다. 이제까지의 것은 이번 전쟁에 도달하는 전초전에 지나지 않는다. 이번에야말로 천하를 좌우하는 싸움이 될 것이다. 아니 그건 이미 눈앞에서 시작되고 있다.

──이세, 기타 각지에서.

각지에 산재해 있는 유력한 무장들에 대한 기타바타케 노부오의 호소책은 갑자기 활발해져 갔다. 특히 도카이의 도쿠가와는 전폭적인 공수 동맹을 맺고, 이에야스도 이제는 그의 본래의 움직임을 명백하게 드러내기 시작하고 있다.

또 첩보에 의하면 오는 3월 중순께까지에는, 노부오는 기요스로 옮기고, 이에야스는 오카자키를 떠나 양자는 기요스에서 회동해서 작전을 짜고 또 대대적으로 히데요시를 비난 공격해서 자기들의 명분을 천하에 호소, 당당히 양자의 연합군을 밀고 나오리라고 관찰된다.

——그렇다면 이 대전의 결전장이 될 지역은 이세, 미노, 미카와를 외곽으로 하고 기소 강을 중심으로 하는 미노의 산야가 틀림없다.

히데요시 편에서도 그 점에 대해서는 착착 대책을 세우고 있다.

오사카 성은 이미 준공되었다. 교토의 치민조직도 완성되었다. 이 새로운 판도, 이 새로운 세력권내로 그들의 말이나 깃발이 들어오는 것을 앉아서 기다릴 리가 없다. 대거 동원해서 도쿠가와, 기타바타케의 연합군과 싸울 것이다.

그런데, 그 점에 대해서는 말이다. 이곳 기소 강 근처의 전략의 요지는 사와이 다케시게라는 자가 있어서 오와리 영으로 빠지는 샛길을 누르고 있는 구로다 성을 지키고 있는데, 그러니 만큼 기타바타케 노부오가 철석같이 믿고 있는 것은 말할 나위도 없다.

약간의 무리가 따르는 일이지만, 이를 어떻게든 설득해서 우리 편으로 가담시킬 수만 있다면, 기소 강을 건너는 편리는 물론, 전략지 전반에 대해서도 7부의 이익을 차지하게 되어, 오와리 미카와로의 진격이 쉬워지고, 연합군의 진출에는 절대적인 방해도 작용하게 될 것이다.

"무슨 일이 있던 사와이를 설득하지 않으면 안 된다. 이익을 주는 데 인색하지 말고, 조건은 바라는 대로 다 들어 주어, 어떻게든 설득시키고 오라."

히데요시의 명령은 이러했다. 다케후지 혼자서는 약하다고 변설이 능란한 다이신잉의 젠조스를 동반시켜서 오사카를 떠나게 한 것이다.

출발할 때 히데요시는 갑자기 덧붙였다.

"이별한지 7년이 된다. 한베의 동생 오유는 잘 있는지 도중에 들러서 소식을 알아보라."

정이 깊고, 특히 여자에게는 친절해서 한없이 너그러운 주인. 다케후지는 명령을 받들어 출발했으나 적지로 반간의 계략을 가지고 들어가는 목숨을 건 사자로서 그저 들러보는 것은 사치와 같은 생각이 들었다. 그래서 젠조스하고도 도중에 상의했다.

"이건 오히려 다행이다. 오유가 있는 곳에서 목적지 사와이의 성까지는 겨우 12, 3리의 근거리, 덮어 놓고 구로다 성으로 향하는 것은 위험하고 만일의 실패도 있을 수 있다. 우선 보다이 산 기슭을 발판으로 삼아 책략을 세우고, 여장도 바꾸어 은밀히 연락을 취해 만전을 기하고 구로다 성으로 들어가세. 그것이 상책이야. 그렇게 하기에, 그곳은 안성맞춤이니까."
젠조스도 그것은 명안이라고 했다. 피차 실수를 하면 살아서 돌아가지 못하는 신세다. 지혜를 짜내야 한다. 공명에 위험이 따르는 것이라고는 하지만, 죽어서야 아무것도 아니라고 생각한 두 사람이었다.
그러나, 다케후지가 이런 사실을 빠짐없이 쇼킨에게 털어 놓은 것은 아니다. 쇼킨에게는 물론 그 일단만을 말하고 자기들의 생각을 히데요시의 명령이라 하고 수작을 걸었던 것이다.
"폐스럽지만 당분간 이곳을 우리들의 숙소로 빌리고 싶소. 그리고 내일이라도 한번 그대가 수고를 하여서 구로다 성까지 갔다와 주었으면 하오."
목소리를 낮추었다, 높였다 하는 다케후지의 지루한 이야기를 묵묵히 듣고 나서 남의 일처럼 무표정한 얼굴로 물었다.
"그런데, 제가 무엇 때문에 구로다 성엘 가야 되는 거죠?"
다케후지는 안타까운 기분으로 상대방의 냉정한 태도를 덮어 누르듯 말했다.
"주군의 명령이지. 먼저 그대를 몰래 성으로 보내서 사와이의 의사를 타진한 다음, 스님 주선으로 만나는 것으로 보여야 남의 눈에 띄지도 않으니, 양책일 것이라고."
"거부합니다."
"어째서?"
다케후지는 울상이 되었다.
"어째서라니요? 이 몸은 보시는 바와 같이 아무런 소용도 없는 무용물입니다. 불제자란 말입니다. 전쟁에 한 몫 나설 몸이 아닙니다."
"아니, 아니. 여승이기 때문에 오히려 형편이 좋은 거요. 오사카의 명령인데 거절할 수가 있을까."
"누구의 명령이라도 그런 일에 관계를 하면 돌아간 오빠가 슬퍼하실 겁니다. 오빠는 무사의 집에 태어나 무사의 숙명을 투철하게 내다본 사람이었습니다. 그런 오빠를 거절 못하게 해서 자신의 사람으로 삼은 히데요시님은, 오빠보다 뛰어난 인물이시지요……오빠는 구리하라 산에서 내려올 때부터 히라이 산 장기전에서 병사할 때까지 곧잘 자신을 비웃으며 말했습니다. '결과를 뻔히 알고 있으면서 역시 이렇게 와버렸다. 어리석도다. 동생이여, 그대는 굳세게 살아다오……' 그래서 머리를 깎고 히데요시님의 곁에서 떠나온 것입니다. 잘 생각해 보시길."
"……."
다케후지는 대답할 말을 찾지 못했다.
그러나 변설가인 젠조스는 조소했다.
"그럴 듯한 말씀을 하시는데, 여승님. 그건 사실입니까?"
젠조스는 욕설을 퍼붓기 시작했다.
"지금 막, 도둑고양이 모양 슬금슬금 나가 버린 사나이는 무엇인지. 여승의 암자에서 가야금은 눈감아 두기로 하더라도 사나이를 끌어 들여 술을 마신다는 것은 어떻게 된 영문인지. 근래, 세상이 어지러운 틈을 타, 중놈들의 행실은 점점 타락하여 갈 뿐이거늘. 특히 여승이란 암컷들이 더 좋지 않다는 것은 말할 것도 없는 일이지. 도회지에서는 한량들은, 여승을 모르고는 색에 대해 말할 자격이 없다는 소리를 곧잘 듣는다지만, 설마 이런 산촌에까지 난잡한 악풍이 불고 있는 줄은 몰랐소. 아무리 폐가를 했다 해도 이런 일을 생각하면 부끄럽지 않소? 히데요시 공의 체면까지도 손상시키는 짓이니, 이런 여승에게는 큰일을 부탁할 수 없소이다. 다케후지씨, 오래 있을 필요 없이, 어서 돌아갑시다, 돌아가요."
선의 중이란 본래가 입이 걸지만 특히 젠조스의 말은 듣기에도 민망할 정도였다.
그러나 쇼킨은 미소를 지었을 뿐이다.
"돌아가십니까? 좀 더 쉬었다 가실걸."
말리지도 않고 그저 두 사람을 바라보고만 있다.
다케후지는 쓴 표정을 지었다. 이곳을 나가면 어디로 가라는 것일까.
젠조스의 말이 너무 지나쳤다. 종자들을 합치면 다섯 사람, 주막도 없는 촌을 어슬렁대고 있으면 사람들의 눈에 띄어 소문의 대상이 될 것이다. 대사 앞의 소사라는 말이 있다. 이렇게 생각한 그는 급히 사과했다.
"아니 스님, 뭐 나쁘게 생각지 마시기를, 젠조스 스님이 워낙 유명한 독설가거든요. 그것도 진심으로 떠든 것은 아니니 널리 이해해 주십시오."
그러면서 조금도 화를 내고 있지 않은 여승을 진땀을 흘리며 달랬다.
쇼킨은 우스워 죽겠다는 듯 웃음을 터뜨렸다. 다케후지는 종자들을 불러 숙박하기로 정하고 말 맬 곳을 오쓰에게 묻고 자신도 여장을 풀기 시작했다.
"야밤중에 내쫓는 것은 무자비한 일. 좋도록 사용하시기를."

가느다란 복도를 지나서는 여승은 저편 작은 방으로 들어갔다. 다케후지의 종자들은 오쓰에게 부엌을 안내하게 해 그때부터 야식을 준비하느라고 법석을 떨었다. 일체의 양식은 말 등에 실려 있었고, 시골술은 못 먹겠다며 교토에서 술까지 가지고 왔다.

"아니, 완전히 졌어. 오늘밤엔 지고 말았어."

젠조스는 혀를 찼다. 굉장한 애주가인 듯 여행 중에도 마시지 않으면 잠을 못 이루는 버릇인 것 같다. 시뻘건 얼굴을 흔들며 떠돌았다.

"무엇을 졌다는 거요."

다케후지가 이상하다는 듯 묻자, 그는 말했다.

"아냐, 아까 지껄인 잡담, 그건 선종 중들의 최후 수단이거든. 기선을 탈취하는 수법인데, 그 여승은 꼼짝도 않아."

"곧잘 쓰는 수법인가, 이건 배워둘 필요가 있는걸."

"역시 한베의 누이동생. 충분해. 그 정도라면 구로다 성에 보내도 용케 연줄을 얻어 올 거야."

"허나, 안 간다고 하지 않아."

"내일 아침 다시 한번 부탁해 봐야지. 그래도 안 들을 때는 단념하기로 하고."

"도저히 안 될걸."

"그렇지. 안 들을 거야. 하여튼 근래에 보기힘든 굉장한 비구니를 보았는걸. 훌륭한 여승은 남승도 못 따르는 게 있거든."

"대단히도 감탄한 모양이군."

"이야기로 듣던 게이슌 여승 같은 자야."

"게이슌 여승이란?"

"백여 년 전이지. 사가미 가스야라는 곳에서 태어나 용모가 꽃 같은 미인이었는데 나이 30이 되자 여승이 되어 수많은 연인을 아연케 해 버렸거든. 그런데 불문에 들어가토 노소를 막론하고 중들이 따라다녀 그칠 줄 몰랐지."

"그 시대에도 귀승과 같은 자가 많이 있었던 모양이군."

"아하하하. 하여간 그랬어. 그러던 중, 여기 열렬한 한 중이 있어 목숨을 걸고 그 여승을 사랑해, 어느 날 밤 완력을 행사할 정도로 무시무시한 형상으로, 나의 정욕을 만족시켜 불타는 괴로움을 구하라고 덤벼들었지. 그러자 게이슌은 이렇게 대답을 했어. ——그것쯤이야 쉬운 일이죠. 그러나 그대도 승 나도 승인 이상, 피차의 교합은 모름지기 속되지 않은 곳을 택해서 서로 즐깁시다. 귀승은 설마 그 곳에 이르러 싫다는 말은 하지 않겠죠? ——하고 다짐을 받았네."

"그래서?"

"불같은 연심에 사로잡힌 그 젊은 중은 '천만에' 하고 대답했지. 만약 여승이 자신의 소원을 풀어 준다면 물불을 가리지 않겠다고 약속했어. 수일 후 절 법당엔 잇산의 대중이 운집했지. 그러자, 한 사람의 여승이 눈같이 흰 전신에 실오라기 하나 걸치지 않고 전라의 관세음이 아닌가 의아할 정도로, 늠름하게 단상에 올라서 미묘한 영자의 목소리로 대중을 향해 말했네. 전날 밤 제 방으로 숨어 들어왔던 승은 약속대로 오늘 이 자리에서 교합을 합시다. 어서 그대의 욕정을 마음껏 풀도록 하라……고."

"놀랐겠지. 잇산의 선종 중들도."

"당사자는 도망쳐 버렸다는 이야기야."

"딱하게 됐군. 그 중에게 동정이 가는데."

"동정할 필요는 없어. 중이 된 게 잘못이었지."

"그렇게도 말할 수는 있지. 게이슌이 그렇게 미인이었나. 듣기만 해도 아까운 생각이 드는군."

"게이슌에 관한 재미있는 이야기가 더 있지만…… 그만 두어야지."

"왜, 왜 그러지?"

"아무리 재미있다해도 아름다운 처녀 앞에는 좀 거북한 이야기거든."

그 말을 듣고 비로소 다케후지는 알았다.

어느 틈엔가 오쓰가 와서 앉아 있는 것이었다. 새하얀 얼굴에 등불의 빛을 받으며 젠조스의 노골적인 이야기에도 무풍의 꽃가지 모양 조용히——.

"아니, 여기에도 게이슌이 또 한명 있군 그래."

다케후지는 정말 놀랐다는 듯이 말했다.

방황하는 사람

——눈 아래 펼쳐진 광경을 이곳에서 바라보면.

미노 일원의 평지에는 바둑판 같은 교통로와, 사람의 혈관과도 같은 크고 작은 하천과, 주위의 산악지방에서 떨어져 나가 흩뿌려진 것 같은 구릉과, 무수한 촌락, 그리고 요소요소에 읍과 성이 있다.

향, 군, 국의 경계는 그들 소도시를 중심으로 복잡한 세력이 얽히고 설켜 그 분포를 알아볼 수가 없다.

아침에 바뀌고, 저녁에 변하여 어디는 누구의 무슨 영토라고 해도, 곧 영유권이 바뀌어 버리는 것이 사계절의 바뀜보다도 빠르기 때문이다. 그러나 그것이 당연한 일이라 이곳에 살고 있는 자들은 조금도 이상하게 생각하지 않는 것이었다.

덴쇼 12년(1584년) 3월 초, 이곳은 또 한번의 분포변동을 앞두고 있었다. 이번에는 그야말로 획기적인 대변화를 맞게 될 것이다. 진원지와 같은 불길한 기운이 그곳을 에워싸고 있었다.

이 불길함의 원인은, 앞에서 말한 바와 같은 복잡하기 짝이 없는, 세력과 세력의 교차에서 발생하는 것으로, 이것은 전쟁이 벌어지고 있을 때보다도 인간의 마음을 약화시키고, 피로하게 했다.
 손을 들어 눈부신 햇볕을 가리면 바라보일 정도의——혹은 강물 사이에 서로 마주보고 있는——또는 언덕 언덕에서 서로 노려볼 수 있는——경계를 맞대고 있는 그들 성과 성 사이에는 정말 일각의 안심도 가질 수가 없었다.
 저편 성은 이쪽 성을, 이쪽 성은 저편 성을——언제 적이 될는지도 모른다고 경계하여, 사람이나 물질의 출입에도 곧 의심의 눈을 크게 뜨고, 밤에도 안심하고 깊은 잠을 자지 못하는 것이었다.
 도대체 그는 동군에 붙는 자냐, 서군에 가담하는 자냐 하고 첩보 교전에 눈이 시뻘건 그 자신도 막상 자기의 결정은 짓지 못하고 있는 자가 허다했다.
 그러나 그들의 귀착점은 동에 붙느냐, 서에 붙느냐 하는 두 가지 이외에는 없었다.
 말하자면 어느 틈엔가 전운의 일본은 둘로 나뉘어져 그 둘의 대치가 이제야 표면화되었다고 할 수 있다.
 역사를 돌이켜 보면, 어떤 성취의 단계에는 언제나 두 세력의 대치라는 과도기가 있다.
 두 세력의 대립은 과거의 예로 보면 오히려 여러 세력이 존재할 때 보다 대립이 첨예화되어 양자의 우호적 평화에는 만족치 못하고 어디까지나 하나를 만들겠다, 하나로 통일해야 한다는 본능이 있다.
 그러한 원인이 어디에 있는가를 연구하기도 하고, 그 이유 없는 귀추에 내몰리는 어리석음을 모르는 바 아니다. 이 지상에 인간 집단의 역사가 그려지기 시작한 이후, 두 개의 세력이 서로를 인정하며 오랜 평화를 유지한 예는 거의 없다.
 원래 인간의 집단 사회는 원시부락의 투쟁에서 발생하여 점차 비대되자 마을을 형성하고 군을 만들고 나중에는 나라를 이룩하였다. 그 나라는 다시 다른 나라들과 싸워 그 중 강대한 것 둘이 남았다가 다시 하나가 되어 여기 제왕이나 장군의 일세가 옹립되어 어느 기간동안 전성기를 맞이하게 된다.
 그러나 그 통일 본능이 실현되어도 문화의 난숙에서 퇴폐로 흐르는 과정이 극히 빨라, 금세 분열을 일으키게 된다. 더구나 그 재분열 작용도 역시 본능적으로 불가피한 것이다. 동양 대륙의 오랜 흥망사를 보더라도 거의 예외가 없다고 해도 좋다. 간단히 말해서 조물주의 뜻이 무엇인지 알 수는 없지만, 인류가 쌓아 온 몇 천 년 동안 같은 짓을 반복해온 것에 지나지 않는다. 예로부터 철학자들은 자주 말해왔다. 왜 인간은 이토록 어리석느냐고.

어리석은 것은 인간이지만, 그 중에서도 다소나마 사려분별이 있는 자는 깨닫고 있다. 그러나, 그런 일부의 사려 분별 등은 무시당하고, 가야할 방향으로 돌진해 가는 어떤 광포한 본능이, 인간이 살고 있는 지상에는 존재하고 있는 듯하다. 그것은 반드시 일개의 풍운아나 일개의 영웅만이 만들어 내는 것은 아닌 것 같다.

이 어리석음을 가장 광범위 하게 연출하고 또 가장 심각하게 경험하고, 동시에 재빠르게 깨닫고 누구보다도 깊게 생각하고 있던 것은 오랜 역사를 지니고 있는 중국의 선종승려들이었다. 그 선종승려들이 이에 대한 원인으로 세가지 본능을 들고 있다.

음식, 음욕, 투쟁이다.

즉, 인간이 인간으로서 살아가기 위한 요소를 이렇게 셋으로 대별한 다음, 절대적 필요성과 곤란함의 양면을 지닌 인간의 욕망을 해결하기 위한 것이 좌선과 공안이었다.

그리고 그들 종파의 시조이래 오랜 세월을 거치면서 해결의 열쇠를 찾은 자도 많았지만 그것은 다 그들의 산방에서 벌어지는 깨달음일 뿐, 끝내 중생들에게는 아무런 영향도 미치지를 못했다. 아니 도리어 선불교의 생사 초탈의 연구를 수라중에서 투쟁을 위해 악용하는 자들의 수가 더욱 많아지게 되었다.

이제야 이 세상은 오닌 전쟁 이래 할거하던 군웅의 많은 수가 서서히 단수로 줄어, 노부나가에 의해 비약적으로 그것이 하나로 통일되려고 할 즈음 홀연 그는 세상을 떠났다. 그의 죽음으로 인하여, 두 세력이 하나를 향해 급속도로 달려가게 되었다.

그런 자들의 세상을, 아주 무감각하게 느끼는 자가 있었으니.

"오호……여기까지 오니, 벌써 매화는 지고 있군그래. 이와테의 두메보다는 훨씬 봄이 빠른데. 물의 흐름도 봄다웁고 벚나무 가지도 한줄기 봄비만 오면 봉오리가 터지겠구나."

그렇게 짚신 밑으로 밟히는 새싹을 즐기며, 이곳저곳을 두리번거리고 나서는 자연의 초목과 혼잣말을 주고받으며 걷고 있는 한 나그네가 그였다.

아카사카의 주막에서 남평야로 빠져 잠시 후 간베의 거리로 나온 그 나그네는 강 언덕 벚나무 밑에 서자 문득 머리에 떠오른 산가집(山家集)의 한 구절을 혼잣말처럼 부르기 시작했다.
"——봄을 부르는 벚나무 가지에, 꽃이 없어도——"
그때 어디선지 "유쇼님" 하고 부르는 자가 있다. 나그네는 언덕과 물가를 훑어보았다. 그러나 잘못 들었다는 생각을 했는지 다시 벚나무 가지를 쳐다보고 있었다.
유쇼는 전날 밤 여승의 암자에서 돌아오자, 곧 붓을 들고 은사 다케나카 한베의 초상화를 단숨에 완성시켰다. 그리곤, 무엇을 생각했는지 그것을 이른 아침에 쇼킨에게 보내고 나서 그길로 근 한 달 동안이나 머물고 있던 보다이 산 기슭에 하직을 고하고, 전과 같이 목적지 없는 나그네가 된 것이었다.
"어째서 그리 갑자기."
쇼킨도 의아해 했으나, 그는 웃으며 대답하지 않았다. 안녕히, 라는 단 한 마디를 남기고 안개 속으로 사라져 버렸다. 여승과 오쓰는 배웅을 하며 전날 밤, 유쇼가 농담조로 한 말을 생각하고 있었다.
"지명수배자입니다, 저는. ……아케치의 머리를 훔쳐 어딘가에 몰래 매장했다고 소문나 있는……장본인이죠."
당사자의 입으로 그렇게 말해도, 듣는 이는 거짓말인지 정말인지 아리송해 할 정도이었다.
그러나 히데요시의 가신 다케후지 일행이 승방에 도착한 순간 그는 바람과 같이 사라져 버렸고, 그 이튿날 미명에 이와테 마을에서 떠나는 걸 보면, 충분히 이상하다.
'아케치 공의 머리도둑'이라고 한때 시정의 화제가 되었던 범인은 뜻밖에도 진범이었는지도 모른다.
주인 사이토 집안이 멸망한 후부터 그는 자신의 처지에 만족해 왔으나, 사이토의 집안을 멸망시킨 오다의 집안을 위해서는 협조하지 않았다. 일찍이 노부나가가 아즈치 성을 지을 때 널리 천하의 화공을 모아 그 벽화를 그리게 했을 때도 그만은 참여하지 않았을 뿐 아니라 도리어 아케치나 그 노신 도시미쓰 등과 깊이 사귀고 있었다. 특히 아케치는 만년에 한가해지면 유쇼에게 그림을 배워 유유자적한 세월을 보내야겠다고까지 말했다.

아니 땐 굴뚝에서 연기는 나지 않는다고 하지만, 생각해 보면 그와 아케치의 연고는 깊다. 야마자키 전쟁이 끝난 뒤, 어두운 밤, 산조 강벌에서 마음속 친구의 머리를 안고 남 모르는 곳에다 묻어준 범인이 유쇼였다해도 그의 예술가로서의 이름을 더럽히는 것은 절대로 아니다. 또 세상은 같은 도둑이라도 이 머리 도둑에게는 은근한 동정과 이해를 가지고 있었던 것이다.

그러나, 당시의 히데요시의 이름으로 내린 체포령은 아직 해제되지 않았다. 3년이 지나도 범인이 누구인지 모르고 있으므로 아직도 수색이 계속되고 있는 셈이다. 그러나 유쇼는 그런 것쯤엔 아무런 고통도 느끼지 않는다. 그늘에서 지내는 생활은 도리어 그림을 그리며 떠도는 나그네로서는 안성맞춤이었기 때문이다.

"유쇼님, 뭘 그리 멀거니 보고 계시죠?"

두 번째의 목소리가 들렸다. 확실히 이번에는 그의 등 뒤에서 나는 소리였다.

강 언덕 그늘에 아까부터 주저앉아 멀거니 하늘만 쳐다보고 있던 계집애였다. 유쇼가 고개를 돌리자 눈이 휘둥그레졌다.

"아니?"

"오쓰가 아닌가. 뭣 하러 왔지?"

"아니, 유쇼님이야말로 저하고의 약속을 잊으셨나요."

"약속이라니?"

"당신께서 이와테의 마을을 떠날 때는 저를 꼭 교토로 데려다 주겠다고, 그렇지 않으면 도회지 친구를 소개해 주겠다고 그렇게 말씀하시지 않았습니까?"

"아! 그 이야기."

유쇼는 그냥 머리를 긁으며 쓴웃음을 지었다. 아니, 매우 난처한 표정이었다.

"잊어버리지는 않았어. 다음…… 이번 가을, 이리로 다시 올 때, 틀림없이 약속을 지키겠어. 그때까지 얌전하게 쇼킨님 곁에서 공부를 하고 있어요."

"그럴거라면 유쇼님께 몇 차례나 졸라 대지도 않았을 거예요. 승방생활은 정말 저로서는 견딜 수가 없거든요."

"젊은 여자들은 누구나 도회로 나가려는 꿈을 꾸고 있지만, 지금 이 난세에 도회지로 나가면 자신만 망치게 된다는 걸 알아야지."
"설교는 비겁합니다. 그 이야기도 귀가 아프도록 들었어요. 그래도 제 기분은 그 이상이라고 말씀드렸잖아요. 당신께서도 승낙을 하시고, 이와테를 떠날 때는 데려가 주신다고 약속하지 않았습니까?"
"그래. 사실 그랬어."
"그럼 거짓말을 하셨나요?"
"야단났는데."
"안돼요. 아무리 거짓말로 속이셨더라도 저는 다시는 승방으론 가지 않겠어요. 사실 유쇼님의 뒤를 따라 스님께는 아무 말도 하지 않고 나와 버렸으니까요. 틀림없이 이러실 줄 알고 저는 지름길로 와서 유쇼님을 기다리고 있었던 거예요…… 곤란하십니까?"
"그럼 안돼. 정말 스님께 아무 말 없이 나왔나?"
"유쇼님하고는 달라서 저는 거짓말은 안 하거든요. 보세요, 항상 행장을 준비했다가 언제라도 출발할 수 있게 해 두고 있거든요."
"이건 달래도 안 되고 속여도 안 통하는 애로구나. 자, 우선 거기 앉자. 그리고 다시 한번 내 말을 들어 봐. 다 너를 위한 거니까."
유쇼는 먼저 주저앉아 무릎을 껴안고 생각에 잠겼다.
"뭐죠?"
오쓰도 순순히 그를 따라 풀 위에 앉았다.
모습, 말투는 순수하지만 이처럼 만만치 않은 처녀를 유쇼는 별로 보지 못했다. 한 달 남짓하게 같은 마을에 있는 동안 오쓰는 자주 놀러왔었다. 그것에는 그녀대로의 목적이 있었다.
산촌 생활은 견딜 수가 없다. 승방에서의 하루하루는 너무나도 지루하다. 도회지로 나가고 싶다. 새로운 지식을 흡수 하고, 문화를 맛보아 희망 있는 생활 속으로 들어가 섞이고 싶다.
──이렇게 호소해 마지않았다.
유쇼는 적당히 상대를 해 주고 또 몇 번이고 그 잘못을 깨우쳐 주었다.
"그건 어림도 없는 야망이야. 무사의 경력을 가진 사람들도 약육강식의 사회 속에서는 견뎌 낼 수가 없어, 각박 처참한 경계로 떨어지고 말았으나, 지금은 어지럽게 싸우는 세상이라며 아예 단념 해버렸는데……어린 여인의 몸으로 그런 험한 세상의 중심, 유위전변의 도가니로 뭣 때문에 뛰어

들려고 하는 거지? 나는 도무지 그 심정을 모르겠어. 난 절대 반대야. 그 보다는 깊은 산골이기는 하지만 평화스런 시골에서 달빛에 소설을 읽고, 가을바람에 화필을 들고, 눈 오는 밤에 노래를 짓고 있으면 이보다 더 좋은 것은 없을 거야. 그리고 부지런한 사람에게 시집가서 튼튼한 애를 낳고, 어머니로서 여성의 안주와 만족을 찾는 것이 좋지 않을까. 이건 실망과 상처 없이 평생을 행복하게 지내는 안전한 길이야."

유쇼는 항상 그렇게 타일렀다. 그러나 보통 젊은 여성이라면 다소 들어 줄는지 모르지만, 오쓰에게는 조금도 통하지 않는 이야기였다.

그녀는 유쇼의 생각을 이미 낡아빠진 사람들의 고정 관념으로 밖에는 듣지 않는다. 그녀는 어릴 때 이미 아즈치 성의 새로운 문화속에서 속에 사물을 보는 눈이 밝아져 있었다. 당시의 노부나가의 화려한 생활을 보았고, 성 아래의 난반사(南蠻寺)에서 해외의 지식을 흡수했던 것이다.

거기서는 마태복음과 요한복음을 읽었다. 이세나 다케토리, 겐지 등 고전 소설을 벗 삼은 것은 그 이전부터였다. 아즈치 성 안채에서는 아직 13, 4세의 그녀를 가리켜 장래의 재원이라며 칭찬하고 노부나가에게도 그 말이 전해지자, 노부나가 앞에서 즉흥 시조를 지어 보여서 맛있는 과자와 그 밖의 상을 탄 적도 있었다.

뛰어난 천성임에 틀림없었다. 그러나 짧은 기간의 급진적인 아즈치 성의 문화는 이 예민한 소녀에게는 너무나도 강렬한 태양으로서 도가 지나쳤는지도 모른다. 또 혼노사(本能寺) 사변으로 인한 헛된 영화의 몰락도 그녀의 나이로서는 너무나도 처참한 경험이었다.

고향인 오노의 마을로 왔을 때 그녀의 어린 시절만을 알고 있는 이들은 사람이 달라졌다고 모두들 떠들어 댔다. 그녀의 천성적 재능과 천질의 모습에 앞서 말한 후천적 영향이 진하게 더해져 있었던 것이다.

그래서 그 모습과는 반대로 한번 말하면 듣지 않고, 또 생각한 것은 끝을 보지 않고서는 손을 떼지 않는다——는 성격이 때때로 그 행동이나 말투에 나타난다. 오노 마을의 노인들은 "이제 예뻐지기는 했지만 여자답지 않다"면서, 고독한 그녀를 대수롭지 않게 여기게 되었다. 유모의 남편이 연고를 찾아 쇼킨에게 그녀를 데리고 간 것은 그녀에게 불어 닥치는 차가운 고향의 바람에서 따뜻한 양지로 피신을 시키려는 유모의 온정에서였던 것이다.

오노의 노인들뿐 아니라, 유쇼도 이 소녀에게 진심으로 호의를 가질 수가 없었다. 그러나 그 재기에는 사실 혀를 내두르며 두메에 두는 것은 아깝다고 생각했다. 원래 있어야 할 곳을 얻지 못하고 있었기 때문에 시골 사람도 그녀를 귀찮게 여기는 것이며, 그녀 또한 시골을 싫어하는 것이다. 자기에게 맞는 때와 장소를 얻으면 이 명목은 시대의 문화 속에 찬란한 꽃을 피우게 될지도 모른다.

무심코 그런 생각이 머리에 떠올랐고 또, 아무리 타일러도 그녀가 뜻을 굽히지 않는 것을 보고 그만 약속을 해 버린 것이었다.

——알았다. 여승에게 잘 말한 다음 도시로 데려다 주마. 그리고 어디 좋은 저택에 소개해주지.

그것은 벌써 열흘 전 일이다. 유쇼는 그림 때문에 까맣게 잊어버리고 있었다. 오늘 아침 출발할 때 잠깐 생각이 나기는 했지만 아마 그녀도 잊어버리고 있겠지. 어젯밤 모습을 보아도 까맣게 잊어버리고 있는 것 같았다——그렇다면 다행이다. 그녀를 위해서나 나를 위해서도.

쇼킨과 함께 승방 뜰에서 자기가 떠나는 모습을 배웅해 주던 그녀였으므로, 유쇼는 마음을 놓고 그 일에 대해서는 눈곱만큼도 생각지 않고 이곳 강둑까지 나와 오래간만에 혼자 나그넷길의 흐뭇함을 맛보고 있던 순간이었는데 갑자기 오쓰가 뛰어나와 자기와의 위약을 따지고 덤비므로, 50이 넘는 사나이가 아직 17세밖에 안 된 처녀에게 낯을 붉히고 허둥대는 것도 무리는 아니었다.

"봄, 더구나 초봄은 한층 더 평화스럽구나."

유쇼는 강물이 크게 굽이치는 그 곡선을 향해 혼잣말을 내뱉고 나서 말을 이었다.

"이런 평화스런 자연도 이제 며칠이나 무사할는지, 아마도 이 둑의 벚꽃이 필 무렵에는 이 근처도 군마에 짓밟히고, 탄연과 피에 물들게 되겠지."

"어젯밤 손님들의 말로는 또 큰 싸움이 벌어질 것 같죠…… ?"

"벌어지지. 틀림없이 이 세상을 뒤흔들게 될 대전란으로 번질 거다……그래서 난 마을을 떠나 히단 산 깊숙이 들어가 조용히 그림을 그릴 장소를 찾아가는 거야. 그런데 너는 반대로 지금부터 도회지 한복판으로 뛰어들겠다고? 도대체 어쩔 셈이냐."

"이해가 안 되실 거예요. 그러나 저는 저를 잘 알고 있거든요. 덮어 놓고 날뛰는 것은 아니에요."

"총명한 네가 하는 일이라 생각 없이 날뛰는 것이라고는 보지 않으나, 약간은 지나친 공명심에 불타고, 거기에 허영과 꿈도 곁들여 있거든. 기껏 타고난 좋은 재능을 불행의 근본이 되게 해서는 안 되겠는데."

"전…… 여기서 그만 떠나겠어요."

오쓰는 갑자기 일어났다. 눈살이 활짝 펴지는 유쇼의 얼굴이 순간 눈에 띄었다.

생각을 바꾸었구나——하고 안도하는 모양이다.

"그래 알아들었구나. 단념하고 돌아가 줘. 돌아가거든 쇼킨 스님께도 안심을 하게 해 드려요. 그리고 둘이서 마지막까지 무시무시한 세상에 휩쓸려 들지 않도록 무사히 지내요."

"아녜요, 유쇼님. 저는 그리로 돌아가는 게 아녜요, 한 번 뛰쳐나온 승방으로 다시 돌아갈 생각은 없어요."

"그럼 어디로?"

"오노 마을로 가겠어요. 그리고 그곳에서 제가 원하는 곳으로 가겠어요. 이젠 남은 믿지 않겠어요."

그녀는 그 둑을 타고 부리나케 상류 쪽을 향해 걸어가 버렸다. 바로 저편 가노 나루를 건너면 10리쯤 되는 곳에 기다가타 마을이 있고 그녀의 고향 오노 마을은 나가라 가토 산기슭에 있었다.

나룻배를 보자 오쓰는 걸음을 멈추고 돌아다보았다. 유쇼의 그림자가 멀리 작게, 아직도 서서 자기 쪽을 보고 있었다. 아연해진 유쇼의 얼굴이 보이는 것 같아, 그녀는 어쩐지 웃음이 나와 죽을 뻔했다. 웃으면서 수건을 흔들었다.

장대를 세운 것처럼 꼼짝 않는 모습이었다.

배안에는 4, 5명의 나그네와 마을 사람들이 타고 있었다. 오쓰도 그 틈에 끼어 다시 한번 하류쪽 둑을 돌아다보았다.

유쇼는 그림자도 보이지 않았다. 그녀로서는 과거에 지나친 섬의 한 그림자에 지나지 않는다. 1년 남짓 폐를 끼친 보다이 산 밑 초암도, 어제까지 모시고 있던 쇼킨 스님도 과거다. 그녀의 마음을 돌이키기에는 아무런 매력도 없는 것들뿐이었다. 앞길의 꿈만이 그녀의 가슴에는 봄의 따스한 들판같이 펼쳐진다.

뱃전을 씻는 물소리도, 허공에서 지저귀는 종달새의 소리도, 용기와 희망의 출발을 축복하기 위해 존재하고 있는 것 같은 느낌이었다. 자기를 축복하지 않는 것은, 이 나룻배를 타고 있는 탑승객과도 같아서, 언덕에 닿으면 곧 잊혀질 존재인 것이다.

"자네들은 아무것도 모르고 한가한 표정들이군 그래."

배가 강복판쯤에 왔을 때 타고 있던 한 사람의 무사가 장사치나 농군을 무지렁이 취급하며 자못 딱하다는 듯 말했다.

"머지않아 이 근처에서 전쟁이 벌어진다. 너희들은 어서 산속으로 피난하지 않으면 그 틈에 휘말려 목숨을 잃게 되거나 늙은이와 애들을 데리고 길가에서 굶어 죽게 된다. 넋놓고 그날이 올 때까지 돈벌이나 밭일에 골몰하다가는 난리를 겪게 될거야."

농군의 아내, 등짐장사 같은 사나이들은 모두 안색이 새파래졌다. 그렇다고 다시 물어볼 말도 대답할 말도 모르는 것이다.

강 맞은편은 가노의 주막거리다. 마침 이곳에서 해가 저물어 기울어진 지붕 밑에는 저녁 짓는 연기가 자욱하다. 오쓰는 말을 세내 안장 위에 모로 탔다. 오노 마을까지는 거기서 아직 15리 길이었다.

"저 아가씨는 오노 저택의 아가씨가 아닙니까."

마부는 그녀를 어렴풋이 기억하고 있었다. 오쓰가 그렇다고 대답하자, 마부는 봄빛이 가득한 저녁거리를 흔들흔들 고삐를 끌면서 말했다.

"역시 그렇군요. 저택의 아가씨는 1년이 넘도록 어딘가에 숨어 버리셨다고 마을 사람들이 간혹 이야기를 했었답니다."

옛 고향 사람들에게는 호족이었던 오노 마사히데의 전성기가 아직도 뿌리 깊게 기억에 남아 있는 모양이었다. 그러나 그녀는 아버지를 모른다. 어머니의 모습도 희미했다. 기억하고 있는 것이라고는 자기가 태어났다는 곳의 성터 석축과 불타버린 집터뿐이었다. 고향이라고 해도 그녀에게는 그리 깊은 그리움이나 집착도 없다.

그저 거처하고 있었던 쇼킨 스님의 암자에서 나왔으나, 갈 곳이 없어서 잠시 들른 곳에 지나지 않는다. 그리고 또 하나의 기억이라면 옛날 유모의 집밖에 없었다.

거취

기소 강 상류는 이누야마 성의 주추를 씻고 길게 백리를 더 가서는, 다시

한 채의 성을 남쪽 언덕에 보면서 계속 흐른다.

오와리령, 하구리군의 구로다 성이다.

성내에 기거하고 있는 사람들은 모두 지난달부터 비상 태세의 전시 생활을 하고 있다.

성주 사와이 다케시게의 주위에는 언제나 갑옷으로 무장한 병사들이 호위하고 있다.

"만나서 이러쿵저러쿵 지껄이는 것도 귀찮다. 세객이란 놈은 어느 놈이고 변설이 능한 법이거든, 반드시 그럴 듯한 소리를 하거든 쫓아버려, 쫓아내."

다케시게는 어미가 흐려지지 않도록 똑똑하게 잘라 말했다.

십수 명의 고굉지신이 모여 있다. 그들의 모습에는 "만나 주시면 좋겠는데" 하는 빛이 역력했다. 다케시게는 전갈을 해온 자에게 대답하기보다 이들에게 자기의 의사를 명료하게 표명하기 위해 지금과 같은 말투를 쓴 것이었다.

"아...... 저, 주군."

과연, 다나바시 진베라는 두령이 일부 가신의 뜻을 대표해서 나섰다.

"하여간, 한 번도 아니고 두 번씩이나 히데요시에게서 온 사신을 그렇게 쫓아 보내면 도량이 좁다고 볼 테니 옳지 못한 처사이옵니다. 승낙 여부는 물론 주군의 의중에 있는 일, 사신으로 온 자를 한번 어전에 불러내어도 무방하다고 생각합니다만."

야가시라라는 노신도 이서서 말했다.

"세객의 말에서 간혹 뜻밖의 시사를 얻기도 합니다. 마음껏 뜻을 전하게 한 다음에 우리는 우리대로 의논을 해도, 주상의 충절에 흠이된다고는 생각지 않습니다."

기타 4, 5명의 가신도 그것이 당연하다――고 찬성하는 태도를 보였다. 다케시게는 그들이 아직도 수미 양단을 쥐고, 히데요시쪽으로 붙을까, 이에야스쪽으로 가담할까 하고, 이 성 전체의 방향보다도 자기 자신들을 위해 망설이고 있다는 것을 눈치 챘다.

"그래......그렇게 말한다면."

다케시게도 할 수 없이 승낙했다.

"만나보기로 하지. 그럼 히데요시의 밀사란 놈을 지금 곧 이리로 안내해라."

곧이라고 했지만 그로부터 한 시간은 걸렸다.

두 사람의 선승과 한 사람의 떠돌이 무사 같은 사나이가 잠시 후 객실로 안내되어 들어왔다. 방에는 평복을 입은 다케시게 외에는 아무도 없었다. 그러나 뒤편 장지문 안에는 힘센 무사가 만일을 대비하고 있는 것은 어느 성에서나 공통되는 예삿일이었다.

"히데요시 공의 사신이란 그대들인가?"

"네."

세 사람은 인사를 했다. 떠돌이 무사풍의 사나이가 정사, 선승의 한 사람이 부사이며, 히데요시의 신하 다케후지와 다신잉의 젠조스(漸藏主)라고 알렸다.

이곳에 히데요시가 사신을 파견한 것은 두 번째였다. 첫 번째는 히데요시 쪽으로 봐서는 확실히 실패를 경험하였는데 다케시게는 그때 이런 답사를 보냈다.

"어떤 호조건이라도 히데요시편에 설 의사가 없다. 나는 어디까지나 기타바타케 노부오 공과 행동을 같이 하겠다. 만약 노부오와 떨어지게 될 경우라면 히데요시 따위 난신적자의 무리들 틈에 드는 것보다 장래의 대기라고 생각되는 도쿠가와를 따르겠다."

히데요시를 가리켜 난신적자라고 한 것은 히데요시를 상당히 자극했음에 틀림이 없으나, 유독 다케시게만이 그런 말을 쓴 것이 아니며, 근래 세상에 널리 퍼져 있는 풍설이었다. 대전을 앞두고 일찍부터 도쿠가와편에서 전쟁 명분을 선전하고 있었다. 동시에 히데요시의 기치에 대해서, 이유 없는 야망의 난을 일삼는 천하의 적──이란 악인상을 일반에게 심어 놓으려는 책략이 이미 널리 퍼지고 있었다.

선전전이라면 그 이상으로 히데요시도 하고 있는 일이었으니, 히데요시가 노할 까닭은 없다. 그는 며칠이 지나 재차 사신을 보내기로 결정했다. 이것이 다케후지와 젠조스다. 그 인선에서 이번도 거듭되는 실패라는 것을 나중에 깨달았으나, 일일이 따지고 고를 여유가 없을 정도로 히데요시의 사면팔방에 사단과 격무가 펼쳐져 있었다. 아마도 무난 평범이라는 점에서 다케후지가 선택되고, 변설의 대표로서 젠조스가 함께 온 것이었을 것이다.

"또 한 사람의 승은 누구인가?"

다케시게의 물음에 그때까지 젠조스의 곁에 묵묵히 앉아 있던 선승은 비로소 대답했다.

"주군 성하에 있는 운린잉(雲林院)의 스님이옵니다."

"운린잉의 대사가 무슨 용건이 있어 동행해 왔단 말이오?"

"실은 이와테의 쇼킨잉과는 같은 계통의 친구로서 쇼킨스님의 말씀을 듣고 오셨다기에 숙소를 알선하고, 또 성 안에 들어오시는 안내도 하고 했습니다."

"그래. 그건 수고했다고 말하고 싶으나 승려의 신분으로 부질없는 밀사의 안내 같은 것은 하지 않는 편이 좋아. 회담내용과 대사와는 관계가 없을 테니 먼저 돌아가는 것이 어떨까?"

"넷, 바라던 바입니다."

운린잉의 중은 무안하고 당황해서 급히 방밖으로 나가버렸다.

다케시게는――이게 나의 대답이다――라는 투로 입을 꽉 다물고 있다. 이 강경한 태도에 다케후지로서는 물고 늘어질 틈을 찾을 수가 없었다.

그러나, 젠조스는 상대가 목석이건 금동불이건, 움직여 보이겠다는 자부를 가지고, 물이 쏟아지듯 입을 열고 가까이 다가 오고 있는 천하 분할의 형세에 대해 당당히 설득을 시작했다. 또 히데요시와 도쿠가와 중 누가 다음 대를 잡을 것이냐에 대해서 말하고, 계속해서, 히데요시를 지지하는 여러 영웅들과 그들의 용맹함을 떠들어 댔다. 나중에는 준공이 되어 일대 장관을 이루고 있는 오사카 성의 웅대한 규모와 그 주성을 중심으로 새로운 시가가 신흥적인 변화를 이루어 노부나가의 아즈치문화보다 몇 배나 훌륭한 문화가 부녀자의 복장에서 주택 양식 가무 음곡에 이르기까지 막대한 영향을 끼치고 있다는 점 등을 입의 침이 마르도록 이야기 하였다. 그리고 그 말속에는 '이에야스가 추앙받는 듯하여도, 천하를 지배할 인물은 아니다'는 점을 은근히 비추는, 이야기의 요점을 히데요시의 속뜻으로 돌리었다.

"히데요시 공께서는 무슨 일이 있더라도 한 번 귀공과 만나보시기를 바라고 있습니다. 물론, 세상이 소란하니 지금 곧이라고는 할 수 없으나, 때가 되면 히데요시님께서 직접 이 방면으로 말머리를 돌리시게 될 것은 뻔한 일입니다. 그 때 기소 강 나루터 앞에서 다케시게 공의 마중을 대하게 된다면 얼마나 기쁠까하고 말씀하셨습니다. 진정 다케시게 공을 심중에 두고 계십니다. 이전에 심한 꾸지람을 듣고 온 사신들의 보고를 들으시고도,

히데요시 공께서는 조금도 화를 내시지 않을 뿐 아니라 오히려 귀공의 절의를 사랑하셔서 더욱 귀공과 친숙해지기를 바라고 있는 것입니다."

여기까지 말문을 이끌고 와 주었으므로 다케후지도 그 여세를 타 설득을 시작했다.

"지금 젠조스가 말씀드린 것은 사실 그대로 입니다. 거기에는 조금도 과장이 없습니다. 만약 우리편을 지지해 주신다는 언질을 얻을 경우, 후일을 위해 증거물이 필요할 듯하여 히데요시님의 증서를 받아 가지고 왔습니다."

그는 속옷 깃을 뜯고 감추어 가지고 온 서류를 꺼내 다케시게에게 보였다. 비슈령의 네 고을 중 희망하는 곳을 떼어주겠다는 증서였다.

다케시게는 한 번 훑어보고는 그냥 갈기갈기 찢어버렸다. 대답은 없다. 이대로 히데요시님에게 전하면 된다. 당장 없어져——하고 자리를 차버리고 말았다.

젠조스는 뻔뻔스럽게 여전히 버티고 앉아서 혀를 놀리려고 했으나, 다케시게는 똑바로 노려보면서 말했다.

밤이 되기 전에 기소 강을 건너지 않으면 어떠한 재해가 몸에 미칠지도 모르는 일, 그래도 좋거든 얼마든지 있게."

순간, 와르르 가신들이 몰려들어 두 사람의 덜미를 짚어 성문 밖으로 쫓아내버리고 말았다. 이들 가신들은 주인과 마찬가지로 반히데요시 의식을 관철하고 있는 자들이었다.

이 날을 계기로 성 안에 있었던 몇 몇의 거취정관파의 공기도 일소되어 구로다 성은 노부오와 도쿠가와만을 따를 것이라는 명백한 태도를 보이게 되었다.

서와 동——어느 쪽에 가담할 것인가 하는 두 길의 망설임은 아마도 전국적인 양상이었을 것이다. 오와리는 그 축도와도 같은 것이다.

노부오가 세 노신을 주살한 사건으로 퍼져간 이세의 전화는 하루하루 커져가고 있었다. 이젠 지방 사건도 아니고, 지역 전쟁도 아니다. 천하를 양분하는 대전의 양상은 어느 틈엔가 충분히, 지나칠 정도로 준비되고 있었다.

남은 문제는 오직 히데요시 대 이에야스·노부오의 양대 세력의 예각이 어디를 회전(會戰)지로 하고 어디까지가 작전 지역으로서 양웅의 가슴 속에 산정되어 있는가——그것뿐이었다.

이곳 구로다 성에도, 첩보는 동서에서 시시각각 들어오고 있었다.

그러나, 이세에서 남부 오와리 방면의 형세는 3월 초순부터 통 알 수가 없게 되었다. 히데요시의 서군이 가모, 다키가와, 호리, 그 외의 여러 장수들에게 인솔되어 한때 노부오의 휘하에게 빼앗겼던 미네 성, 호시자키 성, 마쓰가타케 성 등에 맹공을 퍼부어 급속한 탈환전을 시작하고 있는 것은 이미 알려져 있었다.

또한 노부오가 이세의 수비를 숙부 오다 노부테루나 사쿠마 마사카쓰 등에게 맡기고 갑자기 기요스로 옮아간 것과, 동시에 도쿠가와의 원병으로서 미즈노 다다시게라든가 사카이 시게타다 등의 부대가 질풍같이 이세로 달려간 것도 숨길 수 없는 풍문이기는 했다.

어디의 성은 서군의 손에 넘어갔다. 아니 다시 탈환했다. 아니다 아직 대치한 채, 조석으로 성외전을 반복하고 있다는 등──정보 자체에도 잡음이 섞이고, 억측이 가해졌다. 다만 전화가 점차 다가오고 있다는 것만은 분명한 사실이었다.

"아뢰기 대단히 거북한 사연이오나, 주군께서 명령하신 대로 전하는 바입니다……적자 한 분을 인질로, 곧 도쿠가와에게 보내시라는 분부였소."

나가시마 이즈, 야스이 쇼겐 등, 이름 있는 도쿠가와의 사신이 오늘 아침 아무런 예고도 없이 구로다 성을 찾아와 말했다.

어제 히데요시의 사신을 쫓아버린 다케시게를 찾아온 이에야스의 사신은 만나자마자 아닌 밤중에 홍두깨 식으로 인질을 내놓으라는 것이었다. 사신은 그의 감정의 변화를 겁내며 조심성 있게 말했다.

"무장의 관습, 이미 준비되어 있소."

다케시게는 바로 아들 분고 야스타케에게 두 사람을 붙여 사신에게 내주었다. 두 사람은 그 기백에 도리어 놀라 다른 이들의 실상을 털어 놓고 돌아갔다.

"얼마 전부터 도쿠가와 공의 명령에 의해 여러 성주들에게 아까 말씀드린 바와 똑같은 요청을 하고 돌아다녀 봤으나, 귀공과 같이 깨끗하게 두 말 않고 인질을 내놓는 자는 거의 없었습니다. 무어니 무어니 하고 예외 없이 핑계를 늘어놓거나, 연기하는 책략을 썼습니다. 그걸 보면 아직도 수서 양단의 기회주의자가 많은 것을 알 수 있습니다."

그런데, 같은 날, 가중에 전하는 풍설에 의하면, 오가키 성(大垣城)의 성주 이케다 노부테루에게는 그가 노부오에게 보낸 인질(노부테루의 아들 26

세)을 돌연 돌려보내 왔다는 것이었다.

"도쿠가와 공은 우리와 같이 결백한 성에게도 용서 없이 인질을 요구해 갔다. 기타바타케 공은 반대로 일편단심이라 보는 자에게는 잡아 두었던 인질도 돌려보내는구나."

가신 중 일부는 이 대조에 불평을 말했다.

"불평을 할 까닭은 없어. 요는 피차 한편으로서의 결합이 공고하게 되면 그만이다. 오가키와 기후 두 성은 이 구로다와 기소 나가요시 두 강을 사이에 두고 삼각 대치로 되어, 그들 부자의 향배는 안심할 수 없는 형세였으나, 노부오 공께서 이때 이케다 부자를 믿고 그 인질을 돌려보내 주신 건 참으로 현명한 처사라고 볼 수 있다. 또 그만큼 신뢰를 하고 일부러 돌려보내신 것일 게다. 그렇게 되면 우리 성으로서도, 커다란 불안이 제거된 셈, 우리편 전체로 보아 기쁜 일이다."

어디까지나 그는 선의로 해석했다기 보다도 그의 성격대로 해석한 것이다. 그런데 궤모의 반복은 세상의 일반사. 이런 일방적인 견해만큼 위험한 것은 없다.

13일의 일이었다.

──그 13일은 이에야스와 노부오가 기요스에서 만나 중대한 밀의를 거듭하고 있던 날이기도 했다. 한밤이 가까워졌을 무렵, 구로다 성의 문을 두드리는 자가 있었다.

"첩보원입니다. 첩보원입니다. 열어주시오. 문을 열라, 문을 열라."

신분을 확인한 후 철문을 열었다. 첩보원의 그림자는 그 안으로 사라져 버렸다.

그리고 새벽녘에 걸쳐 성 안의 공기에 보통 아닌 움직임이 있었다. 중신에서 상급무사에게, 거기서 하부 졸병들에게──잠시 후 새어 나온 소문에 의하면 이런 소식이었다.

"이누야마 성 성주 나카가와 간에몬이 어젯밤 어떤 자에게 습격당해 도중에 전사했다."

이것이 사실이라면 이 성안을 경악시키기에 충분한 비보다. 나카가와는 틀림없는 아군일 뿐 아니라, 때가 오면 히데요시의 대군을 맞아 이누야마 성은 상류를, 구로다 성은 하류를 맡아, 기소 강을 지켜낸다는 약속으로 굳게 맺어진 자매성이다. 그는 웃니고 여기는 아랫니.

이누야마 성의 나카가와는 얼마 전부터 이세를 향해 이동하고 있었다. 도쿠가와의 사카이, 미즈노 등 이세 지원대를 따라나선 것이었다.

재난이 닥친 것은 이세에서 돌아오는 도중이었다고 한다. 노부오의 기요스 이동에 따라, 전운 확대에 심상치 않은 점이 있어 급히 이누 산으로 돌아오라는 명령에 의해 좌우에 겨우 몇 사람을 데리고 밤을 새워 강행군을 하던 도중의 일이었다고 한다.

캄캄한 나무 위에서 총으로 저격된 것이었다. 말 위의 그림자가 단 한 발의 총성에 지상으로 굴러 떨어짐과 동시에 토민, 떠돌이 무사가 뒤섞인 십수 명이 함성과 함께 돌격해 왔다가, 다시 순식간에 바람과 같이 사라졌다.

허를 찔려 당황한 나머지 아무런 손도 써보지 못한 종자가 주인을 안아 일으켜 보니 차고 있던 군도가 간 곳이 없었다.

나카가와야 말로 나의 원수라고 언제나 큰소리를 치고 다니던 이케지리라는 떠돌이 무사가 있다. 모두들 하수인은 그 자라고 말했다.

──이 상의 정보가 14일 아침까지 종합되었다. 구로다 성에서는 주장 다케시게를 비롯하여 모두가 눈에 띄게 살기를 풍기고 있었다.

"기요스에서 언제 어떤 군령이 내릴지 모른다. 말을 충분히 먹이고, 무장을 갖추고, 병량의 준비도 실수 없이 하도록."

그러나 그 긴장된 예각을 남부 오와나 이세 방면의 전장터로만 돌리고 있었던 것은 큰 실수였다. 또 어제 오늘 이에야스와 노부오가 있는 기요스 본진으로만 신경을 곤두세우고 있는 것도 잘못이었다. 전화는 그들과 가장 가까운, 더구나 치명적인 곳에서 불붙은 것이다.

드디어 미노의 대평야에도 전화의 불씨가 이미 어젯밤부터 부스럭부스럭 타들어 가고 있었던 것이다.

푸른 황새

땅딸보──대담──창춤──의 세 가지 특색을 가지고 젊었을 때부터 명물시 되어 오던 이케다 노부테루도 벌써 지긋한 나이가 되었다. 히데요시와 동갑인 49세. 9개월만 지나면 50고개다.

히데요시에게는 친자식이 없다. 반면, 노부테루에게는 자랑삼을 만한 자식이 아들만 해도 셋이나 된다.

모두 훌륭한 성인이다. 26살의 장남 유키스케는 기후의 성주다. 차남 테루마사는 나이 21살로 이케지리의 성주이다. 셋째는 올해 15살이 되는 나가요시이다. 그는 아버지 옆에 있었다. 얼마 전 히데요시가 은근히 부탁해 왔다.

"어때, 나가요시를 내 양자로 주지 않겠나."

히데요시와 그는 히데요시가 아직 도키치로라 불리던 옛날부터 개구쟁이 장난도 같이 하던 사이다. 이런 제안을 해도 조금도 이상하지는 않은 관계이다.

그러나 지금의 히데요시와 노부테루와는 커다란 차이가 생기고 말았다. 인간적인 심정으로는 죽마지우이나, 공적으로는 무게도 다르고 관위도 다르고 성망도 다르다.

그렇다고 노부테루가 아무런 생각도 없이 허송세월을 보낸 것은 아니다. 노부나가가 죽은 후에는 비록 일시적이긴 했지만, 시바타, 니와, 하시바, 이케다 네 사람이 교토의 시정을 분담해서 맡아 본 적도 있었다. 또 지금은 미노에 있기는 하지만 오가키, 기후, 이케지리의 세 성을 부자가 가지고, 사위인 모리 나가요시도 가네야마 성 성주다. 큰 출세는 없지만, 불만도 없다. 그러나 히데요시와 비교하면 너무나도 차이가 크다.

약아 빠진 히데요시, 그래도 때때로 옛 친구를 배려하는 마음에, 조카 히데쓰구를 노부테루의 딸에게 장가들여, 만나기만 하면 말한다.

"너와 나는 옛날에는 악우, 지금은 사돈, 정말 끊을래야 끊을 수 없는 사이로군그래."

이렇게 보통 때부터 만일의 경우를 위해 빈틈없이 줄을 달아 놓고는 있었지만, 마침내 공생할 수 없는 거물을 상대로 천하통일의 일전을 벌이게 됨과 동시에 재빠르게 이 오가키 성에도 사신을 파견했다.

'싱거운 소리를 하는 것 같지만, 그대가 히데요시에게 가담할 것을 맹세해 준다면 언젠가 말한 나가요시를 나의 양자로 삼고, 3개 지역을 떼어 주겠네. 기분 좋게 승낙하게. 답변을 기다리겠네.'

이렇게 두 번에 걸쳐 독특한 가나글자의 직필 서신까지 보내왔다.

바로 답장을 못 보낸 것은 노부테루에게 시기심이나 비굴함이 있었던 탓은 아니다. 히데요시 하고 같이 일하는 것은 비할 바 없이 유쾌하다는 것을 잘 알고 있다. 또 히데요시뿐 아니라, 자신도 큰 이익을 얻을 수 있다는 것을 잘 알고 있다.

그러나 노부테루로서 결심하기 곤란한 단 하나의 이유는, 이미 세상에 알려져 있는 동서항쟁의 명분이다. 도쿠가와 쪽에선 재빠르게 히데요시를 가리켜 "억지로 일을 꾸며 옛 주인의 유자녀를 제거하고 노부나가 공의 뒤를 차지하려는 난신"이라는 비난을 극력 세상에 퍼뜨리고 있다. 그리고 그것이 상당한 영향력으로 인심을 휘어잡고 있는 것도 사실이다.

도의나 절조를 높이 사는 세상은 아니었으나, 그렇다고 인간의 진정한 성품이나 진실된 모습이 전혀 말라버린 세상이랄 수도 없다.

왕왕 세상의 대중은, 아름다운 희생심, 높은 양심, 향기로운 애정, 약속을 이행하는 절의 등——인도적 광채의 발로를 발견할 때, 자기 일처럼 감격하여 눈물을 흘리고 그 선행을 기리는 밑바탕을 가지고 있다.

그러나, 한편으로는 야도의 횡행, 간음, 매춘의 문란한 풍조와 양가 규문의 몰락, 승문의 타락, 거짓말과 완력이 승리하는 등 인간의 참된 평화를 잡아 흔드는 어두운면도 지니고 있는 것이다.

서민들의 모순은 무사 사회에도 있는 것이어서, 인간 노부테루의 마음속에도 고스란히 자리잡고 있었다.

'히데요시편에 붙으면 명분상 손해를 보고, 노부오를 도우면 명분은 설지 모르나 장래의 희망은 바랄 수 없다.'

노부테루에겐 또 하나의 고민이 있다.

죽은 노부나가와 자기가 젖형제였다는 것은 이미 세상에서 다 아는 사실이다. 그런 깊은 관계로 노부나가가 죽은 뒤 노부오에 대해 주종의 예절을 버릴 수 없어, 장남 유키스케를 작년부터 노부오가 있는 이세 나가시마에 볼모로 보낸 것이다.

'장남을 개죽음시킬 수는 없는 일……'

이것이 바로 히데요시가 유혹의 손을 뻗칠 때마다 노부테루의 가슴속에 치밀어 오르는 망설임이었다.

이 문제를 가신들과 상의하면 의와 명분을 버려서는 안 된다고 하는 의견과, 가문의 번영과 대리를 얻을 수 있는 기회라고 주장하는 노신 이키 다다쓰구(伊木忠次) 등의 의견, 둘로 나뉘었다. 역시 노부테루의 흉중을 그대로 둘로 나타내는 것과 같은 결과였다. 여전히 형세를 살피기만 할 뿐이었다. 그러나, 히데요시의 재촉과 미노, 오와리 지방의 전운의 추이는 이제 그것을 허락하지 않게 되었던 것이다.

'어떻게 한다?'

망설임도 이제는 심각한 경지로 빠져들어 갔을 때, 뜻밖에도 정말 뜻밖에도——나가시마에 인질로 가 있던 장자 유키스케가 돌연 돌아온 것이었다.

'노부오님의 관대한 처사로 특별히……'

이것이 유키스케의 말이었다.

기타바타케 노부오는 사태가 급해지자 이렇게라도 하면 이케다 부자는 그 정을 느껴 히데요시쪽으로 돌아가지는 않을 것이다——라는 계산으로 유키스케를 돌려보내 준 것이었다.

그러나, 이런 달콤한 수법은 다른 사람에게는 통할지 몰라도 세정의 표리에서 전쟁의 거래까지 모든 인간의 속마음을 샅샅이 알고 있는 노부테루에게는 약간 어린애다운 호의의 강요,——속이 훤히 들여다보이는 현금주의로밖에는 보이지 않았다.

인간으로서의 노부오가 본래 어떤 성품의 소유자인지, 진실에 입각하는 성격인지, 노부테루는 노부오가 기저귀에 싸여 빽빽 울고 있을 때부터 알고 있었다.

"결심은 섰다. 내가 늘 신앙하고 있던 묘견보살님께서 현몽하셨는데 서쪽 편을 들면 대길이라고 하셨다."

가신들에게는 이렇게 결의를 피력했다. 그리고 그날 중으로 서군의 히데요시에게 '가담 승낙'의 밀서를 보냈다.

물론 묘견보살의 꿈 이야기는 거짓말이다. 그가 결심을 한 직후, 아들 유키스케가 무심코 전한 이야기를 듣고는 "듣던 중 반가운 말, 이것이야 말로 하늘이 내리는 것이다"라며 백전노장의 타고난 공명심을 불태우게 된다.

이누야마 성 성주 나카가와 간에몬이 갑자기 철수 명령을 받고, 저희들 뒤를 따라 이누야마 성으로 돌아올 것입니다——라고 유키스케가 말했던 것이다.

이제까지도 이누야마 성은 아군이 될지 적이 될지 노부테루로 하여금 결정을 망설이게 한 존재였으나, 이미 히데요시편에 가담하기로 결심한 이상, 적의 관계의 놓이게 되었다. 더구나 난공불락의 요새이며, 동시에 노부오와 이에야스는 나카가와에게 수비의 제일선을 맡길 수 있다고 믿는 것이 분명하다. 그래서 돌연 이세의 싸움터에서 그의 책임 지역으로 돌아가토록 명령한 것에 틀림이 없다.

노부테루는 비책을 짜냈다. 그리고 부하를 어디론지 달리게 했다.

"푸른 황새를 불러라. 두목 산조가 좋겠지."

성밖 뒷문 쪽에 있는 계곡에 푸른 황새파라는 비밀 단체의 은신처가 있다. 부하는 그곳에서 25, 6세의 자그마하고 단단하게 살이 찐 사나이를 불러왔다.

푸른 황새의 두목 산조가 바로 그자였다.

명령을 받고 성 뒷문을 통해 안채 으슥한 뜰로 들어갔다. 성주 노부테루가 나무 그늘에 서 있다. 턱으로 불렀다. 그리고 그의 말밑에 엎드리는 산조의 귀에 노부테루가 직접 무엇인가를 명했다.

푸른 황새란 이름은 그들이 입고 있는 복색에서 온 것 같았다. 검푸른 무명천으로 만든 짧은 소매의 웃옷과 반바지에 허리에는 칼 한 자루만을 차고 있다. 모두 민첩한 자들로 이루어졌으며, 무슨 일이 있을 때는 어디론지 뛰어간다. 마치 하늘을 나는 푸른 황새와도 같았다.

이것이 9일의 일. 이틀이 지나──12일 새벽, 산조는 어디서부터인지 돌아왔다. 곧 뒷문으로 들어와 전과 같이 안뜰 나무 그늘에서 노부테루의 앞에 엎드렸다. 노부테루는 그가 기름종이에 쌌던 것을 풀어서 내미는 피비린내 나는 군도를 받아 들고 이리저리 검사를 하고 나서 고개를 끄덕였다.

"틀림없다."

그리고 칭찬했다.

"잘 했다."

그리고 황금 몇 닢을 상으로 주었다.

그 군도는 이누야마 성 성주 나카가와 간에몬의 것이 틀림없었다. 확실한 표지가 칼집에 자개로 장식되어 있다.

"고맙게 받겠습니다."

산조가 물러나려고 할 때, 노부테루는 다시 불러 세운 다음 말에라도 싣지 않으면 가지고 갈수 없을 만큼의 금은을 내놓았다. 창고지기와 근신은 아연한 표정의 산조 앞에서, 그것을 몇 덩어리씩 나누어 거적으로 꾸렸다.

"산조, 또 한번 수고를 해 주게."

"네. 무슨 일입니까?"

"자세한 내용은 내 심복 부하 세 명에게 단단히 일러 놓았다. 너는 마부로 분장하고, 이 돈을 말에 싣고, 그들을 따라가면 돼."

"도대체 목적지는?"

"묻지 말라."

"네, 네."

"일이 끝나면 너같이 쓸모 있는 놈, 푸른 황새 파의 두목으로 두기는 아까워, 정식 무사로 승격을 시켜주겠다."

"고맙습니다."

대담무쌍한 그도 어마어마한 양의 금은 앞에서는 왠지 모르게 몸서리가 쳐지는 것이었다. 덮어놓고 땅바닥에 이마를 비벼 댔다. 그리고 고개를 들고 보니, 어느 틈엔가 시골의 늙은 선비 같은 노인 한 사람과 보기에도 기운차 보이는 젊은이가 말을 끌고 와서 돈 꾸러미를 무거운 듯 말안장에 싣고 있었다.

사랑채에서 아침을 먹었다. 오래 떨어져 있던 부자 노부테루와 유키스케는 아침식사 자리에서——밀담을 나누기에 여념이 없었다.

"그럼, 곧 기후로 가보겠습니다."

"응, 그렇게 해라."

거기서 나오자 유키스케는 바로 자기의 부하에게 종자와 말의 준비를 명했다.

기후는 그가 지키는 성이었으며, 귀국과 동시에 곧 그리로 갈 예정이었으나, 노부테루에게 사정이 있어 2, 3일 연기되고 있었다.

"실수가 없도록. 내일 밤 약속을."

노부테루는 유키스케가 거실로 작별 인사를 왔을 때, 몇 번이고 소곤소곤 다짐을 했다.

유키스케는 충분히 알고 있다는 표정으로 고개를 끄덕여 보였으나, 그 불타기 쉬운 눈동자의 젊음이 아버지의 눈에는 아직도 철없는 젖먹이를 생각나게 하는 듯 신신 당부를 했다.

"절대로 조심해라. 그리고 비밀리에 해야 한다. 그때가 될 때까지는 집안 사람들에게도, 비밀을 엄수하도록 해라."

그리고 나서 멀지도 않는 기후 성으로, 무슨 계획인지 황급히 출발시켰다.

그러나 다음 13일 저녁 노부테루의 계획이 무엇이었는지, 유키스케가 어째서 그 전날 기후 성으로 급행을 했는지 그 전모가 드러났다. 적어도 오가키 성내에만은 샅샅이 알려졌다.

돌연 출진명령이 내린 것이다. 부하장병들에게는 아닌 밤중에 홍두깨였다.

"이누야마 성으로"라는 명령이 떨어졌다.

물 끓듯 야단법석이 일어나고 신이 나서 소리 치는 젊은 무사들이 모여 있는 대기소에 갑옷의 가죽 끈을 매면서 나타난 한 대장은 사기에 찬 얼굴로 말했다.

"오늘밤 안으로 이누야마를 점령하는 거야."

강렬한 긴장은 안색까지 변하게 한다. 큰소리를 치는 자일수록 더하다. 그리고 이렇게 화급하게 출진명령이 내려진 경우에는 무장준비에 실수를 저지르기 쉽다.

주장 노부테루의 거실은 역시 조용했다.

차남 테루마사를 옆에 앉히고 갑옷 차림의 부자가 걸상에 앉아 축배를 들며 출문 시각을 기다리고 있었다.

그때 남아서 성을 지키기로 한 노신 다다쓰구가 물었다.

"주군, 출문 직전입니다. 그런데 하마터면 잊어버리실 뻔한 것이 있습니다…… 저 자들을 어떻게 처치하면 좋겠습니까?"

노부테루는 뭐야 하고, 생각이 나지 않는듯 되물었다.

"저자들이란……?"

"며칠 전 기소 강어귀 검문소에서 오사카 구로다 성으로 왔다가 돌아가는 사신이란 걸 알면서도 일부러 잡아둔 두 사람 말입니다."

"아. 그거……."

노부테루는 우스운 듯 웃으며 말했다.

"글쎄, 그대로 옥에다 내버려 두어서는 큰일이지. 지난날에는 아직 우리들의 거취가 불명했으므로, 뒷일 여하에 따라 이용해 볼 수 있는 인간이라 생각하고 옥에 가두어 두라고 명했지만, 요 며칠 사이 분주해서 그만 잊고 있었구나. 곧 놓아 주어야지."

"히데요시님 편을 드는 이상은."

"물론, 그런 우리가 히데요시의 세객을 까닭 없이 억류해 둔다는 것은 이치에 어긋나지. 그런데 그 두 사람의 성명은 무어라고 했지?"

"한 사람은 젠조스. 또 한 사람은 다케후지라 하더군요."

"그래, 그래. 그랬지. 특히 타국으로 파견될 세객으로 뽑힐 정도의 인물. 재치와 꾀와 말주변이 능란한 놈일 거야. 오사카로 돌아가서 앙갚음으로 우리들을 나쁘게 고자질을 하면 곤란해. 다다쓰구, 적당히 달래어 두게."

"알았습니다. 출진하신 뒤에 옥에서 꺼내 충분히 대접을 하고 검문소에서 잘못한 것이라고 사과를 해서, 뒤탈이 없도록 환대를 해 보내겠으니, 안심하십시오."

"음."

가볍게 대답을 하고 걸상에서 일어섰을 때, 출발 시각이 되어 일동 집합되어 있다는 전갈이 들어왔다.

당당히 출진을 선포하고 나설 경우라면 소라 나팔을 불고 기고(旗鼓)도

찬란하게 성 밑을 빠져 나가겠지만, 일부러 삼삼오오 기마병을 흩트리고 보병을 전후에 두어 기를 감고 화기를 감추며 출발한 것이다. 춘삼월 저녁은 희미하고 자욱했다. 무슨 일이 생겼나 하고, 거리의 사람들이 돌아다보아도, 확실한 출진이라고는 보이지 않았다.

오가키 성에서 떨어져서 30리, 기후 성 밖 아카네베 벌에서 "쉬엇……" 하는 명령을 내리고 뒤섞인 병력을 이곳에서 재집결 재정비했다. 그리고 야반 공복에 대비해서 미리 식사를 마치고, 다시 내일 아침의 한끼분을 각기 휴대하라고 명령했다.

"전투는 새벽, 순식간에 끝날 것이다. 귀진은 오래 걸리지 않는다. 가급적 가벼운 차림이 좋다. 휴대 양식도 많이 갖지 말라."

말에게도 물을 먹이고, 창, 총의 검사도 순식간, 노부테루의 주의는 세세하게 전달되었다.

잠시후 대오는 전진했다.

"푸른 황새의 산조는 아직도 달려오지 않느냐…… 모습이 보이지 않으니."

노부테루는 2, 3차례 그것을 좌우에 물었다. 무언가 고대하는 표정이었다. 대오의 앞뒤에 붙어 행동하고 있는 파수병들도 산조의 모습뿐 아니라, 전군의 촉각으로서 들을 가로지르는 밤새의 그림자까지도 놓치지 않겠다는 무시무시한 눈길을 보내면서 기소 강 상류를 목표로 급행군하는 기마보병을 따라 나아가고 있었다.

건달자식

그녀의 유모는 자기가 태어난 오노의 마을을 차마 떠날 수가 없어서, 이전에 누리던 생활은 꿈에 불과하다는 것을 잘 알면서도, 그래도 두메산골 오노의 한 구석에 봄에는 보리를 심고, 가을에는 누에고치를 따며 쓸쓸한 노후를 보내고 있었다.

"아가씨, 어젯밤에도 이 유모는 돌아가신 대감의 꿈을 꾸었지요…… 아주 걱정스런 표정을 하시고……."

유모 오사와는, 희미하게 턱밑만을 비추고 있는 기름 접시 곁에서 밤일로 누구의 것인지 남자의 누더기 같은 속옷을 깁고 있었다.

"또 그런 소리를 하지……."

오쓰의 대답은 혀를 차는 것과 같았다.

철없을 때부터 투정을 하고, 따르기도 하고, 보채기도 한 사람이었으므로 지금도 오쓰의 말투는 다른 사람을 대할 때와는 아주 다르다. 모습에서 말하는 태도까지 자연히 어릴 때로 돌아가는 것이었다.

"보기 싫은 할멈 같으니…… 걸핏하면 죽은 사람들 말만 한단 말야. 제가 말할 수 없는 건 모두 죽은 사람의 탓으로 해서 오쓰에게 다시 여승 암자로 가라는 거지. 그런 거 빤하게 알고 있어."

오쓰는, 버릇없이 골을 내보였다. 희미하게 불빛이 닿지 않는 찢어진 창가로 가서 일부러 시치미를 떼고 처마 끝에 걸린 으스름달을 턱을 괴고, 쳐다보면서.

유모의 눈에는 눈물이 괴었다. 바느질하던 손을 멈추고 있다.

오쓰가 갑자기, 더구나 한밤중에 이 오막집의 문을 두드린 뒤 벌써 며칠이나 지나갔을까. 헤어보면 6, 7일 밖에 되지 않지만, 퍽 오래 된 것 같이 느껴진다. 오쓰도, 유모의 눈물도.

왜냐하면 날마다 이렇게 같은 말만 주고받고 했기 때문이다. 오사와는 그녀가 이와테의 승방에서 말없이 뛰어나온 것에 '어처구니없는 행동'이니 '철없는 처사'니 하고만 말할 뿐, 조금도 하릴없는 일이었다고 체념을 하지 않는다. 지난 며칠 동안, 웃는 얼굴 하나 보여 주지 않는 것이다.

'이렇게 고집이 세고, 차가운 할멈은 없을 게다.'

오쓰까지도 의심을 했다. 그러나 그녀는 오사와의 달콤한 젖꼭지를 기억하고 있다. 고약한 할멈이라는 생각은 않는다.

유모 오사와의 남편은 죽고 없다. 오쓰를 이와테로 데리고 가, 먼 옛날의 연줄을 더듬어 쇼킨에게 교육을 부탁한 것은 그 남편이었다. 그리고 얼마 후, 재작년에 병으로 죽고 말았다.

'예전처럼 대해서는 안 되겠다.'

오사와는 오쓰의 모습을 본 순간 마음속에 다짐했다. 남편의 뜻을 생각하면 아니, 오쓰의 아버지인 오노 마사히데가 언제나 자기와 남편에게——"부탁하네. 만일의 경우에는 잘 부탁하네" 하고 입버릇처럼 그 자식을 염려해서 말한 유탁을 생각하면——안타까워도 마음을 단단히 먹어야겠다고 이를 악물고 웃는 낯을 감춰버렸다.

"할멈, 아무리 돌아가라, 돌아가라 해도 승방은 내 성격에 맞지 않아. 오쓰는 도회지로 나가고 싶거든. 안 된다고 막아도 꼭 가버릴 테니까."
"아가씨, 어느 틈에 그런 나쁜 사람이 되셨소, 이 유모도 아가씨의 아버님도 제 남편도 저 세상에서 눈물을 흘리며 한탄을 하고 계실 겁니다."
"호호호, 할멈, 저 세상이라니, 그런 세상은 아무데에도 없단말야. 그래서 승방은 더 싫거든."
"어머나, 어쩌면 그런 소리를. 부처님의 벌이 무섭지 않으세요?"
"무서운 것은 무식하게 사는 거야. 이런 세상에 무식을 가지고 떠돌아다니는 것처럼 무서운 것은 없어. 오쓰는 시골도 싫고, 시골 사람도 싫어. 왜냐면, 너무나 우둔해서 보고 있을 수가 없거든. 나는 도회지로 나가서 무사들에게 지지 않는 여자가 될 테야. 아무리 여자라 하지만, 그림, 노래 그 밖의 여러 학문에서 남보다 뛰어난 사람이 될 수 있는 길은 얼마든지 있을거야."

오쓰의 말투에 오기가 나타났다. 무인 딸로서 괴이한 일은 아니다. 그러나 지금 오사와에게는 아주 슬프게 들렸다. 유모가 믿고 있는 여자의 길——유모가 바라고 있는 여자의 행복——그것과는 너무나도 다르다.

집안이 몰락한 탓에, 오쓰의 성품이 불량스럽게 변해버린 것이라는 생각이 들자 오사와의 눈에 눈물이 고였다. 이곳뿐 아니라, 한번 전화를 치르고 나면 마을이나 거리에 많은 고아들이 생기고, 그들이 다시 도적 떼의 부하나 좀도둑, 방화범들로 변해, 늦여름의 파리 떼처럼 불어나간다고들 한다. ——현재 오쓰 아씨도 그렇게 되어 가고 있다.

이것도 다 전쟁의 후환이라 생각하니 저주스러웠다. 그런 무서운 전재를 이 어린 아가씨는 한 번도 아니고, 두 번씩이나 치렀다.

주인 사이토의 일족이 멸망한 후 오노의 저택은 노부나가쪽에서 몰수해 버리고, 오노 마사히데는 그 후 몇 년인가 노부나가를 따르다 전사했다. 그 틈을 타, 전부터 오다 노부나가에게 뿌리 깊은 숙원을 품고 있던 혼간사 조무래기 나가시마 일파에게 습격을 당해 이 지방에 있던 오다의 부하들은 대개 살육되었거나 불타 죽고 말았다.

그때 오쓰의 나이는 아직 5살, 오사와의 귀에 지금도 생생하게 남아 있는 것은 전화에 불타는 저택의 불길을 피해 도망친 암야의 산중에서 그 불길을 바라보며 어린 아씨가 아버지를 부르면서 밤새도록 울어 대던 그때의 목소리였다.

오사와의 남편인 헤키 오이는 혈로를 뚫고 아씨를 찾아내, 어버이 없고, 집도 없고, 의지할 곳도 없게 된 아씨를 유모 내외의 손으로 친자식처럼 길러 왔다. 그러다가 아씨의 나이 12살이 되었을 때, 오노 마사히데의 유자녀라는 말을 들은 노부나가가 가엾게 여겨 아즈치 성 내전의 애기시녀로서 데려간 것이, 아씨를 더 큰 불행에 빠뜨린 것이라며 오사와는 아직도 후회 하고 있다.

그렇듯 번성했던 아즈치 성도 얼마 안 가서 또 다시 전화에 휩쓸려 노부나가 일족의 최후는 마치 지옥의 한 장면과도 같았다. 아녀자들이 허둥지둥 도망치는 모습이 눈에 선하다. 15세의 아씨도 그 틈에 끼여 있었다. 아직 나이 어린 처녀의 몸으로 어떻게 도망쳐 나왔을까, 아씨는 어느 날 밤 이 오노 마을까지 유모의 집을 찾아 돌아왔다. 무엇을 물어보아도 그저 울기만 했다. 며칠 동안은 깊은 잠에 빠져 있다가, 가끔 헛소리마냥, 비명 소리를 질렀다.

전쟁이 끝난 산야에는 반드시 출몰하는 떠돌이 무사와 악질적인 촌사람들이 우글거린다. 그들에게 붙잡혀 몹쓸 짓을 당했는지도 모른다. 오사와는 잠든 아씨의 얼굴을 바라보며 눈물을 흘렸다. 생각해 보니 이리로 돌아왔을 때, 옥같이 흰 살이 멍과 상처로 인해 자줏빛으로 부어올라 있었다. 입고 있던 옷도 다 빼앗겼는지, 처녀의 수치를 겨우 감출 수 있을 정도의 헝겊조각을 가는 끈으로 잡아맨 모습이었다.

그러나, 남달리 강인한 성격을 지니고 있는 아가씨는 그 도중에서 당한, 평생을 두고도 잊을 수 없는 어마어마한 일들을 겪고도 입 밖에 내지 않았다. 오사와에게도 말한 적이 없다. 그러나 정신을 차려 자세히 살펴보면, 그 후의 아씨에게는 어딘지 달라진 점이 눈에 띈다. 성정(性情)이 완전히 변해 버린 것 같았다. 장래가 걱정될 만큼 무시무시한 징조가 싹트고 있다. 오사와의 남편 헤키 오오이는, 사냥으로 겨우 연명을 하고 있었는데, 연줄을 찾아 아씨를 쇼킨 스님에게 맡겼던 것이다.

"더 늦기 전에 승방에라도 들어가시게 하는 것이 평생을 위해서 좋겠다. 돌아가신 대감님도 안심하실 테고. 이대로 내버려 두었다간 어떤 악성의 여인으로 성장할지 장래가 걱정된다."

그러나, 쇼킨 스님도 오이가 살아 있을 때 편지를 보내, 오쓰는 도저히 오랫동안 승방에 남아 있을 성질이 아니라는 것을 알려 왔다.

"그 애에 대해서는 나도 끝끝내 책임을 질 수가 없다. 나 자신도 스승으로서 이끌어 갈 자격이 없다. 맡아 두기는 하지만 그저 아는 분의 딸이 잠시 와 있다는 정도로 해 두고 싶다. 그래도 좋다면."

그래도 그럭저럭 안정을 찾은 듯, 어느새 2년이 흘렀다. 이쯤 되었으면, 하고 근래에는 오사와도 안심을 하고 있던 차였다. 덩굴풀의 싹은 역시 덩굴풀로서 뻗어 왔다. 남편 오이가 살아 있었더라면——하는 생각이 들고, 또 아씨가 정말 자기의 피를 나눈 친딸이었더라면 이렇게 고집을 부리지 못하게 했을 텐데——하고 한층 슬픔에 잠기는 것이었다.

"아씨……."

그녀는 다시 생각을 고쳐먹고 달래 듯 말했다.

"오늘은 그만 주무세요. 내일이 되면 생각도 약간 달라지겠죠."

오사와는 언제까지나 창가에 붙어 서서 애를 먹이는 오쓰의 모습을 바라보았다.

"……."

오쓰는, 이제 대답도 하지 않았다.

봄달은 처마 끝을 떠나고 어딘가에 피어 있는 산 벚꽃의 향기가 풍겨 온다. 그녀의 젊은 피는 이 봄밤을 헛되게 보내고 있는 자신이 안타까워 몸부림쳤다.

답답한 노파, 그을음 투성이의 담벼락, 파묻혀 있는 것 같은 등잔불. 견딜 수 없는 동굴처럼 느껴진다. 이것이 나에게 주어진 숙명의 동굴이란 말인가. 그럴리 없다. 사람이 생명의 자유로운 삶을 찾는 것이 나쁘다는 법은 없다. 자기에게는 훌륭한 양친에게서 받은 혈통도 있다. 남보다 앞선 재능도 지니고 있다고 생각한다. 또 무엇보다도 자기는 아름다운 용모를 가지고 있다. 무엇 때문에 꽃도 피어 보지 못하고 봉오리째 차디찬 승방에서 지내지 않으면 안 되는가. 그곳을 벗어나자 또다시 이런 두메 오두막에서 잠을 자야 하는가. ——남의 탓은 아니다. 운명을 헤치고 나가라. 이처럼 희미한 창가에서 불평만을 생각하고 있어 보았자 누가 행운의 수레를 끌고 마중 나올 것인가.

"어머니, 어머니……벌써 잠을 자는 거요?"

그때 누군지 왈가닥 왈가닥 하고 문을 뒤흔들면서 법석을 떠는 자가 있었다.

"열어 줘요. 안 일어나는 거야. 어머니, 산조 아드님께서 돌아 오셨나이다

"······하하하. 안 열어 줘도 내집이니까 들어가고 말 테야."

상당히 취해 있는 모양이었다. 기분은 좋은 모양인데 된소리 안된 소리를 지껄이며 문을 두들겨 부수는 모양이었다. 망나니 아들이 돌아온 것이다. 오사와의 얼굴에 또 다른 하나의 고뇌가 겹쳐졌다. 아버지가 살아 있을 때부터 집에는 붙어 있지 않고 밖에서 무슨 짓을 하는지 언제나 술만 마시고 다니며, 그 어버이까지도 그의 직업을 잘 모르는 망나니 아들.

그것은 푸른 황새파의 산조였다.

"뭐야, 아직 안 자고 있으면서······."

산조는 화롯가에 버티고 앉아서 술 냄새를 피우며 말라비틀어진 어머니의 팔목을 잡아 당겼다.

"집어 치워요, 어머니. 썩어빠진 눈으로 바늘 귀를 주물러 보았자 무슨 수가 있어요. 혼노사의 단 하룻밤으로 이 세상은 발칵 뒤집어졌는데. 이놈 저놈 할 것 없이 큰 물결에 잠겨서 헐레벌떡 발버둥을 치고 있어. 고지식한 샌님들은 살아가지 못해. 그저 눈치 빠르게 뛰어 다녀야 돼. 배짱은 크게 머리는 빠르게, 한번 움켜쥔 줄을 놓아서는 못쓰지······어머니 망나니 아들이라도 때로는 효도도 해 보일 테니, 또 눈을 모로 뜨고 잔소리나 하지 마슈······."

어머니 무릎 앞에 산조는 금전을 한닢 쨍그렁하고 내던졌다.

그러나 오사와는 본 척도 하지 않았다. 도리어 눈에 눈물을 글썽거리며 바느질하는 손을 쉬지 않았다. 그것으로 현실적인 고생을 잊으려는 듯했다.

"넣어 두어요. 네? 어머니, 그대신 술이 있죠. ······어디 있죠, 술은?"

산조가 일어서려고 하자, 오사와는 비로소 사나운 눈초리를 아들에게 돌리며 말했다.

"얘, 불단이 보이지 않느냐."

산조는 코웃음을 치며 말했다.

"죽은 아버지를 내세울게 뭐야? 살아있을 때나 아버지지. 어머니도 고지식하기 짝이 없지만 아버지도 세상 물정을 모르기로는 첫째 갔을 거야. 도무지 융통성이 없는 인간이었지······그에 반해 이 산조는 아비완 다른 훌륭한 녀석이라고 어제도 이케다 노부테루께서 직접 칭찬하셨거든. 그리고 오늘밤 일이 잘되면 무사로 승격시켜 주겠다고 하셨어."

무언지, 아주 신이 나는 모양이다. 남에게는 극비지만 어머니한테는 말해도 상관이 없다. 저 혼자 이렇게 중얼거리고 나서 자랑삼아 떠들어 대는 것이었다.

"세상 놈들은 오가키 성의 푸른 황새라고 하면 성의 청소부가 아니면 잡역부인 줄 알고 바보 취급하고 업신여기지만 같은 푸른 황새파에게도 칼을 한 자루 차고 있는 패와 아무것도 모르고 노동만 하는 패, 두 가지가 있거든. 나는 이래 봬도 성에서 특별한 수당을 받고 첩보(밀정)도 하고, 첩자도 하거든. 더구나 그 두목이지. 요전 이세 가도에서 죽은 이누야마 성의 나카가와 간에몬을 죽인 것도 사실은 이 산조님이거든…… 그에 계속해서 어제 낮부터 밤에 걸쳐 말에다 천 냥이나 되는 돈궤를 싣고 창고 관리 두 사람과 노신 한 분과 이렇게 지껄이고 있는 나하고 네 사람이 그 황금을 하나 남김없이 이누야마 성 밑에 있는 놈들에게 뿌려 주려고 갔었으니 얼마나 호화스러우냐 말야. 그것도 단 하루 반 사이에 뿌려 버렸거든."

마치 자기 돈이라도 뿌려 버린 것처럼 코를 벌름거리며 말을 이었다.

"이누야마 성의 무사들은 주인이 변사를 했으니, 그 뒤처리와 장례식에 정신을 잃고 있거든. 그 틈을 타 이케다의 노신과 나는 성하의 백성, 거리의 떠돌이 무사, 그리고 성의 하급 무사들 중에서 똑똑한 녀석들을 골라서 돈을 쥐어 주며 다녔지. 물론 그냥 주는 것은 아니지. 이쪽 계략을 승낙받은 뒤에 말이지만……."

지독한 주정뱅이도 목이 말라진 모양이다. 별안간 부엌으로 내려가, 대통 국자로 물을 퍼서 벌컥벌컥 소리를 내며 들이켜고 돌아왔다.

"아니? ……."

그때야 비로소 산조는 어두컴컴한 창가에 팔목을 짚고 이쪽을 보고 있는 오쓰의 모습을 알아본 모양이다.

"사람이 있었다니, 누구냐 넌…… ?"

그렇게 말하며 다가갔다.

주정꾼의 만일의 행패를 염려하여 그녀는 재빠르게 앉아 버렸다. 산조의 두 눈은 물끄러미 달빛이 새어드는 죽창문의 으스름한 빛으로 그녀를 보다가 저도 모르게 술이 깨는 듯 말했다.

"으음…… 이건 놀랐는데, 아주 예뻐지셨군요. 오쓰 아씨죠? 당신은."

"네. 산조도 잊어버리지 않았군요."

"잊을 리가 있나요. 너무나도 달라지셔서 못 알아보겠는데요."

"어떻게 달라졌죠?"

"글쎄 뭐라고 하면 좋을까…… 아주 색시티가 물씬 풍기는데……."

"그야 저도 많이 자란 걸요."

"그렇지, 자라지 못하는 건 우리 어머니뿐…… 하하하…… 그런데 오쓰님, 뭣 하러 이런데 왔죠?"

"도회지로 나가 보려고요."

"도회지로…… 문제될 건 전혀 없죠. 어머니는 뭐라고 했죠?"

"승방으로 돌아가라고만 하고, 제 맘은 조금도 몰라준답니다."

"아깝지, 아까와."

산조는 설레설레 고개를 세게 흔들고 나자, 순간 진실한 눈동자를 빛냈다. 그리고 단번에 깨어버린 술기운의 여운 속에서 은근히 생각한다.──이런 천사를 들판에서 헤매게 하지 않고 내 마누라로 삼을 수는 없을까. 삼아도 이상하지는 않을 것이다, 하고.

그래서 그는 그녀의 희망을 낚싯줄에다 걸었다. 어머니가 있어서는 귀찮다. 잠깐 이야기할 것이 있으니 밖으로 나와 주었으면. 뭐 당신은 옛날 주인의 아씨이니, 할멈 눈치를 볼 필요는 없지 않은가. 밖은 으스름달. 밤 벚꽃 밑에서 천천히 의논을 하자──이런 식으로 말이다.

오쓰가 그 유혹에 넘어가 망나니 아들과 함께 문 밖으로 나가니, 오사와는 맨발로 뛰어나와 그 소매 자락을 잡고 늘어졌다.

"왜 이래, 새장에 갇힌 새도 아닌데, 이렇게 다 자란 아씨를 자기 맘대로 해보려고 버둥거리는 어머니가 억지란 것을 알아야지. 늙은이는 먼저 잠이나 자요. 곧 돌아올 테니까."

강제로 오사와의 손을 잡아떼고, 산조는 밖에서 문을 닫아 버렸다.

"아니 쫓아오는군. 오쓰 아씨 달립시다."

어디로 하고 물을 겨를도 없이 그저 산조가 뛰기에 그녀도 달렸다.

오노 마을에는 밤안개가 끼기 시작했다. 갑자기 그녀의 이성이 움직였다. 마을에서 너무 떨어져서는 안 되겠다는 생각이 들었다.

"산조, 이제 괜찮겠죠."

"응, 이제 됐어. 헌데 내친 걸음야. 한 두어 마장 더 가 봅시다."

"……그럼. 어디?"

"바로 저기는 나가라 강의 강벌이에요, 이나바 산이 보이죠?"

"응, 그래, 어릴 때, 산조하고 곧잘 놀러 왔었죠."

산조는 온몸이 불덩이처럼 달아오르는, 지금껏 경험해 보지 못한 흥분에 쌓여 자신의 뜻대로 될 것이라는 예감에 신이 났다.

나가라 강 벌판으로 나왔다. 오쓰는 쉴 곳을 찾아 둘러보았다. 그러자 벌써 산조는 배다리를 건너고 있었다. 오쓰는 쫓아가서 물었다.

"산조, 어디까지 가는 거죠?"

"건너요, 이런 밤 걷는 것도 좋지 않겠어요?"

"그러나 무작정 걷는 것도……."

"알고 있어요. 교토로 나가고 싶은 거죠. 그러니까, 잠자코 따라 오란 말예요. 세상이 재미없어서 뒤틀린 체하고 지내지만, 산조도 헤키 오이의 아들입니다. 옛 주인 아씨의 부탁을 받고 소홀히 여기겠습니까? 이렇게 걸으면서도 제가 직접 모시고 교토로 올라갈 방법을 여러 모로 생각을 하고 있거든요."

"그대가 데려다 주겠어요? 저에게는 도중의 여비도 없고, 아는 사람도 없고, 거기다 후와에서부터 산으로 이어지는 길이며 고슈 가도에는 떠돌이 무사들과 나쁜 인간들이 많아서 재작년 아즈치 성이 함락되어 그곳을 헤맬 때 어찌나 혼이 났는지 지금도 혼자서 교토까지 갈 생각을 하니 겁부터 나서……."

"뭐 며칠씩 걸리는 여행도 아니고 제가 따라가면 문제없죠…… 그런데 곤란한 일은 이 산조에게는 내일 아침 묘시(오전 6시)까지는 목을 걸고 덤벼야 할 중대한 일이 있어 그걸 보기 좋게 해 내지 않고서는 이 몸은 어디로도 움직일 수가 없어서."

"하지만 그대는 한가하게 술을 마시고, 또 이렇게 어슬렁대고 있지 않아요."

"천만에……."

산조는 아주 거만스럽게 고개를 번쩍 쳐들고 말했다.

"한 잔 들이켠 것은 우선 최초의 이누야마 성 잠입과 푸짐한 황금의 힘으로 시각을 다투어 인간들을 매수하는 거창한 임무가 그럭저럭 뜻대로 되고, 나머지는 오늘밤 해시(오후 10시)에 그 보고를 노부테루님께 틀림없이 전해야 하는 임무만이 하나 남게 되므로……그러려면 아직도 시간의 여유가 있거든요. 술집에서 한 잔 하고, 어디, 어머니를 한번 놀라게 해

줄까 하고 집에 들른 거죠."

그러는 동안 배다리도 건너고, 길은 이나바 산 뒤꼍에 있는 히노에서 후루이치바로 통하는 고갯길로 접어들고 있었다.

여기까지 오는 동안의 이야기로, 어제 오늘 산조가 노부테루의 밀령을 띠고 무사들과 함께 이누야마 성으로 들어가 무엇을 암약하고 있었는지 오쓰의 상상에도 명확하게 비추어졌다.

아니, 산조는 그녀에게 숨기려 들지 않았다. 도리어 샅샅이 알려서 자기가 얼마나 활동력이 있는 믿음직스런 사나이라는 것을 인정시키려고 애를 쓸 정도였다.

그 이누야마 성 잠행의 책동은 노부테루의 예측 이상으로 만사 계획대로 진행되었다. 산조의 또 하나의 소임은 오늘밤 오가키 성에서 이누야마 성으로의 가도를 급행군해 오는 노부테루의 말 앞에 그 일의 성공을 보고하는 것이다.

"계획대로 들어맞아 순조롭게 진행, 만반 내응의 준비는 되어 있습니다. 저와 동행한 노신과 다른 두 사람은 아직도 성 밑에 잠복, 이쪽 군대의 도착을 기다리고 있으므로 염려마시고 이누야마 성으로 진격하시기를."

이렇게 보고를 끝내면 이번 일은 끝나는 것이었다.

"그것도 기껏해야 내일 아침까지 참으면 돼요. 네, 아씨, 여기서 기다려 주세요. 이미 계획은 서 있으니, 이누야마 성은 날이 새기도 전에 함락될 겁니다. 그리고, 노부테루님이 돌아가시는 것을 마중 나가 있다가, 수고했다며 산조와 약속한 상을 주시거든 곧 그길로 교토까지 모시고 가겠습니다. 저도 큰일을 한 끝이라 한가하게 교토 구경도 할겸······."

고개 위 적당한 지점에 앉아, 산조는 연방 오쓰의 마음을 설레게 했다. 자기도 나머지 일을 끝내기 위해서 바로 산기슭 가도로 나가 노부테루의 군대가 오는 것을 기다린다. 그리고 내일 아침 묘시까지는 반드시 이리로 돌아올 테니 여기 불당 마루에서라도 잠을 자며 기다려 달라는 것이다.

오쓰의 양미간에는 망설임이 없었다.

그렇다고 그의 말을 곧이듣고 자기 꿈에 취해 있는 것 같지도 않았다. 약간 냉정한 기운이 돌긴 하나, 언제나 이성과 재치 있는 판단을 담고 있는 아름다운 눈, 그것이 그녀의 마음에 잔물결 치고 있는 것을 반영하고 있다.

"네······ 기다리고 있겠어요."

고개를 끄덕였다. 그것을 고비로, 산조는 곧 일어나 산신당인지 무엇인지의 낡은 처마 밑으로 그녀를 데리고 가, 이곳에서 떠나지 말라고 다시금 신신 당부를 했다.
"이런, 밤이 깊었구나, 이건 너무 시간이 지체된 것 같은데. 그럼 알았죠? 오쓰 아씨, 약속을 어기면 산조는 평생 원망하겠어요. 꼭 기다려 주어요. 내일 아침까지."
그곳을 떠나자, 달리는 산조는 마치 허공을 나는 것 같았다.
산기슭에서 가가미 벌로 나가 서쪽에서 동쪽으로 곧게 뻗은 이누야마 가도를 이쪽저쪽 바라보았다.
"분간이 안가는데, 이곳을 지나갔을까……아직일까?"
저편에 농가의 불이 보인다. 뒤쪽 문으로 다가가 산조가 묻는다.
"아저씨, 조금 전 말과 무사들이 이곳을 지나가지 않았나요?"
외양간에서 소의 울음소리가 들렸다. 누군가가 돌아다보고 있다. 소가 대답하는 것같이 들렸다.
"글쎄 지나간 것 같기도 한데 뭣이었더라 아주 빨라 잘 모르겠는데 동쪽에서 무척 많은 사람이 달리기는 달린 것 같아."
그 농군의 마누라인지 다른 여자의 목소리가 또 말했다.
"그것보다 더 많았지, 아직 환할 때 말야. 배를 20척 30척 씩 우차에 싣고 동쪽으로 갔는데 고기잡이배로는 아직 이르고, 이누야마 성에 무슨 축제라도 있나요?"
산조는 야단났구나 싶어 몸을 돌이키며 대답인지 자신에 대한 질타인지 분간키 어려운 소리로 말했다.
"음, 축제지. 이누야마 성은 피의 축제고, 잘못 하면 나도 마지막 축제가 되겠지."
산조는 이누야마 가도의 동쪽으로 힘껏 달렸다. 으스름한 달빛, 밤안개 자욱한 길, 벌써 초경은 지나고 있었다.

이누야마 함락

 이누야마의 거리 이누야마 성은 바로 강 건너에 있었다. 가로막고 있는 한 줄기 강은 말할 나위도 없는 기소 강의 상류이다. 바위를 치는 물소리와 여울에서 맴도는 물소리는 들리지만 깊은 수증기에 싸여 달도, 산도, 물도 마치 운무 속에 들어 있는 것 같았다. 오직 몇 개의 물에 젖은 등불이 건너편 강가의 높고 낮은 곳에 번져서 바라보일 뿐이었다.
 "모두들 말에서 내려라. 그리고 말을 한 곳에 모아서 매 두어라."
 노부테루 자신도 말에서 내려 강을 앞에 두고 걸상에 걸터앉았다.
 3, 40명의 근위무장은 곧 주인을 따라 말에서 내려 걸었고, 뒤따라 이곳에 도착한 자들도 말을 맡기고 다 홀가분한 차림으로 강가에 늘어섰다.
 "오오, 시각을 어기지 않고 기이노카미님의 군대가 저기……."
 그 중의 사람들이 손가락질했다. 노부테루는 발돋움을 하고 상류 강 벌판 쪽으로 눈길을 모으면서 잰말로 불렀다.
 "파수병, 파수병."
 바로 달려 돌아온 파수병 한 사람이, 틀림없습니다, 하고 보고를 끝낸 후 얼마 안 되어 총 인원수 4, 5백 명의 한 부대가 약 6백 여명의 노부테루 군과 합세하자, 대략 천여 명의 인파가 고기 떼와 같이 얽혀 움직였다.

푸른 황새 산조는 가까스로 그 시각에 맞춰 도착했다. 배후의 눈으로 뒤쪽을 지켜보던 파수병은 산조를 창으로 에워싼 채 노부테루의 걸상 앞으로 끌고 왔다.

노부테루는 산조에게 아무런 잡소리도 못하게 하고, 요점만을 듣고 곧 눈에 거슬리는 자를 쫓아내듯 가라고 턱을 흔들었다.

그때 이미 이쪽저쪽의 물가에서는 바닥이 넓적한 고기잡이배가 강물을 건너기 시작했다. 거기에는 수북수북 경장으로 무장한 군사가 몸을 숙이고 줄지어 건너편 강가로 뛰어오르고 배는 다시 삿대를 돌려 다시 군대를 싣고 간다. 빨랐다. 눈 깜짝할 사이였다. 잠시 후 건너편 강가에서 이누야마 성과 근처에서 밤하늘을 흔드는 함성이 한꺼번에 와 하고 일어났다. 순간 습기가 그득한 밤하늘의 일각이 훤하게 붉어지고 성하 거리 위는 반짝반짝 빛나며 흩날리는 불똥으로 뒤덮였다.

성 안에도 우왕좌왕 떠드는 소리가 가득 찼다. 그러나 그것은 당황한 혼란의 함성에 지나지 않는다. 또 도망치는 자기편을 질타하는 외침에 지나지 않았다. 유독 성주 나카가와의 숙부만은 허둥댐이 없이 침착했다.

"상중(喪中)인 것을 노리고 비탄의 허를 찔러서 밤에 내습하는 비겁한 적은 어떤 놈이냐?"

그는 성벽 위에 올라서서 재치 있게 창을 휘둘러서 걸리는 자를 찔러 죽이고 자신도 만신에 창상을 입고 뒷날 기억에 남을 만한 장렬한 죽음을 보였다.

노부테루의 계책은 적중했다. 이누야마 성은, 손에 침 칠할 새도 없이, 겨우 1시간쯤 지나서 함락되고 말았다.

불의에 습격을 받은 성병들을 한층 더 혼란에 빠뜨린 것은 적과 내통한 배반자들이었다. 그것이 이 성을 이처럼 단시간에 함락시킨 원인의 하나이기는 하지만, 그보다 더 큰 이유는 원래 이누야마 성은 그 전에 노부테루가 성주로 있던 적이 있어 성민들이나 주변 지역의 장, 농부에 이르기까지 아직도 전의 성주를 사모하고 있었던 것이다.

하여튼 노부테루는 히데요시에게 가담을 약속한 첫 행동으로 아직 히데요시로부터 아무런 재촉이나 명령도 받지 않았음에도 가담 제1보의 증거를 이누야마 성 공략이란 공으로써 서군에게 과시했다. 또 이것을 노부오와 이에야스에 대한 대답으로 삼았다.

동이 틀 무렵에는 성 안의 사람은 모조리 노부테루의 가신으로 바뀌고 앞으로의 수비는 이나바 잇테쓰에게 부탁하고 노부테루 부자는 이미 근위 수십기를 이끌고 어제 저녁과는 반대 길을 따라 기후로 되돌아가고 있었다.

습격과 철수가 마치 밀려드는 물결같이 빨랐다. 철수할 때는 성 안에서 흩어진 나카가와의 패잔병들의 잠복으로 만일의 변이 있을가 염려해 도중의 고구치, 가쿠덴 등 부락을 불태워 버리며 회군했다.

몰락 과정에 있는 명문의 신변에는 곧잘 복잡한 인물이 끼어드는 법이다.

앞을 내다보는 자, 경박한 자, 직언충고가 용납되지 않는 비분 강개자 등은, 깨끗하게 그 주위에서 떨어져 나간다. 또 지세에 예민한 자는 자기에게는 퇴세를 만회할 재주와 힘이 없다고 보고, 어느 사이엔가 떨어져 나간다.

남는 자는 이곳을 떠나서는 별다른 생활을 할 수 없고, 자립할 능력도 없는 자나, 그렇지 않으면 영고, 생사, 희비를 같이 하여 끝까지 주종의 도리를 지키려는 참된 충신뿐이다.

그런데 누가 그런 성실한 인사인지 누가 비겁한 편중자인지 누가 이용만을 위해 붙어 있는 사람인지 그것을 쉽게 분간할 수가 없다.

각각 제 나름대로 이런 무리들 중에서는 위장된 태도를 취하는데 허실의 교묘를 다하기 때문이다. 그 속에서 주인으로 있어 그것을 옳게 식별할 수 있는 중심 있는 자라면 아무리 2대째, 3대째라도 단시일에 몰락에서 소멸로 가는 인위적인 운명을 자진해서 재촉하는 짓은 하지 않을 것이다.

권력자에 기생하는 무리라 해도 도쿠가와 이에야스라면 상황은 아주 딴판이 된다. 무엇이 세상인지도 잘 모르는, 그야말로 입에서 젖내가 가시지 않은 노부오와는 도저히 함께 취급할 도리가 없는 것이다.

노부오에게 유형 무형의 명문적 유산이 있어 그것이 꼭 필요하지만 이쪽에서 손을 내미는 것이 아니고, 그로 하여금 매달리고 달라붙게 해서 자기 손아귀에 쥐어 자기 것으로 만들어 버린다. 그 정도의 인간적 차이가 있다.

"이건 정말 희귀한 대접입니다. 중장(기타바타케 노부오) 영감. 이제 그만하고 식사를 들겠습니다. 원래 가난하게 자란 이에야스인지라 오늘 밤의 호화스런 요리에는 그저 혀와 위가 놀랄 뿐입니다. 저도 모르게 과식을 했군요."

말 그대로 이에야스는 대접 공세를 받고 있었다.

13일——기요스에 도착한 날 밤이다. 한낮, 기요스에 도착하자 바로 성외 사원에서 노부오의 마중을 받아, 수시간의 밀담을 나눈 뒤, 성내 객전에 들어와서의 저녁식사 대접이었다.

일찍이 중원에 대해서는 노부나가의 변이 있었을 때에는 물론 오늘까지 쉽게 움직이는 일이 없던 이에야스가 자기를 위해 마침내 오카자키를 떠나, 더구나 다년 축적된 도쿠가와 집안의 전력을 걸고 직접 기요스까지 말을 몰아온 것이었다. 노부오로서는 이 사람을 흠모하고 감격의 눈으로 우러러보지 않을 수가 없다. 망부는 좋은 친구를 남겨 주었다. 그렇게 생각하지 않을 수 없었다. 이 사람이야말로 진정 의리를 중시하고 정의에 두텁고, 약한 자를 돕고 강한 자에게 굴하지 않는 정의와 의협의 무사라고 할 것이다. 모든 환대의 노고도 향연의 미도, 노부오는 온 정성을 다 쏟았다.

그러나 이에야스의 눈으로 볼 때에는 정말 그 전부가 다 어린애 장난, 오직 딱하다는 생각만이 들 뿐이었다. 일찍이 이에야스가 이 아들의 아버지 노부나가의 고슈 싸움에서 개선하고 돌아와, 후지 산 구경을 빙자해 도중 7일간의 환대를 받았던 때의 규모와 비교해 보면 오늘 저녁의 빈약함을 딱하게 여기지 않을 수가 없었다.

그것은 물질의 많고 적음을 따지자는 것이 아니다. 물질의 활용을 말하는 것이다. 물건 하나 살려 쓸줄 모르는 노부오를 생각하니 곁에서 공연히 감언 추종만을 일삼고 술잔 틈에서 서성대고 있는 그의 가신들이 사람으로서 완전히 쓰여지고 있지 않다는 점이 명료했다.

그 노부오가 아무리 저쪽에서 먼저 손을 댔다고는 하지만 하필이면 히데요시를 상대로 사단을 일으켜, 히데요시에게 한 개의 구실을 주어 싸움을 시작한 것이므로 그것만으로도 노부나가가 죽은 후의 이 명문 혈족의 단절도 이미 멀지 않다는 느낌이 드는 것이었다.

딱하다고 볼 수밖에 다른 도리가 없다. 이에야스는 동정을 느낀다. 그러나 그는 당연히 망할 소질이 있는 자가 망해 버리는 것을, 인간이 죽어야 할 때는 죽는 것과 다를바 없다고 여기는 사나이였다.

자기라고 해서 예외라고는 생각하지 않고 있다. 자기도 그처럼 부덕 비재하여 난국에 많은 것을 포섭하고 설 수 없는 재질이라면 곧 망해 버릴 것이라고 언제나 자기 자신에게 타이르고 있을 정도인 것이다.

따라서 그는 이런 호화스런 잔치 속에서도 서글픔을 느끼고 동정심을 가져도, 이 일개 명문의 팔삭둥이를 자기의 손아귀에 넣고 완전히 이용해 보려는 저의에는 아무런 모순도 양심의 망설임도 느끼지 않았다.

왜냐하면 명문의 여망과 유산을 지닌 유족 중 어리석은 자만큼 환란의 불씨가 되기 쉬운 것은 없기 때문이다. 이용가치가 높으면 높을수록 그것은 위험한 존재라 할 수 있다. 그들은 끊임없이 주위에 희생자를 만들고 사건을 일으켜 서민의 참극을 야기시켜 마지않는다.

모르면 몰라도 히데요시도 그것을 생각하고 있는 것이다. 그러나 히데요시는 그것을 자기 목적의 방해물로서 노부오를 처치해 버릴 것을 생각하고 이에야스는 보다 원대한 야망으로서의 일보를 굳히기 위해 노부오를 활용하려고 생각하고 있다. 이렇게 상반되는 2개의 노부오관은 히데요시나 이에야스도 목적의 근거는 같지만 그 책략에 있어서 대립되는 형태를 나타내는 것이었다.

그러므로 만약 이것이 반대로 이에야스가 노부오를 제거하려는 술책이 먼저였다면 히데요시는 감연히 노부오를 돕는 입장으로 돌았을 것이다.

하여간 노부오는 꼭두각시에 지나지 않는다. 어느 쪽으로 굴러도 스스로가 노부나가의 육친이라는 과거를 버리고 보통 인간으로서 만족하지 않는 한, 그의 비운은 숙명이 될 수밖에 없었다. 그것을 깨닫지 못하는 것도 이에야스가 딱하게 느끼고 있는 것 중 하나다. 좀더 일반적인 견해로 말하자면 이에야스와 같은, 히데요시와 같은 인물이 때를 같이 해서 동서에 병립한 시대에 그가 놓여진 일, 그 자체가 이미 약속된 불운아의 운명이라고 할 수 있다. 더구나 그는 그 이에야스라는 것을 둘도 없는 동정자, 이해자, 절대적인 자기편이라고 믿어 의심치 않는 것이었다.

"천만예요, 잔치는 이제부터입니다. 피로 하시겠지만 노부오가 진심으로 대접해 드리는 요리입니다. 도쿠가와님께 보이는 경의와 신뢰를 가득 담은 것이라 생각하시고 잡수실 수 없으실 때는 구경이라도 해 주십시오…… 그윽한 봄날 밤, 아직 침소로 드시는 것은 너무나도 섭섭합니다."

노부오로서는 접대에 최선을 다하려는 생각이었다. 그러나, 이곳이 아니더라도 이에야스는 연회에는 흥미를 느끼지 않는 성질이다. 평상시 손님이나 부하를 위해 그가 주최하는 주연도 그에게는 의무에 지나지 않았다.

"아니 중장님, 주군께서는 이제 술은 더 못하십니다. 많이 취하셨습니다.

잔은 저희들에게."

곁에 배석하고 있던 사카이, 오쿠다이라, 혼다 등은 주인이 하품을 참고 있는 것을 눈치 채고 노부오의 도가 지나친 호의를 이렇게 막으려고 했다.

그러나, 노부오는 아직도 주빈의 권태증을 눈치 채지 못한다. 주빈의 졸린 듯한 모습은 그의 얼토당토 않는 노력과 염려로 변해 갔다. 그가 가신에게 무엇인가 속삭이자 홀연 정면의 큰 장지문이 열리고 2차의 대접으로, 희극 배우가 악기를 들고 분장을 하고 기다리고 있다가 곧 재주를 보이기 시작했다.

이에야스로서는 늘 보는 것이었다. 그러나 그는 참을성 있게 지켜보다가 때로는 몹시 재미가 난다는 듯 웃기도 하고 박수도 치곤 했다.

그의 측신들은 그것이 끝나자 이에야스의 소매를 끌며 이제 침소로 드시라고 슬쩍 신호를 했으나, 그럴 틈도 없이 다음 순간에는 거창한 반주와 함께 한 사람의 익살쟁이가 나와서 수다를 늘어놓기 시작했다.

"지금부터 오늘 저녁 귀빈을 위해 근래 도회지에서는 물론 시골 구석구석까지 소문이 퍼진 오쿠니 가부키를 보여드리겠습니다. 이 오쿠니 가부키라의 유래는……"

무당의 춤에 새멋을 가미하고 거기다 종래의 춤을 섞어, 재미있고 우습게 엮어서 각 지방을 순회한 것이 크게 환영을 받아 교토에서는 지난 해 요조강 벌판에서 흥행을 해 연일 대만원을 이루고——등등 이 신흥 가극의 소개를 한바탕 늘어놓고, 그 사나이가 막 뒤로 사라지자 몇 사람의 미인이 나와 춤을 추고 노래를 불러 사랑의 줄거리가 고조되었을 때 평판 있는 오쿠니라는 주역이 나타났다.

피비린내 나는 세상의 일면에 농염한 관능적 육욕주의를 구가하는 꽃밭이 어떻게 피었는가 의심스러울 정도로 주역의 움직임은 참을 수 없는 공기를 자아내 언제나 거칠기 짝이 없는 무사들을 황홀하게 만들었다.

그리고 같은 자리에 있는 원작자 중에는 상당히 지성 있는 재인이 있는 모양으로, 근년 서쪽 영주들 사이에 유행되고 있다는 예수교의 성가곡 한 소절과 미사의 노래 등도 교묘하게 가미되어 있었다. 교회에서 쓰이는 비올라와 비슷한 악기도 있고 의상도 최신 유행의 현란한 서구풍 도안이 수놓아지고 꾸며져 재래의 일본 의상과 조화를 이루고 있었다.

"아닌 게 아니라, 이것은 교토나 다른 영내에서 한번 보기만 하면 누구나 칭찬을 하겠는데."
　모두들 감탄하고, 모두들 도취되었다. 범속을 즐기는 데는 대장이나 무사, 평민이 따로 없다. 더구나 이 가극의 골자에는 시세에 눌려 막혀 있는 인간 본능의 육욕 세계가 연무의 주재가 되어 있었다. 또 무로마치 시대부터 이어 온 인간 무상관념과 체념의 생활, 내세주의에서 단숨에 탈피하여 극단적인 인간의 현세주의를 노래와 춤으로써 표현하고 있다. 그 점이 서민의 마음을 사로잡는 커다란 요인으로 작용하고 있다.
　"이것은 히데요시의 인품이 만들어 낸 것의 하나로구나."
　이에야스는 이렇게 생각했다. 히데요시 식 정치는 이전의 노부나가식 강압주의를 일변시키고, 무로마치 시대를 지배하던 암울한 분위기를 급변시켰다. 민감한 서민 본능은 강압이나 암울함이 뒤덮고 있는 동안에는, 음성적으로 나타내는 경우는 있지만 결코 양성적으로는 않는 법이다. 이 새로운 가극이 서쪽에서 생겨 교토에서 유행하고 동해 방면에까지 파급돼 온 것도, 형태를 달리한 히데요시 공세의 침투의 하나라 보지 않을 수 없다──그렇게 이에야스는 생각하고 있었다.
　"중장님, 주군께서는 이제 졸립다고 하십니다만."
　오쿠니에 얼이 빠져 있는 노부오에게 도쿠가와의 가신인 오쿠다이라가 노골적으로 말했다.
　"뭐, 졸리서?"
　노부오는 갑자기 죄송스러움을 느끼고는 당황하여 직접 침전 앞 복도까지 배웅했다. 오쿠니 가부키는 아직도 끝이 나지 않았으므로 그 후에도 계속 음곡의 현악기와 피리, 북 소리가 멀리 들려 왔다.
　이튿날 아침, 노부오로서는 특별히 일찍 일어나 객실로 가보니 이에야스는 이미 벌써 일어나 아침의 상쾌한 표정으로 부하 신하들과 잡담을 하고 있었다. "아침 식사는?" 하고 자기집 사람에게 물으니 역시 벌써 끝냈다고 하므로 노부오는 다소 부끄러운 생각이 들었다.
　그때 뜰지기 병사와 망대 위에서 파수를 보던 자가 저쪽에서 무엇인지 큰 소리를 치고 있는 듯했다. 이에야스와 노부오도 그것을 보고, 잠시 묵묵히 서 있는 곳으로 부하 한 사람이 일대 이변을 알려왔다.
　"지금 바로 망대의 파수병이 알려 왔습니다. 서북방 쪽 먼 하늘에 아까부터 검은 연기가 치솟는 것이 보여 처음에는 산불이 아닌가 했습니다만, 점

화가 장소를 바꾸고 또 그것이 몇 줄기로 바뀌어 올라오는 모양을 보면, 보통 일이 아닌 것 같다고 알려 왔습니다."

"뭐, 서쪽 멀리에서?"

노부오는 고개를 갸웃거렸다. 동남쪽이라면 이세, 기타 전장터가 떠오르겠지만, 모르겠다는 의아한 표정이었다.

이에야스는 그 전전날 나카가와가 변사했다는 소식을 듣고, 그것이 어쩐지 그 보고대로 납득이 가지 않던 참이었으므로, 곧 이렇게 물었다.

"그건 이누야마 성 쪽이 아닌가."

그리고, 대답도 기다리지 않고 다시 자기의 부하에게 명했다.

"구하치로, 확인하고 오라."

사카키바라, 오스가, 오쿠다이라 등이 노부오의 부하들과 함께 큰 복도를 줄달음질쳐 망대로 올라갔다.

"아니, 저 연기는 정녕코 하구로, 아니면 가쿠덴이나 이누야마 성인데 하여튼 그 근처가 틀림없다."

거기서 달려 내려오는 사람들의 말소리는 벌써 이변의 돌발을 전하고 있었다. 객실로 돌아와 보니, 이에야스가 보이지 않는다. 그는 다른 방에서 부리나케 갑옷으로 갈아 입고 있었다.

소란스런 성안은 마치 물이 끓는 것과 같았다. 성밖 광장에서는 소라나팔 소리가 들리고 미처 무장도 못하고 달려온 무사들의 태반은 이미 그곳에서 이에야스의 모습을 보지 못했다.

이에야스는 불길이 오르는 쪽이 이누야마 성이라는 것을 알고 나자 한 마디, "실수했구나" 하고 외치고는 여느 때에 보지 못했던 성급함을 보였다.

선두에서 말에 채찍을 가해 서북쪽 연기를 향해 달렸다. 그의 부하들도 이를 악물고 뒤쫓았다.

기요스에서 고마키까지 15리——고마키에서 가쿠덴까지 5리——가쿠덴에서 하구로까지 역시 5리, 그리고 하구로에서 이누야마 성까지도 5리.

고마키까지 오자 이미 전모는 드러났다. 오늘 새벽 순식간에 이누야마 성이 탈취당했다 한다. 이에야스는 고마키와 가쿠덴 중간 지점에 말을 세우고 하구로, 이누야마 성 부근에서 오르고 있는 몇 줄기의 연기를 응시하면서 통탄했다.

"늦었다. 이 이에야스가 이런 실수를 해서는 안 되는데."

치솟는 검은 연기 속에 이에야스는 이케다 노부테루의 득의 만면한 얼굴을 그려 보았다. 앞서 이케다 노부테루의 인질을 나가시마에서 놓아 돌려보냈다는 말을 들었을 때도, 노부오의 호의가 효력을 보일지 안 보일지 의심스럽기는 했지만 그때까지 태도를 보류하고 있던 노부테루가 이렇게도 현실적으로, 이렇게도 신속하게 나는 듯한 행동을 취할 줄은 몰랐던 것이다.

그러나 그 실수는 어디까지나 실수로서 그 자신을 자책하지 않을 수 없었다.

"노부테루라는 사나이는 여간내기가 아니라는 것을 모르는 바 아니었는데."

이누야마 성의 요해지가 전략적으로 얼마나 중요한 지점이라는 건 새삼 생각할 필요도 없다. 머지않아 히데요시의 대군과 접전을 벌일 경우, 그것이 더욱 중대해지는 것이다. 미노, 오와리를 경계 짓는 기소의 큰 강을 상류에서 감시하고, 근처에 있는 우누마의 나루터를 제압하면 넉넉히 백 군데의 보루와 맞설 수 있는 성을 안타깝게도 적의 손에 넘겨주고 말았다.

다행히도 기소 강 하류의 구로다 성의 성주 사와이로부터는 이심이 없다며 태도를 뚜렷하게 표명하고 인질을 보내 왔으나 그것은 이누야마 성을 적에게 빼앗긴 지금으로서는 그 가치가 반감되고 만다.

"돌아가자. 되돌려라. 저 연기가 오르는 꼴을 보니 이미 노부테루 부자는 바람과 같이 기후로 회군했음이 틀림없다."

이에야스는 돌연 말머리를 돌렸다. 그때 그의 미간에는 이미 태연한 빛이 되돌아 와 있었다. 여간해서 동하지 않는 그의 심중에는 손실을 갚고도 남는 승산이 이미 서 있는 것 같은 느낌을 곁에 있는 근위대들에게 느끼게 했다. 근위대들은 격렬한 말투로 노부테루 부자의 배은망덕을 욕하고, 그 기습 진법의 비열함을 매도하며 내일의 전장에서 단단히 앙갚음을 할 것을 떠들어 마지않았다. 그러나 이에야스는 그런 소리들을 다 그 커다란 귓전에서 흘려버리며 이제는 다른 생각을 하고 있는 듯 혼자 빙그레 웃음을 지으며 기요스 쪽으로 말을 몰고 있었다.

얼마를 지나자, 노부오가 이끄는 군대와 도중에서 마주쳤다.

노부오는 되돌아오는 이에야스의 모습을 아주 의외라는 듯 바라보며 물었다.

"이누야마 성에는 아무 일도 없었습니까?"

이에야스가 대답하기 전에 그 뒤에 있던 근위 무사들 사이에서 웃음소리가 터져 나왔다. 그러나 이에야스는 노부오에게 그 이유를 설명하는데 실로 온갖 친절과 정중을 다했다.

진상을 알자 노부오는 풀이 죽었다. 이에야스는 말머리를 나란히 하여 어깨를 두드리며, 그의 눈길을 이끌어 고마키의 언덕을 가리켰다.

"중장님, 걱정할 필요 없습니다. 이쪽에 일실이 있으면 히데요시에게도 보다 큰 일실이 있는 법입니다. 저쪽을 보시오."

일찍이 노부나가는 그 뛰어난 전략적인 착안에서 기요스 성을 이 고마키로 옮기려고까지 한 것이다. 표고는 겨우 28여 척에 지나지 않는 둥근, 한 개의 구릉에 불과하지만 오와리의 동쪽 가스가이와 니와군의 평야에 고립되어 사방을 내려다보고 팔방으로 공격을 가할 수 있는 이점이 있다., 미노에서 평야전이 벌어진다면 이곳을 한 걸음 먼저 선취하고, 중심에 기를 세우고, 방루를 요소 요소에 배치해 두면 서군의 동진에 대해 진격, 방어의 양책을 쓸 수 있는 곳이다.

거기까지 설명할 틈은 없었지만 이에야스는 손으로 가리키고 또 돌아보며 이번에는 근위 무사들 쪽을 향해 말했다.

"고헤이타는 여기서 바로 부대를 나누어 고마키 일대에 방루를 쌓도록 하라. 우선 부근에 있는 가니시미즈, 도야마, 우다쓰 근처의 길, 언덕, 시내 등을 중심으로 방책을 둘러치고, 호를 파놓거라. 또 이에타다와 이에노부, 이에카즈 등도 힘을 보태되, 공사는 주야 겸행, 네 교대로 하고, 가급적 속히 완성시키라."

즉석에서 명령을 내리고 나서 말발굽소리도 가볍게 노부오와 말 위에서 담소하면서 기요스로 돌아왔다.

두 세상

사람들은 모두 히데요시가 오사카 성에 있는 줄 알고 있다.

그러나, 그는 고슈의 사카모토에 와 있었다.

이에야스가 노부오와 기요스에서 회견하고 있던 3월 13일에도 히데요시는 사카모토에 있었다. 히데요시 답지 않게 능장을 부리는 느낌이 없지 않았다.

이에야스는 이미 후방을 견제하는 책략을 만반으로 세워놓고 하마마쓰——오카자키——기요스, 이렇게 착착 예정대로 진군을 해오고 있는데 질풍진의 기세로 여러 차례 세상을 놀라게 해온 히데요시가 어째서 이번에는 이처럼 늑장을 부리는 것인지, 아니 둔하게까지 보인다.

"누구라도 좋다. 어서 오너라. 아무도 없느냐. 나베마루도 오로쿠도 없느냐."

주인의 목소리다. 여전히 고래 같은 목소리다.

일부러 멀리 떨어져 대기하고 있던 시동들은, 벌써 일어났구나 하고, 서로 쳐다보며 몰래 놀고 있던 주사위를 황급히 치워 버렸다. 그들 중 14세의 나베마루가 끊임없이 손뼉을 치고 있는 주인의 방으로 재빨리 달려갔다. 이 시동들의 처소에도 어느새 그 얼굴들이 전부 바뀌어 버리고 말았다. 그 전의 가토 오토라, 후쿠시마 오이치, 와키자카 진나이, 가타기리 스케사쿠, 히라노 곤페이, 오타니 헤이마, 이시다 사키치 등 소위 어려서부터 길러낸 자들도 이제는 전부 24, 5세에서 30에 가까운 젊은이로 성장하였다. 특히 시즈가타케 전투 후에는 각각 2천 석, 3천 석을 가증 받아 말과 토지, 부하들을 두게 되어 제각기 이곳에서, 출세해 나갔다.

지금 있는 것은 제2기생들이었다. 1기생들은 산에서 굴러 들어온 가난하기 이를 데가 없는 개구쟁이들이었으나 2기생들은 다 상당한 집안의 자제들이었다. 영주의 아들이 인질로 와 있는 경우도 있었다. 얌전하고 예의 바르며 지성이 뛰어난 이 아이들은, 난반사(南蠻寺)의 부속 예수 학교에서 공부한 미사의 노래와 찬송가도 알고 있었다. 제1기생들과 같은 난폭함과 막되먹은 행동은 지금의 시동 처소에서는 볼 수 없었다.

"주군께서는 기침(起枕)을 하셨다. 내가 아닌 다른 사람더러 오라고 하신다."

가장 어린 나베마루는 아무런 명령도 받지 못하고 돌아와 다른 친구들에게 이렇게 말했다.

한 사람이 물었다.

"기분이 언짢으시던?"

나베마루는 고개를 흔들며 말했다.

"아니, 그렇지 않아."

듣고 나서 안심이 되는 듯 스가 로쿠노조가 히데요시의 처소로 갔다. 이곳은 재작년에 불탄 사카모토 성을 개축시켜서 만든 임시 성으로 소나무숲 너머로 호수가 보이고 뒤켠 들창으로는 에이산(叡山)의 벚꽃이 희미하게 흐려져 보였다.

"아니, 안 계신데?"

방에는 산바람이 스치고 있었다. 아무리 바빠도 낮잠은 약이라고 언제나 틈을 내서 낮잠을 자는 히데요시였으나 일어나자마자 상쾌한 기분을 전신에 채운 그는 곧 활동을 개시해서 주위 사람들을 당황케 하는 것이 예사였다.

"저건 사키치겠지. 오사카에서 돌아오는 사키치 같은데…… 곧 이리로 불러라."

히데요시는 난간 마루에 나가 있었다. 성 밑에서 정문 언덕 아래 말을 달려오는 콩알 같은 까만 그림자를 발견하고 뒤에서 들리는 발소리에 얼굴도 보지 않고 명령했다.

무언지 다른 일을 명령할 것 같았으나, 그것을 잊어버린 듯 변소에서 나오자, 곧 졸졸이 떨어져 고여 있는 물통에서 벌컥벌컥 양치질을 하고 사방에 물을 튀기면서 세수를 했다.

무사들의 처소에서 한 사람이 나와 시동들은 아무도 없느냐고 그쪽을 향해 소리쳐 나무라고 나서 급히 히데요시의 옷소매를 뒤에서 쳐들면서 말했다.

"주군, 여기는 변소의 수세장입니다."

"상관없다. 물은 깨끗하다."

그리고는 부리나케 방으로 들어갔다.

"차를 다오."

그렇게 외치고 말을 이었다.

"여봐 여봐, 너희들도 버걱버걱 휘저을 줄 알지, 차담당한테 명할 필요는 없다. 그들에게 부탁을 하면 시간이 걸리거든."

시동 한 사람이 명령받은 차반을 드리기 전에 이시다 사키치의 땀에 밴 얼굴이 머리털을 적신 채 그의 앞에 와서 꿇어 엎드렸다.

"어떻게 하고들 있지? 오사카 성을 지키고 있는 사람들은?"

"명령하신대로 틀림없이 시행하고 있사옵니다."

"그래. 서쪽의 비젠, 미마사카, 이나바 세 나라도 모리에 대비하기 위해 한 명의 군사라도 움직이지 말라고 지시한 점, 틀림없이 지키고 있던가."

"그 점에 대해서는 특별지시라 생각하여 충분히 전달을 하였고, 다시 사람까지 보내 모리에 대한 대비를 일렀으니, 조금도 허술하지 않사옵니다."

"센슈, 기시와다의 손자 헤이지에게, 만일을 위해서 구로다 칸베, 이코마 진스케, 아카시 요시로 등의 군대 6, 7천을 응원병으로서 보내두라는 점도……."

"네, 소인이 머물고 있는 그 날로 응원병을 기시와다로 보냈습니다."

"좋아, 좋아."

히데요시는 비로소 묽은 차를 한 잔 맛있게 마시고 눈동자를 멈추었다.

"어머님도 안녕하시던가?"

노모는 벌써 74세의 고령이다. 아내 네네도 40에 가깝다. 일단 집을 비우면 처는 몰라도 나이가 나인만큼 노모가 마음에 걸리는 모양이다.

"네, 아무런 탈없이 지내고 계셨습니다. 모당 어른께서는 도리어 바쁜 싸움에 주군께서 탈이나 나시지 않나 하고 걱정을 하시고 계셨사옵니다."

"또 뜸을 뜨고 있느냐고 물으셨겠지."

사키치는 웃으며 그렇다고 대답했다.

다른 사람을 멀리 하고 단 둘이서 이렇게 웃음소리가 나온 것을 다행삼아 히데요시는 다시 생각이 난다는 듯 물었다.

"오차차는? 오차차들도 아무 탈 없든가."

"네? 아, 그 세 분 아가씨들 말입니까."

사키치는 잠시 생각이 나지 않는다는 듯한 표정을 지어 보였다. 기다리고 있었습니다, 하는 식으로 대답을 하면 사키치녀석, 눈치를 채고 있구나 하고 도리어 이 주인은 괘씸하다 생각할 날이 나중에 올는지도 모른다. 흐리멍덩한 채 해 보이는 것이 수라고 생각했기 때문이다.

그 증거로는 지금 오차차는? 하고 어색하게 묻는 순간, 주인은 가신에게 대한 위엄을 숨기고, 무어라 분간 못할 씁쓰레한 얼굴에 부끄러운 듯한 빛을 띠고 아주 어색해 하지 않았는가.

사키치는 재빠르게 그것을 눈치 채고 마음속으로는 우스워 못 견딜 지경이었다.

세 사람의 아가씨들이란 말할 나위도 없이 기타노쇼가 낙성되었을 때, 성장 시바타 가쓰이에와 그 부인 오이치가 어린애들에게는 아무런 죄가 없다며, 히데요시에게 양육을 부탁해온 가련한 세 명의 딸을 가리키는 것이다.

그 후 히데요시는 자기 자식과 다름없이 이 애들을 집에서 기르고 오사카 성을 지을 때도 특별히 그녀들을 위해 환한 한 채의 별관을 설계시켜 황금

새장에 귀한 새를 기르듯 때때로 그곳을 찾아 같이 즐겼던 것이었다.

그런데 이 새와 주인 사이에는 장래 그 이상의 약속을 맺게 될 것이라는 것은 누구나 예측할 수 있는 일이었다. 특히 세 처녀 중에서도 장녀인 오차차 아가씨는 나이도 올해 묘령의 19세. 세상에 드문 미인으로, 점차 성 안의 여러 사람의 입에 오르내리게 되었다.

기타노쇼의 업화가 이 세상에 낳아놓은 명화라고 말하는 사람도 있고, 오다 주군의 미인 계통의 피를 이어받아 그 어머니 오이치보다 한층 더 아름답다고 입에 침이 마르도록 칭찬하는 사람도 있다. 하여튼 오사카 신성의 준공과 함께 오차차 아가씨가 눈에 띄게 된 것은 무엇인지 때를 같이 해서 히데요시 집안의 융성을 상징하고 있는 것 같았다.

19세의 오차차 아가씨의 아름다움이 히데요시의 눈을 끌지 않을 리 없다. 색에 있어서도 육도의 진리, 삼략의 묘수에 통달하고 있는 주인이다. 혹은 점차 어스름 저녁을 틈타 꽃도둑의 흉내를 내다가 한 두 차례 오차차 아가씨의 비명에 놀라 도망질을 치셨는지도 모른다. ——그런 낌새를 이시다 사키치는 전부터 어렴풋이 냄새 맡고 있는 바였다.

웃음을 참으려 해도 참을 수가 없다.

"사키치 무엇이 우습지?"

히데요시는 핀잔을 주었으나 자기도 약간 우스운 모양이다. 역시 사키치의 뱃속을 이미 들여다보고 있었다.

"아, 아무 것도 아니옵니다. 이번에는 세 분의 기거까지는 그만 문안드리지 못하옵고 돌아왔습니다."

"그래. 음…… 그래 좋아."

히데요시쪽에서 갑자기 그 이야기를 피해 세상사로 화제를 돌렸다.

"도중, 요도 강이나 교토 주변의 최근 풍문은 어떠했나?"

멀리 심부름을 보내면 히데요시는 반드시 결과를 물었다. 세상의 기미, 인심의 동향을 언제나 타진하는 것 같았다.

"어느 곳에서나 전쟁이야기만 하고 있사옵니다. 요도 강은 배로 올라 왔습니다만."

"요도라, 요도, 히라카타, 후시미 등지의 갈대, 왕굴은 다 잘 베어져 있던가. 뱃삯도 잘 들어오고?"

"덕택으로 소인의 수입은 넉넉하옵니다."

"그거 잘 됐군."

히데요시는 기뻐해 주었다. 사키치도 남들 못지 않게 상당수의 부하들을 거느리고 있으므로 그들에게 지금 해 줄 급료에 곤란을 격고 있지나 않은가 하고 주인이 걱정해 주고 있는 것을 사키치는 잘 알고 있고 또 고마워 했다.

시즈가타케에서의 전투가 끝난 후 7본창(本槍)으로 뽑힌 동료들은 모두가 천석, 3천 석의 가증을 얻었으나 사키치는 실전에서의 무공으로는 아무 것도 얻지 못했으므로 그에게도 승급의 대우가 있었으나 굳게 그것을 사퇴했다. 대신 요도 강줄기에 있는 히라카타, 후시미, 요도 등 불모지에 그냥 시들어 버려지고 있는 갈대와 왕굴의 채취권과 부근을 통행하는 배의 운임(하천세)의 지배권을 요구했다. 주는 편에서 보면 아무런 가치도 없는 것이었다. 그러나, 사키치가 하는 짓이라 그것을 어떻게 이용해서 얼마만큼의 수입을 올리고 있는지 히데요시는 흥미를 가지고 보고 있었던 것이다.

사키치가 그것을 요구했을 때, 만약 그 불모지를 내려주신다면 유사시에는 1만 석을 받는 자와 필적하는 무사를 내서 군무를 도와 보이겠다고 장담을 했었다. ──이것도 히데요시가 재미있는 소리를 하는 놈이라고 생각한 것 중의 하나였다.

사키치로부터 교토, 오사카의 세정을 들어보니 노부오로 인해 시작된 이번 전쟁은 아무도 히데요시 대 노부오라고는 생각지 않는다. 히데요시 대 이에야스라고 보고 있는 것이다. 노부나가가 없는 지금 히데요시에 의해 이제는 평화가 오는가 하고 안심들을 하고 있었는데 또다시 천하를 둘로 나누어 여러 고을에 걸친 대전쟁이 면전에 들이닥치고 있다고 생각하고, 인심은 극도로 흉흉하다고 한다.

예를 들면 교토 궁중에서도 크게 걱정하는 자가 있어 궁중 일기의 집필자는 덴쇼 13년(1585년) 3월 일기의 한 항목에 그 통탄을 기록하고 있는 것이다.

……천하에 동란의 빛이 길어지다. 어떻게 되어갈지 걱정이다. 신의 의사에 맡기고 암담히 날을 보내고 있을 뿐이다. 한탄스러운 일.

이와 같은 것이 일반 세태에서는 한층 더 농후하고 그리고 노골적으로 보여졌을 것이다.

어째서 인간은 전쟁을 하는가?

이것이 요즘 세상이 품고있는 의문이었다.

오닌 전쟁 이래 전쟁의 비참함을 구석구석 맛보고, 살기 위해 어떤 시련에도 줄기차게 참아온 서민이지만, 요새는 다소 회의적으로 되어 가는 것 같았다.

이번 전쟁이야말로 두 개의 천하를 통일시키기 위해서라고 하는데, 두 개의 천하가 어떻게든 타협을 볼 수는 없는 것일까. 될 법도 한 이야기인데 하고, 세상 사람은 그렇게 생각했다.

입으로 평화를 약속하지 않는 지도자는 없고, 싸움의 처참함을 모르는 선비도 없고, 시작되면 곧 생명의 위협을 무서워하지 않는 서민도 없다. 누구 하나 평화를 갈구하지 않는 사람은 없는 것이다. 싸움을 저주하고 있는 것은 확실하다. 그러면서도 전쟁은 그치지 않는다. 그쳤나 보다 하면 바로 또 다음 전쟁을 준비한다. 세력의 분포가 단 두 개의 세상이 되어도, 정지하지 않을 뿐 아니라, 도리어 그것은 종래에 느끼지 못한 최대의 험악함을 띠며 어마어마한 규모의 희생을 동반한다.

이것은 인간의 탓이 아니다. 인간의 의지로 인한 전쟁이라면 인간만큼 어리석은 동물은 없다는 것이 증명된다.

그러면 대체 무엇이 전쟁을 일으키는 것일까. 인간 개인이 아닌 인간의 결합이라고 말할 수 있다.

올바른 인간성이란 반드시 하나의 개체가 아니면 인간성으로 볼 수는 없다.

인간과 인간이 떼를 지어 만, 억의 단위로 결합된 것은 이미 인간이 아니다. 지구상의 군생하는 기괴한 동물에 지나지 않는다. 이것을 인간이라 보고, 인간적 해석에 대입하려 하면, 해답을 얻을 수가 없다.

서민들은 말한다.

"천하를 두 개로 나누어 가지면 어떠한 이상도 영화도 누릴 수 있을 것이 아닌가. 무엇 때문에 결사적인 승부를 걸면서까지 그것을 독점하려고 드는 것일까?"

범인들의 속언이지만 이것은 개인의 통념을 말하고 있는 것이다. 그때의 히데요시도 그렇고, 이에야스도 그렇다. 그런 것쯤은 빤히 알고 있을 것이다. 일개의 인간으로서는 말이다. 그러나 과거, 현재를 통관하면 이 세상이 인간의 의지만으로 움직여 왔다고 보는 것은 인간의 착각이다. 인간이 아닌, 우주의 의지라고 할만한 현상이 다분하다.

우주의 의지라는 말이 적당치 않다면 인간도 태양, 달, 별과 같은 우주 환경에 제약된 운명에 따라 필연적으로 움직여지고 있다고 할 수 있을 것이다.

하여튼 시대의 대표자가 된 자는 이미 순수한 한 개인이라고 볼 수 없다. 히데요시나 이에야스로 대표되는 하나의 개체 속에는, 무수한 인간의 의지와 우주의 의지를 융합해 지녔으며, 그것은 그들의 '자아'가 된다. 또 그들을 둘러싼 주변 사람들과 서민들도 그들을 하나의 개체로서 바라본다. 그리고, 각각의 개체들은 요란스러운 위계와 관직, 성명, 풍모를 지니고 있어, 그것이 서로와의 관계에 강력한 영향을 미친다. 그러나, 성명관직은 그 전부가 아무것도 아닌 임시적인 기호에 지나지 않는다. 그들의 정체는 하나의 생명체에 지나지 않는 것이다.

이렇게 보면 서민들이 목마르게 바라고 있는 평화는 아직도 먼 것 같다. 그러나 시대의 대표자라고 해서 평화를 바라지 않는 것은 아니다. 아니 누구보다도 평화에의 도달을 열망하고 또 그 실현을 서두르고 있는 자다. 그러나 그에게는 조건이 있다. 그는 목적의 화신이기도 하다. 그래서 서로 상반되는 자와 만나면 양자는 곧 전쟁에 돌입한다. 어떠한 외교 비책도 과감히 단행한다. 그리고 대표자의 의지와 움직임 사이를 누비는, 무수한 인간 본연의 모습이 속임수, 투쟁, 탐욕의 본능으로 날뛰어 희생, 책임, 인애의 선미한 정신까지도 비약시킨다. 이것이 인간의 삶의 터전을 만들어, 아름답게 수놓기도 하고, 때로는 문화의 발전까지 이룩한다는——풀 수 없는 불가사의가 이 시대에도 나타나고 있었다.

지도 병풍

사키치가 물러갔다.

교대로 가나모리 긴고, 하치야 요리타카 두 사람이 찾아왔다.

"저리로 가세."

히데요시는 자리를 바꾸어 구름다리를 지나 딴 채로 들어갔다.

입구와 뜰 주위에는 시동을 시켜 철통같은 경계망을 펴고, 장시간에 걸쳐 밀담을 하고 있다.

가나모리, 하치야, 두 사람은 지금 호쿠리쿠에 있는 니와 나가히데 휘하 장성이다. 히데요시는 나가히데를 자기편으로 끌어들이기 위해 벌써부터 골치가 아픈 모양이었다.

만약 나가히데를 적편으로 달리게 하면, 히데요시로서는 대단한 손해다. 전력상 문제 뿐 아니라 전쟁 명분상으로도 노부오나 이에야스의 주장을 세상이 믿게 하는데 큰 힘을 발휘하게 된다. 왜냐 하면 니와 나가히데라는 자는 히데요시 다음 가는 노부나가의 중신이었을 뿐 아니라, 이 난세에 보기 드문 온후 독실한 인물이라는 신용을 얻고 있기 때문이다.

그러니만큼 명분에 있어서는 불리하다는 것을 백 번 알고 있는 히데요시는 날벼락이 떨어지는 한이 있더라도 그를 자기편으로 끌어들이느라, 오늘까지 온갖 수단을 다 써왔던 것이다.

물론 이에야스나 노부오쪽에서도 여러 가지 유인책이 그를 향해 움직이고 있는 것도 확실했다. 그러나, 히데요시의 열성에는 그도 고집을 꺾었는지 수일전 우선 응원대로서 가나모리, 하치야 두 장수를 호쿠리쿠로 보내왔다. 히데요시는 기뻤다. 그러나 그것만으로 안심하지 않았다.

"서사를 곧 불러오라는 분부이십니다."

가나모리가 혼자 나와 파수 보는 시동에게 전했다.

서사 오무라가 곧 달려왔다.

안에서는 히데요시의 말을 따라 그가 붓을 들고 기나긴 편지를 쓰기 시작했다. ──니와 나가히데에게 보내는 것이다.

여러 조항 중 중요한 대목만을 들어보자.

1. 지난 11일 미노노카미 나가히데에게 주신 서면을 배견하고 눈물겨웠습니다.

1. 5지역의 수비는 물론, 서쪽 여러 지방까지 튼튼하게 방비책을 세워놓았습니다. 이세의 전황은 이곳 사카모토에서 지휘하고 가이가, 이세의 중간에도 성을 세 군데나 새로 쌓고, 매일 들어오는 승전보고에 아군의 사기는 충천하고 있습니다.

1. 미노 방면은 잘 알고 계신 이케다 노부테루, 이나바 이요, 모리 무사시 등의 물샐틈없는 방비로 별 사고 없으며, 고슈 나가하라에는 마고시치로, 다카야마, 나카가와, 기타 1만 4, 5천이 넘는 인원수를 배치 시키고 있습니다.

1. 히데나가를 모리야마에, 오쓰기를 구사쓰에, 나가오카를 세다로 보냈습니다. 또 가토, 호리오를 가이가 지방 한 복판에 자리 잡게 하고 쓰쓰이와 병사 몇을 야마토로 보내 놓았습니다.

1. 비젠, 미마사카, 이나바 등 서쪽 여러 지방의 영주들은 한 사람도 움직이지 않게 하여 반석같이 튼튼하고, 기슈, 이즈미에도 어제 6, 7천 명을 증파시켜 놓았습니다.

이 밖에 히데요시는 이번 대전에 임할 병력 배치를 자세하게 그리고 구체적으로 조금도 숨김없이 나가히데에게 보낼 서면에 써 넣었다. 그리고 또,

1. 이상과 같이 이쪽에 대해서는 조금도 염려하실 필요가 없으나 귀하의 몸조심이야말로 가장 긴요하다고 생각합니다.

도리어 나가히데에게 건강을 조심하라하고, 마타에몬 도시이에는 호쿠리쿠 지방에서는 둘도 없는 동지요, 호쿠리쿠에서 으뜸가는 관문이기도 하므로 그와는 충분히 의사소통을 꾀하여 밀접한 관계를 유지하라고 덧붙였다. 그리고 끝으로 이렇게 쓰고 붓을 놓았다.

1. 만약 그쪽에 인원수가 필요하다면 하치야, 가나모리는 돌려보내겠고 그 밖에 5천이나 1만의 군사는 언제라도 응원 보낼 여유는 있습니다.

1. 근래의 세상은 인심이 흉흉하므로 저는 각오를 단단히 하고 앞으로 14, 5일 안에 소란스런 세상을 진압 진정시켜 보일 터이니, 부디 염려하시지 말기를.

사신은 이것을 가지고 바로 호쿠리쿠로 떠났다.

이세 방면에서 전황보고를 가지고 온 전령사만 해도 저녁때까지 3명이나 있었다.

그 서면을 보고, 전령사를 불러 직접 정세를 묻고 다시 명령을 하고 다시 답장을 쓰게 하면서 저녁 식사를 했다. 저녁 식사는 다른 시신들도 배석하여 대서원 큰 방에서 이루어졌다.

대서원 큰 구석에는 병풍이 있다. 전면에 일본 전국의 지도가 그려져 있었다. 히데요시는 그리로 눈을 돌리자 갑자기 일동에게 물었다.

"에치고로 보낸 밀사에게서는 아무런 소식도 없는가. 우에스기 가게카쓰에게 보낸 사람들 말야."

"아직 날짜로 따져봐도……."

시신들이 손가락을 꼽으며 원로의 불편을 말하자 히데요시도 손가락을 꼽아보고 날짜를 중얼거렸다.

"그래, 오늘은 13일이렷다."

기소의 기소 요시마사에게도 밀사를 보내놓았다. 히타치의 사타케 요시시게에게도 몇 번인가 밀사가 왕래하고 있었다.

병풍 지도에 보이는 긴 나라의 끝에서 끝까지 그의 외교망은 완전히 펼쳐져 있었다. 본디 히데요시는 전쟁을 최후 수단으로 생각하고 있었다. 외교야말로 진정한 전쟁이라는 신조인 것이다. 옛 주인 노부나가의 원한을 풀기 위한 전쟁이라는 명분으로, 야마자키 일전에서 미쓰히데를 친 것 외에는 다 그러했다.

하나, 그의 외교는 외교를 위한 외교는 아니다. 또 외교를 앞세운 군사력도 아니다——언제나 군사력이 앞서는 외교인 것이다. 언제나 군위와 군용을 완전히 갖추고 나서 발언을 하는 것이다. 니와 나가히데에게 보낸 서신의 내용에도 그 냄새를 충분히 풍기고 있다.
 그러나 이에야스에게는 이것이 통하지 않는다.
 아무에게도 말은 하지 않으나 실은 히데요시는 사태가 이토록 악화되기 전에 하마마쓰에 있는 이에야스에게 비밀리에 사람을 보냈다.
 '본인은 그대에게 호의를 가지고 있다. 전년, 그대의 관위 승진을 위해 본인이 조정에 알선한 일을 생각해 보아도 틀림없는 일이다. 그대와 본인은 무엇 때문에 싸워야 하는가. 노부오라는 분은 원래 그런 성격이라고, 그 어리석음은 세상이 다 알고 있다. 우매한 자를 보호하며, 그대가 아무리 명분을 내세워 보아야 세상에서는 그대의 처사를 어진 사람의 의로운 행동이라고는 보지 않을 것이다. 결국 아무 소용도 없는 것이 아닌가. 두 사람이 서로 다툰다는 것은…… 만약 현명한 그대가 그것을 깨닫고 본인과 장래의 공영을 약속한다면 그대의 영지에 새로 미노, 오와리의 두 고을을 더해도 좋다. 그대의 생각은 어떠한지.'
하고 말을 전했다.
 쉬운 상대가 아니다. 이것은 명확하게 히데요시의 실패로 돌아갔다. 그러나 히데요시는 노부오와 손을 끊은 뒤에도 계속 밀사를 보내 전보다도 더 좋은 조건으로 이에야스를 설득하려고 했었다.
 밀사는 이에야스의 격분만을 사고 허겁지겁 돌아왔다. 밀사가 이에야스의 말을 전했다.
 '히데요시는 이에야스를 모른다.'
 그러자 히데요시는 쓴웃음을 지으며 말했다.
 '이에야스도 히데요시를 모른다.'
 그러나 이 일은 그로서는 잘한 것이 되지 못했다. 그도 그 후로는 상관을 하지 않았다. 그래서 측신들도 이면에 이런 교섭이 있었다는 것은 아무도 모르고 있었다.
 여하튼 이곳 사카모토 성에서 그는 날이 갈수록 바빠졌다. 이세, 오와리 방면의 군 사령부와 호쿠리쿠 동쪽에서 난키(南紀), 서쪽 지역에 걸친 외교 첩보 본부도 겸하고 있었다. 기밀을 요하는 중추부로서는 오사카보다 이곳이 지리적으로나 시간적으로 편리하였으며, 밀사들의 왕래도 눈에 띄지 않는 이점이 있었다.

오사카, 교토는 밀정의 활동이 활발하다. 표면적으로 이에야스는 동해에서 동북, 히데요시는 근기에서 서남방면으로 그 세력 범위가 확연히 나뉘어져 있는 것처럼 보이나, 히데요시 본거지인 오사카에도 도쿠가와 맥을 통하고 있는 자가 수없이 많다. 공경 당상 중에도 은근히 이에야스에게 뜻을 두고 히데요시의 실패를 기다리는 자가 없지는 않았다.

또 일반 무사 중에도 부모는 서쪽에서 근무하고, 그 아들은 동군의 장수를 모시고 있는 자도 있고, 형은 의로써 이에야스편에 가담하고 있지만, 동생은 오사카 성과 끊을 수 없는 연고를 가지고 있는 자도 있다. 사상 적으로도 한편은 히데요시의 이상에 찬동하고, 한편은 이에야스의 명분에 공명하여 같은 일족이 피투성이의 갈등을 일으켜 골육상쟁의 비극을 자아내고 있다.

전쟁의 참상은 전쟁터에 뿌려지는 피보다 그 사전, 사후의 이와 같은 생생한 인간고에 한층 심각하게 나타난다. 그러나, 그런 고뇌는 뒤로 한 채, 대다수가 혼란과 자실에 빠져 있는 동안에 어서 기회는 오라며, 평화시에는 이룰 수 없는 희망을 달성하려는 악당까지 합세하여, 경제와 도덕과 질서가 무너지기 시작하여 전쟁 이상의 생활고와 투쟁이 소용돌이치기 시작한다.

히데요시는 그 쓴맛을 누구보다도 잘 알고 있다. 그가 고향 오두막집에서 자라나고 있을 때부터 다년에 걸친 방랑시절의 세상이 이미 그러했으므로 ──그 후 노부나가의 출현으로 일시 사회가 가열되었으나 반면에 서민생활의 밝음과 기쁨도 수반되었다. 그 도중에 혼노사의 변이 일어났다. 히데요시는 노부나가의 죽음으로 인해 꺾여 버린 그것을 내가 다시 세워보겠다고 맹세했다. 지난 2년여에 걸친 불면 불휴의 노력은 그 한 걸음 발밑까지 다가섰다. 지금 그의 계획은 달성의 최종 단계에 있다. 천릿길을 9백 리까지 왔다고 보아도 좋다. 그러나 남아있는 백 리에 최대 난관이 있었다. 언젠가 난관에 봉착할 것이라는 예측은 하고 있었으나, 막상 당하고 보니 상상 이상으로 벅찬 것 같다.

──이에야스, 이 이름만큼 오늘까지 그의 머리에 중압감을 느끼게 한 것은 없다. 이에야스──근래에는 꿈속에서도 이 네 글자만은 잊을 수가 없다.

시시 각각으로 들어오는 첩보로, 이에야스의 행동은 손바닥을 들여다보듯 훤히 알고 있었다. 이에야스도 역시 자기에 못지않는 각오와 준비와 전력을 기울이고 있다는 것이 명확하게 전달된다.

자기가 지난 10여 일을 사카모토에서 보내고 있는 사이에 이에야스는 이제서야 기요스까지 대군을 진격 시켜 왔다고 한다. 생각건대 이것은 이세, 이가, 기이의 싸움은 벌집을 건드린 것 같은 상태에 두고 자신은 서쪽으로 진격할 것을 획책, 일거에 교토로 입성해 오사카를 찌르려는 태풍노선을 나타내고 있는 것이 뻔하다.

그러나 이에야스도 그 길이 편하디 편한 탄탄대로라고는 생각지 않고 있다.

그 도중에서 히데요시도 그것을 기다리고 있다——과연, 그 곳은 어딜까. 말할 나위도 없이 이 거국적인 동서 양대군의 건곤일척을 자유롭게 전개 시킬 평원은 기소 강을 경계로 하는, 오와리 미노의 대평원 이외에는 없다.

한 걸음 앞서가면 전비 구축에 커다란 지리적 이점을 얻는 것이다.

이에야스는 이미 그 곳에서 때를 기다리고 있는 것이다. 그런 점으로 보아 히데요시는 한 걸음 뒤지고 있다. 13일의 해가 저물려 하는데도 사카모토 성을 떠날 기세는 보이지 않는다. 이것은 상대를 몰라서가 아니다. 이에야스가 어떤 인물이라는 것을 잘 알고 있기 때문이다. 상대는 아케치나 시바타와 비교할 바가 아니다. 완전한 작전을 위해서는 뒤쳐져도 할 수 없다. 그는 만전을 기하기 위해서였다. 니와 나가히데를 포섭하기 위해, 모리가 서쪽에서 병란을 일으키지 못하게 하기 위하여, 우에스기 사타케에게 간토의 배후를 찌르게 하기 위해, 시코쿠, 기이 등지에 있는 네고로, 사이가당 등 위험분자들을 우선 궤멸 시켜 버리기 위해, 가까움게는 미노나 오와리 지방에 산재하는 노부오의 은혜를 입고 있는 제장을 포섭하기 위해.

"주군님 또, 급사가 왔습니다."

이렇게 식사 중에도 황급한 연락은 끊이지 않았다.

마침 식사가 다 끝나갈 때였다. 히데요시는 숟가락을 놓자마자 서신통으로 손을 뻗쳤다.

"어디서?"

"밀사는 비토 진에몬의 부하입니다."

"응, 왔구나."

기다리고 있던 사람 중의 하나였다.

오가키 성의 이케다 노부테루에게 두 번째로 보낸 설객 비토 진에몬의 회답──길이냐, 흉이냐.

앞서 구로다 성 주군 사와이 다케시게를 설득하기 위해 보낸 다케후지와 겐조스 두 사신은 그 후 소식이 묘연하다. 밀정들은 9부 9리까지의 실패를 알려오고 있다. 오와리의 니와 간스케를 포섭하러 갔던 이마이 겐교도 바로 어제 치욕만 당하고 헛되이 돌아왔다. 히데요시는 비토 진에몬에게서 온 편지를 친서봉투라도 뜯듯 조마조마한 마음으로 뜯었다.

"됐다."

단 한 마디뿐이었다.

"심부름 온 자를 후대해라."

그날 밤 심경, 그도 잠이 들고 나서의 일이었다. 무엇을 생각했는지 벌떡 일어나 여전히 큰 목소리로 숙직을 불렀다.

"그 심부름꾼은 내일 아침 돌아간다느냐?"

"아닙니다. 여유 부릴 상황이 아니라며 한숨 돌린 다음 밤길인데도 불구하고 미노로 돌아갔습니다."

"벌써 돌아갔단 말이냐…… 그럼 사서관을 불러라."

"넷, 그 중 누구를 부를까요."

"오무라가 좋겠지."

이렇게 말했으나, 다시 생각하고 말을 바꾸었다.

"아니다, 종이와 벼루를 가지고 오너라. 그들도 졸립겠지."

그러나 실은 오무라가 자다 말고 일어나 머리를 빗고 옷을 갈아입고 오는 것을 기다릴 수가 없는 모양이었다.

자리 위에서 붓을 들고, 그는 비토 진에몬에게 편지를 썼다.

──애쓴 보람이 있어 노부테루 부자는 우리 편에 가담하기를 서약해 왔다. 경사스럽기 짝이 없다.

하나, 갑자기 밀사를 보내는 까닭은 노부테루가 히데요시에게 가담했다는 것을 알면 반드시 노부오, 이에야스가 갖은 수단을 가리지 않고 싸움을 걸어올 것이 분명하다. 그러나 결코 그 수에 빠져서는 안 된다. 이케다 노부테루와 모리 무사시는 전부터 적을 업신여기며 무용만을 뽐내는 자들이다. 그대는 군감으로서 잘 기억해 두고 기회를 놓치지 말고 간하라. 그 점이 가장 중요하다. 근언.

붓을 놓자, 곧 명령했다.

"곧 이것을 비토에게 보내라. 급히."

그런데 다음다음날 저녁 15일에는 그 오가키 성에서 또 다른 정보가 도착했다.

이누야마 성 낙성.──즉 노부테루 부자가 자기들의 거취를 결정함과 동시에 기소 강 제일의 요새지를 점령, 히데요시에게 가담하는 선물로서의 쾌보였다.

"해냈구나."

히데요시는 기뻐했다. 그러나 염려도 했다.

고마키산

이튿날 16일.

히데요시는 이미 사카모토에는 없었다.

그의 기우는 과연 기우로 그치지 않았다. 16, 17일, 이틀 사이에 이미 근심스런 파탄의 징조가 사실로서 나타났다.

이누야마 성 함락이란 쾌보에 뒤이어, 노부테루의 사위 모리 나가요시가 나도 한 번 공을 세워보겠다고 이에야스의 본영 고마키를 기습할 작정으로 하구로(羽黒)로 잠행하다가 도리어 대패를 당했을 뿐 아니라 귀신 무사시라고까지 불리우던 모리 나가요시는 전사했다는 소식이 들려왔다.

"헛된 것, 덤벙꾼. 어찌 그리 어리석단 말이냐."

히데요시의 질책은 자신을 향한 것이다. 이에야스에게 먼저 두들겨 맞은 것이 분했다.

"이제는……"

자리에서 일어나 마침내 오사카를 출발하려 결심한 19일 밤, 또다시 불이 붙는 듯한 흉보가 기이 방면에서 들어왔다.

기이의 하타케야마 사다마사가 네고로, 사이가 당을 선동해서 해륙 양로로 오사카 성을 향해 육박하려 하고 있다. 그 기세, 지극히 맹렬하여 방심할 수 없다고 했다.

노부오, 이에야스의 손이 그곳에 뻗쳐 있는 것은 필연적 사실이다. 그렇지 않아도, 기이, 센슈 등 각지에는 혼간사의 불평 잔당들이 아와지, 시코쿠의 영주들과 합세하여 호시탐탐 기회를 노리고 있었다. 더욱 위험한 것은 그들의 많은 수가 일반 서민을 가장하고 오사카 성 밑에서 살고 있다는 사실이다.

"내 살림은 크다. 경솔하게 자리를 뜰 수는 없다."

히데요시는 출발 날짜를 연기 시켰다.

그리고 대략 이틀 동안에 만사를 다 끝내 버렸다. 성이 비어 있는 동안의 대비책과 시가의 전비도 빠짐없이 수배했다. 또 하치스카, 구로다 등을 돕기 위해 파견한 장성들에게도 지휘 격려를 보내 그 상황을 들었다. 그리고 우선 안심이 되는 듯, 한 마디를 남기고 마침내 오사카 성을 떠났다.

"부탁한다."

덴쇼 12년(1584년) 3월 21일 이른 아침의 일이었다.

나니와 벌의 무성한 갈대숲에 갈대새의 울음소리도 드높다. 꽃은 지고 저물어가는 봄거리에 흙먼지가 피어오른다. 길고 길게 뻗은 갑옷차림 무사의 기마 행렬에 꽃잎이 여러 개의 작은 회오리를 돌려 그것이 자연의 선물같이 보였다.

연도에는 그것을 구경하는 서민 남녀가 끝없는 담을 쌓고 있었다.

이날 히데요시를 따르는 장졸, 총수 3만 여라고 칭했다.

모두들 그 중의 단 한 사람인 히데요시를 보려고 했다.

"보지 못했다"는 자와, "보았다"는 자, 제각기 달랐다.

아마도 보지 못한 자가 많았을 것이다. 키가 작은 히데요시가 우람한 기마 장사들에게 에워싸여지면 더욱 작게 보이고 풍채도 늠름하지 못하므로 눈에 보여도 저것이라고 지적을 받지 않으면 여간해서 알아차릴 수가 없을 정도였다.

하나, 히데요시는 이 군중을 보고 은근한 웃음을 지으며 확신하고 있었다.

"오사카는 번창할 것이다. 이제 한창 변화해지고 있는 것 같다. 이만하면 문제없다."

히데요시의 육감은 군중의 색채를 보고 그렇게 생각했다. 그들은 밝고 큼직한 색깔과 무늬를 택하고 있었다. 망운에 허덕이는 성 밑에는 이런 광경이 없다. 남녀 피부색에 진취성이 빛나고 있다. 시민들의 생활은 순조로운 듯하다. 그들은 건강하고 근면하여 제각기 생활을 개선해 나가며 이 새로운 도읍지에 희망을 걸고 있음에 틀림이 없다. 그것은 이 곳의 중심을 이루고 있는 새로운 성에 대한 신뢰가 바탕이 아니고 무엇이랴——이긴다. 이번에도 이긴다. 히데요시는 장래를 이렇게 점쳤다.

그날 밤은 히라카타에서 숙영. ——다음날 새벽부터 3만의 병마는 다시 요도 강을 따라 줄지어 동쪽을 향해 행군했다.
그리고 후시미 근처에 이르자 요도 강 나루터에 대략 4백 명이 마중 나와 있었다.
"저건 누구의 깃발이냐?"
여러 장수들은 수상쩍게 여겨 응시했다.
누군지는 몰라도 붉은 바탕에 까만 글씨로 대일(大一), 대만(大万), 대길(大吉)이라는 쓴 큰 기를 세워 놓고 그 밑에 기마무사 30, 장창 30자루, 총 20정, 활 20개, 그 밖에도 보병무사 일단이 호화롭게 강바람을 쏘이며 둥그렇게 모여 있었다.
히데요시도 보고 전력병 히라쓰카에게 명령했다.
"가서 알아보고 오라."
히라쓰카는 곧 달려와 알렸다.
"이시다 사키치였습니다."
히데요시는 가볍게 안장을 두드리며 말했다.
"사키치였구나. 그렇지, 사키치였을꺼야."
그리고 무슨 생각이 들었는지 아주 기분 좋은 탄성을 올렸다.
가까워짐에 따라 이시다 사키치가, 말 앞으로 인사를 나왔다.
사키치는 말했다.
"전부터의 약속은 오늘을 두고 한 것입니다. 이 근처의 불모지를 이처럼 개척하고 그 동안 저축해 두었던 도선료로 1만 석의 군용물을 준비해 두었습니다. 무엇이든 내일의 소용에 닿게 되면 고맙겠습니다."
"그래. 따라오라. 사키치는 뒤에서 일을 봐주게. 군량 기타 군수물자의 관리를 철저히 봐주게."
1만의 병마보다도 한 사람의 사키치의 두뇌가 히데요시로서는 더 고마운 생각이 들었다. 선두를 다투는 무공 일변도의 무사들은 구름같이 많지만 경제적으로 뛰어난 두뇌의 소유자는 이 3만 갑옷 중에서는 찾아볼 수 없다. 나가하마 이래의 시동부대에서 성장한 사키치의 두뇌는 히데요시의 귀한 보물이었다.
그날 태반은 교토를 통과하여 오미 가토로 들어가고, 다음 23일 오전에는 벌써 후와, 아카사카의 옛 거리를 지나고 있었다. 이 근처는 히데요시에게는 청년시절의 고생스런 추억이 길가의 나무 한 그루 풀 한 포기마다 깃들어 있는 곳이었다.

"오오, 보다이 산도 보인다……."

보다이 산을 바라보자니 보다이 산의 성이 머리에 떠오르고, 그곳 주인으로서 구리하라 산에 은거 해있던 다케나카 한베의 모습도, 그 시절의 자신의 모습도 눈앞에 떠오른다. 이 구리하라 산을 허리를 굽히고 고개를 숙여 몇 차례씩 오르고 내리던 그 열의와 겸허와 희망의 높이를 가슴 속에 새로이 할 때, 히데요시는 자신이, 청년시절에 품었던 순정을 거룩히 여겼다. 지난날을 돌이켜 보며, 그 짧은 청춘을 단 하루라도 도식하지 않았던 처지에 대해 고맙게 생각했다. 어린 시절의 역경, 청춘의 고투, 그것이 오늘날의 자신을 형성시켜주었다고 생각했다. 암흑의 세상과 탁류의 거리가 자기에게 선사해 준 은혜였다고 생각했다.

주군이라고 불리웠지만 마음의 친구, 다케나카 한베도 그의 반생에 있어서는 잊지 못할 사람이다. 한베가 있었더라면 하고 늘 생각했다. 그것을 아무런 보답도 못하고 가버리게 했다. 갑자기, 통탄의 눈물이 히데요시의 눈을 뜨겁게 했다. ──보다이 산상, 한 조각 구름은 무심했던가.

"아……오유."

그는 그때 길가 소나무 그늘에 청초한 여승 하나가 두건을 쓰고 서 있는 것을 보았다.

여승의 눈길은 순간 히데요시의 눈길과 마주 쳤다. 그것은 전장터로 나가는 사람의 앞길을 축원하는 바로 며칠 전 물건을 보내준 은사에 감사하는 것이었다. 히데요시는 말을 멈추고 뒤를 돌아다보며 무엇인지 명령을 하려는 듯 했다. ──그러나 소나무 그늘의 백로는 이미 보이지 않았다.

그날 밤 그가 머문 숙영으로 한 쟁반의 쑥떡이 바쳐졌다. 젊은 여승이 이름을 대지 않고 드려 달라며 두고 간 것이라고 했다.

"이건 맛있구나…… 아주 쑥향기가 좋은데."

식후였으나, 히데요시는 두 개를 먹었다. 그저 이상했던 것은 맛있다, 맛있다 하고 먹으면서 눈에 눈물 비슷한 것을 보인 일이었다.

눈치 빠른 시동은, 이상한 일입니다──하고 후에 다른 부장들에게 이야기 했다. 뭐?──하고 일동도 알 수 없다는 표정으로 의아해했다.

"어떤 의미의 눈물이었을까."

"내일은 미노 평야에 말을 세우고 이에야스라는 대적과 면대를 할 텐데, 주군답지 않구나."

주인의 심약함을 서로 염려했으나, 쓸데없는 걱정들은 하지 말라는 듯, 잠자리에 들자 히데요시는 여전히 크게 코를 골았다. 2시간 쯤 수면을 취하고, 하늘도 아직 밝기 전에 그 곳을 떠나 그날 중에 제1부대, 제2부대는 속속 기후에 도착하고 있었다.

노부테루 부자가 마중을 나와 있었다. 성 안팎은 히데요시의 대군으로 꽉 찼다.

밤하늘을 불태울 듯한 화톳불과 횃불은 멀리 나가라의 큰 강을 건너편까지 비추고, 아직도 제3, 제4의 후속부대는 이 평원을 꽉 메우면서 밤새 동으로 동으로 흘러들고 있었다.

"이거 오래간만인데."

이것은 히데요시와 노부테루가 서로 만나는 순간 동시에 입 밖에 낸 소리였다.

"두 분 부자의 이번 협조, 나는 진심으로 기쁘게 생각하오. 더구나 이누야마 성을 선물로 점령하신 그 중훈은 칭찬할 말이 없을 정도……정말이지 나조차도 그 기민함에는 정말 놀랐소이다."

히데요시는 극구 그 공을 칭찬했으나, 그 후 노부테루의 사위가 그 후 저지른 이와사키의 대패에 대해서는 아무말도 하지 않았다.

말이 없느니 만큼 노부테루는 한층 더 면목이 없었다. 사위 모리가 저지른 실패와 손해는 이누야마 성의 공만으로는 보상이 될 수 없다고 깊이 생각하고 있는 것같이 보였다——특히 히데요시로부터 13일부의 사카모토 발 서신이 비토 진에몬의 손에 떨어진 것은 17일 저녁이고, 거기에는 이에야스의 도전에 응하지 말고 공을 서두르지 말라고 단단히 훈계해 있었으나 때는 이미 늦었었다. 노부테루가 그것을 보았을 때는 이미 사위가 경솔한 행동으로 참패를 당하고, 모리의 전사라는 대손해를 당하고 난 뒤였다.

그 점에 대해 노부테루는 이렇게 말했다.

"아니, 그렇게 칭찬을 해 주시니 노부테루는 쥐구멍이라도 찾고 싶습니다. 사위의 경솔로 아군에 큰 수치를 끼쳐 무어라 사과드려야 할는지 실은 이렇게 뵈옵는 것이 거북하기만 합니다."

"뭐, 그런 쓸데없는 걱정을 하는 거요, 하하하. 이케다 가쓰사부로 답지 않게."

히데요시는 일부러 그의 청년 시절에 부르던 이름으로 그의 사기를 불러 일으키고 같이 웃었으나 노부테루의 웃음은 어딘지 어두워 보였다. 잘못하면 이번 싸움에서 노부테루가 전사하게 될지도 모른다는 생각이 히데요시를 스치고 지나갔다.

어렵다. 나무라야 좋을지 나무라지 말아야 좋을지 히데요시는 다음날 잠이 깨어서도 불현듯이 생각났다.

그러나 어찌되었든 장차 벌어질 회전을 앞두고 이누야마 성을 손에 넣음으로써 얻게 된 이익은 대단한 것이었다. 그저 입에 붙은 위로의 말이 아니라며 히데요시는 노부테루에게 거듭 그의 공을 칭찬했다.

25일 하루는 휴식을 겸하여 장병의 집결을 정지시켰다. 그 후에 집결한 군사를 합해 총병력은 8만이라 칭했다.

다음 26일에는 출진이 아닌, 출전이었다. 아침 기후 성을 떠나 낮에 우누마에 도착, 곧 기소 강에 배다리를 놓고 야영했다.

그리고 다음 27일 아침, 야진을 거두어 이누야마 성으로 향했다. 히데요시가 이누야마 성으로 들어간 것은 바로 그 날 정오였다.

발밑에 기소 강 상류의 힘차게 소리치는 물결을 바라보고 아직 어린 녹음이 우거진 4월에 가까운 푸른 하늘 밑에 서니 그는 촌각도 아까운 생각이 들었다. 그의 피는 아직도 젊었다.

"다리가 튼튼한 말을……."

그렇게 명하고 점심식사를 끝내자 성문에서 경기장으로 뛰어 나갔다.

"아니, 어디를 가시는 거죠?"

뒤따라오며 묻는 제장을 돌아보며 히데요시는 말했다.

"너무 많이 오지 말게, 수가 많으면 적에게 들키기 쉬워."

노부테루의 사위 모리가 바로 며칠 전에 전사했다는 하구로 마을을 빠져나가, 적의 본영과 지척에 있는 니노미야 산으로 올라갔다.

거기에 서서 보면 고마키 산은 눈앞에 있고, 미노 평야는 풀바다와도 같다.

노우오, 이에야스의 연합군은 대략 6만 1천이라는 소문이다. 히데요시는 눈을 가늘게 뜨고 먼 곳을 바라보았다.

대낮의 햇살에 눈이 부신 것 같았다. 아무 말도 없이 손을 차양삼아 눈에 넘치는 적 진영인 고마키 산을 차분히 바라보고 있었다.

그날 이에야스는 아직도 기요스에 있었다.

자세히 말하면, 고마키로 나와서는 포진의 지휘를 하고 다시 곧 기요스로 돌아가고 있었다.

진퇴, 허술함이 없다. 그의 깊은 조심성에는 명인이 전력을 다해 두는 바둑과 같은 신중함이 있었다.

"히데요시는 어젯밤 기후로 들어갔습니다."

이에야스가 이런 확실한 정보를 얻은 것은 26일 저녁 때였다.

마침 사카키바라와 혼다, 기타 측신들과 한방에 모여 요새의 구축이 끝났다는 보고를 들으면서 높은 베개로 가슴을 고이고 설계도를 보고 있던 이에야스는 나지막한 소리로 중얼거렸다.

"히데요시. 왔구나."

이에야스는 좌우의 사람들과 얼굴을 마주보며 거북이 같은 그 눈꼬리에 주름을 잡으며 빙그레 웃었다.

'대략 예견이 적중했다……'고 생각하는 것이다.

언제나 발이 빠른 히데요시가 도무지 일어나지 않는 것은 그 주력을 이세로 보낼는지, 이 노비(濃尾) 남쪽으로 이동시키려고 하는 것인지 그것을 몰라 크게 염려되던 참이었다.

허나, 아직도 기후라면 언제 그 태풍 같은 진로를 급속도로 바꿀는지 모르는 일이다. 이에야스는 다음 첩보를 기다렸다.

"히데요시 군은 기소 강에 배다리를 놓고 이누야마 성으로 입성한 것 같습니다."

27일 저녁때 그것을 확인했다. 그렇다면, 하는 이에야스의 표정이었다. 밤을 새가며 출전준비를 끝냈다.

비우게 되는 기요스 성에는 그 본성에 나이토 노부시게를, 외성에는 미야케, 오사와, 나카야스 등 제장을 머무르게 하고, 28일 깃발과 북소리 선명하게 고마키 산을 향해 진출했다.

노부오도 한 차례 나가시마로 돌아가 있었으나 보고를 받고 그 날로 고마키 산으로 급행, 이에야스군과 합류했다.

이에야스는 마중 나갈 생각을 하고 있었다.

하나 차질이 생겨 마중 나가지 못하게 되었다. 모습이 보이지 않으면 오라고 부르면 되는, 사람이 좋은 노부오는 도착하자마자 자진 이에야스의 군영으로 찾아가 허둥지둥 달려 왔다는 이야기를 하고 이렇게 묻기도 했다.

"히데요시의 병력은 이곳에서도 8만여, 각처 군대를 합하면 15만을 넘는다고 합니다. 이 전쟁은 어떻게 될까요?"

그는 자기 때문에 천하를 판가름하는 대규모 전쟁이 벌어졌다는 것을 생각 못하는 듯, 지울 수 없는 가슴속의 걱정을 겁에 질린 그 고귀한 두 눈에 나타내고 있었다.

고마키의 나비들

——봄 하늘이지만.

미노와 오와리의 경계인 기소 강의 흐름도, 넓은 광야도 폭풍전야의 고요함과 같이 밭가는 농부의 모습, 나그네의 모습 등 사람의 그림자라고는 하나도 보이지 않았다.

묘하기 짝이 없는 평화다.

나비와 새들에게는 자연 그대로의 봄이었으나 인간들에게는 이 대낮도 무언지 무시무시하게 느껴졌을 것이다.

거짓된 평화라며 모습을 감추어 버린 서민들의 의아심이 뜨겁게 빛나는 태양 하나만을 하늘에 남겨 놓아 더욱더 이 지상을 쓸쓸하게 만들어 버렸다.

"……어떻게 할까?"

그녀는 당황했다.

이 백주에 오도 가도 못하고 있었다.

강벌에 있는 어부 초막을 들여다보아도, 농가의 오두막집을 두드려도 마치 한밤중 같이 목소리 하나 들리지 않는다.

그저께부터 발길을 돌려 마을을 향해 가 보았으나, 마을 입구에는 반드시

군의 책문이 있고 병마가 있어, '통행금지'의 표찰이 붙어있다.

마을에도 사람은 없고, 오직 들개의 울음 소리뿐이다.

멀리 희미하게 보이는 산으로 가면 많은 사람들이 피난해 있을 줄은 알지만 그러나 이 여자의 성격으로는 그렇게까지 해서 생명을 구걸하는 것도 싫었다.

"전쟁이 무서워서 굴속에 숨어 있어도 죽을 때는 죽는다. 차라리 전쟁터 한복판으로 뛰어들어 본진을 찾아가면 이해해 줄 사람을 만날지도 모른다."

그래서 그녀는 이누야마 성의 흰 벽을 목표로, 광야의 길을 이곳까지 왔으나 강가를 걸어도 작은 배 한 척 없고, 강의 분류는 바위에 부딪쳐 흰 물거품을 뿌리니 아무리 대담한 그녀라도 건너지 못하고 망설이고만 있었다.

'……밤에는'

이렇게 생각하니 그렇듯 콧대가 센 여자도 아직 17세 처녀답게 어디서 잘까 어떻게 해서 배를 채울까, 여러 가지 두려움이 가슴 속으로 파고든다.

피난간 뒤의 농가에는 그래도 무엇인가 먹을 것이 남아 있었고 밤의 잠자리도 그곳을 빌려서 지내오기는 했지만 이 근처에도 그런 오두막이 있는지 없는지.

피로를 느껴 강가 벌판의 돌 위에 걸터앉았다.

그리고 멀거니 저녁 구름을 쳐다보면서 지난 일과 앞일을 꿈같이 그려보고 있었다.

"앗? 여자가."

그때 그녀의 등 뒤에서 사나이들의 목소리가 들렸다.

사나이들은 놀란 모양이었으나 그녀는 그녀대로 역시 놀란 듯 뒤켠 갈대가 우거진 강둑을 돌아다보았다.

정찰대의 병사들 같았다. 창과 총을 가지고 딱정벌레 같이 무장을 한 병사들은 그녀가 간직하고 있는 처녀의 아름다움에 넋이 빠진 듯 그저 지켜보고만 있었다.

잠시 후, 7, 8명의 정찰대 소대는 그 여자를 둘러싸고 제각기 질문을 하기 시작했다.

"너는 어디 사는 누구냐. 누구의 딸이냐?"

"여기서 뭘 하고 있나?"

그녀는 조금도 기죽지 않고 질문에 대답했다.
"네. ……벌써 4일 동안이나 헤매고 다녀서 지칠 대로 지쳐서 쉬고 있었습니다."
"어디서 어디로 가는 길인가?"
"집은 기후와 오가키 중간에 있는 오노 마을입니다. 거기서 떠나 이나바산 뒷길에서 동행자와 만날 약속을 했는데, 어찌된 셈인지 그 사나이가 돌아오지를 않습니다……."
"사나이? 뭐냐 그 놈은."
"유모의 아들입니다."
"그 사내 도대체 어디로 갈 약속을 한 거지."
"교토."
"……교토로?"
"네."
"흐흥."
다들 감탄도 하고, 킬킬 웃기도 했다.
그 중 젊은 잡병 한 사람은 놀랐다는 듯 허풍스런 태도로 말했다.
"이거 정말 놀랐는데, 이런 난리통에 사랑의 도피라니, 뭐 좋다고 해두자. 그런데 아직 어린 처녀가 우리들 앞에서 겁도 없이 사내와의 관계를 말하다니……이건 놀라지 않을 수가 없군."
새삼스럽게 다른 패들도 그녀의 머리, 눈, 코, 옷 등을 다시 훑어보고 나서 말했다.
"하나, 말투나 머리 모양은 토민의 딸 같지는 않은데."
"지금 이야기도 거짓말인지도 몰라. 거짓말이고 아니면 그렇게 눈도 안 깜짝않고 사내 이야기를 할 수 있겠나."
의심을 가지고 보면 얼마든지 의심스러운 점이 나온다.
"네 아버지는 무사냐? 성은 뭐지?"
"아버지는 오노 마사히데라고 하며 전에 사이토 요시타쓰님의 부하였다고 합니다만, 제가 어릴 때 전사하셨습니다."
"그리고 너는."
"유모 오사와의 손에서 자라났고 이름은 오노의 오쓰라고 합니다. 13세 때 연줄을 얻어 아즈치 성으로 들어가 시중을 들고 있었습니다만, 덴쇼

10년 노부나가 님께서 혼노사에서 원통하게 돌아가신 후 고향에 돌아가 있었습니다."

"뭐, 노부나가님의 성에서 시중을 든 일이 있었다고?"

"바로 며칠 전까지는 쇼킨 스님 밑에서 공부를 하고 있었습니다. 유모는 나를 어떻게든 여승으로 만들려고 합니다. 그러나 저는 여승이 되는 것은 싫습니다. 도회지로 나가 좀더 공부를 해서 보람 있는 일생을 보내고 싶습니다……오사와의 망나니 아들 놈하고 손을 잡고 도망칠 생각은 없습니다."

기품이 있고 말도 똑똑하다. 정찰대의 잡병들은 질문을 하는 동안에 무엇인지 이 소녀의 침착성에 기가 눌리는 것 같은 느낌을 갖기 시작했다. —— 그러나 병사들의 의심은 아직도 가시지 않았다.

병사들은 저희들끼리 어떻게 할까하고 의논을 한 모양이다.

그들은 무엇인지 소곤소곤 말을 주고받다가 바야흐로 대전의 폭발을 눈앞에 둔 날이기는 하지만 이 단려한, 더구나 전에 아즈치 성에도 있었다고 하는 문제의 미소녀를 불문에 붙여 내버려 두는 것은 어딘지 아까운 듯한 기분이 들었다.

"하여간 진중까지 끌고 가세…… 만일에 적의 밀정이라면 소용이 있으니까."

이야기가 결정되자 오쓰는 곧 끌려갔다.

그곳에서 조금 상류 쪽으로 가니 이 정찰대들이 타고 온 듯한 뗏목이 있었다.

창으로 둘러싸인 채 그녀는 뗏목을 탔다.

기소 강의 물거품에 삿대를 잠그고 뗏목은 격류를 건너 이누야마 성 밑에 닿았다.

"위험해."

그녀가 내릴 때 한 병사는 그 손에 창자루를 내밀어 주었다.

그곳 언덕에서 절벽을 올라갔다. 그러자 돌연 지상의 모습은 완전히 변해 있었다.

이에야스의 본진 고마키에 맞서 히데요시의 대군 8만 여는, 몇 십리에 걸쳐 꽉 차 있었다.

서쪽에서 대거 진격해 온 히데요시는 적의 고마키 산에서 부르면 응할 수 있을 만큼 근거리에 있는 가쿠덴 마을에 본진을 설치하고, 이누야마 성에는 기후의 오가키에서 전진해 온 이케다 노부테루와 그 아들이 들어오고 있었다.

정찰대는 그 이케다 군대의 일소대였다.

저녁 식사 준비로 성 밖의 진지는 어디나 연기로 자욱했다.

말똥과 땀 냄새가 풍기는 인마가 뒤범벅이 되어 있는 속을 그녀는 조금도 겁을 먹지 않고 정찰대와 함께 지났다.

"우와, 저 여자 대단한데."

"여보게 어디서 주워 왔나……그렇게 예쁜 것을."

돌아다보며 한 마디씩 떠들지 않는 병사는 없었다.

"이건……?"

정찰대장 센다 몬도도 데리고 온 부하의 보고를 들으며 눈이 휘둥그레졌다.

"오노 마을의 오쓰라고 하나?"

"네."

"그럴 듯한 거짓말로 우릴 속이려는 거지? 실은 이에야스 첩자가 아닌가? 정직하게 말하면 용서하지만, 거짓말을 했다가 나중에 탄로가 나면 혼이 나는 거야."

"의심스러우시거든 저를 총대장 히데요시님과 만나게 해주세요."

"뭐, 히데요시님하고 만나면 안다고?"

"네, 요전까지 제가 스승으로 모시고 있던 보다이 산의 쇼킨 스님은 히데요시님을 잘 알고 계신 지금은 돌아가신 다케나카 한베님의 여동생이시니까요."

"모르겠는데."

몬도는 반신반의했다.

"여봐."

부하를 돌아보고 말했다.

"하여간 밥이라도 먹여서 군막 안에서 쉬도록 해줘라. 아마 불쌍한 미친년인지도 모르겠다."

암만해도 말하는 것이 모두 이해가 안 간다.

이케다 노부테루는 이날도 겨우 4, 5기를 데리고 성 밖으로 나갔다.

어제도 나가서 어딘지 한 바퀴 돌고 돌아왔다.

그 전날도 두 패의 장교 정찰을 내보내 부리나케 이누야마, 고마키 지방에서 도카이도 방면으로 빠지는 지세를 조사 시켰다.

"지독한 연기로구나."

저녁밥을 짓는 연기에 노부테루는 상을 찌푸리면서 말을 탄 채 성문을 지났다.

그 눈썹만 보고도 이케다의 장병들은 두려워했다.

"또 기분이 나쁘신 모양이다……."

노부테루의 불만스러운 표정이 사위 모리 나가요시의 패전 때문이라는 것은 누구나 다 알고 있다.

사위 나가요시가 공을 세워 보겠다고 고마키의 적진으로 기습을 간 것이 잘못의 근원이고, 또 총대장 히데요시가 대결 전장인 이곳에 도착도 하기 전에 수많은 서전의 상처를 아군에게 입혀버리고 만 것이다.

수일전 히데요시는 이누 산에 도착하자마자 포진하기 시작해서, 지금은 가쿠덴 마을에 진을 치고 있다. 그 때, 자신을 마중 나온 노부테루 부자에게 이누야마 성 함락의 공을 치하했다. 그러나 그 공으로도 씻을 수 없는, 사위 모리 나가요시의 실패에 대해서는 전혀 입에 담지 않았다. 말이 없는 만큼 더욱 괴로웠다. 뿐만 아니라 아군 중에서는 분분한 악평이 떠돌고 있다. 노부테루는 자고로 남에게 손가락질을 당하지 않는다는 자부심으로 50 평생의 무인 생활을 지속한 사람이다. 그로서는 적어도 이번의 불명예가 원통하기 한이 없었을 것이다.

"유키스케도 오너라. 산자도 이리 오고. 노신들도 다 모여 주게."

본채 거실에 도사리고 앉아 있는 아들 유키스케(26세)와 산자에몬 테루마사(21세), 또 중신들을 불러 모아 놓고 그들의 기탄없는 의견이 듣고 싶다고 말했다.

그리고, 통로에 파수병을 세워놓고 밀담을 시작했다.

"먼저 이것을 보라."

노부테루는 속주머니에서 한 장의 산지도를 꺼내서 펼쳤다.

"이에야스, 노부오의 두 병력은 고마키 산으로 집결되고 나머지는 기요스 성을 지키고 있다. 생각건대 이에야스의 본국 미카와의 오카자키에는 얼마 안 되는 수비만이 남아 있을 것이다."

산지도를 좌석 순으로 회람하고 있던 사람들은 그 동안의 노부테루의 말에 자연 번개같이 떠오르는 것이 있었다.

지도에는, 이누 산 산간이나 나루터를 지나서 오카자키로 빠지는 길이 붉은 점으로 표시되어 있다.

'……그렇구나!'

그렇게 생각 하면서도 보고 난 사람들은 묵연히 노부테루의 입만을 쳐다보고 있었다.

노부테루는 일동에게 물었다.

"고마키나 기요스의 적을 내버려 두고 이곳, 이에야스의 본거지……오카자키로 아군을 진격시키면 제아무리 잘난 이에야스도 당황할 것이다. 그저 조심해야할 것은 행군 도중 고마키 산의 적의 눈을 어떻게 피해가느냐 하는 점인데……."

누구도 즉시로 대답할 수가 없었다.

이것은 평범하지 않은 전법이다. 더구나 잘못되면 아군 전체에 치명적인 파탄을 일으킬 화근이 될지도 모른다.

"……나는 이 묘책을 히데요시님께 헌책해 보려고 생각한다. 사느냐, 죽느냐의 기계이기는 하지만 계획대로 된다면, 이에야스나 노부오도……손에 침만 바르고도 포로로 잡을 수가 있을 것이다."

노부테루는 해보고 싶었다.

무엇이든 큰 공을 세워 사위의 치욕을 씻고 뒤에서 손가락질하는 자들을 놀라게 해주고 싶은 것이었다.

그 마음을 잘 알고 있느니만큼 아무도 "안 된다, 기계란 좀처럼 성공하지 않는다. 위험하다" 하고, 그의 사사로운 감정을 타이르는 자가 없었다.

도대체 무인과 무인이 회담을 할 때는 곧잘, 장거라던가 결사라던가하는 기운차고 화려한 전략이 선택되기 마련이다. 속으로는 위험하다고 생각되어도 비겁한 듯 의견은 말하지 않는 법이다. 그것을 감히 말할 수 있는 자는 여간한 신념을 가진 충신이 아니면 안 된다.

노부테루의 전략도 그날 밤의 밀담에서는 결국 찬성으로 의견이 모아졌다.

'이것이야말로 필승의 기계.'

'중입(中入)의 선진에는 꼭 저를……'

이렇게, 자기도 모르게 기세가 올라 결정한 것이 틀림이 없다.

중입이란 적진지 깊이 잠입해 들어가서 적국의 뱃속에서 적을 격파하는 전술이다.

일찍이 시즈가타케의 싸움에서도 시바타 가쓰이에의 조카 겐바가 이 수를 써서 대 패배를 맛본 예도 있었으나 노부테루는 이것을 히데요시에게 납득을 시키려고 했다.

"내일이라도 가쿠덴에 있는 본진으로 가서."

노부테루는 잠자리에 들어서도 비책을 궁리하면서 하룻밤을 지냈으나 아침이 되자 가쿠덴에서 전령이 왔다.

"오늘 진중 순찰을 하시는 도중 히데요시 총대장께서는 오정 때쯤 이 이누야마 성에 들리시게 될 것입니다."

노부테루는 기다리고 있었다.

4월 초순의 미풍을 말 위에서 맛보며 이날, 히데요시는 가쿠덴 성을 떠나 이에야스의 고마키 본진과 부근의 구축해 놓은 적의 방어루 등을 빠짐없이 시찰하면서 시동과 근신 등 십수 기와 함께 이누야마 성으로 길을 바꾸었다.

"오호⋯⋯저기 예쁜 나비가 들을 날고 있다. 누구든 가서 잡아 오너라."

갑자기 말을 멈추고 히데요시가 가리키며 하는 말을 모두들 무슨 소린가 하고 의아해했다.

히데요시 눈이 빠르고 밝다.

그보다, 그를 따라가는 장수들은 모두 대장의 경호에 긴장해 있었는데 히데요시 자신만은 초봄 4월의 들을 소풍이라도 하는 기분으로 바라보고 있었기 때문에 발견할 수 있었다고 하는 편이 사실에 가까울 것이다.

"안보이느냐? 저 나비가."

좌우의 사람들이 의아한 표정으로 먼 곳을 보자, 히데요시는 다시 방향을 일러주고 약간 웃음을 지었다.

"저것말야 저것⋯⋯."

후쿠시마 이치마쓰가 그 표정을 읽고 나서 말했다.

"아, 저것 말입니까?"

"그래. 저것 말야."

"저 나비를 잡아 오라는 분부이십니까?"

"그래."

역시 어릴 때부터 옆에서 길러낸 놈은 서투른 여관의 안주인보다 눈치가 빠르구나, 하는 히데요시의 대답이었다.
이치마쓰는 벌써 말을 그쪽으로 달리고 있었다.
"······무엇하러?"
아직도 눈치를 채지 못하는 사람들이 이치마쓰가 달리는 쪽으로 시선의 초점을 모았다.
들판 끝, 그림자가 작아져 간다.
잠시 후, 이치마쓰는 껑충 말 등에서 뛰어 내렸다.
힐끔 붉은 것이 그가 내려선 곳에 보인다.
그 붉은 것이 여자의 옷 무늬의 일부라고 안 것은 이치마쓰가 그 여성을 데리고 한 손에 말고삐를 끌면서 어지간히 이쪽으로 가까이 왔을 때의 일이었다.
"오오, 주군께서 나비라고 하신 것은 저기 저 처녀를 말한 거로구나."
이렇게 깨닫자 모든 행렬은 갑자기 수선스러워졌다.
이곳은 잠시 후면, 결전이 벌어질 곳으로 적으로서나 아군으로서나 위험한 장소였다.
어째서 약하기 짝이 없는 어린 처녀가 이런 곳을?······ 하고, 수상함을 초월한 호기심에 모두들 눈이 둥그레진 것은 사실이었다.
"잡아 왔습니다."
이치마쓰는 소녀의 한 손을 잡고 대열 옆에 섰다.
히데요시는 가까이 보고, 그가 여성에게 무엇인가를 느꼈을 때 보이는 눈매의 표정을 순간 보였다.
"어떠냐? 예쁜 나비 아닌가."
그는 갑자기 갑옷 차림을 한 장부를 생각하고 어물거렸다.
"······하지만 독나비인지도 모른다. 하여간 처녀가 이런 곳을 헤매고 다니는 것은 기괴한 일이다. 이치마쓰, 좀더 이리로 가까이 데리고 오라."
이치마쓰는 소녀와 함께 몇 걸음 들어섰다.
말안장 바로 옆까지 다가섰다.
그래도 그녀는 이누야마 성 장병들 사이를 눈 하나 깜짝않고 지날 때와 마찬가지로 여기서도 조금도 겁을 먹지 않았으며, 수줍어하지도 않았다. 다른 처녀들처럼 고개를 숙이지도 않았다.

"너는 누구냐?"

히데요시는 일부러 천진스런 흰 얼굴을 노려보았다.

"오노의 오쓰라고 합니다."

오쓰도 물끄러미 히데요시를 쳐다보았다.

오쓰는 전날밤 성 밖 이케다 부대에서 가까스로 하룻밤을 견뎌냈다.

부장 센다 몬도는 부하에게, '친절하게 대해 주라'고 일렀으나, 병사들로서는 이 좋은 먹이를 친절만으로 대할 수는 없었다.

당연한 수작이 밤새도록 그녀를 괴롭혔다.

겨우 날이 새자 방 한구석에서 눈을 붙였다.

이런 장졸들이 아닌, 총군 대장의 진중으로 가서 보호를 청하려고 생각한 것이다.

그런데 이누야마 성에서 나와 길을 잘못 잡아 어딘지도 모르는 들판을 걷고 있자니 거기서도 세 사람의 병졸을 만났다. 그들도 덮어놓고 어젯밤 같은 수작을 하려고 덤벼들어서, '병신들' 하고 욕을 한 다음 오금아 날 살려라 하고 들판을 도망쳐 달리고 있었던 것이었다.

어린 처녀의 강한 태도에 놀랐는지 또는 멀리 보이는 가토에 히데요시의 행렬이 보인 탓인지 들개 같은 군졸들은 얼이 빠진 표정을 짓고 있었다.

히데요시가 멀리서 나비로 본 것은——그녀가 뒤에 쫓아오지도 않는 것을 모르고 계속 달리고 있던 모습이었음에 틀림없다.

"오쓰라고?"

히데요시는 직접 여러 가지를 묻기 시작했다.

이런 곳을 왜 헤매고 있었는가?

나이는 몇 살, 고향은 어디, 아버지의 이름은 무어라고 하는가——등 상당히 자세하다.

오쓰는 어제 기소 강가에서 이케다의 정찰대와 이야기한 대로, 겁먹지 않은 눈으로 숨김없이 자기 신상을 말했다.

어젯밤 애먹던 일과 지금도 들판에서 혼이 날 뻔한 일을 아무런 부끄러움도 없이 말했다.

그리고 말끝에 이렇게 말했다.

"저는 12, 3세 때 곁에서 주군님을 간혹 뵈온 일이 있습니다."

그리고 진주 같은 이를 보이며 웃음을 지어 보였다.

"뭐? 그래……."

히데요시는 고개를 갸웃거렸지만, 오쓰의 이야기에서 이전의 아즈치 성 내실에서 시중을 들고 있었다는 내용을 생각하고 물었다.

"아즈치 성에서 보았나?"

"네."

"이 히데요시도 돌아가신 우대신님(노부나가) 곁에는 가끔 간 적이 있었으니 그때 본 게로구나."

"노부나가 님께서 파데렌(선교사)이 데리고 온 흑색인을 아즈치 성 뜰로 불러 들여 내실의 여자들도 구경하라고 하셔서 모두들 구경을 한 적이 있습니다."

"그렇지 있었지. 그런 일이……."

"그때 주군님께서도 곁에 가까이 계셨었죠. 주군님의 얼굴은 한번 만나본 사람은 잊어버릴 수가 없다고 모두들 말하고 있습니다."

원숭이 같이 생긴 것은 누구나 다 아는 일이고 자신도 잘 알고 있는 자기의 얼굴이었다.

그것을 흉잡힌 것 같은 느낌이 든 모양이었다.

히데요시는 아주 어색해 하며, '발칙한 계집애 무슨 소리를' 하고 오쓰의 입가를 노려보았으나 오쓰는 타고난 예지가 가득 담겨 있는 맑은 눈을 더욱 맑게 하여, "정말 닮았어요"라고, 하는 듯 계속 히데요시의 얼굴만을 보고 있었다.

히데요시는 은근히 그가 느껴보지 못한 두려움을 품었다.

그는 전부터 자기의 눈에 대단한 자신을 가지고 있다.

어떠한 현세의 영웅이라도 또 걷잡을 수 없는 호걸이라도 그와 담소를 나누다가 무심코 눈길이 마주쳤을 때는 열이면 열, 다 그 시선을 옆으로 돌리거나 내리깔거나 하지, 끝내 히데요시의 시선과 오래 겨누어 버티는 자는 없었다.

노부나가가 죽은 후, 그의 눈동자의 위력은 기요스 회의에서도 만좌를 누르고, 야마자키, 시즈가타케의 싸움에도 시바타, 다키가와 등을 움추려뜨려 왔던 것이었다……. 이곳은 히데요시 최대의 적 이에야스의 대군과 노부오의 병력 6만여가 진을 치고 있는 고마키 산의 적진 앞이다. 두려움을 느끼기는 커녕, 히데요시의 두 눈은 적을 삼켜버릴 듯한 생명력과 전투력에 불타고 있었다. 동해의 흑성이라 불리며 천하의 대기라 인정받기에 손색이 없는 기개이다.

그런데, 그런 자신에 찬 눈을——이름도 없는 일개 소녀가 끝내 아무런 두려움도 느끼지 않고 도리어 히데요시 쪽이 무색해짐을 느낄 정도로 태연히 쳐다보는 것이다.

'음?'

히데요시는 당황했다.

'이건 도대체 어떻게 된 계집앨까.'

그렇게 두려움과 호기심을 느끼는 것도 무리는 아니다.

"여봐라, 헤이마는 있느냐?"

갑자기 고개를 돌려 뒤따르는 시동들의 기마대를 향해 소리쳤다.

대열 중에서 오타니 헤이마가, 넷 하며 대답하고 말머리를 주인 곁으로 몰았다.

"부르셨습니까."

"그래, 네 말을 빌려야겠다."

"말을…… 말입니까."

"내려서 이 계집애를 태워줘라. 그리고 이누야마 성까지 고삐를 잡아 주어라."

헤이마는 화가 났다.

대답을 하지 않았다.

"헤이마, 왜 대답이 없지?"

"싫습니다."

"어째서지?"

"전쟁터에서는 그것이 전우의 부탁이라도 말만은 빌려주기 싫다며 거절해도 우정이 상하지 않는다고 들었습니다. 하물며 거지같은 여자에게 말을 빌려주고 제가 고삐를 잡고 가다니…… 저는 벌을 받는 한이 있어도 그짓은 못하겠습니다. 거절합니다."

싫은 것은 싫다 하고 기쁜 일은 기쁘다고 하며 주종 사이라도 형식에 사로잡히지 않고 생명과 생명의 진실을 가지고 맞부딪히고자 하는 것이 히데요시와 근위들의 생각이었다.

당시의 선후배 사이, 노소 사이는 다 이런 기풍이었다.

헤이마가 싫다고 떼를 쓴 것도 대의 명분이 서는 이야기였다.

"하하하, 멋대가리 없는 녀석이구나."

그렇게 웃어넘기며 말을 이었다.

"전쟁터이므로 헤이마 녀석은 빌려주기가 싫다고 한다. 여봐 누구 다른 사람이 오쓰에게 말을 빌려주고 고삐를 잡고 이누야마 성까지 걸어갈 만한 우아한 사나이는 없나. 아무라도 좋다."

히데요시의 말은 살벌한 행렬에다 도리어 일장의 화기와 웃음을 자아내었다.

"그럼, 제가 말을 빌려드리죠."

자진해서 안장에서 내려와 말을 권한 자가 있다.

누군가 하고 보니, 가모 우지사토——히노 성주의 아들로 29세의 젊은이였다.

"아, 우지사토구나, 미안, 미안."

그의 신분에 대해 히데요시는 예의를 갖추었다.

우지사토는 오쓰를 도와 말 등에 태웠다.

"이것도 풍류군요."

그는 그렇게 아무런 거리낌 없이 고삐를 잡고 히데요시의 뒤를 따랐다.

히데요시는 고개를 끄덕이고 행렬을 전진시켰다. 많은 젊은 인재 중에는 이시다 사키치와 같은 경리에 능한 인재도 있고, 지모에 뛰어난 자도 있으나 대개는 먼저 공을 세워보자는 데만 급급했다.

'역시 우지사토는 전공에만 눈이 어두운 자들과는 다르군.'

히데요시는 고개를 돌려 우지사토의 모습을 보고, 우지사토는 히데요시의 눈을 쳐다보며 빙그레 웃었다.

이누야마 성에 도착했다.

이케다 노부테루 부자가 마중을 나왔다.

히데요시 이하 전원은 본채와 기타 처소로 나뉘어서 들어갔다.

정오가 지난 시각이라 곧 점심식사를 하였다. 상을 물리자 히데요시는 소수의 인원과 차를 마시며 긴장을 풀고 물었다.

"그런데 서랑의 경과는 어떤지, 나가요시의 용태말야."

노부테루와 만나서 이야기 할 때 히데요시는 곧 옛 친구로 돌아간다.

노부테루가 아직 이케다 사부로라고 불리던 옛날부터 마에다 이누치요 등과 같이 곧잘 술을 마시고 기요스 거리를 어울려 다니던 악우이기도 하고, 그 후 서로 생사 속에서도 이반되지 않고 온 선우이기도 했기 때문이다.

"그게, 살 가망이 없을 줄 알았는데, 뜻밖에 회복이 빨라 하루 속히 전진에 나가 오명을 씻겠다는 말만 입버릇처럼 외치고 있군 그래."

사위란 말할 나위도 없는 모리 나가요시를 가리키는 것으로, 하구로의 패전으로 한 때는 적과 아군에도 전사한 것으로 전해졌으나, 실은 이누야마 성 안채에서 일족들이 만신의 부상을 필사적으로 간호하고 있다.

앓고 있는 귀신

히데요시는 잡담을 좋아했다.

잡담하는 동안에 중지를 착취하고 있는 듯 지금도,

"이치마쓰는 오늘 돌아보고 온 고마키의 적진 방어물 중 어디가 가장 견고하다고 생각하는가?"

라든가,

"요이치로는 그대가 만약 적의 후타에보리의 진형을 공격한다면 사카키바라의 진을 치겠는가, 마쓰다이라의 진지를 쳐부수겠는가?"

또,

"오늘 일순하는 동안 적의 약점을 보았거나 또는 아군의 약점을 발견한 자가 있으면 무엇이고 주저 말고 말을 해 보라. 스케사쿠는 어떤가? 도라노스케도 의견이 있으면 말하라."

등 좌우의 젊은 무사들의 솔직한 의견을 즐겨 듣는 것이었다.

이런 때 그를 중심으로 하는 일군의 젊은 패들은 결코 체면을 차리지 않았다.

그들이 열을 올리면 히데요시도 열을 올려 주종간인지 친구간인지 모를 분위기가 되지만, 일단 히데요시가 다소라도 위엄을 보이면 즉석에서 다 옷깃을 바로하고 자세를 고쳐 앉는다.

이케다 노부테루는 곁에 앉아서 언제 끝날지 모를 대화를 끊고 말했다.

"......그런데 오늘 노부테루도 긴히 말씀드릴 일이 있습니다만."

그리고 히데요시에게 무엇인가 말했다.

히데요시는 귀를 기울인 채 흐음 하고 한 번 고개를 끄덕여 보이고 근신들에게 사람을 물리치라고 명했다.

"다들 좀, 자리에서 물러나 주게……자리를."

"네."

비로 쓸어내듯 사람들은 그곳에서 일어나 휴식처로 돌아갔다.

단 한 사람, 오쓰만이 한 구석에 남아 있었다.

노부테루는 그것을 보고 물었다.

"히데요시님, 뒤에 있는 여성은 누구입니까."

"응, 이 아이?"

히데요시는 잊어버리고 있던 것이 다시 생각난 듯 돌아다보며 대답했다.

"도중에서 줏은 거지 여자지."

"아니……이 전쟁터에서!"

"그러니까 말이지. 묘한 여자 아닌가……오쓰 너도 자리를 비키거라."

오쓰는 네, 하고 일어서려다가 갑자기 노부테루에게 물었다.

"어디로 물러가 있으면 됩니까?"

노부테루는 삼남 테루마사를 불러 오쓰를 다른 방으로 안내해 주라고 일렀다.

"여보게, 여보게."

히데요시는 뒤이어 불러 말했다.

"그 여자에게 어울리는 전투복과 장비가 있거든 빌려 주게…… 진중에서 저런 차림으로서는 보행에도 불편하고 군사들의 눈에도 좋지 않아……알겠지? 그 방에서 바꿔 입게 해 주게."

다들 떠났다.

노부테루와 히데요시 단 두 사람밖에 남지 않았다.

방은 본채의 넓은 방이었다. 환히 내다보이므로 파수병의 배치는 필요 없었다.

"노부테루, 긴히 할 얘기란 게 뭐지?"

"실은 그 때문에 본진으로 찾아 뵈오려고 했습니다만."

"여기서 해보게. 무슨 말이든 들을 테니까."

"별다른 것이 아니라, 오늘 순시를 하시고 이미 방침을 결정지으셨으리라 믿습니다만, 이에야스의 고마키의 대비는 역시 대단하지 않습니까."

"정말이야, 굉장하더군. 그런 방어진은 이에야스가 아니고서는 이렇게 단시일에 만들어 낼 수 없겠지."

"저도 몇 번이고 말을 몰아 고마키 부근을 돌아보았습니다만, 그걸 공격할 방도는 도무지 서지 않는군요."

"늘상 하던대로, 눈싸움을 하는 거지……."

"이에야스도 상대가 상대인 만큼 신중을 기하고 있고, 아군도 이름 있는 이에야스의 군대와 처음 시도하는 결전이므로 ……자연 이와 같이 노려보고만 있는 대국이 되고 말았습니다."

"재미있지 않은가? 연일 소총 소리 한 방 들리지 않고 조용해서 싸우지 않는 싸움이거든. …… 요는 그 재미에 있거든."

"바로 그것입니다."

노부테루는 다가앉으며 아까부터 가슴 속에 그리고 있던 기략을——산지도를 펼쳐 놓고 열심히 헌책했다.

히데요시도 열심히 듣고 있었다.

몇 번이고 고개를 끄덕였다.

"응, 응, 그렇군."

그러나 최후의 결론에 이르자 난색을 표시했다. 좋다. 싫다는 말도 없었으며 쉽게 그 책략을 받아들일 기색도 아니다.

"만약 허락만 하신다면 저는 일속을 이끌고 솔선해서 반드시 오카자키 성을 찔러 보겠습니다. 한번 이에야스의 본국 오카자키 성이 돌연 아군의 손에만 들어온다면…… 고마키의 난공불락도 또, 이에야스가 제아무리 무문의 대기라 해도…… 공격도 못해보고 무너져 버릴 것은 뻔한 일입니다."

노부테루는 누누이 설명해 마지않으며 집요하게까지 그의 지론인 기습의 기략을 채용해 주기를 청하는 것이었다.

"……알았어. 생각해보지."

히데요시는 즉답을 피하고 달랬다.

"하나, 그대도 그렇게 자기 일처럼 생각지 말고, 남의 일이라 치고 하룻밤만 더 생각해 보는 것이 좋을 거야, 기략이고, 장거이기는 하지만, 그만큼 위험하기도 하거든."

노부테루의 무용과 대담함은 히데요시도 잘 알고 있다. 그러나 히데요시도 그 이상은 믿지 않는다.

두 사람의 소근대던 소리가 잠시 멎었다.

그러자, 다음 방 장지를 열고 노부테루의 큰 아들이 멀찌감치서 두 손을 짚고 말했다.
 "아버님……별일이 없으시거든 이리로 잠깐 와주셨으면."
 그보다 조금 전, 성 안 한 방을 병실로 정하고 며칠 전부터 만신의 부상을 치료하고 있던 노부테루의 사위 모리 나가요시는 주야로 간호를 맡고 있는 동생 모리 센치요──16세의 어린 무사에게 연방 떼를 쓰고 있었다.
 "센치요. 산자를 불러와……산자를."
 "형님. 그렇게 몸을 움직이시면 또 밤이 되어서 상처에 열이 나 아파집니다."
 "쓸데없는 소리 말고, 어서 산자를 불러오라니까."
 "안돼요. 지금은."
 "어째서, 너는 이리저리 핑계만 대지?"
 "글쎄 지금, 본채에 히데요시님이 오셔서 모두들 어전에서 이야기를 하고 계신 중이라니까요."
 "그래서 히데요시님이 돌아가시기 전에 산자에게 말해 두고 싶은 것이 있는 거야……좋아, 네가 안 불러주면 내가 가겠다."
 나가요시는 일어나려고 했다.
 전신을 붕대로 감고 있다. 머리도 얼굴도 그리고 한쪽 팔도 흰 헝겊으로 감고 있으므로, 귀신이라고까지 불리던 그도 마음대로 움직여지지가 않았다.
 더구나 그는 공을 세우기 위해 고마키 산 적진지로 쳐들어갔다가, 참담한 패배를 당했다. ──부하 8백여 명을 잃고 자신도 중상을 입어 가까스로 구원을 받아 도망칠 정도의 참패였다. 자기뿐 아니라, 장인 노부테루의 무명에까지 아주 씻을 수 없는 먹칠을 하고 말았다.
 "귀신 나가요시는 죽었다."
 적은 개가를 올리고 아군 중에서도 죽을 줄로 믿는 자가 있다──그 말을 듣고 '이대로 죽어서는 안 된다'고, 나가요시는 하룻밤 분한 눈물을 흘리며 상처의 아픔보다는 마음의 아픔에 그 육신을 불태우고 있는 것이었다.
 "안돼요, 형님."
 센치요는 형의 마음을 짐작하고 울면서 등을 끌어 안고 화를 내보였다.
 "일이 끝나면 산자 공을 불러올 테니까 그때까지 기다려 달라는데 왜 형님은 이렇게……."

"히데요시님께서 돌아가시면 소용이 없게 되니까 서두르는 거야. 그런데 너는……."

"그럼 기이(紀伊)님게 부탁하고 올 테니까 움직여서는 안 돼요."

형을 가만히 자리에 눕히고 센치요는 일어서서 나갔다.

바로 산자가 왔다.

얼굴을 보자마자 나가요시는 물었다.

"어때, 장인께서는 그것을 히데요시님께 헌책했는가?"

"지금 사람을 물리고 두 분이 밀담 중이신데."

"그럼 아직 노부테루님의 헌책을 들을지 안 들을지 모르는군."

"음, 모르지."

"만약 듣지 않을 때에는 곧 알려주게. 나는 히데요시님의 발등에 엎드려서라도 부탁해 볼 생각야, 알겠지? 산자."

한편——

어전 넓은 방에서는 아직도 사람들을 물리친 채 히데요시와 노부테루만이 묵연히 대좌 하고 있다.

지금, 다음방 경계에서 아들이 잠깐만 아버님 하고 아버님을 불러 무엇인지 속삭였으나, 그 소리를 다 듣고 나자 노부테루는 다시 곧 히데요시 앞으로 돌아와 있었다. 그리고 조금 전의 헌책을 반복해 마지않았다.

"오카자키 기습을 이 자리에서 명령 내리실 수 없겠습니까…… 병석에 있는 나가요시까지 그 승낙 여부를 걱정하고 지금 막 큰애를 통해 물으러 오는 열심을 보이니, 부디 결단을 내리시기를."

노부테루의 전략은 확실히 기상천외다. 조심성 깊기로는 돌다리도 두드리는 주의의 이에야스도 설마 하고 깨닫지 못하고 있는 허점임에 틀림없다.

그러나 히데요시의 생각은 아주 다르다.

히데요시의 천서의 기질로서는 기략이니 기습이니 하는 수법은 그리 좋아하지 않는다. 그는 전술보다도 외교, 소국의 쾌승보다도 대국의 제패를——시간이 걸려도 그것을 바라고 있다.

"그리 서두르지 말게."

히데요시는 말문을 돌렸다.

"내일까지 결정을 내리지…… 내일 아침 가쿠덴의 본진까지 와주게, 가부를 말할 테니."

"그럼, 내일 아침 다시."

"그래, 그럼 돌아가네."

히데요시는 일어섰다.

"주군님, 귀진이시다."

노부테루가 여러 대기소에 전갈을 놓았다.

근신들은 큰 복도에 기다리고 있다가 히데요시를 호위했다.

그리고 본채 입구까지 왔을 때, 말이 매여 있는 곳 바로 옆에 한 사람의 괴상한 모습을 한 무사가 주저 앉아있는 것을 발견했다.

머리도 한 팔도 붕대로 감고 갑옷 위에 걸친 전포도 흰 바탕에 금실로 수를 놓은 차림.

"아니? 그대는……."

히데요시가 보는 눈앞에, 그 중상자는 얼굴을 반까지 흰 헝겊으로 감은 낯을 들고 말했다.

"노부테루의 사위 모리 나가요시 놈입니다. 이 같은 흉한 꼴을 보여드려 불쾌감을 느끼실 줄 아옵니다만."

"아니, 모리로구나. ……누워 있다는 소리를 들었는데 부상은 어떤가?"

"오늘부터 일어나 있기로 했습니다."

"무리하지 말게, 몸만 전쾌되면 언제라도 오명은 씻을 수 있을 거야."

오명──이란 말을 듣고 다감다혈한 나가요시는 커다란 눈물을 떨어뜨렸다.

전포 안 주머니에서 그는 한 개의 서신을 꺼내 공손히 히데요시의 손에 넘겨주고 다시 땅에 엎드려 말했다.

"진으로 돌아가신 뒤 읽어 주신다면 그 고마움, 죽을 때까지 잊지 않겠습니다."

심정을 불쌍하게 생각했는지 히데요시는 고개를 끄덕이며 한 마디를 남기고 성문을 나섰다.

"그래, 그래 읽어보겠네──부디 몸조리 잘하게."

진중에 핀 꽃

왜가리조(組)의 산조(三藏)는 이누야마(犬山)에서 4십 리쯤 떨어진 오토메(大留)의 성주 모리카와 곤에몬(森川權右衞門) 앞으로 이케다 노부테루의 밀서를 가져가고 있었다.

왜가리조란 이케다 가의 비밀 부대, 다시 말하면 첩보대의 다른 이름이다.

산조는 이누야마 공격에 앞서서도 큰 역할을 하여 그 보상으로 이케다 군의 이누야마 진입과 더불어 돈도 받고 휴가도 얻어 그의 꿈을 실현시킬 예정이었다.

그러나 이제 곧 전쟁이 시작되므로 돈은 두둑이 내려졌으나 군에서 빠지는 것은 허락되지 않았다.

산조의 '꿈'은 오쓰를 데리고 교토로 올라가서 함께 사는 것이었다.

이 건달패의 모친은 오노 마사히데(小野政秀)를 섬기던 미망인으로 오쓰의 양모에 해당하는——유모 오사와(澤)였다.

오쓰는 건달패 산조를 이용하고, 산조는 오쓰를 유괴할 작정으로 두 사람이 집을 뛰쳐나간 후, 오노 마을의 오두막에 홀로 남은 오사와는 얼마나 슬퍼했는지 모른다.

어쨌든 젊은이의 꿈은 그것이 옳건 그르건 간에 답답한 벽촌에서 끊임없이 전쟁과 가난에 시달리면서 살 수 만은 없는 것이다.

그러나 오쓰의 꿈과 산조의 꿈은 하늘과 땅만큼이나 차이가 있었다.

동상이몽의 가출이었다.

산조는 색과 욕의 두 길을 무턱대고 가고 있었다. 미리 약속해 둔 장소에서 오쓰를 기다리게 하여, 이케다 가의 상금을 받으면 곧 군에서도 물러나 예정대로 그녀와 함께 교토로 가리라고, 혼자 신바람이 났던 것이다.

그러나 그런 염치 좋은 생각은 큰 싸움을 앞에 둔 지금 허락할 수 없다는 명으로 덧없이 무너지고 말았다.

한 때는 탈출할까도 생각했다. 그러나 붙들리기만 하면 목이 붙어 있을 리 없었다.

이세가토, 미노가토 어디로 가든 전장의 백 리 사방에 검문소가 없는 곳이 없는 것이다.

'오쓰는 어떻게 됐을까?'

그것만 생각하면서도 목숨을 부지하기 위해 군에 그냥 머물러 있기로 했다. 수일 전 이케다 부자는 다시 그를 불러 들였다.

"이 밀서를 가지고 도쿠가와 측 모리카와 곤에몬의 성까지 다녀오너라. 답장은 짚신 끈과 같이 꼬아서 숨겨 가지고 와야 한다. 만약 도쿠가와 군에 붙들리더라도 밀서는 죽음으로써 지켜야 하느니라."

이런 분부를 받았었다.

산조는 지금 막중한 소임을 완수하고 이누야마 성으로 돌아오던 참이었다.

마침 히데요시가 돌아오는 길이어서 성문 앞에는 수많은 병마가 붐비고 있었다. 산조는 길가에 꿇어앉은 채, 일행이 지나가기를 기다렸다.

선발대, 막장, 이어서 닥쳐온 근시들 사이에 끼어서 히데요시의 말이 통과했다.

산조는 앗! 하고 소스라치게 놀랐다.

그 가운데 오쓰가 섞여 있었던 것이다.

그러나 곧 잘못 봤으리라 하고 스스로를 의심했다. 무척 닮기는 했지만 화려한 갑옷을 차려 입고 히데요시 바로 뒤를 따라가지 않던가.

히데요시는 그날의 진중 시찰을 마치자 저녁 무렵 가쿠덴(樂田) 본진으로 돌아갔다.
 가쿠덴 마을의 본진은 적의 고마키 산처럼 높지 않았다.
 그러나 인근 숲, 논밭, 시내까지 완전히 이용하여 20리 사방에 걸쳐 참호나 방책을 갖추고 철통같은 포진을 과시하고 있었다.
 마을 신사(神社)는 입구에서부터 넓은 경내와 본전이 그의 거처처럼 위장되어 있었으나, 적의 야습에 대비하여 정작 히데요시는 신사 안에 있지 않았다. 그곳에서 동쪽으로 훨씬 떨어진 여러 막사 중의 하나를 이용하고 있었다.
 그러나 이에야스로서는 히데요시가 이누야마에 있는지 가쿠덴에 있는지부터가 의문이었다. 그토록 피차의 포진은 물샐틈없이 경계를 하여 서로의 탐색을 어렵게 하고 있었다.
 "목욕이라면 열 일 젖혀 놓는 내가 오사카를 떠난 뒤, 불과 몇 차례 밖에는 탕에 들어간 적이 없구나. 자, 오늘은 오래간만에 땀이나 좀 씻어야겠다."
 히데요시를 위해서 막사의 잡병들은 즉각 노천탕을 마련했다.
 땅에다 큼직한 구덩이를 파고 유지를 꼭꼭 겹쳐 깐다. 물을 부은 다음에는 시뻘겋게 달구어진 고철을 집어 던져 그것을 데우는 것이다.
 몸을 씻을 수 있도록 널빤지를 깔고 둘레에는 홍백의 장막을 둘러쳤다.
 "음, 살 것 같은 걸……."
 이 간소한 노천탕에서 그리 볼품 있는 체격도 아닌 몸을 어깨까지 푹 잠그고 저녁 하늘의 별빛을 언제까지나 바라보고 있었다.
 '천하에 없는 사치다……'
 그는 때를 벗기고 배꼽 밑을 가볍게 두드리며 진정으로 그렇게 생각했다.
 작년부터 대대적인 오사카 축성 공사에 착수하여 그 규모와 웅대한 구도는 전대미문이라고 천하를 놀라게 하고 있었지만, 그의 인간적인 즐거움은 그런 금전옥루(金殿玉樓)보다도 오히려 소박한 곳에 있었다.
 어릴 적 야단을 맞아가며 어머니 손에 등물을 하곤 했던 고향 나카무라의 옛집이 문득 그리워지는 한 때였다.
 "여봐라. 아무도 없느냐?"
 장막 밖에 대고 소리치자, 목욕 중에도 창을 들고 늘어서서 지키고 있던 무사 하나가 얼굴만 들이밀며 대답했다.

"부르셨습니까?"

"음, 아무리 밀어도 때가 한이 없군. 오쓰를 불러라. 오쓰를 빨리……등을 밀게 해야겠다."

시동이 해야 할 일이었지만 히데요시의 특명이라 오쓰는 곧 불려 왔다.

"음, 오쓰냐? 등을 좀 밀어라. 이리 들어오라."

아무리 그녀가 아무 것도 모르는 숫처녀라 해도 히데요시는 마흔 여덟이란 한창 나이에 있는 사나이였다. 분부를 내려도 혹시 수줍어하며 망설이지 않을까 했으나 오쓰는 곧,

"예."

이 대답과 함께 벌거벗은 히데요시의 등 뒤로 돌아와 열심히 때를 밀기 시작했다. 히데요시는 숫제 몸을 내맡기고 등뿐이 아니라 팔 끝까지도 씻게 했다.

탕에서 나오자 몸을 닦아 주고 배두렁이, 속옷, 갑옷 등을 완전히 입을 때까지 오쓰는 여자답게 시중을 들었다.

살벌한 진중인 탓인지 오쓰의 새하얀 손은 더욱 아름답게 보였다. 히데요시는 오래간만에 몸은 물론 마음까지 느긋해지며 막사로 들어갔다.

"오오, 벌써 모여들 있었군."

자리에는 이날 저녁 부름을 받은 여러 막장들이 늘어 앉아 그를 기다리고 있었다.

아사노 나가요시, 스기하라 이에쓰구, 구로다 칸베, 호소카와 다다오키, 다카야마 우콘 나가후사, 가모 우지사토, 쓰쓰이 준케이, 하시바 나가히데, 호리오 모스케 요시하루, 하치스카 고로쿠 이에마사, 이나바 잇테쓰——등 여러 얼굴들이었다.

모두 한 진의 수장(首將)들이다.

"주군께서는 목욕을 하셨습니까?"

제장들은 히데요시의 번들거리는 얼굴을 바라보자, 크게 안심이 되는 듯 했다.

그러나 그 뒤를 따라 들어와 시동 곁에 앉은 오쓰를 보자, 갑옷은 입고 있었지만 그것이 여자라는 것을 곧 알 수 있었다.

'다소 여유가 지나치시는 것 같군.'

그들은 그렇게도 생각하였다.

"모두 저녁은 먹고 왔나?"
히데요시가 물었다.
"먹고 왔습니다."
일제히 대답했다.
"오랜 진중생활에 고생들이 많소."
"무슨 말씀을……주군께서야말로."
"아니다. 오사카에 있던 때가 훨씬 더 바쁘지. 노천탕에 푹 잠갔다가 이렇게 나오면 아주 살 것 같단 말이야."
웃으며──대수롭지 않게 말했다.
"이것을 보아라."
히데요시는 겉옷의 품속에서 서면(書面) 한 통과 도면(圖面) 한 통을 꺼내 던지더니 그것을 차례로 돌려 보게 했다.
서면은 병중인 모리 나가요시가 이누야마에서 돌아오는 길에 직접 히데요시에게 보낸 혈서의 탄원서였다.
도면은 이케다 노부테루가 비계(秘計)로서 헌책한──오카자키 기습을 위한 산길 안내도였다.
"어떤가? 노부테루와 나가요시가 제시한 작전은? ……기탄없는 의견을 듣고 싶다."
한동안 모두 말이 없었다. 글쎄올시다. ──하고 생각에 잠기는 얼굴들이었다.
"묘책으로 생각하옵니다."
찬성하는 측이 반──
"기략이란 기공(奇功)을 바라는 것이며 운명을 거는 것입니다. 아직 일전도 나누기 전에 8만여 아군의 운명을 한번에 건다는 것은 간단한 문제가 아닌 줄로 아옵니다."
의론은 분분했다.
히데요시는 한동안 빙글거리며 듣고 있을 뿐이었다. 문제가 너무 커서 좀처럼 논의의 결론을 얻지 못했다.
"명단에 따를 수밖에 없습니다."
결국 제장들은 일단 중지하고 밤이 되자 각자 자기의 진지로 돌아갔다.
"오쓰, 목침을 다오."

진중에 핀 꽃 239

진중에서 잘 때는 그도 갑옷을 벗지 않았다. 아무 데고 쓰러져서 눈을 붙인다.
 시동들은 물론 무기를 들고 차례로 불침번을 섰다. 오쓰는 옆방에서 벼루를 끌어당겨 놓고 무언가 열심히 쓰고 있었다.
 노부테루의 헌책을 받아들이느냐, 안 받아 들이느냐 하는——
 히데요시의 속셈은 기실 이누야마에서 돌아오는 도중에 이미 결정되어 있었다.
 모리 나가요시의 혈서도 계장들에게 보이기 전에 히데요시는 돌아오는 말 위에서 이미 읽은 뒤였다.
 다시 말하면——
 결정을 내릴 수가 없어서 제장을 부른 것이 아니라 결정을 내렸으므로 부른 것이었다.
 그대들의 생각은 어떠냐 하고 일단 의견들을 들어본 것이다. 여기에도 그의 속셈은 있었다. 제장들은 모두 '결행되지 않으리라.' 그렇게 보고 돌아간 것이다.
 그러나 히데요시는 이미 단행키로 결정을 내리고 있었다.
 만약 이케다 부자의 헌책을 받아들이지 않으면 그들의 입장은 무인으로서 매우 난처하게 될 것이었다.
 또한 그토록 열을 내고 있는 이케다 부자의 고집을 여기서는 일단 누른다 해도, 다른 경우에 어떤 형태로든지 반드시 나타낼 것에 틀림없었다.
 그것은 전군의 통솔 면으로 볼 때 극히 위험한 일이었다. ——아니, 그 이상 히데요시가 두려워한 것은 이케다 부자가 불평을 품게 되면, 노회한 이에야스는 반드시 손을 써서 그들 부자가 배반하도록 유혹할 것이 틀림없다는 점이었다.
 그렇지 않아도 이케다 부자는 원래 기타바타케 노부오와는 한 젖을 먹은 의형제 사이이다. 게다가 노부오가 있음으로 해서 도쿠가와 측의 의도는 정의이며 사욕을 위한 싸움이 아니라는 대의명분이 성립된다.
 '우리는 싸움을 원치 않으나, 고 우대신(노부나가)의 유고(遺孤)이신 이 분을 위하여 의로써 싸우고 있는 것이다.'
 이것이 이에야스가 내세우는 명분이다.
 만약, 그 노부오나 이에야스가 명분을 앞세우고 어떤 이익을 뒷받침하여 넌지시 이누야마로 유혹의 밀사라도 보낸다면 이케다 부자는 그들에게 불평 불만이 있는 한, 언제 돌아설는지 모르는 것이었다.

'젊었을 때부터 격하기 쉽고, 일단 생각하면 멈출 줄 모르는 사나이였다.'

히데요시는 잠들기 전까지도 그런 생각을 하고 있었다.

남달리 잠을 잘 자는 히데요시였지만, 이날 밤만은 목침을 베고 누워도 좀처럼 잠이 오지 않았다.

젊었을 때 기요스 성시(城市)에서 가쓰사부로(노부테루)와 이누치요(마에다) 등과 더불어 밤새도록 술을 마시고 다니던 일도 생각났다.

'그 때의 이케다 가쓰사부로가 지금은 내 휘하에 있고 뿐더러 불명예스런 소문에 둘러싸여 있는 심정을 생각한다면……그의 초초감도 이해할 만하다.'

그런 생각도 있는 데다 동시에 현재의 상황 또한 한없는 대치만 계속하고 있는 중이어서, 변화를 가져올 수 있는 적극적인 수를 부득이 써야 할 때이기도 했다.

'그렇다. 내일 아침 노부테루가 예까지 오는 것을 기다리지 말고 오늘 밤중으로 사자를 보내자.'

히데요시는 벌떡 일어나 불침번더러 종이와 벼루를 가져오라고 소리 질렀다.

시동들이 벼루를 찾고 있는 동안에, 오쓰는 히데요시 앞에 종이와 함께 벼루를 내밀며 사죄했다.

"무단히 벼루를 빌려 쓰고 있었습니다. 용서해 주옵소서."

"아직 안자고 있었더냐?"

"네."

"무엇을 쓰고 있었느냐?"

"변변치 않은 단가(短歌)를……."

"너는 그런 재주도 있었더냐?"

"그저 옛사람들의 흉내를 보내는 것뿐입니다."

"이렇게 오래 대진하고 있을 때는 때로 다도회(余道會)나 시가(詩歌)모임 같은 것도 있는 법이지만 이번 싸움에서는 그럴 겨를도 없을 것 같다. 언제 나한테만 슬며시 보여다오."

"하오나 내놓을 만한 것이 못되어서……."

오쓰는 수줍어하며 벼루에 새로 물을 떠 붓고 곁에 앉아 먹을 갈기 시작했다.

시동들은 한 쪽 구석에 몰려선 채 그리 유쾌한 얼굴들이 아니었다.

진중에 여자를 놓아두는 것은 제장들 사이에도 종종 있는 일이었다. 시대의 풍습으로서도 별로 이상할 것 없는 일이었다.

그러나 길거리에서 주워 온 고양이 같은 천한 계집을 이토록 히데요시가 실눈을 하고 소중히 여기는 것을 보면, 하시바가에 목숨을 걸고 모시고 있는 사람들로서는 재미 있을 까닭이 없는 일이었다.

"그만하면 됐다."

히데요시는 부드럽게 오쓰의 손을 멈추게 하고, 붓을 들자 이미 속으로 정리해 두었던 생각을 단숨에 죽 내리 썼다.

'헌책, 충분히 납득이 갔소. 아울러 의논지사가 있으니, 날이 새기를 기다리지 말고, 즉각 말을 몰아 영소로 오시오.

지쿠젠.'

오쓰는 곁에서 보고 있다가 히데요시의 글자체가 형편없는 것에 놀랐다. 한편 그 필체가 천진난만하고 아무 가식도 꾸밈도 없이 그저 시원스럽기만 한 데도 놀라움을 금치 못했다.

"여봐라."

히데요시는 시동들을 둘러보고 말했다.

"오타니 헤이마(大谷平馬), 니와 나베마루(羽丹鍋丸) 둘이서, 이것을 사자 가토 마고로쿠(加藤孫六)에게 갖다 주고, 셋이 같이 지금 곧 이누야마 성으로 가 노부테루 수장에게 드리도록 하여라.——답장은 필요 없다."

"네."

두 시동은 황급히 물러갔다.

히데요시는 다시 누웠다. 이윽고 그의 코고는 소리가 옆방까지 들려왔다.

급장(急狀)을 받고 이케다 노부테루가 직접 말을 달려 찾아 온 것은 아직 밤중이라고 해도 좋을 4경 무렵이었다.

"노부테루, 결정했네."

"예? 오카자키 기습을 하명해 주시는 겁니까?"

날이 샐 무렵까지는 두 사람 사이에 모든 타협이 끝났다. 노부테루는 히데요시와 조반을 같이 하고 이누야마로 돌아갔다.

허실

다음 날도 넓은 싸움터는 여전히 무풍지대였다. 그러나 그 밑바닥으로는 미묘한 움직임이 보이기 시작하고 있었다.

과연——.

흐릿한 오후의 하늘 밑에서 적과 아군의 총성이 콩튀듯이 들리기 시작했다.

우쓰다(宇津田) 방면의 군도로에도 흙먼지가 뽀얗게 바라다 보인다. 서군 2, 3천이 적진을 향해 마침내 공격을 개시했다는 얘기였다.

"멀지 않았다."

"……총공격이."

"오늘 밤이냐, 내일 새벽이냐."

둘러보니 제장의 진지마다 이날은 살기가 치솟고 있었다.

고마키산 대 가쿠덴.

이제 그 서군 측 기치를 살펴보면——

후타에보리(二重濠) 진터에——

히네노 히로나리(日根野弘就) 형제의 군사 약 2천 5백.

다나카(田中)의 진은——

호리 히데마사(堀秀政), 가모 우지사토(蒲生氏鄕), 하세카와 히데카즈(長谷川秀一), 가토 미쓰야스(加藤光泰), 호소카와 다다오키(細川忠興)등, 군사 총 1만 3천 5백.

고마쓰사(小松寺) 주변——

미요시 히데쓰구(三好秀次)의 군사 9천 7백.

외(外) 구보 산(久保山)——

니와 나가히데(丹羽長秀)의 군사 3천 5백.

내(內) 구보 산——

하치야 요리타카(蜂屋賴隆), 가나모리 나가치카(金森長近)의 군사 3천.

그밖에 이와사키 산(岩崎山), 아오쓰카(靑塚), 고구치(小口), 만다라사(曼陀羅寺) 등의 각 진을 합하면 총병력 약 8만 8천이라고 일컬어지고 있었다.

이에 맞서는 동군 도쿠가와, 기타바타케의 연합군은 이이 효부(井伊兵部), 이시카와 가즈마사(石川數正), 혼다 헤이하치로(本多平八郎), 히코하치로(彦

八郞)등 일족, 도리이(鳥居), 오쿠보(大久保), 마쓰다이라(松平), 오쿠다이라(奧平)등 역대 가신들과 사카이(酒井), 사카키바라(榊原)등의 정예, 미즈노(水野), 곤도(近藤), 나가사카(長坂)등, 막장들을 비롯해서 이세의 기타바타케 제장들을 합치면 총병력 6만 7천이란 군사가 고마키 산을 깃발로 뒤덮고 산기슭, 도로, 저지대, 고지대 등 온갖 지형을 나름대로 이용하여 진터를 만들고 호를 파고 다시 방책을 둘러치고서 기세를 올리고 있었다.

"누가 이 철벽진을 뚫을 소냐!"

이야말로 천하의 장관이었다. 당대 전국의 갈림길이었다.

히데요시가 이기면 히데요시의 시대.

이에야스가 이기면 이에야스의 시대.

어마어마한 '시대의 분수령'이었다.

이에야스는 히데요시를 알고 있었다. 히데요시가 두려워한 인물 역시 전에는 노부나가, 지금은 이에야스 밖에 없었다.

이에야스 측에서도 오늘은 아침부터 분주히 순초군들이 움직이고 있었다. 동시에 서군 측의 탐색적인 소공격에는 "일체 응하지 말아라" 하는 경계가 내려진 듯, 고마키 산 전군은 기치하나 움직이지 않고 있었다.

이윽고 저물녘이 되었다. 아오쓰카 방면의 전투에서 돌아온 서군 일부가 히데요시의 본진으로 길가에서 주웠다는 격문을 몇 장 보내왔다.

히데요시가 그중 한 장을 받아 보니, 자기에 대한 욕설로 가득 찬 것이었다.

'히데요시는 천하를 횡탈하려는 도적이다. 히데요시는 크게 은혜 입은 고 노부나가 공의 유고 간베(神戶)님을 자멸시키고, 이제 다시 노부오님을 노림으로써 항상 소란을 일삼고 서민들을 전화 속에 휘말아 버리고 있다. 자신의 야망을 달성하기 위해서는 수단을 가리지 않는 원흉인 것이다.'

——그밖에도 조항별로 수두룩이 적혀 있다. 그리고 도쿠가와 공이야말로 올바른 명분 밑에 군을 일으킨 의군이라고 과장해 있었다.

히데요시는 격분했다. 그로서는 보기 드물게 노기를 얼굴에 드러냈다.

"이 격문은 적의 누가 쓴 거냐?"

하치야 고스케(峰屋五介)가 대답했다.

"이에야스의 막장 이시카와 가즈마사가 사방에 뿌리고 다닌 것으로 보아, 가즈마사가 쓴 것이 아닌가 짐작됩니다."

"서사!"

히데요시는 돌아다보며 소리쳤다.

"각처에 이 방을 써 붙이도록 해라. ……이시카와 가즈마사의 목을 베어 오는 자에게는 만석의 상금을 내리리라고…… 곧 적어서 각 진에 배부하여라."

그렇게 명하고도 아직 분이 풀리지 않는 듯 자리에 있던 막장들을 부르더니 직접 출진령을 내렸다.

"쓰쓰이 이가(筒井伊賀), 다키가와 기다유(瀧川儀太天)!"

"괘씸하기 짝이 없는 가즈마사의 소행, 그대들은 유격대가 되어 가즈마사와 대치하고 있는 아군을 도와 밤새도록 공격하여라. 내일도 공격해라. 내일 밤도 계속해라. 가즈마사란 놈에게 숨돌릴 겨를도 주지 말아라."

이어서 다시 불렀다.

"이치노세 이에몬(一瀨仁右衛門), 유가 무네주로(夕賀宗十郎), 야마노우치 이에몬(山內猪右衛門)!"

히데요시는 연방 불러내어서는 마찬가지로 군사 6, 7백을 달아 주어 전선으로 달리게 했다.

그리고 나서야 밥을 재촉했다.

"밥이다. 밥을 가져오너라."

그는 저녁을 급히 먹었다. 아무리 급한 때라도 저녁만은 빠뜨리는 일이 없었다.

오쓰가 식사를 거들었다.

식사 중에는 누런 헝겊을 걸친 사자가 이누야마와의 연락을 위해 끊임없이 왕복하고 있었다.

——마지막 사자가 이케다 노부테루의 보고를 전하고 물러갔다.

"……됐다."

히데요시는 혼자 중얼거리며 식사를 마친 뒤, 뜨거운 물을 천천히 오랫동안 마셨다.

초저녁이 되자 소총 소리가 후방인 이 본진에까지 콩 볶는 소리처럼 들려오기 시작했다.

"무섭지 않은가?"

오쓰에게 말했다.

오쓰는 발그레 웃고 천연스럽게 대답했다.
"아즈치 성에서도 총소리는 항상 들어 왔습니다."
"그래? 그렇다면……."
히데요시는 눈으로 그녀를 가까이 부르더니 말했다.
"네가 아니면 못할 어려운 심부름이 있다. 가주겠느냐?"
"심부름이라면 어려울 것 있겠습니까?"
"아니야. 그리 수월치 않은 일이다. 목적지는 적국의 영지 오카자키에 이르는 간도 길목에 있는 도쿠가와 측 모리카와 곤에몬의 성이다. 그리고 가서 이 증서를 전해 주었으면 하는 거다."
히데요시는 그 까닭을 설명했다.
오토메 성의 모리카와 곤에몬은 이미 이케다 노부테루와 내통이 되어 오카자키 간도를 통과할 때는 이쪽에 붙는다는 밀약이 되어 있었다.
일이 성사되면 포상으로서 5만 석을 내린다는 조건이었다. 그러나 그것은 아직 노부테루의 언약뿐이고, 히데요시의 검은 도장이 찍힌 서약문서를 아직 보내주지 않았다. 히데요시는 문득 그것이 마음에 걸렸던 것이었다.
"가겠습니다."
오쓰는 히데요시의 말이 떨어지자 즉각 분명한 대답을 했다. 오히려 히데요시 쪽이 두 번이나 다짐을 했을 정도였다.
"괜찮나?"
오쓰는 미소를 보이며 말했다.
"예, 지금 당장이라도……."
그러면서 그 눈썹에 결심을 보이자, 곧 떠날 채비를 하며 도중의 적의 실정 같은 것을 여자답게 세심하게 물었다.
몸차림은 농사꾼처럼 꾸미는 것이 좋으리라는 것, 길은 도면을 참작하여 될수록 간도를 택하라는 것, 그리고 만약 적병에게 붙들리면 끝까지 농사꾼 티를 버리지 말고 히데요시의 서면을 빼앗기지 않도록 사수할 것——.
——그런 주의를 받은 다음 오쓰는 이윽고 단신으로 한밤중의 진영(陣營)을 떠났다.
"봤느냐? 모두들……."
히데요시는 그녀의 모습이 사라졌을 때 시동들을 둘러보며 말했다.
"저게 만일 사내였더라면 너희들은 머지않아 오쓰 앞에 상장(上將)의 예를 받쳐야 했을 게다. 여자여서 다행인 줄 알아라."

좌우에 앉아 있던 젊은이들은 '그 무슨 말씀'하는 듯한 얼굴을 했다. 그리고 내일이라도 도쿠가와 군과 맞부딪게 되면 평소에 연마했던 무용을 유감없이 발휘하여, 주군 히데요시가 지금 말한 것과 같은 여존남비의 실언을 정정해야겠다. 속으로 그런 다짐을 하며 모두 볼이 부어가지고 잠자코 있었다.

소규모의 총격전은 새벽녘부터 시작되어 다음 날에도 전선 각처에서 끊임없이 계속되고 있었다.

그것을 계기로 서군 히데요시의 대병이 총공격을 가해 올 것처럼 예상되었다.

그러나 어제부터 시작된 소규모전은 기실 히데요시의 양공에 불과했다. 진정한 움직임은 이누야마를 중심으로 하는 이케다 노부테루의 오카자키 기습에 있었다.

이에야스로 하여금 허상인 총공격에 관심이 쏠리게 하고, 그 틈에 간도로 빠져 방비가 소홀한 도쿠가와의 본국 오카자키 성을 일거에 찌르려는 작전이었다.

바야흐로 그 타협과 준비는 끝나 이누야마 성을 중심으로 기습군은 다음과 같이 편성되어 있었다.

제1대 이케다 노부테루의 군사 6천.
제2대 모리 나가요시의 군사 3천.
제3대 호리 히데마사의 군사 3천.
제4대 미요시 히데쓰구의 군사 8천.
이 중 선봉인 제1, 제2대가 물론 결사대의 중심역할을 맡고 있다.

호리 히데마사는 군감(軍監), 히데쓰구는 총수 격이었다.

마침내 4월 6일(양력으로는 5월 15일)──한밤중을 기해서 2만의 장졸들은 이누야마를 극비리에 떠났다.

기를 눕히고 말발굽 소리를 죽여, 니노미야(二宮) 마을, 이케우치(池內) 마을을 지나 미치광이 고개에 이르렀을 때 날이 샜다.

아침 식사 후 잠시 휴식──.

다시 행군을 계속하여 오구사(大草), 가시와이(柏井), 시노키(篠木) 등을 거쳐 가미조(上條) 마을에 도착하자 그 곳에서 숙영 준비를 하고 곧 순초군을 보냈다.

"오토메 성의 상황을 살피고 오너라."

오토메 성의 모리카와 곤에몬과는 이케다 노부테루가 진작부터 왜가리조의 산조를 보내어 내통을 끝낸 뒤였지만 만약을 위해서 그 산조를 포함한 일단의 첩자들을 보낸 것이었다.

산조를 비롯한 왜가리조는 그곳에서 10리쯤 떨어진 쇼나이 강(庄內江) 나루를 누르고 있는 오토메 성을 바라볼 수 있는 데까지 접근했다.

"아, 저게 뭐지!"

그중 한 명이 길에서 숲 속으로 잽싸게 뛰어 들어간 그림자를 발견했다.

"수상하다."

그는 동료들을 주의시켰다.

"뭐, 마을 농사꾼이 우리를 보고 겁이 나서 도망쳤을 거야."

어떤 자가 말했다.

"아니야. 여자 같았어."

"적병일지도 모른다."

제각기 의견이 달랐으나 산조는 자기가 앞장서서 곧장 숲 속으로 좇아 들어가며 말했다.

"붙들어 보면 안다. 헛수고가 되더라도 붙들어라."

여기 저기 사슴이라도 쫓듯이 한바탕 추격전을 벌였다.

마침내 여자는 붙들렸다.

"이년!"

"뭣 때문에 도망쳤느냐?"

"피해야 할 까닭이 있기에 도망친 것이 틀림없다. 어서 숨기지 말고 말해라."

"말하지 않으면 발가벗길 테다."

왜가리조 사나이들에게 둘러싸여 여자는 털썩 땅바닥에 주저앉았다. 하얀 얼굴을 벙어리처럼 설레설레 흔들 뿐이었다.

"아니?"

산조가 갑자기 소리쳤다.

그는 눈을 갖다 대고 별빛으로 그 얼굴을 확인하자 깜짝 놀라며 다시 부르짖는다.

"아니, 이거 오쓰 아니야? ……임자는 오쓰가 아니냔 말이다."

동료들은 어리둥절한 얼굴로 물었다.
"산조, 임자는 이 여자를 알고 있나?"
"알다 뿐이야. 이 여자는 내 약혼녀란 말이야."
"응? 약혼녀?"
"아니, 장차 내외가 되기로 약속했으니까 말하자면 내연의 여편네라고 해도 좋겠지."
"정말인가? ——흠, 예쁜 여잔걸."
"내가 왜 거짓말을 하나?"
산조는 자랑스럽게 늘어놓았다.
"예쁜 거야 정한 이치지. 우리 아버님과 어머니의 옛 주군이었던 오노 마사히데(小野政秀)님의 유복 공주님이시란 말씀이야. ……우리 어머니는 이 공주님의 유모였었지."
"흠, 그런 공주님께서 어쩌다 임자 같은 작자하고 부부가 된다는 약속을 했을까?"
"깔보지 말아. 이래 뵈도 이 산조님께선 지난번 이누야마 성 공격 때 큰 공을 세웠기 때문에, 원하기만 하면 이케다 가에서 원하는 지위를 얻을 수 있는 몸이야. 하지만 난 싸움만 끝나면 오쓰하고 함께 교토에 가서 살 작정이야. ……그건 그렇고 오쓰. 어째서 그런 꼴을 하고 왜 이런 데서 헤매고 있지?"
산조는 동료들을 둘러보며 갑자기 멋쩍은 얼굴을 했다.
"……미안하지만 모두 자리를 피해 주지 않겠나? 나야 괜찮지만 귀한 몸으로 자라신 오쓰가……임자들이 쭉 둘러서 있으니 통 말이 안 나오는 모양이야. 잠깐만 자리를 피해서 우리 둘만 좀 남겨 놓아 주게."
"뻔뻔스런 녀석인걸."
서로 얼굴을 마주보며 웃었다.
"산조, 한턱내야 한다."
그들은 그곳을 떠나 어디론가 자취를 감추었다. 산조는 다짜고짜 오쓰를 껴안았다.
"……보고 싶었어, 오쓰. 내가 얼마나 임자의 생각을 하고 있었는지 아나?"
오쓰는 그 손을 뿌리치지는 않았다. 그렇다고 자기 손을 덧놓지도 않았다.

"그래요? 그렇게까지 생각했나요?"
"물론이지. 임자는 나하고 나눈 약속을 잊어 버렸나?"
"잊지 않았지만 약속한 장소에 안 오시지 않았어요?"
"그게 말이야, 실은 노부테루님께서 또 큰 일을 맡기시고는 어디 빠져나오게 해야지. ……아주 도망쳐 버릴까도 생각했지만, 이런 싸움판이라 잘못하면 목이 달아날 게 아냐?"
"그러니까 잘못은 산조님에게 있었던 거예요. 내가 약속을 어긴 것은 아니에요."
"그, 그런 걸 따지자는 게 아냐. 내가 이토록 가슴에 사무치도록 임자를 잊지 않고 있었다는 것을 알아만 주면되는 거야. ……한데 언젠가 이누야마 성 밖에서 임자가 히데요시님 근시들과 함께 의젓이 말을 타고 지나갔을 때는 정말 까무러치게 놀랐는걸. 대체 어떻게 히데요시님과 가까워졌나?"
"히데요시님과는 아즈치에 있을 때부터 알고 있어요. ……그분은 모르셨을 테지만, 전 처음이 아니에요."
"그래? 그런 연고가 있어서 진영으로 찾아 갔던 건가? ……한데 오늘 밤은?"
"심부름을 마치고 돌아가는 길이에요."
"누구의? 어디로 갔었는데?"
"히데요시님이 주신 서면을 가지고 오토메 성의 모리카와 곤에몬을 찾아 갔었어요."
"그럼 증서는 전해졌군. ……곤에몬이 히데요시님 앞으로 보낼 답장 같은 것은 주지 않던가?"
"주셨어요. 제가 가지고 있어요."
"잠깐 그걸 보여 줄 수 없겠어?"
"안됩니다."
"뭘 그리 까다롭게 구나?"
"이것은 공용이고 극비에 속하는 일이에요. 산조님도 그 때문에 순초하러 나오신 게 아닌가요? 어서 돌아가서 오토메 성의 배신은 확인됐으니 안심하고 진군하시도록 노부테루님께 전하세요."
"고마워."

산조는 꾸벅 머리를 숙여 보이고 말했다.

"곤에몬의 답장은 보지 않았어도 임자가 말하는 이상 틀림없을 테지. 한데 오쓰! 임자와 나와의 약속은 어떻게 되는 거지?"

"무슨 약속인데요?"

"어렵소. 그렇게 시치미를 떼기야? 뭐 수줍어할 것 없잖아?"

산조의 눈이 짐승같이 번뜩이는가 했더니, 다짜고짜 하얀 얼굴을 향해 그의 얼굴이 겹쳐져 갔다.

"무슨 짓이에요!"

찰싹하고 나긋나긋한 손이 그의 뺨을 후려 갈겼다.

동시에 여자의 그림자는 별빛 속을 멀리 달아나고 있었다.

와아하고 왜가리조 동료들이 나무 그늘에서 일제히 웃어댔다.

산조의 풀이 죽은 모습이 구부렸던 허리를 펴자, 그들은 또 한 차례 웃었다.

──적지 잠행군(潛行軍)인 이케다 대(隊) 모리 대, 호리 대, 미요시 대 등 2만 군사는 8일 새벽부터 다시 전날과 같이 극비리에 남하를 계속했다.

이미 도쿠가와 령이었다.

적지인 것이다.

미카와를 향하여, 미카와의 오카자키를 향하여──

전군은 한 걸음 한 걸음 이에야스가 없는 이에야스의 본성, 용장강졸은 모두 고마키의 전선으로 출동하고 빈 집이나 다름없는 도쿠가와 본국의 중핵을 일거에 숨통을 눌러 버리려고 각일각 접근하고 있는 것이다.

뿐더러──.

이 간도를 지키는 보루의 하나인 도쿠가와 측 오토메 성은 이미 노부테루의 유혹에 넘어왔고 히데요시가 제시한 5만 석의 증서에 눈이 어두워 이날 아침──이케다 노부테루 이하 남하부대가 아침 안개 속에 나타나니, '어서 오시오' 하듯이 성문을 열어젖히고 무방비 상태임을 보인 다음, 성주 모리카와 곤에몬이 직접 마중을 나와 길을 안내하는 판국이었다.

도의(道義)가 땅에 떨어지고 무인이 타락한 것은 비단 무로마치 막부의 전매품만은 아닌 것이다.

주종의 차별 없이 피밥을 먹고 찬마죽을 마셔가며 무장하여 나가 싸우고 돌아와서는 괭이를 들고 밭에도 나갔으며 내직까지 해가면서 가까스로 빈곤과 고난의 시대를 넘겨 이제 천하대세를 양분하여 히데요시와 대치할 수 있을 만큼 강대해진 신진국 이에야스 밑에도 역시 곤에몬 같은 무사는 있었던 것이다.

그러나──

잠행하는 기습군 측에서 보면 이것은 무엇보다도 큰 도움이었으며 전도에 대한 밝은 전망을 주는 것이었다.

"여어, 모리카와씨. 이렇듯 약속을 지켜주셔서 정말 감사하오. 성사만 되면 틀림없이 하시바 공께 진언하여 5만 석의 녹을 내리시도록 하겠소."

노부테루는 만면에 기쁨을 감추지 못하며 그렇게 말했다.

"아니오. 실은 어젯밤 이미 사자를 통해서 하시바 공의 서약 서면을 받았소. 이렇게 된 이상 우리도 두 마음을 먹는 일 없이 진심으로 가담할 작정이오."

곤에몬의 대답에 노부테루는 히데요시의 배려와 실행의 정확성에 새삼 놀랐다.

"자, 그럼 어느 길을 취하실 거죠?"

"도면에 의하면 오카자키에 이르는 길은 세 갈래가 있는 모양이던데?"

"그렇소. 하나는 삼봉기(三本木)를 거쳐 이호(伊保)로 빠지는 길, 다음에는 모로와(諸輪)를 지나 고로모(擧母)로 나가는 길, ……또 하나는 나가쿠테(長久手)와 유후쿠사(祐福寺)를 넘어 아케치(明智), 쓰쓰미(提) 방면으로 빠져서 오카자키에 이르는 세 길이오."

노부테루는 사위 나가요시와 협의한 끝에 세 번째──즉, 유후쿠사와 아케치를 택하여 쇼나이 강을 건너기 시작했다.

군사는 3개 종대로 나뉘어, 스와(諏訪) 벌에서 히라코 산(平子山) 기슭, 그리고 인바(印場)로 빠지자 야다 강(矢田江)을 건너 다시 가나가레 강(香流江)을 넘어 나가쿠테(長久手) 벌에 이르렀다.

그 곳에 또 하나의 성이 있었다.

도쿠가와의 휘하인 가토 다다카게(加藤忠影), 니와 우지시게(丹羽氏重) 양장이 불과 군졸 2백 30여 명으로 지키고 있는 이와사키(岩崎) 성이 그것이었다.

"내버려 둬라. 이따위 하찮은 성에 시간을 낭비하지 말아라."

노부테루도, 나가요시도 눈 속의 티만큼도 생각하지 않고 그냥 지나치려고 했다.

그러나 성 안에서는 일제히 사격을 가해 왔다. 그 중 한 방이 노부테루가 타고 있는 말의 배에 명중했다.

말은 크게 울부짖으며 번쩍 앞발을 들고 곤두섰다. 노부테루는 하마터면 떨어질 뻔 했다.

"헷, 가소롭게!"

노부테루는 격분한 채찍을 휘두르며 재 1대의 장졸들에게 호령했다.

"저놈들을 짓이겨 버려라."

강행군 뒤 비로소 첫 싸움이 시작되었다. 이누야마를 떠난 뒤 낮이고 밤이고 그저 비밀리에 이동하는 바람에 근질거리는 팔을 주체 못했던 군졸들은 그 명령에 '와아'하는 함성으로 응했다.

울분을 터트릴 때가 온 것이다.

가타기리 한에몬(片桐半右衛門).

이키 다다쓰구(伊木忠次).

두 부장이 각각 천여 명의 부하를 이끌고 적성으로 돌진했다. 이런 기세로 덤벼 오는 군사들에 대해서는 불락을 자랑하는 튼튼한 성도 문제가 되지 않는 법이다.

하물며 성은 소수 병력

순식간에 해자를 건너고 성벽으로 기어 올라왔다. 돌을 던지고 불을 질렀다. 중천의 태양이 검은 연기에 가려지기 시작하자, 성장(城將) 니와 우지시게는 칼을 휘두르고 나와 전사했고, 성병들도 모두 무참한 죽음을 당했다.

다만 한 사람──

이 급변을 고마키 산에 있는 이에야스에게 알리기 위하여 혈로를 뚫고 서쪽으로 도망쳐 간 장수가 있었다.

우지시게의 아우 시게쓰구(茂次)였다.

이 짧은 동안의 전투 중──

모리 나가요시의 제2대는 제1대와의 사이에 상당한 거리가 벌어져 있어 들판에서 병마를 휴식시키며 점심을 먹게 하고 있었다.

군졸들은 밥을 먹으면서 "뭘까, 저 연기는?" 하고 바라보고 있었으나, 곧 선발대와의 연락이 취해져 이와사키 성이 함락됐음을 알자 떠들썩하게 웃어대며 말에 풀을 먹이기도 했다.

제2대에 따라 제3대도 일정한 거리를 두고 가나하기(金萩) 벌에서 병마를 휴식시켰다. 최후방인 제4대로 가까운 숲에서 행군을 멈추고 조용히 앞선 부대가 움직이기를 기다렸다.

봄이 가고 여름이 멀지 않은 산간의 한낮 하늘은 맑고 푸르고 바다보다도 깊었다. 잠시만 행군을 멈춰도 자칫하면 말이 졸기 일쑤였고 보리밭에는 종달새가, 나무 가지에서는 제주직박구리가 이따금씩 드높이 지저귀곤 했다.

──그 보다 이틀 전.
4월 6일 저녁이었다.
시노키(篠木) 마을의 농부 둘이 서군의 눈을 피하여 밭고랑을 기어 나무 그늘에 몸을 감추며, 고마키 산 본영으로 달려 왔다.
"아뢰옵니다. 큰일 났습니다."
이이 나오마사(井伊直政)가 먼저 듣고, 그 제보의 중요성에 곧 이에야스의 장좌(將座) 앞으로 데리고 갔다.
이에야스는 조금 전까지 막사 안에서 노부오와 이야기를 하고 있었으나 노부오가 자기 진영으로 돌아가자, 오늘도 멀리서 콩 볶듯하는 총소리를 한 귀로 들으면서 갑옷 궤 위에 놓였던 논어를 펼쳐 들고 묵독하고 있었다.
히데요시보다 5살 아래인 43살. 역시 한창 나이의 무장이었다. 하얀 피부에 적당히 살이 올라 부드러워 보이는 그였다. 가슴에는 백계(百計)를 간직하고 눈으로는 천군을 움직이면서 전쟁을 수행하고 있는 것이 차라리 의심스러울 만큼 온화한 모습이었다.
"누구냐? 뭐, 나오마사? ──들어오너라, 들어오너라."
책을 덮으며 이에야스는 걸상을 돌려놓는다.
두 농부는 시노키 마을 36명의 대표라고 했다. 그리고 오늘 저녁 히데요시의 군사들이 이누야마에서 간도를 따라 수없이 미카와 방면을 향해 남하하는 것을 보았으므로 급히 알려 드리러 왔다고 한다.
"수고했다."
이에야스는 치하하였다.
"우선 받아 두어라."
그리고 은전 얼마를 들려주어 두 농부를 돌려보냈다. 별로 당황하는 기색은 안 보였다. 아니 실은 밀고의 진위를 의심하는 것이었다.

그러자 반각쯤 지나서, 아오쓰까 방면에서 돌아온 첩자 핫토리 헤이로쿠(服部平六)가 고했다.

"심상치 않은 움직임이 보입니다. 모리 나가요시의 군사가 썰물처럼 아오쓰카에서 물러났습니다. 어디로 진을 바꾸었는지 행방조차 알 수 없습니다."

같은 첩자인 구와야마 규타(桑山久太), 하나다 니스케(花田仁助), 시마 겐조(島源三) 등도 이누야마를 비롯한 각처에서 돌아와 한결같이 보고했다.

"적이 심상치 않은 이동을 보이고 있습니다."

그들의 보고는 시노키 마을 농부 대표의 밀고를 뒷받침했다.

"──틀림없구나."

이에야스는 비로소 미간이 굳어졌다.

오카자키를 찔리면 모든 일이 헛수고로 돌아가게 된다. 그도 설마 적이 고마키 산을 버리고 미카와 본국으로 몰려가리라고는 예측하지 못했다.

"다다카쓰, 가즈마사 모두 있느냐? 사카이 다다쓰구도 곧 들라 하라."

그는 역시 서두르지 않았다. 행동이 무디어 보이기까지 했다.

즉각 불려 온 사카이, 혼다, 이시카와 세 막장에게 영을 내렸다.

"고마키 산을 지키도록 하여라."

그리고 그는 남은 전군을 이끌고 서군을 추격하리라 결심했다.

그 무렵 다시 뇨이(如意) 마을의 향사, 이시구로 젠구로(石黑善九郎)라는 자가 노부오의 영소에 나타나 같은 밀고를 했다.

젠구로를 데리고 노부오가 이에야스를 찾았을 때는 이미 이에야스는 밤을 세워가며 추격전을 위한 작전과 편성, 진로 등을 여러 막장과 더불어 이마를 맞대고 협의하는 중이었다.

"노부오 공께서도 이리 오십시오. 이 추격전이야말로 주력전이 될 것 같소. 주력이 가는 곳에 공께서 빠지신다면 싸움의 의의가 없어지지 않겠소?"

이에야스의 말에 "말씀하실 것도 없는 일" 하고 노부오도 기꺼이 추격대에 가담했다.

총병력 약 1만 5천 9백, 추격대는 본대와 지대로 나누어졌다. 미즈노 다다시게의 4천여 군사가 선발대로, 가시와이(柏井)마을을 거쳐, 오바타 성(小幡城)으로 급거했다.

4월 8일 밤.

이미 이에야스, 노부오의 본대는 고마키 산에 없다.

남 소토 산(外山)을 지나서 깃발을 숙인 군사들은 함매를 물린 말과 함께 감쪽같이 쇼나이 강을 건넜다.

적의 잠행군——모리 나가요시와 호리 히데마사의 군사들은 바로 이날 밤 쇼나이 강에서 20리 밖에 안 떨어진 가미조 마을에서 야영을 하고 있었다.

위험이 임박하고 있었다. 잠행군은 이미 잠행의 의의를 잃고 있었다. 기계(奇計)의 공을 서두른 나머지 그들은 도쿠가와 측이 낌새를 채고 추적해 오고 있다는 사실을 꿈에도 몰랐던 것이다.

한밤 중. ——아직 초여드레가 채 지나지 않은 때였다.

이에야스는 류겐사(龍源寺)로 들어가 밥을 먹었다. 그리고 잠시 눈을 붙인 후, 여기서 비로소 갑옷을 입었다.

"내일은 필시 적과 부딪치리라."

이 지방 향사인 하세카와 진스케(長谷川甚助)를 불러 지리를 묻고 선발대에서 연달아 보내오는 전령의 보고를 듣기도 했다.

우군인 고바타 성은 이미 그리 멀지 않은 거리에 있었다. 선봉대인 미즈노 대(隊)는 한 걸음 먼저 성에 도착하여 밤새도록 순초군을 활약시켜 서군의 진로와 그 상황을 샅샅이 조사하고 있었다.

이윽고 이에야스의 주력도 그곳에 도착하여 곧 군사 회의를 개최했다.

미즈노 다다시게는 말했다.

"적은 2만여, 아군은 1만 4천입니다. 우세한 적에 대해 정공법을 취하는 것은 불리하지 않을까 생각합니다. ……일단 그대로 지나쳐 놓고 적의 후미부터 격파해 가는 것이 옳지 않을까 생각합니다."

이에야스는 끄덕이고 그의 결의를 표시했다.

"뒤쪽에서 역공한다는 것도 좋은 방법이다. 그러나 요는 적군을 둘로 분열시켜 버려야 한다. 그대들은 적의 후미를 맹타하여라. 나는 적의 선봉과 대결하련다."

아무도 이의는 없었다.

이런 경우에는 신속한 행동이야말로 가장 중요하다는 것을 말단 병졸들까지도 다 알고 있었다.

9일 인시(오전 네시 경) 무렵이 됐을 때는 이미 도쿠가와 군 일부는 어둠 속의 검은 물결이 되어 오바타 성에서 빠져나오고 있었다.

쉬지 않고 낮이나 밤이나 미카와가토를 남쪽을 향해 대거, 그리고 신속하게 강력한 파괴력을 간직한 채 흘러가고 있는 서군——잠행대의 후미를 추격하기 위해서였다.

추격대는 우익, 좌익으로 나뉘어 우익의 천8백 명은 오스가 야스타카(大須賀康高)가 지휘하고, 좌익의 천5백 50의 군사는 사카키바라 야스마사(榊原康政), 혼다 야스시게(本多康重), 아나야마 가쓰치요(穴山勝千代) 등이 부장이 되어 줄곧 행군을 재촉했다.

희끄무레한 논물이나 냇물로 봐서는 새벽이 머지않은 것도 같았지만 주위는 아직 검은 솜같은 안개에 휩싸여 있었고 하늘에는 구름이 낮게 드리웠다.

"아, 저거다!"

"엎드려라. 몸을 낮춰라."

논밭에, 풀숲에, 나무 그늘에, 웅덩이 속에, 추적대는 일제히 그림자를 감추고 몸을 웅크린 채 귀를 기울여 보니 저만치 방풍림 사이를 뚫고 나간 외줄기 길을 분명 서군의 장사진이 검은 물결처럼 흐르고 있었다.

상대편은 아직 이쪽 동향에 전혀 눈치 채지 못하고 있다.

다만 목적지인 오카자키를 눈앞에 그리면서 공명심에 들떠 서두르고 있을 뿐이었다.

"조용히!"

"조심해서!"

모든 행동과 의사표시를 눈짓으로 나누며 추적대는 좌우 양익으로 나뉘어 적의 최후미 부대인 이케다 노부테루를 선봉으로 하는 잠행군, 제4대 미요시 히데쓰구의 배후를 감쪽같이 뒤밟고 있었던 것이다.

이것이 9일 아침의 '운명의 배치도'였다. 그러나 히데요시의 명을 받아 이 중대 작전의 총수격으로 있는 히데요시의 조카 히데쓰구는 날이 새기 시작했어도 아직 아무 것도 모르고 있었던 것이다.

흔들리는 댓가지

히데쓰구는 히데요시 누님의 아들이었다.

히데요시는 이세의 다키가와를 공격할 때도 시즈가타케(賤ヶ嶽)를 공격할 때도 조카를 대동하여 부장을 맡겼었다. 그리고 그가 공을 세우면 실눈이 되며 치하했다.

"잘 싸웠다."

미요시 가즈미치의 아들 히데쓰구는 그토록 숙부 히데요시의 사랑을 받았던 것이다.

그 때문에 히데요시는 이번 미카와 침입군에도 군감으로서 빈틈없는 호리 히데마사를 달아 주고 총수에는 히데쓰구를 지명했던 것이다.

그러나 히데쓰구는 아직 17살의 약관이었다. 히데요시는 그 점을 감안하여 좌우에서 기노시타 스케에몬(木下助右衛門)과 기노시타 가게유(木下勘解由) 두 사람을 선발해서 막하에 넣어 주었다.

"마고시치로(孫七郎 : 히데쓰구)를 잘 돌봐주어라. 마고시치로도 양장의 도움을 받아, 무사히 소임을 완수토록 하여라."

9일 아침.

밤새도록 행군해 온 피로에, 햇볕도 따사롭게 아침을 고하기 시작하자, 군사들은 공복을 느끼기 시작했다. 침입군 최후방인 히데쓰구 대에 명령이 내려졌다.

"정지!"

곧 이어,

"식사 개시!"

그러자 장은 장대로, 졸은 졸대로 각자 편한대로 휴식을 취하며 아침을 먹기 시작했다.

그곳은 시로야마(白山) 숲이었다.

나지막한 언덕 위에 시로야마 신사(白山神祠)가 있고, 부근 일대에 듬성듬성 나무숲이 많아서 그렇게 불리고 있었다.

히데쓰구는 언덕 위에 걸상을 버티어 놓고 말했다.

"스케에몬, 물 좀 없소? 내 물통은 벌써 비어 버렸는걸……금세 목이 말라서."

그러면서 곁의 사람 물통까지 빼앗아 꿀꺽꿀꺽 마셔버린다.

"행군 중에 너무 물을 마시는 것은 좋지 않습니다. 조금 참도록 하십시오."

기노시타 가게유가 주의를 주었다.

그러나 히데쓰구는 돌아다보지도 않았다. 히데요시가 생각해서 붙여 준 두 사람이었지만, 어쩐지 그에게는 눈엣가시였다. 17살 난 총수는 당연히 으쓱해 있었던 것이다.

"아, 누구냐. 저기서 달려오는 것은?"

"오오, 호토미(穗富)님 같습니다. 호토미 야마시로님입니다."

"야마시로가 무엇 때문에 오는 거냐?"

히데쓰구는 눈살을 찌푸리며 일어났다. 창대의 부장 호토미 야마시로노카미는 달려와 무릎을 꿇으면서 아직 숨을 헐떡이고 있었다.

"이변입니다. 심상치 않습니다."

"이변? ……무슨 소리냐, 이변이라니?"

"언덕 위로 좀더 올라가 보십시오."

히데쓰구는 그를 따라 달려 올라갔다. 그런 행동에는 민첩했다. 조금도 귀찮게 여기는 기색이 없었다.

"저겁니다. 저 흙먼지를 보십시오. ……아직 다소 멀기는 합니다만, 저쪽 산그늘에서 평지에 걸쳐…….."
"음……회오리바람은 아닌 것 같은데? ……앞에도 한 떼 그 뒤에 또 한 떼……무얼까, 분명 군사들인데?"
"준비를 하셔야 할 것 같습니다."
"적이란 말이냐?"
"그렇게 밖에는 생각할 수 없습니다."
"……잠깐. 정말 적일까?"
히데쓰구는 아직 무사 태평이었다. 설마하고 생각하는 눈치였다.
그러나 기노시타 가게유와 기노시타 스케에몬, 그리고 야마다 헤이시로, 다니 헤이스케, 요시노 규나이 등, 막장이 뒤따라 달려오더니, "아뿔싸!" 하고 부르짖는다.
"적이 추격해 오고 있다. 준비, 준비!"
히데쓰구의 명령을 기다릴 겨를도 없이 그렇게 고함을 쳤다.
땅이 흔들리고 말이 울고, 장졸들이 떠들어 대고——.
흙먼지를 일으키며 순식간에 휴식에서 전투태세로 바뀌는 동안——한편 동군인 도쿠가와 측 부장, 오스가 야스타카와 오카가와 나가모리의 추격대는 히데쓰구를 향해 난사를 가해 왔다.
"쏘아라, 쏘아라!"
그리고 흩어지는 적을 향하여 기마대와 창대가 일제히 밀어닥쳤다.
"좋아, 돌격이다!"
그들은 우익대였다. 좌익대인 사카키바라 야스마사는, 좀 더 뒤에 처져 있는 대대적인 치중대(輜重隊)에 기습을 가하고 있었다.
치중대는 주로 보군이나 인부, 또는 무거운 짐을 끌고 있는 말뿐이다.
기겁을 한 말들은 짐을 뿌리치고 대열 속에서 함부로 날뛰었다. 부장인 아사노야 단고(朝舍丹後)는 끝가지 지휘하며 선전했으나, 거치적거리는 것들이 너무 많았다.
"이제는 어쩔 수 없는 일……."
눈을 곤두세우고 사카키바라 야스마사를 향해 육박하려고 했으나, 야스마사의 부하 나가이 구란도(永井藏人)가 가로 막는 창과 잠시 어울린 끝에 외쳤다.

"단고를 해 치웠다!"
마침내 이 싸움의 첫 공은 구란도의 차지가 되었다.
히데쓰구의 중견대에는 부장 하세카와 히데이치가 있었다.
"뒤에도 적, 앞에도 적……."
어느 쪽을 도와야 할지 망설인 끝에 말했다.
"미요시 총수가 더 위험하다……."
즉각 히데쓰구를 도우려고 서둘렀으나 도쿠가와의 미즈노 대, 니와 대가 맹렬히 이에 맞부딪쳐왔다.
"보내면 안 된다!"
"짓이겨 버려라."
처참한 싸움이——싸움이라기보다 사력을 다해 맞붙는 소용돌이가 여기서도 일어났다.
그러나 어느 부대보다도 강력한 압력을 받은 것은, 당연히 히데쓰구의 본대와 그를 지키는 막장들의 주변이었다.
"총수를 지켜라!"
"물러나지 말라!"
히데쓰구의 신변을 에워싸고 있는 고함은 그의 목숨을 지켜내는데 급급한 광적인것이었다.
여기에도 저기에도, 숲 속에도 풀밭에도——관목 사이, 그리고 한길 가에도——.
얽혀 싸우는 철갑의 무리 중 대부분이 적이었다. 혈로마저 차단된 소수의 병사가 히데쓰구의 부하였다.
히데쓰구도 세 군데 경상을 입었으나, 계속 창을 휘두르고 있었다.
"아직도 계셨소!"
"어서 피하십시오!"
아군 막장들은 그의 모습을 보자, 꾸짖듯이 부르짖으며 차례차례 죽어 갔다.
기노시타 가게유는 히데쓰구가 말까지 잃고 도보로 뛰어다니는 것을 보았다.
"자, 어서 이 말에 오르십시오. 지금은 일단 피하십시오."
가게유는 자기의 말을 그에게 주자, 자신은 표기를 땅에다 꽂고 적군 속으로 쳐들어가 전사하고 말았다.
 히데쓰구는 말에 오르려고 했으나 그 말도 그가 미처 올라타기 전에 총에 맞았다.
 바로 그 곁에서 기노시타 스케에몬도 히데쓰구를 구하려다 전사했다.
 "여봐라. 그 말을 좀 빌리자."
 히데쓰구는 난군 속을 정신없이 피하면서 마침 달려가는 아군의 기마 무사를 보자 그렇게 소리쳤다.
 그 소리에 멈칫한 기마 무사는, 미요시가의 가신, 가니 사이조 요시나가(可兒才藏吉長)였다.
 우뚝, 고삐를 당겨 쥐며 돌아다보고 걸어오는 주인 히데쓰구를 보자 물었다.
 "어쩐 일이십니까?"
 "사이조, 말을 빌려다오."
 "비올 때 우산을 내놓으라는 격……못 빌려드립니다. 아무리 주군 분부시라 해도."
 "왜 안 되나?"
 "주군께선 피하시는 몸, 저는 계속 싸워야 할 병력입니다."
 사이조는 냉담하게 거절하고 달려가 버렸다. 그 등에 잎이 달린 대나무 가지 하나가 바람에 흔들리고 있었다.
 요란한 표기니 가문(家紋)이니 하는 것을 등에 꽂고 싸움터에 임한다는 것은 명예욕의 표시를 달고 다니는 것과 마찬가지다. 아이들이나 좋아할 겉치레라고 말하던 그는 싸울 때마다 항상 길가에서 꺾은 대나무 가지를 갑옷 등에 아무렇게나 꽂았다. 댓가지를 꽂고 사나운 말을 몰아 종횡으로 활약하는 그의 모습을 보고 사람들은 그를 '댓가지의 사이조'라고 불렀다. 여느 사람과는 다른 독특한 사내였다.
 "……쳇!"
 히데쓰구는 사이조의 눈이 자기를 길거리의 댓가지만큼도 여기지 않는 것 같자, 분한 듯이 혀를 차며 그의 뒷모습을 바라보았다.
 돌아다보니, 적은 여전히 흙먼지를 일으키며 날뛰고 있었다. 그러자 창, 총, 칼 모두 한데 어울려 패주해 오던 무리가 히데쓰구의 모습을 보자 소리쳤다.

"주군, 주군! 그리로 가시면 다른 적을 만나십니다."

그렇게 불러 세우고 우르르 몰려오더니, 그의 몸을 떠 매듯이 에워싸며 가나레 강 쪽으로 피해 갔다.

도중에 혼자 뛰어다니는 말을 붙들어 겨우 히데쓰구를 태우고 호소가네(細根)라는 곳에서 한 숨 돌렸다. 그러나 다시 적의 습격이 시작되어 처참한 꼴이 되어 이나바(稻葉) 방면으로 피했다.

이리하여 이케다 노부테루의 계책에 의한 침입군은, 그 본대이며 주장이 있는 후미의 제4대부터 섬멸되고 말았다.

제3대는 군감 호리 규타로 히데마사가 이끄는 병력이었다. 그 수는 약 3천이다.

제1대에서 제4대까지의 대간 간격은 대략 10리 내지 15리 정도의 거리였다.

그 사이를 전령이 끊임없이 연락하고 있었으므로 선두 부대가 휴식하면 차례차례 다음 각 대가 행군을 정지했다.

규타로는 문득 가만히 귀를 기울였다.

"총소리가 아니냐?"

그러자 히데쓰구의 부하 다나카 규베(田中久兵衞)가 말을 달려 휴식 중인 제3대로 들이닥쳤다.

"아군의 패배요. 본군은 흔적도 없이 도쿠가와 군에 짓밟히고 말았소. 히데쓰구 총수께서도 어찌됐는지 모르오. 즉각 되돌아오시오."

그는 핏발선 눈으로 부르짖었다.

규타로는 소스라치게 놀랐다. 그러나 무게 있는 눈썹이 동요를 진정시켜 주고 있었다.

"규베. 그대는 전령인가?"

"이런 때에 그런 것을 가리게 됐소?"

"전령도 아닌 그대가 무엇 때문에 허둥지둥 뛰어다니나? 도망쳐 온 건가?"

"알리러 온 거요. 비겁한지 비겁하지 않은지는 모르지만, 아무튼 큰일이오. 이 사실을 제2대, 제1대에도 곧 알려야겠소."

히데쓰구의 가신 다나카 규베는 그렇게 말하고 채찍을 휘둘렀다. 10리밖, 다시 10리 밖에 있는 아군을 향하여 달려갔다.

"전령이 오지 않고 규베가 직접 온 것을 보니, 후미의 아군은 지리멸렬되어 패퇴한 모양이구나. ……아아!"

호리 규타로는 치밀어 오르는 초조함과 마음의 동요를 누르느라 한동안 걸상에서 일어나지도 못하고 있었다.

"모두 모여라."

그는 사태를 알아차리고 얼굴이 흙빛이 되어 있는 막장, 부장들을 부르더니 말했다.

"이제 곧 승리의 여세를 빌어, 도쿠가와 군은 이쪽으로 몰려 올 게다. ……그들의 기세를 패색으로 여기고, 약점으로 생각하여라. 적이 바짝 접근해 올 때까지는 결코 사격을 가하지 말아라. 쓸데없이 총알을 낭비해서는 안 된다. 대항하지 말고 내가 신호를 할 때까지 꾹 참고 있어야 한다."

배치를 끝내자 그는 약속했다.

"적의 기마 무사 한 명을 쓰러뜨리면 백 석의 녹을 가중해 주리라."

그의 예상은 어긋나지 않았다. 히데쓰구 대를 박살 내버린 도쿠가와 군은──미즈노, 오스가, 니와, 사카키바라, 각 대가 기호지세로 쇄도해 왔다.

미즈노 다다시게는 병사들의 기세를 오히려 염려하여 경계시켰다.

"위험하다. 서둘지 말아라, 서둘지 말아라."

그러나 그의 염려는 공을 다투는 다른 부대를 앞세워 주는 결과가 되었다. 부하들은 분해 했다.

"어째서 우리라고 뒤진단 말이냐."

그리고 다다시게의 명령도 없이 전 부대가 노도와 같이 앞으로 밀려나갔다.

거품을 무는 말, 굳어진 군사의 얼굴, 피와 먼지로 범벅이 된 갑옷의 노도──그것들이 일제히 땅을 울리며 사정거리 안으로 바짝 들어왔을 때, 기다리고 있던 호리 규타로는 명을 내렸다.

"사격 개시!"

일순 요란한 총소리가 뽀얗게 초연과 함께 장벽을 쳤다.

화승총은 총알을 재고 불을 붙여야 하기 때문에 아무리 숙련된 사수라 해도 호흡으로 따지면 대여섯 번 정도의 간격이 생기는 법이었다.

그 때문에 사격은 번갈아 쏘는 방법을 취하게 된다. 따라서 일제 사격이 가해질 때는 역시 연속 사격이 가해진다.

파죽지세로 진격해 오던 병마는 총탄 앞에 맥을 못 추고 쓰러졌다. 총연 속으로 바라보아도 무수한 적군이 땅에서 뒹구는 것이 보였다.

"적은 대비가 있었다!"

"후퇴해라. 멈추어라!"

서로들 외쳤지만, 밀어닥치던 노도는 쉽사리 멈추어지지 않았다.

규타로 히데마사는 다시 명을 내려, 몰려온 적에 역습을 가했다.

"지금이다!"

이런 경우의 승패는 심리적으로나 실제적으로나 명백한 것이었다.

모처럼 승리의 영예를 차지했던 혼다, 사카키바라, 미즈노, 오스가의 각대는 좀전에 히데쓰구에게 가했던 것을 되받고 말았다. 호리의 창대라면 하시바가에서도 정예로 알려져 있었다. 그들의 창끝에 쓰러진 무참한 시체는 헛되이 말머리를 돌리는 무장들의 퇴로만 가로 막았다.

미즈노 쇼베 다다시게, 사카키바라 고헤이타 야스마사 등도 날카로운 창끝을 피하느라고 연방 손에 든 장도를 등 뒤로 휘두르면서 가까스로 빠져 나왔을 정도였다.

금부채의 진표

나가쿠테(長久手) 일대는 가나레 강의 수면도 포함하여, 엷은 총연의 장막 밑의 무수한 시체와 피비린내 때문에, 아침 해도 벌겋게 흐려져 있었다.

그곳은 이미 막이 내린 무대처럼 고요를 되찾고 있었으나 인마(人馬)는 소나기구름이 몰려가듯 새로운 장소를 수라장으로 만들며 야자코(岩作) 쪽으로 이동하고 있었다.

패주는 패주를 불러 일으켜 한없이 무너져 도망친다. 도쿠가와 군을 맹렬히 추격하면서도 호리 히데마사의 두뇌회전은 매우 빨랐다.

"뒤에 쳐진 일대(一隊)는 내 뒤를 따르지 말아라. 이노코이시(猪子石) 방면으로 우회하여 협공해야 한다."

후미의 일대는 곧 길을 바꾸었다. 히데마사는 휘하 6백의 군사를 이끌고 패주하는 적을 독안의 쥐로 만들었다.

도중에서 도쿠가와 측이 버리고 간 사상자 수는 5백도 넘는 것 같았다. 히데마사의 부하도 갈수록 줄어갔다. 본대는 이미 멀리 앞을 달리고 있는데 시체와 시체사이에서 아직도 서로 창을 맞대고 있는 쌍방 군사들도 있었다. 승부가 나지 않자 창을 버리고 맞붙는다. 엎치락뒤치락 하는 육탄전도 좀처럼 끝장이 안 난다.

마침내 한쪽이 다른 쪽의 목을 잘라 들고 소리쳤다.

"이겼다아!"

미친 듯 큰 소리를 질러대며 본대의 전우들을 뒤쫓아 다시 검붉은 피보라 속으로 사라져 간다. 미처 본대를 따라 잡기 전에 유탄에 맞아 쓰러지는 모습도 보인다.

"멈춰라. 멈춰라! 그만 추격해라. 겐자(源左), 겐자. 모모에몬(百右衛門)! ……멈추어라. 어서 퇴군케 하라!"

무슨 생각을 했던지 히데마사는 별안간 목이 터져라고 외쳤다.

무사 대장인 시바타 겐자(柴田源左), 나무라 모모에몬(名村百右衛門), 나가세 고산지(長瀨小三次)가 말을 몰고 다니며 가까스로 군사들을 거두었다.

"멈춰라!"

"진표 밑으로 모여라!"

"물러나라, 물러나랏!"

히데마사는 말에서 내려, 오솔길을 낭떠러지 위까지 걸어갔다. 그곳에 서면 시계(視界)를 가리는 것이 없었다.

그는 물끄러미 멀리를 바라보더니 중얼거렸다.

"음. 벌써 나타났단 말인가?"

그의 얼굴에서 혈색이 가시는 듯했다. 봐라――하듯이 나가세 고산지와 나무라 모모에몬 등을 돌아다본다.

바로 서쪽. 아침 해와는 정반대쪽이 되는 고지에――후지가네 산 일단에 무언가 번쩍이는 것이 있었다.

이에야스 진표(陣標)――말 옆에 세워 놓은 금부채의 진표가 아닌가?

호리 큐타로 히데마사는 크게 한탄했다.

"분하지만 저런 대적이 나타난 이상, 우리로서는 이길 수가 없다. 여기서는 이것으로 끝이다."

그는 앞서 먼 길로 돌아가게 했던 분견대도 거두어 급히 퇴각하기 시작했다.

그때 나가쿠테 쪽에서 아군의 제1, 제2대의 전령 네댓 명이, 히데마사를 찾아 달려오고 있었다. 말할 것도 없이 제1대의 이케다 노부테루와 제2대

모리 나가요시의 구두 전령이었다.

"돌아오십시오. 그리고 아군 선봉과 합류해 달라는……이케다 부자로부터의 전갈입니다."

"싫다. 돌아가지 않으련다."

호리 히데마사는 냉담하게 거절했다.

이케다, 모리 대의 전령들은 귀를 의심하는 듯큰 소리로 다시 말했다.

"싸움은 바야흐로 이제부텁니다. 즉각 돌아와서 합류해 주십시오."

그러자 규타로 히데마사도 못지않게 큰 소리로 말했다.

"안 돌아간다면 안 돌아가는 거다. ……우리는 히데쓰구 총수의 행방도 알아 봐야 한다. 또한 이쪽 군사는 태반이 부상당해 있으며, 이렇게 지쳐가지고는 새로운 적을 대해 봤자 그 승패는 명백하다. 나 호리 규타로는 지는 것이 뻔한 싸움은 할 수 없단 말이다. ……이케다 님과와 모리 님에게 그렇게 전하여라."

말을 마치자, 그대로 발걸음을 재촉했다.

호리 대는 이나바 부근에서, 앞서 지리멸렬이 된 히데쓰구 대의 패잔병을 거두었다. 히데쓰구도 구했다. 그리고 이르는 곳마다 민가에 불을 질러 도쿠가와 군의 추격을 막아가면서 그 날 안으로 히데요시의 본진인 가쿠덴 기지까지 돌아와 버렸다.

격분한 것은 이케다, 모리 양대에서 협력을 구하러 왔던 전령들이었다.

"이런 판국에 아군의 곤경에는 아랑곳없이 기지로 도망쳐 버리다니 이 무슨 비겁한 짓이란 말인가?"

"필시 겁이 났던 게야."

"호리 규타로도 오늘에야 스스로 탈을 벗었군. ……살아 돌아가면 잊지 않고 비웃어 줄 테다."

그들은 임무를 완수치 못한 울분까지 더하여 닥치는 대로 욕설을 퍼부었다.

그러나 어쩔 수 없는 일──그들은 이제 나가쿠테에 남아서 이에야스의 금부채의 진표를 맞아 싸우려는 고립된 이케다 부자의 부대를 향해 말을 몰고 돌아가기 시작했다. 홧김에 말궁둥이에 수 없이 채찍을 가하면서──.

그나저나 이케다 노부테루와, 사위 모리 무사시노카미 나가요시의 부대야말로, 이제 이에야스의 가엾은 먹이로 떨어질 판국이었다.

인물이 달랐다. 그릇이 달랐다.

이것은 어쩔 수 없는 일이었다.

히데요시와 이에야스의 이번 접전은 그야말로 천하장사의 맞대결이었으며, 피차가 상대방이 어떤 인물인지 잘 알고 있었다.

사태가 예까지 이르기 전부터, 이에야스와 히데요시는 언젠가는 오늘 같은 날을 맞이하리라는 것을 가히 짐작하고 있었다. 또한 오늘에 이르러서는 속임수나 잔꾀로 꺾을 수 있는 적이 아님을 서로가 더욱 잘 알게 되어 자중을 거듭하고 있는 것이었다.

가엾은 것은 무인으로서의 긍지만을 지니고, 적을 모르며 나를 모른 채, 만용으로 치닫는 사람이었다.

──이케다 노부테루는 오직 오카자키를 향하여 적지 침입을 감행해 오면서 목적과는 상관없는 이와사키 성을 공격했었다. 조반 전에 성 하나를 짓이겨 버리자 그 쾌감에 도취하여 명을 내렸다.

"개가를 울려라!"

"오카자키를 눈앞에 둔 지금, 좋은 징조다."

그는 로쿠보 산(六坊山)에 걸상을 버티어 놓자, 적의 수급(首級) 2백 여를 일일이 검사했다.

그것이 바로 이날아침 진시(오전8시) 경이었다.

그는 아직 후방의 이변을 까마득히 모르고 있었다. 눈앞에서 아직도 연기를 내고 있는 함락된 적의 성을 바라보면서 무인이 흔히 빠지기 쉬운 조그만 승리감에 취해 있었다.

수급을 확인하고 군공장(軍功帳)의 기입도 끝나자, 곧 아침 식사를 시작했다.

군사들은 밥을 먹으면서 이따금 서북 하늘을 쳐다보곤 했다. 문득 노부테루도 그것이 마음에 걸렸다.

"단고? 저 하늘빛이 왜 저렇지?"

이케다 단고, 이케다 규자, 이키 세베(伊木淸兵衞) 등 각 부장도 모두 서북쪽 하늘로 얼굴을 돌렸다.

"토민들이 소란을 일으킨 게 아닐까요?"

"토민들이? 이상하군."

"그럴까요?"

——그래도 계속 밥을 먹고 있는데, 언덕 밑에서 떠들썩하는 소리가 들려왔다.

무슨 일일까? 하고 의아스러워 할 틈도 없이, 모리 나가요시의 사자인 가가미 효고(加賀見兵庫)가 달려와 보고했다.

"실패입니다. 적이 뒤쫓아 왔습니다!"

하는 고함과 함께 걸상 앞에 고꾸라지듯 꿇어 엎드렸다.

획하고 서늘한 바람이 투구 밑으로 불고 지나가는 것 같은 냉기를 노부테루 이하 주위의 무사들은 일제히 느꼈다.

"효고, 뒤쫓아오다니?"

"밤을 틈타 히데쓰구 총수의 제4대를 추격해온 적군이……."

"뭣이? 후미에?"

"별안간, 그것도 양쪽에서 차륜진(車輪陣)을 취하고……."

"분하구나. 알아챘단 말이냐!"

노부테루가 벌떡 일어났을 때다. 나가요시로부터 두 번째 전령이 왔다.

"……이러고 계실 때가 아닙니다. 히데쓰구님의 군사가 대패했다는 소식입니다."

어수선한 움직임이 언덕 위에 퍼져갔다. 이어서 그것은 구령과, 질타, 갑옷 스치는 소리 등으로 바뀌며, 기슭을 향해 내려가기 시작했다.

그 소용돌이가 대열을 이루기도 전에, 앞서 호리 규타로에게 급변을 전한 ——그리고 규타로로부터 전령도 아닌 자가 무엇 하러 뛰어다니느냐는 핀잔을 받고 헤어진 다나카 규베 요시마사가 소리치며 이곳까지 달려온 것이다.

"큰일입니다. 큰일 났습니다."

그의 보고는 보다 자세했다. 참패를 당한 히데쓰구 대(隊)의 운명은, 더이상 의심할 여지가 없었다.

"나가요시에게도 전했는가?"

"물론입니다. 모리 공은 즉각 나가쿠테를 향해 군사를 돌리셨습니다."

"그래, 사위는 뭐라든가?"

"빙그레 웃으시고, 그렇다면 오늘이 이에야스와 대면하는 날이었던가……하시고는 곧 말위에 오르셨습니다."

규베로부터 말을 듣자 노부테루도 빙그레 웃었다. 이미 각오를 한 모양이었다.

"음. 그래야지."

그는 장남 기이노카미 유키스케(紀伊之助)와 차남 산자에몬 테루마사(三左衞門輝政) 등, 나이 어린 자들까지 데리고 와 있었다. 곧 막장 가지우라 헤이시치로(梶浦兵七郞)를 불러, 그들에게 무언가 전하게 했다.

각오를 새로이 다지는 것이었으리라.

이윽고 갑옷으로 몸을 굳힌 대열은 아침까지 온 길의 반대 방향으로 되돌아가기 시작했다.

도중에 그들의 눈에도 띄었다.

후지가네 산그늘에서 찬란히 흔들리며 나타난 도쿠가와 진중의 금부채, 이에야스의 진표를──.

그것은 무언가 알 수 없는 마력을 지니고 광야의 군사들을 전율케 했다.

오직 전진만 해 온 군사와, 회군하여 배진하는 군사들은 이미 그 사기면에서 심리적인 차이가 있었다.

돌아서 적을 맞는 군사들은 패하기 쉬운 법.

말 위에서 그들을 고무하며 가는 모리 나가요시는──그의 모습은 처음부터 죽음을 각오하고 있었던 것처럼 보였다.

감색 실로 미늘을 꿰맨 검은 갑옷, 금실로 수를 놓은 하얀 비단 겉옷. 사슴뿔을 앞에 꽂은 투구는 등에다 벗어 걸치고 있었다. 머리는 아직 아물지 않은 전쟁에서 입은 상처를 백두건처럼 턱에 걸쳐 처매고 있다.

그는 도쿠가와 군의 추격 보고를 듣자, 즉각 오우시(生牛) 벌에서 휴식하고 있던 제2대를 회군시켰다. 이에야스 여기 있노라──하듯이 적을 부르고 있는 후지가네 산의 금부채를 노려보며 당당한 결전의 뜻을 회군의 힘차고 씩씩한 걸음에 과시했다.

"부족함이 없는 상대다."

그는 몇 번이고 되뇌었다.

"……하구로(羽黑)에서의 실패를 만회하는 것도 오늘, 나뿐만이 아니라 장인의 불명예도 오늘의 이 일전으로 씻어 버리자!"

좌우의 막장들을 둘러보며 이렇게 술회하기도 했다. 선봉의 공을 이루려다 크게 실수한 하구로 마을의 일전은 그 때 입은 전상 이상으로 그의 마음을 괴롭히고 있었다.

오늘을 설욕의 날로 삼으려는 결의가 하얀 헝겊에 감싸인 그의 미간에 뚜렷이 나타나 있었다. 가열된 인(燐)처럼 하얀 불꽃을 일으키고 있는 듯이 보였다.

미남이며, 노부테루의 딸과는 주위에 염문마저 떠돌게 한 후 부부가 된 그로서는——오늘의 죽음을 각오한 차림은 처절하기까지 했다.

세상에서는 미남인 그를 귀신이라고 불렀다. 겉과는 달리 그런 소리를 듣는 까닭을, 그의 내면에 지니고 있는 것이 틀림없었다.

"오오, 효고인가? ……선봉에 연락은 마쳤느냐?"

로쿠보 산에서 곧장 되돌아온 사자 가가미 효고는 주인 곁으로 말을 달려서 걸음을 맞추며 복명했다.

"그래, 그런가?"

나가요시는 가볍게 넘기면서 말했다.

"로쿠보 산의 군사들은?"

"즉각 대오를 정비하여 오우시 벌과 가나하기(金萩) 벌을 거쳐 뒤따라오고 계십니다."

"그럼 제3대인 호리 규타로 공에게, 우리 모두 군사를 정비하여 이에야스의 후지가네 산으로 향하는 중이니, 호리 공도 되돌아와 그리로 향하시라 전해라."

"예, 그럼……."

앞으로 달려 나갔을 때, 이케다 대에서도 두 사자가 노부테루로부터 같은 분부를 받고 호리 대를 찾아 말을 달려오고 있었다.

그러나 이 요구를 호리 히데마사가 받아들이지 않아, 사자들이 격분하여 돌아간 것은 앞서 말한 대로다.

"히데마사는 말하기를……."

모리 나가요시가 보고를 받은 것은, 이미 그의 부대가 좁다란 골짜기의 습지를 지나 진터를 찾기 위해 기후봉을 향해서 올라가려던 때였다.

진표인 금부채, 헤아릴 수 없는 표기. ——그 적은 이미 바로 목전인 고지에 있었다.

기후봉——.

그 곳에 3천 군사를 올려다 놓고, 모리 나가요시는 일단 후속군인 이케다 노부테루가 도착할 때까지, "기다리도록 하자"는 결정을 내렸다.

그러나 대적이 불과 골짜기 하나를 사이에 두고 맞은 편 산에 포진한 채

흔들리는 댓가지 271

조용히 이쪽을 바라보고 있는 중이었다.
 나가요시도 노신 하야시 도큐(林道休)와 이키 세이자에몬(伊木淸左衛門) 등을 불러 의논한 후 즉각 대비를 마친 뒤 자리를 잡고 사방을 둘러보았다.
 복잡한 지형이었다.
 이곳에 올라서니, 멀리 동 가스가이(東春日井) 평야의 일단을 입구로 하여 산과 산에 끼어 좁혀지기도 하고, 자그마한 평야를 안기도 하여, 구불구불 멀리 남쪽인 오카자키로 빠지는 미카와 간도가 훤히 내려다 보였다.
 그러나 시야에 들어오는 것은 반 이상이 산이었다. 험준한 봉우리는 없었지만, 언덕이라고도 야산이라고도 할 수 있는 굽이치는 기복의 물결이 늦으막하게 봄을 맞아, 이제 겨우 나뭇가지들은 발그레하니 눈이 트고 있었다.
 "왔다!"
 "오오, 이제야 도착했다!"
 군사들 사이를 환호성에 가까운 웅성거림이 누비고 지나갔다. 나가요시는 노부테루의 얼굴을 마음속에 그려 보았다.
 그도 후속군이 보이는 위치로 걸음을 옮겨갔다. 가나하기(金萩) 벌(原)에서 산길로 들어서 자기가 지나온 것과 같은 길을 이케다 군 6천의 깃발은, 진표와 번쩍이는 창끝도 정연하게 전진해 오고 있었다.
 여러 갈래로 나누어진 종대(縱隊)는 이윽고 고배 분지에서 걸음을 멈추고, 바로 앞에 있는 기후봉을 올려다보며 대열은 술렁거리기 시작했다.
 "우리 예 왔노라!"
 전령들이 양쪽에서 분주히 오고 갔다. 나가요시의 의중과 노부테루의 의중은, 말 한 마디 나누지 않아도 서로 통할 수 있었다.
 노부테루의 6천 군사는 즉각 둘로 나뉘어졌다.
 약 4천은 그곳을 떠나 고오로기 분지의 저지를 북쪽으로 빠져나갔다. 그리고 다노지리(田尻)라고 불리는 고지 동남 편에 새로이 진을 쳤다. 격전의 주력군을 나타내는 진표와 표기를 보니, 그것은 노부테루의 장남 기이노카미 유키스케와 차남 테루마사임을 명시하고 있었다.
 그것을 우익으로 하고——.
 모리 나가요시의 기후봉 3천 군사가 좌익이었다.
 노부테루는 남은 2천을 거느리고, 예비대 같은 인상을 풍기면서 그대로 고베 분지에 남아 진을 친다.

학익(鶴翼)의 중심——다소 물러난 꼬리의 위치에 자리를 정하고, 큼직한 입을 다물고 있었다.

"적, 이에야스는 어떻게 나올 것인가?"

해를 보니 아직 시간은 오전 9시밖에 안 된 듯하다. 길었다. 짧은 것도 같았다. 어느 편이라고 해야 좋을지 누구의 머리에도 시간에 대한 관념이 여느 때와 아주 달랐다.

목이 말랐다. 그러나 물 먹을 생각조차 나지 않았다. 허리에 차고 있는 물통 생각도 나지 않았다.

문득 산속의 불길한 고요함이 조금씩 몸을 죄어오는 것 같았다. 제주직박구리 한 마리가 요란스럽게 울면서 골짜기를 건너갔다.

그러나 그 뿐이다.

산새들은 모두 이곳을 사람들에게 넘겨주고, 다른 평화스런 산으로 이동한 뒤였다. 그들에게는 장엄하면서도 호화롭기 짝이 없는, 인간의 연무가, 무엇 때문에 필요한 것인지 알 도리가 없었을 것이다.

훈풍진

이에야스는 다소 고양이처럼 등이 굽어보이는 편이었다. 마흔을 넘으면서부터 몸이 나기 시작하자, 갑옷을 입어도 등이 둥그스름했고, 투구의 무게로 목이 짓눌려 들어간 듯이, 양 어깨가 불룩하니 솟구쳐 보였다.

술이 달린 지휘봉을 들고 있는 오른손도, 주먹을 쥔 왼손도 무릎 위에 놓고 그 무릎을 다소 벌린 채 걸상에 앉아 있는 자세는 너무 앞으로 숙여진 것 같아, 어딘지 위엄을 손상시키는 것도 같았다.

아니, 이러한 자세는 평소에 손님들과 마주할 때도, 걸을 때도 역시 마찬가지였다. 어깨를 의젓하게 펴본 일이 없었다.

노신이 어떤 기회에 그 점을 넌지시 지적한 일이 있었다. 그러자 이에야스는 그 당장에는, 그런가? 하고 끄덕이었으나 다른 날 근신들과 잡담이 벌어졌을 때, 그는 이렇게 술회하였다.

"워낙 나는 빈곤 속에서 자랐고, 일곱 살이란 어린 나이에 타국에 볼모로 잡혀 다닌 형편이어서 내 주위에 있는 사람은 모두 나보다는 지체가 높았다. 그 때문에 나는 자연히 어깨를 젖히지 못하는 버릇이 생겨 버렸다. …
…또 한 가지 이유로는 린자이사(臨濟寺)의 추운 방에서 꼽추처럼 낮으막

한 책상에 달라붙어 공부를 했었다는 이유도 있다. 언제쯤이나 이마가와 가의 인질에서 풀려나 자유로운 몸이 될 수 있을까……하고, 항상 그것만 생각하며, 소년다운 놀이도 못해 봤다……."

그의 이마가와 시절——.

이에야스는 스스로도 그것을 결코 잊지 않으려는 듯, 자신의 인질담을 도쿠가와 가 근신 모두에게 들려주는 것이었다.

"그러나 말이다……."

그는 계속 말했다.

"……린자이사의 운사이(雲齊) 화상 말에 의하면 선가(禪家)는 관상보다도 어깨의 상……말하자면 견상(肩相)을 더 소중히 여긴다고 한다. 어깨를 보면 그 사람이 깨달음을 얻은 자인지 아닌지, 바른 인품을 지닌 인물인지, 그렇지 않은지를 알 수 있다는 거다. 의젓이 어깨를 젖히고 있어도, 견상을 보면 금방 바닥이 들어난다는 거지. ……그래, 운제 화상의 견상은 어떤가 하고 평소에 유심히 살폈더니 원광(圓光)처럼 둥글고 부드럽더군. 3천 세계를 품속에 집어넣으려면 젖힌 자세로는 안 되는 모양이더라. 대립이 되어 서로 반발하는 것인지도 모르지…… 그래 나는 내 버릇을 반드시 나쁘다고는 생각지 않는다. 그러나 그대들처럼 유사시에는 적장의 목을 다룰 수 있는 젊은이를 두고 하는 말은 아니로다. 내 버릇은 내버릇으로 끝나는 거다."

그 뒤로는 아무도 그의 자세에 대하여 왈가왈부하는 자가 없었다. 그리고 이에야스도 40이 넘고, 가난이 명물이던 미카와가 차차 비대해지기 시작하여 도카이가도의 사납고 용맹한 인물로 확고한 위치를 차지함에 따라, 그의 굽은 자세가 어쩐지 크고 위대한 것을 끌어안고 있는 것처럼 보였고, 그가 있는 곳이라면 비록 백난(百難)의 성중일지라도 고전을 거듭하는 전장일지라도, 항상 믿음직한 기둥이 떡 버티고 있는 것 같은, 마음 든든함을 누구에게나 느끼게 하는 것이었다.

지금도——.

후지가네 산 한쪽에 그는 그런 자세로 앉아, 아까부터 조용한 눈으로 둘러보고 있었다.

"허어, 기후붕이라고 하는 산인가? ——그쪽에 진을 친 것은 모리 나가요시군. 그렇다면 이제 곧 노부테루의 군사들도 어느 산엔가 진을 치리라.

순초병! 급히 살피고 오너라."

그의 명이 떨어지자마자, 적전 정찰이란 사지를 향하여 우르르 앞을 다투어 달려가는 무사들이 여러 명 고갯길에 내려다 보였다.

이윽고 순초병은 차례차례 돌아와, 이에야스 앞에 보고했다.

물론 그들이 알려 온 적의 정세는 부분적인 상황에 불과했다.

그러나 이에야스의 귀는 큼직한 자루처럼 그것을 한데 넣고 종합하여, 머릿속으로는 전부를 그리고 있었다.

"도조(藤藏)는 아직 안 돌아왔느냐?"

"웬일인지 아직 안 돌아오고 있습니다."

막장들도 모두 아까부터 스가누마 도조 혼자만이 돌아오지 않는 것을 걱정하고 있었다.

전기는 바야흐로 무르익고 있었다. 언제 적군이 공격을 개시할는지, 이쪽에서 움직이기 시작할는지, 한 치 앞도 내다볼 수 없는 상황이다.

당연히——적전 정찰을 나갔던 자들은 잽싸게 모두 돌아와 있는데, 젊은 스가누마 도조만이 혼자 돌아오지 않는 것이다.

'붙들렸는가? 죽었는가?'

그를 애석하게 생각하는 마음이 막장들의 얼굴을 흐리게 했다.

도조는 원래 시동 틈에 끼어 있었으나 고마키 출진 이후 순초대에 편입되었다.

전날, 아직 고마키에서 대치 하던 중, 그는 대담하게도 히데요시의 다나카 진과 후타에보리(二重濠) 근처까지 잠입하여, 백마를 탄 적장 한 명을 부하 여섯 명과 함께 사로잡아, 적의 중대한 기밀을 이에야스로 하여금 알게 한 일이 있어, 이에야스도 특히 그를 기억하고 있는 것이었다.

"⋯⋯가만있자. 저게 바로 도조 아닌가? 그렇다. 틀림없이 도조다. ⋯⋯ 저 따위 짓을 하고 있군 그래."

산허리로 나선 막장들이 서로 가리키며 바라보고 있었다. 이에야스도 멀리서 그의 모습을 확인했다. 그는 말을 타고 갔는데, 그 말에서 내려 있었다.

그가 있는 장소는 모리 나가요시의 군사들이 진을 치고 있는 기후봉 밑——부쓰가네(佛根) 못의 물가였다. 그는 말에게 물을 먹이고, 시원하게 말 다리를 물에 담가 주고 있었다.

"저런 한가한 녀석 봤나!"

후지가네 산의 아군 가운데는 어이없는 얼굴을 하는 사람도 있었으나, 그 대담한 행동에 탄복하는 자도 있었다.

"아니다. 말 다리를 식히고 있는 것을 보면, 습지로, 고개로, 무척 여기 저기 뛰어 다닌 것이 틀림없다. ……이제 곧 돌아올 게다."

못은 적진 바로 밑이었다. 수면에 물고기가 뛰어오르듯이 연방 하얀 물보라가 이는 것은, 그를 저격하고 있는 적의 총탄이리라. 그런데도 스가누마 도조는 이윽고 못에다 대고 유유히 오줌까지 누기 시작했다.

그것이 끝나자 비로소 한숨 돌린 모양으로 곧 말에 올라 또 달리기 시작했다. 그러나 아군 진지로 오는 것이 아니다. 더욱 적지로 깊숙이 들어가는 것이다.

때마침 노부테루의 장남, 유키스케가 6천 군사를 다노지리 고지로 이동시킨 직후여서, 그들의 진용이 갖추어지기를 기다려 스가누마 도조는 그쪽으로 달려간 것이었다.

정찰이란 은밀히 행해져야 하는 것임에도 불구하고 그는 공공연하게 적의 좌익진 앞을 살피고 다시 우익의 진용을 샅샅이 돌아보며 다녔다.

물론 다노지리의 이케다 군도 그것을 보기는 했다.

"뭐야, 저건. 이상한 녀석이 지나가지 않나?"

"이상하군, 뭘까?"

"적이 아닌가?"

"적? 혼자뿐인데?"

"그럼 전령인가?"

설마 그가 순초병이라고는 아무도 생각지 않았다. 도조가 아군 진지인 후지가네 산을 향해서 질풍처럼 달리기 시작했을 때야, 비로소 일제히 사격을 가했지만 이미 때는 늦었던 것이다.

이윽고 스가누마 도조가 무사히 후지가네 산진지로 돌아오자, 모든 장졸들은 와아하는 환호성으로 그를 맞았다.

이에야스도 자리에서 일어나 그의 보고를 기다리고 있었다.

"적의 포진을 속속들이 분명히 살피고 왔습니다."

도조는 그 앞에 꿇어 앉아 다노지리 기후봉, 고베 분지의 세 고지에 걸쳐서 3단의 학익진(鶴翼陣)을 치고 있는 이케다 군의 포진을 낱낱이 설명하였다.
 부장은 각각 누구 누구——.
 총대는 어느 쪽에 많으며, 창대는 어디에 숨어 있는가.
 유격대의 유무, 사기의 고저.——그리고 적의 약점은 무엇인가?
 도조의 보고는 더할 수 없이 자세했다.
 "음. 그래? 그렇다면…… ?"
 이에야스는 일일이 납득이 간 듯 끄덕였다. 다른 순초병과 달리 적전, 적중을 말을 타고 뛰어다니며 훔쳐본 것이 아니라, 버젓이 담력으로 살펴 본 도조의 보고였다. 이에야스는 전적으로 믿었다.
 도조의 순초는 오늘 싸움에서, 첫 번째로 적장의 목을 얻은 것보다 훨씬 큰 활약이었다.
 "수고했다."
 좀처럼 칭찬하지 않는 이에야스가 이토록 격찬한 것은 극히 드문 일이었다.
 도조는 보람이 있었지만, 다른 장졸들은 다소 질투를 느끼지 않을 수 없었다. 전국시대의 거친 무사들에게도 남자로서의 질투는 있었다. 그들은 도조가 물러나는 것을 바라보며 근질거리는 팔을 문지르고 타오르는 투지를 두 눈에 번득이고 있었다.
 '그까짓 활약쯤!'
 시각은 이미 10시가 되었다. 적의 기치가 맞은편 산에 보이기 시작한 뒤, 벌써 두 시간 가까이나 지난 것이었다.
 그러나 이에야스는 아직 걸상에 버티고 앉은 채 사방을 둘러보며 한가로운 얼굴을 하고 천연덕스럽게 말했다.
 "시로자에몬(四郞左衞門), 한주로(半十郞). 이리 오너라."
 참모격인 나이토 시로자에몬과 와타나베 한주로 마사쓰나가 갑옷을 울리며 대령한다.
 "예!"
 이에야스는 손에 든 지형도와 현장 부근을 대조해 보면서 두 사람의 의견을 물었다.
 "짐작컨대 고베 분지에 있는 노부테루의 군사들이 말썽일 것 같군. 그들 2천이 어떻게 움직일는지, 경우에 따라서는 이 후지가네 산도 유리한 진지라고는 할 수 없지 않겠나?"

시로자에몬은 동남쪽에 있는 한 봉우리를 가리키며 대답했다.

"접근전으로 결판을 내실 각오이시라면, 여기보다는 저 마에 산(前山)과 부쓰가네 산(佛根山)이 훨씬 적당한 진지가 아닐까 생각합니다."

"음, 옮겨라."

결단은 실로 빨랐다.

즉각 진지는 이동되었다. 즉, 기타바타케 노부오의 군은 부쓰가네 산으로, 이에야스 자신은 마에 산으로 옮긴 것이다.

그곳에 서니 적의 고지와는 그야말로 지호지간이었다. 사이에 가로놓인 부쓰가네 못과 가라스 분지의 저지대 너머로 적의 얼굴은 물론 피차의 이야기 소리까지도 바람을 타고 들릴 것만 같았다.

산철쭉

누구는 저쪽 산허리로.

누구의 군사는 낭떠러지 밑으로.

또 누구는 고개 양 옆에 군사를 매복시키고, 초원의 습지에는 아무개가 가게 하라.

총대는 다소 높은 지대를 차지하고, 창대는 활동에 편리한 지형을 선택하게 하여 일일이 배치를 끝냈다.

이에야스도 전망이 좋은 마에 산 일각에 자리를 정했다.

그러자 참모격인 와타나베 한주로가 멀리서 주의를 주었다.

"진표가 너무 높습니다. 나무그늘에 세우도록 하십시오."

고지와 고지와의 접근전에서는 총대장은 여기 있노라──하듯 진표를 드러나게 세우면 집중 사격을 자청하는 결과가 되는 것이다.

이에야스는 미소를 지으며 시동에게 명했다.

"조금 낮춰 두어라."

금부채의 진표가 천천히 흔들리며 다소 떨어진 산그늘로 숨겨졌을 무렵──부쓰가네 산허리에서 기슭에 걸쳐 이이 효부 나오마사(井伊兵部直政)가 지휘하는 빨강 일색의 표기와 군사들은 바위 사이를 진달래 꽃처럼 물들이며 이동하고 있었다.

"오오, 오늘은 이이가 선봉인가?"

"빨간 깃발이 앞으로 나왔군."

"보기에는 아주 훌륭하지만……실력은 과연 어떨까?"

적도 아군도 그런 말들을 했다.

부장인 효부 나오마사는 올 해 24살, 이에야스가 아끼는 젊은 부장임은 누구나 알고 있는 터였다.

바로 얼마 전 아침까지만 해도 이에야스 주변에 막장으로서 자리를 차지하고 있었으나, 평소부터 쓸 만한 사나이라고 눈여겨보았던 이에야스가 군사 3천을 주어 가장 명예롭고 가장 어려운, 오늘의 선봉을 맡긴 것이었다.

"오늘은 한 번 마음껏 활약해 보아라."

그러나 워낙 젊기도 하여, 나이토 시로자에몬과 다카키 몬도 두 사람을 더 붙여 주었다.

"노장들의 의견도 참작하도록 하여라."

다노지리 고지에 있던 이케다 유키스케와 산자에몬 테루마사 형제는, 빨간 표기가 깔려 있는 것을 바라보자, "저 뻐기고 있는 적기대(赤旗隊)의 콧대를 꺾어 놓아라." 하고 골짜기 측면으로부터 2, 3백의 군사를 밀어냄과 동시, 정면으로는 약 1천의 정공대를 내보내어, 우선 일제히 총격부터 가하기 시작했다.

부쓰가네 산과 마에 산에서도 그와 동시에 천둥 같은 소리와 함께, 구름을 토하듯이 자욱한 초연이 퍼져갔다.

초연이 엷은 안개가 되어 저지대의 늪과 논 위로──다시 갈대가 우거진 습지로 기어가는 동안, 벌써 이이대(井伊隊)의 붉은 무사들은 일어나 달리기 시작하고 있었다. 동시에 선봉을 다투는 검은 갑옷의 한 떼와 장병들도 ──순식간에 접근하고 거리를 단축하여 창과 창의 접전이 되고 말았다.

대저 싸움의 장렬함은 창대의 접전보다 더한 것은 없었다.

또 그 결과에 따라 무너지느냐 밀고 나가느냐하는 승부의 대세토 판가름이 난다.

이이대는 이 접전에서 2, 3백의 적을 쓰러뜨렸다. 물론 붉은 무사들이라고 무사할 수는 없었다. 나오마사 휘하의 아까운 무사들이 여럿 전사하고 말았다.

이케다 노부테루는 아까부터 한 가지 작전을 세우고 있었다.

다노지리 고지에 있는 아들 유키스케와 테루마사의 군사들이 이이의 적군과 맞붙어, 싸움이 점차 격렬해지는 것을 보자 돌아보며 소리쳤다.

"세베, 지금이다!"

진작부터 약 2백의 결사대가 창을 갖추어 들고 대기하고 있었다. 나가라! ——하는 세베의 명령이 떨어지자 일제히 나가쿠테 마을을 향해 내려갔다.

노부테루의 전법은 이런 때도 기발한 수법을 즐겨 택했다.

그의 성격이라고 할 수 있으리라.

이 일군의 기병은 그의 계책을 받아 나가쿠테를 우회하여 도쿠가와 군의 최좌익——즉, 적기대(赤旗隊)가 밀려나온 빈틈을 노리려고 했던 것이다. 적의 중핵을 급습하여 전체 진영이 무너지는 틈을 타 이에야스를 덮치려는 생각이었다.

그러나 이 작전은 성공하지 못했다. 도중에서 도쿠가와 군에 의해 발견되어, 집중사격을 받고 말았다. 동작이 자유롭지 못한 습지에서 엉거주춤한 채, 나아갈 수도 없고 물러날 수도 없는 상태에서 참담한 피해를 입고 있었다.

한편——.

모리 나가요시는 기후봉에서 이를 내려다보며, 혀를 차며 탄식하고 있었다.

"아아, 성급한 작전이었다. 웬일로 장인께서는 여느 때와 달리 저렇게 조급하게 구시는 걸까?"

이 날은 장인인 노부테루보다 오히려 젊은 나가요시가 어딘가 침착해 보였다.

나가요시는 오늘로 죽을 것을 마음속에 다짐하고 있었다. 또한 이것저것 보지도 않고 생각하지도 않으며, 다만 정면 마에 산에 있는 금부채의 진표만을 뚫어지게 바라보고 있었다.

'이에야스만 칠 수 있다면……'

그런 생각인 것이다.

이에야스도 또한——,

모리 나가요시의 진기야말로 심상치 않다고 생각하여 기후봉을 주시하고 있었다.

그리고 순초병을 통해서 모리 나가요시의 차림새를 듣자 좌우를 둘러보며 경각심을 촉구하기도 했다.

"그렇다면 스스로 죽음을 맞으려는 차림이다. 죽음을 각오한 적처럼 무서운 것은 없는 법, 업신여겼다가 사신의 밥이 되지 않도록 하여라."

그 때문에 이 지점의 대진에서만은 어느 편도 섣불리 움직이지 않고 있었다.

나가요시는 속으로 이렇게 생각하고 상대방의 동태만 살피고 있었다.

'다노지리 고지의 싸움이 격해지면, 이에야스는 반드시 좌시하고 있지 않으리라. 병력을 쪼개서 가세케 하리라. ……그때야말로 맹공을 가할 때다.'

이에야스 또한,

'용감무쌍한 나가요시가 조용히 관망만 하고 있다면 필시 무슨 계책이 있는 것이리라.'

이렇게 생각하고 좀처럼 그 수에 넘어가지 않고 있었다.

그러나──.

다노지리의 전황은 나가요시의 기대와 어긋나, 오히려 이케다 형제 측의 패색이 짙어지기 시작했다.

'어쩔 수 없구나!'

그도 더 이상 참기를 단념했다.

그러자 바로 그 때 이에야스가 있는 마에 산 한쪽에서 지금까지 보이지 않고 있던 금부채 진표가 번쩍 높이 흔들리는가 싶더니, 전군의 반은 다노지리로 돌격하고 나머지 반은 와아하는 함성과 함께 산사태처럼 기후봉을 향해서 밀어닥치기 시작한 것이다.

모리의 군사들도 일제히 출격했다. 가라스 분지 일대는 맞붙은 양측 군사들로 피바다가 되었다. 총소리도 끊임없이 울렸다.

산과 산에 갇힌 좁은 지형에서의 결전이라, 말 울음소리도, 창칼이 부딪는 소리도, 표효하며 이름을 대는 무사들의 고함소리도 일제히 메아리치고 또 쳐서 천지가 뒤흔들리는 듯한 수라장이었다.

이미 이 분지 일대에서는 싸우지 않는 부대가 없었고, 싸우지 않는 장졸이 없었다.

그리하여──.

이기는 것 같다가도 무너지고, 무너지는가 하면 다시 뚫고 나와, 어느 편이 우세한 건지 분간도 할 수 없는 난장판이 이어졌다.

그런 가운데, 어떤 자는 전사하고 어떤 자는 적의 목을 베고, 부상하는 자에 비겁자라는 욕을 먹는 자, 반면에 용사로서의 영예를 차지하는 자——그리고 가만히 보면 개개의 인간들이 영세에 걸친 기구한 운명을 형성해 가고 있는 것이었다.

아내, 부모, 자식, 애인, 아직 태어나지 않은 뱃속의 아이까지——한 사람에 연결된 무수한 운명이 수라장 속에서 약속되어 가는 것이다.

알 수 없는 인간의 행위였다. 같은 동굴에 모이기 시작한 인간들이 이윽고 부락을 만들고 사회라는 형태를 이루어 놓은 후, 그 막대한 피해를, 그리고 어리석음을, 지성적으로는 잘 알면서도 계속 그치지 못하고 있는 처절한 숙세의 인업——.

그 가운데서 전국의 무사들은 그들의 삶과 숙업을 훌륭히 완수하기 위해——처참한 생명의 쟁탈전을 벌이고 있는 것이었다. 깨끗한 이름을 남기고, 개죽음이 아닌 인간의 죽음을 충이라 부르고 의라 하며 신이라 했던 당시의 도의와 결부시켜, 쓰러져도 기꺼운 미소를 얼굴에 남기리라고, 바라기조차 하는 것이었다.

젊은 맹장 나가요시——백석(白晳)의 미장부 모리 나가요시의 심정이 바로 그것이었다.

그의 젊은 생명이야말로 전국시대의 고민을 상징한다.

수치!

이 한 가지 사실이, 그로 하여금 다시는 살아서 세상에 되돌아오지 못하도록 하고 있는 것이다.

또 하나는 남자의 질투, 이 역시 그로 하여금 오늘의 각오를 재촉한 또 하나의 원인이었다.

'이에야스와 대결하는 거다!'

그는 맹세하고 있었다.

더욱 난전이 벌어지자, 나가요시는 4, 50명의 부하를 양 옆에 거느리고 금부채의 진표를 향하여 한 달음에 맞은편 산으로 건너가려고 했다.

"이에야스를 치자. 이에야스를!"

"막아라!"

"나가요시를 막아라!"

"저기 흰 옷을 걸친 무장이다!"

그를 가로막는 갑옷의 물결이 밀려 왔다가는 쫓기고, 다시 대들다가는 피보라 속에 휩싸여 버린다. 처절――형용할 바가 없었다.

이 때 빗발치듯, 금실로 수를 놓은 하얀 겉옷을 목표로 하여 집중해 온 총탄 하나가 그의 미간에 명중했다.

얼굴을 싸고 있던 나가요시의 하얀 붕대가 일순 빨갛게 물드는가 했더니,

"음……."

말 위에서 몸을 젖히며 골짜기에서 5월의 하늘을 한 번 우러러본 채, 27살의 생명은 고삐를 쥔 채 땅바닥에 굴러 떨어졌다.

나가요시가 아키던 애마――백단(百段)이란 이름을 가진 명마는 앞발을 들고 곤두서며 구슬프게 울어댔다.

와앗――하는 울음소리와도 같은 아군의 동요가, 곧 나가요시 곁으로 몰려오더니, 시체를 떠메고 기후봉으로 돌아갔다.

도쿠가와 군의 혼다 하치조(本多八藏)와 가시와바라 요헤(柏原與兵衞) 등이 군공을 다투며, "수급을!" 하고 추격해 왔으나, 주인을 잃고 울상이 된 부하들은 무서운 형상으로 창을 돌려대며 가까스로 나가요시의 시체를 어디엔가 감추었다.

"빌어먹을!"

그러나――.

맹장 나가요시가 전사했다는 소식은 모든 전선에 냉풍이 되어 불어갔다. 다른 전국의 불리와 아울러 이케다 군은 급전직하의 변화를 일으켰다.

마치 개미떼에 뜨거운 물을 부은 형국이었다. 봉우리에서, 오솔길에서, 웅덩이에서, 방향을 잃은 군사들은 지리멸렬되어 도망치기 시작했다.

"한심한 군사들이구나."

노부테루는 말도 없이 높직한 곳에 올라서자 이미 사람의 그림자가 드물어진 주위를 향해 분연히 노호했다.

"여기 노부테루가 있다. 꼴사나운 후퇴를 하지 말아라. 평소의 훈련은 어디 갔느냐. 돌아와라. 돌아오너라!"

그러나 그의 좌우를 지키던 검은 헝겊을 걸친 50명의 병사도, 노신이나 각 부장들도, 일단 무너지기 시작하자 후퇴의 걸음을 멈추지 않았다. 오히려 아직 열대여섯 살 밖에 되지 않는 시동들이 어쩔 줄을 모르며 그를 따라와, 주인을 잃고 헤매던 말 한 필을 끌고 와 주인에게 권했다.

"말에……말에 오르십시오. 말을 타십시오."

노부테루는 고개 밑 싸움판에서 말이 적탄에 쓰러지자, 일단 낙마하여 적병에 포위됐었지만 필사적으로 혈로를 뚫고 예까지 올라온 것이었다.

"말은 이젠 필요 없다. 걸상이나 내놓아라. 걸상은 없느냐."

"예. 여기 있습니다."

시동은 그의 뒤에 걸상을 버티어 놓았다. 노부테루는 걸터앉으며 혼잣말로 중얼거렸다.

"49년 동안의 공적이 여기에서 끝나는구나."

아직 나이 어린 시동을 바라보며 말했다.

"너는 시라이 단고(白井丹後)의 자식이었지? 부모가 기다리고 있으리라. 어서 이누야마로 피해 가거라. ……자, 이렇게 총알이 날아오지 않느냐. 어서, 어서 피하도록 하여라."

그는 울상이 되는 것을 쫓아버리자 차라리 혼자 있는 것이 마음 편하다는 듯, 유유히 이제 마지막인 이승의 경치를 바라보고 있었다.

그러자 바로 밑 낭떠러지에서 맹수가 맞붙어 싸우는 것 같은 신음소리와 함께 크게 나무가 흔들렸다. 아직 누군가 아군이 남아 있다가 사투를 벌이는 보양이었다.

노부테루의 얼굴은 무표정했다. 이미 승패는 잃고 공리도 없었다. 이승을 떠나는 엷은 감상이, 어머니의 젖내음이 풍기는 아득한 과거로까지 잠시 그를 돌아가게 하고 있을 뿐이었다.

부스럭하고 눈앞에 있는 관목이 흔들렸다.

"누구냐!"

하고 노부테루는 눈을 부릅뜨며 소리쳤다.

"거기 있는 것은 적이 아니냐!"

너무나도 침착한 목소리와 그 모습에 다가오던 도쿠가와 측 한 무사는 저도 모르게 흠칫 물러섰다.

"……적이 아니냐? 적이라면 내 목을 잘라 공을 세워라. 나는 이케다 노부테루다!"

관목 그늘에 몸을 숨기고 있던 무사는 노부테루의 모습을 바라보자 부르르 몸을 떨었다. 그리고 정신없이 몸을 일으키며 소리쳤다.

"오오! 마침 좋은 적을 만났도다. 도쿠가와 가의 나가이 덴하치로(永井傳

八郎). 자, 오너라!"
창을 들이댔다.
상대방은 이름난 맹장 이케다 노부테루——당연히 그와 동시에 번뜩이는 검이 공격을 가해 올 것이라 예상했지만, 뜻밖에도 덴하치로의 창은 어이 없이 노부테루의 옆구리를 뚫고 깊숙이 들어갔다.
"앗!"
찔린 노부테루보다 오히려 덴하치로가 그 여세로 비틀거렸다.
걸상이 쓰러지고 노부테루의 몸도 등허리까지 맞뚫린 채 고꾸라졌다.
"목을 잘라라."
그는 또 한 번 소리쳤다.
그러나 그는 그 지경이 될 때까지 끝내 칼자루에는 손도 대지 않고 있었다.
스스로 죽음을 택했고, 스스로 목을 내맡긴 것이었다.
덴하치로는 너무나 흥분하여 제 정신이 아니었으나, 문득 적장의 최후의 모습에서 죽음의 각오를 느끼자 같은 사람끼리 이렇듯 생사를 다투어야 하는 것에 울고 싶은 격정을 금치 못했다. 관자놀이에서 눈 밑으로 시큰한 눈물이 뚫고 지나갔다.
"오오!"
그는 크게 외쳤으나, 뜻하지 않은 큰 공에 곧 정신이 없이 기뻐하면서도 미처 다음 손을 쓰지 못하고 있었다.
그러자 낭떠러지 밑에서 부스럭거리며 앞을 다투어 달려온 전우들이 서로 앞질러 이름을 대며, 하나의 목을 놓고 싸우기 시작했다.
"안도 히코베(安藤彦兵衞)다!"
"우에무라 덴에몬(上村傳右衞門)이 예 있다!"
"아, 노부테루! 나는 도쿠가와의 하치야 시치베(蜂家七兵衞)!"
누구의 손이 먼저 잘랐는지 아무튼 시뻘건 손이 노부테루의 머리를 들고 휘두르며 외쳤다.
"적장 이케다 쇼뉴 노부테루, 나가이 덴하치로가 그의 목을 베었노라!"
"안도 히코베가 베었노라!"
"우에무라 덴에몬, 노부테루의 목을 베었노라!"
피바다, 고함소리, 공명을 다투는 소리——네 명, 다섯 명 아니, 좀더 많아진 한 무리의 무사들이 한 개의 수급을 에워싸고 이에야스의 본진을 향해 질풍같이 달려가고 있었다.

노부테루의 전사――그 소식은 파도처럼 순식간에 퍼져 이쪽 봉우리, 저쪽 초원, 싸움터 전체에 걸쳐서 도쿠가와 군으로 하여금 와아――하는 환호성을 지르게 했다.

아직도 살아남은 이케다 군만이 침묵을 지키고 있었다.

그들은 그 순간부터 땅과 하늘을 잃고, 자신의 목숨을 부지할 곳을 가랑잎처럼 찾아 헤맸다.

"한 놈도 살려 보내지 마라."

"쫓아라. 추격해라!"

승자는 그 여세를 몰아 흩어진 적병을 마음껏 찔러댔다. 이미 자신의 목숨조차 잊고 있는 그들에게는 다른 생명을 빼앗는 것도 낙화(落花)를 즐기는 심정과 같았는지 모른다.

노부테루가 죽고 나가요시도 죽고――나머지 다노지리 방면의 진지도 흔적조차 없이 도쿠가와 군에 의해 짓밟히고 말았다.

그 곳은 노부테루의 아들 기이노카미 유키스케와 산자에몬 테루마사, 두 형제가 지휘하고 있던 곳이었다. 측면의 아군이 무너지고, 정면에서의 적의 돌격으로 순식간에 짓밟히고 말았다.

"산자에몬, 어떻게 할 생각이냐?"

"형님, 우선 피하십시오. 더 계시다간 위험하오."

"무슨 소리. 노부테루의 자식이라는 자가 어디 그럴 수가……."

"하지만 이미 패색은 뚜렷한 것. 이렇게 되면 도망치는 군사들을 부를 도리도 없습니다."

두 사람은 주위를 둘러보았다. 쓸쓸할 만큼 눈에 띄는 아군이라고는 몇 되지 않자, 그들은 이를 갈았다.

여기서 죽으리라 각오했다.

그들 형제 주변에는 가지우라 헤이시치로(梶浦兵七郞), 가타기리 요사부로(片桐與三郞), 센다 몬도(千田主水), 아키타 가헤(秋田加兵衞) 등 8, 9명의 부하들 밖에 보이지 않았다.

"나가요시(長吉)는 어찌 되었느냐, 나가요시는?"

남달리 아우를 생각하는 유키스케는 올해 15살밖에 안 된 어린 막내 동생의 모습이 보이지 않자, 헛소리처럼 그렇게 외쳐댔다.

그러나 워낙 난군(亂軍)이었다. 아무도 본 사람이 없고 소식을 들은 사람도 없었다. 그러는 사이에도 또다시 적의 기마대 한 떼가, 단숨에 삼키려는 노도처럼 이쪽으로 달려오는 것이 보였다.

"두 분께서는 어서 피하시고, 뒤는 저희들한테 맡기십시오."

막장들은 창으로 장벽을 치고 한사코 방어했으나, 승리의 여세를 몰아 돌격하는 정예 기마대와 젊은 두 주군을 지키려는 패잔의 막장들은 도무지 싸움이 되지 않았다.

가타기리 요사부로(片桐与三郞), 센다 몬도(千田主水) 등은 순식간에 나란히 쓰러졌고 이와코시 지로자에몬(岩越次郞左衞門)이나 아키타 가헤도 싸우다 싸우다 마침내 피보라와 아우성 속에 자취를 감추고 말았다.

유키스케는 진지에서 5리나 물러나 문득 주위를 둘러보니, 따르고 있는 것은 가지우라 헤이시치로 하나뿐이었다.

"헤이시치로? 내 아우는?"

"산자에몬님께서도 혈로를 뚫고 멀리 피한 것으로 생각됩니다. 자, 어서 피하시기를……."

"아니다. 나는 남아서 아버님이 어떻게 되었는지도 알아 봐야겠다."

그는 이미 일군의 장이라기보다 한 사람의 자식에 불과했다. 헤이시치로가 말리는 것도 듣지 않고, 발길을 돌려 부친의 진지였던 산으로 올라갔다.

마침 그 때 노부테루의 목을 자른 한 떼의 아군과 헤어져 혼자 산을 내려오고 있던, 도쿠가와 군의 안도 히코베와 정면으로 딱 부딪쳤다.

길이 가파른 산허리였다.

오너라! ──하고 위에서도 부르짖고,

오너라! ──하고 밑에서도 부르짖었다.

두 사람의 창이 뒤엉켜 처절한 소용돌이를 일으켰으나, 기이노카미 유키스케 쪽이 당연히 그 지세로 보아도 불리한 점을 면할 수 없었다. 마침내 히코베의 창끝에, 스물여섯 살의 젊은 목숨을 피로 물든 갑옷과 함께 덧없이 버리고 말았다.

히코베는 그 목을 안고 소리치며 춤추듯이 달려갔다.

"적장 기이노카미의 목을 안도 히코베가 얻었노라!"

기이노카미 유키스케의 가신인 가지우라 헤이시치로는 즉각 그 적을 추격했으나, 미치지 못하자 창을 던졌다. 그러나 그 창이 땅에 떨어지기도 전에 그 역시 유탄을 맞고 쓰러져 가파른 낭떠러지 밑으로 굴러 떨어지고 말았다.

한편 형과 헤어진 산자에몬 테루마사도 흩어지는 아군 군사들 틈에서 뛰쳐나와 막무가내로 돌아가려고 하지 않았다.

"아버님 안부도 모르고서 어찌 싸움터에서 물러날 수 있단 말이냐? 아버님은? 형님은?"

마침 노부테루의 가신인 반도운(伴道雲)이 나타나 순간적인 기지로 그를 만류했다.

"부친께서는 야다 강(矢田江) 쪽으로 진작 피하셨습니다. 제 눈으로 똑똑히 보았습니다."

그러자 산자에몬도 마침내 말머리를 돌려 패주하는 아군을 따라 같이 피했다.

"아버님께서 무사하시다면……."

——졌다!

완전히 투지를 잃은 이케다의 군사들은 삼삼오오 논두렁이나 숲 속 오솔길, 길도 없는 습지 등으로 무턱대고 도망치고 있었다.

뿔뿔이 흩어진 그들 패잔병의 행렬은 이윽고 모두 야다 강기슭으로 나왔다.

그 가운데는 노부테루의 근신, 이케다 단고노가미도 섞여 있었다. 그는 일찌감치 피했던 모양으로 별로 부상도 입지 않은 군졸들을 4, 50명이나 데리고 줄레줄레 도망치고 있었다.

그러자 그 뒤에서 단신 말을 몰아 논두렁길을 추격해 오는 도쿠가와가의 무사가 있었다.

"이케다 단고노가미 아니냐. 단고노가미, 어딜 가느냐!"

오쿠보 시치로에몬의 아들——신주로 다다치카(新十郎忠隣)였다. 여태껏 쓸만한 적을 만나지 못해 아침부터 한탄하고 있었던 그는 모처럼 거물을 만나 육박했으나, 등자를 헛딛어 하마터면 말에서 떨어질 뻔했다.

"아차!"

당황하는 순간, 역시 피해 오던 이케다 군의 한 무사가 신주로의 갑옷 틈새를 노려 창을 찔러 왔다.

창은 다행히 살갗을 스친 정도로 빗나갔으나 신주로는 수렁 논 속에 굴러 떨어졌다. 진흙탕이 그의 온몸에도, 적의 얼굴에도 튀었다. 적의 얼굴에까지 튀었다.

싸움에 져서 피해 오는 적이기는 했지만 무척이나 소탈한 사나이였던 듯, 돌연 하하하——하고 흙탕물 투성이가 된 얼굴로 활짝 웃었다. 그리고 발속에 서있는 신주로를 향해 소리쳤다.

"어이, 새파란 젊은이. 너 같은 젖비린내 나는 애송이의 목을 가져봤자 짐만 될 뿐이다. 목 대신 도망하는 데 필요한 말이나 얻어가야겠다. 언제고 이 말을 타고 내가 싸움터에 나타나면 찾아가란 말이다."

그는 신주로의 말에 올라타고선 뒤를 돌아보고 히죽히죽 웃으며 달아났다.

신주로는 이를 갈며 일어났다. 주위를 살펴보니 그 적군 녀석도 몹시 서두른 탓인지 조금 전에 자기를 찌르려고 했던 창을 그대로 버려둔 채 내뺀 것이다.

"괘씸한 놈!"

그는 창을 주워들고 터벅터벅 걸어서 돌아갔다. 그리고 나중에 이에야스 앞에 불려 나갔을 때 그 일을 분한 듯이 고했다.

"너는 적에게 말을 뺏겼다고 분해하지만, 무사에겐 창도 중요한 무기다. 명목상으로 본다면 거의 비슷하게 바꾼 셈이지. 됐어, 됐어. 그렇게 위축될 것도 없고 부끄러울 것도 없네."

이에야스도 크게 웃으면서 그를 위로했다고 한다.

달인의 눈

이에야스의 금선진(金扇陣) 밑에는 무공을 선물로 가지고 속속 돌아오는 제장들의 모습이 끊기지 않았다.

그중 한 사람인 미즈노 도주로도 오쿠보 신주로의 얼굴을 보자, 그의 무사귀환을 축하했다.

"여어, 무사히 돌아왔군. 아까 수렁논 속에 낙마했을 때 도쿠가와는 아깝게도 훌륭한 젊은이 하나를 잃지 않는가 했었네."

그 도주로의 설명으로, 신주로의 말을 빼앗아 가지고 도망 친 소탈한 호걸은 이케다가의 가신이 아니라, 미요시 히데쓰구의 부하인 도히 곤에몬이라는 자였음이 밝혀졌다.

"미요시군은 훨씬 전에 무너져 패퇴했는데, 어째서 히데쓰구의 부하인 도히 곤에몬이 이케다 군 안에 있었을까?"

야마노 사부로베(天野三郎兵衞)와 오구리 마다이치(小栗又市) 등이 대답했다.

"아니오. 도히뿐 아니라, 히데쓰구의 부하들을 여러 명 이 근처 싸움터에서 보았소. 보나마나 히데쓰구군이 맨 먼저 무너진 것을 견딜 수 없는 수치로 여겨, 주력부대들이 멀리 가쿠덴을 향해 도망친 뒤 되돌아와서 이케다 군에 끼어 싸우고 있었던 것으로 보이오."

그 말을 듣고 사람들은, "어쩐지 유달리 센 것 같더라니……." 새삼스럽게 그렇게 생각했으나, 신주로도 자기가 상대했던 적이 그 중 한 사람이었음을 알자, 중얼거리며 다짐했다.

'좋다. 내 똑똑히 기억해 두마. 언젠가는 다른 싸움터에서 오늘의 그 호탕한 적과 다시 만날 날이 있을지도 모른다.'

그는 잊지 않도록 주워 가지고 온 적의 창자루에 '도이 곤에몬에게 반환할 날을 기하노라' 하는 글귀를 새겨 두었다.

장졸들은 이런 화제를 나누면서 의기양양하게 승전의 기쁨에 젖어 있었으나, 이에야스를 중심으로 한 막료들은 좀처럼 개가를 올리지 않고 있었다.

"적은 걸, 암만해도……좀 적어."

이에야스는 뭔가 우려하고 있었다.

그는 기쁨도 슬픔도 웬만해서는 나타내지 않는 성격이었다.

그런 그가 아까부터 계속해서 적다──고 중얼거리고 있는 것은, 이미 여러 차례에 걸쳐 귀환을 알리는 뿔피리를 불었는데도, 승리의 여세를 몰아 패퇴하는 적군을 따라간 아군이 예상대로 돌아오지 않고 있는 것을 걱정하는 듯했다.

이에야스는 벌써 두 세 차례나 되풀이하고 있었다.

"승리에 승리가 겹쳐지지는 않는 법이다……이겼는데도 더욱 이기려고 하는 것은 옳지 않은 생각이야."

그는 히데요시란 이름을 입 밖에 내지는 않았으나, 그 천재적인 병략가가 이미 자군(自軍)의 참패에 대비해서 어떤 방책을 이 방면에 내리고 있으리라는 것을 직감했음에 틀림없었다.

"너무 오래 뒤쫓으면 위험하다. 시로자에몬은 갔느냐?"

"예. 진작 분부를 전달하려고 달려갔습니다."

이이 효부(井伊兵部)가 대답하자 이에야스는 거듭 분부했다.

"효부, 그대로 가거라. 추격을 중지하라고 뒤쫓는 군사들을 꾸짖고 오너라."

이미 체면 불구하고 패주하고 있는 이케다측 군졸들은 시다미(志段味), 시노키(篠木), 가시와이(柏井) 방면으로 지리멸렬이 되어 도망쳤다. 다행히 야다 강(矢田江)을 건넌 자들은 모두 목숨을 부지할 수 있었다.

"놓치지 마라."

추격해 온 도쿠가와 군이 그 갯벌까지 오자 나이토 시로자에몬 등 일행이 창대로 앞길을 가로막고, 제각기 소리치며 노도와 같은 추격군을 밀어냈다.

"멈추어라!"

"어서 멈추시오!"

"추격을 중지하라는 본진의 엄명이시다."

"즉각 중지하시오."

이이 효부도 달려와 목이 터지게 군사들 사이를 뛰어다니며 소리쳤다.

"헛되이 승리에 만심해서 여세를 몰아 추격을 계속하는 자는, 귀진 후 군벌을 내리리라는 말씀이시다. ……돌아가라. 어서 돌아가라!"

가까스로 기호지세(騎虎之勢)는 멈추었다. 도쿠가와 군은 야다 강을 경계로 하여 모두 진지로 되돌아갔다.

시각은 오시(午時)가 훨씬 지난 뒤였다.

해가 때마침 중천에 솟아 있었고, 4월 초라고는 해도 날씨가 여름이 멀지 않았음을 나타내고 있었다. 장졸들의 얼굴은 모두 흙과 피와 땀으로 범벅이 되어 타오르는 듯한 빛을 보이고 있었다.

이에야스는 미시에 후지가네 산 영소를 내려와, 가나래 강을 건너 곤도사(權道寺) 산기슭에서 적의 수급들을 눈으로 확인했다.

아침부터 한나절 사이에 전전장(全戰場)에 걸친 히데요시측 전사자는 2천 5백여 명에 이르렀고, 도쿠가와, 기타바타케 양군의 피해는, 전사 590여명, 부상자 수백에 이르렀다.

그러나 히데요시 측에 비해 도쿠가와 군의 희생은 약 3분의 1 남짓 밖에 되지 않았다.

그때, 혼다 사도노카미가 이에야스에게 말했다.

"비록 대첩이기는 하지만, 이것은 그리 자랑스러운 일은 아닙니다. 히데요시 군은 그가 거느리고 온 병력의 일부에 불과한 것이었지만 아군은 고마키에 있던 전 병력을 동원했기 때문입니다. ……만약 여기서 예기치 않은 패배를 당한다면 아군에게 치명적인 것이 되오니, 일각도 지체함이 없이 곧 오바타 성(小幡城)까지 물러나는 것이 상책이 아닐까 생각합니다."

그러자 다카키 몬도 기요히데(高木主水淸秀)가 말했다.

"아니오. 승운이 돌아왔을 때는 대담하게 그 승운을 붙들고 늘어져야 하는 것이 싸움의 정도요. ——필시 히데요시는 이 대패를 알면 격분하여 부하들을 거느리고 별 준비도 없이 몰려올 것에 틀림없소. 그것을 요격하여 일거에 원숭이의 목을 베어 버리는 것이야말로 병가로서 노려야 하는 바가 아니겠소?"

그 양론에 대해서도 이에야스는 같은 말을 되풀이했다.

"승리에 또 승리가 따를 수는 없는 법이다."

그리고 이어서 다시 말했다.

"부하들도 모두 피로해 있다. 당장에라도 지쿠젠(筑前 : 히데요시)이 모래 흙먼지를 일으키며 달려올 것이 틀림없지만, 오늘은 더 이상 그와 싸우지 않는 것이 상책일 게다. 오바타로 옮기기로 하자."

그렇게 즉각 결정을 내리자, 히라야마 숲 남쪽을 지나 아직 해가 높은 신시(申時 : 오후3시에서 5시까지)경, 고마키 산성의 한 전초성인 오바타 성으로 들어갔다.

전진기지로서의 역할을 하는 전초성은 중심기지인 본성에서 예상되는 각 전선 주요지에 발판을 만들기 위해 미리 수병과 양식을 넣어두는 점기지이기도 했다.

이것은 다케다 신겐이 흔히 써온 고슈류(甲州流) 병학의 특징이었는데, 나가시노(長篠) 전투 이래, 도쿠가와에는 많은 다케다의 유신들이 들어와 있게 되어, 그 후부터 이에야스의 전술에는 신겐의 전술이 현저하게 가미되었던 것이다.

이번 경우에도 오바타, 이와사키 두 전초성이 얼마나 큰 역할을 했는지 모른다.

특히 오바타 성은 고마키에서 출동할 때도, 철수할 때도 이에야스의 완전한 전선기지가 되어 그의 신속한 진퇴를 도왔던 것이다.

"됐다……."

전군을 오바타 성에 넣고 팔방의 성문을 굳게 닫자, 이에야스는 비로소 오늘의 대승을 마음 놓고 음미했다.

오늘 한나절의 싸움을 돌이켜 볼 때 우선 그로서는 '별 실책은 없었다.' 는 만족을 느꼈으리라. 장졸들이 흐뭇하게 생각하는 것은 적장의 목을 벴다거나, 선봉이 됐다는 데 있지만, 주장으로서 은근히 느끼는 만족은 다만 자신의 계획이 적중했을 때 오는 것이었다.

그러나 인물은 인물이 안다. 앞으로의 히데요시의 움직임에 그는 온갖 관심을 경주하고 있었다.

'……지쿠젠이 온다면……'

이에야스는 그에 대한 대책을 강구하면서 애써 심신을 달래며 잠시 오바타 성 혼마루에서 휴식을 취하고 있었다.

한편 히데요시는——.

그는 본진인 가쿠덴에서 이케다 부자가 출발한 뒤——, 즉 9일 아침, 호소카와 다다오키를 불러들여, 고마키에 대한 공격을 급히 명했다.

"한바탕 해 보아라."

히네노 히로나리(日根野弘就)에게도 영을 내리고 다카야마 우콘 나가후사(高山右近長房)에게도 같은 분부를 내렸다.

그리고 망루 위에 올라가 전황을 살피고 있었다.

"저런! 다다오키 군이 저토록 깊숙이 파고들고 있습니다. 괜찮겠습니까?"

곁에서 바라보고 있던 마스다 진에몬(增田仁右衛門)은 호소카와 군이 고마키의 적의 성에 너무 접근하는 것을 보자, 염려되는 듯이 히데요시의 얼굴을 올려다본다.

"괜찮다, 괜찮아. 다다오키는 젊을지 모르지만, 용의주도한 다카야마 우콘도 같이 나가 있다. 우콘이 진격하고 있다면 염려할 것 없을 게야."

오늘 아침의 공격은 승패를 가리기 위한 공세가 아니었다. 고마키의 적을 견제하려는 히데요시의 위계였다.

'노부테루 부자는 어떻게 됐을까?'

히데요시의 마음은 멀리 오로지 그 성과에만 매달려 있었던 것이다.

그러자 한낮 무렵——.

나가쿠테에서 되돌아 온 몇몇 군사들이 있었다. 모두 참담한 모습이었고, 전하는 말도 한결같이 비보(悲報)였다.——미요시 히데쓰구의 본군은 총퇴각을 했으며 히데쓰구의 생사조차 모른다는 것이다.

류센사(龍泉寺)강

"무엇이, 히데쓰구가?"

히데요시는 솔직히 놀라는 모습이었다. 놀라운 사실에 놀라지 않는 것 같은 얼굴은 못하는 그였다.

"실패로구나!"

이것이 두 번째 한 말이었다. 이 역시 히데쓰구나 이케다 부자의 실책을 힐난한 것이 아니라, 자신의 실수로서 분명 이에야스의 구안(具眼)을 칭송하는 것 같은 어조였다.

그러나 세 번째 말은 흔히 그가 입버릇처럼 하곤 하는 말이었다.

"괜찮다. 괜찮아."

"진에몬, 각적이다. 각적을 불어라!"

"예!"

마스다 진에몬은 사태의 중대성에 낯빛이 달라졌으나, 괜찮다. 괜찮아——하는 주군의 말을 듣자 다소 기운을 차린 듯, 분부대로 망루 위에서 각적을 입에 대고 크게 불었다.

히데요시는 즉각 아군의 각 진지에 전령을 보내 비상령을 전달했다. 그로부터 반각에 이르기 전에 2만의 병력이 가쿠덴을 출발하여 나가쿠테(長久手)를 향해 진군을 재촉하고 있었다.

이 대규모의, 그리고 급속한 대이동을 고마키 산의 도쿠가와 본진에서 모를 리가 없었다.

이에야스는 그곳에 없었다. 많지 않은 군사들이 고마키 산을 지키고 있을 뿐이었다.

"잘됐다. 히데요시 자신이 가쿠덴의 군사 대부분을 이끌고, 대거 동쪽으로 이동하는 모양 아닌가?"

뒤를 지키던 부장의 하나인 사카이 사에몬노조 다다쓰구(酒井左衛門丞忠次)는, 그 사실을 알자 손뼉을 치며 말했다.

"바랐던 일이다. 히데요시 이하 주력이 이동한 허를 찔러 가쿠덴 본거지는 물론 구로세(黑瀨) 성채까지 닥치는 대로 불살라 버리리라. 히데요시를 꼼짝달싹 못하게 하여 쳐부술 때는 바로 지금이다.……모두 이 다다쓰구를 뒤따라 큰 공을 세우도록 하시오."

그러자 이같이 남아서 지키고 있던 또 하나의 부장, 이시카와 가즈마사가 정면으로 반대했다.

"무엇을 이리 조급히 서두르시오. 히데요시쯤 되는 지략가면 아무리 급히 이동한다 해도 본진에 허술한 장병들만 남겨 놓고 갈리가 없지 않소?"
"아니오. 어떤 사람이든 초조할 때는 평소의 기량이 드러나지 않는 법이오. ……저토록 순식간에 각적을 울려 출동한 모양으로 봐서는 제아무리 히데요시라 해도 나가쿠테의 참패를 듣고 크게 당황한 것이 틀림없소. 눈에 훤히 보이는 듯하오. 지금말고는 원숭이 공 엉덩이에 불을 지를 기회가 없을 거요."
"그건 얕은 생각이오!"
이시카와 가즈마사는 크게 웃으며, 계속 극력 반대했다.
"히데요시의 솜씨로 볼 때, 오히려 상당 병력을 뒤에 남겨 두었다가, 우리가 고마키의 진을 나서면 즉각 쳐들어 오려는 술책인지도 모르오. ……이런 소병력으로 공세를 취한다는 것은 천부당만부당한 일이오."
의견이 분분했다. 그러나 사태는 급했다. 모두가 제 고집만 세우고 있으면 기회는 그들을 뿌리치고 멀리 사라질지도 모르는 일이었다.
그 때, 이 논쟁에 기가 막힌 듯 분연히 자리를 박차고 일어서는 한 부장이 있었다. 혼다 헤이하치로 다다카쓰(本多平八郎忠勝)였다.
"또 논쟁인가? 논쟁을 좋아하는 사람들은 마음대로 지껄이고 있으시오. 이 사람은 한가하게 앉아 있을 수 없소. ……자, 그럼 먼저 실례하오."
그는 말재주 대신 의지의 사나이였다. 귀찮아진 모양이었다.
헛되이 자기주장만 고집하며 논쟁을 거듭하고 있던 사카이 다다쓰구와 이시카와 가즈마사는 그가 분연히 자리를 박차는 바람에 눈이 휘둥그레지며 황급히 물었다.
"헤이하치로, 어딜 가는가?"
혼다 헤이하치로는 돌아다보며 무언가 깊이 결심한 바 있는 듯 잘라 말했다.
"나는 어렸을 때부터 주군을 모셔 온 사람이오. 이렇게 된 이상 주군 곁으로 따라갈 도리밖에 없소."
"잠깐……."
가즈마사는 단순한 그의 혈기로 본 듯, 손을 들어 제지했다.
"우리 모두 주군으로부터 고마키에 남아 성을 지키라는 영을 받았지, 멋대로 움직이라는 영은 받은 일이 없소. 자, 우선 앉으시오."
다다쓰구도 같이 달랬다.

달인의 눈 297

"헤이하치로. 이제 와서 귀공 하나쯤이 달려가 봤자, 무슨 보탬이 되겠는가? 그보다는 이곳을 지키는 것이 더 중요하오."

그러자 혼다 헤이하치로는 그들의 좁은 생각을 가엾이 여기는 듯, 입가에 얼핏 이지러진 웃음을 띠웠으나 모두 연장이요, 상장들이라 말만은 공손하게 했다.

"아니 결코 여러분들도 행동을 같이하자는 것이 아니오. 여러분은 여러분의 생각대로 하시면 되는 일, 다만 이 헤이하치로로서는 지금 히데요시가 대대적인 원군을 출동시켜 주군께 육박해가는 것을 보면서도 수수방관할 수는 없다는 것뿐이오. ……생각해 보시오. 밤새, 그리고 오늘 아침까지 싸움에 지친 주군의 군사들이오. 히데요시의 새로운 2만 대군이 앞뒤에서 포위 공격한다면 어찌 무사하기를 바라겠소. 헤이하치로 혼자라도 나가쿠테로 달려가, 만약 주군께서 전사하신다면 이 사람 역시 나란히 죽을 생각이오. 너무 개의치 마시오."

그의 말에 좌중은 일제히 잠잠해지고 말았다.

헤이하치로 다다카쓰는 자신의 수하 불과 3백 여를 거느리고 고마키를 떠났다.

그의 뜻에 감동하여 이시카와 사에몬 야스미치(石川左衛門康通) 또한, 부하 2백 여를 거느리고 결사대에 가담했다.

"같이 죽으세."

도합 6백도 안되는 적은 인원이었지만, 헤이하치로의 기세는 고마키를 출발할 때부터 천지를 삼킬 듯했다. 2만의 대군이라고 두려울 것 없다. 고작해야 일개 원숭이, 제까짓 게 무엇이랴 하는 기세였다. 보군들은 경장을 시키고 기치를 맡아 들게 한 뒤, 말에 채찍질을 가해 회오리바람처럼 흙먼지를 일으키며 동쪽을 향해 달렸다.

이윽고 류센사 강 남쪽 기슭까지 왔을 때, 히데요시의 대군이 그 북쪽 기슭을 따라 계속 남하하고 있는 것이 보였다.

"오오, 저것이다."

"금조롱박 진표가 있다!"

"떼 지어 가는 막장들 사이에 히데요시가 있을 것이 틀림없다."

헤이하치로 이하 군졸들은 숨돌릴 사이도 없이 예까지 쫓아와, 강 하나를 사이에 두고 맞은편 기슭을 건너와 적을 향해 손을 들어 가리키기도 하고,

손을 이마에 얹고 바라보기도 하면서 부르르 몸을 떨었다.

어어이——하고 이내 부르면 어어이——하고 적이 역시 대답해 올 것 같은 근거리였다. 그 적병들의 얼굴, 얼굴, 얼굴들. 2만의 발소리와 어우러지는 무수한 말발굽 소리, 그것이 강 위를 건너 이쪽의 가슴에 직접 울려오고 있었다.

"사에몬, 사에몬!"

헤이하치로는 뒤따라오는 말 위의 이시카와 사에몬을 불렀다.

"뭐요, 헤이하치?"

"사에몬, 맞은 편 기슭을 봤나?"

"음, 굉장한 군사들이군. 이 류센사 강의 길이보다 더 긴 것 같은 걸."

"하하하, 과연 히데요시야. 이만한 대군을 수족을 놀리듯 신속히 움직여 온 그 솜씨는 대단해. 적이지만 가상한 일이오."

"아까부터 눈여겨보고 있었는데, 히데요시는 어디쯤 있을까? 저 금조롱박 진표가 있는 근처일까?"

"아니오. 보나마나 다른 기마 무사들 사이에 숨어서 가고 있을 거요. 총으로 저격당하기 알맞은 곳에 있을 리가 없소."

"적의 군졸들도 모두 서두는 걸음이기는 하지만, 이쪽을 바라보며 의아스러워 하는 얼굴인 걸."

"사에몬, 우리가 여기서 해야 할 일은 히데요시로 하여금 이 류센사 강기슭에서 조금이라도 시간을 더 지체하게 하는 일이오."

"덤빌까?"

"안되지. 적은 2만, 우리는 5백여. 덤벼 봤자 순식간에 이 강물을 피로 물들일 뿐이오. 죽을 각오는 돼 있지만, 될 수 있는 대로 효과적인 죽음을 해야 하오."

"음, 그렇게 되면 나가쿠테에 있는 주군의 군사들도 충분히 전력을 갖추고 히데요시를 기다릴 여유가 생긴다는 얘기로군?"

"그렇소."

헤이하치로는 안장을 두드리며 끄덕였다.

"나가쿠테의 아군에게 시간을 주기 위해 우리는 죽음으로서 히데요시의 발목을 물고 늘어지는 거다. 조금이라도 히데요시의 진격을 늦추도록 노력해야해. 사에몬, 그런 각오 밑에 우리는 싸워야 하오."

"알겠소."

사에몬 야스미치와 헤이하치로 다다카쓰는 잠시 말머리를 옆으로 돌려 영을 내렸다.

"총대는 세 조로 나누어, 걸음은 걸음대로 재촉하면서 한 조씩 번갈아 가며 맞은편 적을 쏘아라. 쏘면 곧 걸어야 한다."

적은 강물의 흐름과도 같은 속도로 맞은편 기슭을 서둘러 진군하고 있었다. 그에 맞추어서 이쪽 역시 걸음을 서두르고 있기 때문에 도전도, 작전 지휘도, 한 대오의 개편마저 모두 구보를 계속하면서 진행하지 않으면 안됐다.

──명령대로 곧 3조로 나누어진 총대는 우선 제1조부터 강가에 무릎 쏘기 자세로 앉아, 일제히 사격을 가했다.

물가라 총소리는 몇 배나 더 크게 울렸고, 초연이 장막처럼 둘러쳐진다.

곧 제1조는 앞으로 달려가고, 다음 조가 총부리를 나란히 했다. 그들이 쏘고 나서 달려가면, 제3조가 다시 사격을 가해댄다.

히데요시 측 군사들 사이에 우르르 쓰러지는 그림자가 보였다.

분명 강행군 중이던 진열은 동요하기 시작했다. 무언가 떠들어대면서 허둥거리는 동작들을 빤히 건너다 볼 수 있었다.

"웬 놈이냐? 저렇게 작은 병력으로 싸움을 걸어 온 자는 대체 누구냐?"

히데요시는 놀란 모양이었다. 몹시 놀란 듯 눈을 크게 뜨며, 문득 발걸음을 멈췄다.

아사노 야헤(淺野彌兵衛), 아리마 교베(有馬刑部), 야마우치 이에몬(山內猪右衛門), 가타기리 스케사쿠(片桐助作) 등, 그의 말을 에워싸고 있던 막장들과 군신들은 다 같이 이마에 손을 얹고 건너편을 바라보았으나, 당장 히데요시의 물음에 대답하는 소리는 들리지 않았다.

"대담한 녀석도 다 있군. 천명도 안 되는 소병력으로 지쿠젠의 이 대군에 대해 용감하게 도전해오다니…… 적이지만 꼭 그 이름을 알고 싶구나. ──아무도 모르느냐? 적장의 이름을?"

히데요시는 계속 앞뒤를 돌아다보며, 몇 번이고 그렇게 묻는 것이었다.

그러자 앞쪽에서, "제가 알고 있습니다." 하는 소리가 들렸다.

보니까 미노 안파치 고을의 소네 성(曾根城) 수장으로, 이번 대전을 맞이하여 노구를 무릅쓰고 히데요시를 위해 참전하여 길 안내를 위해 줄곧 히데요시 곁을 떠나지 않고 있던 이나바 이요노카미 잇테쓰(稻葉伊予守一鐵)였다.

"오오, 잇테쓰. 그대는 저쪽 기슭에 있는 적장이 누군지 안단 말인가?"
"그렇습니다. 저 투구 이마에 달린 사슴뿔 모양의 장식과 흰 실로 미늘을 꿰맨 갑옷은 지난 해 아네 강(補江) 싸움에서 똑똑히 봐 뒀던 자입니다. ……저자야말로 이에야스의 고굉지신, 혼다 헤이하치로가 틀림없습니다."
그 말을 듣자 히데요시는 당장 눈물을 흘릴 듯한 표정으로 중얼거렸다.
"오오, 용감한 녀석이군. 하나의 힘으로 만을 대하는 저 기개, 그야말로 가히 대장부라고 할 수 있지 않느냐. 자기는 여기서 죽더라도 일각이라도 더 나를 저지시킴으로써 써 주군 이에야스가 피할 수 있게 하려는 갸륵한 태도가 아니냐 말이다."
그리고 다시 말했다.
"기특하군. 기특한 녀석이야. 여봐라. 아무리 그가 쏘아대도 이쪽에서는 단 한방도 쏘지 마라. ……후일, 혹시 인연이 있다면 이 지쿠젠 가중에 넣어 귀히 여겨야 할 사나이다. 쏘지 말아라. 쏘지 말고 내버려 두어라."
그러는 사이에도——.
물론 대안에서는 가차 없이 세 조가 번갈아가며, 총알을 재는 손도 바쁘게 계속 사격을 가해왔고, 그 중 한두 개는 히데요시의 곁을 스쳐가기도 했다.
그때 히데요시가 눈여겨보고 있는 적장——사슴뿔 장식이 달린 투구를 쓴 헤이하치로 다다카쓰가 물가로 다가가더니 말에서 내려 말 주둥이를 강물로 씻고 있었다.
강 하나를 사이에 두고 히데요시도 그를 바라보고 있었지만, 헤이하치로 역시 분명 히데요시로 보이는 일단이 말을 멈추고 있는 것을 빤히 바라보고 있는 눈치였다.
"대담한 녀석이다."
"얄미운 적인 걸."
히데요시 군의 총대는 하마터면 응전할 뻔 했으나 히데요시가 다시금 전군을 꾸짖으며 계속 발걸음을 재촉했다.
"혼다는 내버려 두어라. 서둘러야 한다. 서둘러 전진해야 한다."
그것을 보자 대안의 헤이하치로도 "막아야 한다!"며 구보로 길을 앞질러 류센사 부근에서 다시 맹렬한 도전을 감행했지만, 히데요시는 상대하지 않았다. 이윽고 그는 나가쿠테 벌에서 멀지 않은 어떤 산에 진을 쳤다.

목적지에 도착하자마자 히데요시는 곧 호리오 요시하루(堀尾吉晴), 이치야나기 이치스케(一柳市助), 기무라 하야토노스케(木村準人佑) 등 세 부장에게 영을 내려, 3개 대의 경기병군을 그 방면으로 달려가게 했다.

"나가쿠테에서 오바타로 철수해 가는 도쿠가와 군을 보면, 닥치는 대로 쳐부수어라."

이곳 류센사 산은 그 직후부터 히데요시의 본진이 되어 붉은 석양 밑에 2만 여의 정예가 이제 주력과 주력의 자웅을 겨루기 위해, 어제 승리를 거둔 적 이에야스에게 설욕의 의지를 보이며 전열(戰列)을 갖추고 있었다.

"순초병!"

히데요시가 불렀다. 고사카 진스케(小坂甚助), 아마노 겐에몬(天野源右衞門) 두 사람이 순초군의 조장이 되어 이윽고 오바타 성을 향해 떠났다.

그 후에 히데요시는 즉각 전군에 걸친 작전을 짰다. ——그러나 그 명령이 미처 내려지기도 전에 급보가 들어왔다.

"이에야스의 모습은 이미 싸움터에 없습니다."

"그럴 리가 있나?"

여러 막장들도 의아하게 여겼고 히데요시도 침묵을 지키고 있자 앞서 나가쿠테로 보냈던 기무라, 이치야나기, 호리오 등이 급히 되돌아와 제각기 보고했다.

"이에야스 이하 적의 주력은 모두 전초성인 오바타 성으로 철수했습니다. 우리는 고작 뒤에 처져 있던 약간의 적을 만났을 뿐이며, 하다못해 반각이라도 더 빨랐더라면…… 하는 분한 생각과 더불어 헛되이 돌아오고 말았습니다."

그래도 약 3백의 도쿠가와 병을 치기는 했지만 쓸만한 적장은 그 안에 없었다.

"늦었단 말인가?"

히데요시의 얼굴에 억제할 수 없는 분노가 뚜렷이 나타났다. 아마노, 고사카 등 순초병들도 이에야스가 무사히 철수하여 유유히 오늘의 승전을 되새기며 휴식하고 있다는 것을 증언했다.

"오바타 성은 이미 굳게 문을 닫은 채 고요했습니다."

히데요시는 복잡한 감정 속에서도 저도 모르게 이에야스를 위해 손뼉을 치며 축하했다.

"과연 이에야스! 어쩌면 그렇게도 재빨리, 그리고 승리를 과시할 생각도 않고 전초성으로 철수하여 성문을 잠가 버렸단 말인가? 정말 당해 낼 수 없는 사나이군. 하지만 두고 봐라, 머지않아 내 반드시 이에야스에게 예복을 입혀 이 히데요시 앞에 꿇어 엎드리게 하리라."

이미 땅거미가 내리고 있는 무렵이었다. 밤에 적성을 공격한다는 것은 병법에서도 금하는 일인 데다, 멀리 가쿠덴으로부터 숨 돌릴 틈도 없이 달려온 인마라 이날 밤은 일단 행동을 중지하기로 하고 영을 바꾸었다.

"식사준비를 하라."

저녁 하늘에 자욱이 연기가 치솟았다. 군사들이 밥을 짓는 연기였다.

오바타 성의 순초군들은 그 상황을 즉각 이에야스에게 보고했다.

"그렇다면 우리는……."

이에야스는 눈을 붙이고 있다가 그런 보고에 접하자, 급히 고마키 산으로 돌아간다는 영을 내렸다.

미즈노, 혼다 그 밖의 제장은 밤이 되면 히데요시의 류센사 산을 기습하자고 극력 권고했으나, 이에야스는 웃기만 했다. 그리고 일부러 길을 우회하여 고마키 산으로 돌아갔다.

바둑

　어쩔 수 없이 히데요시도 회군하여 가쿠덴으로 되돌아오지 않을 수 없었다.
　그가 혀를 차며 탄복한, 도무지 걸려들지 않는 이에야스와 다시 고마키 산에서 대치를 계속하는 도리 밖에 없었다.
　이리하여 나가쿠테의 일전은 초조했던 이케다 노부테루 부자에게 그 패인이 있었다고는 해도 역시 히데요시의 중대한 실패임이 틀림없었다.
　그러나——.
　이번에는 웬일인지 히데요시가 서전(序戰)이 있기 전부터 시종 뒤지고 있었던 것도 사실이었다.
　그것은 히데요시가 싸움터에서 이에야스를 보고 비로소 섣불리 손을 델 수 없는 사나이임을 안 것이 아니라, 처음부터 이에야스란 인물을 잘 알고 있었기 때문이었다.
　말하자면 달인과 달인, 일류급 씨름꾼과 씨름꾼과의 대결과 같은 것이었다.
　"도중의 작은 성에는 눈도 주지 마라. 시간을 낭비하지 말도록 하여라."

출진 당시 히데요시가 그토록 일렀음에도 불구하고 노부테루는 이와사키 성의 도전을 받자 단숨에 짓밟아 버리기 위해 응전했다. 결국 노부테루란 인물의 그릇이 이 정도밖에 안됐었다는 결론이 된다.

그릇——.

이것만은 타고난 것을 갑자기 늘리려 한다고 늘려지는 것이 아니다.

이에야스도 하나의 그릇, 히데요시도 그릇, 이 그릇의 대조가 이번 싸움을 결정짓게 되는 것이다.

나가쿠테의 패전을 들었을 때, 기실 히데요시는 옳거니하고, 크게 기대한 바 있었다. 이에야스가 단단한 껍질 속에서 나온 셈이어서, 노부테루 부자의 전사야말로 이에야스를 사로잡는 좋은 미끼가 된 것으로 생각했기 때문이다.

그러나 적은 불길같이 출동했다가 바람같이 사라져 버렸다. 사라진 후에는 숲속같이 조용했고, 다시 고마키로 돌아와서는 그전보다 더 신중히 태산처럼 움직일 줄을 몰랐다.

히데요시는 쫓던 토끼를 놓친 느낌이었다.

'뭐, 손가락을 조금 다친 정도가 아닌가?'

과연 그의 병력과 물자로 보면 대수로운 손해는 아니있음이 틀림없었다.

그러나 정신면으로 볼 때는 이에야스의 진영으로 하여금, "원숭이공, 어 떠시오?" 하는 개가와 긍지를 부여한 셈이었다.

아니, 이 패전은 그 뒤, 두고두고 히데요시와 이에야스의 관계에——양자 (兩者)의 심리에 평생을 두고 어딘지 모르게 영향을 미쳤다.

그러나 이에야스 또한, '지쿠젠이란 인물은……' 하고 더욱 그를 기량이 큰 인물로 보게 됐으며, 그를 적으로 돌린 자신의 숙명에 깊이 느끼는 바가 없을 수 없었다.

어쨌든 나가쿠테 한나절의 격전 후로는 양쪽 다 신중을 기하며 상대방의 움직임을 살피고, 그 움직임을 틈타 보려는 눈치만 보일 뿐, 섣부른 공세를 취하지 않고 있었다.

유인 작전은 되풀이되었다.

4월 11일. 히데요시가 전군 6만 2천을 이끌고 고마쓰사(小松寺)가 있는 산까지 출동한 것도 그런 작전의 하나였으나, 고마키 산의 표정은 조용한 쓴웃음뿐이었다.

그 뒤 다시 같은 달 22일에는, 이번에는 이에야스가 유인해 왔다.
고마키 산의 도쿠가와 군과 노부오군이 연합하여 1만 8천 명을 16편대로 나누어 후타에보리 전면의 동쪽으로 진출했다.
'나오너라, 히데요시!'
그러고는, 북을 울리고 함성을 질렀다. 선봉에 사카이 사에몬, 이이 효부 등을 내세워 계속 유인전을 걸어 왔다.
후타에보리 방책은 호리 히데마사(堀秀政)와 가모 우지사토(蒲生氏鄕)가 지키고 있었다.
적이 떠들어대는 것을 듣자, 우리를 깔보는 짓이라고 히데마사는 이를 갈았다. 나가쿠테 이후 히데요시의 휘하는 미카와 무사의 솜씨에 겁을 먹은 모양이라——고, 적이 크게 놀리며 떠들어댔기 때문이었다.
그러나 히데요시는, 명령을 기다리지 않고 함부로 군사를 움직여서는 안 된다고 엄명을 내리고 있었다.
다만 급히 전령을 본진으로 보내, 하회를 기다리는 것이 고작이었다.
이날 히데요시는 고마쓰사를 영소로 삼고, 오쓰(於通)를 상대로 하여 바둑을 두고 있었다.
오쓰의 바둑은 히데요시보다 훨씬 낫다.
얼마 전부터 좋은 소일거리를 발견한 듯이, 틈만 있으면 오쓰와 바둑을 두곤 했으나, 아직 한 번도 그녀를 꺾어 본 적이 없었다.
"너는 바둑의 천재로구나. 기사가 되어라. 여자 기사가······."
그런 말을 하기도 했다.
오쓰는 히데요시를 어린애 다루듯이 웃으며 말했다.
"절대로 제가 센 것이 아니옵니다. 주군께서 세상에도 드문, 서투른 바둑을 두시기 때문입니다."
"무슨 소리, 다카야마 우콘, 가모 히다노카미······하기는 그들은 좀 약한 편이지만 아사노 야헤도 나한테 가끔 지는 수가 있다."
"호호호, 바둑은 이길 수도 있고 져 드릴 수도 있는 겁니다."
"여자인 주제에 너는 너무 바둑이 세다. 돌을 놓는 소리까지 매섭단 말이야."
"앞으로는 이 오쓰와는 바둑을 두신다고 말씀하지 마시고 배우신다고 말씀하십시오."

"요것이! 자, 또 한 판 두자."

이렇게 바둑을 두면 바둑에, 계집을 대할 때는 계집에, 그저 천진스럽게 정신없이 놀고만 있는 것처럼 보이는 그였다.

그때 사자 하나가 땀을 뻘뻘 흘리며 말을 달려와 보고했다.

"수많은 도쿠가와 군이 16대로 나뉘어, 지금 막 고마키 산을 나서서 후타에보리의 아군 진지로 접근하고 있습니다."

히데요시는 잠깐 바둑판에서 눈을 들며 사자에게 물었다.

"이에야스도 나왔느냐?"

"도쿠가와 공은 나오지 않은 것으로 압니다."

그러자 히데요시는 손가락 사이에 끼었던 검은 돌을 딱——하고 판 위에 놓으며 더 이상 돌아보지도 않고 말했다.

"이에야스가 나타나거든 알려라. 이에야스가 진두에 나타나지 않는 한 히데마사, 우지사토의 뜻대로 싸우든 말든 마음대로 하라고 하여라."

같은 무렵, 고마키의 이에야스에게도 전선의 이이 효부와 사카이 사에몬이 두 번이나 사자를 보내 재촉하고 있었다.

"지금이야말로 출진하실 때입니다. 즉각 출진하신다면 적어도 히데요시군 중견에 치명적인 타격을 줄 것이 틀림없습니다."

그러자 이에야스도 이렇게 말하며 고마키 산에서 나올 생각을 안했다고 한다.

"히데요시가 움직였느냐? 무엇이? 고마쓰사에 그냥 있다고? 그러면 나도 나설 필요 없다."

훨씬 후년에——

이미 다이코(太閤)이 된 히데요시가 다이나곤(大納言) 이에야스와 더불어 어떤 기회에 고마키 산 전투를 회고하면서 물었다.

"어째서 당시 도쿠가와경은 진두에 나서지 않았었소?"

"실은 그 질문은 이 이에야스도 하고 싶은 것이오. 저는 만약 다이코께서 한 발짝이라도 고마쓰사에서 나섰다고 들으면 곧 저도 고마키를 나와 그 물을 당길 생각이었지요. 도미가 걸리는가 해서 말이오. 하지만 정어리와 고등어뿐이라면……그 때문에 죽치고 앉아 있었던 거요."

"하하하, 어쩌면 그렇게 똑같은 생각이었소. 이 히데요시도 실은 그날 고마쓰사에서 계집을 상대로 바둑을 두고 있었소만, 만약 도쿠가와 경에서

출진한다면 그때야말로 간토 각주는 내 품안에 든 것이나 다름없으리라고
──판위에 내려놓은 바둑돌도 은근히 땀에 젖었었지.⋯⋯하지만 어쩔 수
없이, 결국 바둑은 비기고 말았소만."
 이렇게 두 영웅은 서로 흉금을 털어 놓고 대화를 나누었다는 말도 있다.
 아무튼 이런 식으로 고마키 전은 피장파장을 되풀이하면서 언제까지나 고
착 상태에 있었다.
 히데요시는 그 사이에 나가쿠테 전(戰)에 대한 상벌을 밝혔다. 녹봉을 가
중한다든가, 그 밖의 은상에 대해서는 특히 면밀한 배려를 했다. 그러나 유
독 조카 히데쓰구에 대해서는 아직 말 한마디 내리지 않고 있었다.
 히데쓰구도 나가쿠테에서 도망쳐 온 뒤로는 숙부에 대해 면목이 없는 듯,
하루는 히데요시 앞에 나아가, "돌아왔습니다." 하는 귀진 인사를 하고, 이
어서 그날의 패배 원인과 자신의 입장을 설명하려고 했으나, 히데요시는 주
위에 늘어앉은 여러 막장들과 다른 얘기만 하고 있을 뿐 히데쓰구의 얼굴은
쳐다보지도 않았다.
 그런가 하면 그는 말했다.
 "노부테루를 죽인 것은 이 히데요시의 실책이었다. 젊었을 때⋯⋯그가 아
직 이케다 가쓰사부로라고 불렸을 때부터 가난도, 밤놀이도, 싸움도, 오입
도 언제나 같이 해 온 사나이였어. 그만큼 이 히데요시는 잊을 수 없는 사
람일세."
 주종이면서도 오랜 친구인 그에 대해 말할 때마다 두 눈에 눈물마저 고이
는 것이었다.
 "오쓰!"
 어느 날 그는 손수 자세한 편지를 적어주며 분부를 내렸다.
 "오가키(大垣)까지 이 지쿠젠의 대리로 심부름을 갔다 오너라. 정사(正
便)로는 아사노 야헤를 보낼 작정이다. 야헤만 따라가면 되는 거야."
 히데요시가 그녀에게 들려준 편지는 오가키 성에 있는 죽은 이케다 노부
테루의 아내와 그의 모친에게 보내는 것이었다.
 이곳 오가키 성은 숨소리 하나 제대로 들리지 않는 상가(喪家)였다.
 성주 노부테루를 위시하여 장남 기이노카미와 사위 모리 나가요시까지 한
꺼번에 세 기둥이 나가쿠테 전에서 죽어 버리고, 이제 남은 것은 젊은 산자
에몬 테루마사(三左衞門輝政)와 겨우 15살 난 나가요시(長吉)가 있을 뿐이

었다.
 노부테루에게는 아직 노모가 생존해 있었다.
 미망인이 된 노부테루의 아내와 함께 줄곧 성내의 불당에 틀어 박혀 눈물로 날을 보내고 있었다.
 그러던 참에 별안간, "지쿠젠노카미님의 대리로서, 아사노 야헤님이 오셨습니다."
 이 말에 노모와 미망인은, 아직 고마키 전(戰)도 제대로 전망이 서지 않았을 텐데 하는 생각에 놀랍기도 하고 황공하기도 하여, 곧 그를 맞아 들였다.
 아사노 야헤는 주군 히데요시를 대신해서 이케다가의 불행을 진심으로 위로하고 이렇게 전했다.
 "뒷일은 조금도 염려 마시고 유족께서는 오로지 건강에만 유의해 달라는 말씀이었습니다."
 그리고 히데요시가 보낸 정성 어린 물건들을 세 위패 앞에 공양했다.
 야헤와 같이 부사로서 동행해 온 오쓰는 이어서 여자끼리의 자상한 동정의 말을 나눈 다음 이렇게 전하면서, 히데요시가 손수 쓴 두 통의 편지를 내놓았다.
 "히데요시님께서는 주무시거나 기침하실 때마다 아까운 분들을 돌아가시게 했다고 말끝마다 노부테루님의 말씀을 하시어, 젊으셨을 때의 옛 이야기까지 저희들은 흔히 듣곤 합니다."
 '――이번 노부테루 부자의 불행에 대해서는 무어라 말할 바를 모르겠으며, 낙담과 슬픔 또한 충분히 헤아리고도 남음이 있습니다.'
 히데요시의 붓은 두 여자의 심정을 짐작하여 자상한 사연을 늘어놓고 있었다.
 '――다만 산자에몬과 나가요시 두 사람만이라도 무사했던 것을 우리 또한 불행 중 다행으로 기쁘게 생각하고 있습니다. 이렇게 된 이상 두 사람을 후하게 등용하고 노부테루의 법사도 지낼 것인 즉――중략――노모와 부인께서는 그것으로나마 힘을 얻으시기 바라오.'
 또한 미망인에게 보낸 편지에는,
 '――노부테루를 만나시는 것으로 아시고 이 지쿠젠노카미를 찾아 주시면 성의껏 대접도 해 드리고 여러 가지 편의도 보아 드리겠습니다. 아무쪼록

잡수실 것 잘 잡수시고, 건강을 해치지 않도록 하시기 바랍니다.'
그런 말과 아울러 나아가서는 이렇게 적었다.
자기 대신 우선 야헤를 보내지만, 워낙 싸움이 계속되고 있는 중이라 어쩔수 없는 일, 아무 때고 틈이 나는 대로 곧 찾아가 볼 작정이다. 부디 몸조심하도록! 적적할 것으로 생각하여 가까운 시일 내에 조카 히데쓰구를 보낼작정이다. 마고 시치로(히데쓰구)도 같은 싸움에서 목숨을 건진 이상, 진심으로 조상을 하지 않아서는 안 될 녀석이다. 자세한 말은 야헤에게 일러두었다. 아무튼 쉬이 한 번 찾아 가서 여러 가지 얘기를 나눌 생각이다——
——그런 내용의 사연을 여자의 처지가 되어 자상하게 보내온 것이었다.
히데요시의 편지를 읽고 노부테루의 노모와 아내는 얼마나 눈물을 흘리며 기뻐했는지 몰랐다. 힘을 받은 것은 말할 것도 없다.
"산자에몬과 나가요시도 이리 오너라. 이 편지를 보아라."
노모는 두 손자를 비롯하여 여러 부인들, 그리고 주요 유신들을 불러 놓고 전했다.
"지쿠젠님께서 보내 주신 글월이다. 이것은 비단 나한테만 내리신 것으로 봐서는 안 된다. 그래, 우리 성주와 함께 덧없이 죽음을 같이 한 모든 가신들의 아내들에게도 내리신 자상한 글월로 보아야 한다. ……그렇게 알고 모두 듣도록 하여라."
울음으로 목이 메는 노모와 부인을 대신해서 오쓰가 그것을 읽었다.
오쓰는 보다이사 산(菩提寺山)의 쇼킨(松琴) 스님 밑에서 헤이안(平安) 시대의 세태를 묘사한 겐지(源氏) 이야기를 읽을 때처럼 그 편지를 읽었다.
그녀가 읽으면 그녀의 감정이 문장을 살려 하찮은 문귀에도 깊이가 더해져, 듣는 사람을 모두 눈물짓게 했다.
남편을 잃고 자식을 잃은 유족들은 소리 내어 우는 사람도 있었다.
아니, 정사로 온 아사노 야헤까지 덩달아 울면서 품속에서 꺼낸 종이로 얼굴을 감쌌다.
무사히 위문을 마치고, 사자들은 다음 날 이른 아침에 오가키를 떠났다.
그러자——
오가키 성을 나설 때부터 조심스럽게 그들 두 사람을 뒤밟기 시작한 자가 있었다.
아무도 그것을 알아채지 못했다.

그러나 오쓰만은 이내 눈치 채고 있었다.
'산조(三藏)가 아닐까?' 하고.
그러나 모르는 척하고, 그녀는 말 위에서 흔들리고 있었다.
5월이 멀지 않은 들길을 말에 흔들리며 가고 있으니 자칫하면 전쟁도 잊을 듯했다.
그녀는 언젠가 이 광야를 혼자서 며칠이나 밤낮으로 헤매던 일이 생각났다. 그때는 왜가리조의 산조만을 믿었지만, 지금은 귀찮고 거추장스런 존재여서, 그녀는 얼굴을 찌푸리고 있었다.
기소 강에 이르자, 이누야마(犬山)의 도선장에서 배를 기다리는 동안 일행은 갯벌에서 잠시 쉬었다.
그녀의 말에 딸려 온 하인이 말에게 풀을 먹이고 있는 동안 그녀도 풀잎을 희롱하면서 근처를 거닐고 있었다.
"아가씨."
풀 속에서 부르는 소리가 들렸다.
"산조시?"
오쓰는 자진해서 그렇게 말했다.
"——뭐죠? 마치 노상 강도질 하려는 사람처럼 남의 뒤를 슬슬 따라오다니."
"하지만 아가씨."
산조는 조심스럽게 풀 속에서 몸을 일으키더니 두리번거리며 다가와서 말했다.
"일행이 많으니 어떡하죠? 부득이 다른 사람들의 눈을 피해야겠지요?"
"어째서요?"
"어째서라니, 다른 사람들이 알면 아가씨가 난처해지지 않을까요?"
오쓰는 천연스런 얼굴로 반문했다.
"산조? 어째서 내가 난처해지죠? 일행에게 말이에요."
"어째서라니……그렇지 않습니까?"
이렇게 나오는 데는, 산조도 붙들고 늘어질 수가 없었다.
"그렇다니, 무엇이 어떻다는 건가요?"
"……하지만 아가씨. 아가씨에게 이 산조같은 사내가 있다는 것이 남한테 알려지면 거북하지 않은가요?"

"사내라니, 산조? 히데요시님을 비롯해서 진중에는 거의 남자분들뿐이에요. 그런데 어째서 임자가 사내라고 해서 내가 남의 눈을 꺼려야 하죠?"

산조는 더욱 우물쭈물했다. 그리고 너무나도 새침을 떠는 여자의 태도에 다소 발끈해지지 않을 수 없었다.

"아무튼 그건 그렇다 치고——그보다도 아가씨, 이 산조와 약속했던 일을 이행해 줘야겠는데?"

"약속?"

"시치미를 떼긴가?"

"참, 같이 교토로 가기로 했던……그 약속 말인가요?"

"그렇죠. 이 산조는 그것만 낙으로 삼고 지금까지 기다려 왔습니다요. ……이케다군을 따라 나가쿠테까지 꼼짝 못하고 끌려갔었지만, 마침 싸움에 지고 말아 걸음아 날 살려라 하고 도망쳐 온 뒤 어떻게든 임자한테 연락을 하는 방법이 없을까 하고, 그것만 생각하고 있던 참이었소."

"저한테 연락을 취해서 어떡하려는 거죠?"

"뻔하지 않나? 교토에 가서 살림을 차리고 정답게 사는 거야."

"에그머니나. 산조, 임자 혼자서 무슨 꿈이라도 꾸고 있는 게 아닌가요?"

"무슨 소릴 하는 거야. 오노(小野) 마을에서 도망쳐 나온 날 밤부터 굳게 언약하지 않았나?"

"큰일 날 소리 작작해요. 누가 임자 같은 건달패하고 부부가 된다는 약속을 했단 말예요. ……교토로 가려고 했던 것은 내가 진작부터 바랐던 일이었을 뿐, 그런 목적에서 한 말은 아니었어요. 임자는 노자도 충분히 가지고 있다고 했고, 임자가 있으면 먼 길도 마음을 놓을 수 있을 것 같기에 함께 집을 나왔을 뿐예요."

"뭣, 뭣이?"

산조는 갑자기 험악해졌다.

"그렇다면, 오쓰! 너는 나를 이용했을 뿐이란 말인가?"

"그게 무슨 버르장머리지? 임자는 내 유모의 자식이야."

"유모의 자식이니 어쨌다는 거냐. 제법 나를 깔볼 작정이구나."

"주인 격인 이 몸에게 듣자듣자 하니 점점 방자한 소리를 하는구나."

"미, 미쳤나, 이게 아주? 더 이상 참을 수 없다. 자, 이리 와."

"어디로?"

"넌 내 여편네야. 잠자코 나를 따라오기만 하면 되는 거다."
산조는 그녀의 팔목을 움켜쥐며 위협을 했다.
"할 말이 있으면 나중에 해라. 오늘은 절대로 놓아 주지 않을 테다."
"이게 무슨 짓이지, 산조?"
"오란 말이다. 오라면 와!"
"무엄하지 않느냐?"
오쓰는 손목을 뿌리치고, 덤벼드는 산조의 가슴을 떠밀었다.
산조는 입술을 깨물었다.
"좋다. 이렇게 된 이상, 우격다짐으로라도 끌고 갈 테다."
오쓰의 오른팔을 겨드랑이에 끼더니 완력으로 끌고 가려고 했다.
오쓰는 큰 소리로 도움을 청했다.
마침 그녀를 찾고 있던 아사노 야헤가 뒤따르던 무사에게 일렀다.
"아, 저기서 봉변을 당하고 있다. 어서 가서 저 미친놈을 쫓아 버려라!"
네댓 자루의 창이 곧장 달려갔다.
산조는 돌아다보고 당황했다.
"이크 안 되겠는 걸."
그러나 모처럼 붙들었던 오쓰의 손을 그대로 놓기가 아쉬웠던지, 오쓰의 하얀 손목을 덥석 깨물었다.
"네가 나를 속였겠다. 두고 보자. 내 반드시 뜻을 이루고 말 테니까."
무참히 이빨 자국이 남았다.
비명을 삼키며 오쓰는 몸을 비틀었다.
그는 오쓰를 떠밀어 쓰러뜨리며 소리쳤다.
"이년! 똑똑히 기억해 둬라!"
산조는 내뱉듯이 던져 놓고, 잽싸게 풀 속을 헤치며 도망쳐 버렸다.
"괜찮습니까?"
두 명의 무사가 산조를 뒤따랐으나 미치지 못했다. 나머지 무사들은 그녀를 부축하고 야헤가 기다리고 있는 도선장으로 돌아갔다.
야헤는 떠나는 배 위에서 물었다.
"오쓰 아가씨. 지금 그 사내는 누구요?"
"유모 아들인데, 말도 못할 건달패입니다."
"아가씨 유모의 아들이란 말이요? ……그렇다면 한 젖을 먹은 사이가 아닌가?"

"네, 그렇습니다."

"그런데 어쩌자고 그런 못된 짓을 했단 말인가?"

"돈을 내라느니, 같이 교토로 가자느니, 늘 속을 괴롭혀 왔어요. 마침 제가 오가키에 나타난 것을 기회로, 예까지 뒤따라 온 모양이에요."

야헤는 내심 놀라고 있는 모양이었다.

오가키 성에서의 언동이나 히데요시의 편지를 여러 사람 앞에서 읽어 내려가던 태도, 그리고 지금과 같은 폭행을 당하고도 조금도 흐트러진 데가 보이지 않는 그 틀거지가, 야헤에게는 놀라웠던 것이다.

'색다른 여자인걸. 아니, 아직 나이도 얼마 안 된 낭자인데…… 요즘 젊은 여자들은 모두 이런가?'

새삼스럽게 탄복한 얼굴이었다. 탄복이라 해도 그저 뜻밖이었다는 정도였지만, 야헤는 속으로 '주군께서는 별난 여자에 흥미를 가지신단 말이야……' 하고, 히데요시의 호기심에 문득 쓴웃음을 금치 못하는 듯했다. 그는 히데요시와는 동서지간이었다. 가까운 인척간이라 그 쪽에 있어서의 히데요시의 버릇에 대해서는 누구보다도 잘 알고 있었던 것이다.

"돌아왔습니다."

아사노 야헤는 귀진하자 곧 히데요시 앞으로 나아가, 오가키 성의 유족들의 상황을 자세히 보고했다.

오쓰도 뒤이어 말했다.

"모두 눈물을 흘리며 기뻐했습니다."

그리고 히데요시의 편지가 노부테루의 유족들을 얼마나 위로했는지에 대해 자세히 덧붙였다.

"잘됐다. 잘됐어."

히데요시도 부겁던 마음의 부담을 덜어 놓은 듯한 얼굴이었다. 남의 기쁨을 같이 기뻐하는 경향이 뚜렷한 그는, 남의 슬픔에도 같은 고통을 느끼고 있는 듯했다.

"야헤, 그대는 물러가 쉬어라. 그리고 히데쓰구를 불러다오."

"분부대로 거행하겠습니다. 하오나 여기는 싸움터, 대수롭지 않은 심부름을 한 것쯤으로 휴식을 취한대서야……."

"귀찮다. 고마키의 적도 요 며칠 사이는 마음껏 팔다리를 뻗고 있는 형편이니까, 어서 물러가 쉬도록 하여라."
이윽고 야혜와 엇갈리듯 미요시 히데쓰구가 나타났다.
"히데쓰구, 너는 군사들을 정비해 가지고 내일부터 오가키 성을 지켜 주도록 하여라. 오가키에는 부상자들도 많을 뿐더러 유가족인 노모와 부인 외에는 산자에몬 테루마사와 연소한 나가요시뿐이어서 수비도 시원치 않을 거다."
"예."
히데쓰구는 좀더 무슨 말을 하고 싶은 듯한 얼굴이었으나 숙부 히데요시가 여전히 언짢은 기색을 보이고 있어, 영을 받자 그대로 물러나고 말았다.
——참고 있는 거다.
히데요시야말로 육친인 히데쓰구에 대하여 무언가 대성일갈, 꾸짖고 싶은 것이 참고 있는 것이 틀림없었다.
오쓰의 슬기로운 눈은 곁에서 그렇게 꿰뚫어 보고 있었다.
아닌 게 아니라, 일어나 물러가는 히데쓰구의 뒷모습을 바라보는 히데요시의 얼굴에는 씁쓰레한 것이 번져 있었다.
오쓰는 얼른 권했다.
"주군님. 바둑을 두지 않으시럽니까?"
"……바둑?"
그는 마음을 돌려 이내 승락했다.
"가져오너라. 지난번에는 지기만 했지만, 나도 좀 생각을 달리한 바 있다."
그리고는 곧 바둑판과 마주 앉아 바둑을 두기 시작했다.
흰 돌과 검은 돌이 한 점, 한 점, 두 사람의 구상을 그려 갔다. 전에 없이 히데요시의 돌은 끈질겨 오쓰는 좀처럼 이길 수가 없었다.
"오늘은 이상한 날입니다."
"어째서?"
"주군께서 수가 달라지셨습니다. 이렇게 센 주군이 아니었는데요."
"그래? 그렇게 생각되나? 좋다!"
그는 돌을 던지고 이 날은 한 판 뿐으로 걷어치우고 말았다.
무슨 생각을 했는지 히데요시는 갑자기 적극적인 영을 내렸다.
"오우라(大浦)에 성채를 구축하라."

바둑 315

이어서 이틀 뒤인 4월 그믐에는 이렇게 주지시켰다.

"내일이야말로 이에야스를 꺾느냐, 히데요시가 무너지느냐, 일대 결전을 시도할 작정이다. 푹 자고 마음의 준비를 게을리 하지 마라."

날이 새 5월 초하루.

오늘이야말로 대결전이 벌어질 것이라고 예상하고 어젯밤부터 만반의 준비를 갖추고 있던 군사들은, 이윽고 진 앞에 나타난 히데요시의 모습을 보고, 그가 내리는 명령을 듣고는 어리둥절해지고 말았다.

"오사카로 돌아간다. 전군 모두 차례로 철수하라."

"구로다 칸베(黑田官兵衞), 아카시 요시로(明右與四郎) 양대는 후타에보리, 다나카 등의 군사를 거두어 가지고 아오즈카(靑塚) 성채로 들어가도록 하여라."

이어서 다음 지령이 또 내렸다.

"히네노 형제, 하세카와 히데카즈(長谷川秀一)는 중군이 되고, 후진은 호소카와 다다오키, 가모 우지사토가 담당하여라."

대이동을 개시한 총군 6만여——.

서쪽을 향하여 철수하기 시작했다. 막 해가 솟아오를 무렵이었다.

한편 가쿠덴에는 호리 히데마사를, 이누야마 성에는 가토 미쓰야스를 남겨 놓고, 그 밖의 모든 병력은 기소 강을 건너 가가미 벌을 통과한 후 오우라로 들어갔다.

이 돌연한 철수는 히데요시의 진의가 어디에 있는지 제장들로 하여금 모두 의아심을 가지게 했다.

"정말 철수하려는 건가?"

그런 속삭임이 도중에 오갔고

"정말 우리들 범인의 생각으로는 헤아리기 어렵단 말이야."

하고 탄식하기도 했다.

그러나 말 위의 히데요시의 얼굴은 이날따라 유난히 후련해 보였다. 그의 곁에는 기적(棋敵)인 오쓰가 역시 남장을 하고 말 위에 올라앉아 고삐를 쥐고 있었다. 이따금 그 오쓰와 평소처럼 우스갯소리를 나누고 있다.

"오쓰, 어제 내 바둑이 여느 때보다 강했던 까닭을 알겠느냐?"

"도무지 모르겠습니다만."

"아무 것도 아니었어. 문득 마음을 달리 먹는다는……그런 것을 생각했을 뿐이었다."
"마음을 달리 잡수신다면?"
"고(故) 노부나가 공은 결코 사물에 고착하시지 않는 분이었어. 만물은 항상 유동하는 것, 그런데도 사람은 자칫하면 그것이 움직이지 않고, 움직일 수도 없는 것으로 생각하여 현실에 고착하기 쉽다.……좋지 않은 병이라고 하셨지."
"어려운 말씀입니다."
"아니, 아주 간단한 얘기야. ……그것을 어렵게 생각하고, 보고 하는 그것이 바로 병이란 말이다."
"바둑을 말씀하시는 것이 아니옵니까?"
"같은 얘기야. ……고마키 산은 아주 재미있는 바둑이었으니까. 하지만 이에야스도 고착했고 이 히데요시도 고착해 있었으니, 양군 다 그런 형국이라면 일단 생각을 달리하는 것이 상책이라고 문득 생각한 거야."
"생각을 달리 하신다면……."
"숨을 돌리는 거지. 그리고 세로워진 마음으로 다시 출동하는 거다. 그 사이에 사태는 움직여서 새로운 국면을 열어 주리라는 생각이야."
귀를 기울이고 있던 앞뒤의 여러 막장들은 고개를 끄덕였다.
"딴은……."
그리고 고마키의 하늘을 돌아보며 무언가 등골이 차가워지며 온 몸이 긴장되는 것을 느꼈다.
히데요시는 아주 손쉽게 말하고 있지만 이만한 대군을 철수시키는 데는, 진격 이상의 어려움이 있었다. 특히 후진은 그 때문에 지난한 가운데서도 지난한 임무여서, 어지간히 대담하고 용감한 자가 아니고는 그 대역을 감당할 수 없는 것으로 알려져 있었다.
고마키 산 본진에서는 이날 아침 히데요시의 대군이 정연하게 서쪽을 향해 철수하는 것을 바라보았다.
"보게. 하시바 지쿠젠을 비롯해서 적군이 모두 총후퇴를 하고 있네."
"아니겠지. 설마 히데요시가 이곳을 걷어치울 리가 있나?"
"이상한 걸. 모를 일인데."
한결같이 의심에 사로잡혀, 이 이변을 이에야스에게 고했다.
"그렇다면 적은 전의를 상실한 거다."

늘어앉아 있던 막장들은 일제히 출격해야 한다고 서두르며 이에야스의 명령을 촉구했다.

"이 기회에 뒤쫓아가 들이친다면 적은 지리멸렬이 되어, 아군이 크게 이길 것이 틀림 없습니다."

그러나 이에야스는 별로 기뻐하는 기색도 없었고, 출격명령도 내리려 하지 않았다.

그는 히데요시쯤 되는 인물이 아무 이유 없이 대병을 철수시킬 까닭이 없다고 생각했다. 또한 자신의 군대가 지키기에는 충분한 힘이 있었지만, 유리한 조건이 전혀 없는 광야에 나가서 싸우기에는 역부족이라는 것도 알고 있었다.

'싸움은 도박이 아니다. 이런 중대한 시기에 어떻게 될지 예상도 할 수 없는 일에 운명을 걸어도 좋단 말인가? 운이 나한테 돌아왔을 때 붙들면 되는 거다.'

그는 모험을 싫어했다. 또한 그는 자신을 잘 알고 있었다.

그런 이에야스와는 정반대인 것이 기타바타케 노부오였다.

그는 선친 노부나가가 지녔던 위대한 성망과 자질이 자기한테도 있는것처럼 늘 착각하고 있었다.

이 때도 그는, 다른 막장들은 출격을 금한다는 이에야스의 말에 침묵을 지키고 있었음에도 불구하고 거듭 다가앉으며 졸랐다.

"용병에는 기회를 존중해야 한다고 하오. 모처럼 하늘이 내려 준 호기를 헛되이 보고만 있다는 것은 불가한 줄로 아오. 이 노부오에게 출격을 맡겨 주시오. 무슨 일이 있어도 이 기회를 놓칠 수는 없소."

이에야스는 두세 마디 계속 타일렀으나 노부오는 전에 없이 용기를 보이고 또 이론을 전개하면서 이에야스의 제지를 굳이 듣지 않았다.

"그렇다면 할 수 없소. 소견대로 하시오."

이에야스는 그 실패를 예견하면서도 허락했다. 노부오는 즉각 자기 군사를 이끌고 히데요시군을 뒤쫓았다.

"헤이하치로, 같이 가서 도와라."

이에야스는 혼다 헤이하치로에게 약간의 군사를 주어 다시 그 뒤를 좇게 했다.

아니나 다를까, 노부오는 히데요시군의 후진인 호소카와 다다오키와 노상에서 싸워 처음에는 우세한 것도 같았으나 금방 격퇴되고 말았다. 그에게는 소중한 가신이었던 오쓰키 스케에몬(大槻助右衛門)을 잃고, 그 밖에도 수많은 가신들을 잃었다.

만약 뒤따라 온 혼다 헤이하치로의 응원이 없었던들 노부오 자신도 결사적인 후미군 호소카와 다다오키와 가모 히다노카미의 좋은 무훈거리가 됐을지도 몰랐다.

허겁지겁 고마키로 도망쳐 온 노부오는 차마 그 길로 이에야스 앞에 나설 수가 없었다.

그러나 이에야스는 헤이하치로를 통해 자세한 상황을 듣고, 별다른 기색도 없이 가볍게 고개를 끄덕였을 뿐이었다.

"그럴 테지. 그럴 테지."

심기일전

회군을 하면서도 그대로는 돌아가지 않는 히데요시였다.

그의 대군은 가는 곳마다, "좋은 선물감이 없을까?" 하며 알맞은 목표를 찾았다.

기소 강 왼쪽 기슭──기요스 성에서 서북간에 해당되는 곳에 가가노이성(加賀野井城)이 있었다.

이것은 노부오의 일익(一翼)으로, 노부오의 중신인 가가노이 시게무네(加賀野井重宗)와 간베 마사타케(神戶正武)등이 만일에 대비하여 수비하고 있었다.

"저것을 따 버려라."

히데요시는 가지 끝에 달린 감이라도 가리키듯 제장에게 영을 내렸다.

대군은 오우라에서 나와 기소 강을 건너자, 세이토쿠사(聖德寺)에 포진하여 목적 수행에 착수했다.

제1진은 호소카와 다다오키

제2진은 가모 우지사토.

히데요시는 예비군 가운데에 있으면서 4일 아침부터 공격을 개시했다.

이따금씩 그는 말을 몰고 나아가 돈다(富田) 부근의 산 위에서 전투 상황을 살피곤 했다.

5일의 전투에서 성주인 시게무네는 전사했으나 성이 함락되기에는 6일 새벽까지 걸렸다.
"다다사부로(忠三郞 : 우지사토)의 활약을 자세히 보았노라. 훌륭했다. 다다사부로!"
히데요시는 이 싸움의 수훈자는 다다사부로라고 하며 크게 칭찬했으나, 그는 내려준 상금을 사양했다.
"아닙니다. 실은 제게는 외삼촌이 되는 지구사 다이가쿠(千草大學)라는 사람이야말로 공을 이루게 한 장본인입니다. 바라건대 다이가쿠의 죄를 용서하시고 아울러 등용시켜 주신다면, 소신 우지사토의 기쁨은 비할 바가 없겠습니다."
내막을 들어본 즉——.
우지사토는 외삼촌이 한 부장으로서 성 안에 있음을 알자, 비밀리에 사자를 보내 필연적인 시대의 추세와 개죽음은 진정한 용사가 취할 길이 아니라는 점을 역설하여 싸우지 않고 성문을 열게 한 것이었다.
"그랬던가? 다다사부로도 어느 틈에 이 지쿠젠의 솜씨를 배웠군그래. 싸우지 않고 이기는 것……싸움은 그래야 하는 거다."
히데요시는 내막을 듣자, 우지사토의 공을 더욱 칭찬하여 마지않았다.
"외삼촌인 다이가쿠라는 자를 데려오너라. 만나보고 써 주도록 하지."
히데요시는 우지사토의 청을 받아들였으나, 지구사 다이가쿠는 조카가 모시러 가도 싫다고 고집할 뿐, 끝내 히데요시 앞에 나아가지 않았다.
"지쿠젠이 훌륭한 인물이라는 것은 진작부터 듣기도 했고 존경도 했지만, 일단 적의 입장에 섰던 이상 무인으로서 만나본다는 것은 수치스럽기도 하고, 첫째 조카인 너한테도 두고 두고 부담이 될 것이다. 네 입장을 생각해서도 나는 지쿠젠을 모시고 싶지 않다."
그렇게 말하고 다이가쿠는 홀로 초야에 묻혀 버렸다. 후일 그는 중이 되어 생애를 마쳤다.
가가노이 성을 떨어뜨린 히데요시는 다시 눈을 돌려, 대안에 있는 다케가하나 성(竹鼻城)을 공격케 했다.
"내친 김에 저것도……."
가가노이, 다케가하나 두 성은 이곳 기소 강을 사이에 두고 오와리의 입구를 지키고 있는 자매성이었다. 히데요시는 이 성을 공격하되, 무력을 사용하는 대신 긴 둑을 쌓게 하여 기소강의 물이 흘러들어가게 했다. 그의 장기인

수공법을 쓴 것이었다.
 성은 온통 물에 뜨고 말았다.
 성병들은 물에 쫓겨 지붕 위나 나무 꼭대기 밖에 의지할 곳이 없었다.
 "이 무기, 이 사기를 가지고도 어쩔 수가 없구나."
 성장(城將) 후와 히로쓰나(不破廣綱)는 뗏목에 백기를 달고 손수 히데요시의 진을 찾아가 항복을 청했다.
 "이 사람의 한 목숨을 바칠 테니 성병 2천의 생명을 구해 주기 바라오."
 히데요시는 그의 청을 받아들여 성병을 모두 해산시키고 이치야나기 이치스케의 부대를 대신 넣었다. 후와 히로쓰나도 역시 석방시켜버렸다.
 "성병으로 볼 때 그대는 2천의 생명의 은인이다. 어서 갈 데로 가도록 하여라."
 히데요시는 다키 고을 요소에, 후일을 위한 진지를 쌓게 하고 13일에야 오가키로 돌아왔다.
 오가키 성에서는 곧 유족, 노부테루의 노모와 부인 등을 만나보고 위로했다.
 "날이 갈수록 더욱 외로울 거요. 그러나 믿음직한 산자에몬 테루마사와 나가요시가 있으니 그들이 자라는 것을 낙으로 삼고, 철마다 갈아 피는 꽃이나 바라보며 여생을 의좋게 보내시오."
 앞서는 위문사를 보내 주었고, 이제 다시 히데요시가 몸소 찾아오자, 노모도 노부테루의 미망인도 추호의 서운함이 없었다. 히데요시는 이어서 테루마사, 나가요시 등 형제를 불러서 말했다.
 "잘들 해보아라."
 그렇게 격려한 뒤, 그날 밤은 자신도 가족들과 함께 노부테루에 대한 회고담을 나누며 밤을 새웠다.
 "이 지쿠젠도 체구가 작지만 노부테루도 자그마한 사람이었지. 여러 막장들이 모인 주석 같은 데서 취하면 이내 괴상망측한 모습으로 창춤을 추곤 했소.——여러분 가족들 앞에서는 보인 일이 없었을 테지만."
 그러면서 그 흉내를 내어 가족들을 웃겨 주었다.
 며칠간을 이 성에서 묵은 다음, 이윽고 21일에 오미 가토로 들어섰고, 같은 달 28일에야 오사카 성으로 돌아왔다.
 그의 군사들이 오사카에 돌아오자 나니와(難波) 나루에서는 일약 대도시가 된 그곳 주민들이 길가에는 물론, 성 부근까지 몰려들어 밤중까지 크게 환영했다.

금성(金城) 오사카의 대규모 축성 계획은 이미 그 대부분이 준공되어, 밤이면 8층 천수각(天守閣)——성의 중심인 높은 망루를 비롯하여 오중루와 혼마루, 니노마루, 산노마루 등에 걸친 무수한 총안과 시안을 통해 환한 불빛이 밤하늘을 물들이고 있었고, 동으로는 야마토 강(大和江), 북으로는 요도 강(淀江), 서로는 요코보리 강(橫堀江), 남으로는 물 없는 거대한 해자를 경계로 하여, 과연 저 곳도 현실일까 싶을 정도로 장엄한 야경을 이루고 있었다.

특히 이날 밤——.

히데요시를 중심으로 하는 노모와 부인 네네, 그리고 수많은 근친들이 그를 얼마나 반갑게 맞이했던가?

또한 그를 따라 고마키에서 온 오쓰는 어렸을 때 노부나가 공의 아즈치 성에서 지낸 일은 있었지만, 이 오사카 성의 웅대한 규모와 내부의 화려함에는 눈이 부시지 않을 수 없어 보나마나 이날 하룻밤을 넋을 잃고 지냈으리라.

히데요시는 일단 회군하여 심기일전, 재출동을 기하려는 방책을 택한 셈인데, 한편 이에야스는 그런 변동에 대해 어떤 움직임을 보였을까?

그는 히데요시의 철수를 그냥 앉아서 보기만 했다.

아군인 가가노이 성과 다케가하나 성의 급변을 듣고도 이에야스는 끝내 원군조차 보내지 않았다.

"이 무슨 처사냐?"

노부오의 휘하에서는 분개하는 소리도 있었다.

그러나 기타바타케 노부오는 이에야스의 제지를 듣지 않고, 철수하는 히데요시군을 치려다가 오히려 호된 역공을 받고 혼다 헤이하치로의 도움으로 가까스로 돌아온 참이었다.

그 때문에 자연히 발언권을 잃은 형국이 되어, 진중에는 어쩐지 어색한 기운이 감돌았다.

이런 동상이몽격인 불일치가 빚어지기 쉬운 것이 연합군의 약점이기도 했다.

더구나 이번 대전(大戰)의 주체적인 존재는 어디까지나 노부오였고 이에야스는 아니었다.

이에야스는 노부오를 도와 의를 위해 일어선 형국이어서——다시 말하면 협력자라는 입장에 있었기 때문에 더욱 미묘했던 것이다.

"히데요시가 오사카로 돌아간 이상 이세(伊勢) 방면에도 언제 무슨 일이 일어날지 모릅니다. 아니, 진작부터 아군에는 이롭지않은 형세가 나타나기 시작하고 있습니다. 주군께서는 일각도 지체 마시고 나가시마의 본성으로 돌아가시는 것이 좋으리라 생각됩니다. 뒷일은 이에야스가 알아서 단단히 지키고 있겠습니다."

이에야스는 이렇게 권했다.

그것을 계기로 하여 노부오는 자신의 군대를 거두어 이세의 나가시마(長島)로 귀환했다.

그 뒤에도 이에야스는 계속 한동안 고마키에 버티고 있었으나, 그 역시 사카이 다다쓰구만을 남겨 놓고 기요스 성으로 물러났다.

기요스의 주민들도 오사카만은 못했지만 개가를 올리며 이에야스를 환영했다.

"우리가 이긴 거다."

"분명히 도쿠가와 공께서 대승하신 거다. 서군은 공격할 길이 없어 철수한 거다."

나가쿠테의 대첩이 요란하게 전해져 있었기 때문에 귀환하는 장졸도 환영하는 영민들도 한결같이 도쿠가와 군의 완승을 구가하며 서로 자랑했다.

이에야스는 그 경박한 태도를 나무라기 위해 측근들의 입을 통해서 여러 사람 귀에 들어가도록 일부러 이런 말을 했다.

"지난 번 싸움은……싸움 그 자체에서는 우리가 이긴 것이었지만, 성지나 영토면의 손득으로 보면 오히려 히데요시에게 실리를 빼앗겼다. 가벼이 허영에만 취해서 기뻐 날뛰어서는 안된다."

사실상——.

한동안 싸움이 없었던 이세(伊勢) 방면은, 그 동안 히데요시의 별동대가 미네 성(峰城)을 떨어뜨렸고, 간베, 고쿠후(國府), 하마다(濱田) 등의 성을 점령했으며 이어 나노카이치 성(七日市城)도 짓밟아 버리고 있었다.

어느 틈에 이세 전토(全土)가 히데요시의 손아귀에 들어가 있었던 것이다. ——뿐더러 이 방면의 불길은 꺼지지 않고, 기요스와 나가시마의 요진

(要鎭)이며, 연해의 요지인 가니에 성(蟹江城)까지 이변이 일어나려 하고 있었다.
 노부오에게나 이에야스에게나 가니에의 위급은 안채 처마 밑까지 번져온 불길과 같은 것이었다.

허사

다키가와 가즈마스의 이름은 오랫동안 세인으로부터 잊혀지고 있었다. 아니, 시간적으로 볼때는 그리 오랜 세월이 경과된 것도 아니었지만 워낙 시대가 급격히 변화하고 있는지라, 얼마 안 되는 짧은 시일도 그렇게 느껴지는 것이다.

그의 존재는 작년, 시즈가타케(賤嶽)의 싸움에 이어, 그가 가담했던 시바타 가쓰이에와 간베 노부타카가 전후하여 멸망한 무렵부터 홀연히 시대의 중심에서 지워지고 말았다.

그전──노부나가가 생존해 있을 때는, 시바타, 니와, 다키가와라면 두드러지게 그 이름을 떨쳤던 터라, 그의 몰락은 새삼스럽게 시대의 추이를 생각게 하는 것이었다.

그런데──.

이 과거에 묻혀 가고 있던 다키가와 가즈마스라는 이름이 다음과 같은 사실로 인하여 갑자기 다시 들려오기 시작했다.

"가니에 성 내부에 손을 뻗어 비밀리에 내부로부터 붕괴시키려는 자가 있다. ……암만해도 그 장본인은 가니에 성을 지키고 있는 마에다 다네토시

(前田種利)와 먼 인척 관계에 있는 다키가와 가즈마스인 것 같다."
 소문은 자자했으나 아직 표면화에 이르지는 않고 있었다.
 당시 다키가와 가즈마스는 어느 틈엔지 이세의 간베 성(神戶城)에 들어가 있었다.
 지난 해 실각한 뒤, 그는 에치젠 오노(大野)고을에 숨어살고 있었으나, 얼마전 히데요시와 노부오, 이에야스 사이의 분쟁이 험악한 양상을 띠기 시작했을 무렵, 히데요시는 그에게 사자를 보냈다.
 '여기서 또 한바탕 활약해 보는 것이 어떠하뇨.'
 히데요시는 불우한 처지에 있는 그를 끌어내어 이세 방면에서 은밀히 활동하게 하였던 것이다.
 불행한 처지에 빠진 자일수록 그 불행에 굴하지 않으려는 운명에의 오기가 강한 듯했다.
 가즈마스는 지난해의 역운을 만회해 보려고 안간힘을 썼다.
 '이 기회에 한 번……'
 때마침 노부오의 중신이며 가니에 성의 성주였던 사쿠마 진쿠로(佐久間甚九郞)는 노부오의 명령으로 가야우(䗴生)의 축성 현장에 출장하고 뒤에는 마에다 요주로 다네토시가 불과 3백 명 정도의 부하를 거느리고 있을 뿐이었다.
 '어떤가? 이 기회에 생각을 달리하여 하시바 히데요시 공께 가담하지 않겠는가? 누가 보나 뻔한 일로, 히데요시 공의 장래와 노부오 경의 장래는 비교도 되지 않는다. 신중히 생각할 때이다.'
 가즈마스는 종형인 요주로 다네토시에게 그런 밀서를 보냈다. 또한 자기가 사이에 들어 후한 상이 내리도록 보장한다는 약속도 했다.
 요주로는 그의 아우들과 의논한 결과,
 '좋다. 가담하리라. 히데요시 공께 좋도록 연줄을 대 주기 바란다. 그리고 속히 대군을 이 쪽으로 파견해주기 바란다.'
 그렇게 응낙하는 뜻을 전했다.
 가즈마스는 속으로 '일이 제대로 돼가는구나' 하고 크게 기뻐하며, 즉각 이 사실을 히데요시에게 알리는 한편, 이세의 도바 항(鳥羽港)에 있는 히데요시의 수군 구키 요시타카(九鬼嘉隆)와 의논하여, 술책을 정했다.
 '우선 나가시마와 기요스 사이에 병력을 상륙시켜, 노부오와 이에야스 사

이의 연락을 끊어 버리는 것이 좋을 것이다.'

6월 14일, 도바 항을 떠난 선단은 16일 아침 아직 안개가 깊은 가운데 가니에 앞바다에 나타났다. 가즈마스는 작은 배에 군사들을 분승시키고 즉시 상륙하여 7백의 병력으로 손쉽게 가니에 성을 차지하고 말았다.

"일이 제대로 돼간다."

가즈마스는 요주로와 손을 맞잡고 회심의 웃음을 웃었다. 확실히 예까지는 대성공이었다.

가니에에서 10리쯤 떨어진 곳에 같은 가니에 강의 갈밭을 따라 오노 성(大野城)이 있었다.

물론 하찮은 소성이었지만, 기요스와 나가시마의 연락을 끊는다는 의미에서는 몹시 거치적거리는 지점에 있는 성이었다.

"눈엣가시 같은 성인 걸. 공격을 하나, 아니면 설복을 시켜 보나?"

가즈마스가 마음을 쓰자 마에다 요주로는 웃어넘기며 설명했다.

"그 성에는 야마구치 시게마사(山口重政)가 있는데, 그의 노모가 이 성에 인질로 와 있는 이상 설마 적대 행위야 하지 못할 테지."

"그렇다면 사자를 보내 설복시켜 봅시다."

다키가와 가즈마스는 요주로를 끌어들인 것과 같은 수법으로 야마구치 시게마사를 유인하려고 했다.

사자로 선택된 요시다 고스케(吉田小助)라는 무사는 오노 강둑으로 말을 몰고 가서 강 건너에 있는 성을 향하여 크게 소리쳤다.

"시게마사는 들어라. 시게마사 성주에게 할 말이 있다."

"오오, 고스케 뭐냐?"

활구멍으로 야마구치 시게마사가 얼굴을 내밀며 대답했다.

"여어 시게마산가? 그대와 나는 다년간의 친구, 특히 그대의 노모께서는 지금 가니에 성에 와 계시는 터라, 이 중대한 시기에 현명한 판단으로 일을 그르치지 않도록 일부러 예까지 말을 몰고 왔소."

"수고했네. 수고했어."

시게마사는 멀리서 웃어대면서 큰소리로 말했다.

"무슨 말을 하려는지 이쪽에서도 알고 있다. 듣거라, 고스케. 아무리 친구라 해도 의(義)를 잃었을 때는 완전한 남이다. 너희들은 오랫동안 입어온 군은(君恩)을 배반하고 이에 눈이 어두워 가니에 성을 팔지 않았느냐?"

"아니다. 결코 불의가 아니다. 가니에의 성주인 사쿠마 진쿠로는 가신을 사랑할 줄 몰라 평소부터 원한을 품은 자가 많았기 때문에 마침내 이런 결과가 된 것 뿐이다. 시게마사, 그대로 우리와 같이 다키가와님의 권유에 따라 하시바 지쿠젠 공께 가담토록 하여라."

"닥쳐라, 고스케. 이 시게마사는 뼈대가 있는 사람이다."

"하지만 가니에 성에 있는 노모는 어찌할 작정인가?"

"……드, 듣기 싫다!"

시게마사는 눈물을 뿌리며 얼굴을 실룩거렸다.

"네놈같이 은의도 모르는 녀석한테 우리 모자가 취할 길을 듣고 싶지는 않다. 사람 같지 않은 녀석, 부끄러운 줄을 알아라."

그리고 그대로 얼굴을 거둬들이고 말았다.

이미 야마구치 시게마사에게는 어제 가야우에 있는 주군 사쿠마 진쿠로로부터, '해상에 많은 밥짓는 연기와 병선(兵船)의 그림자가 보이고 있다. 생각건대 연안을 넘보려는 적의 수군일지도 모르니 경계를 게을리 하지 마라.'하는 밀보(密報)가 와 있었고 가니에의 상황도 이상하게 생각되던 참이라, 충분히 각오하고 있던 때였다. 오후가 되자 다시 강건너 둑 위에, 이번에는 센가 신자에몬이라는 가니에 성의 무사가 나타나 시게마사를 부르더니 요시다 고스케와 마찬가지로 노모의 생명과 보수 조건을 가지고 그를 설복하려고 했다.

"또 왔느냐, 귀찮게시리! 벌레만도 못한 녀석들 같으니."

시게마사는 총으로 거기에 대답했다. 센가 신자에몬은 말이 총에 맞아 쓰러지자, 허겁지겁 그대로 도망쳐 버렸다.

그런 가운데서도 시게마사에게는 마음 든든한 일이 있었다.

그것은 가니에 성에 있던 오쿠야마 지에몬(奧山次衞門)이라는 그의 동료의 갸륵한 행동이었다. 지에몬은 수비를 맡았던 가니에 성이 적의 손에 팔려 넘어가 다키가와군이 들이닥치자, 밤중에 남몰래 처자를 데리고 이 오노 성까지 도망쳐 온 것이었다.

"성은 팔렸으나 몸은 팔지 않는다. 야마구치님, 둘이서만이라도 이곳을 사수합시다."

지에몬의 말에 시게마사도 눈물을 흘리며 기뻐했다.

"그토록 여러 사람이 지키고 있던 가니에 성병 중에서 사람다운 사람은 귀공 하나뿐이었단 말인가? 평소에는 서로 친구니 문경지교(刎頸之交)니 해 왔지만, 이런 경우를 겪지 않고는 진정한 친구와 진정한 신하는 알 수 없는 것이군. 비록 귀공 한 사람뿐이었다 해도 참다운 인물이 있다는 것을 알았으니, 죽을 때는 죽더라도 세상이 아주 밝아진 것 같소. 귀공이 와 준 것은 천 명의 원군이 와준 거나 다름없소. 우리 웃으며 죽읍시다."

두 사람은 서로 만족감을 느끼며 곧 전비를 갖추기 시작했다.

이미 그 무렵에는 오노 강 하류에서 수많은 병선이 다키가와군을 태우고 물매암이 떼처럼 강을 거슬러 올라오고 있는 것이 보였다.

다키가와 군은 배 위에서 오노 성을 보자 얕잡아 보고, 떠들면서 성벽 가까운 강가로 몰려들었다.

"도무지 성이라고도 할 수 없는 하찮은 진터 아닌가? 배신 사쿠마의 부하들이나 살기에 알맞은 벌레집이구나. 짓밟아버리는데 반각도 안 걸릴 게다."

돌연 성벽 위에서 타오르는 관솔불이 날아 왔다. 휙하고 불꽃 꼬리를 끌며 빗발처럼 배와 군사들 위에 떨어져 온다.

"앗, 뜨거!"

"불이야!"

"꺼라. 어서 밟아 꺼라."

"한쪽으로 몰려가지 마라. 배가 기울지 않게."

두 척의 배가 순식간에 검은 연기를 토하기 시작했다.

배는 서로 충돌했고 얕은 곳으로 밀려가 움직일 수 없게 된 것도 있었다. 그런 판에 성 안에서는 활과 총을 가차 없이 쏘아댔다.

물 속에 빠지거나 둑으로 기어오르는 자는 갈대밭에 숨어 있던 복병의 창 끝에 쓰러졌다. 땅거미가 지기 시작한 수면은 떠내려가는 파선의 불빛과 핏빛으로 붉게 물들었다.

야마구치 시게마사는 싸움이 벌어지기 전에 이 변란을 기요스의 이에야스와 나가시마의 노부오에게 급보했다. 그러나 그 급사가 기요스와 나가시마에 도착하기도 전에, 재빨리 사태를 짐작하고 응원차 달려온 한 떼의 군사들이 있었다.

그것은 마침 마쓰바(松葉) 주막촌에 주둔하고 있었던 이이 효부 나오마사(井伊兵部直政)였다.

"웬일인가? 하늘이 벌겋지 않나?"

이날 저녁, 오노 방면의 불빛을 보고, "옳거니, 적의 수군이구나!" 그렇게 생각하자 이이 역시 이에야스에게 그것을 전하는 동시에 군사를 이끌고 달려온 것이었다.

오노 성은 건재했다. 야마구치 시게마사를 통해 실정을 듣고 그 중대성에 크게 놀라 이 부대는 밤을 새워가며 해안과 강 하류에 방책을 둘러쳤다.

해상에 머물러 있는 적의 수군 가운데서 구키 요시타카의 새로운 패들이 상륙하는 것을 방지하기 위해서였다.

날이 새자 노부오의 군사 2천여 명도 도착했다.

가니에 강 줄기에서 기요스까지는 말로 달린다면 순식간이었고, 걸어도 하루가 채 안 걸리는 거리였다.

기요스의 이에야스에게 사태를 알리기 위해 오노 성을 떠난 급사도, 그날 중으로 가니에 성의 배반과 해상으로부터의 적 수군의 내습을 전했을 것이 틀림없었다.

"위태로운지고!"

마침 식사를 시작하려던 참이었던 이에야스는 보고를 받자 이렇게 말했다.

"위태로운지고……."

그는 두 번이나 같은 말을 되뇌면서 식사를 마치자 뜨거운 물을 입으로 불어 식히며 측근들에게 눈꼬리의 잔주름으로 웃어 보였다.

처음 변고를 알았을 때, 성내의 중신들은 별안간 발밑이 흔들릴 것 같은 경악을 금치 못했으나 이에야스가 중얼거리는 말과 침착하게 물을 마시는 것을 보자, '무엇인가 생각이 있으신 모양이다.' 그렇게 생각하고 여러 막장들도 모두 마음을 가라앉혔다.

그러나 젓가락을 놓자마자, 여느 때의 이에야스와는 딴판으로 갑옷을 다오, 말을 대령해라, 어서 각적을 불어라하고 서두르기 시작했다.

"대오를 짤 필요도 없다. 준비가 되는 대로 대열 순이나 장졸 상하의 구별 없이, 다만 이 이에야스만을 목표로 하여 곧장 내 뒤를 따르도록 하여라."

내던지듯 그렇게 말하고, 얼마 안 되는 측근만 거느린 채 벌써 기요스 성을 달려 나가고 있었다.

"오늘의 주군께서는 마치 오케하자마 전투 당시의 가즈사노스케 노부나가

공과도 같지 않은가? 떠나시는 장소도 같은 기요스 성이고."

갑옷 스치는 소리, 칼이 흔들리는 소리, 말에 딸린 동자와 재갈이 흔들리는 소리――요란하게 울리며 다투어 달려가는 가운데 떠들썩하게 그런 말을 나누는 것이 들리기도 했다.

이에야스는 그 말을 듣자 생각했다.

'반드시 노부나가 공의 옛 슬기를 따르려는 것은 아니지만, 위급한 국면을 결정짓는 것은 오로지 시간이 있을 뿐이다. 내 속셈에 의하면 분명 늦지는 않았을 게고, 바닷물 역시 지금은 썰물일 때다……'

그렇게 끊임없이 계산을 맞추어 보며 그는 달리고 있었다.

그의 가슴 속에 있는 사전에는, 무인이 자칫 하면 입 밖에 내기 쉬운 건곤일척이라든가, 운을 하늘에 맡긴다든가――그런 것은 없었다.

어디까지나 계획적이며 과학적이었다. 따라서 사기를 고무하는 방법과 전기를 포착하는 방법이 때로는 노부나가를 닮았는가 하면, 신겐(信玄)의 지략과 흡사하기도 하고, 히데요시와 공통되는 점을 보이기도 하지만, 그의 속셈은 언제든지 합리적인 계수에 바탕을 두고 있었다. 결코 엉뚱한 짓은 하지 않는 것이다.

그런 의미에서 오늘의 급변에 임하는 태도는 분명 이치에 맞지 않는 싸움임을 그 자신이 잘 알고 있었다.――그러나 그토록 이치에 맞지 않는 출진을 강요하고 있는 히데요시의 수완에 대해 그는 떠날 때가 임박할 때까지도 최대의 경의를 가지고 적 히데요시를 칭송했다.

"위태로운지고!"

지금 이에야스에게는 그토록 놀라는 이유가 충분히 있었다. 히데요시로서는 가니에, 오노를 비롯한 인근 일대의 해안선을 손에 넣는다면 그만큼 얻는 것이 있고, 실패해 봤자 잃는 것은 없었다. 그러나 만약 도쿠가와 측이 이것을 잃게 되면 이세, 오와리, 고마키 등 전국면에 걸쳐서 순식간에 홍수에 제방이 무너지듯 패상을 면치 못하게 되는 것이다.

이에야스의 민첩한 행동과 아울러 나가시마에서도 노부오의 휘하인 가지카와 히데모리(梶川秀盛)와 고사카 다카요시가 달려왔다. 오노 부근에서 가니에에 걸친 포진은 순식간에 형성되었다.

기요스에서나 나가시마에서나 예까지 이르는 거리는 비슷했다. 노부오는 두 막장을 보내는 정도로 일단 주저앉아 있었으나, 얼마 후 사자로부터 이에

허사 331

야스 자신이 말을 몰고 전선까지 출동했다는 보고를 듣자, "이러고 있기도 안됐구나." 하고 하룻밤을 지내고 출진했다.

와 보니——.

이미 가니에 강, 이카다 강(筏), 나베타 강(鍋田江), 그리고 기소강 어구에까지 걸쳐 수십 리나 되는 해안선에 방책을 둘러치고 참호를 파고, 장애물을 늘어놓으면서 전군이 땀에 범벅이 되어 일하고 있었다.

사방에 뒹굴며 자고 있는 군사들은 지난밤을 새운 패들인 듯했다. 그야말로 죽은 듯이 쓰러져 자고 있었다.

"장비 때문에 한 걸음 늦었소만, 아직 싸움은 시작되지 않았군요?"

노부오는 전투가 벌어져야만 전쟁으로 아는 듯했다. 이에야스의 얼굴을 보자 멋쩍은 듯이 걸상에 걸터앉으며 초여름 푸른 바다로 눈을 돌렸다.

"이렇게 일부러 출진하시지 않아도 되는 것을……."

이에야스는 일부러 그런 말을 했음에 틀림없었다. 그러나 노부오는 액면 그대로 받아들여 대꾸했다.

"아니오. 이 방면으로 적이 상륙한다면 피차의 연락마저 차단되지 않소?"

의젓한 견해를 밝힌 다음 다시 말했다.

"다키가와 가즈마스란 자는 무인으로 대할 수도 없는 자요. 이세의 하찮은 향사였던 자가 선친 노부나가님에 의해 발탁되어 시바타, 니와 등과 대등할 정도로 지위와 은총을 입었으면서……그 은혜를 어디다 버리고……."

그렇게 욕심을 늘어놓기 시작했다. 도바의 구키 요시타카도 배은망덕한 자요, 사람 같지 않은 녀석이라며, 그 까닭을 이에야스에게 설명하는 것이었다.

이에야스도 노부오의 심리를 이용할 수 있을 만큼 확대하여, 천하에 대해 같은 악명을 히데요시에게 뒤집어씌워 고마키에 임하는 도쿠가와 측의 전쟁 명분으로 삼았지만——요즘은 노부오의 불평이 다소 역겨워지기 시작하고 있었다.

은혜라는 것, 자신이 베푼 것도 아닌 선친의 덕망을 이 아드님께서는 다소 지나치게 그 가치 평가를 하고 있는 것이다.

장본인이, 그리고 그 위세가 실존해 있는 동안에도 은혜를 의식하고 의식케 하는 행동은 극히 위험한 것인 데도 불구하고, 이 명문의 후예는 지금도 그런 것이 세상에 통하리라 생각하고 있는 듯했다.

'딱한 일이다……'

이에야스는 속으로 그렇게 생각하지 않을 수 없었다. 자기도 언젠가는 노부오로부터 같은 말로 같은 욕을 먹게 될 날이 있으리라고 생각했기 때문이었다.

어쨌거나 이에야스와 노부오는 일단 그곳에서 숨을 돌리는 형국이었지만, 한편 해상에 머물러 있는 구키 요시타카의 병선들은 군사도, 식량도, 말도 전혀 상륙시키지 못하고 있었다. 까닭은 이 해안은 멀리까지 바다가 얕아 만조 때가 아니면 배를 댈 수 없었고, 물이 밀려오기 시작했을 때는, 이미 해안선 일대에는 방책이 둘러쳐지고 도쿠가와 기타바타케의 기치가 휘날리고 있는 것이, 만단의 방비를 하고 있는 것으로 보였던 것이다.

활이나 소총 외에는 별다른 무기가 없었던 시대라, 구키 요시타카의 수군은 육지에 있는 이에야스와 노부오의 눈으로도 배 위에서 오락가락하는 사람들을 알아 볼 수 있을 만큼 가까운 거리에 하릴없이 떠 있을 뿐이었다.

공격군인 다키가와 측으로서는 물론 이렇게 할 작정이 아니었다. 먼저 7백의 병력을 상륙시키고 가즈마스 자신도 가니에 성에 들어갔으나, 뒤이어 상륙시켰어야 할 식량과 탄약, 그리고 대대적인 병력도 때마침 썰물에 걸려 상륙을 보류하고 있는 틈에 재빠른 이에야스의 방비에 한걸음 늦어 버리고 만 것이었다.

한 수가 늦은 셈이었지만, 그것은 당초의 전략적 의도를 완전히 역전시키고 말았다.

나가시마 성의 노부오와 기요스 성에 있는 이에야스를 분단하려던 작전이었던 것이, 반대로 지금은 가니에에 상륙한 다키가와 가즈마스와 해상에 머물러 있는 구키의 선단이, 도쿠가와 기타바타케 양군에 의해 완전히 그 연락이 차단된 것이다.

그러고 있는 사이에도——.

이에야스는 부장 사카키바라 야스마사와 노부오의 휘하인 오다 나가마스(織田長益)를 불러서, 마치 장기판에서 졸을 하나 잡아 치우려는 듯이 가볍게 영을 내렸다.

"오노의 야마구치 시게마사를 안내역으로 하여 시모이치바 성(下市場城)을 빼앗아 두어라."

아닌 게 아니라 수군도 가니에 성도 전혀 움직일 수 없을 만큼 고립된 이상, 시모이치바 성 같은 것은 좀 하나에 불과한 존재 밖에는 안됐다.

성주인 마에다 하루토시(前田治利)는, 가니에 성을 팔고 주인 사쿠마 진쿠로를 배반하여 다키가와 가즈마스를 불러들였다가 지금은 애초의 뜻과는 엄청나게 달라진 마에다 다네토시의 아우였다.

"형의 모반을 간할 겨를도 없었거니와 그렇다고 형을 죽게 내버려 둘 수도 없었고, 더구나 형을 적으로 돌리고 싸울 수도 없는 일이어서 결과가 이러리라는 것을 뻔히 알면서도 나 역시 편을 들었지만……이렇게 된 이상 나는 나대로 웃으면서 이곳을 사지(死地)로 정할 도리밖에 없구나."

이 아우는 형보다 다소 인물다운 듯했다.

"이 성은 평지에 있는 성인 데다 하찮은 작은 성이고, 어차피 점령될 성이다. 나와 같이 죽어 봤자 별로 명예로운 일도 없을 테니, 피하고 싶은 자들은 미리 피하라. 처자가 걸리는 자들은 후문으로 빠져 나가 도쿠가와 공께 몸을 의탁해 보아라. 평소에 별로 넉넉한 대우도 못해 준 이 하루토시다. 결코 그대들을 원망하지 않으리라.……자, 빠져나갈 때는 지금이다."

될 수 있는 한, 죽을 필요가 없는 성병들을 그는 밖으로 내놓고, 자, 이젠 올 테면 오너라 하고, 사카키바라와 오다 야마구치 등의 공격을 맞았다.

성 밖은 갈대가 무성한 소택지였다. 그것은 공격군에게는 웬만한 해자보다도 훨씬 어려운 장애였다.

그러나 도쿠가와군 중에서도 그 용명이 알려져 있는 사카키바라의 부하들은 무릎까지 빠지는 수렁을 건너 끄떡도 없이 육박해 왔다.

끝까지 성과 함께 생사를 같이하려는 자들만 총을 들고 적병을 저격했다.

좀 하나라도 때로는 끈질긴 법이어서 공격군은 예상외의 희생을 치르고 밤이 되어서야 겨우 점령했다. 성주 마에다 하루토시는 뜻대로 깨끗한 전사를 했다.

시모이치바 성의 위급한 사태는 해상에 있는 수군에게도 알려졌다. 구키 요시타카는 수수방관만 할 수는 없었다.

"진격해라. 하루토시를 구하여라."

해상에서 병선단이 급거 응원을 하려고 했다. 그러나 여느 고깃배나 짐배와는 달리 흘수가 깊은 큰 배라, 얕은 곳을 피하려고 구불거리는 틈에 육지의 방책에서는 총성이 울리기 시작했고, "……올 테면 와바라!" 하는 형세의 도쿠가와 군을 배 위에서도 바라볼 수 있었다.

날이 저물기 시작하여 수면은 어두웠다. 자칫하면 얕은 곳에 올라앉을 위험이 있어 헛되이 시간만 지체하고 있는 동안에, 조각배에 나누어 탄 시모이치바 성병들이 계속 피해 오기 시작했다.

이윽고 시모이치바 성 쪽에서 밤하늘을 붉게 태우는 불길이 치솟았다.

배 위의 군사들은 모두 애도하듯이 중얼거렸다.

"......아아! 떨어지는구나."

"이젠 틀렸다."

요시타카는 그렇게 말한 뒤, 편지를 적어 부하에게 들려주고 어둠을 틈타 작은 배를 띄워 보냈다.

"어리석은 짓이다. 더 이상 이런 싸움을 한다는 것은......"

배는 가니에 강을 저어 올라갔다. 가니에 성에 있는 다키가와 가즈마스에게 비밀리에 편지가 전해졌다.

요시타카는 그 편지에서 다음과 같은 뜻을 밝혔다.

——기회는 놓쳤다. 하늘은 우리를 돕지 않고 있다. 어리석은 싸움에 얽매어 더욱 어리석은 짓을 거듭하기보다는 일단 물러나 재기할 날을 기하는 것이 좋을 것이다. 이제 편주를 띄워 본인의 뜻을 전하는 바이니, 만약 귀장에게 뜻이 있다면 즉각 본선으로 오시도록 하시오.

즉, 요시타카는 승산 없는 싸움은 그만 두는 것이 좋다. 우선 살고 볼 일 아닌가. 혼자만 몸을 피해 우리 배로 오도록 하여라——그렇게 권고한 것이었다.

"그렇다!"

가즈마스도 이미 자신이 전혀 없었다. 그는 곧 준비를 하고 측근 몇 명과 더불어 배를 타고 어둠을 틈타 가니에 성 수문을 빠져 나왔다.

그러나 바다 어구까지 이르러 보니, 요시타카가 이끄는 도바의 수군은 급히 방향을 바꾸어 바다를 향해 달리고 있었다.

"설마 요시타카가 나를 속일 이유는 없을 텐데?"

가즈마스는 손을 내저으며 목이 터져라 소리쳤으나, 이윽고 거기에 답하며 어둠 속에서 다가온 것은——뜻밖에도 기타바타케 노부오의 휘하에 있는 몇 척의 이세 수군 병선이었다.

핑, 핑하고 삽시간에 빨간 꼬리를 끌며 소총탄이 어둠 속에서 날아오기 시작했다. 배위에서는 적병들이, 놓치지 마라. 붙들어라——하고 떠드는 소리가 들리고 있었다.

요시타카의 병선단이 급히 진로를 바꾸어 도망친 것은 이세 수군의 내습을 보고 일찌감치 피한 것이 틀림없었다.

가즈마스는 당황했다. 도대체 아군을 좇아 갈수는 없었고, 우물쭈물하다가는 적의 병선과 인근 일대 육병의 협공을 받아 포로가 되기에 알맞았다.

"되돌아가라. 되돌아가라. 힘껏 저어 되돌아가라!"

배는 폭풍에 흩날리는 가랑잎처럼 다시 가니에 성 수문으로 쫓겨 들어왔다.

말로

가니에 성은 고립됐다.

도쿠가와, 기타바타케의 연합군은 완전히 그곳을 포위했다.

다키가와 가즈마스는 스스로 짜낸 계획에 스스로 빠져 버린 형국이었다. 그 나이에 그 체험, 그 분별을 지녔으면서 어쩌다가 이런 어설픈 운명을 자초하고 말았는가?

같은 말을 앞서 나가쿠테에서 전몰한 이케다 노부테루에 대해서도 할 수 있었다.

나이는 가즈마스가 노부테루보다 훨씬 위지만, 공을 서둘러 스스로 차질을 일으킨 점은 양쪽이 서로 흡사했다.

둘 다 히데요시보다는 선배이면서, 커다란 시대의 변혁은 이제 서쪽에는 히데요시, 동쪽에는 이에야스라는 양 거물을 두고, 그들을 시대의 영웅으로 숭상하게 됨으로써, 노부나가 이전의 노장들은 아무리 가문과 경력에 혁혁한 실적이 있다 해도 모두 이들 양인 가운데 어느 한쪽에 붙지 않을 수 없는 형편이었다.

하나의 혁신기를 넘어설 때는 필연적으로 닥치는 구분이기는 했지만, 인간 개개의 심리에는 '때'라는 자연의 힘에 대한 불평과 반발을 떨쳐버릴 수 없는 법이다.

"내 존재를 다시 한 번 세상에 보여 주리라."

한다든지,

'내 비록 늙었다 해도……'

그런 노혼(老魂)의 혈기가 가끔 젊은이도 저지르지 않는 어설픈 짓을 하게 되는 것이다.

혈기나 성급함은 풋내기 젊은이의 속성만은 아니었다. 초로에 접어들기 시작한 노인이야말로 위험천만한 혈기의 소유자이다. 그것은 생리적으로 자제와 반성이 약화되기 시작하는 때이고, 다른 한편으로는 '더 늙기 전에 한 바탕 해야지……' 하는 초조함과 오기에 사로잡히기 쉬운 때문이라고 할 수 있으리라.

어쨌든 한 때는 오다가의 원로의 한 사람으로서 존경을 받았고, 노부나가 휘하의 명장으로 일컬어졌던 그가 가니에 성에서 농성하기에 이르른 것은 연민을 금할 수 없을 만큼 서글픈 일이었다.

그에 비하면——.

이에야스는 얼마나 멋들어진 솜씨이고, 물샐틈 없는 기막힌 공격이란 말인가?

"다키가와도 능히 제 구실은 하는 사나이다. 조그만 성 하나라고 경시하지 말아라."

그렇게 부하들을 억제하며 남은 것은 요리하기에 달렸다고 보는——이에야스의 태도는 마치 백수(百獸)의 왕이 먹이에 치명적인 발톱을 가한 다음 일단 의젓이 주위의 기색을 둘러보는 틀거지와도 흡사했다.

남쪽 해문구에(海門口)는 사카키바라 고헤이타 야스마사와 니와 우지쓰구(丹羽氏次)의 각 부대를, 북문에는 미즈노 다다시게와 오스가 야스타카(大須賀康高) 등 수많은 병력을 배치하고, 서부 방면은 노부오의 군사들에 맡긴 뒤, 유격군으로서 이시카와 호키노카미 가즈마사를 한 곁에 두었다.

그리고 동문에는 이에야스 자신이 그의 진표인 금부채 밑에 철통같은 막장들을 거느리고 있었으며, 전면에는 2단에 걸친 총대를 두고, 순초군을 그 앞에 배치하여 언제든지 올 테면 오라는 침착한 태도를 보였다.

일제히 사면에서 들이닥친다면 이만한 포진, 이만한 병력이라면 가니에 성쯤 단숨에 짓밟아 버릴 수 있으리라고 생각되는데도, 이에야스의 공격 방법은 그야말로 세심한 정공법을 고수했다. 숨도 못 쉬고 손발도 놀릴 수 없는——그런 빈틈없는 공성법이었다.

"성병이 결사적인 반격을 가해 올 공산도 다분히 있다. 우선 방책을 둘러싸고 망루도 세워라. 그리고 성내에 활과 총을 쏘아 밤이고 낮이고 잠을 이루지 못하게 하여라."

괴로운 것은 그의 적이었다.

가즈마스도 싸움에 있어서는 백전의 노장이었지만 연일 가해지는 공격에는 한 치씩 몸이 저미어지는 것 같은 고전을 할 수밖에 없었다.

그러나 그를 위시하여 일당인 마에다 요주로 다네토시도 사태가 이미 기운 이상 항복해도 죽음, 싸워도 죽음이니 될 대로 되라는 심정에서 필사적인 단결을 하고 있었다.

6월 19일부터 시작된 공격에 대해 그는 불굴의 투지를 보였다. 성병은 불과 1천여 명이었지만 만만치 않은 기세였다.

이에야스가 총공격 명령을 내렸을 때는 그야말로 쥐란 놈이 고양을 무는 기세를 보여 공격군은 성병의 총탄에 적지 않은 희생을 치러야 했다.

이에야스는 그것을 보자 명령을 내렸다.

"대나무로 방패를 엮어라. 대나무 방패를 앞세우고 성벽에 접근하여라."

그는 시간이 걸리더라도 피해가 적어야 한다는 방침을 이런 때도 잊지 않았던 것이다.

가즈마스는 성 안에서 성의 중심으로부터 세 번째 성곽——즉 산노마루(三丸)의 방비가 취약한 것과 군사들이 피곤하리라는 것을 염려하여 두 번째 성곽 즉 니노마루(二丸)의 군사들과 대체할 것을 생각했으나, 그럴 겨를조차 없었다. 조금이라도 방어전을 늦추면 그 허점을 놓치지 않고 적이 편승할 것이기 때문이었다.

어쩔 수 없이 그는 어둡기를 기다렸다. 해가 저물자마자 그는 사방의 성문을 열고 일제히 나아가 반격을 가했다.

그 기회에 성병의 교체를 꾀하려던 것이었으나 반격에서 돌아올 때 해문구의 성병들에게 퇴로가 차단되어 적중에 포위되고 말았다.

"내버려 둘 수 없다."

과연 가즈마스였다. 스스로 선두에 서서 다시 성 밖으로 나가 혈전을 벌인 끝에 마침내 고립된 아군을 성 안으로 거두어 들였다.

그리하여 니노마루는 방비가 튼튼해졌지만 대신 산노마루는 적군에 의해 점령되고 말았다.

공격군은 산노마루에 다시 망루를 세웠다. 그리고 니노마루를 내려다보며 화전(火箭)과 총탄을 빗발처럼 퍼붓기 시작했다.

"견디어라. 조금만 더 견디면 된다. 앞으로 열흘쯤만 견디면 앞서 보낸 밀사도 도착할 게고 반드시 원군이 올 것이다."

가즈마스나 요주로의 이런 고무도 이미 실감이 나지 않고 있었다. 그러나 계속 성병의 힘을 북돋우기 위해 가즈마스는 조카인 다키가와 조베라는 호담한 자를 불러, 이런 말을 일러서 성에서 내보냈다.

"세키 성(關城)과 미네 성(峰城), 간베 성(神戶城) 등 이세가토까지만 빠져나가면 가모 히다노카미의 군사를 비롯하여 얼마든지 아군이 있다. 앞서도 급사를 보내기는 했지만 그대가 또 한번 성을 빠져나가 말을 구해 가지고 일각이라도 빨리 응원군이 도착하도록 서둘러 다오."

그러나 그날 밤도 새벽녘까지 계속되는 공격에 그 자신도, 성병들도 지칠 대로 지쳐 있었다.

양식과, 탄약은 날이 갈수록 부족해지기 시작했고 산노마루의 적이 쏘아 대는 화전(火箭)은 쉴 새 없이 화재를 일으켜 방어전에 충당해야 할 병력의 태반은 소화 작업을 하지 않으면 안됐다.

가즈마스의 밀명을 받은 조카 다키가와 조베는 그날 밤 성안 하수도를 통해서 빠져나가 수문 둑을 넘어서 어둠을 틈타 성밖으로 달려 나갔다.

이세 방면의 아군에 연락을 취한다 해도 과연 원병이 때를 놓치지 않고 와줄 것인지 조베는 믿음직스럽지 않지만, 숙부 다키가와 가즈마스는 그가 떠날 때 이런 말을 했다.

"이제는 그 길 밖에 없다. 네가 성 밖으로 탈출하여 머지않아 희소식을 가져올 거라는——그것만이라도 성병에게는 희망이 된다. 무사히 적의 경계를 돌파해 다오."

——마침 그날 밤은 가랑비가 내리고 있었다. 조베는 도롱이와 삿갓으로 몸을 감싸고 성시(城市) 끝인 나마즈 다리를 건너 고다이사(高臺寺)로 향하는 길을 급히 가고 있었다.

가랑비 속에 밤안개까지 끼기 시작하여 길도 보이지 않는 어둠 속을 성큼성큼 걸음을 재촉하다가 새끼줄에 걸려 앗! 하고 대여섯 걸음 비틀거렸다.

양쪽 대숲에서 요란한 방울소리가 났다. 아뿔사하고 뒤로 물러나 온 길을 급히 되돌아가려고 하였을 때였다.

"꼼짝 말라!"

——이미 늦었다. 비에 젖어 번뜩이는 딱정벌레 같은 갑옷 차림의 그림자가 겹겹이 그를 에워싸고 있었다. 번쩍이는 것은 창날이리라. 그 중의 한 무

사가 따져 물었다.

"수상한 녀석이다. 어디 사는 놈이냐? 어디로 가는 길이냐!"

조베는 내심 체념하고 말았다. 그러나 시치미를 떼는 데까지는 떼보리라 하고 대답했다.

"용서해 주십시오. 저는 스나리(須成) 마을의 농부 조에몬이란 사람입니다. 쓰시마까지 급한 마을 일로 가는 길입니다."

"그래?"

의외로 선선히 놓아 주었다.

"가라."

그 말에 겨우 숨을 몰아쉬며 조베가 걸음을 옮기려고 하자, 무사는 부하들에게 눈짓을 하더니 순간 그의 등 뒤로부터 일제히 덤벼들어 두 팔을 비틀어 댄다.

"이놈!"

"빌어먹을!"

조베는 본성을 드러내어 내던지며 때려눕히려 했으나 마침내 역부족이라 결박당하고 말았다.

"더 이상 덤비지 않으마. 이래 뵈도 나는 다키가와 조베. 이봐, 그렇게 겁을 내고 거칠게 굴지 마라."

조베는 완력을 구사할 수 없게 되자 두둑한 배짱을 얼굴에 나타내며 말했다.

"어떤가? 우리 한 번 담판해 보지 않으려나? ……실은 나는 숙부 가즈마스와 싸운 끝에 성을 뛰쳐 나온 건데……교토 방면으로라도 내빼서 상인이 되어 편안히 일생을 보내려고 성안에서 들고 나온 금화 열 닢을 가지고 있네……그걸 임자들한테 나누어 줄 테니 나를 놓아 주지 않겠나? 임자들이라고 돈이 싫을 리는 없을 테지? 전쟁은 한 때, 그러나 임자들의 일생은 긴 거야."

무사들은 얼굴을 서로 마주보며 그의 변설에 문득 유혹을 느끼는 듯도 했으나, 조장으로 보이는 사나이가 돌연 오라 끝을 자기가 받아 쥐며 소리 질렀다.

"닥쳐라. 돈으로 싸움을 흥정하는 따위의 무사는 도쿠가와가에는 없다. 미친 소리 말고 어서 걸어라!"

조베를 붙든 것은 유격군인 이시카와 가즈마사의 부하들이었다.

가즈마사는 보고를 듣자 영을 내렸다.

"가즈마스의 조카 다키가와 조베라면 일명 귀신이라고 불리는 용감무쌍한 사나이다. 곧 본진으로 압송하라."

그리고 장졸들을 달아서 이에야스의 영소로 보냈다.

이에야스는 끌려온 자를 보자 노려 보며 말했다.

"성 밖으로 연락을 가는 정도의 사나이라면 성내에서도 특히 선택된 용감한 자임에 틀림없다."

이시카와 가즈마사의 부하는, "허나, 이놈은 무사답지 않은 놈입니다" 하고, 포박했을 때 조베가 숨겨 가지고 있는 금화 열 닢을 줄 테니 놓아 달라는 말을 하더라고 자신들의 결백을 자랑하듯 이에야스에게 고했다.

이에야스는 그들이 결백을 자랑한 만큼은 별로 금전을 더러운 것으로 생각지 않는 듯, 앞으로 굽은 등을 조금 젖히듯하면서 빙긋이 웃었다.

"그것 봐라. 그처럼 대담한 녀석이다. ……결박을 풀어 소원대로 놓아 주어라."

"예?"

가즈마사의 부하들은 귀를 의심했다. 이에야스는 그들이 망설이고 있자 다시 말했다.

"진지 동쪽으로 끌고 가, 곧장 성문으로 들어가토록 놓아 주어라."

이 조치에는 가즈마사의 부하들뿐만 아니라, 그의 막장들 사이에도 불만을 토하는 소리가 있었다.

"주군께서는 모처럼 붙든 조베, 그것도 호담한 자임을 아시면서 어찌하여 살려 두셨습니까?"

나중에 부장들이 그런 질문을 하자 이에야스는 이렇게 그의 흉중을 밝혔다.

"오늘 내일이면 떨어질 성일수록 실은 무서운 법이다. 조베가 돌아오지 않으면 성병은 원군에 대한 희망으로 더욱 완강히 버티리라. 또, 만약 조베의 목을 베어 원군의 희망이 사라졌음을 보이면 성내의 장졸들은 낙망도 할 테지만, 복수심과 자포자기에서 오는 강력한 힘을 보이게 되어 공격군은 더 큰 희생을 치르게 될 것이다. ……그러나 조베가 빈손으로 살아서 돌아가면, 그는 이 이에야스의 도량을 자신의 변호를 위해서도 과장해서 전할 것이고, 그 말을 듣는 성병들은 공격군의 총수가 그런 배포를 가진 자라면 더 이상 싸워봐야 소용없다고 전의를 상실할 것이 아닌가? ……조베 하나쯤 있건 없건, 가니에의 낙성은 이미 내 손안에 들어와 있는 거다."

"듣고 보니 과연 그렇습니다."

그의 막장들은 이에야스로부터 현지 교육을 받을 때마다 도쿠가와 역시 신하들에 의해 굳혀진 후일의 기반을 더욱 강화하고 있었다.

이런 이에야스 앞이라, 가니에의 소성과 늘그막의 초조감에 사로잡혀 있는 가즈마스 등이 꼼짝도 못한 것은 무리가 아니었다.

가즈마스는 마침내 옛 인연을 믿고 친족인 쓰다 도사부로(津田藤三郎)를 오다 나가마스(織田長益)에게 사자로 보냈다. 나가마스를 통해 항복을 제의한 것이다.

"좋다."

이에야스는 받아들였으나 조건을 제시했다. 최초의 배반자인 마에다 요주로의 목을 베어 바친다면 하는 것이었다.

이에야스의 조건에 보나마나 가즈마스는 크게 난처했으리라.

일을 꾸미기 전에 요주로 다네토시를 사주하여 성사만 되면 히데요시를 알현케 하고 후한 상이 내리도록 하리라는 유혹을 한 것은 다름 아닌 그 자신이었던 것이다.

그러나 요주로는 그보다 훨씬 나이가 적었고, 경력과 지위 면에서도 그와는 비교가 되지 않았다. 어른과 아이 정도의 차가 있었다.

'이 일을 어찌한다?'

가즈마스는 이 조건을 아무에게도 알리지 않고 하룻밤을 고민했다.

'요주로의 목을 베지 않으면 내가 죽는다. 그렇다고 그를 죽이는 것은……'

설사 아무 내막도 없는 사이라 해도 같이 농성을 맹세하고 죽음을 기약한 동지를 마지막 순간에 배반하고 혼자 살아나려는 행위는 당시의 사람들로서는 고민 없이 생각할 수 없는 일이었다.

하물며 자신의 잘못이 분명한 이 경우에 있어서는 더 말할 나위도 없었다.

그러나 오래 망설이고 있을 수도 없었다. 7월 2일이라는 회답 기한이 다가오고 있었다.

"제시한 조건을 받아들이겠소."

쓰다 도사부로와 또 하나의 근친을 볼모로 성 밖에 내보내는 동시에, 그는 이런 회답을 이에야스에게 보냈다.

이에야스는 항복을 받아들인다는 뜻을 성내에 전하고 다음 날인 7월 3일, 오스가 야스타카에게 무장해제의 임무를 맡겨 성내로 들여보냈다.

그 전날 밤.

마에다 요주로는 가즈마스의 행동에서 신변의 위험을 느끼고 성 밖으로 피해 나갔다.

가즈마스는 그것을 알고 추격대를 보냈다.

"요주로를 놓치면 모든 성병이 성과 함께 목숨을 잃게 된다."

추격대는 성밖 강둑에서 요주로를 붙들어 난도질을 한 뒤 그 목을 가지고 돌아왔다.

가즈마스에게 그것을 보이자 그는 얼굴을 돌리며 말했다.

"내가 살기 위해서가 아니다. 성병 전체를 위해서다."

그 목은 이에야스의 영소로 보내지고 그날로 가니에 성은 문을 열었다.

개가를 올리는 적진의 군사들이 구경하는 가운데, 앞으로의 생활이 막연한 채 뿔뿔이 흩어져 가는 군사들의 심정은 각양각색이었다.

특히 웃음거리가 된 것은 다키가와 가즈마스였다.

"기린도 늙으면 짐말이 돼 버린다더니 다키가와의 말로가 저게 뭔가?"

"아니야. 늙어도 그윽한 향기를 잃지 않고 있는 사람도 있지 않나?"

"다키가와 따위는 가까이 갈 수도 없는 지저분한 녀석이다."

"헐뜯지 말게, 헐뜯지 말아. 그게 바로 인간의 약점이다. 남의 일로 보지 말고 명심해 둬야 할 일이다. 사람이 일단 마음까지 영락하면 딱하리만큼 어리석은 짓과 타락의 길을 천연스레 걷게 되는 모양일세."

도쿠가와의 장졸들은 모두 이런 말로 가즈마스가 가는 길을 전별했다.

가즈마스는 고즈쿠리 성(木造城)을 찾아가 도다 도모노부(富田知信)에게 의지하려 했으나, 히데요시의 허락 없이 성문을 연 잘못을 힐난하며 도모노부는 받아들이지 않았다.

부득이 교토의 묘신사(妙心寺)에 숨어서 한동안 세상의 소문에 귀를 막고 살았다.

여제자

　기왓장 하나하나가 금박에 싸여 있는 오사카 성의 거대한 지붕은 시대와 힘, 시대와 금력, 시대의 향방을 상징하고 있었다.
　그 금성의 한 누각 밑에 히데요시는 6월말 고마키에서 돌아온 채 그냥 들어앉아 있었다.
　그리고 7월 상순이 되어도, '싸움은 어디에 갔느냐?' 하는 태도로 유유히 휴양하고 있었다.
　휴양 중이라고는 해도 성문에는 거가기객(車駕騎客)의 왕래가 빈번했고 공경 제후들의 방문이 아침부터 저녁까지 그칠 사이가 없었다.
　민감한 시민들은 수군대기 시작했다.
　"땅값이 오르리라."
　"환락가가 늘어나리라."
　"영주들의 저택도 계속 세워질 것이 틀림없다."
　"아즈치와 달라 항구가 큰 역할을 할 게다. 머지않아 외국인 선박들도 모두 이리로 모여들게다."
　"고마키 전투에 이기기만 하면 굉장한 경기를 보일 텐데……."

그들은 먼 앞날을 내다보기도 하고 현 시점에서의 고마키 대전에 대해서도 각각 상인다운 기대를 걸고 있었다.

그러나 도시 건설이라는 이름 아래 인지(人智)와 인력이 진출할 때 자연은 극단적으로 무시되어 가는 법이다. 뽕밭은 상가로 바뀌고 들판은 현가(絃歌)의 등불을 비치는 해자가 되었다. 무수한 다리와 새로운 도로는 새집과 해오라기의 잠자리를 빼앗았고, 언덕에는 생생한 토층이 노출되었으며 깎은 자리에는 집이 들어서고 가게가 처마를 맞대고 늘어섰다.

옥을 다듬는 장인들이 사는 한 귀퉁이.

여기도 마찬가지로 개척적인 색채가 짙은 가운데, 나니와 나루의 옛모습 그대로 울창한 수목에 둘러싸인 한 채의 집이 있었다.

어쩌면 예전에는 방장기(方丈記)의 필자 같은 인물이 세상을 멀리하고 사철을 벗 삼아 살았던 집인지도 모른다.

──그곳에 작년부터 사제지간의 두 화가가 살고 있었다.

스승인 가노 에이토쿠(狩野永德)는 마흔 서너 살, 제자인 산라쿠(山樂)는 스물대여섯 살쯤 됐을까.

양쪽 다 젊었다.

그러나 에이토쿠는 저 유명한 고호겐 모토노부(古法眼元信)의 손자이며, 일찍이 노부나가가 아즈치 성을 지었을 때도 벽화를 그려 '예스러우면서도 새로운 예술인'이란 말을 들었고, 그 작품과 명성은 지금은 국내 제일이라는 평을 듣고 있었다.

그런 대가였지만 그 역시 방장기의 가모노 조메이(鴨長明)가 본 것 같은 현세관을 지금의 세상에서 보고 있어서 자신의 허명(虛名)에 취해 있을 수가 없었다.

유전(流轉)을 거듭하는 세상, 덧없는 영화, 믿을 수 없는 인심, 모두 한낱 물거품 같은 부침(浮沈)에 지나지 않는다는 것을 그는 너무나도 자세히 보아왔다.

그가 필생의 심혈을 기울여 그린 아즈치 성내의 수많은 작품도 지금은 단 한 점도 볼 수 없었다. 하루아침의 병화(兵火)에 송두리째 재가 되어 버리지 않았는가?

부친 쇼에이(松榮), 조부 모토노부, 가문의 시조 마사노부 등의 작품도 모두 그랬다. 무로마치의 성을 비롯하여 공경의 저택, 무장의 성, 사원 등에 남긴 작품은 대부분 같은 운명이 되어 버렸다.

"산라쿠?"

"부르셨습니까? 스승님."

"매일같이 너와 함께 오사카 성으로 그림을 그리러 가고는 있지만…… 권문의 벽에 필생의 작업을 한다는 것이 때로는 덧없다는 생각이 문득 치밀곤 하는구나."

그날도 가노 에이토쿠는 제자 산라쿠를 데리고 오사카 성내의 금박 미닫이에 종일토록 그림을 그리고 돌아온 길이었다.

하녀인 소녀와 노파의 시중을 받으며 목욕을 하고 저녁을 먹고 툇마루에 나앉아 별로 손질을 하지 않은 자연 그대로의 뜰──그 뜰 안에 뿌려진 물을 무심히 바라보고 있자 저도 모르게 평소의 생각이 제자 산라쿠를 상대로 넋두리처럼 나온 것이었다.

"권문을 위한 일은 덧없다……고 선생님은 말씀하시지만 세상의 모든 화가들은 한결같이 선생님을 선망하고 있습니다."

"그럴까?"

"앞서는 아즈치 성에, 지금은 다시 히데요시님의 오사카 성에…… 선생님께서 벽화의 제일인자로 대접 받고 계시다는 것이, 인기가 없는 도사파 궁정 화가들로 하여금 자극적인 색채로 속된 그림을 그리는 사나이라는 뒷공론을 하게 하는 원인이기도 합니다."

"하하하. 비열한 소리군. 자신들의 말이야말로 속된 소리인 줄은 모르고……."

"고고한 척하는 그들의 공론은 항상 선생님의 구도의 웅대성을 서투른 솜씨라 하고, 호화로운 채색은 속되며, 미세한 필치는 도사의 화법을 훔친 것이라고 합니다."

"하기는 틀린 말도 아니지. 예술의 영역에는 국경이 없다. 장점은 누구 것을 취해도 좋은 거야. ……만약 그게 나쁘다면 조세쓰(如雪)도, 슈분(周文)도, 셋슈(雪舟)도 모두 표절한 것이라는 결과가 되는 거다."

"저도 선생님의 솜씨를 표절하는 셈이 되겠군요."

"그러나 그것은 조화요 조미라는 것. 골수에 독자적인 것을 가지고 있지 않으면 대가라는 말은 못 듣지."

"선생님처럼 위대한 분이 나타나시고 보면 이제 회화의 세계에 어떤 미개지가 있을지 모르지만, 독자적인 것은 낳기 힘든 것 같습니다."
"무기력한 소리."
부채로 무릎 위의 모기를 쫓으며 말했다.
"무한한 거야, 예술의 세계는…… 다만 저물기 전에 도달해야지."
"저물어 버릴 것만 같습니다. 아까 선생님께서 말씀하신 권문에게 화필을 팔고 싶지는 않다고 하신 말씀만 해도……."
"너는 아직 모르리라. ……너는 아직 욕심을 가지고 그려도 좋다. 욕심으로 그려라. 욕심으로."
"무슨 뜻인지 모르겠습니다."
"맛있는 음식을 먹고 싶고, 예쁜 여자를 차지하고 싶고, 훌륭한 집에 살고 싶으며, 지위와 명성을 얻어 사람들의 입에 오르내리고 싶은 ……그런 욕망을 일의 보람으로 느끼라는 거다. 내가 아까 말한 것은 그런 평범한 욕망을 졸업한 뒤의 욕망이다."
"조금 알 것도 같습니다."
"너무 알게 되면 매사에 열의가 없어진다. 그렇게 되고도 여전히 정열을 잃지 않는 사람을 진정한 화인이라고 하는 것일 테지. 아, 애기에 열중해서 미처 모르고 있었군. 산라쿠?"
"네."
"누군가 찾아오지 않았나?"
산라쿠는 뜰을 건너 사립문 쪽에 귀를 기울여 보았다.
"그렇군요."
그는 급히 스승 앞에서 물러나 뜰로 나갔다.
"뉘시오?"
사립문 안에서 산라쿠는 열기 전에 묻기부터 했다.
여자의 목소리가 물었다.
"이 댁이 가노 에이토쿠 선생님 댁입니까?"
"그렇습니다만 댁은?"
"오사카 성 니노마루의 주방에서 일하고 있는 사람입니다."
"용건은? 용건을 말해 주십시오."
"그림을 배우고 싶어서요……."
산라쿠는 또 나타났구나 하고 생각했다. 이런 사람들의 방문 때문에 가끔

씩 골치를 앓아 본 터라, 전할 것도 없으리라 생각하고 즉석에서 거절했다.

"선생님께서는 제자를 두시지 않습니다. 영주의 자제분이라 해도 그림을 배우겠다면 거절하시고 계십니다…… 게다가 오사카 성의 벽화도 앞으로 몇 년이 지나야 완성될지 모르는 일……다른 화공한테 가 보십시오."

그렇게 말하고 잠자코 있으면 제풀에 돌아가리라 했으나 여자는 잠시 뒤 다시 말했다.

"자세한 말씀은 에이토쿠 선생님을 직접 만나 뵙고 드리렵니다. ……아무튼 전갈만 해 주실 수 없겠습니까?"

"미안합니다. 선생님께선 이곳에 계시는 동안만은 아무도 만나고 싶지 않다는 말씀이시어서……."

"……?"

바깥의 여자는 난처해졌는지 다시 한동안 말이 없었다.

그러나 결코 돌아가려고도 하지 않았다.

얼마 뒤 또 문을 가볍게 두드렸다.

"여보세요."

"아직 있었나요?"

"그럼 선생님께……이렇게 말씀드려 주십시오. 그저께 성 안 니노마루 대객실에서 선생님이 그림을 그리고 계셨을 때, 히데요시님께서도 그것을 보고 계셨는데……그 때 히데요시님께서 넌지시, 에이토쿠 부탁하네…… 하는 말씀을 하신 일이 있을 겝니다. 제가 바로 그 여자라고 전해 주십시오."

"그래요?"

그런 일이었었던가 하고 산라쿠는 적지않이 의심스러웠지만, 히데요시의 이름을 걸고 온 이상 무턱대고 쫓아버릴 수는 없을 듯했다.

급히 돌아와 툇마루 끝에 앉아 있는 스승 에이토쿠에게 그대로 전하자 에이토쿠는 귀찮은 듯한 얼굴을 했다.

"왔나?"

그런 사실이 분명 있었던 것이다.

그제 대객실 미닫이에 국화를 그리고 계류 곁에 동자를 배치할 생각으로 그 용모에 부심하고 있자, 어느 틈엔지 히데요시가 등 뒤에 와서 바라보고 있었다.

이것저것 그림에 대한 질문이 있은 다음 히데요시는 나지막하게 이런 한 마디를 남기고 사라졌다.

"에이토쿠, 여자를 하나 제자로 삼아 줘야겠네. 수일 내에 보낼 테니까 말이야."

그는 이제야 그것을 생각하고 산라쿠의 얼굴을 바라보았다.

"그 여자일까?"

산라쿠는 더욱 알 수 없었으나, 모호한 대답을 했다.

"아마 그 여자인 것 같습니다."

안내된 여자는 쓸쓸한 초암 같은 한 방에서 기다리고 있었다.

높이가 낮은 촛대에서 비치는 불빛이 그 옆얼굴과 상반신에서 깜박거리고 있었다.

안내한 산라쿠도 사립문을 열었을 때, 그 아름다운 용모에 눈이 둥그레졌다. 나이는 아직 열일곱, 여덟 쯤 밖에 안돼 보이면서도 그 침착한 거동 역시 적지 않이 놀라게 했다.

"선생님, 안내했습니다."

"……음."

에이토쿠는 고개를 끄덕였다.

에이토쿠도 툇마루에 앉은 채 안을 들여다봤다. 그림을 구상하며 자연을 보는 것 같은 눈으로 물끄러미 바라보았다.

'아, 저 얼굴이다!'

그는 며칠을 두고 그렸다가는 다시 고치곤 한 동자의 모습을——살아 있는 그 얼굴을 지금 눈앞에 본 듯했던 것이다.

미모이면서도 기품이 있고, 예지를 지녔으면서도 차갑지 않은 얼굴, 그리고 고귀한 향기를 풍기며 이른바 백치미와는 다른, 꽃도 부끄러울 정도의 아름다운 얼굴, 그런 조건을 모두 만족시키는 용모는 그의 공상과 붓재주로는 좀처럼 그려낼 수가 없었다.

"……선생님, 만나시겠습니까?"

"음, 만나보지."

그는 가벼운 마음으로 건너갔다.

"내가 에이토쿠요만……."

"스승님이십니까?"

그녀는 조금 물러나며 무릎을 꿇고 말했다.
"저는 얼마 전부터 니노마루의 주방 일을 보고 있는 오쓰라는 사람입니다. 밤중에 찾아와서 죄송합니다."
"아니오. 나는 밤중이 아니면 집에 없으니까."
"히데요시님의 말씀이 당분간 이 댁에 가 있으라고 하시기에 이렇게 찾아왔습니다."
"그림을 배우려는 건가?"
"신세를 지는 김에 그림도 좀 배웠으면 합니다만······."
"아하······."
어리둥절했을 때 흔히 이런 소리가 나오는 법이다. 기왕 신세 지는 김이니 그림도 배우고 싶다는 말에 그는 다소 당황했던 것이다.
그러나 평생이 걸려도 좋으니 여화공이 되겠다는 지원자보다는 훨씬 처리하기가 좋았다.
에이토쿠는 오사카 성을 짓기 시작한 때부터 영을 받고 성내에 드나들었기 때문에 그 사이에 히데요시의 가정과 규문(閨門)에 관한 소문까지 들어왔다.
이 오쓰라는 소녀에 대해서도 성안에 소문이 떠돌고 있었다.
히데요시는 지난 번 귀진할 때, 이 아름답고 영리한 소녀를 이번 출진에서 주운 고마키의 나비라고 해가면서 자랑스럽게 오사카 성으로 데리고 왔다. 그러나 그로부터 며칠 뒤 뜻밖의 일로 네네 부인과의 사이에 문제가 일어나, 히데요시의 노모의 말도 있고 해서 오쓰를 니노마루의 주방으로 돌려버렸다.
오쓰는 물론 불만이었다. 그녀의 이상은 주방 같은 데에 있지 않았다. 아마 히데요시에게 그 불만을 호소했으리라. 히데요시는 히데요시대로 그녀의 장래와 위치에 대해 그 나름의 구상이 있었다. 잠시 에이토쿠에게 여제자로 맡겨 두기로 하자. 그렇게 생각하고 보낸 것임에 틀림없었다.
"그럼 특별히 화가가 되고 싶다는 생각은 없단 말인가?"
"네. 화가가 제 소원은 아닙니다. ······그러나 성에서 일을 한다 해도 주방 따위는 더욱 싫습니다."
"하지만 처음부터 마음에 드는 자리로 들어갈 수는 없지 않소?"
"그래도 히데요시님께서는 말씀하셨습니다. ······네가 원하는 대로 지내게 해줄테니 시가(詩歌)도 배우고 그림도 배우고 학문도 해라. 옛날에는 무라사키 시키부(柴武部)나 세이쇼나곤(淸少納言) 같은 재원들이 있었다. 오늘날에도 훌륭한 여성이 나왔으면 한다. 너는 덴쇼시대의 무라사키 시키부가 되어라. 또 하나의 세이쇼나곤이 돼 보아라. ……그렇게 격려해 주셨습니다."
"허어, 지쿠젠님께서?"
"네. ……그런데도 히데요시님께선 저를 주방으로 돌리시고 막일이나 하게 하셨으므로, 약속이 다르지 않습니까 하고 말씀드렸더니, 한동안 화가 에이토쿠 밑에 가 있어라……하는 분부시기에 이렇게 찾아왔습니다."
"몇 살이시오? 실례지만."
"17살입니다."
그녀는 역시 조금도 망설이지 않고 대답하였다.
"열다섯 살 때 아즈치 성이 멸망하여 미노의 고향으로 돌아가 있었습니다. 선생님은 아즈치 성에도 오셔서 그림을 그리셨죠? 저는 선생님의 얼굴을 기억하고 있어요."
"응? 아케치에서?"
"12살 때부터 노부나가님 내실에서 시녀로 일하고 있었습니다. 히데요시님도 고마키에서 뵙기 전부터 알고 있었습니다. 여기서 다시 선생님까지 뵙게 되다니 정말 알 수 없는 인연입니다."

열일곱이라고 했지만 제대로 성숙한 여성을 대하는 것 같은 느낌이었다. 육체적인 사춘기보다 두뇌의 발달이 앞서고 있기 때문이리라. 타고난 미모와 과일을 생각케 하는 처녀다운 살갗은 볼수록 신선하고 탐스러웠으나 아직 어딘가 여성다운 달콤한 내음만은 부족한 것 같았다.

에이토쿠는 화가다운 심미안으로 그렇게 그녀를 관찰하기도 하고 또한 히데요시의 호기심과 여자에는 무른 여러 가지 일에 기가 막히기도 했다.

덴쇼시대의 시키부가 되어라. 현대의 세이쇼나곤이 되어라하는 따위의 말은 아닌게아니라 이 소녀가 좋아할 만한 충동이었지만 출진 중에 길에서 주운 한 소녀에게 다짜고짜 그런 동정과 격려를 하며 데려왔다는 것은 시대를 주름 잡는 오사카 성의 성주로서는 지나치게 경솔한 행동이라고 할 수밖에 없었다.

보나마나 그는 부인 네네나 모친, 또는 내실에 있는 다른 여자들로부터 일제히 비난과 규탄의 화살을 받았으리라. 그러나 옛날에는 그 역시 히요시라고 불리던 유랑자에 불과했었다. 에이토쿠는 히데요시의 그런 기분을 아주 모르는 바도 아니었다.

안과 밖

히데요시는 지난 한 달 동안 오사카 성에 있으면서 내정을 보고 외치(外治)를 꾀했다. 또한 사생활도 충분히 즐기면서 고마키 전후의 난국을 때로는 남의 일처럼 바라보기도 했다.

7월 중에 그는 잠시 미노에 다녀온 뒤 8월 중순이 되자, 다시 대출진의 영을 내렸다.

"너무 끄는 것도 재미없다. 이번 가을에는 아주 결단을 내버려야겠다."

그 출진을 모레로 앞두고 혼마루 안에서는 사루와카(猿若)춤을 위한 피리 소리와 북소리가 울리고 있었다.

이따금 떠들썩한 여러 사람의 웃음소리도 들렸다.

'작별 인사를 겸해서……'

히데요시가 특별히 사루와카 춤에 능한 자를 초청하여 노모를 주빈으로 모시고, 부인을 비롯한 성내의 많은 가족들을 모두 불러모아 하루의 즐거움을 같이 하기로 한 것이다.

그 중에는──.

히데요시가 지금 온실의 꽃처럼 산노마루의 비원에 두고 성장을 기다리고 있는 세 아가씨도 있었다.

자차(茶茶)는 올해 18살. 둘째 아가씨 니히메(二姬)는 14살. 셋째 아가씨 스에히메(末姬)는 12살이었다.

그녀들은 작년 기타노쇼가 낙성하는 날, 계부인 시바타 가쓰이에와 생모 오이치 부인의 죽음을 뒤로 하고──에치젠의 진중에서 이 오사카로 옮겨졌었다. 어디를 둘러보나 낯선 사람뿐, 한때 그녀들은 낮이나 밤이나 울음으로 세월을 보내며 한참 웃을 나이에 미소 하나 보이지 않았으나, 차차 성안 사람들과 친숙해지고 히데요시의 소탈한 태도에도 위안을 받아 세 아가씨는 모두 히데요시를 따르고 있었다.

'재미있는 아저씨.'

오늘도 그 재미있는 아저씨는 가면극 광대들의 희극이 몇 토막 끝나자, 별안간 분장실로 들어가더니 이윽고 손수 분장을 하고 무대위에 나섰다.

"어머나. ……아저씨가."

"어쩌면! 저렇게 우스꽝스런 모습으로……."

니노히메와 스에히메는 저도 모르게 손뼉을 치고 손가락질을 하며 좋아라고 웃었다.

자차만은 역시 수줍음을 알고 있어서, 동생들을 나무라며 억지로 얌전을 빼려 했다.

"손가락질하면 못써요. 조용히 구경해야 하는 거야."

그러나 히데요시의 사루와카 춤이 하도 우스워 나중에는 오차차마저 옷소매로 입을 가리고 허리를 꺾으며 웃었다.

"뭐야, 언니. 우리가 웃을 땐 야단치더니 자기는 왜 이렇게 웃고 야단이지?"

동생들이 양 옆에서 찔러대는 바람에 오차차는 더욱 웃음이 멎지 않아 스스로도 난처한 얼굴이 되었다.

히데요시의 모친은 그보다 높은 곳에서 네네 부인을 곁에 앉히고 구경하고 있었다.

괴상망측한 아들의 춤을 노모는 이따금씩 웃어가며 바라보고 있었으나, 네네는 남편의 그런 모습을 늘 안방에서 봐온 터라 별로 신기한 표정도 아니었다.

네네가 차라리 신기해 한 것은 서쪽과 동쪽 여기저기에 시녀들에 둘러싸여 앉아 있는 남편의 측실들을 오늘은 높직한 자리에서 조용히 관찰할 수 있는 것이었다.

나가하마에 있었던 얼마 전만 해도 남편의 측실은 오유, 마쓰노마루(松丸) 등 둘 정도 밖에 없었던 것이 이 오사카 성으로 옮긴 후에는, 어느 틈엔가 산노마루의 산조(三條) 아씨와 가가(加賀)의 아씨가 새로 생겼고 또한 니노마루에도 네네 자신은 '……설마?' 하고 생각하고 있지만, 작년 본국 공략시에 개선과 더불어 데려온 아사이 나가마사(淺井長政)의 유자녀들이며, 고(故) 노부나가의 동생인 오이치 부인의 세 딸을 비원의 꽃처럼 고이 키우고 있는 것이다.

정실인 네네를 모시고 있는 시녀들은 세 아가씨 중에서도 특히 맏이인 오차차가 죽은 어머니를 능가하는 미인인 것에 마음을 쓰지 않을 수 없었다.

"자차 아가씨도 이미 18살입니다. 어찌 주군께서 화초처럼 구경만 하고 계시겠습니까?"

그러면서 불을 지르기 시작하고 있었으나, 네네는 남편의 이런 성미를 찻잔의 흠처럼 생각하여, "워낙 그런 분이니 어쩔 수 없지 않니?" 하고 체념한 듯 웃어 버리며 주위에서 지껄여대는 말에는 좀처럼 귀를 기울이지 않았다.

사실은 그녀도 여느 아낙네들과 같이 뿔이 돋쳤던 일도 없었던 것은 아니었다. 나가하마 성에 있었던 무렵, 그녀는 일부러 선물을 들고 남편의 주군인 기후의 노부나가를 찾아가 부탁했다.

"주군께서 한 번쯤 제 남편의 문란한 엽색 행위를 그만 두도록 꾸중을 내려주시기 바랍니다."

그러나 그 후 노부나가가 보내온 장문의 편지를 보니 이랬다.

'부인은 여자의 몸으로서 좀처럼 보기 드문 사나이와 인연을 맺고 있다. 좀처럼 보기 드문 사나이란 결점도 많겠지만 그만큼 장점도 많이 가지고 있다. 그러나 큰 산일수록 산 속에 들어가 있으면 그 크기는 더욱 모르는 법. 그저 안심하고 남편이 하고 싶은 것을 하게 하면서 같이 삶을 즐기는 것이 좋을 것이다. ……그렇다고 질투가 나쁘다는 것은 아니다. 적당한 질투를 가끔씩 보여 부부의 정의를 더욱 깊게 하기 바란다.'

그런 내용이어서 오히려 그녀가 꾸중을 들은 셈이었다.

네네는 이 일에 질려 버려 그 뒤부터는 될 수록 언동을 삼가고 남편의 엽색에 대해서는 세상의 어느 누구보다 너그러운 아내가 되어 있었지만 요즘은 다소 지나치지 않는가 하는, 역시 여자의 마음이라 가끔씩 편안치 않은 날이 있었다.

자차 아가씨도 그 한 예였지만, 지난번 고마키에서 돌아올 때는 오쓰라는 내력도 분명치 않는 소녀 하나를, 그것도 부랑아 같은 신세였던 것을 싸움터에서 주워가지고 와서 니노마루나 산노마루에 거처케 하려고 했다.

"그토록 당신이 앞장서서 추잡한 꼴을 보인다면 아무리 내실의 단속을 명한다 해도 저는 더 이상 책임을 질 수 없습니다. 길거리에서 주운 떠돌이 계집애를 성안에 넣으시려는 그 자체부터 저는 이해하기 어렵습니다."

그녀도 항의했고, 노모 역시 합세하여 히데요시를 나무랐다.

히데요시는 이 두 사람에게는 절대로 복종주의를 취하고 있었다.

가정에 있어서의 남성은 아무리 독재를 자유로이 부릴 수 있는 위치에 있더라도 꾸중을 듣거나, 응석을 부릴 수 있는 사람이 있기를 바라는 일면이──그런 상반된 본능이 있는 법이다.

아무튼 그는 지금 사나이로서 48살이라는 전성기를 맞이하여, 밖으로는 고마키에 천하를 다투는 대전을 앞두고 있으면서, 안으로는 규문의 정치에도 무척 분망하고 있었다. 어쩌면 이렇듯 한 몸으로 법과 비법, 대도와 소심, 겉치장과 알몸을 필요에 따라 구분하여 보여줄 수 있을까 싶을 정도로 이른바 왕성한 생명력을 매일 매일 지칠 줄 모르고 즐기고 있었다.

"휴우……광댓짓도 구경하니까 우습지, 직접 무대에 올라서 보니 우습기는커녕 무척 힘든 일이군. 정말 보통 일이 아닌 걸."

히데요시는 어느 틈에 모친과 네네 부인 뒤에 와 있었다. 금방 구경하는 사람들의 갈채를 받으며 무대에서 내려간 그였다.

그 무대에서의 여열(餘熱)이 아직 채 식지 않은 듯한 어조로 말했다.

"……여보! 오늘 밤은 당신 방에서 좀더 놀고 싶소. 잔뜩 음식을 마련해 놓구려."

마침 가면극이 끝나서 여기저기 환한 등불이 켜지고 초청됐던 손님들은 산노마루와 니노마루로 제각기 흩어져 돌아가고 있었다.

피리와 북을 담당했던 자들, 그리고 많은 광대들을 데리고 히데요시는 네네의 방으로 몰려갔다. 노모는 피곤하다면서 자기 방으로 들어가 버려 광대패들과 부부 단 둘만이 오붓이 남았다.

네네는 이런 사람들이나 하인들 같은, 한 마디로 아랫사람들에 대해서는 평소부터 잘 알아서 대해 주곤 했다. 특히 오늘과 같은 모임이 있은 다음에는, 이번에는 그녀가 그들의 수고를 치하하고 많은 사람들이 허물없이 술을 마시며 잡담을 나누는 광경을 자신도 즐거운 듯 바라보는 것이었다.

히데요시는 아까부터 외톨이가 되어 옆방에 놓인 채, 아내도 돌보아 주지 않고 누구 하나 접근하려는 사람도 없어 다소 기분이 상한 모습이었다.

"여보, 나한테도 술 한 잔쯤 줘야 할 게 아니오?"

"마시렵니까?"

"물론이지. 내가 무엇 때문에 당신 방으로 온 거요?"

"하지만 어머님 말씀이, 모레 네 남편은 다시 고마키를 향해 출발한다고 하니 출진 전에 여느 때처럼 다리와 허리에 뜸을 놓아 주도록 하여라……

하고 단단히 분부를 내리셨습니다."
"뭣이? 뜸을 뜨라고?"
"아직 싸움터에는 더위가 남았을 겝니다. 좋지 않은 물을 마셔서 건강을 해치면 안 된다고……어머님께선 여간 걱정이 아니었습니다. 자 뜸뜰 준비부터 하셔요. 약주는 그 다음에 드리겠습니다."
"무, 무슨 소리야. 뜸은 딱 질색이야."
"싫으시더라도 어머님 분부이십니다."
"이러니까 당신 방에는 자연히 걸음이 멀어지는 거야. 아까도 내가 무대에 올라섰을 때 웃지도 않고 점잔을 빼고 있었던 것은 당신 혼자뿐이었어."
"저는 워낙 그런 성민 걸요. 다른 예쁜 분들처럼 되라고 하셔도 저는 그럴 수가 없으니 어떡하죠?"
네네는 조금 토라져 보였다. 그리고 자기는 지금의 오차차 아가씨 정도의 나이였고 남편도 아직 스물 예닐곱 밖에 안됐던 먼 도키치로 시대가 문득 그리워지며 눈물이 핑 돌았다.
"응?"
히데요시는 토라진 아내의 얼굴을 짓궂게 들여다보며 말했다.
"울고 있지 않나. 이봐, 왜 우는 거지?"
"몰라요!"
네네가 얼굴을 돌리면 히데요시도 그 얼굴을 따라 무릎을 돌렸다. 그리고 참을 수 없는 웃음을 가득히 얼굴에 보이며 말했다.
"내가 또 출진하기 때문에 외로워서 그러는 건가?"
"무슨 말씀이셔요? 노부나가님을 섬기기 시작한 이래 미노의 싸움, 아네 강의 싸움 그리고 주고쿠에서의 장기전……오랜 세월이 흘러오기는 했지만 그동안 당신은 며칠이나 집에 계셨어요?"
"그러니까 싸움은 질색이라고 할지 모르지만 세상이 평정될 때까지는 어쩔 수 없는 일이야. 노부나가 공의 불행이 없었던들 나도 지금쯤 어딘가 시골 성에 들어 앉아 당신을 흡족하게 해줄 수 있었을 테지만 말이야."
"남이 들을까 겁이 납니다. 저도 남자분들의 그만한 심중은 알고 있어요."
"나도 여자의 마음은 잘 알고 있어."
"이렇게 말하면 저렇게 피하시고……당신은 언제나 저를 놀리고만 있어요. 저는 여느 아낙네들처럼 투기에서 말씀드리는 게 아니에요."

"모든 아낙네들이 그렇게 말하지."

"장난이 아녀요. 잘 들어 주셔요."

"이렇게 삼가 듣고 있지 않나?"

"당신 행실이 그런 것은 일과 관계되는 것으로 보고 저는 벌써부터 체념하고 있어요. 하니까 출진하신다고 해서 조금도 외롭거나 하지 않아요."

"정녀(貞女)군, 역시 정녀야. ……도키치로였던 옛날, 내가 당신에게 눈독을 들인 것도 바로 그런 점이 있었기 때문이었어."

"농은 이제 그만두셔요. 어머님께서도 그러니까 저한테 늘 말씀하시는 거예요."

"어머님께서 뭐라시는데?"

"네가 너무 무르기 때문에 그 애가 멋대로 놀아나지 않느냐. 때로는 좀 싫은 소리도 해야 한다……고요."

"하하하. 그래서 뜸을 놓는 건가?"

"그런 심려도 모르시고 도무지 몸을 돌보지 않는 것은 불효한 일이기도 합니다."

"몸을 돌보지 않다니, 내가 언제……."

"그제 밤만 해도 산조의 아씨 방에서 새벽녘까지 무엇을 그렇게 시시덕거리고 계셨죠?"

"아, 그거? 알았어."

"알았으면 그만인가요? 도대체 당신은……."

옆방에서 술을 마시고 있던 근신들과 광대들은 히데요시 부처의 신기한, 아니 그리 신기하지도 않은 부부 싸움을 보고도 못 본 척하고 있었으나 그때 히데요시가 오히려 큰 소리로 이렇게 말했다.

"여봐라, 구경꾼들. 지금 우리가 연출한 촌극을 어떻게 봤느냐?"

북을 치는 누이노스케(縫殿介)가 대답했다.

"예. 장님들의 공차기와 같은 것으로 보았습니다."

"장님들의 공차기라?"

"예. 승부가 날 일이 아니기에……."

"피리를 부는 다이조(大藏)는 어떻게 생각하나?"

"예. 저도 역시 제 장사와 같은 것으로 봤습니다. 그 까닭은 어느 쪽이 옳고 어느 쪽이 그른지……릴리리 빌리 릴리리 빌리리……."

"옳거니!"

히데요시는 별안간 네네의 겉옷을 벗겨, 그것을 상으로 던져 주었다.

다음 날은 같은 성내에 있으면서도 가족들은 이미 히데요시의 모습을 볼 수 없었다.

온종일 히데요시는 그의 지시를 기다리는 각 방면 책임자들과 뒤에 남아 성을 지킬 부장들, 그리고 타국의 사자와 서사(書司), 근신들의 여러 가지 연락으로 눈코 뜰 새 없이 바빴다.

──다음날.

그는 이미 마상(馬上)에 있는 총수였다. 오사카를 떠나 재출진하는 끝없는 병마의 대열이 미노 전선을 향하고 있었다.

오늘도 또 건너는 낯익은 강물
기소 강을 건너는 이 내 심정은
건너는 그 때마다 새로워지네.
봄향기와 향목의 그윽한 향기
풍기던 투구도 그대 모습도
여름풀 무성하고 세월이 가니
이제는 찬 이슬과 억센 이삭뿐
이 마음 고마키의 하늘을 향해
이삭은 안 패어도 나부끼는데
그대여, 오늘도 검은 머리를
아리땁게 빗었느냐, 가을 뜬구름

짙은 아침 안개 속을 가는 대열 속에서 누군가가 노래를 불렀다.

히데요시는 주위를 둘러보며 물었다.

"누가 부른 노래냐?"

그러나 바로 곁에 있는 말 위의 모습조차 누군지 알아볼 수 없는 짙은 안개였다.

"누구냐?"

"누가 노래를 불렀느냐?"

차례차례 묻는 소리가 대열 속을 흘러갈 뿐

접니다——하고 나서는 자는 아무도 없었다.

히데요시는 생각했다. 지금 그 노래는 자연의 소리며 인간의 소리가 아니었다고——.

그의 가슴에도 이따금씩 오차차의 얼굴이 문득 떠오르는가 하면, 오쓰의 옆얼굴도 그려지고 네네나 노모의 생각도 떠오르곤 했던 것이다.

뒷일이 염려되는 것은 아니었다. 오히려 그런 사랑스런 사람과 연약한 사람들, 그리운 사람들이 뒤에 있는 것이 그를 더욱 강하게 만들고 있었다.

8월 26일.

몇 번째인가의 기소 강을 건너서 다음 날은 니노미야 산(二宮山)으로 나가 곧 적정을 정찰하고 28일에는 고오리(小折) 부근의 적의 산병을 소탕한 뒤 부근 일대에 화공(火攻)을 가하고 돌아 왔다.

이에야스 또한 그 28일에는, '히데요시가 왔다'는 급보를 접하자 노부오와 더불어 기요스에서 이와쿠라(岩倉)로 달려가 순식간에 포진을 끝내자 '언제든지 오너라' 하고 히데요시와 대치했다.

이 때도 이에야스는 철두철미 '수비' 태세만 취할 뿐, 자발적인 행동이나 도전은 절대로 삼가토록 전군에 영을 내리고 있었다.

찌르면 물러나고 멈추면 다시 나왔다. 그렇지만 대대적인 작전을 개시할 만한 여지가 없는 철벽이었다. 그 빈틈없는 포진에 대해 굳이 계교를 부린다면 반드시 계교를 쓴 쪽이 패할 것이 틀림없었다.

"도무지 지칠 줄을 모르는 사나이구나."

이에야스의 끈기에는 히데요시도 다소 난처해진 형국이었지만 그렇다고 히데요시는 그에 대해서 전혀 방책이 없는 것도 아니었다.

소라 껍데기는 망치로 두드린다고 열리는 것이 아니었다. 껍질 꽁무니를 불에 쬐면 저절로 알맹이가 빠진다는 이치를 그는 진작부터 생각하고 있었다. 니와 고로자에몬 나가히데를 내세워 넌지시 화친 의사를 타진해 본 것은 ——바로 그 소라를 불에 쬐는 술책이었다.

니와 나가히데는 오다가 유신 중에서도 대선배이며 또한 온건한 덕망가이기도 했다.

가쓰이에가 멸망하고 다키가와 가즈마스도 몰락한 지금에 있어서는 그 연조를 들고 나설 사람은 나가히데 혼자뿐이었다.

히데요시는 이 온건한 인물을 고마키 개전에 앞서서 자기 손아귀에 넣어

둘 필요를 잊지 않았다.
 이제 이에야스와 끈기를 다투어야 할 꼴이 된 국면을 앞에 놓고 히데요시는 그 손아귀에 넣었던 인물을 유효하게 쓰기 시작했다.
 고로자에몬 나가히데는 마에다 도시이에와 함께 호쿠리쿠에 있었으나 나가히데의 부장 가나모리 긴고(金森金五)와 하치야 요리타카(蜂屋賴降)는 히데요시에게 가담하여 참전하고 있었다. 그 긴고나 요리타카가 자국인 에치젠과 히데요시 사이를 분주히 왕래하기 시작했다.
 서간 내용은 사자역을 맡은 두 사람도 모르고 있었다. 그러나 고로자에몬 나가히데가 비밀리에 기요스를 향해 떠나게 되고 감쪽같이 이에야스와도 회동을 했다는 것이 알려지자 비로소 수긍이 갔다.
 "그렇다면 화친의 제의였던가?"
 그러나 적측에도 아군에게도, 그것이 극비리에 진척됐음은 말할 것도 없다.
 히데요시 측에서도 그 사실을 알고 있는 자는 니와 나가히데와 그 가신인 가나모리 긴고 나가치카, 하치야 요리타카 정도였다.
 이에야스 측과는 히데요시의 조종으로 이시카와 호키노카미 가즈마사를 통해 항상 비밀회의가 열리곤 했다.
 그런데——.
 피차의 조건을 절충하느라고 날을 거듭하고 있는 동안, 도쿠가와가 내부에서는 누구의 입으로부턴지 이런 풍문이 새나오기 시작했다.
 '서군(西軍)과의 화친 회의가 극비리에 진행되고 있는 모양이다.'
 그러자 고마키를 중심으로 하는 이에야스 측의 철벽진에 커다란 동요가 보이기 시작했다.
 이렇게 비밀의 벽을 뚫고 새어나온 소문에는 의례 꼬리와 지느러미가 붙는 법이어서 이 경우에도 그 전부터 같은 진영 안에서도 백안시(白眼視)되고 있던 이시카와 가즈마사의 이름이 들먹여졌다.
 "가즈마사가 주선을 하고 있는 모양이다. ……암만해도 사사건건 히데요시와 가즈마사 사이는 심상치 않은 눈치가 보인단 말이야."
 그렇게 소문이 떠돌았다.
 직접 그 소문을 듣고 이에야스에게 직언하는 자도 있었으나 이에야스는 "그것이야말로 지쿠젠의 수에 넘어가는 거다" 하고, 오히려 간하는 자를 나무라며 추호도 가즈마사를 의심하지 않았다.

그러나 일단 그런 불순한 의심이 아군 진영 속에 나돈 이상 그의 포진이나 미카와 무사의 기상도 이미 건강한 일체라고는 할 수 없게 된다.

이에야스는 물론 화친할 뜻도 충분히 가지고 있었으나, 그런 내부 정세를 보자 별안간 니아 나가히데의 밀사에게, "화친할 뜻이 없다" 하고 거절했다.

그리고 한 걸음 더 나아가 그답지 않은 호언으로 강화 절충의 중단을 언명했다.

"어떤 조건 밑에서도 이에야스는 지쿠젠과 화친으로 해결할 뜻은 가지고 있지 않다. 어디까지나 여기서 자웅을 겨루어 히데요시의 수급을 얻음으로써 천하에 정의가 살아 있음을 보여주리라."

그리고 곧 이것을 진중에 공표했다. 도쿠가와측 장졸들은 이내 마음이 풀렸다. 가즈마사에 대한 어두운 소문도 사라지고, 사기는 더욱 왕성해졌다.

"히데요시는 꺾이기 시작했다."

화친은, 본디 니와 나가히데 한 사람한테서 나와, 히데요시도 나가히데에게 설복되고 이에야스도 나가히데에게 설복되어 어느 편이 먼저 제의한 것도 아닌 형태에 의해 추진되었지만, 결과적으로는 누가 보나 히데요시가 이에야스에게 제의했다가 일축당한 꼴이 돼 버렸다.

"당했는걸……."

히데요시는 기꺼이 고배를 마셨다. 그로서는 이런 결과가 결코 해롭지 않은 듯했다. 그러나 그는 굳이 무력에 호소하지도 않고 묵묵히 요소요소에 진터를 증축할 것을 명하고 9월 중순경에 다시 회군하여 오가키 성으로 들어갔다.

조카

오가키 성에서는 조카인 미요시 히데쓰구도 그를 영접하러 나왔다.
히데쓰구는 나가쿠테 싸움에서 패하여 히데요시의 노여움을 샀다.
"노부테루의 유족과 함께 오가키 성이나 지키도록 하여라."
그런 분부를 받고 줄곧 여기에 있었던 것이다.
'외숙의 노여움이 풀린 것 같다……'
오래간만에 만난 느낌으로 히데쓰구는 가슴을 쓸어내렸다.
그러자 히데요시의 직속 부장인 이치야나기 이치스케가 하루는 그를 찾아와 말했다.
"너무 낙심하시지 마십시오. 실패를 해 보지 않으면 인생의 험로는 모릅니다. 실패한 뒤의 반성이야말로 사람에게 묵직한 맛과 깊이를 주는 것이어서, 실패는 바로 하늘의 선물이라고 생각하지 않으면 안 됩니다. 하물며 아직 젊으신 분이니……."
그렇게 잡담에 곁들여서 그의 우울한 마음을 위로하고 돌아갔다.
그는 이때 히데쓰구의 청을 받았던 것이 틀림없었다.
이치야나기 이치스케는 며칠 후 다시 히데요시 앞에 나타났을 때 문득 히데쓰구의 소청이라면서 이런 말을 꺼냈다.

"노부테루의 유신 중에는 아직 쓸만한 인물이 많이 있습니다만 특히 이케다 겐모쓰(池田監物)라는 자를……히데쓰구님은 꼭 당신 가중에 넣고 싶으시다는 소원입니다. 그러나 과연 허락해 주실는지 하며 말씀을 못 드리고 있는 모양이오니……괜찮으시다면 그 소원을 들어주시는 것이 어떠실는지……."

──끝까지 듣기도 전에 히데요시의 얼굴에는 뚜렷이 '무슨 소리……' 하는 표정이 움직이고 있었다.

이치야나기 이치스케는 아차! 하고 갑자기 말끝을 얼버무렸으나 때는 이미 늦었다. 히데요시는 근래에 드문 불쾌한 기색을 드러내며 꾸짖었다.

"이치스케?"

"예."

"마고시치로(孫七郎:히데쓰구)란 녀석이 뻔뻔스럽게 그런 청을 대신 해 달라던가?"

"어떻게 생각하실지 염려는 했습니다만……."

"청을 넣은 마고시치로는 17살 바보임에는 틀림없지만 아직 젊은 탓이라고 할 수 있다. 하지만 그대는 대체 몇 살인가?"

"황공하옵니다."

"40이 머지않은 나이에 그런 천치 같은 소리를 잘도 전하는구나……도대체 나가쿠테의 싸움은 누가 나를 대신하는 총수가 되어 출진했던 거지? 마고시치로 히데쓰구가 아닌가?"

"……예."

"그 마고시치로 녀석의 당시의 참패상은, 그게 뭔가? 이에야스가 뒤따라온 바람에 패한 것은 어쩔 수 없었다고 치자. ……그러나 일군의 총수로서 노부테루 부자를 위시하여 모리 나가요시, 그 밖의 아군 부장들의 생사도 확인하지 않고 맨 먼저 가쿠덴으로 도망쳐 온 그 한심한 꼬락서니…… 즉석에서 배라도 가르게 하고 싶었으나 하도 기막힌 꼬락서니를 보니 화를 낼 수도 없었던 거다."

"……."

"그런데 자신의 처지는 생각지도 않고 이케다 겐모쓰라는 부하를 넣어 달라는 청을 하다니, 이 무슨 뻔뻔한 소리란 말이냐. 이치스케, 만약 그대를 달라고 한다면 그런 멍청이한테 기꺼이 끌려 갈 텐가?"

"……."

이치야나기 이치스케는 온몸에 진땀을 흘리며 꿇어 엎드린 채 듣고 있었다.

히데요시의 분노는 좀처럼 식지 않았다. 곁에서는 근신들도 듣고 있었다. 그리고 이치스케의 모습에 히데요시와 같은 눈길을 보내고 있는 듯했다.

'어쩌자고 어리석은 소리를……'

그러나 이치스케에게는 히데요시의 분노가 사실 히데쓰구라는 조카에 대한 더 큰 사랑의 표현 같이만 들렸다. 히데요시만큼 주위에, 특히 가족들에 대해 맹목적인 애정을 지니고 있는 사람도 드물었다.

"어떤가, 이치스케? 그대 역시 마고시치로 같은 병신을 주인으로 섬기기는 싫을 테지. 노부테루 부자의 전사도 확인하지 않고 도망쳐 온 것은 또 그렇다 치자. 나는 그가 어리다는 점을 감안하여 특히 분별과 용기를 갖추고 있는 기노시타 스케자에몬과 기노시타 가케유 두 명을 잊지 않고 달아줬었다. ……그런데 그 두 사람마저 나란히 죽게 한 주제에 이케다 겐모쓰라는 남의 부하를 끌어들이고 싶어 하다니, 괘씸하기 이를 데 없는 일이 아닌가?"

히데요시는 그렇게 화를 내고 있는 동안 정신없이 무릎을 두드리고 있었다.

그 소리가 들릴 때마다 이치스케는 자신이 채찍질이라도 당하듯이 깊숙이 숙인 머리를 더욱 다다미 위에 비비댔다.

"……죽은 노부테루 부자에 대해, 특히 유가족인 노모나 처자들에 대해 나로서는 미안한 생각을 금할 수 없었고 겸해서 마고시치로 녀석도 충분히 반성시키고 유족들에 대한 사과도 하려는 뜻에서 이 오가키 성에 와있게 했더니 내 눈치를 살피고는 이내 어린애가 과자를 조르듯 응석을 부릴 작정이니 생각할수록 괘씸하구나, 이치스케."

"예."

"이케다 겐모쓰를 달라는 마고시치로의 소청은 말도 안되는 얘기다."

"알겠습니다. 히데쓰구님께는 제가 말씀하신 대로 전할 것이오니 부디 노여움을 푸시기 바랍니다. ……소신의 불찰이었습니다."

"그대도 마찬가지야!"

"아무쪼록 용서해 주시기 바랍니다!"

"고약한 놈은 마고시치로다. 내 후일 다시 엄하게 꾸짖으리라."

히데요시는 이윽고 오사카로 돌아갔으나, 돌아간 뒤 장문의 편지를 조카 히데쓰구에게 보냈다.

그 편지에는——.

히데쓰구의 나가쿠테에서의 추태를 질책했을 뿐 아니라 평소에도 히데쓰구가 히데요시의 조카라는 생각에서, 자칫하면 멋대로 굴고 좋지 않은 거동이 있었음을 엄하게 꾸짖은 뒤, 다음의 격렬한 문구로 철두하게 히데쓰구의 단점을 가차 없이 찌르고 있었다.

'한 때는 의절하려고까지 생각했으나 아직 나이가 나이기에 참고 있었더니, 기노시타 스케자에몬과 가기유 등 두 부장을 죽게 한 주제에 이케다 겐모쓰를 가신으로 돌려달라는 청을 하다니, 아직 정신이 들지 않은 모양이다. 훌륭한 부하를 가지고 싶거든 가질 수 있는 자격부터 스스로 갖추어라. 만약 앞으로도 계속 그런 태도라면 이번에야말로 추방도 마다하지 않을 것이다.'

히데쓰구는 이 질책을 어떻게 받아들였을까?

진실로 엄한 질책은 진실로 깊은 사랑 없이는 내릴 수 없다는 사실을 알고 고맙게 생각하기에는, 나이뿐만 아니라 그의 천성 역시 외숙처럼 대범하고 솔직하지 못했다.

히데요시의 누님은 미요시 나가요시(三好武藏守)에게 출가해 있었다. 마고시치로 히데쓰구는 그들 사이에 태어난 자식이었다.

아직 열일곱 살인 이 조카에게 히데요시는 가와치호쿠 산(河內北山)에다 2만 석을 주고 있었다. 그리고 시즈가타케(賤嶽), 그 밖의 전선에 내보내 조금이라도 공을 세우면, 격려하면서 여러 모로 보살펴 주었다.

"잘했다. 잘 싸웠다."

이것은 그가 히데쓰구를 사랑하고 있기 때문이었지만 그밖에도 중요한 이유가 있었다.

그것은 그가 히요시라고 불리던 유년 시절에 불효막심한 자신을 대신하여 누님은 성의껏 모친을 도왔고, 또한 모친과 함께 오랜 세월을 가난과 싸우면서 자기의 성장을 기다려 주었다는 사실이었다.

그는 그 고마움을 잊지 않고 있었다. 당시의 누님의 효도와 고생을 어떻게 하면 갚을 수 있을까? 히데쓰구의 사람됨을 바라볼 때마다 그는 항상 누님의 마음이 되어 그 장래를 생각하는 것이었다.
 그러나——
 히데쓰구의 성격은 결코 히데요시의 희망대로 되어가지 않았다.
 그러나 그의 누님과는 달리 에이로쿠 11년에 태어난 이 귀공자는 처음부터 가난을 몰랐고 세상의 참모습과도 접촉할 기회가 없었다.
 뿐더러 히데쓰구가 계승한 미요시가는 무로마치(室町)이래의 명문이어서 본가(本家)는 날로 번영했고, 외숙인 히데요시는 날로 천하에 혁혁한 패력과 명성을 떨쳐갔다. ——그런 가운데서 문족 중의 총아로 귀염을 독차지하고 아첨을 들으며 자라온 터라 히데쓰구의 나이로 볼 때 거만해진 것도 무리는 아니었다.
 그것이 이치야나기 이치스케를 통해 히데요시의 대답을 들은 데다, 이어서 히데요시로부터 편지를 통하여 준열한 질책을 들었으니 그는 생전 처음 전률을 느꼈으리라. 그리고 매사에 대범한 그 외숙도 일단 성을 내면 육친이건 권속이건 조금도 가차 없는 엄격한 사람임을 새삼스럽게 느꼈음이 틀림없었다.
 그 때문에——.
 나가쿠테의 추태는 그로서도 두고두고 뼈에 사무쳤던 모양으로 훨씬 뒤의 일이었지만 이런 일화까지 남아 있다.
 관백(關白)이라면 천황을 도와 정사를 맡아 보는 중직인데, 그 관백이 된 히데요시와 도쿠가와 이에야스가 어떤 기회에 장기를 둔 일이 있었다. 그러자 이에야스는 상대방의 궁을 몰아칠 때마다 입버릇처럼 되풀이하며 공격을 계속하였다.
 "솜씨는 이미 알고 있소. 자, 추격이오. 또 추격이오!"
 곁에서 보고 있던 호소카와 산사이(細川三齋)가 연방 소매를 잡아당기므로 이에야스도 씁쓸하게 웃으며 그 말을 그만 뒀지만, 얼마 뒤 물러나 돌아갈 때, 산사이는 다시 기회를 보아 이에야스에게 주의시켰다.
 "어떤 경우에도 관백 나리 앞에서는 나가쿠테의 얘기를 해서는 안 됩니다. 특히 장기를 두시면서 그런 말씀을 하시는 것은 좋지 않습니다. ……어디서 그 보복이 돌아올지 모르니까요."
 이에야스는 입을 감싸며 "할 말 없소, 할 말 없소" 하고 헤어졌다. 그 뒤 그는 산사이에게 그 때의 호의에 대한 사례였던지 노란 바탕에 다갈색 무늬가 든 비단 옷감을 보내왔다. 산사이는 그 비단 옷을 입으면 늙어서도 가끔 생각나는 듯 그 얘기를 하고는 웃었다고 한다.

단독화식

출진을 보고 귀진을 보고——오사카 성과 미노 지방 사이를 이것이 몇 번째의 출진이던가?

길가에 늘어선 사람들도 그런 말을 입에 올리고 있었다.

"고마키 진은 완전히 교착 상태인 모양이더군."

"상대방도 어지간하니까. 이러다가는 10년이 걸릴지도 모르겠는걸."

그것이 일반적인 관측이었다.

때는 10월 20일. 이미 가을도 한창이었다.

여느 때처럼 오사카, 요도, 교토의 순으로 거쳐 온 히데요시의 대군은 웬일인지 이번에는 사카모토(坂本)에서 갑자기 길을 바꾸어 이가(伊賀), 고가(甲賀)를 넘어 이세(伊勢)로 빠졌다.

지금까지는 미노가토를 통해서 오와리(尾張)로 빠지곤 했던 것을 갑자기 방향을 바꾸어 작전을 개시한 것이었다.

'구와나(桑名)로……'

이세 방면의 노부오의 지성(支城)과 첩자들은 뜻하지 않은 장소의 둑이 끊어져 탁류가 밀어닥친 것처럼, 급사에 급사가 잇달았고 끊임없는 경보가 들이닥쳤다.

"히데요시의 주력입니다."

"그전 같은 한 부장의 군사들이 아닙니다."

"23일에는 하네쓰(羽津)에 진을 쳤고 나와부에는 진터를 구축했으며 가모우지사토, 하치스카 이에마사 등에게 이들 요소를 지키게 하고 계속 전진해 오고 있습니다."

노부오는 침착할 수가 없었다. 그의 가슴에는 한 달이나 전부터 이런 폭풍이 닥쳐올 것 같은 예감이 있었기 때문이다.

그 까닭은——.

도쿠가와 측에서는 극비에 부치고 있는 이시카와 호키노카미 가즈마사의 내통 시비가 이상하게 과장되어 누구의 입을 통해선지 예까지 전해지고 있었던 것이다.
 "도쿠가와의 내부도 결코 긴밀하지는 않다. 호키노카미에게 동조하는 자들도 많으며 때만 기다리고 있는 눈치다."
 그런 소문이었다.
 아니 그 정도라면 차라리 다행이었다.
 당가(當家)에서도 아무개는 가즈마사와 친교가 있으며 앞서 양군의 조정 역할을 했던 니와 고로자에몬과는 오래 전부터 친척이나 다름없이 친히 지내는 자들도 많아서 그들이 빈번히 밀서를 교환하고 있다고 한다.
 그런 말을 그럴 듯하게 속삭이고 다니는 자도 있었다.
 뿐더러 지난번 화의는 도쿠가와 측에서 극비리에 히데요시 측에 제의했던 것이며, 이에야스는 내부적인 파탄이 오기 전에 서둘러 화의를 성립시키려고 했으나 히데요시의 조건이 가혹했기 때문에 마침내 결렬되고 만 것이라는 소문도 나돌았다.
 '있을 수 있는 일이다!'
 노부오는 사실상 고민을 금치 못하던 참이었다. 만약 이에야스가 자기를 젖혀 놓고 히데요시와 화친해 버린다면 대체 자기는 어떻게 될 것인가?
 "만약 히데요시가 방침을 바꾸어 이세가토로 출동한다면, 그때야말로 이미 오사카와 이에야스 사이에는 당가의 희생을 전제로 한 어떤 밀약이 성립된 것으로 생각하지 않으면 안 될 것입니다."
 그의 중신 중의 한 사람은 진심으로 그 말을 믿고 헌언(獻言)까지 하고 있었다. 그것은 가중 전반에 걸쳐 깔려 있는 불안한 속삭임과, 전략적 견지에서도 일치하는 의견임에 틀림없었다.
 아니나 다를까, 히데요시의 대군은 배후에서 홀연히 노부오의 예감을 입증해 왔다. 그는 이 급변을 이에야스에게 알려 원조를 청하는 것밖에는 다른 방책이 없었다.
 기요스 성은 사카이 다다쓰구가 지키고 있었다. 다다쓰구는 노부오의 급보를 받자 곧 이에야스에게 전했고, 이에야스는 그날로 전력을 기울여 기요스까지 왔다.
 그리고 곧 사카이 다다쓰구를 비롯한 몇몇 부장들에게 급명을 내렸다.
 "구와나로 도우러 가라."
 구와나는 나가시마의 목줄기였다. 노부오는 그곳에 병력을 배치하여 나와

부 마을에 본진을 둔 히데요시와 대진하고 있었다.

나와부는 구와나의 남서쪽 약 10리쯤 되는 지점이었다. 마치야 강(町屋江) 기슭에 있는 한 촌락이었지만 기소 강, 이비 강 등의 하류와도 가까워 수륙 양군으로 노부오의 근거지를 위협하기에 알맞은 지점임에 틀림없었다.

늦가을——.

부근 일대에 무심히 있는 갈대는 수만의 병마를 조용히 감추고 있었다. 다만 병참부의 연기만이 조석으로 이 수향(水鄕)을 자욱이 흐리게 할 뿐이었다.

아직 아무 명령도 내리지 않고 있었다.

한가한 군졸들은 이따금 모래무지를 낚기도 했다. 그런 때 뜻하지 않게 가벼운 차림으로 말을 탄 히데요시가 진중 시찰을 오면 군졸들은 허둥지둥 낚싯대를 버렸으나 히데요시는 빈들빈들 웃기만 하고 보고도 못 본 체했다.

생각하면——.

자신도 이런 입장이 아니면 모래무지도 낚고 싶고 맨발로 흙을 밟아 보고도 싶었으리라. 그에게는 항상 동심이 있었다. 그 동심이 시골 같은 고장으로 오면 어렸을 때의 개구쟁이 기분을 한층 더 돋구어 주었다.

이 강을 한 걸음 넘어서면 오와리 땅이었다. 오와리 나카무라의 흙내음이 가을 햇살 밑에 그의 후각을 자극하는 듯했다.

'한 번쯤 나카무라에도 가보고 싶구나.'

혼자 그런 생각을 하며 말머리를 돌려 영소로 돌아온 어느 날——.

도다 도모노부(富田知信)와 쓰다 도사부로 노부카쓰(津田藤三郎信勝) 두 사람이 사신의 임무를 마치고 돌아와 그를 기다리고 있었다.

"오! 돌아왔느냐."

히데요시도 지난 이틀 동안 그들의 성과가 어찌 되었을까 하고, 혼자 그 소식을 무척 기다린 모양이었다.

진문(陣門)에서 말을 내리자마자 여느 때와는 다른 급한 걸음이었다.

"이리 오너라."

그는 마중 나온 두 사람을 손수 이끌고 아무도 들어 올 수 없는 숲 속 막사로 데리고 갔다.

수풀 밖에서는 몇 명의 파수병이 창을 들고 눈을 번뜩이고 있었다. 장막 가득히 오동 무늬가 흔들리고 있는 막사 안에는 나뭇가지 사이로 새어나오는 가을 햇살과 새소리밖에 들리는 것이 없었다.
"어떻던가? 노부오 경의 대답은?"
나지막한 목소리였다. 그러나 눈빛만은 유난히 쏘는 듯했다. 무언가 무척 중대한 것을 그 눈은 기대하고 있는 듯했다.
"기뻐해 주십시오."
쓰다 노부카쓰가 먼저 말했다.
"노부오 경께서는 주군의 뜻을 잘 알았노라고 말씀하시고 회견에 관한 건도 쾌히 승낙하셨습니다."
"무엇이? 승낙했다고?"
"오히려 크게 기쁜 듯이……."
"그래!"
히데요시는 가슴을 젖히며 길게 숨을 내쉬었다.
"그래? 음, 그렇단 말이지."
이 말을 몇 번이고 되뇌었다.
이번에 히데요시가 이세 가토로 진출해 온 것에는 처음부터 커다란 속셈이 있었던 것이다.
전쟁이 아니라 외교가 그 목적이었다. 아니, 그렇다기보다는 제대로 일이 돼 갈 때는 외교적으로 해결하고, 제대로 되지 않을 때는 단번에 구와나 나가시마를 거쳐 기요스로 돌진할 작정이었다. 고마키의 튼튼한 보루를 그 배후에서 무의미한 것으로 만들어 버리는 것이다. 요컨대 화전(和戰) 양면의 공략을 꾀하고 있었던 것이라고 할 수 있다.
그러나 히데요시는 '이 계획이 빗나가지는 않을 게다' 하는 자신을 가지고 이 나와부에서 진을 멈추자, 곧 쓰다와 도다 두 사람에게 자세한 임무내용을 일러 주어 나가시마에 있는 노부오의 성으로 비밀리에 보낸 것이었다.
밀사 쓰다 도사부로 노부카쓰는 오다가의 혈연을 가진 자로서 기타바타케 노부오와는 육촌간이었다.
이 도사부로가 역설하고 도다 도모노부도 이해관계를 설명함으로써 마침내 노부오로 하여금, "하기야 나도 좋아서 싸우고 있는 것은 아니다" 하는 말이 나오게 했고, 또한 "지쿠젠이 나를 그토록 생각하고, 또 화친을 바란다면 화의에 응할 용의가 있다"는 말까지 끌어냈으며 사자들의 궁극적인 임무인 노부오, 히데요시의 단독 회견 안에 대해서도, "만나도 좋다"는 승락을 얻고 지금 두 사자는 급히 나와부의 본진으로 돌아온 것이다.
"수고했다."
히데요시는 기쁨을 눈꼬리의 잔주름으로 표현하며 한없이 두 사신의 노고를 치하했다.
"한데 노부오 경과의 회견 일자와 장소 같은 것도 잊지 않고 정했을 테지?"
"물론입니다."
도사부로가 대답했다.
"시일에 여유를 두어서는 안 된다. 도쿠가와 측에 새어나가면 재미없으니까……하신 말씀도 계시고 해서 회견을 승낙하는 노부오 경의 말씀이 떨어지자마자, 이 달 11일 사시에 구와나 서쪽에 있는 야다 강 갯벌까지 나오시면 어떻겠는가? 지쿠젠께서도 같은 날 같은 시각에 그 장소에서 기다리고 계실 것이라고 말씀드렸습니다."
"음, 그것에도 동의하셨단 말이렷다?"
"틀림없이……하고 승락하셨습니다."
"11일이라. 내일 아침이군."
"그렇습니다."
"물러가 쉬도록 하여라. 그대들도 무척 마음을 졸였을 게다."
"구와나를 지날 때나 나가시마로 들어갈 때는 무척 조심을 했습니다만 나가시마 성내로 한 발짝 들어서자 틀림없이 성공하리라는 어떤 예감이 있었습니다."
"흠, 그런 기색이 보이든가?"
"진작부터 오사카에서 손을 쓰셔서 나가시마 성 가신들이나 성시의 영민들 사이에까지 여러 가지로 공작해 놓으신 것이 분명히 주효하고 있었습니다. 성시에 와 있는 도쿠가와측 군사들과 기타바타케가의 군사들은 서로 차가운 눈길로 행동을 감시하고 있었고, 성내의 무사들도 같은 성에 있으면서 어딘가 단결이 되지 않고 피차 다른 생각을 가지고 있는 것 같아 미지근한 탕 속에 들어가 있는 느낌이었습니다."
히데요시는 그러면 그럴 테지 하듯 고개를 끄덕였다. 기타바타케 측에도 도쿠가와의 내부에도 그는 모든 기회를 놓치지 않고 내분과 집안 싸움의 씨를 뿌려 온 것이다. 적국에 유언비어를 퍼뜨려 그 결속을 깨뜨리는 수법은 동서고금에 다를 바가 없었다.
 '이에야스는 만만한 상대가 아니로다.'
 고마키의 첫 회전에서 이런 것을 안 히데요시는 그 뒤부터 인심의 기미를 노려 손에 닿는 한 각양각색의 인물을 그늘에서 조종해 왔다.
 도쿠가와 내부에서 이시카와 가즈마사가 사사건건 의심을 받는 것도 그 작용의 한 여파이며, 니와 나가히데가 조정을 위해 움직이자 기타바타케가 내부에서도 별안간 그와 구연이 있는 자들이 화평파로서 배척을 당했고, 또 노부오 자신은 이에야스의 진의에 불안을 느끼기 시작했으며, 도쿠가와 측 무장들이 자칫하면 기타바타케 군에 대해 경계적인 눈초리를 던지게 된 것 등이 모두가 기실——멀리 오사카에서 내려지고 있는 지령에 의한 작용이었던 것이다.
 '어지간히 때가 됐으리라.'
 히데요시는 그 효과를 계산에 넣고 이번 이세 진출을 단행한 셈이었다. 쓰다 도사부로, 도다 도모노부 두 사자로부터 지금 그 실정을 듣고, 회심의 웃음을 웃는 까닭이 거기에 있었다.
 '그러면 그럴 테지……'
 외교에 의해 어떤 모략을 쓰건, 그것은 전쟁에서 오는 희생보다는 훨씬 낫다고 생각하는 것이 히데요시의 신념이었다. 하물며 고마키에서 대치해 보아 명백히 드러났듯이 정공법으로도 기략으로도 위협으로도——요컨대 전쟁수단을 통해서는 통 효과가 없는 이에야스라, 부득이 다른 수단에 의하는 수밖에 없다고 그는 생각했던 것이다.
 다음 날에 열린 야다 강 갯벌에서의 노부오와의 회견은 바로 그의 심려원모(深慮遠謀)가 구체화한 것이었다.
 히데요시는 이른 아침에 일어나 우선 하늘부터 우러러 봤다.
 '날씨도 좋구나.'
 어젯밤에는 늦가을의 바람을 곁들인 구름의 움직임이 심상치 않았다. 만일 비바람이라도 치기 시작하여 노부오 측에서 장소 변경이나 연기하자는 말을 듣고 나오면 도쿠가와 측에 낌새를 채일 우려도 있어서 몹시 걱정하며 잠들었으나, 아침에 일어나자 근래에 없이 밝게 갠 푸른 하늘을 바라볼 수 있어서 이만 하면 일이 척척 들어맞는다고 히데요시는 스스로 자축하며 나와부 영소를 말을 타고 떠났다.

시종으로는 극소수의 시동들과 앞서 사신역을 맡았던 도다와 쓰다 두 명 밖에는 거느리지 않았다.

그러나 이윽고 나카무라 강을 건너자, 여기 저기 갈대밭이나 민가 그늘에 어젯밤 배치시킨 부하 장졸들이 숨어 있었다. 히데요시는 못 본 척하고 말 위에서 담소를 나누며 이윽고 구와나 서단 가까운 야다 강기슭까지 오자, 걸상에 걸터앉아 주위의 풍경을 둘러보고 있었다.

"노부오 경께서 오실 때까지 이쯤에서 기다리기로 하자."

어젯밤까지는 노부오를 그전에 흔히 불렀듯이 산스케라고도 했으나, 아직 모습이 보이기도 전부터 그는 호칭에까지 세심한 배려를 하고 있었다. 소심한 사람의 마음을 맞으려면 이쪽 역시 소심해야 한다고 생각하는 건지, 그는 전에 없이 조심스런 태도를 보여주었다.

잠시 뒤——.

노부오도 시각을 어기지 않고 저쪽에서 한 떼의 기마와 함께 나타났다.

"음, 와 있구나."

노부오도 말 위에서 이미 갯벌의 사람들을 보았으리라. 좌우에 따르는 막장들에게 무언가 얘기하며 히데요시의 모습에 시선을 모으는 듯했다.

"아, 오셨다."

갯벌에서 기다리고 있던 히데요시도 혼잣말처럼 말하고 이내 걸상에서 몸을 일으켰다.

동시에 노부오도 말을 멈추고 훌쩍 땅에 내려섰다.

'히데요시가 어떤 태도로 대할 것인가?'

노부오는 아직도 다소 의심이 있는 듯했다.

그는 거느리고 온 수행 무사들을 좌우로 벌려 서게 하고 그 한가운데에 위엄 있는 갑옷으로 성장한 자신이 섰다. 똑바로 이쪽을 지켜보고 있었다.

히데요시——.

그것은 그가 이에야스와 함께, 어제까지만 해도 천하에 대해 극악무도한 원흉이며 배은망덕한 금수라고 북을 울리며 죄를 열거했던 적이었다.

이제 그 히데요시의 제의를 받아 들여 여기서 회견하기로는 했어도 과연 히데요시가 어떤 눈으로, 그리고 어떤 저의를 가지고 자기를 기다리고 있는지 노부오로서는 결코 안이한 기분만을 가지고 있을 수는 없었다.

그런데——.

그가 그 자리에 위엄을 갖추고 버티고 서자마자, 히데요시는 앉았던 걸상에서 혼자 종종 걸음으로 다가왔다.
"오오! ······오오 노부오님!"
기약도 없이 뜻하지 않게 여기서 만나기라도 한 것처럼 두 손을 내저으며 다가서는 것이다.
"반갑습니다. 정말 반갑습니다."
그것이 히데요시의 첫마디였다.
공손한 인사나 절 같은 것과는 달랐다. 시중의 잡배들이 흔히 노상에서 보여주는 그런 태도와 조금도 다를 바 없는 표정이었다.
바야흐로 두 천하를 하나로 통일시키기 위해 다투고 있는 군문의 대표자로서는 있을 수 없는 태도였다.
노부오도 너무 뜻밖이라 우물쭈물하고 있었고, 창과 갑옷으로 어마어마하게 무장하고 있는 그의 부하 장졸들도 어리둥절했다.
놀라운 일은 그뿐만이 아니었다. 히데요시는 이미 노부오의 발밑에 무릎을 꿇고 그의 짚신에 얼굴을 비벼댈 만큼 공손히 부복하고 있었다.
그리고 넋을 잃은 노부오의 손을 밑에서 붙들며 말했다.
"언제든 꼭 만나 뵈오려고 지난 봄 이래 생각하지 않은 날이 없었습니다. ······무엇보다 옥체 건승하셔서 그것만이 그저 기쁠 따름입니다. ······아아, 어떤 마귀가 침노했기에 피할 수 없는 싸움에까지 이르렀단 말입니까? 오늘부터는 예전대로 소신의 주군······이 히데요시로서는 오늘 맑게 갠 가을 하늘과 같은 햇빛을 다시 보는 듯한 느낌입니다."
사람들은 히데요시가 울고 있지 않나, 생각했을 만큼 그 말투며 태도가 치레 없는 진심어린 것으로 보였다.
"지쿠젠, 일어나시오, 일어나······어쩌다가 싸움에까지 이르렀느냐고 그대가 뉘우치면 이 노부오도 할 말이 없다. 죄는 마찬가지, 자 어서 일어나시오."
노부오는 붙들린 손으로 히데요시를 안아 일으켰다.
11월 11일의 양자의 회견은 이리하여 일사천리로 단독 강화의 실현을 보고 말았다.
원칙대로 하자면 물론 노부오는 이에야스의 동의를 얻거나 사전에 의논하는 것이 순서였다.

그러나 그는 마침 잘된 일로 보고 그대로 응해 버렸으며 단독으로 화의까지 성립시킨 것이다.

이 사실을 후일의 사가(史家)들은 노부오의 경솔한 행동과 그의 심중을 비웃듯이 기록하고 있다.

아라이 하쿠세키(新井白石)의 번한보(藩翰譜)에는,

——노부오, 크게 기뻐하여 도쿠가와 공에게 이 사실을 고하지도 않고 11월 11일 지쿠젠노카미와 화친을 맺고 말았다.

이렇게 특서했고 또한 호안 다이코기(甫庵太閤記)에는,

——어느 날 노부오 경은 여러 가지 의심이 나던 중이라 즉각 화친을 맺고 말았다.

이렇게 적혀 있다.

'여러 가지 의심'이 무엇이었는지는 여기에 재연할 필요가 없으리라. 요컨대 노부오는 히데요시의 술수에 넘어간 것이다.

이에야스가 그를 공깃돌처럼 농락했듯이, 그 공깃돌을 이번에는 히데요시가 불쑥 옆에서 가로챈 형국에 불과했다.

——아무튼 이날 회견에서 그 첫 인상을 그르치지 않기 위해 히데요시가 얼마나 감언을 부렸으며, 그것으로 노부오의 환심을 사려고 했다는 것은 상상하고도 남음이 있다.

유달리 까다롭고 신경이 날카로운 사람으로 알려졌던 노부오의 선친 노부나가를 다년간 섬겼으면서도 좀처럼 그 화를 돋군 일이 없었던 히데요시였으니 아주 손쉬운 일이었으리라.

그러나 앞서 두 사자를 통해서 제시해 두었던 강화의 조건은 결코 달콤한 것도 아니고 간단한 것도 아니었다.

조건 내용은 이렇다.

첫째, 히데요시는 노부오의 딸을 양녀로 맞아들인다.

둘째, 히데요시가 점령한 북이세의 네 고을은 노부오에게 반환한다.

셋째, 노부오는 일족인 오다 나가마스와 다키가와 가쓰토시(瀧川雄利), 사쿠마 마사카쓰(佐久間正勝), 고(故) 나카가와 가쓰타다(中川雄忠)의 자식이나 모친을 볼모로 보낼 것.

넷째, 이가(伊賀)의 나바리(名張)를 비롯한 세 고을과 남이세의 스즈카(鈴鹿), 가와와(河曲), 이치시(一志), 이다카(飯高) 등 일곱 고을 및 오와리의 이누야마 성(犬山城)과 가와다(河田) 성채는 히데요시에게 양도할 것.

다섯째, 이세, 오와리 두 주에 걸친 임시 축성은 피차 포기한다.

"좋다."

노부오는 이에 조인했다.

히데요시는 이날 선물로서 황금 스무 잎, 후도 구니유키(不動國行)의 명검 한 자루를 그에게 헌상했으며, 아울러 이세 지방에서의 전리품인 3만 5천 석의 미곡도 증여했다.

마음을 나타나 보이는 데는 허리를 굽혀 공경을 다하고, 이를 보여주기 위해서는 실질적인 물질을 가지고 이렇게까지 나오니, 노부오는 얼굴에 만족한 빛을 나타내지 않을 수 없었다.

그러나——.

이 계산에 어떤 답이 나올지 노부오는 별로 생각하지 않았을 것이 틀림없었다.

확실히 그는 명문의 후계다운 귀인의 자격을 가지고 있었다. 그러나 격동하는 시대에 비추어 볼 때는 단순히 호인이기만 해서는 시대에 비추어 어리석은 자라는 말을 들어도 할 수 없는 일이었다. 명문의 자식으로서 시류를 외면하고 있었으면 아무 탈도 없었을 것을, 공연히 첨단에 나서서 싸움의 괴뢰로 이용되어 그의 깃발 밑에서 수많은 사람을 죽게 한 것이다.

사태가 표면화했을 때 경악을 금치 못한 것은 이에야스였으리라. 제아무리 달인인 이에야스도 이 어리석은 도련님한테는 보기 좋게 한 대 먹은 셈이었다.

열탕을 마시다

 이에야스는 바야흐로 히데요시와의 대전을 위해 오카자키에서 기요스로 나와 대대적인 군 편성을 하고 있는 중이었다.
 12일 아침.
 "급히 아뢸 말씀이 있어서……."
 돌연 구와나에 있는 사카이 다다쓰구가 몸소 밤새도록 말을 달려 급거 기요스로 들이닥쳤다.
 "무엇이? 다다쓰구가?"
 전선의 사령이 무단으로 진지를 이탈해 왔다는 것은 심상치 않은 일이었다. 뿐더러 다다쓰구는 60이 다 된 노장이다. 일족인 요시로 시게타다(與四郞重忠)와 요시치로 다다토시(與七郞忠利) 등도 있을 텐데 무엇 때문에 노구를 무릅쓰고 스스로 밤을 새워 달려 왔을까?
 "그럼 곧……."
 조반 전이었지만 이에야스는 객실로 나가 그를 기다렸다.
 "중대한 사태가 일어났습니다."
 "뭔가, 다다쓰구?"

"어제 구와나 서쪽인 야다 강 갯벌에서 노부오 경과 히데요시가 회견했으며 우리 측에는 한마디 양해 없이 화친을 맺어 버렸다는 소문입니다."
"……야다 강 갯벌에서?"
"예."
사에몬노조 다다쓰구는 이에야스의 얼굴에서 애써 가라앉히는 듯한 감정의 억제를 보자 반대로 입술을 부르르 떨었다. 다다쓰구는 참을 수 없었던 것이다. 이 병신 같은 노부오 놈아 하고 큰 소리로 외치고 싶었다. 보나마나 지금 이에야스가 마음속에서 짓밟듯이 억누르고 있는 것도 바로 그것이리라. 노해야 할지 웃어야 할지, 일순 스스로의 가슴 속에 격동하는 감정을 그대로 노출할 수는 없어서 일단 눌러 버린 것이 틀림없었다.
"……."
넋을 잃은 듯한 이에야스의 눈매였다.
기가 막히다는 표정 밖에는 뜯어볼 수 없는 얼굴이었다.
그것이 한동안 계속되었다.
"……."
이윽고 이에야스는 두세 번 눈을 깜박거렸다. 그리고 큼직한 귓바퀴를 왼손으로 잡아당기며 고개를 기울이고 비비고 있었다.
"야단났군. 큰일났어……."
그야말로 난처한듯한 태도였다. 앞으로 굽은 두툼한 어깨를 조금씩 좌우로 흔들기 시작했다. 왼손이 귓바퀴에서 떠나 무릎 위로 돌아왔다.
"다다쓰구."
"예."
"틀림없나?"
"이런 중대사를 어찌 함부로 말씀드리겠습니까? 하오나 자세한 것은 아직 조사중이며, 급사들이 그 보고를 가지고 계속 이리로 달려 올 예정입니다."
"그래, 산스케 공(노부오)께서는 그대 영소에도 아직 아무 연락도 없나?"
"어제 나가시마를 떠나 구와나를 거쳐 야다 강 갯벌로 가실 때도 소신들은 수비와 배진을 살피기 위한 것으로만 알았고, 그 뒤 귀성하실 때도 아무 말씀이 없었습니다."
"……그래?"

이에야스는 여기서 비로소 고개를 끄덕이더니 입 속으로 혼자 중얼거렸다.

"그럴 테지……."

이어서 속속 들어오는 보고는 노부오가 맺어버린 단독 강화의 소문을 더욱 확정짓는 것이었다.

그런데도 노부오는 아직 아무 연락도 해 오지 않고 있었다.

노부오가 단독 강화를 맺었다는 사실은 곧 도쿠가와 측에 널리 퍼졌다.

"이게 무슨 소리야!"

이이 효부, 사카키바라 야스마사, 오쿠보 다다스케, 오쿠보 다다치카, 혼다 야하치로, 혼다 헤이하치로 다다카쓰 등, 혈기에 찬 젊은이들을 위시하여 도리이 다다마사, 도다 주로에몬, 마쓰다이라 요이치로 히로이에, 마쓰다이라 마고로쿠로 야스나가, 안도 히코주로, 사카이 요시치로, 아베 마사사다 등 분별 있는 부장들은, 얼굴을 마주할 때마다 믿을 수 없다는 듯이 서로 확인하며 각처에서 떠들고 있었다.

"정말이냐?"

"정말인 모양이오."

그리고 마침내 기요스 성 부사 대기소에 흥분한 얼굴들이 모여 노부오의 무절조한 처사를 규탄하고, 배신을 당함으로써 궁지에 빠진 도쿠가와 측의 입장과 또 천하에 대한 체면을 어떻게 할 것이냐——고 모두 뜨거운 눈물을 금치 못하며 분개했다.

"만약 이것이 사실이라면 아무리 노부오 경이라 해도 그냥 내버려 둘 수는 없다."

그렇게까지 말하는 혈기에 찬 헤이하치로 다다카쓰와 더불어 이이 효부 나오마사도 눈초리를 치켜들며 말했다.

"우선 노부오 경을 나가시마에서 모셔내다가 그 잘못을 따진 다음, 다시 하시바 지쿠젠과 자웅을 겨루지 않으면 안 될 게다."

"어쨌든 언어도단이다."

"도대체 도쿠가와가는 누구를 위해 처음부터 일어선 것인가?"

"이에야스 공의 조력을 비는 것 밖에는 히데요시의 야망 때문에 돌아가신 노부나가 공 일문은 자연 멸망할 수밖에 없다고 읍소해 왔기에, 우리 도쿠가와가는 의를 내걸고 일어선 것이 아니었던가? 그 정의의 기치, 명분의 주인공이 하루 아침에 적과 손을 잡아 버리다니, 기가 막혀서 말도 안 나오는 군."
"그것도 당가(當家)와는 일어반구 사전 협의도 없이……."
"그뿐인가. 아직도 연락이 없지 않나? 이대로 입을 씻어 버릴 작정인가?"
"안된다. 내버려 둘 수 없는 일이다. 오늘날 도의가 아무리 땅에 떨어졌다 해도……."
"어쨌든 분한 일이다."
"이대로는 주군의 체면도 말이 아니고 우리 또한 천하의 웃음거리가 될 게다. 고마키, 나가쿠테의 전장에서 죽은 전우나 부하들의 넋에도 미안한 일이다."
"그렇다. 개죽음이 아닌가?"
"죽은 자는 개죽음한 것으로 만들고, 산 자는 이런 억울한 심정을 굳이 참아야 할 이유는 없는 거다. ……주군께서는 대체 이 일을 당하시어 어떤 결심을 가지고 계시는가?"
"아침부터 거처는 매우 조용하다. 구와나에서 온 사이몬노조 다다쓰구와 오스가 야스타카 등 노신들만 불러서……오늘도 무슨 숙의를 계속하고 계신 모양이다."
"누구든 한 번 우리 의견을 노신들에게 밝히는 것이 어떨까? 직접 아뢰어서는 모가 나기 쉬우니……."
"그렇소. 누가 좋을까?"
아베, 나이토 마쓰다이라 등이 좌중을 둘러보며 말했다.
"역시 이이 님이 좋지 않을까? 헤이하치로 님과 둘이서……."
"좋소. 내 갔다 오지."
혼다 헤이하치로와 이이 효부, 두 사람이 대표가 되어 방을 나섰을 때다.
"나가시마의 노부오 경이 보내온 두 사자가 지금 객실로 들어갔습니다."
그들의 부하가 일부러 알리러 왔다.
"뭣이? 나가시마의 사자가 왔다고?"
이것이 그들의 울분을 더욱 들끓게 했다.
"무슨 낯을 들고……."
"뻔뻔스럽게."
그들은 일제히 욕을 퍼부었다.

그러나 접견실에 이미 안내된 뒤라면 이미 이에야스는 그 사자들을 만나고 있을 것이고, 자연히 주군의 의사도 표명될 것으로 생각하여 그들은 서로를 달래며 결과를 기다리기로 했다. 노부오의 사자는——노부오의 숙부인 오다 엣추노카미 노부테루(織田越中守信照)와 이코마 하치에몬(生駒八右衛門) 두 사람이었다.

노부오의 의중은 어찌 됐든 두 사람은 역시 이렇게 사자역을 맡아 도쿠가와가를 찾아 온 것이 민망한 듯 접객실에 몸을 움츠리고 대기하고 있었다.

이윽고 이에야스는 시동만 데리고——갑옷도 벗은 평복 차림으로 성큼성큼 가벼운 걸음으로 나타났다.

이에야스는 보료 위에 앉자 이내 입을 열었다.

"노부오 경께서는 갑자기 생각을 고치시어 지쿠젠과 손을 잡으셨다면서?"

"네."

두 사자는 꿇어 엎드린 채 고개도 들지 못하며 말했다.

"이번 하시바가와의 갑작스런 화친은 당가(當家)로서는 필시 뜻밖이며 섭섭한 일일 줄 짐작하와 송구스럽기 짝이 없습니다만, 기실 여기에는 주군 노부오 경께서도 충분한 원려와 동시에 목전의 사정 등을 감안하시고……"

"알만하오. 그 점에 대해서는 더 이상 설명할 필요도 없소."

"자세한 사연은 이 서면에 적혀 있사온즉 아무쪼록 일견하시기를……"

"음. 나중에 천천히 보기로 하지."

"노여워하지 않으실까, 주군께서는 그것만 염려하고 계십니다."

"무슨 말, 걱정할 필요 없소. 처음부터 이번 싸움은 이에야스의 사심과 사리를 위해 시작했던 것이 아니오. ……그대들 역시 그 점에 관해서는 잘 알고 있을 텐데?"

"잘 알고 있사옵니다."

"그렇다면 결국 나로서는 노부오 경의 행운만 빌 뿐 아니겠소? 어제도 오늘도 이 이에야스의 심정에는 조금도 변화가 없으니……공연한 심려는 마시라고 하시오."

"말씀대로 아뢰겠습니다. 들으시면 주군께서도 크게 마음을 놓으실 것입니다."

"딴 방에 음식을 차려 놓았소. 아무튼 싸움은 끝났으니 반가운 일, 천천히 점심이라도 들고 돌아가도록 하시오."
이에야스는 안으로 들어가 버렸다.
나가시마의 사자들은 별실에서 술과 음식을 대접 받았으나 이내 허겁지겁 돌아가 버렸다.
──이 사실을 전해들은 무사 대기소의 혈기파들은 그 무슨 소리냐──고 더욱 분개했다.
"어쩌자는 거냐!"
소매를 걷어 올리며 격분하는 자가 있는가 하면,
"아니다. 아마 주군께서는 달리 깊은 생각이 계실 것이다. 설마 노부오 경과 히데요시의 야합을 기꺼이 받아들이지는 않으실 게야."
이렇게 깊은 생각을 하며 달래는 자도 있었다.
그 사이에 이이 효부(井伊兵部)와 혼다 헤이하치로(本多平八郞)는 일동의 의견을 전하기 위해 노신들을 찾아갔다.
"서사(書士) 있느냐?"
이에야스가 부르고 있었다.
조금전 객실에서 노부오의 사자를 만나고 자기 방으로 돌아온 뒤 아무도 들어오지 못하게 한 채 한동안 조용하다가 들린 소리였다.
서사실에서 곧 누군가가 나온다.
"료안(了庵)인가? 붓을 준비하여라."
이에야스는 팔걸이를 고쳐 놓았다.
서사는 벼루를 당겨 놓고 그의 말이 떨어지기를 기다렸다.
"기타바타케 노부오 경과 하시바 지쿠젠 공께 각각 축하장을 보내려고 한다. 내가 부르는 대로 쓰도록 하여라."
"네."
료안은 붓에 먹을 축여가지고 문득 이에야스의 얼굴을 바라보았다.
노부오와 히데요시에게 화친에 대한 축사를 보낸다는 것이다. 그 문안을 짜기 위해선지 이에야스는 고개를 비스듬히 기울이고 눈을 감고 있었다. ──아니, 문안을 생각하기 전에 열탕을 삼킨 듯한 느낌을 우선 가슴 속에서 가라앉히고 있는 모습이었다.
이윽고 담담히 구술하기 시작한다.
7살 때쯤부터 이마가와가에 볼모로 들어가기는 했으나 린자이사(臨濟寺)

의 추운 방에서 셋사이(雪齋) 화상에게 학문을 배운 바 있는 이에야스는 이 점에 있어서는 히데요시와는 비교도 안 될 만큼 고등교육을 받았다. 따라서 히데요시의 서사는 히데요시가 되는 대로 말하는 것을 제대로 정리된 문체로 고쳐서 적는 것이 임무였지만, 이에야스의 서사는 이에야스가 구술하는 대로 한 자도 한 마디도 틀리지 않게 정서만 하면 되는 것이었다.

두 통을 적고 나자 시동에게 분부했다.

"호키노카미(伯耆守)를 불러라."

서사는 두 통의 서면을 그대로 이에야스 앞에 남겨 놓은 채 물러갔다.

엇갈리듯이 등불을 든 근시가 조용히 두세 군데 불을 밝혀 놓고 나갔다.

어느 새 해가 저물고 있었다. 불빛을 보고 이에야스는 어쩐지 오늘 하루가 유난히 짧았던 것 같은 느낌이 들었다. 그만큼 마음이 바빴고, 한편 공허하기도 했던 것인가——고 그는 혼자 생각했다.

그때 그 불빛에서 먼 미닫이가 조용히 열렸다. 이시카와 호키노카미 가즈마사가 주군과 마찬가지로 이미 평복으로 돌아가 그 곳에 조아리고 있었다.

가신들은 장졸을 막론하고 아직 거의 무장을 풀지 않고 있었다. 그런데도 불구하고 가즈마사는 오늘 아침 이에야스가 평복이 된 것을 보자 자신도 곧 평소에 입던 통소매 옷과 베로 만든 예복으로 바꾸어 입었다.

"가즈마사를 보게. 갑옷을 입을 때는 더디지만 벗을 때는 무척 빠르거든."

이내 눈에 날을 세워가지고 그의 표정뿐만 아니라 내면의 심리까지 읽어보려는 듯한 시선을 노골적으로 그에게 향했다.

웬일인지 호키노카미 가즈마사가 하는 일에 대해서는, 같은 가신의 처지이면서 모두 선의로 받아들이려고 하지 않았다. 앞을 보이면 뒤를, 바닥을 보이면 그 밑에 또 하나의 바닥을 가지고 있는 인물로 밖에 생각해 주지 않았다.

'……모를 일이다.'

요즘 가즈마사의 얼굴은 알아보게 깊은 주름이 새겨졌다. 살갗도 꺼칠해지고 웃음을 잊은 지도 오래였다.

"오오, 가즈마사인가? 가까이 오게. 좀더 가까이."

항상 변치 않는 것은 이 주군뿐이었다. 가즈마사는 이에야스 앞에 나서면 오히려 마음이 풀리곤 했다.

"호키."

열탕을 마시다

"네."
"내일 아침 사자가 되어 떠나 줘야겠어."
"어디로 가는 겁니까?"
"니와부(繩生) 진에 있는 하시바(羽柴) 공과 구와나(桑名)의 노부오 경에게……."
"분부대로 거행하겠습니다."
"여기 축하의 말을 적어 놓았으니 두 분께 잘 전해다오."
"화친을 축하하시는 것입니까?"
"그렇다."
"심중은 짐작하고 남음이 있습니다. 그러시면서도 불만의 기색을 나타내지 않으시고 이런 관용을 보이시니 아무리 노부오 경이라 해도 얼굴을 붉히지 않을 수 없을 것입니다."
"아니다, 가즈마사. 산스케님이 얼굴을 붉히시게 해서는 역시 이 이에야스는 소인임을 면치 못하게 되고, 의를 위해 궐기한 싸움이었다는 공언이 우습게 된다. ……내 입장은 둘째로 돌려 두어라. 위화건 뭐건 평화에 대해 불평을 보일 이유는 전혀 없다. 천하 만인의 기쁨과 더불어 이에야스도 진심으로 반갑게 생각하고 있다고 그대가 거듭 축하드려 다오."

호키노카미야말로 자신의 뜻을 아는 자이며 또한 이 사자역을 무난히 해낼 자로 보고 이에야스는 특별히 당부하고 있는 듯했다.

그러나 가즈마사로서는 또다시 새로운 고통을 견디지 않으면 안 되는 것이었다. 원래 그에 대한 가신들의 오해는 그와 히데요시의 접근에서 비롯됐다.

작년, 히데요시가 야나세 싸움에서 크게 이겼을 때 이에야스는 히데요시에게 축의를 전하기 위해 이시카와 가즈마사를 사자로 하여 차도구를 들려 보냈다.

당시의 히데요시의 기쁨은 이만저만한 것이 아니었다. 즉각 그 차도구를 널리 보이기 위해 아직 공사 중이던 오사카 성 한 다실에서 다회를 열고 도쿠가와 공께서 축하 인사로 보내 준 물건이라고 하며 그 자랑이 대단했다. 사자인 가즈마사도 아주 마음에 든 듯 하루만 더 묵어라, 하루만 더——하는 식으로 만류하여 예정된 체재 일자를 훨씬 넘게 했으며, 돌아갈 때는 이에야스에게도, 가즈마사 개인에게도 갖가지 선물을 짐수레가 줄지어 늘어설

만큼 들려주어 보냈다.

그 뒤에도——.

무엇이든 도쿠가와가와의 교섭이 있을 때는 히데요시는 반드시 가즈마사의 안부를 물었고, 또한 도쿠가와가와 친히 지내고 있는 제후들에게도 흔히 가즈마사에 대한 말을 했다.

"호키노카미는 무척 하시바 공의 환심을 산 모양이다."

언제부터인지 그런 선입견이 미카와 무장들의 머릿속에 깊이 박혀 있었다.

고마키의 대진 중에도, 그리고 니와 나가히데가 조정 운동을 일으킨 전후에도, 어떤 일이 일어나면 곧 가신들의 눈은 가즈마사의 동정을 살폈다. 무인의 강직성을 흔히 말하지만, 무인의 시기와 소심함도 또한 무시하지 못한다.

그러나 이에야스만은 역시 그런 말에 현혹되지 않았다. 그것이 가즈마사로서는 유일한 의지처이기도 했다.

"뭐가 저렇게 소란할까?"

가즈마사의 얼굴에서 눈을 돌린 이에야스는 문득 엉뚱한 곳을 쳐다보았다.

그것은 여기서 여러 방 건넌 곳에 있는 회의실에서 들리는 소리였다. 화친 문제에 석연치 않던 무장들이 가즈마사가 군전에 불려간 것을 더욱 못마땅하게 여겨 울분을 터뜨리고 있는 것이었다.

이이 효부, 혼다 헤이하치로 등을 대표로 하여 도리이, 오쿠보, 마쓰다이라, 사카키바라 등이 노신 사카이 다다쓰구를 에워싸고 있었다.

"노신께선 선봉대를 이끌고 구와나 성시에 나가 있지 않았소. 노부오 경과 히데요시가 야다 강 갯벌에서 회합한다는 것도 몰랐고, 히데요시의 밀사가 구와나 성으로 들어간 사실도 몰랐다니 그게 어디 말이 되오. ……양자가 야합적인 화친을 한 다음에야 급히 달려오면 그게 무슨 소용입니까?"

그렇게 힐문하고 있었다.

상대는 히데요시였다. 사전에 누설될 만큼 어설픈 방법을 쓸 리가 없었다. 다다쓰구로서는 그것 말고도 충분한 변명거리가 있었다. 그러나 이 불만에 찬 다혈질인 젊은이들에 대해서는 그들의 울분과 욕설을 달게 받아 주는 것

열탕을 마시다 385

이 상책이라고──노장다운 마음을 가지고 아까부터 일동에게 사과만 거듭하고 있었다.
 그러나 이이 효부도, 혼다 헤이하치로도 이 60노객을 못살게 구는 것이 목적은 아니었다. 주군의 귀에까지 자기들의 뜻이 통하기를 바라는 것이었다. 단연코 야합적 화친을 일축해 주기 바라는 것이었다. 노부오의 단독 강화는 도쿠가와가로서는 알 바 아님을 천하에 선언해 주기를 바라는 것이었다.
 "주선해 주십시오. 노인께서……."
 "아니오. 이렇게 밀려다니는 것은 온당치 못하오."
 "우리는 모두 아직 갑옷도 벗지 않고 싸움터에 임할 태세로 있습니다. 평상시의 예의와는 다를 것이오."
 "아마 곧 주군께서도 친히 여러분께 어떤 하회가 계실 것이니……."
 "하회가 내린 다음에는 늦습니다. 내리기 전에 우리 의사를 아뢰어야 하겠기에 이렇듯 초조한 게 아니오. 주선을 못하시겠다면 어쩔 수 없이 직접 근시들을 통해서 아뢰겠소."
 "잠깐. 지금은 가즈마사공과 말씀을 하시고 계시는 중이오. 함부로 거처를 소란케 해서는 안 되오."
 "무엇이? 가즈마사와?"
 이런 때 이시카와 가즈마사가 혼자 주군 앞에 있다는 사실부터 이미 그들의 불안과 불쾌감을 한층 더 부채질했다.
 도대체 고마키 진(陣) 당시부터 걸핏하면 화의설이 나돌았고, 화의하면 그 이면에 가즈마사가 있는 것처럼 그들의 선입견은 항상 보고 있었다. 니와 나가히데가 조정을 위해 나섰고 따라서 이번 노부오의 단독 강화에도 무언가 그의 책동이 그들에 있었던 것이 아닌가──하고 생각하는 것이 그들의 숨김없는 감정인 것이다.
 그 감정이 어수선한 소란이 됐을 때, 여러 방 건넌 곳에 있는 이에야스의 귀에까지 그것이 들린 것이었다.
 복도를 종종걸음으로 오는 발소리가 들렸다. 시동 하나가 나타나 이에야스의 분부를 전한다.
 "부르십니다."
 이어서 덧붙였다.

"여러분, 한 분도 남김없이 들어오시라는 분부이십니다."

일동은 흠칫했다. 혹시――하는 염려에 서로 얼굴을 마주보았다.

그러나 헤이하치로와 효부 등 융통성이 없는 자들은 바라던 바였다.

"부르신다지 않나. 자, 다들 갑시다."

사카이 다다쓰구를 비롯한 다른 얼굴들을 재촉하며 앞장섰다.

이에야스의 거실은 갑옷을 입은 무사들로 가득 찼다. 옆방까지 터놓고 모두 죽 늘어앉았다.

"모두 모였나?"

일동은 이에야스의 얼굴에 시선을 집중시키고 있었다. 이에야스도 한 사람 한 사람을 지켜보듯 한동안 입을 다물고 있었다.

그 곁에는 이시카와 가즈마사도 있었다. 사카이 다다쓰구는 그 다음 자리에 앉았고 이하, 도쿠가와가의 중견은 이 자리에 모인 얼굴로 대략 대표된다고 해도 좋았다.

"모두 듣거라."

이에야스는 말을 시작했으나 문득 말석에 눈을 돌리며 말했다.

"끝에 앉은 자들은 다소 먼 것 같군. 나는 목소리가 크지 않으니 좀더 가까이들 오너라. 내곁에 모두 둘러 앉아 말을 듣도록 하여라."

일동은 자리를 좁히고 말석에 앉았던 자들도 이에야스 곁으로 모여 들었다.

"……얘기는 다름이 아니라, 노부오 경께서 어제 돌연 하시바 측과 화친을 맺고 말았다. 실은 내일 아침 이 사실을 일제히 공표할 작정이었으나 이미 그대들 귀에 새어나가 무척 걱정들 하고 있는 모양인데……용서해라. 결코 그대들에게 이 사실을 숨기려고 했던 것은 아니다."

일동은 모두 고개를 숙이고 있었다.

용서해라, 용서해 다오, 하는 말을 이에야스는 얘기하는 동안 몇 번이나 되풀이했다.

"노부오 경의 청에 의하여 그대들을 싸움터에 나서게 한 것도 이 이에야스의 잘못이었다. 고마키, 나가쿠테의 전장에서 적지 않은 훌륭한 가신들을 전사케 한 것도 이 이에야스의 잘못, 또한 노부오 경께서 나 자신도 모르는 사이에 히데요시와 손을 잡고 그대들의 충성을 하나같이 헛되이 해버리고 만 것도 그분에게 잘못이 있는 것이 아니라 모두 현명치 못했던 이에야스에게 있다고 해야한다. ······오로지 충의뿐인 그대들에게 주군으로서 이 이에야스는 뭐라고 사과해야 할지 할 말이 없을 정도다."

이렇게 말하고 그는 다시 상좌에서 무릎이라도 꿇을 듯이 사과했다.

"······용서하여라. ······분하고 원통하리라. 나도 어리석기는 했지만 그런 심정에는 다름이 없다. ······그러나 이제 와서 노부오 경을 힐책해 봤자 그것은 우리의 명분을 스스로 짓밟아 버리는 것이 될 뿐이다. 따라서 하시바 공에 대해서도 그 지략을 칭송해 주고 더불어 평화를 축하할 수밖에 없다. 모략의 평화, 위장된 평화라고 결코 욕해서는 안 될 것이다."

모두 얼굴을 깊이 숙이고 누구 하나 이에야스의 얼굴을 바라보는 자가 없었다.

뚝, 뚝──눈물 떨어지는 소리가 분주히 들리기 시작했다. 사나이의 울음, 울분의 울음이 어깨에서 물결처럼 굽이쳐 갔다.

"어쩔 수 없는 일이라 생각하고······이번에는 일단 참아들 다오. 배포를 크게 가지고 후일을 기약하면서······."

이이 효부와 혼다 헤이하치로도 이 자리에서는 한 마디도 입을 열지 못하고 있었다. 아니 둘 다 휴지를 꺼내 들고 옆으로 돌린 얼굴만 닦고 있었다.

"반가운 일이다. 전쟁은 끝났다. 내일은 오카자키로 돌아가자. 그대들도 어서 돌아가서 처자들의 얼굴을 볼 생각이나 하여라."

이에야스도 품속에서 종이를 꺼내 코를 풀며 그렇게 말했다.

다음 날인 13일. 도쿠가와 군의 대부분은 이에야스 이하 기요스 성을 떠나 미카와의 오카자키로 철수하고 말았다.

같은 날 아침──.

이시카와 가즈마사는 화친 성립의 축사로 사카이 다다쓰구와 함께 구와나로 갔다. 먼저 노부오를 만나고 다시 나와부의 히데요시를 방문하여, "축하드려 마지 않습니다" 하고 이에야스의 공식적인 의사를 전하는 동시 하장(賀狀)을 바치고 돌아왔다.

가즈마사가 돌아간 뒤 히데요시는 좌우를 둘러보며 이렇게 말했다.

"봐라. 과연 이에야스는 다르다. 만약 다른 사람이었다면 이 통한사(痛恨事)를 이렇게 차라도 마시듯이 깨끗이 삼키지는 못하리라."

열탕을 마시게 한 장본인인 만큼 히데요시는 상대방의 마음을 잘 알고 있었다. 입장을 바꾸어 자신이 이에야스가 됐을 때 과연 이런 태도를 보일 수 있을까 하고 그는 자문자답해 봤다.
 이렇게 며칠이 지나가는 동안에도 천하태평인 것은 노부오였다. 야다 강 갯벌의 회견 이래 그는 아주 히데요시의 손아귀에 잡혀 버려 무슨 일만 있으면 이러는 것이었다.
 "지쿠젠은 이렇게 생각할까? 지쿠젠에게 묻지 않고 하면 좋지 않을 게다. 먼저 그에게 묻도록 하여라."
 앞서는 이에야스에게 온통 내맡기고 있었던 것처럼 지금은 첫째도 히데요시, 둘째도 히데요시, 하는 식으로 그의 일빈일소(一嚬一笑)를 두려워할 뿐이었다.
 따라서 강화 조건의 실행도 히데요시의 뜻대로 진척되어 명지의 분할, 볼모지나 서약문에 관한 건 등 모두 무사히 끝냈다.
 '겨우 일단락 지었구나.'
 히데요시는 그제서야 다소 마음을 놓았다. 그러나 나와부의 체진은 암만해도 해를 넘겨야만 할 것 같아 뒤를 맡기고 있는 오사카 성에도 연락을 하고 겨울을 맞을 준비를 하고 있었다.
 말할 것도 없이 히데요시의 대상은 처음부터 노부오가 아니고 이에야스였다. 이에야스와의 해결을 보기 전에는 시국이 안정됐다고 할 수 없었고, 그의 의도 또한 반 밖에 달성되지 않는 것이 틀림없었다.
 "요즘은 건강이 어떠십니까?"
 어느 날 구와나 성을 방문한 히데요시는 이 얘기 저 얘기 끝에 문득 그렇게 물었다.
 "아주 건강하네. 무엇보다 언짢은 일이 없고, 전진에서의 피로도 풀려서 마음이 아주 편해 졌으니 말이야."
 노부오는 환하게 웃어 보였다. 히데요시는 귀염성 있는 어린애를 무릎 위에서 놀리듯이 몇 번이고 고개를 끄덕여 보였다.
 "그러실 겝니다. 마음에도 없으신 한 때의 전쟁에 얼마나 심로가 많으셨겠습니까. 하지만 아직도 다소 꺼림칙한 일이 남아 있지 않으신가요?"
 "그래? 무엇일까 그게. 지쿠젠?"
 "도쿠가와 공을 그대로 내버려 둬서는 언제 또 괴롬을 끼칠지 모르지 않습니까?"
 "하기는…… 호키노카미를 보내서 축하한다고는 했지만……."

"설마 노부오공의 뜻을 거스르고 화를 낼 수도 없는 일이 아닙니까. 처음부터 노부오공을 앞세우고 시작한 일이었으니까요."
"딴은……."
"따라서 직접 한 마디 말씀을 건네 주시지 않으면 안 될 줄 압니다. …… 도쿠가와 공의 내심은 분명히 히데요시와 화친하고 싶은 생각이 간절하지만 자신이 항복을 제의해서는 체면이 서지 않고, 그렇다고 계속 이 히데요시에게 대항할 명분도 없고……아마 난처할 겁니다. 아무쪼록 도와주도록 하십시오."
명문 출신에는 자기 중심으로 생각하는 자가 많은 법이다. 주위의 인간이 모두 자기를 위해 존재하는 것처럼 착각하는 것이다. 자신이 남을 위해 힘을 쓴다는 것은 생각도 못할 일이다.
'이대로 이에야스를 내버려 두는 것은 좋지 않을 것 같다.'
히데요시의 말을 듣자 노부오는 이런 생각이 들었다.
또한 자신이 불리할지 모른다는 생각도 했다.
노부오는 며칠 후 자신이 히데요시와 이에야스의 중재자로 나서겠다고 말했다. 이것은 당연한 그의 의무였음에도 불구하고 히데요시의 시사를 받고서야 비로소 움직인 것이었다.
"이쪽의 조건을 받아들인다면 노부오 공의 위신을 생각해서 도쿠가와 공을 용서해 줘도 좋다."
이 말을 노부오를 통해서 전하며 히데요시는 전승자의 입장을 취했다.
조건으로서는,
──이에야스의 아들 오기마루(於義丸)를 히데요시의 양자로 삼는다.
이시카와 가즈마사의 아들 가쓰치요(勝千代), 혼다 시게쓰구(本多重次)의 아들 센치요(仙千代) 등을 볼모로 보낼 것.
앞서 노부오와 협정한 성채의 파기와 영토의 분할 외에는 달리 도쿠가와 측 현상을 변경토록 요구하지 않는다.
"도쿠가와 공에 대해서는 이 히데요시의 심중이 아직 개운치 않은 것이 많지만 노부오 공의 체면을 보아 이 정도로 용서해 두렵니다. 수락 여부는 너무 오래 끌어서는 안 됩니다. 당장에라도 오카자키로 사자를 보내주십시오."
노부오는 그의 지시대로 그날로 두 중신을 자신의 대리로서 오카자키로 보냈다.

조건은 가혹하다고 할 수 없었지만 그것을 받으려면 이에야스로서는 큰마음이 필요했다.

오기마루를 양자로 보내라고 하지만 사실상 그것은 볼모였다. 세상에서도 그렇게는 볼것이었다.

그밖에도 도쿠가와가 중신들의 아들을 볼모로 오사카 성에 보내는 이상 이것은 명백히 패자의 입장이었다.

번론(藩論)은 다시 강경해졌다. 그러나 이에야스는 태연했다. 기요스에서도 그랬듯이 그는 흥분을 모르는 사람처럼 보였다. 모든 것을 자신의 죄로 돌리며 사자에게 대답했다.

"제시한 조건을 받아들이겠소. 선처해 주기 바라오."

사자가 여러 차례 오갔다.

그리하여 11월 21일——히데요시 측에서는 정사 도다 도모노부와 부사 쓰다 노부카쓰 두 사람이 강화 사절로서 오카자키로 갔다.

노부오의 대리로는 다키가와 가쓰토시가 참석하여 조인에 입회했다.

마침내 히데요시와 이에야스의 화의도 성립하여 노부오는 안도의 한숨을 몰아쉬었다.

"이젠 됐다."

12월 12일.

이에야스의 아들 오기마루는 하마마쓰 성을 나와 오사카로 보내졌다.

이시카와 가즈마사의 아들 가쓰치요와 혼다 시게쓰구의 아들 센치요도 같은 신세였다.

볼모의 행렬을 배웅하며 오카자키의 장졸들은 연도에 늘어선 채 모두 눈물을 흘렸다.

한 때 천하를 떠들썩하게 했던 고마키 대전도 이로서 끝이 났다. 겉으로 보기에는 일단 끝난 것이다. 노부오는 섣달 14일에 오카자키로 와서 연말 가까운 25일까지 체재했다. 이에야스는 단 한 마디도 싫은 소리를 하지 않고 이 전도가 뻔한 호인을 10여 일이나 대접하여 돌려보냈다.

겉과 속

노부오의 단독 강화는 단번에 이에야스의 입장을 상실케 했지만, 이에야스와 히데요시의 화친이 성립되자 이에야스를 지지하여 각주에서 소란을 피우고 있던 반 히데요시 도당들 역시 모란(謀亂)의 목표를 잃어 버려, 여기저기서 기치 없는 고아가 되고 말았다.

기슈(紀州)의 하타케야마 사다마사(畠山貞政), 네고로(根來)의 사이가 당(雜賀黨), 그리고 시코쿠(四國)의 조소카베 모토치카(長曾我郞元親) 등이 그들이었다.

특히 엣추(越中)의 삿사 나리마사(佐佐成政)는 앞서 고마키에 대란의 조짐이 보이자, "지금이다!" 하듯이 평소의 야망을 시국에 편승시켜 보려고 가장 적극적으로 반 히데요시의 기치를 올렸던 한 사람이었다.

그는 옛날부터 '원숭이는 질색'이라고 떠들어댔었다. 원숭이가 노부나가에 의해 발탁되던 당시부터 그는 오와리 가스가이(春日井) 고을의 한 성주였다. 그리고 시바타 가쓰이에(柴田勝家)와는 문경의 맹세를 지키고 있어, 가쓰이에가 멸망할 때까지 둘도 없는 시바타 당이었다.

혼노사의 변란에서 시즈가타케, 이어 기타노쇼 함락 등 그로서는 믿어지지 않는 급격한 변화가 연이어 현실이 되어 그의 신변에 닥쳐왔다.

그는 노부나가의 영에 의하여 가쓰이에의 보좌역으로 같이 엣추에 재임하고 있었으나, 가쓰이에의 멸망과 히데요시의 왕성한 기운을 보자, '참아야 한다. 아직은 참아야 한다' 하고 체념하지 않을 수 없었다.

지난 해 히데요시에게 서약문을 넣고 항복한 것은 결코 본심에서가 아니었다. 그의 자부심은 그만한 일로는 꺾이지 않고 있었다.

히데요시도 그것을 알고 있었다. 히요시 도키치로의 그 옛날, 아무도 그를 눈여겨보지 않았을 때부터, 그는 노부나가를 에워싸고 있는 막장들의 성격과 습성까지 자세히 관찰했다. 이제 와서 보면 그것이 얼마나 크게 이용되고 있는지 모를 일이었다.

'시바타와 삿사는 똑같은 자만형이다. 에이로쿠(永祿) 연대의 무인형이라고 할 수 있으리라. 시바타는 그래도 다소 그릇이 큰 편이었지만 삿사는 그에 비하면 아주 작다. 그런 삿사가 결코 이 히데요시한테 순순히 복종하고 있을 까닭이 없다.'

전부터 이렇게 보고 있었으므로, 히데요시는 고마키로 출진하기 전에도 가나자와(金澤)에 있는 마에다 도시이에(前田利家) 앞으로 편지를 보내 넌지시 삿사의 행동을 경고했다.

'그대는 고마키로 올 필요가 없다. 오야마 성(尾山城)을 견고히 지켜, 호쿠리쿠를 단단히 누르고 있기 바란다.'

이윽고 나가쿠테의 전황이 히데요시 측에 불리하다는 소식이 들리자 나리마사는 손뼉을 치며 쾌재를 불렀다.

"그러면 그렇지! 앞서 도쿠가와공 앞으로 크게 분투해 줄 것을 서면으로 당부했었지만, 다시 한번 내가 직접 가서 여러 가지 타협을 하고 오겠다……오야마 성의 마에다란 놈이 내가 없다는 것을 눈치 채지 않도록 해야 한다."

나리마사는 그런 말을 남기고, 얼마 안 되는 시종과 함께 엣추 사라사라 고개를 넘어 미행으로 길을 떠났다.

"이렇게 변색을 하고 가벼운 미행으로 왔소만, 이 사람은 잘 알고 계실 삿사 구라노스케 나리마사요. 도쿠가와 공을 위해 특별히 드릴 말씀이 있어, 엣추에서 불원천리하고 찾아왔소이다."

어느 날 저녁.

그는 엔슈(遠州) 이이다니(井伊谷)의 이이 효부 나오마사의 성문을 두드리고 있었다.

때는 나가쿠테 전투가 벌어졌던 직후인 5월 상순이어서, 이에야스를 비롯한 제장들은 모두 고마키로 출동해 있었다.

물론 나오마사도 부재중이었으나 급보를 전선에 보내자, 이 진객을 위해 나오마사는 이에야스의 허락을 얻어 며칠이 지난 어느 날 밤 이이다니로 돌아왔다.

"이 사람이 효부요. 처음 뵙습니다."

"오오. 귀공이 도쿠가와 가신 중에서도 그 이름을 떨치고 있는 효부 나오마사님이오? 젊으시군. 나는 삿사 나리마사요. 잘 부탁하오."

"주군께서는 고마키에 계셔서 잠시도 영소를 떠날 수 없으십니다. 이점 혜량해 주시기 바란다는 말씀이었습니다. 원로에 무슨 일로 오셨는지, 만나 보지 못해 죄송하다고요."

"실은 이번 싸움에 변변치는 않으나 이 삿사 나리마사도 호쿠리쿠에서 약간의 힘을 빌려 드리고 있소. 그 내용을 앞서 도쿠가와 공 앞으로 밀서를 보내드렸을 텐데?"

"무척 기뻐하고 계십니다. 삿사님께서 호쿠리쿠를 누르고 계신 것은 고마키 진에 직접 참전하시는 것보다 몇 십 배 힘이 된다는 말씀이었습니다."

"아닌 게 아니라 이 나라마사가 있기 때문에 오야마 성의 오이누(於犬 : 마에다 도시이에)란 놈도 히데요시를 따라 고마키에 출동하지 못하고 있는 형편이오."

"오이누란 누굽니까?"

"모르시나? 마에다 이누치요. 저 도시이에란 자를 가리키는 말이오. 젊었을 때부터 늘 오이누, 오이누, 하고 불러 왔기 때문에 그것이 입버릇이 되어, 새삼스럽게 마에다니 도시이에니 하고 부르기가 어색하게 된 거요. 하하하."

삿사 나리마사와 이이 효부는 서로 술잔을 나누면서 이런저런 얘기를 했다. 효부는 터놓고 물어 보았다.

"마에다님과 삿사님은 옛날부터 견원지간이라고 들었습니다만, 이번에 우리 측에 가담하는 것도 오이누가 미워서 그러시는 것 아니오?"

"무슨 소리!"

나리마사는 눈을 부릅뜨며 분노했다. 과연 자부심이 강한 외고집 무인답구나하고 젊은 효부가 오히려 미소를 지으며 그의 노한 표정을 관찰하고 있었다.

"시바타 가쓰이에가 죽은 뒤, 고(故) 노부나가 공의 뜻대로 계속 호쿠리쿠에서 우에스기(上杉)를 비롯한 야심가들을 누르고 있는 것은 이 삿사 뿐이오. 오이누 같은 자는 같은 임무를 띠고 왔으면서도 혼노사 변란 직후부터는 당장 태도를 바꾸어 히데요시 따위한테 웃음을 팔며 일신의 영달에만 급급하고 있소. 글자 그대로 개 같은 놈이오, 적어도 이 나리마사는 사람인 터라 개하고 상종할 때는 매사에 멸시를 주고 있는 것은 사실이지만……지난번 도쿠가와 공께 제의한 문제는 결코 사적인 원한이 아니고 공분이오."

그는 이내 흥분하기를 잘했다. 자신의 정직성을 게거품을 물고 주장하며, 이마에 선 핏대로 그것을 증명해 보이는 식의 겉치레를 좋아하는 고지식한 자였다.

"무엇보다도 도쿠가와 공께서 오다 공과의 정의를 잊지 않으시고 노부오 경을 도와 고약한 히데요시의 흉계를 깨뜨려 버리시려는 것에, 불초 이 삿사 나리마사도 동조한 거요. 좌시할 수 없었던 거지. ……그 때문에 본연히 의를 위해 일어나 엣추에서 나마 협력하기로 결심을 굳힌 거요."

나리마사는 그렇게 떠벌이며 효부의 입을 다물게 할 만큼 히데요시의 잘못을 욕하고 이에야스의 덕을 칭송했다.

그리고 마지막에 자신도 때를 보아 북국을 떠나 참전할 작정인데, 승리를 거둔 날에는 그 대가로서 북국 5개국을 줬으면 한다고 이에야스의 내락을 구했다.

과연 이에야스가 북국 5개 영국을 준다는 묵계를 했는지는 분명치 않다.

그러나 며칠 동안 이이다니에 체재해 있었던 삿사 나리마사가, 이윽고 자령인 엣추 도야마 성으로 용약 돌아간 것만은 사실이었다.

또한 그 뒤부터 그의 행동은 반(反) 히데요시의 기치를 한층 강화하기도 했다.

그의 참모역이며 일족이기도 한 삿사 헤이자에몬(佐佐平左衞門)은 그를 나무랐다.

"마에다는 여간 의뭉한 자가 아닙니다. 주군처럼 모든 것을 털어 놓고, 처음부터 밑바닥까지 들여다보게 해서는 도저히 큰일을 이룰 수 없습니다. 이 기회에 다소 어수룩한 점을 보일 필요가 있을 겝니다."

"헤이자에몬, 좋은 술책이라도 있나?"

"없지도 않습니다만, 주군처럼 솔직히 털어 놓고 기세를 올려서는 수를 쓸 여지가 없습니다."

"어떡하면 좋은가?"

"우선 오이누, 오이누, 하는 그 습관부터 버리십시오."

"마에다님이라고 부르란 말인가?"

"그리고 될 수 있는 대로 약세를 보여야 합니다."

"약세를 보이라니?"

"너무 기세를 부리시지 말라는 말씀입니다."

"간단하군. 어수룩한 척하라는 것은 그런 뜻인가?"

"그렇습니다. 항상 마에다님의 뜻을 존중하며 그분을 통해 오사카의 호감을 사시려고 하는 뜻을 실제로 보여주지 않으면, 상대방도 마음을 주지 않을 것입니다."

"그렇다면 이 나리마사는 양다리를 걸치게 되지 않나?"

"그렇습니다. 될 수 있는 대로 양다리를 걸치고 있다는 욕이 돌아오도록 하셔야 합니다."

모신(謀臣)은 그에게 여러 가지 헌책을 했다.

나리마사의 좋은 점은 믿는 자의 말이라면 순순히 받아들이는 점이었다. 이 점, 그 역시 아주 범인은 아니었다.

어느 날 삿사 헤이자에몬이 다시 속삭였다.

"주군! 내친 김에 결단을 내려, 공주님과 마에다 공의 차남을 혼인시키는 것이 어떻겠습니까?"

"응? 오이누의 차남을 사위로 맞으란 말인가?"

"오이누란 말씀은 그만 두십시오. 아직 습관을 고치지 않으셨습니까?"

"아니, 고치기는 했지만 나도 모르게 가끔씩 나오는군. 혼담을 제기했다가 상대방이 거절하면 이 나리마사의 체면이 뭐가 되나?"

"처음부터 정략을 위한 것이라, 마에다가에서 거절한다면 그쪽 뱃심이 명백히 드러나는 셈이 되니, 이쪽도 그에 대한 대책을 세울 수 있어 손해는 없습니다."

"하지만 나와 마에다는 오래 전부터 거북한 사이고 세상에서도 견원지간이라 하고 있지 않나? ……얘기를 끄집어내기가 다소 낯간지럽지 않은가?"

"그런데 마침 좋은 다리가 있습니다. 교토와 호쿠리쿠 사이를 빈번히 왕래하고 있는 기름장수 고킨(小金)이란 상인이, 마에다의 중신 무라이 나가요리(村井長賴) 댁에 드나들고 있는데 이 자가 언제든지 주선을 하겠다고 하고 있습니다."

"흠…… 그런 자가 있다면 넌지시 마에다의 맥을 짚어 봐도 좋겠지."

"맥은 이미 짚어 봤습니다."

"나한테는 말도 않고 진행시킨 건가?"

"아니올시다. 어디까지나 계략이니까 충분한 여유를 두어 가며 일을 꾸미고 있습니다. 하지만 고킨의 말에 의하면 이 혼담에는 마에다가에서는 충분히 응해 줄 기미가 보인다는 것입니다."

그 후 혼담은 급속히 진전됐다.

교토의 상인 고킨은 이것이 설마 병가의 상습인 책략인 줄을 모르고, 만약 이 일이 성공하면 호쿠리쿠의 상권은 양가의 인연에 의하여 자기 손아귀에 들어올 수 있으리라하고, 그 나름의 야심을 가지고 열심히 양가 사이를 뛰어

다녔다.
마침내 도시이에의 차남 도시마사(利政)와 삿사 나리마사의 딸의 약혼이 실현됐다.
나리마사가 내세운 말은 이런 것이었다.
"나도 이제 쉰이 되지만 아직 후사가 없소. 혹시 영식을 내 외동딸의 서양자로 주신다면 때를 보아 나는 은거하고, 젊은 두 사람에게 내 뒤를 잇게 하고 싶소."
도시이에가 승낙과 아울러 한 말은 이랬다.
"만약 양가의 불화가 해소되어 사실상 화해하게 되면 누구보다도 호쿠리쿠 일원의 서민들이 안도의 숨을 내쉴 것이오. 경하하여 마지않는 일이오."
이리하여 응하게 된 것이었다.
──7월 말.
나리마사의 가신 삿사 헤이자에몬은 예물을 위한 사자로서 도야마를 떠나 가나자와의 오야마 성으로 갔다.
마에다 도시이에는 이례적으로 정중한 예의를 다하여 그를 맞았다.
"원로에 수고하셨소."
대단한 환대였다. 밤에는 풍악을 울리며, 장차 신랑이 될 차남 도시마사까지 손님 앞에서 춤을 추게 했고, 낮에도 온갖 향응을 다하였다.
이윽고 귀국하게 된 날에는 도시이에는 두 자루의 명검과 준마 한 필을 나리마사에게 선사했다.
"변변치 않은 자식이기는 하지만, 도야마 성에 간 뒤로는 만사 귀공들이 잘 돌보아 주기 바라오."
나리마사는 헤이자에몬의 보고를 듣고 회심의 미소를 지었다.
"엉큼하다는 마타자에몬(도시이에)을 보기 좋게 속이고 돌아온 그대야말로 실로 한 나라의 지사모장(智士謀將)이 무색할 정도다. 수고했다. 수고했다."
혼인 준비를 서두르는 것처럼 보이며 도야마 성 밀실에서는 군사회의를 거듭했다. 무기고에서는 활 시위를 조절했고 총을 닦았으며 비밀리에 군수물자를 수집했다.
8월이 되어도 아무 소식이 없어, 마타자에몬 도시이에는 중신 무라이 나가요리를 도야마로 보내, 화촉을 밝힐 기일을 택하고 싶다는 의논을 했다.

나리마사는 사자에게 대답했다.

"예부터 중추에는 혼인을 피한다는 말이 있소. 9월에 들어서서 정식으로 의논하기로 합시다."

"말씀대로 전하겠습니다."

나가요리는 순순히 대접만 받고 돌아갔다.

그러나 가나자와로 돌아가는 길에, 그들 일행을 뒤쫓아 도야마로부터 국경을 탈출해온 한 사나이가 있었다.

아무리 양가가 화해하는 중이라 해도 국경의 관문은 여전히 삼엄했다. 그의 탈출은 목숨을 걸지 않고는 못할 일이었다.

"시종 중에 혹시 고바야시 야자에몬(小林彌左衛門)님이라는 분이 안계십니까? 저는 쇼린(正林)이라고 하며 도야마 성에서 다도(茶道)를 맡아 보는 사람입니다. 야자에몬님을 만나 뵙고 꼭 알려 드려야 할 중대한 일이 있습니다."

쇼린은 아직 젊은 사나이였다. 도중의 흉변을 두려워했음인지 얼굴에는 고약을 붙이고 누더기 옷을 입어, 떠돌이 거지 중으로 변장하고 있었다.

무라이 나가요리를 모시고 가던 고바야시 야자에몬이 대열에서 빠져 쇼린 앞으로 왔다.

"내가 고바야시 야자에몬이오만, 삿사님 밑에서 다도를 맡아 본다는 그대가 무슨 일로 예까지 나를 쫓아 왔소?"

"……벌써 잊으셨습니까? 저는 8년 전, 나나오(七尾) 성시에서 나리 덕에 목숨을 건진 낭인 부자의 그 아들이었던 사람입니다."

"가만 있자…… ?"

"오래 된 일이라 잊으셨을지도 모르지만 죽을 뻔한 목숨을 구해 주신 그 은혜를 저희 부자는 결코 잊지 않고 있습니다."

"아, 이제야 생각나는군. 그렇다면 도시이에님께서 아직 나나오 성에 계실 때 성시의 어떤 찻집에서 굶주린 나머지 도둑질을 하다가 붙들린 낭인 부자가 몰매를 맞고 있는 것을 구해 준 일이 있었는데, 그 때의 그……."

"그렇습니다. 그 낭인 부자 중 아들이었던 아이가 바로 접니다. 부친은 그 뒤 우오쓰(魚律)에서 병사했습니다……어찌어찌하여 도야마 성에서 다도를 맡게 되어 들어가 있었습니다만 뜻하지 않은 근래의 풍문이, 실로 위태롭기 짝이 없어서 옛 은혜를 생각할 때마다 어떡하든지 만나 뵈려고 애써 왔습니다."

"허허. 위태롭다니 무엇이?"

"바로 이번 혼담입니다. 삿사님의 진심은 결코 양가의 화해를 생각하고 계신 것도 아니고, 도시이에님의 영식을 사위로 맞아들일 생각도 없으십니다."

"잠깐. 그 무슨 실없는 소린가?"

야자에몬은 일부러 꾸짖으며 말했다.

"다른 일도 아닌 양가의 경사에 대해 함부로 그런 말을 하다니, 만일 딴 사람이 듣는다면 후난을 면치 못할 게다. 오늘 밤 내 숙소로 찾아와 정신을 가다듬고 다시 말해 보아라."

그날 밤——

고바야시 야자에몬은 쇼린의 입을 통해 삿사 나리마사의 겉과 속이 다른 마음을 자세히 들었다.

지난 초여름 나리마사가 엣추 이이다니로 미행하여 북국 5개국을 받는다는 조건 하에 이에야스와 비밀 협약을 맺고 돌아온 사실로부터, 그 후 겉으로는 마에다가와 혼담을 진척시키면서, 이면에서는 전쟁 준비를 서두르며 밤마다 군사회의를 열기에 여념이 없다는 사실까지——쇼린은 낱낱이 사실을 들어 야자에몬 앞에 털어 놓았다.

자기 자신도 잊어버리고 있었던 대단치 않은 옛 은혜를 잊지 않고, 목숨을 걸고 이 중대한 비밀을 알리러 온 쇼린의 착한 마음씨에 대해 야자에몬은 무릎이라도 꿇을 듯이 감사했다.

"고맙네. 나가요리님께서도, 주군 마에다 도시이에님께서도 삿사 나리마사에게 그렇듯 깊은 모략이 있을 줄은 미처 생각지 못했던 일이었다. 임자 성심은 크게 도움이 됐네."

가나자와에 귀국하자, 야자에몬은 이 사실을 무라이 나가요리에게 보고하고, 나가요리는 곧 오야마 성의 마에다 도시이에 앞으로 쇼린을 데리고 나아가 직접 삿사 측의 내정을 폭로케 했다.

도시이에는 그의 이러한 행동이 한낱 옛 은혜에 대한 감사에서 출발했음을 듣고 치하했다.

"요즘 같은 세상에 갸륵한 일이구나."

그리고 황금 두 잎과 의복 같은 것을 주며, 앞으로는 그의 다실에서 일을 하도록 했다.

안개

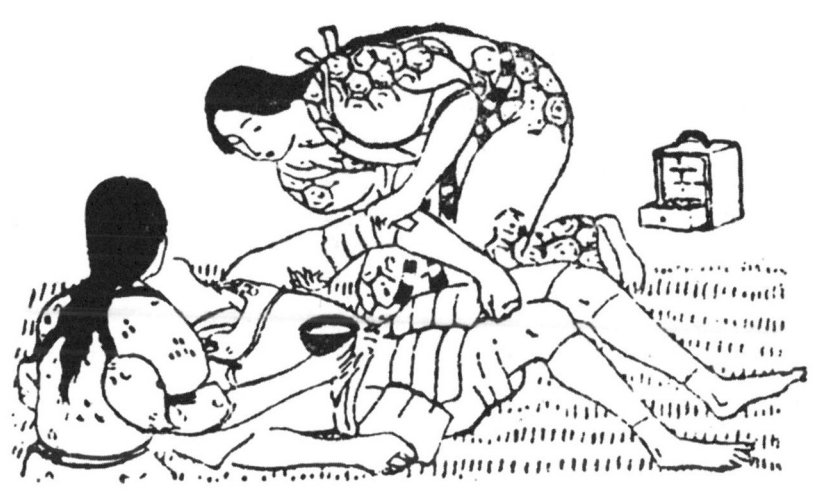

가가(加賀)와 엣추의 경계 가호쿠(河北) 고을 아사히 산(朝日山)에, 어느 틈에 새로운 성채가 구축되었다.

축대 쌓는 일을 맡은 것은 마에다 군의 부장 무라이 나가요리와 다카바타케 구조(高昌九藏), 하라다 마타에몬(原田又右衛門) 등이었다.

8월 22일 경, 그 일대가 돌연 가나자와에서 몰려와 밤낮없이 공사를 하여, 잠깐 사이에 성채를 완성시킨 것이다.

그런 줄도 모르고 도야마의 삿사 나리마사는 "우선 아사히 산을 발판으로 해서 가가부터……" 하고, 기회는 지금이라는 생각에 갑자기 군을 출동시켰다. 삿사 헤이자에몬을 주장으로 하고 마에노 고헤(前野小兵衛)를 부장으로 하여 천8백의 군사로 아사히 산을 점거하려는 것이었다.

그런데 천만 뜻밖에도 이미 그곳에는 새로운 성채가 구축되어 있지 않은가?

"아, 마에다가 아닌가. 저 깃발은?"

"마에다 군입니다. 천2, 3백쯤은 되는 것 같습니다."

헤이자에몬은 놀라움을 금치 못했으나 자세히 보니 방어 공사는 아직 완공되지 않아, 공격하면 손쉽게 떨어질 것도 같았다.
"급조 된 허수아비 성채다. 손쉽게 점령할 수 있으리라. 자, 공격이다."
헤이자에몬은 쉽게 생각하고 몰려갔으나, 마에다 측의 맹렬한 저항으로 다음날까지도 방책 하나 무너뜨릴 수 없었다.
그러는 사이에 급보를 받은 오야마 성에서는 즉각 후와 히코조(不破彦三), 가타야마 나이젠(片山內膳) 등, 기병대 70명을 응원군으로 출동시켰다.
"이런 형국이라면 앞으로도 계속해서 가나자와의 원병이 올지 모른다."
공격에 지쳐 버린 삿사 헤이자에몬은 급히 군사를 거두어 도야마로 돌아가 버렸다.
과연——.
화촉의 축전은 피의 제전으로 일변하여 포고도 없는 전쟁 상태에 들어갔다.
"나리마사가 가면을 벗었구나."
마타자에몬 도시이에는 좌우를 둘러보며 웃었다.
우선 이 이변을 히데요시에게 알렸다.
"이번 가을은 대체로 짐작하신 대로의 사태가 벌어질 것 같습니다. 하지만 도시이에는 고마키 싸움에도 참여하지 않고 이곳에서 한가하게 여름을 보낸 터라, 그 사이에 만단의 준비를 갖추어 놓았습니다. 조금도 염려 마시기를……."
이러한 서면과 아울러, 사자가 구두로도 거듭 다짐했다.
이때의 마에다 측의 배치를 살펴본다면, 장남 도시나가(利長)는 마쓰토 성(松任城)에, 마에다 히데쓰구와 그 아들 도시히데(利秀)는 쓰바타 성(津幡城)에, 또한 마에다 히데카쓰, 요시쓰구, 다카바타케 사다키치(高畠定吉), 나카가와 미쓰시게 등은 가장 많은 병력을 거느리고 나오 성을 지키고 있었다.
그 밖에 조쓰라타쓰(長連龍)의 도쿠마루 성(德丸城), 메가타 마타에몬(目賀田又右衛門), 니와 겐주로의 도리고에 성 등——요소요소를 2, 3천의 군사들로 굳혔다.
"삿사군, 올 테면 오너라!"
이런 기세로 왕성한 사기를 보이고 있었다.

한편 나리마사도 서둘러 국경의 수비를 엄중히 하고 요지 요지에 성채를 추가 구축했다.

엣추 경계선에 있는 가쓰야마 성(勝山城)에는 니와 곤베를 넣어 나나오 성과 대치시키고, 아오 성에는 기쿠치 우에몬과 그 아들 이즈노카미를, 모리야마 성에는 진보 우지하루, 동 세이주로(淸十郞)를,──그 밖에도 병력과 포진에 있어서는 마에다 측을 훨씬 압도하고 있었다.

우선 국부적인 소전투에서 양군의 균형이 흔들리기 시작했다.

삿사 측에서는──.

모리야마 성의 진보 우지하루가 수하 3천을 거느리고 마에다 령인 가시마(鹿島) 고을에 침입하여 공세의 선봉을 취했다.

민가를 불사르고 추수를 앞둔 논밭을 짓밟으며, 적의 도쿠야마 성으로 육박하려고 했다.

그러나 보기좋게 격퇴되었다.

그것과 전후하여 마에다 측 나나오의 장졸들도 삿사 군의 가쓰야마 성을 공격했다.

그러나 이 역시 맹렬한 반격에 부딪쳐 나나오로 퇴각하고 말았다.

일승일패, 일진일퇴였다.──이윽고 교착 상태가 계속되어 형세는 서로 맞붙은 채 꼼짝달싹못하는 양상을 보이기 시작했다.

이렇게 됐을 때 비로소 통솔자의 성격이 나타나는 법이다.

삿사 나리마사는 이 교착 상태에 진력이 나서 말했다.

"좋다. 내가 출동하리라."

그리고 은밀히 전략을 짠 결과, 이렇게 호언 장담했다.

"내 손수 샛길을 통해 산을 넘어 가가를 공략하고 노토를 누를 것이며, 이어서 일거에 적의 본거지 가나자와를 짓밟아 버리리라."

이렇게 대거 출병을 생각케 된 그의 심리에는, '멀리 있는 도쿠가와 공과 기타바타케 노부오 경께 나의 무용을 과시하리라' 하는, 무인으로서의 허영심이 크게 작용한 것은 말할 것도 없다.

때는 9월 8일.

삿사 측 정병 2만여는, "우선 적의 가호쿠 고을, 도리고에 성을 단숨에……" 하는 기세로 전군은 도야마 성을 출발했다.

대군이 행동을 개시하여 서쪽으로 향했을 때, 한 떼의 막장들에 둘러싸여 말 위에 찬란한 모습을 드러내고 있는 성장한 무장이 있었다.
 황색 나사로 지은 겉옷에 남만 삿갓을 쓰고 진도는 길게 옆으로 찼으며 금실로 짠 깃발을 말 앞에 꽂고 가는 사람이야말로 삿사 구라노스케 나리마사였다.
 나사니, 금몰이니, 남만 삿갓 등——당시로서 극히 참신한 이국풍을 그 무장에 곁들이고 있는 모습은 마치 작은 노부나가를 보는 듯했다.
 짐작컨대 이것은 모두 왕년에 나리마사가 노부나가로부터 배령한 것들이리라. 그리고 노부나가가 없는 지금, '이 사람을 보아라!' 하고 나리마사는 은근히 작은 노부나가가 된 기분으로, 일생일대의 출진을 호화롭게 장식하고 싶었던 것이리라.
 진즈 강(神通江)을 건너 이미즈(射水) 광야를 서쪽으로 서쪽으로 진군했다. 이윽고 다시 큰 강이 나타나자, 나리마사는 말에서 내려 잠시 전군을 쉬게 했다.
 "고헤(小兵衛)를 불러라."
 그 사이에 그는 도야마 성시에서 데리고 온 농부 출신의 신탄 상인 다바타 고헤(田畑小兵衛)라는 자를 가까이 불러 놓고 있었다.
 고헤는 다년간 나무와 숯을 산에서 끌어내려 호쿠리쿠 각지에 판매해 온 직업상, 산악 지대의 샛길이나 그밖의 지리에도 밝다는 이유로 특히 안내자로서 나리마사가 데리고 온 자였다.
 "고헤, 안내역을 맡게 되어 수고가 많다."
 "무슨 말씀이오니까. 주군께서야말로 피로하실 겝니다."
 "천만에. 겨우 도야마를 떠났을 뿐 아닌가? …… 한데, 너는 대체 몇 살 때부터 산중에서 지내왔느냐?"
 나리마사는 이 사나이를 충분히 믿고 데리고 오긴 했지만, 그 자신은 이제부터 진격하려는 가가와 노토, 엣추의 산골짜기는 전혀 가본 일이 없는 곳이어서 그 점 염려가 됐던 것이다.
 "예. 제가 산 사람이 된 것은 겨우 철이나 들었을까 하는 무렵부터였습니다."
 고헤는 걸상에 걸터 앉아 있는 그의 모습에 위압되어 고개도 들지 못한 채 말했다.
 "마귀할멈의 자식처럼 저는 구리카라(俱利伽羅)의 산속에서 태어났기 때문에 어렸을 때부터 마을을 모르고 자랐습니다."
"부모도 나무꾼이었더냐?"
"예. 아마타(天田) 고개의 미나미(南) 골짜기에서 할아버지 때부터 숯을 구웠습니다."
"그렇다면 임자는 무척 출세한 셈이군. 신탄으로는 호쿠리쿠 제일 가는 상인이라고 하지 않나?"
"모두 나리께서 보살펴 주시는 덕분인 줄 아옵니다."
"점포와 집은 어디 있는가?"
"영내인 진즈 강 근처에 점포를 가지고 있으며, 가족도 고용인들도 모두 한 집에서 살고 있습니다."
"그래?"

나리마사는 이 안내인이 더욱 믿음직스럽다는 듯이 고개를 끄덕였다. 처자 권속과 그 재산까지 자기 영내에 있는 자라면 자기를 배반하는 일은 절대로 없으리라고 생각했기 때문이다.

그러나 사람의 마음이란 그런 척도만 가지고는 측량키 어렵다는 것을 그는 곧 알게 됐으나 이때는 전혀 아무 눈치도 채지 못하고 있었다.

병마의 대군은 이윽고 한냐(般若) 벌을 지나 쇼 강(庄江)을 건너고 도이데(戶出)에서 야영한 다음, 다음날에는 이미 이스루기(石動) 북방을 거쳐 산악지대에 이르고 있었다.

구리카라의 험준한 봉우리를 중심으로 하는 첩첩 험산은 가가, 노토, 엣추의 세 영국을 경계 짓는 호쿠리쿠의 분수령이었다.

구리카라에는 앞서 삿사 측이 성채를 구축하고 마에다 측의 쓰바타와 도리고에 대비하고 있었으나, 그런 소규모의 병력을 가지고는 적을 제압할 수도 없었고, 화급할 때 후방과 연락과 응원을 하기에도 너무 거리가 멀 뿐더러, 지형적으로도 몹시 불편했다.

나리마사는 아군이 지니는 그 약점을 제거하고 나아가서는 적이 난공불락으로 믿고 있는 도리고에의 아성을 뚫음으로써 노토 반도(能登半島)와 가가(加賀)를 끊어 버려, 일거에 마에다 측 세력을 양단하는 것이 상책이라는 생각에서, 이렇게 대병을 출동시킨 것이었다.

그러기 위해서는 도리고에 성과(鳥越城) 대치하고 있는 아군의 구리카라 성채에 의거하지 않고, 적이 모르는 사이에 이스루기 북방의 산간을 샛길을 따라 가가로 빠져서 도리고에 성을 배후에서 돌연 급습하려는 작전을 택했다.

이것이 성공한다면 확실히 재미있는 작전이었다. 그러나 가가와 노토의 분수령을 이루고 있는 산맥은 보통 험한 곳이 아니었다. 그 때문에 산길을 잘 아는 안내인을 선두에 세우고 왔던 것이다. 때는 9월, 산속은 안개가 깊었다. 안내인인 고헤마저 이따금 기로에 부딪치면, "가만 있자……?" 하고 지척도 분간 못하는 안개 속에서 고개를 갸웃거리는 형편이었다.

안개로 인한 착각은 무서운 것이었다.

혼자일 때나 여럿일 때나 그 때문에 공연한 불안을 느껴, 정신적인 소모가 오는 것은 마찬가지였다.

아니, 혼자라면 오히려 수습하기도 편하지만, 작전 목적을 지니고 있는 2만 여의 병력이고 보면 행동의 일치마저 기하기가 어려웠다.

"어이!"

"어이!"

부대와 부대는 서로 불러가며 느릿느릿 산길을 걸어 갔다.

"치중대를 낙오케 하지 말아라. 서로 각적을 불고 각적에 대답하도록 해라. 또한 선봉대는 너무 떨어져 길을 잃지 않도록 하여라."

삿사 나리마사는 중군에서 끊임없이 이런 배려를 하며 전방과 후방을 전령으로 연락을 취하고 있었으나, 자칫하면 그 중군은 물론 불과 얼마 안 되는 곳을 따라오고 있는 좌우 막장들의 모습마저 자욱한 안개에 휩싸이고, 속눈썹에 맺히는 물방울 때문에 어쩔 수 없이 걸음을 멈춰야 하는 난처한 지경에 빠지기가 일쑤였다.

그런 때 그는 반드시 안내자인 고헤의 이름을 불렀다.

"고헤, 고헤……길은 틀림 없을 테지?"

안개 속에서 고헤가 대답하는 소리가 들린다.

"안심하십시오. 이 일대 산길이라면 눈을 감고도 갈 수 있는 고헤올시다."

"지금 가고 있는 길은 대체 어디쯤인가?"

"로쿠로(六郞) 골짜기에서 스가가하라(菅原)를 향해 올라가고 있는 중입니다."

"모두 처음 듣는 산 이름들이라 도무지 짐작조차 할 수가 없는데, 가가 접경에는 언제쯤이면 도착하게 되나?"

"우선 오늘 밤은 우시쿠비(牛首) 고개 근처에서 야영을 하시고 내일 미쿠니 산(三國山)을 비롯해서 보다이지 산(菩提寺山), 오키쓰(興津) 고개를 넘으면 모래 새벽쯤에 도리고에 성에 이를 수 있습니다. 그때 일제히 배후에서 공격을 가하시면 아군의 승리는 의심할 여지 없는 일입니다."

"생각보다 날짜가 걸리는군. 그렇다고 군마가 너무 지쳐서는 막상 싸움이 벌어졌을 때 충분한 활약을 할 수 없을 게고⋯⋯우시쿠비 고개라고 하는데는 야영에 알맞은 장소가 있을까?"

"올라갈수록 밤에는 추위가 심해집니다만, 북쪽 바람받이를 피한 평지가 조금 있습니다. 다소 해가 높더라도 밤안개에 휩싸이기 전에 진막을 치시는 것이 좋지 않을까 생각됩니다."

고헤의 말에 따라 우시쿠비 고개 중턱을 좀더 올라간 곳에서, 아직 해는 남았지만 야영할 준비를 시작했다.

무지개 빛으로 물든 안개가 자욱한 하늘로 황혼과 방향을 알았을 뿐, 이윽고 전군은 산이 보이지 않는 산속에서 그저 환하게 화톳불만 피워 놓고 밤을 새고 있었다.

나리마사는 추위를 견디느라고 술을 따끈하게 데워 놓고, 일족 및 막장들과 더불어 도리고에 성을 함락시킨 뒤의 2차 작전을 열심히 협의하고 있었다.

그러자 자리 한 구석에 앉아 있던 고헤의 모습이 어느 틈엔가 사라진 것을 알고 곁에 있는 자더러 물었다.

"고헤는 어디 갔는가?"

모두 미처 알아 채지 못했던 모양인지 서로 얼굴을 마주보며 말했다.

"글쎄올시다⋯⋯어디 갔을까요? 아직 잘 때는 아닐 텐데⋯⋯."

그는 여기 저기 진막을 비롯하여 잠자리 같은 데를 찾아 보게 했다.

"안 보입니다. 고헤의 모습이 통 보이지 않습니다."

군졸들도 그렇게 말했고, 찾으러 나갔던 시동들도 같은 말을 했다. 나리마사는 문득 이맛살을 찌푸리며, 없을 리가 있나. 좀더 잘 찾아 보라고 취기를 누르며 소리쳤다.

그러나 모를 일이었다. 그날 밤부터 고헤의 모습은 다시는 나타나지 않는 것이었다.

안내인이 내빼 버리자, 2만 여의 군사들은 산속에서 꼼짝도 하지 못하게 됐다. 더구나 적지 바로 앞에서다.

"그렇다면 놈은 처음부터 이 나리마사에게 적의를 품고 있는 자였는지도 모른다. 실수였구나. 큰 실수였어. 당장 찾아 내어 갈기갈기 찢어 죽여 버려라!"

날이 훤해지기 시작하자, 나리마사는 부하들을 동원하여 골짜기로 봉우리로 찾아 헤맸으나, 끝내 고헤는 그 자취를 찾아 볼 수 없었다.

아침 한 동안은 잠시 햇빛을 볼 수 있었으나 이윽고 다시 우윳빛 안개가 전산과 전군을 휩싸 버렸다. 모든 시계를 빼앗아 버렸다.

"괘씸하기 짝 없는 놈 같으니! 내 돌아가거든 고헤 일족을 모두 불태워 죽여 버리리라⋯⋯이놈, 두고 보아라."

나리마사는 그저 발만 구를 뿐 앞뒤의 대군을 바라본 채, 나아가야 할지 물러나야 할지 도무지 취할 바를 모르고 있었다.

한낮 무렵. 겨우 안개가 걷히기 시작했다. 그는 비로소 명령을 내렸다.

"이틈이다. 도리고에 성을 향해 급진하는 거다."

그렇게 사기를 북돋우며 산에서 빠져나가려고 했으나, 가도 가도 산은 끝나지 않고 오히려 더욱 좁은 계곡으로 헤매어 들어가는 것 같았다.

"가만 있자⋯⋯이상하지 않은가?"

도면을 펼쳐 놓고 주위의 지형과 찬찬히 맞추어 보니, 암만해도 가가의 국경을 뒤에 두고 엣추의 서단인 고이 산(五位山)에서 나시노키(梨木) 고개로 향하고 있는 듯했다.

다음 날.

군졸들을 풀어 사냥꾼의 오두막집을 찾게 하여 길을 물어 본즉――지난 이틀 동안 그들은 목적지와는 전혀 반대방향으로 헤매고 있었다는 것이 밝혀졌다.

나리마사의 노기는 충천하여 다시 고헤를 욕하기 시작했다. 그리고 자신의 불찰을 전가시켜 말했다.

"여태까지 갖은 고생을 다하고 어찌 헛되이 돌아갈 수 있겠느냐. 나시노키 고개를 서쪽으로 가면 아즈마(吾妻) 벌에서 오미 강(大海江) 북쪽으로 빠진 후, 다시 노토 가도의 가가령 어구, 스에모리 성(末森城) 측면으로 나갈 수 있다. 좋다. 적의 스에모리 성이 그곳에 있다!"

나리마사는 갑자기 패기를 보이더니, 바라는 바 초점을 되찾은 듯 소리쳤다.
"가자, 가자! 노토의 스에모리 성은 나나오와 가나자와를 연결하는 가장 중요한 요해다. 쓰바타, 도리고에 같은 조그만 성을 몇 개쯤 부숴 버리는 것보다는 이 하나가 훨씬 크다. 스에모리 성만 우리 손에 넣으면 마에다 군은 대번에 무너지고 만다. 이틀 동안 산중에서 헤맨 것은 오히려 하늘이 우리로 하여금 소공을 버리고 대공을 취하게 한 것으로 생각된다. 자, 기운을 내라. 가자!"

역시 그도 노련한 무장이었다. 전화위복——용병의 요령을 그도 터득하고 있었던 것이다.

군마는 일제히 목적을 바꾸어 나시노키 고개를 향해 오르기 시작했다. 만약 안개가 걷혔을 때 그 정상에 서서 서쪽을 바라보면, 고등어 등 같은 동해의 물결을 길게 파고 들어간 반도 일단에 하얀 벽, 축대, 망루 등 스에모리 성의 웅좌를 지척에서 바라볼 수 있었으리라.

이윽고 삿사 군 2만이 고개를 넘어 서쪽으로 전진을 계속하고 있을 무렵——중간에 자취를 감추어 버린 다바타 고헤가 어떤 봉우리에서 멀리 병마늘이 진군하고 있는 방향을 이마에 손을 얹고 바라보고 있었다.

"하하하, 하하하."

고헤는 혼자 박장대소했다.

"저런, 저런! 저 방향으로 가고 있군."

그는 통쾌한 듯이 지켜보고 있었다. 그의 입 하나로 2만 군마를 만 이틀 동안 심산 계곡에서 헤매게 하고 그 목표를 잃게 했으니——유쾌하지 않을 수 없었다.

그러나 고헤가 더욱 유쾌했던 것은 이것으로 옛 주군의 은혜에 보답했다는 사실이었다.

그의 부친은 원래 마에다 가의 가신이었다. 어느 해, 변명의 여지가 없는 직무상의 실책으로 인하여 오야마 성의 한 방에서 할복하지 않으면 안 되게 되었다.

그러나 인정 많은 도시이에는 지키고 있던 시동에게 명하여, 한밤중에 그를 후문을 통해 도망치게 했다.

그리고 날이 샌 다음, 일부러 격분한 척하고 엉뚱한 방향으로 추격대를 보냈다. 물론 잡힐 리가 없었다.

"나는 그 덕분에 여생을 구리카라 골짜기에서 보낼 수 있게 되었고, 너희들을 이렇게 장성시킬 수도 있었다…… 한 시라도 도시이에님의 은혜를 잊어서는 안 되느니라."

고헤의 부친은 죽기 전에, 머리 맡에 모여앉은 형제들에게 그런 말을 남겼다.

부친의 그 말은 평소에도 화롯가에서 늘 들어 온 것이었다. 그 때문에 형제는 그후 나무장수가 되어, 도시인과 접촉하게 된 뒤에도 결코 그것을 잊지 않았다.

그런 때──

뜻하지 않은 이번 전쟁이 있었다.

고헤는 부친 대의 말썽도 있고 해서 일부러 마에다 령을 피하여 점포도 삿사 령에 두고 가족들도 도야마 부근에서 살게 하고 있었으나 남몰래 은혜를 갚을 수 있을 때라고 생각하고 있었다.

될 수 있는 대로 삿사 가의 근신들에게 접근하여 온갖 충성을 보이며, 그럼으로써 이번 안내역은 고헤가 가장 적임자라는──그런 말이 자연히 모든 사람의 입에서 나오도록 기초 공작을 해놓았던 것이다.

"도리고에 성의 배후를 급습할 수 있도록 산길을 안내해 주기 바란다."

이런 영이 내렸을 때, 그는 이것이야말로 선친이 자기에게 분부하고 있는 것으로 생각되었다.

그는 목숨과 전재산을 버리고 나섰다. 그리고 감쪽같이 의심 많은 삿사 나리마사의 신용을 얻어 2만 군마를 멋대로 끌고 다녔다.

그러나 삿사 군이 향하고 있는 쪽에 마에다 측의 스에모리 성이 있다는 것에 문득 생각이 미쳤다.

"아, 이건 더 큰 일인 걸. 이러고 있을 때가 아니다. 일각도 지체 말고 이 사실을 가나자와에 연락하지 않으면 십년 공부 나무아미타불이다!"

급히 일어난 고헤는 원숭이처럼 가가 국경인 미쿠니 산을 넘어, 가호쿠 만의 물을 멀리 바라보며 곧장 달리기 시작했다.

도야마를 나올 때 그는 뒷날에 있을 재난을 짐작하고, 뒤에 남겨 둔 가족들에게 점포를 정리하고 피난하라는 말을 일러 두었다. 따라서 지금쯤 그의 가족과 고용인들도 가재도구 일체를 배에 싣고 진즈 강으로 해서 바다를 빠져 다른 영지로 도망친 뒤일 것이었다. 고헤에게는 그 점 역시 뒷날에 대한 근심을 염려할 필요가 없었던 것이다.

오쿠무라(奧村) 부부

그날 아침.

나시노키 고개를 넘은 삿사의 2만 대군은 요나데 강(米出江)의 상류인 호다쓰 산(寶達山)의 계곡을 건너자, 벌써 목표인 스에모리 성과 이마하마(今浜)의 어촌이 바로 눈 아래 내려다 보였다.

정오 무렵에는 우에다(上田) 마을로 나왔다.

마을을 남북으로 꿰뚫고 있는 나나오 가토(七尾街道)야말로, 가가와 노토 양 영국을 연결하는 동맥이었다.

나리마사는 즉각 본가토는 물론 샛길까지 차단하고 병마를 휴식케 한 다음, 그 사이에 막장들이 진보 우지하루, 노노 무라몬도, 구제 다지마, 삿사 요자에몬, 노이리 헤이에몬, 데라지마 진스케, 삿사 헤이자에몬 등을 한 군데 모아 놓고 작전을 짰다.

먼저——.

가가 본국의 적 원병을 끊기 위해 진보 우지하루(神保氏張)에게 전군의 약 4분의 1에 해당하는 병력을 주어 스에모리 성 남쪽인——오미 강을 경계로 하는 나스 산(茄子山)과 강 어구를 지키게 했다.

또한——.

북방의 나나오 성과의 연락을 끊기 위해서는 하쿠이 강(羽咋江)과 스에모리 성과의 중간 지점——데하마(出浜), 시키나미(敷浪) 근처에 일선을 포진하고, 아울러 해상도 감시케 했다.

그 밖에도 직접 공격에 임할 각 부서를 결정한 다음, 총수인 삿사 나리마사는 성의 정면에 쓰보이 산(坪井山)을 등지고 산기슭을 본진으로 정했다.

"해가 지는 것을 신호 삼아 일제히 공격을 개시하여라."

곧 그런 영을 내렸다.

민가에 불을 지르고 성 밖까지 육박하기도 했다. 첩자들을 풀어 놓아 유언을 퍼뜨리기도 했다.

침입군의 상투수단이었다.

성 안에서는 크게 놀랐다.

물론 그보다 얼마 전, 성 안으로 급변을 고해 온 두세 명의 농부가 있어서, 들끓듯이 어수선한 가운데 전비를 서두르고 있었으나 도무지 손을 쓸 겨를이 없었던 것이다.
"아, 벌써 적이 나타났다."
"성시를 불사르고 있다!"
이때 스에모리 성의 수장인 오쿠무라 스케몬 나가후쿠(奧村助右衞門永福)는 허둥대는 부하들을 두루 살피고 다니며 말했다.
"언제고 있으리라 각오했던 일이다. 무엇을 새삼스럽게 떠드느냐. 평소의 부서, 평소의 훈련대로 맡은 바 일을 하면 그뿐이다."
그는 일단 그들의 당황을 진정시키고 스스로 부하를 거느리고 성문을 나서서 성시 어구까지 쇄도해 갔다.
"멀리 첩첩험산을 넘어온 삿사의 군사들이다. 보나마나 아직은 위협하는 정도이지 제대로 포진이 되어 있지 않을 것이다……한 차례 부딪쳐 보아 그들의 공세를 시험하리라."
곧 삿사 측 선봉과 정면으로 충돌했다.
스케몬이 거느리고 나온 미요시 간자(三好勘左), 노세 지로(野瀨二郎) 등 젊은이는 오쿠무라가에서도 정예 무쌍한 무사들이었다.
"오너라, 들개들아!"
두 사람이 분투하는 것을 보자, 스케몬의 부하들도 모두 가벼운 차림으로 창을 휘두르고 장도를 둘러메며 일제히 역공을 가했다.
빗나간 총알이 땅을 파고 민가의 널빤지 벽에 구멍을 뚫었다. 삿사 군도 한바탕 분전했지만 이윽고 무너지듯 뒤로 물러나기 시작했다.
그것을 보자 스케몬은 소리쳤다.
"위험하다. 적이 물러나는 것은 함정이다. 쫓지 마라. 쫓으면 적의 함정에 빠진다!"
부하들을 불러 모아 인근 일대에 스스로 불을 지르고 성으로 돌아 왔다.
사람이 사는 곳에는 언제 무슨 일이 일어날지 모르는 법이다.
이제까지만 해도 아무 일 없이 평화스럽게 살고 있던 바닷가 어촌과 성시가 순식간에 아비규환의 도가니로 바뀌고 말았다.
침입자와 그 침입자를 막는 자들 사이에서 맨 먼저 희생된 것은 어촌의 민간인들과 성시의 주민들이었다.
들판이라도 불사르듯 마을과 거리에 불을 질러대는 바람에 가재도구는 고사하고 늙은이, 아이들을 데리고 우왕좌왕하는 것이 고작이었다.

성주로서 스케몬은 그 검은 연기를 똑바로 바라볼 수가 없었다. 평소에 영주랍시고 떠받들게 하고 성이랍시고 믿게 했던 터라 그런 자책을 금치 못했다.

"신스케(新介), 신로쿠! 후문을 열고 저 자들을 산노마루에 수용토록 해라."

그가 망루 위에서 밑에 있는 부하에게 그렇게 소리치는 것을 듣자, 노신 다카노세 사콘(高野瀨左近)과 오니시 긴에몬(大西金右衛門)이 펄쩍 뛰며 간했다.

"안될 말씀입니다."

"성 뒷산으로 도망쳐 온 자들은 모두 연약한 부녀자들과 늙은이들이며, 건장한 자들은 좀더 멀리 피난해 버려 성 안에 넣어도 쓸 만한 자가 별로 없습니다."

"무슨 소리냐. 그러기에 성 안에 넣어서 보호해 주자는 거다."

"주군. 그러실 때가 아닙니다. 성 안에는 성병들을 위한 식량도 그리 넉넉하지 않습니다. ……특히 전투력도 없는 영민들은 거치적거리기만 하고……."

"당연한 말을 새삼스럽게 하는구나."

스케몬은 꾸짖듯이 주장했다.

"영민이 있으니까 영주요, 영민이 있으니까 성이 있는 게 아니냐. 이런 때 그 영민을 내버려 둘 수 있단 말인가? 우리의 힘이 모자라 점령되고 만다면 어쩔 수 없는 일이지만, 이 성과 이 스케몬이 있는 동안에는 그들을 저버릴 수는 없다!"

"하오나 뭐니 뭐니 해도 성 안에는 식량이……."

"아직도 그런 소리냐? 설사 죽을 나누어 마시는 한이 있더라도 그들을 구해라……후문을 열고 갈 곳을 잃은 자들을 모두 성 안으로 구해 들여라."

성주의 명령에 수비를 담당하고 있던 무사들은 마침내 문을 열고 피난민들을 성 안에 넣었다.

지푸라기라도 붙들고 싶었던 공포에 찬 남녀노소가 물결처럼 성 안으로 몰려들었다. 그러자 공격 군의 한 떼가 그 틈을 노려 피난민들을 따라 성 안으로 들어오려고 했다.

성장 마에나미 산시로(前波三四郎), 다카자키 쓰구베(高崎次兵衛) 등은 그것을 보자 일제히 문을 잠그고 경고했다.

"이 안에 삿사의 군사들이 섞여 들어와 있다."

영민들은 주위를 둘러보고, 한 사람 남김 없이 적발할 때마다 떠들어댔다. 덩달아 들어온 적병들은 독안에 든 쥐가 되어 여기 저기서 죽고 말았다.

성주 스케몬은 다시 문을 열게 하여 나머지 피난민들을 모두 수용했다.

그리고 그들 앞으로 나서며 이렇게 말했다.

"이젠 걱정하지 않아도 된다. 설사 이 스케몬이 전사하고 이 성이 함락된다 해도, 너희들은 무인과 무인 사이의 싸움과는 아무 관계도 없는 자들이다. 적인 삿사 나리마사는 선량한 너희들을 참혹하게 다루지는 않으리라. 영민 없는 영주는 없는 법이니까……너희들은 너희들 몸이나 돌보며 사태를 보고만 있으면 된다."

성주 오쿠무라 스케몬에게도 가족이 있었다. 그의 장남 스케주로(助十郎)는 아직 겨우 14살이었고, 부인 쓰네(常) 여인도 서른을 한, 둘 지났을 뿐인 미인이었다.

쓰네는 결의가 엿보이는 몸차림에 장도를 옆에 끼고 남편 앞에 나타나 말했다.

"성 안에 수용한 영민들은 제 손으로 지키겠습니다. 아무쪼록 뒷일은 걱정 마시고 성문을 지키시기 바랍니다."

"오오. 당신도 각오했소?"

스케몬은 아내의 모습을 보고 빙그레 웃었다. 보나마나 이 돌연한 위기를 당하여 내실의 시녀들과 함께 눈물바람을 하거나, 어린 자식들을 안고 어쩔 줄 모르고 있는 것이 아닌가 하고 은근히 걱정하고 있던 참이었다.

"네. 아이들은 어머님과 시녀들에게 맡기고 스케주로는 첫 싸움을 이 방어전으로 치르게 하려고 갑옷을 입혀 군사들 속으로 내보냈습니다."

"잘 했소. 그럼 여기는 부탁하오."

스케몬은 다시 망루로 뛰어 올라갔다.

그날 밤이 새고 더욱 불안한 아침이 왔다. 망루에서 성 밑을 바라보니, 삿사 군은 포위망을 급속히 조여오고 있었다. 모든 길은 차단되고 타다 남은 성시의 잔해가 아직도 여기 저기서 연기를 내고 있었다.

적군은 적어도 1만 7천에서 2만쯤인 것으로 그는 보았다. 그리고,

"이 성의 병력은?"

그것을 생각할 때 그는 당연한 각오를 하지 않을 수 없었다.

성병은 도합 7백도 되지 않았다. 탄약과 식량도 넉넉지 않을 뿐더러 아군의 성인 나나오와 쓰바타는 모두 먼 데다 연락할 수 있는 길은 모두 차단되어 있었다.

고성(孤城).

무원(無援).

믿는 것은 자신 밖에 없었다. ――다만 오늘까지 한 성에 살며, 한 길을 걷고 한 주인을 기점으로 하여 불만없이 살아온 사람들의 마음의 유대가, 과연 예기치 않은 위기를 맞이하여 어떤 양상과 변화를 보일 것인지――그것이 궁금했다.

'아내는 역시 달랐다……'

스케몬은 적의 불화살과 총탄이 날아오는 망루 위에 서서 문득 느끼는 어떤 행복감이 마음에 위로가 되었다. 그녀와 처음 맹세를 나눈 혼례식 밤에 본 아름다운 모습보다 이런 때에 임하여 자기와 같은 각오로 머리띠를 두르고 견대를 맨 갸륵한 모습이――훨씬 깊이있고 훨씬 아름답게 남편의 눈에 보인 것이었다.

지휘를 하는 사이에도 그의 눈은 이따금 아내의 모습을 찾고 있었다.

그녀는 많은 피난민들을 위험한 외곽에서 니노마루의 수풀과 공터 쪽으로 옮기고, 시녀들과 함께 이따금 살펴보고 있었다. 병자에게는 약을 주고 아이들에게는 과자를 주었다. 또한 큰 솥을 끌어다 놓고 죽을 끓여 격려하고 위로하며, 스스로 이 일 저 일 돌보기도 했다.

"성 안에는 한정된 양식 밖에 없으니 연명이나 할 수 있는 정도로 나누어 먹도록 하세요. 설사 어떤 일이 일어나도 그대들과는 무관한 싸움이니, 다치지 않도록 조심하며 견뎌 주세요. 조금도 두려워할 것 없어요."

스케몬은 멀리서 바라보며 진심으로 기뻐했다. 이미 각오한 바 있는 가슴에 또 하나의 결심을 흐뭇한 마음으로 굳히고 있었다.

"주군! …… 아직 봉화가 안 보입니다. 가나자와로의 연락은 아주 단념해야 할 것 같습니다."

뒤따라 올라온 오니시 긴에몬(大西金右衛門)이 고꾸라지듯 그의 앞에 무릎을 꿇더니 그렇게 말했다.

이 노신은 성의 방어보다는 봉화가 올라야 할 먼 하늘에만 마음을 쓰고 있었던 것이다.

그 까닭은——.

삿사 군의 내습과 동시에 성내에서는 연이어 네 차례에 걸쳐 가나자와에 이 급변을 알리는, 말하자면 적중을 돌파해야 하는 결사적인 전령을 보내고 있었기 때문이었다.

첫 번째 사자는 붙들렸다. 두 번째도 적에게 발견되고, 세 번째 사자도 실패했다.

그리하여 오늘 새벽, 마지막이라는 생각으로 내보낸 전령도 역시 마찬가지였다. 약속한 봉화는 오르지 않았다.

만약 무사히 적의 경계선을 뚫고 가사시마(笠島) 근방까지 가면, 산 위에서 봉화를 쏘아 올려 '탈출 성공……'이라는 신호를 성 측에 보내기로 하고 출발했던 것이다.

"아직도 봉화가 오르지 않는 것을 보면 마지막 사자 역시 적에게 발각된 모양입니다. 아아, 이제 어떡하면 좋단 말입니까?"

오니시 긴에몬은 탄식하며, 수장의 대책을 알기 위해 온 것이었다. 그러나 오쿠무라 스케몬은 그의 염려를 이렇게 웃으며 위로했다.

"긴에몬, 상대는 한때 오다의 용장으로 이름을 떨쳤던 삿사 구라노스케 나리마사야. 이런 조그마한 성 하나를 포위하면서 빈틈이 있을 까닭이 있겠는가? ……그 증거로 적은 나나오와 이 성의 중간 지점인 시키나미에도 병력을 보내고, 쓰바타와의 중간 지점인 강 입구에도 재빨리 병력을 배치시키고 있다. 무엇 때문인지 아는가?"

"글쎄올시다. 용병에 대해서는……."

"나나오에서 가나자와에 이르는 노토, 가가에 걸친 각 요소에 상호 연락을 위한 봉화대가 마련되어 있다는 것을 삿사가 진작부터 알고 있기 때문이다……즉, 강 어구와 시키나미 두 지점을 누르고 있으면, 스에모리 성에서 아무리 봉화를 쏘아 올려도 중간이 끊어져 있기 때문에 소용 없다는 점을 노린 거다……그만 하면 삿사 나리마사가 이 성을 공격하기 전부터 혹시 우리가 아군에 연락하지 않을까 하고 얼마나 두려워하고 중시하고 있는지 알 수 있지 않나?"

"지당한 말씀입니다. 하오나, 요행히 적의 눈을 피하여 사자가 탈출하기만 하면……."

"그만 두어라. 공연히 용감한 병사 하나를 잃을 뿐이다. 절대로 다음 사자는 보낼 필요없다."

"그러시다면 이대로 성과 함께 운명을 같이 하실 생각이십니까?"

"반드시 죽는 것을 서두를 것은 없지. 여한이 없을 만큼 전력을 다하고, 그래도 할 수 없다면 그뿐이지."

"아아! 농성하실 생각이시라면 어찌하여 어제 그 많은 영민들을 성중에 수용하셨습니까? 식량은 고작해야 20일을 지탱할 정도 밖에 없습니다. 그것을 저 수많은 영민들에게 모두 먹여 버리신다면……."

"노인! 먹을 것을 가지고 우는 소리를 하다니 부끄럽지도 않은가? 한 공기의 밥을 반씩 나누어 먹는 거다. 열흘 분의 양식이라면 보름에 나누어 먹으며 싸우는 거다. 영주나 노인이라면 이런 때에 가엾고 무고한 자들의 생명을 지켜 줘야 하는 것이 의무가 아니겠는가? 그대나 나는 또 낫다. 같은 무문에 태어난 젊은이들이야말로 더욱 참혹하지 않은가? 어서 여기를 내려가 그 젊은이들을 격려 해다오. 내가 그렇게 말했다고 전해다오."

삿사 군은 그 수를 믿고 밤이고 낮이고 끊임없이 맹공격을 계속하여 성병들에게 숨돌릴 틈도 안 주려는 방침을 쓰고 있었다.

"산노마루가 위태롭다."

그런 말이 들리기 시작했다.

지형적으로 봐도 그곳을 성의 약점으로 보고, 나리마사는 각 부서에 명령을 내렸다.

"후문과 외곽 부분에 집중 공격을 가하여 짓밟아 버리도록 하여라."

삿사 헤이자에몬, 노노무라 몬도(野野村主水), 구제 다지마(久世但馬) 등 각 부대에 다시 별동대인 노이리 헤이에몬(野入平右衞門), 사쿠라 진스케(櫻甚助) 등의 병력이 합세하여 수천 명이 함성을 지르며, 다투어 공격하고 있었다.

"우리가 먼저!"

밤이 되자 가랑비가 내리기 시작했다. 둑과 축대 위에서 서로 미끄러지며 맞붙어 싸우면서 혈전은 그칠 줄을 몰랐다.

그러나 성병은 이미 사흘 밤 사흘 낮을 자지 않고 있었다. 더구나 병력은 적의 몇 십 분의 일밖에 안 되는 것이다.

"틀렸다!"

비통한 고함이 들렸을 때는, 이미 비와 불과 피와 진창으로 범벅이 된 산노마루는 적병으로 가득 차 있었다.

가뜩이나 부족한 성병의 태반은 이날 밤 이 산노마루의 수비에서 전사하고 말았다.

"분하다. 분하구나."

남은 군사들은 그 말만 되뇌며 일단 혼마루로 모였다가, 다시 외곽과의 사이에 밤을 새워 방어선을 구축했다.

비를 무릅쓰고 돌과 흙부대를 쌓아 올리고 숲 속에서 큼직한 나무들을 잘라와서 급한 대로 방책을 짜기도 했다. 부장으로부터 보군에 이르기까지 사람이 할 수 있는 최대한의 힘을 내어 일을 했다.

그 동안 누구 하나 불평이나 망설임을 보이지 않았다. 그들도 이제는 이성이──이미 산노마루를 빼앗겨 반 조각이 된 고성이 얼마 지탱하지 못하리라는 것을 무언중에도 알고 있었을 것이나 웬일인지 탈주병 하나 없는 것이었다.

이것은 수장 오쿠무라 스케몬의 평소의 인애(仁愛)와 오늘의 굳건한 결의가 소리쳐 꾸짖거나 격려하지 않아도 각 부 조장으로부터 사졸에 이르기까지 잘 침투되어 있기 때문이기도 했지만, 사실은 더 큰 힘이 그들의 사기를 고무하고 있었던 것이다.

그것은 스케몬 아내의 힘이었다. 그녀 역시 한낱 보군과 더불어 첫날밤부터 줄곧 단 한 때를 쉰 적이 없었다.

그녀는 남편의 뜻을 잘 살려 영민들도 열심히 돌보았지만, 이곳저곳 방어진지에서 부상자를 혼마루로 옮겨 손수 상처를 씻어 주고 헝겊으로 처매 주기도 하며, 간호하느라 지친 몸도 잊고 있었다.

그녀의 손이 부상자의 상처를 처매 줄 때는 두 눈에 눈물이 고였다. 아무리 사죄해도 모자랄 것 같은 느낌에 자연히 번져 나오는 눈물은 부상자들에게는 한없는 위로가 되고 애정의 유대가 되었다.

"이까짓 상처쯤……."

그들은 창을 지팡이 삼고라도 방어진으로 다시 나가는 것이었다.

그 모습에 전우들은 고무되었고, 그 갸륵한 방어 정신에 보답하기 위해, 그녀는 다시 손수 지은 밥을 나누어 주고, 술잔을 들고 다니면서 술을 좋아하는 자들에게는 술광에 술이 있는 한 따라 주며 다니기도 했다.

——당장 그날 밤에라도 함락될 듯이 보였던 성은 이리하여 오히려 더욱 강한 저항을 보이기 시작했다. 더욱 뜻밖이었던 것은 와들와들 떨고만 있던 영민들까지 남자는 모두 떨치고 나가서 나무를 베고 돌을 굴려오고 하며 방어전의 일익을 스스로 담당했던 사실이었다.

"아직도 끝장이 안 났나?"

삿사 나리마사는 그날, 이미 적의 스에모리 성이 괴멸 직전에 있는 것으로 보고 쓰보이 산에서 본진을 전진시켜, 바로 성 밑까지 와서 물었다.

"왜 이리 오래 걸리는 건가?"

그는 산노마루를 점령했다는 보고를 듣고도 아직 부하들이 힘을 덜 기울이고 있지 않은가 해서 불만스런 표정까지 보였다.

밤에는 성 안도 성 밖도 온통 불바다가 된 것 같았다. 가랑비가 내리는 하늘도 벌겋고, 그 반사로 걸상에 앉아 있는 그의 얼굴 역시 붉은 가면을 쓴 것 같았다.

"어어, 몬도인가. 어때, 점령했나?"

비에 젖은 갑옷 차림으로 말에서 내려 본진 장막을 젖히고 들어오는 전선의 한 부장을 보자, 나리마사는 재촉하듯이 물었다.

노노무라 몬도는 무거운 몸을 지친 듯이 털썩 그의 걸상 앞에 내던지며 말했다.

"아직 떨어지지 않고 있습니다. 적은 생각보다 완강합니다."

"뭣이? 떨어지지 않았다고?"

"뜻밖일 만큼 견고합니다. 많은 병력을 투입해서 억지로 밀고 들어가면 돌이킬 수 없을 정도로 많은 희생을 낳을 염려가 있어서…… 일단 하회를 기다려 다시 결정하려고, 헤이자에몬님을 비롯한 다른 면면과도 의논하여 제가 예까지 지시를 받으러 왔습니다."

"그렇다면 오늘 밤 안으로 달성시키기는 어렵단 말인가?"

"밤을 넘기면 적은 혼마루와의 경계에 더욱 방책을 견고히 쳐서 싸움이 어렵게 될 것이고, 그렇다고 이 비속에 단숨에 쳐들어가려고 서두르면 아군의 사상자가 헤아릴 수 없이 늘어날 것입니다."

"그게 무슨 소리냐. 그렇다면 함락할 수 없다는 말과 같지 않은가?"

"함락할 수 없는 것은 아닙니다. 다만 시일을 요할 것만은 틀림없습니다."

"시일이 걸리면 아무리 모든 길을 차단하고 봉화대의 연락을 끊어 버렸다 해도, 반드시 나나오의 적이나 가나자와의 적이 변란을 알고 달려 올 것이다. 삿사 나리마사쯤 되는 자가 그토록 서투른 싸움을 할 수 있단 말인가? 무슨 일이 있어도 새벽까지는 짓밟아 버려라. 그대들 손으로 안 된다면 이 나리마사가 직접 가리라."

"예. 말씀하신 대로 일동에게 전하겠습니다."

노노무라 몬도는 어쩔 수 없다는 듯 일어섰다. 부하들을 생각하니 무언가 가슴 아픈 것이 느껴져 문득 울분과 같은 것이 그의 얼굴을 스쳐가고 있었다.

"그럼 이것이 주군을 마지막 뵙는 자리인지도 모르겠습니다. 내내 건승하시기 바랍니다."

그가 장막 밖으로 나서려고 할 때였다.

"잠깐!"

"예……무슨 말씀이시온지?"

"몬도, 잠깐 기다려라."

무슨 생각을 했는지 나리마사는 그렇게 갑자기 불러 세우더니, 몬도가 다시 무릎을 꿇자 목소리를 낮추었다.

"언젠가 그대는 스에모리 성에 잘 아는 자가 있다고 하지 않았나?"

"예, 있습니다. 지아키 도모노스케(千秋主殿助)라고 하는데, 그전에는 에치젠에서 살다가 그 뒤 마에다가로 들어간 자입니다."

"그거 아주 잘됐다. 어디 그대가 한 번 그 도모노스케를 유인하여 움직여 볼 수 없겠나? 충분한 보수를 약속하고 말이다."

나리마사는 한 계책을 그에게 일러 주었다.

농성하는 사람들 중에 지아키 도모노스케라는 사나이가 있었다.

도시이에가 직접 오쿠무라 스케몬에게 달아준 자로, 스에모리 성의 한 부장으로서 동쪽 성곽을 지키고 있었다.

이날 밤.

그 도모노스케 앞으로 공격 군의 첩자 하나가 밀서를 한 통 가지고 잠입해왔다.

"아무쪼록 대답을 들려주시도록……."

펼쳐 보니 삿사 나리마사의 막장 노노무라 몬도의 편지였다. 그는 무슨 일일까 하여 등불을 밝히고 읽어 보았다.
 '――그대와의 구연을 생각하면 지금의 피차의 입장은 운명이라고는 하지만, 너무나 참혹하여 아픈 마음을 금할 수 없다.'
 먼저 오랫동안 만나지 못했던 그간의 정을 열거한 다음,
 '그러나 깊이 생각해 보면 일시적인 기세와 명분에 구애되어, 서로 미워할 수 없는 처지에 있으면서 시체를 쌓아 올리고 성을 태우고, 그로써 일생을 끝낸다면 실로 어리석은 일이 아닐 수 없다……그대가 성주 오쿠무라 공을 한 번 설복해 볼 생각은 없는가? 스케몬 부부도 아직 젊은 몸, 좋아서 죽음의 길을 선택하고 있는 것도 아닐 것이 아닌가? 더구나 당신들은 둘째 문제고, 어린 자식과 연로한 자당도 계시지 않은가? 나는 그분이 수백의 부하를 헛되이 죽음으로 몰아넣을 무분별한 사람으로는 생각하지 않네.'
 그렇게 이치를 가리고 나서, 다음에는 실리적인 조건을 제시하고 있었다.
 '만약 스케몬 공이 성문을 열고 삿사님의 처분에 맡기신다면, 노토(能州) 두 고을의 영주로 봉하고, 황금 천냥을 드리겠다고 나리마사님께서 약속하고 계시네. 물론 귀공에게도 충분한 은상을 약속할 수 있네……승낙 여부를 즉각 첩자에게 알려 주기 바라네.'
 도모노스케는 깊숙이 낀 팔짱에 한 동안 얼굴을 묻고 있었다.
 그도 인간이다. 생각한다는 것은 인간으로서의 소행에 불과한 것, 오래 생각하면 할수록, 높은 정신은 상식적인 수준으로 떨어져 버리게 마련이다.
 '아무리 지켜 봤자 내일이면 낙성은 필연적인 것, 멀리 떨어져 있는 가나자와의 원군도 제때에 와 주지 못할 것이 뻔하다……목이 잘린 시체가 되어 초토에 뒹굴기 보다는……'
 그는 곁에 있는 댓조각에 '좋다'는 한 마디와 함께 수결을 덧붙여, 밀사의 손에 넘겨주었다.
 한 밤중이었지만 도모노스케는 곧 혼마루로 갔다.
 그리고 주위의 파수병에게 물었다.
 "성주께서는?"
 파수병은 망루를 가리켰다. 올라가니까 스케몬 나가후쿠는, 공격군이 다소 기세를 늦춘 탓인지 망루벽에 몸을 기댄 채 졸고 있었다.
 "성주, 성주!"

가볍게 어깨를 흔들었다.

"아, 지아키. 무슨 일인가?"

스케몬은 그를 올려다보며 여느 때처럼 미소를 보였다.

도모노스케는 이미 그 전에 망루 위의 파수병을 모두 물리쳐 버린 뒤여서 곧 노노무라 몬도가 보내온 밀서를 보이고, 주위를 둘러보며 속삭였다.

"어떻소? 성주. ······어떻게 생각하시오?"

"글쎄······."

스케몬은 서면을 도로 말아 도모노스케에게 돌려주었다.

"그대 생각은?"

"한 번 여기서 곰곰이 생각할 문제로 보는데?"

"좋다. 내 생각을 보여 주지."

말을 끝내자마자 스케몬은 별안간 도모노스케의 목을 조르며 망루 바닥에 쓰러뜨렸다.

도모노스케는 눈을 부릅뜨며 격분했다.

"이, 이게 무슨 짓이냐. 네 놈을 위해서 숨김없이 말한 건데, 그 우정을 배반하는 거냐?"

깔고 앉은 스케몬은 조금도 손을 늦추지 않았다.

"주군을 배반하고 성 안의 전우들을 배반하려고 한 네 놈이, 우정을 들고 나오다니 가소롭구나. 너 같은 놈을 두고 배신자라고 하는 거다."

"빌어먹을!"

도모노스케는 필사적으로 몸부림쳤으나 스케몬의 고함을 듣고 달려 올라온 군졸들이 순식간에 그를 결박하고 말았다.

"그 자를 망루 기둥에 묶어 두어라."

스케몬은 즉각 아우인 오쿠무라 가혜(奧村加兵衞)를 불러 지아키 도모노스케를 대신해 동쪽 외곽을 지키게 하고, 그곳 군졸들도 교체시켰다.

안으로 이런 아슬아슬한 사태가 벌어지기도 했으나, 스에모리 성의 수비는 여전히 견고했다.

성주 스케몬의 의연한 태도가 그 원인이었으나 한편, 그의 아내가 군졸들을 성심껏 위로하고 영민을 돌보아 주며 자신의 목숨이나 안위는 생각하지 않고 부도(婦道)의 선미(善美)를 보여준 데서 온 힘이 컸다.

한 성도 한 집안과 다름없다. 이 집안은 뜻하지 않은 재난에도 세상의 풍파에도, 모든 의미에서 쉽사리 무너지지 않는 그 무엇을 지니고 있었던 것이다.

공격군인 삿사 나리마사는 노노무라 몬도가 보내온 희소식만 믿고 성 내에 배반자가 나타나거나 일제히 항복해 올 것을 고대하고 있었으나 아무 변화도 없을 뿐더러 사기가 더욱 왕성해지며 방책을 견고히 하고 있는 눈치에 놀라, 다시 총공격을 개시했다.

그러자 12일 새벽——.

"어제 저녁 쓰바타 성 상공에 분명히 봉화로 보이는 연기가 올라갔습니다. 이 스에모리 성에서는 너무 멀어서 보지 못하셨을 테지만, 오미 강 일대에서는 분명히 보였습니다."

이 소식을 성 밖에서 위험을 무릅쓰고 일부러 알리러 온 한 농부가 있었다.

"그렇다면 원군이 틀림없다. 가나자와의 군사들이 쓰바타에서 예까지 와 있다는 뜻으로 봉화를 올린 것에 틀림없다!"

부장들은 어둠 속에서 광명을 본 듯 기뻐 날뛰었다.

"아니다. 섣불리 믿을 수 없다. 만일 오보일 때는 군졸들은 모두 낙담하여 오히려 사수하려던 용기를 잃게 되리라."

스케몬은 이렇게 나무라며, 엄숙한 표정을 풀려고 하지 않았다.

그러나 날이 새어 동쪽 하늘에 떠도는 구름이 붉게 물들어가는 묘시 경이 되자, 망루에 있던 파수병이 말을 향하여 절규했다.

"온다. 온다. 원군이다! 가나자와에서 오는 군사들이다!"

와아——하고 온 성이 환희의 고함 소리를 질렀다. 보군 조장인 우에하라 세이베(上原淸兵衞)는 높다란 나무 꼭대기로 기어 올라가 두 팔을 휘두르며 온 성 안에 대고 고함쳤다.

"오오, 이마하마(今濱) 모래 언덕에 쇼키(鍾馗 : 역신을 내쫓는 신)의 진표가 보인다. 틀림없는 가나자와의 원군이다. 어어이, 기뻐해라. 모두 기뻐해라. 원군은 지금 이마하라까지 와 있다아!"

자신이 소리친 서슬에, 나무위에 있던 우에하라 세이베는 밑에서 그에 화답하는 성병들의 환호성 속으로, 굴러 떨어지고 말았다.

연계봉화

 가나자와(金澤)에 있는 오야마(尾山) 성에 스에모리(末森) 성의 위급이 알려진 것은 10일 밤이었다.
 맨 먼저 알려 온 사람은 도미야마(富山)의 상인 다바타 고헤로 삿사 나리마사의 군대를 가가와, 노토 경계 지대의 산중에서 헤매게 하고, 미쿠니 산의 험한 골짜기에서 되돌아와 가나자와까지의 장거리를 지칠 때까지 달려왔던 것이다.
 "큰일 났습니다!"
 이 보고가 성문을 지나 안으로 들어가고 나서 거의 일각(두 시간)이 흐른 뒤였다.
 "큰일 났습니다."
 이번엔 어부 차림의 사나이가 스에모리 성이 위태롭다고 알려왔다. 그때 성문의 방어는 이미 전시 태세를 갖추고 있었다.
 마에다 마다자에몬 도시이에(前田又左衞門利家)는 근래 야식하는 주량도 줄이고, 부인이 의아스럽게 생각할 만큼 취침 시간도 정해 놓고 있었다.
 "……나이 때문이겠지."

그는 부인에게 양생을 설명했다. 그리고 평소 무엇인가 느낀 것이 있는 듯한 표정이었다.

"무인의 결점은 목숨을 소홀히 하는 데 있소. 깨끗한 각오와 소홀히 하는 것과는 다르지."

그가 평소 품고 있는 감회란, 살벌한 세상의 꼴을 바라보며 이렇게 곰곰이 깊은 생각에 잠기는 것이었다.

'자기의 목숨조차 허술하게 생각하고 있는 인간이 어떻게 타인의 목숨을 아낄 수가 있겠는가…… 타인의 생명을 아끼지 못하는 인간이 또 어떻게 무수한 생명을 이끌며 정치를 하고, 세상을 바로 잡을 자격이 있겠는가!'

그는 이것을 자신의 생활 태도에서 반성해 보고, 이렇게 회개했던 것이다.

'……음주도 약이 될 만큼만.'

좋아하는 술조차 자중하여 수명을 위한 계율로 삼았을 정도이니 여색, 음식 등 모든 일에 대해선 물론이고 기거하는 것도 달라졌다.

그의 더욱 깊은 마음의 비밀을 헤아려본다면, 시국관이 50을 넘은 그의 마음속에 숨어 있었는지도 모를 일이다.

'여유 있는 마음으로 목숨을 오래 부시하며 때를 기다리지 않는 한, 히데요시나 이에야스를 누를 수도 없고, 어깨를 나란히 하기도 어렵다.'

그런 도시이에가 밤중에 홍두깨 격으로 삿사의 이변을 들었으니 침소에서 바로 뛰쳐나와, "그럴 법한 나리마사지……" 하고 중얼거리면서 얼굴을 씻고, 양치질을 한 뒤 아침인 것처럼 서원으로 나갔다.

몸소 고혜를 만나 그의 심정과 삿사의 길 안내에 선 경위 등을 소상히 들었다.

그 동안 두 번째 소식을 가지고 온 사나이가 서원 마당에 앉았다. 이 어부 차림의 사나이는 스에모리 성에서 적중 돌파를 시도한 수병의 급사중 한 사람으로, 육로는 적이 차단하고 있었기 때문에 해로(海路)를 택해서 가와호쿠 만(河北灣)의 앞바다에서 긴급 선편으로 오노 강(大野江)까지 왔다고 말했다.

"두 사람 모두 좀 쉬어라."

도시이에는 그들에게 피로를 풀게 하고 자신은 성안의 넓은 방으로 자리를 옮긴 뒤, 즉시 숙직하는 가로(家老)와 무사 등을 불러서 영을 내렸다.

"마쓰가시마(松任)에 당장 긴급 전령을 보내라."

우선 아들 도시나가가 있는 지성에 급히 전한 뒤, 수하 각처의 장수들에게 출동령을 하달했다.

그의 부인도 사태를 짐작하여 도시이에의 갑옷 군장을 벌써 내놓고 있었다.

그리고 마른 소라, 황밤 등을 쟁반에 받쳐 출진하는 데 필요한 모든 것을 방 한구석 불 밑에 갖추어 놓고 있었다.

얼마 후 도시이에는 무사가 집합한 마당으로 나왔다.

그의 모습을 보자, 출진 신호의 두 번째 소라 고둥이 은은히 울려 퍼졌다.

"산에 있는 자들은 봉화를 올려라."

성 뒤에 봉화산이라고 부르는 둔덕이 있다. 그의 명령을 받고 봉화 당번은 그곳으로 달려 올라가서 미리 준비한 초연통에 불을 붙였다.

한 줄기 연기가 밤하늘 높이 올라가자, 뇌화가 소리를 내며 펼쳐졌다. 만약 대낮이라면 짙은 회색 연기가 잠시 중천에 보였으리라.

이곳 오야마 성에서 이 봉화가 오르자 북쪽은 고사카(小坂), 요시하라(吉原), 후쓰카이치(二日市), 쓰바타(津幡) 등 노토(能登) 지방 나나오(七尾)에 이르기까지──그리고 서남쪽은 노노이치(野野市), 마쓰토, 가사마(笠間), 데도리 강(手取江) 등──각지의 봉화산에서 봉화산으로 음향의 역전이 이어져 가며, 비상사태 발생의 경보가 순식간에 영내의 구석구석까지 전달되었다.

이것을 연계봉화라고 하는데, 원래 중국 내륙에서 행한 전법의 하나를 그대로 도입하여 병가가 사용하고 있었던 것이다.

"자아, 가자."

도시이에는 마쓰토의 도시나가 병력이 오는 것을 기다리지 않았다.──따라 올 자는 뒤를 따르라는 듯이 즉각 성문을 나서려 하자, 14, 5세 가량의 소년이 장도를 들고, 도시이에의 말 앞을 말에 뒤떨어질 세라 달려가는 것을 보자, 그는 방해된다고 생각하여 소리쳤다.

"어린 녀석은 옆으로 비켜라."

소년은 그에게 혼이 나고서도 여전히 말 앞에 서서, 말보다 빠른 다리를 자랑하듯 계속 달리므로 도시이에는 다시 고함 쳤다.

"누구냐, 거기 달려가는 것은."

그러자 소년은 되돌아보며 달리면서 대답했다.

"숙부님, 저올시다."
"앗! 게이지로(慶次郎)로구나. 누구 허락을 받고 따라오는 거냐?"
"숙모님으로부터 수행해도 좋다는 허락이 계셨습니다."
"뭐라고? 숙모의 허락을 맡았다고?"
"네에, 이제 이곳까지 왔으니 하는 수 없습니다. 제발 데려가 주십시오."
소년은 발을 멈추고는 도시이에가 탄 말의 안장을 붙들고 졸랐다.
그는 도시이에의 형의 아들, 즉 그에게 조카뻘인 마에다 게이지로라고 하는 성내 제일의 개구쟁이였다.——과거 교토로 데리고 간 일이 있었는데, 어느 날 히데요시가 도시이에를 찾아 와서 이 게이지로를 보고 말했다.
'천하의 기아로다.'
그 별난 히데요시마저도 이 게이지로의 개구쟁이 노릇에는 감탄했던 것이다.
오늘 밤에도 출진 명령이 내려진 것을 알자 게이지로는 숙부 도시이에에게 데려가 달라고 끈덕지게 졸랐다. 그러나 아무래도 천지를 모르는 자연아일 뿐 아니라, 가는 도중이나 전장에서 짐스러울 것이 예상되며 더구나 형의 아들이라 만일의 경우를 우려해서 말했다.
'이 녀석아 너는 집에 남아서 집안을 지켜야 한다. 집안을 지키는 것도 전장에서 싸우는 것에 못지 않으니라.'
그렇게 속여서 겨우 달래어 놓고 나왔던 것이다.
그러나, 그런 수에 넘어가지 않는다는 듯한 게이지로의 표정이었다.
도시이에는 쓴웃음을 지으며 고개를 끄덕이며 말했다.
"할 수 없는 놈이로군. 그토록 가고 싶다면 따라 와도 좋다. 그러나 전장에서 우는 소리는 하지 말라."
일부러 그의 기를 죽여 놓고 단숨에 말을 몰아 그곳을 떠났다.
도시이에 군의 선두가 성시 밖의 고사카까지 왔을 때, 니와 고자에몬 나가히데의 사자가 그의 앞에 나타나 주인의 말을 전달했다.
"우선, 무라카미 지로우(村上次郎右), 미조구치 긴우(溝口金右) 양인에게 병력 3천 명을 붙여 따르게 했으니 군세의 일단으로 참가시켜 주십시오."
그러자 도시이에는 호의는 감사하지만 그들의 종군을 거절했다.
"모처럼의 말씀이지만 도시이에, 도시나가 모두가 십사(十死)일생도 기대하고 있지 않습니다. 오히려 니와님의 군사는 뒤에 남아서, 만일의 반란이나 배반 등에 대비해 주신다면 그것도 나의 강점이 될 수가 있습니다. 아무쪼록 부재중의 일을 부탁하겠소."
 이 때가 바로 술시(오후 9시) 경이었다.
 도시이에는 말을 재촉하여 행진을 서둘렀는데 모모사카(百坂), 모리모토(森本), 후쓰카이치 등에 이르자, 각 향토 소재의 지원 무사들이 참군하는 바람에 가면 갈수록 인원수가 증가해서 대부대가 되어 12일 이른 새벽에 쓰바타 성하에 도착했다.
 물론 여기서도 연계봉화 신호에 의해 전성 전토(全城全土)가 무장을 갖추고 도시이에의 본군이 오기를 밤새껏 기다리고 있었다.
 "매우 피곤하시겠습니다. 바로 대서원으로……."
 성주 마에다 히데쓰구(前田秀繼) 이하 장병들이 출영하자 도시이에는, 성 아래에 말을 매게 하고, 성 안에는 들어가지 않았다.
 "아니 휴식은 여기서 하겠다."
 그리고 뒤따라 달려오는 장병들의 도착을 기다려서 병력을 점호했다.
 부장으로서는 후와 히코조(不破彦三), 무라이 나가요리(村井長賴), 우오쓰미 하야토(魚任隼人) 등 기타 7백여 명의 사졸들이 따르고 있었다. 점호해 보니 아군은 소병력이고 적은 대병력이었다.
 '위태로운 고집이시다.'
 모든 사람들은 그렇게 생각하지 않을 수 없었다. 그렇게 보는 것이 상식적이다.
 쓰바타 성주 히데쓰구나 그 노신 데라니시 무네토모(寺西宗典) 등은 우려의 빛을 나타내면서 이렇게 간했다.
 "정말 정보에 의하면 스에모리 성은 이미 낙성 직전에 있으며, 당장 달려가신다 하더라도 적은 대군이니 도저히 구출할 가망이 없으리라 합니다……차라리 이 쓰바타에 머무르시면서, 오사카 쪽의 지원을 기다리시는 것이 어떻습니까?"
 말이 채 끝나기 전에 도시이에는 분연히 표정을 바꾸며 말했다.
 "적이 대군이라 들으니 오히려 스에모리에 있는 가련한 스케몬들의 마음이 어떨까 걱정이다. 그러한 의견은 사기를 잃게 할 뿐, 우리에게 무슨 보탬이 있겠느냐. 스케몬을 그냥 버려둬서 적중에서 개죽음을 시켜 보아라. 그거야말로 세상의 웃음거리가 될 뿐이다."

히데쓰구는 얼굴이 붉어졌으나 어떻게 해서라도 도시이에를 단념하게 하려고 생각해서인지 일부러 용하다는 점쟁이를 불러서 출진의 길흉을 점치게 했다.

도시이에는 점쟁이란 말을 듣고 실소했으나 그 점쟁이를 쏘아보더니 이렇게 말한 뒤에 점을 치게 했다.

"이것 봐, 점쟁이, 나는 반드시 스에모리로 가는 거다. 그것을 알고 점을 치라."

"넷!"

점쟁이는 몸을 움츠렸다. 그리고 계속 점궤를 생각하다가 이윽고 옷소매에서 한 소책자를 끄집어내더니, 정색을 하면서 이렇게 대답했다.

"날도 길일, 시도 대길입니다. 군사를 전진시켜서 대공을 세울 것이라고 나왔습니다. 네에, 아군의 승리는 의심할 여지가 없습니다."

"길인가. …… 아하하하."

도시이에는 손뼉을 치고 웃은 뒤에 그 점쟁이에게 상을 내리고 이렇게 재촉했다.

"조반, 조반을……."

벌써 사졸들은 진중 식량을 들고 있었다. 히데쓰구 등은 성중에 조식(朝食)의 준비를 갖추었으나 도시이에는 끝내 성안에는 들어가지 않았다.

하는 수 없이 상을 차려 가지고 그곳으로 왔지만 도시이에는 성찬에는 젓가락도 대지 않고 두 개의 주먹밥과 한 그릇의 국물을 마셨을 뿐이었다.

그 동안에도 장병들이 계속 도착하여 증가되고 있었다.

"나가요리는 선봉에 서라. 도시히데, 나이젠(內膳)은 제2대, 제3대에는 도시마스(利益), 미쓰유키(光之), 요사부로(與三郞) 등으로 구성하고, 제4대는 도시나가의 수세에 맡기겠다."

그는 대략 지시하고는 누구보다 먼저 말에 채찍질하고 있었다.

놀란 장병들은 그의 뒤를 따르면서 대오(隊伍)를 짓고 있었다.

무사 책임자는 미야카와 다지마(宮川但馬), 무사 조장은 야마자키 쇼베(山崎庄兵衛).

"달리며 대형을 짜는……이런 일은 난생 처음이다……."

야단스럽게 대오를 정돈하는 소리가 들려 왔다.

벌써 마쓰가시마의 도시나가토 참가하고, 지원 무사들도 모여 들었기 때문에 이날 아침의 총병력은 3천 5, 6백 명으로 추산되었다.
 가호쿠(河北) 만의 물가에서 날이 새어, 정오 전에는 벌써 다카마쓰의 해변에 다다르고 있었다.
 밤부터 이슬비가 축축이 내리기도 하고 또 바람이 불던 날씨가 가을의 맑은 하늘을 드러내어 고성이 된 스에모리의 흰 벽을 멀리 바라 볼 수 있을 것 같았다.
 그 전날 밤에——
 삿사(佐) 군의 진보 우지하루(神保氏張)의 군사는 마에다 군의 쓰바타와 도리고에(鳥越) 성 등에서 일어나는 봉화의 연기를 목격했기 때문에 '무슨 일이 났구나' 하고 긴장하여 바로 정찰을 보냈다. 그랬더니 가나자와의 원병은 아직 쓰바타까지 와 있지 않았고, 성중의 형세로 보아 가령 도시이에가 출동했다 하더라도 오늘밤은 쓰바타 성에서 숙박할 것이라고 하는 견해에 일치하고 있었다.
 "날씨도 나쁘고, 가나자와에서 오자면 피로도 겹쳐, 아마 쓰바타에서 밤을 새울 것이 틀림없다."
 우지하루도 동일한 판단 하에 그날 밤은 아무런 대비도 하지 않고 강가의 진에 단지 초병만 세워 놓았을 뿐이었다.
 "적이다!"
 그런데 그 초병이 깨달았을 때는, 바로 눈앞의 이마하마까지 도시이에의 기치가 전진해 오고 있었다. 그뿐 아니라 오우미 강의 얕은 곳을 건너서 점점이 흩어져 오는 마에다 군이 보였다.
 그중에서도 이마하마의 바닷가에 도시이에의 깃발을 들고 서 있던 직속 가신들의 일단은 그것을 높이 휘두르며, 고립된 성의 전우들에게 소리가 닿을 리는 없었지만, 모든 군사들은 소리 높이 외치지 않을 수 없었다.
 "왔다, 왔어. 주군을 선두로 우리가 벌써 여기까지 왔다. 분투하라! 스에모리 성의 여러분들……."
 ——그런데 소리가 들리지 않았을 텐데도 스에모리 성 안에서도 멀리 이마하마 쪽을 보며, 군사들이 '와앗!' 하고 함성을 올리고 있었다.
 큰 나무 뒤에 올라 가 있던 성병 우에하라 세이베란 자가 너무나 기쁜 나머지 정신없이 나무에서 떨어진 것도 바로 그때였다.
 바닷가를 따라서 잠행하고 있던 마에다 군의 선봉은 언제나 중군의 깃발보다 훨씬 앞질러 진격하고 있었다.

중군에 있을 것이라고 믿었던 도시이에도 자신의 위치를 넘어서 언제나 선봉대 속에 있었다.

"적의 본진은 쓰보이 산으로 판단된다. 쓰보이 산을 공격하여 무엇보다 먼저 삿사의 목을 얻어야 한다."

선봉 대장 무라이 나가요리는 이렇게 호령했지만, 도시이에는 말머리를 돌려, 일직선으로 스에모리 성의 성하로 달려들어 가며 말했다.

"나가요리, 나가요리! 목을 얻는 일은 뒤로 미루라…… 우선 위급한 아군을 살리고 나서 하자."

그곳에는 삿사 군의 여러 장수가 빈사의 고성을 포위하여 물 샐틈 없는 철통같은 진을 치고 있었다.

그러니 일각에서 격전이 일어나는 것도 당연했다.

도시이에는 나가요리와 두 갈래로 갈라져서 후미 쪽으로 접근해 갔다.

혼조 이치베(本庄市兵衛), 노노무라 몬도, 사쿠라 진스케, 구제 다지마 등의 삿사 군은 총구를 들고 돌진해 오는 도시이에 군에게 미친듯이 난사했다.

"쏘앗!"

다다닷——접근할 때까지 몇 기인가 쓰러졌다. 그러나 삿사 군 병사들이 이탄 삼탄을 다시 장진하는 사이에 마에다 군의 철기대는 그들 속을 종횡으로 달리며 그 포진을 지리멸렬 파괴하고 말았다.

마에다 군의 무사 한다 한베(半田半兵衛)는 창을 휘두르며 적의 맹자들만을 향해 닥치는 대로 모두 쓰러뜨리고 있었는데, 적의 부장 사쿠라 진스케가 "어떤 놈이냐. 괘씸하다……"며, 지목하여 멀리서 쏜 화살에 왼쪽 어깨를 맞아 난군의 북새통에 덧없이 사라져 버렸다.

그러자 그 한다 한베에게 지지 않을 만큼 적중에 깊이 돌입해서 분투하고 있는 키 작은 사나이가 있었다. 아니, 모든 사람이 작은 사나이라고 보았으나 자세히 보니, 그것은 14, 5세 가량의 소년이었다. 몸차림은 물론이고 창을 다루는 솜씨와 진퇴의 민첩성이 보통 이상이었기 때문에 보기에 작은 괴물로 밖에 보이지 않았다.

"자아 덤벼라."

"……맛좀 보아라!"

"이 새끼!"

 이러면서 소리치는 것을 볼때는 영락없는 어린애였고, 마침 화염부동(火炎不動) 속의 겨드랑 밑으로 튀어나오는 것을 보면 깜찍한 동자 그대로였다.

 이 동자는 삿사의 부장 사쿠라 진스케가 활을 당겨 아군 군사를 쏘고 있는 것을 발견하고 대담하게도, "이 녀석!" 하더니 입을 다물고 그 옆으로 달려갔다. 몸뚱이가 작아서 진스케를 둘러싸고 있던 사졸조차 그를 알아채지 못하고 방심했다.

"아앗!"

 진스케가 그의 창끝에 찔려 말 위에서 굴러 떨어지는 것을 보자 비로소 작은 괴물이 마에다 군의 한 사람인 것을 알고 소리를 지르며 포위했다.

 동자는 달아났다. 달아나는 것도 다람쥐처럼 재빨랐다.

"이 쥐새끼 같은 놈이 우리 대장을 찔렀겠다."

 사쿠라 진스케의 부하 고가와 나마즈노스케(小川鯰之助)가 그를 쫓아 끝까지 따라갔다. 너무나 끈덕져서 그 동자도 숨을 가쁘게 몰아쉬며 그 자리에 멈춰 나마즈노스케의 얼굴을 쏘아 보았다.

"무어야, 귀찮은 녀석 같으니. 나를 붙잡으면 가만 두지 않을 테다."

 전장이다.

 어린애의 전쟁놀이와는 다르다.

 그럼에도 불구하고, 어린이끼리의 놀이처럼 욕을 하고 있으니 고가와 나마즈노스케 같은 용사도 어처구니가 없고 간담이 서늘해졌다.

"무, 무어라고 이 놈이."

"남이 달아나는데 귀찮게 어디까지 따라오는 거냐? 바보 녀석."

"달아나는 것을 쫓는 건 전쟁에서의 상례이다. 너는 머리가 약간 이상하구나."

"무슨 소릴 하는 거냐. 칼을 들고 서로 죽이고 있는 이 전쟁에선 모두 머리가 이상해지는 것이 당연한 게 아니냐. 그 중에서도 너 같은 녀석은 미친 멧돼지와 같다. ……그러니 옆에 오면 가만 두지 않겠다는 것이다. 왜 내 말이 어떻다는 거냐?"

"갈수록 이상한 소리만 하는 놈이로구나. 도대체 너는 마에다가의 누구라고 하는 놈이냐?"

"고풍(古風)의 자기소개를 서로 하려면 너부터 먼저 이름을 말해 보아라."
"삿사 육장(六將)의 한 사람 사쿠라 진스케의 제일의 부하, 고가와 나마즈노스케가 바로 나란 말이다."
"나는 마에다 도시이에의 조카, 마에다 게이지로야."
"무엇! 마에다님의 조카라고?"
"그렇다 전쟁이란 것을 보려고 첫 출진으로 여기에 온 거다."
"그 말을 들은 이상 그냥 보낼 수는 없다. 상대로서는 부족하지만 도시이에 일족의 첫 출진자의 목은 이 나마즈노스케가 맡아 두겠다."
"싫어!"
게이지로는 고개를 옆으로 흔들었다.
"목을 버리러 온 것이 아니라 전쟁을 보러온 거다. 내 목을 갖는 건 봐줘."
그 모습이 너무나 어이가 없었다. 천진하기보다 상식이 없는 바보 같은 표정이어서, 나마즈노스케는 고개를 끄덕이며 말했다.
"하하아, 알았다……이 녀석은 결국 백치로구나."
그러나 군공장의 기록에는 백치의 목이나 영리한 자의 목의 구별이 없다. 있는 것은 신분의 상하뿐이었다.
"아니, 네 목을 맡아야겠다."
나마즈노스케는 덤벼들었다. 그리고 아주 간단하게 때려눕히려 한 것이 그의 평생의 과오였다.
퍽 하고 갑자기 얼굴에 주먹이 날아왔다. 비틀거리는 정강이를 게이지로의 단창이 힘껏 내려쳤다.
서너 군데 가리지 않고 난타했다. 완전히 땅에 뻗은 것을 또 쳤다.
"어때, 나마즈노스케……."
게이지로는 확인하기 위해 또 그 얼굴과 가슴을 몇 번이나 짓밟았다. 그러나 그는 공훈이 될 이 이름 있는 적의 목을 베려고는 하지 않았다. 꿈틀거리고 있는 적을 내려다보며 게이지로는 창을 어깨에 세우고 갑옷의 아랫도리 앞자락을 풀더니 유유히 오줌을 누기 시작했다.
나마즈노스케의 얼굴과 어깨에 오줌이 튀었다.
"이놈, 맛 좀 봤나?"
게이지로는 창을 짊어지고 다시 달리기 시작했다. 사방을 둘러보니 그곳에는 적도 없고 아군도 보이지 않았다.
후미 쪽의 성문이 떡하니 입을 열고 있었다.
스에모리 성의 내부 군사들은 도시이에 이하가 구원을 위해 접근해 왔다는 것을 알자, 온 성내가 기쁨의 함성을 울리면서 성밖으로 박차고 나가고 있었던 모양이었다.
그리고 이 방면의 포위망을 뚫고 도시이에 군을 맞아 들여, 이제야 구사일생의 행운을 찾았다고 손을 맞잡고 기쁨에 넘쳐 흘리는 눈물에 오히려 그곳 고성은 그 순간 숙연해지고 있었다.
이러한 때 인간의 감정이란 울어야 할지, 춤을 추어야 할지 알 수 없게 된다.
성주인 오쿠무라 스케몬은 도시이에를 맞아 묵연히……아무 말 없이 그 앞에 고개를 숙였다.
"스케몬, 지금 도착했다."
도시이에가 이런 말을 하며 지나가자 스케몬은 말도 없이 다만 그 뒷모습에 절이라도 하듯이 그를 따라 본관으로 갔다.
본관과 서원은 모두가 농성하는 황량한 전쟁터였다. 그 농성전은 아직 끝나지 않고 있었다. 도시이에는 걸상에 자리잡고, 스케몬을 돕고 있는 여러 장병을 만나 한 마디 위로했다.
"잘 견뎠다."
그런 뒤, 즉각 각 방어 부서를 돌아보았다.
도시이에와 갈라져서 다른 성문으로 입성한 무라이 나가요리는 쓰보이 산의 배후를 치며, 성하의 전투에서 적장 삿사 요자에몬(佐佐與左衞門)을 죽이고 그 외에 40여명의 적군 목을 거두었다.
그가 역투하고 있는 동안 후속대의 노무라 덴베(野村傳兵衞), 야마자키 히코에몬(山崎彦右衞門), 시노하라 가즈타카(篠原一孝) 등도 각기 일군의 군사들을 이끌고 성하 각처에서 전전하여 마에다 군의 희생자도 적지 않았지만 삿사 군은 약 750여 구의 시체를 버리고 전군이 후퇴하기 시작했다.
이 성문 저 성문 그리고 이쪽저쪽 성벽으로 아군이 입성했다. 그 깃발 하나하나, 그 얼굴 하나하나를 맞이할 때마다 성병들의 솟구치는 환성과 감격 어린 눈에 눈물을 반짝이면서 환영의 손을 내밀었다.
"아아, 이렇게까지……."

그들이 사수한 성내를 돌아보는 도시이에의 눈에도 눈물이 고였다.

특히 도시이에의 가슴을 몹시 아프게 한 것은 이토록 위급한 상황 속에서도 식량이 부족한 것을 무릅쓰고 무수한 영민을 수용하고 있었던 일이다.

또, 그 영민들과 부상병 사이에서 일하고 있는 한 여성과 몇 명의 여자들의 모습이 보였다.

"저 여자는 누군가?"

스케몬이 얼른 대답을 하지 못하는 것을 보자 도시이에 쪽에서 이렇게 말했다.

"자네 부인인가?"

"그렇습니다."

"이리로 불러다오."

"네에……그러나 머리를 빗은 뒤에 뵙도록 하겠습니다."

"그럴까."

도시이에는 스케몬의 심중을 짐작하고 그 자리는 간단히 보고 지나갔다.

일단 성하의 적이 물러가니, 도시이에는 성의 전장병들을 모아 놓고 우선 위로하고, 은상을 약속한 다음 오쿠무라 스케몬 부부에게도 다시 한 번 말했다.

"아마, 내 일생을 두고 자네들 부부의 공은 영원히 잊을 수 없을 것이다."

그날 사용했던 쇼키의 표지, 금으로 된 지휘채, 칼 등과 표창장을 곁들여 스케몬에게 주었다.

그리고 도시이에 자신의 즐거움은 마음껏 잠을 자는 것이었다. 적과도 잘 싸웠지만 육체의 고통을 잘 이겨냈다고 도시이에 스스로 생각하는 것이었다.

한편——.

쓰보이 산 본진의 삿사 나리마사는 하루 밤 사이에 전황이 역전하고 자신의 주위조차 흔들리기 시작하는 것을 보자, "형편없는 놈들이로다" 하고 그답게 격분하며 군세를 가다듬고 스에모리 성을 향한 재공격을 시도하고 있었다.

"쓰보이 산의 나리마사가 권토중래(捲土重來 : 한번 실패했으나 힘을 회복하여 다시 쳐들어 옴)의 기세를 보이고 있습니다."

이런 걱정을 들은 도시이에는 중얼거렸다.

"올까?"

그러나 바로 무슨 생각을 했는지 이렇게 웃으면서 말했다.

"아니, 공격해 오지는 않을 것이다. 나와 나리마사는 함께 오다가에 신종(臣從)하고 있을 무렵부터 동료였지만, 나리마사는 열을 내기도 쉬운 대신, 식기도 잘하는 성격이다. 걱정과 이지의 양 극단을 지녔고 손득도 잘 따지는 성미지."

──과연.

다음 첩보에 의하면 이렇다.

"쓰보이 산의 적 본진은 한 번쯤은 이 성에 공격해 올 것처럼 보였습니다만, 무슨 생각을 했는지 갑자기 방향을 바꾸어 총세가 쓰바타 가토를 따라 남쪽으로 뒤돌아보지도 않고 퇴각하기 시작하였습니다."

"그것 봐, 그것이야말로 나리마사답다."

도시이에가 웃는 것을 보자 그때 그의 가까이에 있던 한 무사가 몸을 앞으로 내밀며 도시이에에게 건의했다.

"좀 지나친지는 모르겠사오나……."

그 무사는 미카와의 혼다 사도노카미 마사노부(木多佐渡守正信)의 동생 혼다 마사시게(本多正重)라고 하는 젊은이였다.

마사시게는 호쿠리쿠의 여러 지방을 무자수행하던 중, 때마침 돌발적인 이 전투를 만나게 되어 도시이에가 이곳으로 급행하는 길가에서 후학을 위해 종군의 허가를 요청한 바, 참전의 허가를 얻은 자였다.

이것을 '전진차용(戰進借用)'이라 하는데, 무자수행자뿐 아니라 기회를 잡아서 녹을 얻으려는 재향 낭인들도 찢어진 갑옷에 창을 짊어지고 군세의 일원으로 참가케 해 달라고 자원해 나오는 예가 많았다.

"오오, 전진차용의 무자수행자인가? 의견이 있다는 것은 무어냐."

"네에, 방금 들은 바 쓰보이 산의 적이 남쪽으로 후퇴한다고 하는데, 그 사실을 아시면서도 어찌 그냥 두고 계시는지 모르겠습니다. 왜 일군의 철기를 앞세우고 그들을 추격하지 않으십니까?…… 나리마사의 목을 베기는 참으로 쉬운 일이라 생각됩니다."

"물론."

도시이에는 이 젊은 수행자의 말을 귀담아 듣고 또 탄복한 양으로 고개를 끄덕였으나, 그 대답은 반대였다.

"전에 시즈가타케의 전투때, 시바타님의 조카 사쿠마 겐바가 승리의 여세를 몰아 그렇게 한 적이 있다. 무릇 아군의 위기는, 모두가 승리했다고 안심할 때 생기기 쉬운 법이다…… 나리마사의 목 한 개를 얻기 위해서 그런 대사를 걸 필요는 없다."

그렇게 말하고는 끝내 추격하지 않았다.

그러나 칼날을 세운 삿사의 맹군이 퇴각 길에 혹시 쓰바타 성을 습격할지 모르기 때문에 그는 다음 날 아침, 잠에서 깨자 마자 총군을 거느리고 같은 쓰바타 가토를 남하했다.

노토(能登)의 나나오에서도 벌써 마에다 야스카쓰(前田安勝)와 다카바타케 사다요시(高畠定吉) 등이 수천의 병력을 이끌고 달려왔기 때문에 이제 마에다 군의 총병력은 1만을 넘고 있었다.

먼저 같은 해안을 연한 가도로 몰려간 삿사 나리마사는 쓰바타에 가까워지자, 바로 그곳을 노렸다.

"좋다, 쓰바타 성을 점령하라."

그의 군대에는 일관된 목표도 궤도도 없었다. 마치 그야말로 불연속선의 구름과도 같았다.

눈의 미로

쓰바타 성을 지키던 성 안의 장병들은 스에모리 방면에서 갑자기 되돌아온 삿사 군의 노도와 같은 군세를 목격하고 홍수를 만난 것처럼 야단법석이었다.

순간적인 기략으로 성 안에 있는 숲, 뒷산 등 도처에 가지고 있는 깃발을 모두 세워서 기세를 과시했다.

이곳은 스에모리 이상으로 방비가 튼튼한 성이다. 나리마사는 멀리서 바라보고는, "경솔하게 접근하지 말라"며 먼젓번의 패배에 골탕을 먹은 탓으로 몹시 조심했다.

"짐작컨대, 이곳은 가나자와로 가는 가토의 요해. 적지 않은 병력을 숨겨 놓았을 것이 분명하다. 부근을 불태우며 도리고에 성으로 가자."

그는 다시 명령했다.

나리마사는 민가의 일부와 가모신사(賀茂神社)에 방화한 채 끝까지 이곳엔 신경쓰지 않고 북으로 방향을 돌려, 쓰바타와 구리카라의 중간인 도리고에 성으로 진로를 잡았다.

그곳은 미쿠니 산의 남쪽, 구리카라의 서쪽으로 어느 쪽을 바라보아도 산뿐인 산성이었다.

메가타 마타에몬(目賀田又右衞門), 니와 겐주로(丹羽源十郞) 등의 마에다 군의 장수가 지키고 있었다.

그러나 지리적인 이점과 험준한 산길의 안정감에서 이 사람들은 지극히 안심하고 있었던 모양이었다.

그런데 마을 사람이 요란하게 전해 주었다.

"삿사 군이 쓰바타를 공격하러 왔다고 한다."

길은 산의 오르막길이었으나 그곳과 이곳은 10리도 되지 않았다.

"무엇이, 삿사 군이……."

잠결에 듣는 말처럼 그 소리를 듣고, 그들은 진상을 규명해 볼 여유도 없이 그저 당황하기만 했다.

"그렇다면 스에모리 성도 낙성된 모양이다. 가나자와에서의 원군도 그렇게 되었다면 믿지 못하겠다."

"나리마사가 직접 쓰바타 성을 공격해 온다면 아군의 패배는 뻔하다. 이렇게 작은 성으로선, 어떡하면 좋을지……."

떠들썩한 소란 속에 요란스럽게 알려오는 자가 있었다.

"이 도리고에 성에도 벌써 삿사의 선봉군이 밀려들고 있다."

"성주인 메가타 마타에몬은 어느 사이에 가족을 데리고 구리카라의 안쪽 깊숙이 달아나 버렸다. 성주가 그렇다면……."

니와 겐주로도 부하를 버려 둔 채 도망쳤다.

남은 병사들은 순식간에 사람들과 함께 밤도둑으로 변해서 성내의 기물을 서로 훔치고, 한 사람도 남지 않고 어디론지 달아나 버렸다.

얼마 뒤 나리마사는 군세를 거느리고 도리고에 성 아래로 접근했으나, 여전히 신중을 기해서 잠시 멀리서 둘러싸고 있을 뿐이었다.

"……이상하다?"

그는 의아스럽게 생각했다. 성의 본영이나 성문 지붕, 그리고 그 밖의 모든 곳에 많은 까마귀들이 떼를 지어 앉아 있었다.

"누가 가보고 와!"

분부를 받은 정찰병은 이윽고 두려운 듯이 성벽에 매달려서 내부를 자세히 들여다보고 돌아왔다.
"어떻더냐? 성 안의 모양은……."
"까마귀가 놀고 있는 것도 무리가 아닙니다. 성내는 텅 비어서 고양이새끼 한 마리 없습니다."
"뭐라고? 한 사람도 없단 말인가. 아하하하…… 그것 정말 유쾌한 일이다."
나리마사는 쾌재를 부르며 즉각 입성했다. 그리고 이곳에서 병마를 쉬게 하며 며칠 동안의 답답함을 풀었다.
삿사 나리마사는 얼마 뒤에 도미야마로 돌아갔다. 아무 힘도 들이지 않고 얻은 도리고에 성에는 부장인 구제 다지마를 남게 하고, 구리카라의 방채는 삿사 헤이자에몬에게 지키게 하고 돌아간 것이다.
——그 직후의 일이다.
도시이에의 사자로서 마에다 군의 고바야시 기자에몬(小林喜左衛門)이 왔다. 도시이에도, 기자에몬도 아직 아무 것도 모르고, 자기편의 메가타 마타에몬에게 승전을 알리러 온 것이다.
"앗, 저것은 삿사 군의 깃발이 아닌가?"
성두 높이 휘날리는 깃발을 보고, 기자에몬은 놀라서 말을 되돌려 돌아갔다.
도시이에는 스에모리를 출발해서 쓰바타까지 돌아왔지만, 그 도상에서 도리고에 성의 진상을 듣고, 마타에몬의 비겁함에 크게 노했다.
"무문의 불명예, 마에다가의 수치다. 즉각 도리고에 성을 공격해서 탈환해야 한다."
이렇게 영을 내리려 했으나, 무라이 나가요리나 다른 일족들의 간언을 듣고 불쾌감을 가슴 속에 간직한 채, 우선 일단 가나자와로 개선했다.
후일——.
이 메가타 마타에몬에겐 여담이 있다.
히데요시의 교토 저택에 가모 히다노카미, 아사노 단조 등이 모여 있을 때, 마에다가의 도쿠야마 고헤와 사이토 교부 두 사람이 그곳에 나와서 말했다.
"실은 몇 해 전에 엣추 전투 때 도리고에 성을 비워놓고 도망쳐서 크게 체면을 잃고, 오늘날까지 몸을 감추고 있던 메가타 마타에몬이란 자가 있습니다. ……그 무렵의 실수를 본인도 진정으로 뉘우치고 있어 머리를 깎고 이야기꾼으로라도 어떻게 다시 한번 귀참을 할 수 없을까 하고, 평생의 소원으로 삼고 있습니다. 그러니 다이나곤(大納言 : 利家) 님께 두 분이 잘 말씀해 주실 수 없겠습니까.”

이렇게 옛 친구로서의 관계도 있고 해서, 간절하게 부탁했다.

히다노카미와 단조는 바로 도시이에와 만나서 말을 해보았다.

“마타에몬도 몹시 사람들의 웃음거리가 되어 머리까지 깎았다고 하니, 한번 용서하고 다도나 이야기꾼 속에 다시 거느리시는 것이 어떻겠습니까?”

그러자 마타에몬은 정색하여 이렇게 단호히 거절했다.

“말씀은 고마우나 처벌해야 할 사람도 때로는 용서해 줄 때가 있고, 또 그다지 대수롭지 않은 경우라도 단호히 용서치 못하는 때가 있는 법입니다. 마타에몬에게는 국경지대의 중요한 성을 믿고 맡겨두었던 것입니다. 그런데 그 신의를 배반하고 전번(全番)의 위급을 외면한 채 단지 자신만의 안전을 생각하여 연명해온 자입니다. ……그러한 인물을 다시 귀참시킨다면 다른 자들이 모두 가신 노릇을 하기 싫어할 것입니다. 모처럼의 말씀이지만, 다시 거느린다는 것은 당치도 않습니다.”

──이런 것을 미루어 보아도, 스에모리 구원을 마치고 만사에 일생을 얻어서 가나자와로 돌아왔을 당시의 도시이에의 그에 대한 노여움을 상상할 수 있을 것이다.

그러나 이러한 무사가 있는 반면에 또 오쿠무라 스케몬과 같은 무사도 있어서, 무문도 인간 사회의 테두리에서 벗어날 수 없는 여러 현상의 수렁 속이라 할 것이다.

커다란 ‘시대’의 창조의 계획에 참여하고는 그 시대에 파묻혀 과거, 현재, 미래의 세 갈래 길에서 피었다 지고 졌다간 사라져 가는 허무한 성쇠를, 어느 사회보다도 조속히 병마검창(兵馬劍槍)의 순간에 명멸해 가는 것이 무문 속의 사람들이었다.

도시이에는 이번의 샷사 이변을 바로 서면화해서 히데요시에게 보고했다.

그해 9월 중순은 히데요시가 마침 고마키(小牧)의 난공에 봉착하여 일단 오사카로 돌아간 뒤, 다시 군사를 일으켜 미노 오와리로 출동하는 한편, 남몰래 니와 나가히데를 시켜 도쿠가와 쪽에 화친의 뜻이 없는지 넌지시 알아보던 무렵이었다.

바로 히데요시로부터 승전을 축하하는 답서가 왔다.

그리고 사자의 입을 통해 말을 전했다.

"고마키의 전황도 결코 걱정할 것 없소. 아마 금년 중에는 끝날 것이오. 그리고 명년에는 나 자신이 호쿠리쿠의 평정을 위해 나설 생각이니, 지금은 삿사가 무슨 짓을 하든지 현상을 유지하며 병마를 소홀히 움직이지 마시오."

또 히데요시는 도시이에가 오사카로 보내 놓고 있는 딸을 그날로 부친의 슬하로 돌려 보냈다.

"이번 일로 그대의 마음을 더욱 잘 알 수 있어 나도 얼마나 기쁘게 생각하고 있는지 모르오. 그래서 전부터 맡고 있는 따님은 유모를 딸려서 그쪽으로 보내는 바요."

또 특기할만한 것은 그 히데요시 친필의 서면 중에도 이 말이 있었다는 사실이다.

'······오쿠무라 스케몬이 분골쇄신해서 견고히 지탱해 냈다는 말······.'

이렇게 그의 이름이 오사카까지도 알려진 것이다.

이것은 도시이에에게 있어서나 스케몬의 이내에게 있어서 얼마나 큰 기쁨인지 몰랐다. 아니 북설 북화 몇 개의 성상을, 가가 사람들의 고향 자랑으로 언제나 스케몬 부부의 이름이 입에 오르내렸던 것이다.

여기 스에모리 성의 위기는 도시이에에게는 일단 아무 난관도 아니었으나——대국적으로 보아——삿사 구라노스케 나리마사의 준동은 커다란 실수였음을 감출 수가 없다.

무모한 원정.

확실한 자신이 없는 작전.

요컨대 맹목적인 행동이었다. 돌아가는 길에 도리고에 성에서 빈집을 턴 정도로는 그 손실과 사기의 좌절을 메울 수 없을 만큼 큰 타격이었다. 특히 그의 번민하는 마음은 달랠 길이 없었다.

"먼저 길안내를 했던 고헤를 붙잡아라. 집은 폐문하고 일족은 교수형에 처하라."

관원들이 즉각 그의 주거와 가내를 습격했으나, 가재(家財), 고용인의 그림자도 없고, 하물며 고헤는 그 뒤 전혀 모습도 나타내지 않았다고 한다.

"마에다의 첩자에게 걸려들었군. 영내의 잡인들을 모조리 뒤져서 수상한 자는 남김없이 취조하라."

나리마사는 갑자기 첩자 공포증에 사로잡혔다. 해륙의 통로와 성하의 여인숙, 사원에 이르기까지 여객의 왕래에 엄중한 절차와 번잡한 수속을 법령화했기 때문에, 도미야마를 중심으로 한 경제적인 움직임은 겨울과 함께 완전히 정지해 버렸다.

그 반면에 군비와 방새(防塞)에 박차를 가하여 갑자기 껍질을 덮어 쓴 것처럼 급하게 국경을 굳혔다.

마에다 군의 지성의 여러 장수들은 이것을 보고 일거에 도미야마 공략을 계책해야 한다고 가나자와에 건의했으나 도시이에는 채택하지 않았다.

"아니다. 삿사도 노부나가 공의 인정을 받아 한 때는 널리 알려졌던 사나이다. 과소평가하는 것은 좋지 않다. ……지고 나서 화를 내고 있는 자에게는 아무 상관 말아야 한다. 상관 안 하는 것이 좋다."

――그 뒤 호쿠리쿠의 삿사, 마에다의 두 세력은 대치한 꼴 그대로 겨울로 접어들었다.

대국적으로 볼 때, 이것은 히데요시가 바라는 기정방침이기도 했다.

그야말로 고마키의 귀결에 애를 먹고 있는 히데요시로서는 욕심을 내는 것보다 호쿠리쿠의 현상유지야말로 바람직한 일이었다.――고마키 전투를 끝낼 때까지는 아무튼 삿사의 준동을 마에다가 누르고 있어 주었으면――하고 생각했던 것이다.

그러나 나리마사도 도시이에가 누른다고 그대로 주춤하고 있을 사나이가 아니었다.

그는 도시이에와의 대치와 풍설에 갇힌 북부 엣추의 겨울에 참을 수가 없어서, "그 후, 고마키의 전황도 전혀 들려오지 않는데, 중앙의 형세는 어떨까?" 하고 신경을 쓰다가 드디어 그 해 덴쇼 12년 11월 22일에 남몰래 수행자를 백 명쯤 데리고 도미야마 성을 나섰다.

때마침 부는 대풍설(大風雪)을 만나 인마가 가던 길을 멈춰야 하는 어려운 여행 끝에 시나노의 가미스와에 도착하여 즉시 사자를 보냈다.

"구라노스케 나리마사가 풍설의 산길을 넘어 방금 이 땅에 도착했습니다. 가을 이래의 호쿠리쿠 지방의 상황을 전해 드리고, 고마키의 전황이라든지 장래의 방책을 듣고, 히데요시 정벌의 대계에 실수 없는 타합을 하고자 문안을 겸해서 왔습니다. 언제 어디서 만나 주실는지……."

이렇게 전하고 이에야스의 형편을 문의한 것이다.

"뭐라고? 삿사가 북국에서 왔단 말인가?"

이에야스는 당황했다.

그는 그 무렵 벌써 고마키의 군세를 거두고 기요스에서 철수하여 하마마쓰 성으로 돌아온 뒤 답답한 며칠을 이곳에서 보내고 있던 때였다.

"하는 수 없다. 누군가 영접을 내보내라."

가신에게 수배를 명하고 바꿔탈 말과 화물 운반과 안내를 맡을 사람을 보내 내빈을 맞아들일 준비를 시켰다.

"정말 곤란한 손님이군……."

이에야스는 그와 만났을 때 해야 할 말에 대해서 만나기도 전에 벌써 골치를 앓고 있었다.

왜냐하면, 이때는 벌써 고마키에서 히데요시의 기략과 노부오의 경솔하기 짝이 없는 단독강화에 의해 만사가 끝난 뒤였다.

히데요시가 이에야스를 꼭뒤 질러 직접 노부오를 회유하고, 노부오도 이에야스를 빼돌리고 야다 강변에서 회견을 성사시켜, 그곳에서 당일 단독강화의 약속을 맺어버린 것은 바로 그 달 11일의 일이었으니, 삿사 나리마사가 도야마를 출발하기 전에 천하의 정세는 이미 급변해 있었던 것이다.

그 때문에 고립의 곤경에 빠진 이에야스의 복잡한 심중, 고마키의 뒤처리, 그 다음으로——히데요시 대 이에야스가 화목하기로 하고 오사카로 볼모를 보내는 문제, 가중 여러 장수의 불평과 분노를 달래는 등——어쨌든 11월부터 12월 초에 이르기까지, 하마마쓰 주변은 정말 어수선한 겨울을 맞이하고 있는 참이었다.

그럼에도 호쿠리쿠의 빈객 삿사 나리마사는 아직 아무 것도 모르는 모양으로——영접 나간 인마를 거느리고, 열을 맞추어 하마마쓰 성에 들어왔다.

그것이 12월 4일——.

이에야스는 이러한 가운데에도, 얼굴에는 당황한 기색을 보이지 않았다.

멀리서 찾아온 귀한 손님, 어서 오십시오 하는 듯이 객전(客殿)에 맞이하여 환대해 주었다.

미카와 기풍을 지키는 도쿠가와 가에서는 본래 외교상의 사절이나 희귀한 빈객에 대해 대접하는 품이 지극히 검소하다는 정평이 있다.

그러나 그날 밤의 삿사 나리마사 앞에는 미주가효의 상이 차려지고, 그다지 술을 못하는 이에야스 자신도 술잔을 거듭 기울이며 친근하게 말했다.

"정말 추우셨을 겁니다. 호쿠리쿠의 눈길을, 더구나 산길을 헤치며 이 겨울에 먼 여로에 오르신다는 것은 보통 일이 아니지요. 산간지대 사람들은 대체로 술이 세다고 들었습니다. 자, 편히 쉬십시오."

그러나 나리마사는 평소의 강골한 태도를 무너뜨리지 않았다. 이런 대접을 받으러 온 것이 아니라는 태도도 보였다.

"그런데……."

나리마사는 술잔을 밀어 놓고, 접대하는 측근 시동들을 돌아보며 사람들을 물리쳐주기를 바랐다.

"술은 주호라고 불릴 만큼 좋아하지만 들기 전에 좀 긴밀히 이야기할 것이 있습니다."

마침내 이에야스와 단 두 사람만이 남게 되자, 나리마사는 무릎을 앞으로 내밀고, 먼저번에 서면으로 말씀드렸지만 고마키의 전황은 어떻고, 또 앞으로의 방략(方略)은 어떻게 추진시켜 갈 계획인지 명백한 의중을 알고 싶다며, 자세를 고쳤다.

"……."

이에야스는 취해서 빨갛게 된 얼굴을 묵묵히 숙이고, 그가 지껄이는 대로 말을 하게 두었다.

나리마사는 그 정력적인 몸을 양쪽 팔굽으로 버티며 복잡한 머리를 말로 보충이라도 하는 듯한 웅변으로 평소의 회포를 그냥 털어 놓았다.

"소생은 은밀히 북부 에치고의 우에스기 겐신으로 자부하고, 도쿠가와님은 그야말로 당대의 싱겐으로 비유될 인물로 믿고 있습니다. ……겐신, 싱겐, 두 인물이 그 만한 실력과 기략을 가지고도 아깝게도 시운을 붙잡지 못하고, 평생을 가이의 산골짝 에치고의 한 구석에서 보냈습니다. 그 원인을 따지고 보면 용호의 싸움을 접경지대에서 고집하며, 시선을 천하로 돌려야 할 대계를 도외시했기 때문입니다. ……만약 두 사람이 순치의 관계와 상호간 군사 협약을 맺고 일찍 대망을 중원으로 돌렸더라면……아마 오늘날의 세상은 틀림없이 매우 달라졌을 것입니다."

그는 목이 마르는지 자꾸만 술잔을 비우며 국물을 마셨다. 그것을 보고 이에야스가 술을 따라주는 한 잔, 두 잔──잔을 기울이며 더욱 웅변조로 말했다.

자신을 겐신에 비유하고 이에야스를 싱겐과 비교하며 양자가 협력해서 천하에 뜻을 펴자고 하는 것이 그의 본심인 듯했다.

"히데요시 같은 자는 본래 벼락출세한 인간이니 도저히 당신의 상대가 되지 않습니다. 만약 고마키의 전진을 밀고 나가서 상경해 가신다면, 나는 마에다를 짓밟고 오미, 교토로 난입해 들어가서 오사카 성의 길을 끊고 원숭이 녀석을 포위하여 사로잡아 보이겠소. 그러나 우선 긴밀한 타합과 앞으로의 계획을 들어보아야 하겠소이다. ……도쿠가와님, 털어 놓고 자세히 방침을 이야기해 주시기 바라오."

무릎을 맞대놓고 이런 말을 하니, 이에야스는 억지로 얼굴을 들었다. 그리고 일부러 긴 한숨을 쉬면서 말했다.

"삿사님, 늦었소. ……때는 이미 늦었단 말이오. 한 발 늦었소이다."

"아니 무슨 말씀이시오."

나리마사는 얼굴색이 달라지면서 다시 물었다.

"……늦었다니요?"

갑자기 다급한 기색으로 수염 난 얼굴을 내밀었다.

이에야스는 그의 날카로운 시선을 피하며 애써 조용히 설명했다.

"바로 얼마 전인 11월 11일. 기타바타케님께서는 이 이에야스와 상의도 없이 돌연 이세의 야다 강가에서 하시바님과 회견하고 갑자기 화목을 약속해 버렸소. 얼마나 한스러운 일인지 참으로 면목이 없소이다. 삿사님, 이해하시오……늦었다고 말한 것은 귀공의 재주요 친절도 이제는 쓸모없는 허사가 되어 버린 일이란 것이외다."

"옛!"

나리마사는 땅이 꺼질 듯한 놀라움을 얼굴에 나타내면서 물었다.

"그 그럼……히데요시와 노부오 경은 벌써 화약을 맺고 고마키의 전투는 쌍방이 모두 군사를 되돌렸다는 것인가요?"

"그렇지요. 일은 끝났소."

"그렇다면 당가와 히데요시님은?"

"본래 이에야스는, 하시바님에 대해서는 어떤 원한이 있는 것이 아니었소. 단지 기타바타케님의 부탁을 피치 못해서 의리를 생각하여 가세한 것뿐이니, 그 노부오 경이 하시바님과 손을 잡은 이상 잘 되었다고……말할 수밖에 없소. 나의 용무는 끝난 겁니다."

"그게 될 말입니까. ……아무리 노부오 경이 세상일에 어둡다고 하더라도 ……."

"아니, 그분으로는 그럴 만했소. 그것까지 생각이 미치지 못한 것은 나의 실책이었소. 노부오 경을 세상일에 어둡다고 생각하기 전에 나도 아직 미숙하다고 스스로 머리를 때리며 나 자신을 반성하고 있던 참입니다."

"생각건대, 간계에 뛰어난 그 원숭이 녀석 때문에 보기 좋게 당한 것이겠지요. 그러나 노부오 경은 어떻든 도쿠가와님까지 그 술수에 넘어가서, 히데요시가 사욕을 마음대로 채우는 것을 보고도 그냥 두는 법이 어디 있습니까. 앞으로의 방침은 어떻게 하시겠소. 일단 고마키에서 군사를 철수하셨다 하더라도 앞으로의 생각은 가지고 계시겠지요."

"아니 아무것도 없소. 아무것도 없다니까요."

이에야스는 나리마사의 충혈된 얼굴에 부채질하듯이 손을 흔들었다.

"먼저도 말한 대로입니다. 노부오 경의 부탁을 받은 정의의 전쟁이었기 때문에 무문의 체면에 걸려 어쩔 수 없이 하시바님과 대항했지만, 일의 결말이 난 이상 오사카 측과 전쟁을 하려는 생각은 털끝만큼도 없소이다."

"흐 흐음, 털끝만큼도 없단 말이지요."

나리마사는 커다란 콧구멍에 숨을 식식 내뿜으며 앉았다. 화도 나고, 실망과 어찌할 수 없는 그의 흉중잡다(胸中雜多)한 망념이 눈을 부릅뜨고 무언가 꼬투리를 찾는 듯 이에야스를 응시했다.

이에야스는 이 사나이가 노부나가에게 등용되어 있던 시절부터 그 쓸 만한 장점과 단점을 잘 알고 있었다.

그래서 처음부터 그가 가담하려는 것을 그다지 높이 평가하고 있지는 않았지만, 잘하면 호쿠리쿠 지방에서 활동시켜 속되게 말하는 말의 발광증——의 우려는 있으나 자기편의 하나로 이용해 두려고 한 것은 사실이었다.

그래서 아주 푸대접을 하여 보내면 뒤에 가서 재미가 없다고 생각해서인지, 얘기 끝에 이런 말을 덧붙였다.

"현재로서는 내가 움직이면 대외적으로 재미가 없지만, 만약 귀공께서 생각하시는 일이 있으면 나는 음지에서나마 반드시 조력하겠소. 어떻게 해서라도 원조는 할 것입니다."

정말 성의 있게 말하긴 하지만 실은 상대방에게 요령을 파악하지 못하게 하며, 언질도 주지 않도록 교묘히 자신을 애매하게 만들어버리는 것이 이에야스가 자주 쓰는 묘수였다.

삿사 나리마사도 결국 이 묘수를 만나서 요령부득인 채 하마마쓰 성을 떠났다.

"아니 정말 화가 나는 일들뿐이다. 노부나가 공을 잃은 세상에는 이제 인물다운 인물이 없는 것 같다. 히데요시 따위에 농락당해서 도쿠가와님까지 쑥 들어가서 원숭이가 하는 대로 천하를 맡겨 버리다니……."

나리마사는 여관에 돌아와서 분하고 화가 나서 못 견디겠다는 표정으로 그날 밤도 가신들을 상대로 몹시 술을 마셨다.

"불효자식이란 노부오를 두고 하는 말이다. 그 사람은 호인의 정도를 넘어서 바보야. 이에야스에게 매달려서 이에야스의 장식품 노릇을 하더니, 이젠 히데요시에게 안겨서 히데요시의 적당한 도구로 이용당하고 있다."

어찌할 수 없는 울분이 믿을 수 있는 가까운 가신들을 앞에 두고 비록 술기운이나마 새어 나오기 시작하자, 입에 담기 어려운 욕설로 바뀌는 것이었다.

거기에 장단을 맞춰 가신들도 들은 적 있는 소문을 늘어놓으며 그의 불만에 부채질을 했다.

"이대로 돌아가는 것도 분하다. 온 길이니 기요스까지 가자."

기요스에는 기타바타케 노부오가 와 있다고 들었기 때문에 갑자기 생각한 것이었다.

일행은 기요스로 가서, 나리마사는 즉각 노부오를 만났다.

──이것은 또 이에야스와는 달랐다.

"오오 삿사인가."

노부오는 시치미를 뗀 표정으로 무슨 일로 왔느냐는 기색이었다.

나리마사는 맥이 풀렸다.

그러나 그럴수록 분한 마음에 노기 어린 말투로 간했다.

"듣자 하니, 히데요시와 화의를 하셨다고 하는데 천만부당한 그릇된 생각입니다. 그놈의 간계에 넘어가셔서 후회하는 날을 기다리기보다는 오는 봄에 다시 도쿠가와님을 의지하셔서 오사카를 공격하셔야 합니다. 만일 그러하실 때에는 이 나리마사도 본국에서 올라가 작고하신 우대신님의 영혼을 반드시 편안히 해드릴 것입니다."

노부오는 나리마사의 끈덕진 말투와 지나친 충성이 귀찮다는 듯이 말했다.

"그렇게 말하지 말라. 히데요시도 좋은 사람이다."

그리고 말을 이었다.

"나리마사, 마시지 않겠는가? 새해를 여행길에서 보낼 생각인가?"

그런 말만 하면서 전혀 얘기에 응해 오지 않았다.

히데요시와 이에야스가 이용해 먹는 자라면 자기도 한 번 이 호인을 이용해 보려고 생각했으나, 노부오가 나리마사의 말에는 쉽사리 응해오지 않았다.

나리마사는 하직할 때, 노부오에게 한 수의 노래를 읊어 보이고, "봄을 기다려서 다시 또······" 하며 돌아갔다.

모든 것이 변할 대로 변한 이 세상에

모르리 언제 하얀 눈이 내릴지──.

그 날도 마침 폭설이 내렸기 때문에 눈에 비추어 토로한 나리마사의 술회였지만, 알지 못하는 것은 눈뿐만이 아니라, 삿사 나리마사도 변해 가는 세상의 움직임을 모르는 한 사람이었다.

북풍남파

 덴쇼 12년은 저물었다. 사람들은 이 해를 넘기는 감회가 유달리 깊었다. 세상은 확실히 달라졌다는 것을 통감하고 있었다.
 덴쇼 10년에 노부나가가 죽은 지 불과 1년 반. 변해도 이렇게까지 빨리 변할 수가 있을까 하는 놀람이 누구에게나 있었다.
 사실, 과거에는 노부나가에게 집중되었던 신망과 영위, 그리고 사명은 벌써 그대로 히데요시에게 옮겨져 있었다.
 아니, 노부나가 이상으로 히데요시적인 색채에다 대범한 것까지 더해져서, 시세는 그를 중심으로 정치와 문화가 미묘하게 선회하며 발전하고 있다.
 이에야스 같은 사람조차 이 '시대의 조류'를 바라보고는 '시대에 역행'하는 어리석음을 스스로 달래지 않을 수 없었다.
 무릇 시운에 역행해서 일생을 무사히 마친 인간이 고래로 하나도 없는 것을 이에야스는 잘 알고 있었다.
 인간의 소(小)와 시대의 위대성을 분별하여 그때를 탄 인간에게 맞설 수 없는 것을 원칙으로 모든 것을 고려하여, 히데요시에게는 한두 걸음쯤 양보하고 있었다.

히데요시를 보는 데 있어서, 지금에 와서는 이에야스조차 이렇게 생각하지 않을 수 없는데──삿사 나리마사 따위의 단순한 일개 무사가 호쿠리쿠의 한 구석에서 옛날의 껍질에서 벗어나지 못하는 두뇌로 시운의 대국면을 번복하려는 것은──자신을 모르고 세상을 모르는 자라고 할 수밖에 없었다.

그러나 이러한 눈먼 새는 의외로 세상 숲의 이쪽저쪽에 많은 보금자리를 만들어서 때때로 광야와 창공으로 튀어나와 넓은 세상에 정신을 차리지 못하다가 결국은 본래 있던 어두운 숲으로 돌아가는 법이다.

삿사 나리마사가 하마마쓰를 떠나서, 얼마 후 기요스에서도 얻은 것 없이 허무하게 호쿠리쿠로 돌아갔다는 소리를 듣고 이에야스는, '마음을 놓았다'고 생각했다. 그러나 그 직후에 기이의 하타케야마 사다마사(畠山貞政)가, '심복을 2명 은밀히 보내오니 인견하시와 모든 것을 털어놓고 말씀해 주십시오'라고 적혀 있는 서신을 휴대시켜 자기 가신 에지마 다로자에몬(江島太郎左衞門)과 와타나베 이즈미(波邊和泉) 등 두 사람을 보내왔다.

만나 보니 이 사자들의 말도 먼젓번의 삿사 나리마사와 동일한 생각이었으며, "도대체 어떤 화의였습니까?" 하고 화의에도 여러 종류가 있다는 듯이 말했다.

"주군 사다마사가 말하는 대로, 아마 이것은 도쿠가와님의 깊은 심중에 무언가 생각이 계실 것이니, 필연코 오는 봄 일찍이 재거하실 원모(遠謀)라고 짐작됩니다. 그런 경우에는 우리들은 사이가(雜賀), 네고로(根來)의 승도들을 규합하고 시코쿠의 조소카베 모토치카(長曾我部元親)님께서는 세토(瀨戶) 내의 해적군을 인솔해서 같은 시간에 오사카를 공격하려 생각하실 것입니다."

이렇게 연합작전의 협정을 끄집어내며, 오늘날 히데요시의 진출을 누르고 이상적인 천하안정의 지도력을 가진 인물은 도쿠가와님 밖에 없다──고 주군도 말하고 우리도 그렇게 믿고 있다고 은근히 격찬했다.

이에야스는 이 때에도 시종 진지하게 듣고 있었으나 그들의 장광설이 끝나자, 그야말로 유감스러운 듯이 이렇게 말했다.

"과연 말씀과 같은 책전(策戰)으로 오사카를 동서 해류의 양면에서 협공했다면 히데요시도 배후가 다급해져서 마침내 격파되었을 것이오. 그러나 이미 화의를 맺은 뒤이니 상의는 한 발 늦었소. 내 심중이라고 하지만 화의에는 두 길이 없소. 조금만 더 빨랐더라면 좋았을 것을, 지금에 와서는 모처럼의 지혜도 화재가 난 뒤의 물통이나 같소. 하타케야마님이나 조소카베님께 잘 전해 주시오."

투쟁 술책의 세계에는 언제나 모사꾼이 끼게 마련이다. 일을 꾸며 자기 생각대로 하려는 것이다.

춘추시대 이래, 세상에는 설객이란 직능(職能)까지 있어서 한 번(藩)에는 유세에 적절한 변설가가 반드시 몇 명쯤 고용되어 있었다.

이러한 자들이 하마마쓰 성의 문을 두드리며 이곳 주인을 치켜 올리려고 하는 일은 어제 오늘 시작된 일이 아니지만 이제껏 이에야스를 설득한 자는 아무도 없었다. 그러나 알고도 그들에게 넘어가 준 예는 있다.──기타바타케 노부오가 그 좋은 실례였다.

아니, 노부오의 입장에서 말한다면, 나야말로 이에야스의 모사에 걸려들었다고 지금에 와서 히데요시에게 고해바치고 있을 것이다.

어쨌든 이 인생의 전성기와 덴쇼 13년의 설날을 맞아 자기 뜻대로 해를 넘긴 사람은 히데요시였다.

그는 금년 49세.──50을 한 살 남긴 한창 때였다.

세모에 다가서서 이에야스의 아들 오기마루(於義丸)가──표면상으론 히데요시의 양자로 있었지만 사실은 볼모였다──오사카 성에 도착했다.

연하(年賀)의 손님은 작년보다 배가해서, 봄단장도 새로운 오사카 성문에 운집하였다.

물론 이에야스는 오지 않았다. 이에야스를 꺼리는 소수의 제후도 오지 않았다. 또 명백히 반 히데요시를 주장하며 이 설날에도 군비와 첩보에 광분하고 있는 일부 세력도 오사카 성문에는 말을 매지 않았다.

권문의 왕래는 그대로 인심의 축도였다.

세력의 쟁패를 둘러싼 인간 분포도라고 해도 좋을 것이다.──히데요시는 오는 손님마다 그 손님을 맞이하면서 그것을 바라보았다.

2월에 들어섰다.

노부오가 이세(伊勢)에서 나왔다.

'설날에 오면 제후들과 같은 격으로 히데요시에게 하례를 드리러 온 것처럼 보이니 체면이 서지 않는다.'

그가 생각할 법한 그런 심리가 얼굴에 씌어 있었다.

이러한 자존심에 만족을 주는 것 만큼 쉬운 일은 없다. 히데요시는 먼젓번에 야다 강가에서 그의 발밑에 무릎을 꿇었을 때와 같은 예양으로 우대하며 성의를 나타냈다.

노부오는 생각했다.

'야다 강가에서 지쿠젠이 말한 것은 거짓이 아니다.'

이에야스에 대한 소문이 나오면, 노부오는 자꾸만 이에야스의 타산적인 성격을 은근히 비난했다. 히데요시가 좋아할 것이라고 생각했기 때문이다.

그러나 히데요시는 묵묵히 고개를 끄덕거릴 뿐이었다. 이러한 사람은 또 언제 하마마쓰로 가서 이번에는 오사카의 소문을 술상의 안주로 끄집어낼지도 모르기 때문이었다.

성에 4, 5일 머문 뒤에 노부오는 매우 만족한 얼굴로 이세를 향해 떠났다. ──도중에 히데요시의 노력과 은밀한 상주로 노부오에게 정 3품 곤노 다이나곤(權大納言)의 서임이 있었다.

노부오는 교토에도 4, 5일쯤 체류했다가 여기서 모든 환대를 받고, 이제는 히데요시 아니고는 밤이나 낮이 새지 않는 것 같은 만족감을 나타내고 3월 2일 이세로 돌아갔다.

오사카를 중심으로 하는 신춘 이래, 제후의 왕래, 특히 기타바타케 노부오의 이러한 동향은 일일이 하마마쓰에 알려지고 있었다.

그러나 이에야스는 히데요시가 노부오를 이런 식으로 회유하고 있는 것을 지금에 와서는 제3자처럼 방관하고 있을 수밖에 없었다.

담담한 이에야스의 흉중에 응어리가 쌓여 병이 되었는지, '이에야스 와병'이란 소문이 퍼지기 시작했다. 병은 불치의 병이라고 하며, 지금은 중태라고 하는 사람조차 있었다.

소문은 이웃 영국 호조가와 가이, 기타의 잠복 세력을 기쁘게 했다. 특히 오사카의 하시바 측에서는 손뼉을 치면서──이에야스 와병──이에야스 위독──이에야스 사망──이라고까지 이야기가 확대되어, 사실처럼 전해졌다고 한다.

에치고의 우에스기가에도 얼마 후 풍문이 전해져 왔다.

하루는 가신들이 우에스기 가게카쓰 앞에서 이 소문을 끄집어내니, 가게카쓰는 길게 한숨을 쉬고는 말했다.

"만약 풍문이 사실이라면 너무나 애석한 일이다. 바로 10여 년 전에는 싱겐, 겐신, 우지야스(氏康), 노부나가의 4거성이 세상에서 제각기 특징을 갖추어 무문삼별의 장관을 보이고 있었는데, 지금은 오사카의 히데요시, 동해의 이에야스 두 사람밖에 인물다운 사람이 없다. 그리고 이에야스는 아직 40 몇 세밖에 되지 않은 젊은 나이로, 장래성도 있는 큰 그릇이라고 하는데 지금 그를 잃는 것은 일본의 손실이다. 만약 이에야스가 없어지면 히데요시로서도 좋은 적수를 잃게 되는 것이고 조성(早成)의 폐단을 초래하여 결코 좋은 결과는 되지 않을 것이다. ……우리들로서도 무언가 마음의 큰 보람이 없어진 것 같은 것을 느끼지 않을 수가 없다."

이렇게 아끼는 마음에서 충심으로 사실이 아니기를 빌었다고 한다.

그 무렵 도토미 아키바의 한 수행자가 에치고에 체류하며, 우에스기 가의 가신들로부터 이 이야기를 듣고, "도쿠가와님은 아키바절(秋葉)의 대 신자인데, 만약 위독하신 것이 사실이라면 전산(全山)을 모아서 회복의 기도회를 올려야겠다" 하고, 급히 도토미를 향해 귀국했다.

이 아키바의 승려는 가노보(마坊)란 자로 즉각 하마마쓰의 성 아래로 가서 사카이 다다쓰구의 저택을 방문했다.

"에치고의 여행길에서 들었습니다만 사실입니까?"

승려는 소리를 낮추며 물었다.

다다쓰구는 웃었다.

"자네도 들었는가. 아니 풍문이란 것은 묘한 것이어서 누가 발설했는지 여러 곳에서 문의를 받고 가중에서도 도대체 무엇이 원인인가 싶어 묘하게 생각하고 있는 참이다. ……생각건대, 만약 지금 도쿠가와님이 죽어 주었으면 하는 쓸데없는 희망을 거는 인간들 사이에서 우연히 이야기꺼리가 된 것이겠지. 어이없는 일이다. 주군께서는 요사이 전투도 없어서 더욱 건장하시단 말이야."

"네에, 그럼 아무 일도 없으시군요."

"지난 달, 등에 약간 종기가 생겨서 전의인 가스야 료사이(糟谷良齊)에게 보인 일이 있다……그것이 과장되어 유포된 것이 아닐까?"

"아아, 그렇다면 다행입니다. 그러나 에치고 일대에서는 벌써 돌아가셨는데도 가중에서 상을 감추고 있다는 소문마저 있었습니다."

가노보는 귀담아 듣고 온 우에스기 가게카쓰의 말을 그대로 이야기하고 돌아갔다.

후일, 다다쓰구로부터 또 이에야스의 귀에 그 이야기가 들어갔다. 그러자 이에야스는 진정으로 자기 지기(知己)라고 하며 이렇게 말했다.

"우에스기가는 겐신 이래, 사풍이 옳고 의리가 명백한 기풍이 있었지만, 당주의 가게카쓰도 정말 고지식한 인품인가 싶다."

이것을 기억하고 있어서인지 이에야스는 만년에 가서 세키가하라(關原) 전쟁 이후에도 지나는 길에 우에스기 가게카쓰와 만나면 반드시 가마에서 내려 정중한 예를 갖추곤 했다.

지금 일본의 북방에 은연한 존재를 나타내고 있는 하나의 힘은 에치고의 우에스기 가게카쓰였다.

그 특징은 겐신 이래의 사풍으로서 강건과 소박성에 있었으며, 또 구태여 남을 죽이지 않고 남에게도 침범을 당하지 않는 독자적이고 보수적인 성격에 있었다.

가게카쓰의 세평도 좋았지만 측신으로서는 나오에 야마시로노카미(直江山城守)와 같은 보필자가 있어서 도쿠가와가와 잘 사귀고, 오사카 쪽의 인식도 대단히 좋았다.

이러한 국교의 조화를 잘 취하고, 에치고의 변경에 있으면서 중원쟁패의 뜻 외에도 국가를 부강케 하고 안으로는 백성과 군사를 강하게 이끌고 있다는 것을 알자 히데요시와 이에야스는 언제나 이것을 경시할 수가 없었다.

하물며 무슨 일이 있을 때마다 절개와 의리를 두텁게 하고 신의를 게을리하지 않는 가게카쓰의 인간성에 대해서는 더욱 그러했다.

삿사 나리마사의 망동과 그 방심할 수 없는 야망에 대해서 히데요시도 일찍부터 가게카쓰와 우의를 통하여 왕래를 게을리하지 않고 있었으나——해가 바뀌어 덴쇼 13년의 봄 일찍부터,

'북쪽보다 우선 남쪽.'

이렇게 생각하여 전년에 도시이에와의 약속도 있었지만, 갑자기 기이 평정의 군령을 내렸다.

3월 22일.

오사카 쪽의 대군은 여러해 전부터 화근이었던 기이 방면의 일소를 목표로 해서 그 날 남쪽으로 출발했다.

네고로(根來)로, 네고로로——그 대열은 분하(奔河)를 이루며 나아갔다. 벌써 네고로의 중도들은 소식을 듣고 모두가 일어나서 이즈미(和泉)의 기시

와다(岸和田) 부근에서 센고쿠보리(千石堀), 샤쿠젠지(積善寺), 하마시로(浜城) 등에 걸쳐 방채를 구축하고 방어를 굳혔다.
"자아, 덤벼 보아라."
그리고 시코쿠의 조소카베, 세토 내해의 해적들, 그리고 모든 히데요시 반대 세력에 격문을 띄웠다.
'변이 생겼다. 우리를 도와서 오사카를 공격하라.'
그러나 오사카 군의 급습은 실로 빨랐다. 샤쿠젠지 방채에 붙은 호소카와 다다오키, 가모 우지사토 등의 군세는 하루만에 그것을 때려 부수고 센고쿠보리를 공격한 히데요시의 조카 히데쓰구도 작년의 나가쿠테(長久手) 전투 시에 입은 오명으로, 이때 이곳에서 설욕하려고——필사적으로 덤벼 순식간에 이곳을 함락시켰다.
하마시로를 포위한 다카야마 우콘 나가후사와 나카가와 도베의 군사도 화전, 총포 등의 풍부한 신병기의 위력을 다하여 대번에 그곳을 초토화해 버렸다.
벌써 별동대의 호리 히데마사(堀秀政), 쓰쓰이 사다쓰구, 하세카와 히데카즈 등은 이치조 산, 네고로 사원의 본거지를 급습하고 있었다.
히데요시의 본군도 그곳에 있었다.
많은 승병을 양성하고, 무기 화약을 비축하고, 소위 '네고로 군' '네고로 법사'의 이름으로 그들이 세상의 난류 속에 폭력을 자행해 온 것은 세상이 다 아는 바였다.
이제 그 소굴에 대한 응징의 날이 왔다. 큰 절의 승방이나 가람은 불과 전법원(傳法院) 한 채만 남긴 채, 불타는 병화에 휩쓸렸다.
중도들은 사방으로 흩어지고, 그들이 기다리고 있던 호응의 무문들도 도우러 올 틈이 없었다.
히데요시의 서사 오무라 유키(大材由己)는 그날의 일을 다음과 같이 기록해 놓았다.

이치조 산의 네고로 사원은 개산상인(開山上人)이 전법원을 건립한 이래, 오로지 근린과의 투쟁에 전념하고, 궁시(弓矢)를 드는 것을 사법으로 일삼아 왔다. 6백년 이래, 마음껏 부를 누리며 강적과 맞서지 않고 소적(小敵)을 멸시하니 마치 우물 속 개구리의 자랑과 흡사했다. 지금 일각에 파국을 만나 한 수행자의 교카(狂歌──諷刺詞)를 듣게 되었다.

──분수를 모르는 네고로(根來) 법사의 무력 사용은 자신을 깨뜨리는 궁시로다.

원래 기이의 통치는 노부나가조차도 애를 먹은 고질적인 암이었다.

암은 네고로 중도들 안에 있는 것이 아니고, 사이가당(雜賀黨), 구마노군(熊野軍) 고야 산(高野山) 등의 사원에 자리 잡은 승도병력이 모두 그것이었으며 바다를 건너서 그것을 사주하는 시코쿠, 그것을 격려하는 세토 내해 여러 섬의 해상부족 등이 있어서 화근은 어제 오늘의 문제가 아니었다.

"이번에는 한다."

그렇게 결심한 히데요시였기 때문에 노부나가조차도 애먹은 수술이기는 했으나, 다른 때와 달라서 준열한 점이 있었다.

순식간에 네고로의 괴멸을 목격한 사이가당은 히데요시 군의 질풍신뢰의 기세에 놀라 두려워해서 싸우지 않고, 사이가 마고이치(雜賀孫一) 이하의 중요한 도당들은 모두 항복하여 히데요시 앞에 엎드렸다.

그러나 북부 사이가의 일당은 여전히 시코쿠의 원병을 믿고 완강한 항전을 계속했으므로 히데요시는 드디어 그의 독특한 수공법(水攻法)으로 이에 응수했다.

──사방의 제방, 13리를 돌고 길은 40리나 된다. 제방의 높이 여섯 길, 토대(土台)가 열여덟 길. 부근의 민가 지붕이 제방보다 다섯 자 정도 낮았다.

실로 대규모의 토목 공사였다.

오다(太田)의 작은 성 하나를 공격하는데 이렇게까지 대규모의 것은 필요 없을 것이라고 생각하는 자도 많았지만, 이것이 히데요시가 믿는 히데요시류의 전략으로 많은 인명손실을 내는 것보다 이 정도의 토목 공사가 헐값이고 또 효과도 확실하다고 생각하는 모양이었다.

4월에 기노 강(紀之江)의 대홍수 때 이 제방도 일부가 붕괴되었지만, 즉각 30만 관이나 되는 토사 가마니로 개수하여 수공의 포위는 철벽같았다.

이것을 보고 성 안의 장병들은 바로 깨달았다.

"……농성하는 것은 어리석은 일이다."

즉, 항복 사자를 보내 하치스카 마사카쓰(峰須賀正勝)에게 주선을 부탁하여 무조건 항복을 제의해 왔다.

주모자 50여 명을 오다의 들판에서 사형에 처하고 기타 다른 사람들은 모두 방면했다.

구키(九鬼), 센고쿠(仙石), 나카무라 가즈우지(中村一氏)의 여러 부대는 계속 구마노(熊野)로 진공했다.

구마노 본궁의 사인(私人)과 향당들은 무릎을 나란히 하여 항복했으므로 히데요시는 선정을 베풀어 쓸데없는 여러 군대의 관문(검문소)을 폐지하고 통상과 여행의 편의를 우선 도모했다.

히데요시는 다시 고야 산(高野山)으로 전진했다.

승려들은 어떻게 될 것인가 하고 모두들 두려움에 떨었다. 고야 산은 노부나가 이래, 노려보고 있던 패력의 사원 중의 하나였기 때문이다.

그러나 히데요시는 노부나가처럼 무작정 사원박멸을 급선무로 하는 사람이 아니다.

"여러 해 전부터 모아 놓은 무기 초약류는 모조리 산 밖으로 반출하라. 사승과 행사 등은 일제히 무장을 해제하라. 그리고 근래 위협을 가해 약탈한 접경의 토지는 모두 돌려주어야 한다. ……또 고야 산은 옛날의 고야 산으로 돌아가고, 승려는 승려의 본분으로 돌아간다면 공격을 중지하겠다."

히데요시는 인편으로 고야 산에 그렇게 전했다.

그러자 고야 군은 모두가 연서한 서약서를 작성하여——이것을 모쿠지키 상인(木食上人)을 통해 보내고 오로지 히데요시의 관대한 처분만을 바랐다.

모쿠지키는 이름이 오키(應其)라고 하며 고잔 상인(興山上人)이라고도 한다.

그는 당대의 걸승(傑僧)이었으며 변재(辯才)에도 뛰어났다. 히데요시를 만나 오히려 히데요시를 귀의케 하여 영지를 안도케 하고 절의 대중을 살렸을 뿐 아니라 또한 그로 하여금 새로 고잔사(興山寺)의 건축에 기부하게 했다.

모쿠지키만은 확실히 이 나쁜 시대의 법등(法燈) 속에서도, 승려로서 생생한 생명을 지니고 있는 자라고 할 수 있었다.

네고로 사람과 고야 사람 사이는, 옛날부터 개와 원숭이 같다고 일컬어지고 있었다. 히데요시 앞에서 약했던 것은 그들이 단결을 잘못한 것에도 기인했지만 전화위복으로 고야 산은 네고로의 뒤를 따르지 않아 병화와 유혈을 면할 수가 있었다.

고야 산이 난을 면했을 뿐 아니라, 이후 도요토미가의 후원까지 약속받은 것은, 역시 모쿠지키 상인의 힘에 의한 바가 컸다.

큰 절에, 오직 한 사람의 진정한 승려만 있으면 아무리 황폐한 산의 법등이라도 다시 켜진다는 것을 모쿠지키는 당시의 승려들에게 몸소 가르쳤다.

이리하여, 어느 새 벚꽃이 필 무렵이 되어, 히데요시는 4월 27일, 약 한 달 만에 오사카로 돌아갔다.

이 동안 그의 말발굽이 걸어 다닌 땅은 셋쓰, 가와지, 이즈미, 기이 4개 지방에 걸치고 있었다.

노부나가 공의 시대에도 복종하지 않았던 여러 곳을 이렇게 단시일내에 네고로사, 사이가, 구마노 산중, 고야령에까지 걸쳐서 모조리 고개를 숙이게 하였다. 과단, 결단의 처사를 잘 볼 수가 있다. 그뿐 아니라 관문 폐지의 건은 미래에 이르기까지 길손들에게 큰 혜택을 주었다.

호안 다이코기(甫庵太閤記)의 필자 오제 호안(小瀨甫庵)은 모든 말을 동원하여 그의 기이 평정의 신속성과 그 시기를 잘 잡은 것, 그리고 처리가 훌륭했음을 격찬하고 있다.

아마 히데요시 자신도 스스로 약간 위로하고 편히 쉬고 싶을 기분도 있었을 것이다.

"일단 해결했다."

오사카로의 귀로에, 기이의 와카노우라(和歌浦)에서 놀고, 그곳에서 즉흥적으로 시를 한 수 지었다.

그 옛날의 사람도 바라본 와카노우라,
조개 줍는 일이 즐겁기만 하구나

이러한 노래를 모친과 네네 등에게 보이면서 먼 길 이야기의 흥을 돋구었을 것이다.

단지 여기서 그에게 있어서는, 오사카 귀성도 왠지 마음을 짓누르는 한 가지 일이 있었다.

그것은 그에게는 잊기 어려운 대 선배였으며 은인이기도 하고 또 그들의 협력자이기도 한, 니와 고로자에몬 나가히데가 죽었다는 보고를 받은 일이었다.

에치젠으로부터의 사자의 말에 의하면, 나가히데의 건강은 벌써 작년부터 전 같지가 않았다고 한다.

병 때문에 그런지, 특히 근래에는 만족하게 삶을 즐기지 않는 기색이 있기는 했으나, 병에 시달려 죽기보다는 낫다며 4월 14일, 자기 방에서 할복하여 16일 새벽녘에 마침내 운명했다고 한다.

후사는 모든 것을 히데요시와 의논하라고 노신들에게 말을 남기고, 자녀들은 노신들의 의견에 따르라고 쓴 유서에, 히데요시에게 남기는 유물을 함께 두었다고 한다.

히데요시는 전후 사정을 들으면서 몇 번이나 물으며 사람들 앞에서 눈물을 닦으며 탄식했다.

"그래?……정말 나를 만나고 싶고, 말해 두고 싶은 일도 있었을 것인데……애석하구나 나도, 아직 호쿠리쿠에의 여행을 마치지 못하여, 그만 고마키 전투 이래 만날 기회도 없이 지나서 유감스러운 일이었다."

그날 밤 그는 가족들과 식사 상도 따로 하며 육식을 멀리했다. 물론 여자들의 방에도 들어가지 않고 혼자 자면서, 잠자리 속에서 니와 고로자에몬의 생전의 일들을 상기하며 진심으로 그의 명복을 빌었다.

"……아아 불쌍한 사람. 그는 선인이었다."

──니와 고로자(丹羽五郎左)란 인물을 생각할 때, 히데요시는 그의 정직하고 성실한 성격과는 완전히 대조적인 자신의 교활성과 악한면을 인정치 않을 수 없었다.

"지금에 와서는 이런 나를 위해 그의 반생을 모두 이용당했다고, 결코 남에게 말할 수 없는 후회와 슬픔도 있었을 것이다."

히데요시는 고로자가 할복한 심정──불치의 병이 무엇보다도 그 원인이 되었을 것이지만──스스로 죽음을 서두른 마음을 알 수 있을 것 같았다.

사실 누구보다도 직접 그것을 알 수 있는 사람은 히데요시 말고는 없었을 것이다.

과거 노부나가의 전성기였던 시대의 오다가의 중신이라고 하면 첫째로 니와와 시바타를 손꼽았다.

그 명예를 본받으려고 두 사람의 성의 한 자씩을 따서 하시바라는 성을 쓰고 있었던 일개 도키치로가 어느 새 오늘날과 같이 대성하여, 성망이나 실력이 고(故) 노부나가 이상임을 몸으로 보여주며, 지금은 이에야스 한 사람을 제외하면 그와 대등한 행동을 취할 수 있는 자는 천하에 아무도 없었다.

이 현상을 보고——니와 고로자는 평소 어떻게 생각하고 있었을까.

당연하다고 생각했을까? 의외라고 생각했을까? 또 바라는 바라고 생각했을까? 괴로운 일로 여기고 있었을까?

바라는 바, 당연 지사라고 생각하고 있었다면 하등 할복할 필요가 없었을 것이다. 그러나 그 반대면, 하는 의문과 반문이 타인에게는 일어날 것이다.

본래 혼노사의 변 당시, 시코쿠 정벌 도중, 오사카에 있었던 니와 고로자가 아케치 미쓰히데를 치는 데 누구보다도 믿었던 것은 히데요시였다.

빗추에서 돌아 온 히데요시를 기다렸다가 마음을 같이 하여 힘을 합쳐서 주군의 복수전을 수행했다.

그 야마자키의 전투에 이어 기요스 회의에도, 만약 니와 나가히데가 히데요시에게 가담하지 않았더라면 시세는 결코 그와 같이 히데요시에게 비약의 날개를 달아주지 않았을 것이다.

또 고마키, 야나가세의 경우에도 그랬다. 만약 니와 나가히데란 인격자가 노부오, 이에야스의 공동성명도 무시하고, 히데요시 편들고 있지 않았더라면, 세상의 무문, 인심의 향배는 아마 7부쯤은 노부오, 이에야스 쪽으로 기울어졌음이 틀림없다.

특히 히데요시의 부탁을 받고 히데요시의 뜻대로 화의의 이면 운동에 힘쓰며, 남몰래 노부오를 달랜 일들은 그늘 속의 일이었으나, 세상이 다 아는 일이기도 했다.

그래서 히데요시는 그에게 본령의 와카사(若狹) 오미, 에치젠(越前), 가가의 일부 등 백만 석에 가까운 보수와 우대를 했다. 당연한 보은이었다.

그러나 니와 고로자는 히데요시가 천하의 실권자가 되려는 것을 보고는 왠지 답답하기만 하고 즐거운 생각을 가질 수가 없었다.

"만사가 뜻과 어긋난다"는 고민의 날이 더해져 갔다고 한다.

고지식하고, 주군에게 충실하며, 분별가였던 그는 자기가 지금까지 한 것은 히데요시를 위해서가 아니라, 기요스 회의 때 노부나가의 후계자로 세운 산보시(三法師 : 秀信)를 다만 지키고 옹립하기 위해——자기를 유비현덕으로부터 유고를 맡았던 제갈공명의 심사에 비유하여——오직 그 시기만 기다리고 있었던 것이다.

그런데 어떻게 되어 가는지 세상 사람들은 산보시의 이름조차 어느 새 모두 잊어버리고 다음 시대의 천하인은 히데요시 하고 히데요시 자신도 생각하고 세인들 모두가 그것을 자연지사로 인정하고 있었다.

세상은 이렇게 되는 것, 세상은 반드시 이렇게 변한다. 이러한 관측을 그르치는 것 만큼 스스로 비참한 인생을 초래하는 일은 없다.

인간의 작은 지혜로 복잡한 인의(人意) 인력(人力)에 의한 시세와 미묘한 무형의 천의(天意)와 천수(天數)의 운행을 예측하고 믿어, 그것에 자기의 업과 뜻을 모으는 인사가 자주 뉘우치게 되는 멸실(滅失)이기도 하다.

니와 고로자 같은 사람은 결코 자신의 선견지명을 믿고 있다가 그런 과오를 범한 것이 아니고, 오히려 그의 경우는 이렇게 말할 수 있는 것이었다.

'분별자의 지나친 분별'

자신의 정직성에 비추어 자기의 성의에 남도 성의를 가지고 그대로 응할 것이라는 기풍이 다분히 있었다. 생각해 보면 어지럽고 시끄러웠던 지난 몇 년을 돌이켜보면, 그가 혼자 그리고 있던 양심의 기획은 모두 그 반대의 현실을 축조하고 있었다.

그러다 마음속으로 혼자 '이렇게 될 줄 몰랐다. ……잘못했구나' 하고 후회했을 때에는 이미 자신도 도와서 만들어 낸 새 세대의 오사카 성은 아무리 해도 남이 움직일 수 없는 것이 되었다.

그곳의 주인은 천하인으로서 그가 가슴속에 간직하고 있는 주인과는 전혀 딴 사람이면서 말이다.

만약 고로자에게 좀더 육체의 건강과 낙천적인 초탈한 성격이 있었더라면, '그것도 세상, 이것도 세상. 즐기지 않고야 무슨 인생인가. 이렇게 된 바에야 히데요시의 신하가 되어서라도 천하인의 마음에 거슬리지 않게 함께 생애의 짧은 만년이라도 즐길 수밖에 없다' 하고, 한 마음을 돌려 가끔 오사카에도 얼굴을 보이고, 뒷날의 계획을 잘 짰을 것인데 노부오, 히데요시의 단독강화 무렵부터 좀처럼 히데요시에게 소식도 보내지 않았다.

전번의 삿사 나리마사의 위험한 암약과 난동에 대해서 히데요시는 마에다 도시이에에게 만사를 고로자와 협력해서 처리하라고 언질을 주었는데, 그 뒤에도 니와 고로자의 행동은 조금도 적극적이 아니었다.

일에 적극성이 부족한 것은 이 고지식한 분별가의 옛날부터의 성격이었지만 특히 근래에 와서는 그 본심을 매우 애매하게 나타내는 경향이 있었다.

히데요시에게 신종(臣從)할 만큼 비굴하지는 않았고, 히데요시와 대항하면서까지 자기 의사를 명백히 밝히기에는 용기가 부족했다. 아니 이미 그렇게 할 만큼 건강한 몸이 아니었다.

"……아아 쓸데없는 넋두리다. 오늘 밤은 좀 이상하군. 자자. 잠을 자야지."

히데요시는 잠자리 속에서 고개를 흔들었다. 문득 니와 고로자의 죽음에 대해 생각하다가 잠이 멀리 달아난 그의 생각은 꼬리에 꼬리를 물고 그칠 줄 몰랐다.

"고로자가 선량할수록……."

그의 양심에 무언가 꺼름찍한 것이 남았음에 틀림없다.

다음 날 아침 그는 오랜만에 지불당(持佛堂)에 들어가 니와 고로자의 위패를 향해 무언가 중얼거리고 있었다.

이런 일은 좀처럼 없는 일이었다. 그에게도 불심이 있다는 증거였을 것이다.

식후에 다실에 들어가 한잔 차를 마련해서, 그곳에 아무도 없는 데도 모습 없는 손님에게 다례(茶禮)를 하며 무언가 잠시 다다미에 양손을 짚고 있었다.

"……."

──그런가 싶으면 벌써 그날부터 그의 머리에는 시코쿠 공략의 계획이 입안되어 있었던 모양이었다.

정오가 넘어 휘하 장수들을 한방에 불러서는 제법 장시간 무언가 의논하고 있었다.

나루토(鳴門)진

히데요시에게는 손위 누이가 있다. 또, 남동생과 누이동생이 각각 한 사람씩 있다. 말하자면 네 형제였다.

그것을 좀더 혈별적(血別的)으로 말하면 남동생과 누이동생은 아버지가 달랐다. 이부제(異父弟) 이부매(異父妹)였다.

아버지와 어머니가 같은 형제는 손위 누이인 오쓰미뿐이었다.

오쓰미는 뒤에 이름을 도모코(管子)로 바꾸고 미요시 나가요시 가즈미치(三好武藏守一路)에게 시집가서 세 아들을 낳고, 장남 미요시 히데쓰구는 벌써 성인이 되어 지난번의 나가쿠테(長久手)의 전투에도 나가서 한쪽의 책임을 맡게 될 정도가 되어 있었다.

히데요시가 특히 이 히데쓰구를 돌보며 나이에 비해서는 너무 큰 중임을 짊어지게 하거나, 그 실패를 꾸짖으며 그의 골육에 대한 애착심의 일면을 보여주게 된 것은 기실 히데쓰구 그 자체의 소질을 아끼고 있다는 것보다는——

누이의 아들인 히데쓰구를 등용해 주면 아마 누이도 안심할 것이라는,
누이를 기쁘게 해주려는 심정이 다분히 있었기 때문이었다.
그의 일생을 통해서 항시 그의 마음속에 잊을 수 없는 사람으로 살고 있었던 여성은 어머니와 이 누이였다.

물론 부인인 네네는 딴 아내들처럼, 절대적인 위치와 발언권을 가지고 남편의 마음을 파악하고 있는 부부 사이였으므로 우선 별개로 보아야 할 것이다.

히데요시를 둘러싼 여성군으로는 마쓰노마루(松丸), 산조노쓰보네(三條局), 가가노쓰보네(加賀局), 또 아직 좀 어리기는 하지만 그 오차차(松茶茶)나 오쓰등, 그 규문의 화원도 가지가지의 색으로 미를 다투고 있지만——호색적인 그로 하여금 말을 하게 해도, 진정한 마음속을 남성의 진심으로 말하게 해도, 반드시 이렇게 자백할 것이 틀림없다.

'그거야 아름다운 것이 제일 좋은 것은 뻔한 일이다. 그 아름다움에도 여러 가지가 있지만 미모로서는 마쓰노마루, 마음씨와 눈빛이 맑고 피부가 곱다는 점에서는 가가노쓰보네, 상류 계급의 지성미와 기품이 높은 점에서는 산조노쓰보네일 것이다. ……이렇게 말하면 웃겠지만 본래 나는 비천한 태생이며, 청소년 시절의 지난날부터 심창(深窓)의 꽃에 대해서는 하나의 동경을 가지고 있었다. 도쿠가와님은 하음(下淫)을 좋아하는 성질이라고 말들 하지만, 앞에 말한 것 같은 이유에서인지 나는 상음(上淫 : 자기보다 지위가 높은 여자와 몰래 정을 통하는 것)을 좋아하는 편이다. ……여자를 사랑하는 데는 이렇듯 그 나름대로의 취향이 있을 것이다.'

——그러나 이것만으로는 아직 히데요시의 본심을 알 수는 없다.
여기까지 말해 버리면 반드시 다음과 같은 말을 그 뒤에 덧붙이려고 할 것

이다.
'그러나 내 마음속에서는 육애(肉愛)의 대상과 정애(情愛)의 대상으로, 같은 여성이라도 두 가지로 구별하고 있다. 먼저 말한 여자들은 그 요염하고 아름답고 청초한 것이 각각 그 취향은 달리 하고 있지만, 모두가 똑같은 육애의 꽃들이다. 이 히데요시는 바람피우는 나비. 나비와 꽃의 관계에 지나지 않는다. …… 그러나 정애의 진심에서는 첫째가 아내다. 이것은 맞대놓고 말하면 기어오르려고 하기 때문에 언제나 반대 표현을 사용하고 있지만, 한마디로 말한다면 이 몸에 대한 관세음보살님으로 받들고 있는 것은 틀림없다. 그러나 거짓도 숨기는 것도 없이 말하면, 그 아내보다 더한 세상의 모든 여성 중에서도 나에게 있어서 첫째 가는 연인은 우리 어머니다……누이는 그 어머니에 딸린 사람으로서 어린 시절부터 함께 빈고를 같이 해온데다 별로 방해가 되지 않아 불쌍하다고 돌보아 주고 있는 것뿐이다.'

불쌍한 놈. 불쌍한 자.

──불쌍하군, 이렇게 그는 자주 입에 담기도 하지만 그가 주위 사람을 보는 눈에는 사실 불쌍하다고 생각하는 눈빛이 무엇을 보는 데도 풍기고 있었다.

비단 육친에 대한 경우뿐만 아니라, 그의 말을 빌리면 인간이란 본래 불쌍한 사람끼리 모여든 것이므로 사람으로서 불쌍하지 않은 자는 없다는 것이다.

특히 가장 불쌍한 자는 자기 자신이라고 히데요시는 생각하고 있었다.

그렇게 세상에서도 불쌍한 한 부랑아가 때마침 시운을 타서 오사카 성의 주인이 되어, 뜻하는 대로 사생활도 정치상의 이상도 약간 행할 수 있는 몸이 되고 보니, 자기 이외의 같은 하늘 밑의 사람들이 더욱더 불쌍해서 견딜 수가 없었다.

나이 탓도 있겠지만 갈수록 연민의 정을 느끼게 되었다.

특히 전국(戰國)의, 그리고 근본적으로 약한 몸을 지니고 태어난 여자들은 히데요시에게는 어머니도 누이도, 누이동생도, 후실들도 똑같이 모두 불쌍한 사람들이었다.

아버지가 다른 하시바 나가히데토 기이, 이즈미 2개국의 영주로서 지금은 오사카 성중의 유수한 다이묘(大名 : 지방영주)의 한 사람이었다. 처음부터 형인 히데요시의 눈으로 보면 이것도 불쌍한 태생의 동생이었다.
어머니는 같은 어머니였으나 히데요시의 아버지는 야에몬이고, 나가히데의 아버지는 뒤에 들어온 지쿠아미란 사내였다.
이 지쿠아미가 어린 시절의 히데요시를 얼마나 무자비하게 다루었는지 동생인 나가히데는 기억하고 있었다.
히데요시보다 다섯 살 아래이지만 어머니와 누이에게서도 들으며 해가 거듭됨에 따라, 또 지금처럼 가문의 영위를 함께 하는 신분이 될수록 더욱 강하게 상기되기만 하는 것이었다.
아무튼 지쿠아미는 주정꾼이고 노름꾼이며 게을러서, 핏줄이 다른 자식이든 친 아들이든 자식에 대한 애정을 집에서 보여준 일이 없었다.
어머니마저 울리는 일 역시 자식들 모두가 가슴 아프게 보아온 사실의 하나였다.
그래서 그 지쿠아미가 병사했을 때 눈물을 흘린 사람은 어머니뿐이며 자식들은 모두 태연하기만 했다.
히데요시는 아직 히요시라고 불리던 무렵이며 유랑 중이어서 그 임종에는 참석하지 않았다.
그래서 히데요시는 지금까지 계부의 추억담만은 조금도 입 밖에 내 본 적이 없었다.
어머니는 물론 히데요시의 마음을 알고 있었기 때문에 그녀 역시 히데요시 앞에서는 이야기하지 않았고, 단지 기일 다음날에는 남몰래 혼자서 지불당(持佛堂)에 꽃을 올리고 앉아 있을 정도였다.
"나가히데, 이번의 시코쿠 공략에는 한번 네가 내 대리로 건너가 보아라
······히데쓰구도 거들어라. 나가히데를 도와서······."
오늘의 회의는 히데요시의 이 한 마디 말로 결론이 내려졌다.
정오가 지나서 저녁 때 가까이까지 걸쳐 토의한 의제는 모두 시코쿠 진공의 배치 준비와 진격의 절차였다.
나가쿠테 전투에서는 히데쓰구에게 미카와 진공의 총수를 명해서 대실패를 초래했기 때문에 히데요시는 심각한 후회를 맛보았을 터인데 지금 또 육친인 나가히데를 시코쿠 진공의 총수로 임명한 것이다.
"알겠습니다."
나가히데는 짤막한 말로 분부를 받들고 절을 했다. 여러 장수들의 눈길은

그의 모습과 좌중에 있는 한 장의 나루토(鳴門) 해협의 그림 지도에 집중되었다.

아와지(淡路)의 후쿠라 항(福良港)에는 지난 열흘 동안 큰 배, 작은 배가 수백 척 집결되어 있었다.

바다는 5월의 빛이 짙었다.

시험 삼아 헤아려 보니 소선박 103척, 대선박은 580여척이나 있었다.

뱃머리마다 달린 깃발을 보면 야마토, 기이(紀伊), 이즈미(和泉), 셋쯔, 단바(丹波), 하리마(播磨) 등의 지방별로 나눌 수가 있었다.

기이, 이즈미, 야마토의 선박은 하시바 나가히데의 군사, 셋쯔, 단바의 것은 조카인 히데쓰구가 거느리는 것임을 대번에 알 수 있었다.

즉 히데요시의 대리로, 조소카베가 차지하고 있는 시코쿠로 진공하기 위해, 총수 하시바 나가히데와 부장 히데쓰구가 여기서 출항 준비를 한 것으로 추측된다.

이 본군은 후쿠라를 출발하여 나루토의 소용돌이 물결을 건너 아와의 도사도마리(土佐泊)에 발판을 잡는 작전으로 판단되었다.

그러나 시코쿠 진공의 하시바군은 단지 이 나루토 해협을 건너는 일진뿐이 아니라, 별도로 산요도(山陽道)에서 세토 내해를 넘어 시코쿠의 서북면을 압박하고 있는 대군도 있었다.

우키타 히데이에(浮田秀家), 하치스카 마사카쓰(峰須賀正勝), 동 이에마사(同家政), 구로다 칸베 등은 사누키(讚岐)의 야시마(八島)에 상륙하고, 모리 데루모토(毛利輝元), 깃카와 모토하루(吉川元春), 고바야카와 다카카게(小早川隆景) 등은 이요(伊豫)의 니마(新麻)에 진군했다.

이것을 전체적으로 살펴 본다면 전 시코쿠의 태평양에 면하고 있는 지역을 제외한 다른 3개 방향에서 진로를 취하고 있는 것이 된다.

그리고 그 총세는 10만이라고도 하고 혹은 실수 8만이라고도 한다.

아무튼 일개 조소카베를 치는 데 마음먹고 편성한 대규모의 것이었다.

본래 시코쿠 통치의 난제는 노부나가 이래의 숙제이기도 했다.

노부나가가 그 아들 노부타카와 니와 고로자에게 시코쿠 출병을 명하여 그 병선이 마침 사카이 포구를 나서기 직전에——예의 혼노사 사변이 돌발해서 그 뒤 그대로 지내왔던 것이다.

도사의 조소카베는 그 동안 전 세력을 시코쿠에 확대시키고, 기이 이즈미의 불평분자를 통해 은밀히 이에야스, 노부오와 내통해 왔던 것이다.

——왜냐하면 히데요시는 노부나가의 정책을 답습하여 시코쿠에 군사를 보내는 것을 필연적인 일로 예견하고 있었기 때문이다.

과연 그날이 왔다. 그리고 조소카베 측의 예상을 훨씬 넘어, 시기를 앞당기고 대규모의 병력으로 눈앞에 나타난 것이다.

조소카베의 노신 다니 주베(谷忠兵衛)는 그의 성 이치노미야 성에서 살며시 빠져 나와 주군 모토치카가 있는 하쿠지(白地)의 거성에 와서 모토치카를 만났다.

"이치노미야 성도 나가히데의 대군에 포위되어, 이제 낙성은 피할 수 없게 되었습니다. ……지금쯤 생각을 잘 하시는 것이 현명하지 않겠습니까?"

"주베, 지금에 와서 생각하다니 무엇을 생각해 보라는 건가?"

"무릇 전쟁이란 것은, 나라의 구석구석까지 초토화하고 전사 아사자(戰死餓死者)의 시체를 산더미처럼 쌓아 올려야만 승패를 알 수 있는 것이 아닙니다. ……우선 한 두 곳의 전선에서 전투를 해 보면 이기느냐, 지느냐를 알 수 있는 법입니다."

"그럼 주베, 자네는 이번 전쟁을 벌써 처음부터 아군의 패전으로 본다는 말인가?"

"지극히 명백합니다. ……질 것이 분명한 이상에는 하루라도 빨리 항복하시는 것이 영민들에게는 큰 다행이고, 주가에는 안전한 일이며, 아까운 인명을 잃지 않고 지나갈 수 있습니다. 그래서 만난을 무릅쓰고 그것을 권하러 온 것입니다."

모토치카도 사리를 분간하지 못할 정도의 어리석은 장수는 아니다. 주베는 지략과 무도의 소양으로 보아 노신 중의 제1인자라는 것을 잘 알고 있다.

그러나 어떻든 다니 주베의 간언은 모토치카에게는 생각지도 못한 폭언으로밖에 들리지 않았다.

"야앗! 시끄러워, 시끄럽다니까! 주베."

화를 내면서 이러한 시기에 전선을 빠져나와, 뻔뻔스럽게 자기에게 항복을 권하러 온 이 노신에게 마구 욕을 퍼부었다.

"……잘못 보았구나. 나이는 많다 하더라도 믿을 수 있는 자라고 생각했기 때문에 이치노미야의 요해를 맡겨 놓았는데. ……아직 농성한 지 반 달이나 20일도 되지 않았는데 비겁하게 도망쳐 오다니."

"주군. 주군이야말로 잠깐 기다리십시오."
"무언가. 무슨 변명을 하려고 하는 거냐?"
"언제 소신이 비겁한 소리를 했습니까. 도망쳐 왔습니까."
"미친 놈. 방금 나를 보고 항복하라고 말하지 않았나? 그 말을 하러 여기에 와 있는 것이 아닌가."
"모두가 주군의 생각이 틀렸습니다. 실례올시다만, 이 다니 주베는 창끝의 공을 다투는 잡병이 아닙니다. 일국의 노신이올시다. 소신의 소임은 나라의 위급 존망에 대하여, 오로지 그 처단을 그르치지 않고, 나라의 멸망을 막고, 영토 내의 백성들의 안온을 유지하는 데 있다고 믿습니다. 이곳에 와서 주군의 노여움을 사더라도 소신을 관철시킬 각오올시다."
"아무리 말을 잘 해도, 나는 절대로 히데요시에게 항복하지 않는다. 이치노미야에는 다른 자를 수장으로 보내겠다. 자네는 이제 가지마라. 주베 자네에게는 근신을 분부하겠다."
"모처럼의 말씀이오나 국가 존망의 위기 편안하고 한가롭게 근신하고 있을 수가 없습니다. 아무쪼록 평소의 현명한 주군으로 돌아 가셔서 다시 생각해 주십시오. ……지금 항복하면, 아직 도사 일족과 조소카베 가는 남습니다. 그러나 최후까지 싸운다면, 무엇이 남겠습니까?"
"자네는 도대체 무문(武門)의 사나이인가?"
"무문의 훌륭한 주석(柱石)이라고 자부하고 있습니다. 이긴다, 이긴다는 것은 무문의 공염불입니다. 한 사람쯤은 질 때의 좋고 나쁜 것을 분별하는 가신도 있어서 나쁠 것은 없겠지요."
"자네는 이 모토치카를 우롱하고 있구나."
"천만의 말씀입니다."
주베는 그의 격노를 두려워하기는 커녕 오히려 점점 더 무릎을 앞으로 내밀었다.
"무릇 진정으로 나라를 사랑하는 자가 사랑하는 국토를 이용해서 어찌 이(利)가 없는 맹전을 할 수가 있겠습니까. 또 진실로 주군을 공경하는 자는 공경하는 주군이 적수에 걸려서 처형되는 것을 차마 눈뜨고 볼 수가 없는 겁니다. 불초 주베가 60여 년 동안의 난국에서 배울 수 있었던 체험으로 이번의 하시바 히데요시가 일으킨 시코쿠 공략의 배치와 설비를 보건대 실로 놀랄 만한 선박수와 병력과 물자를 가지고 시코쿠의 3개 방면으로부터 일제히 상륙하여 차츰 이 성 아래까지 압축해 오려는 대규모의 의도를 나타내고 있습니다. ……이에 대해서 황송하오나 우리 조소카베군의 방어력은 정말 뻔한 것입니다. 아무리 주군의 휘하에 무용을 자랑하는 무사가 있다 하더라도 도저히 히데요시 군의 ……천기(天機)를 타고 유리한 지리 조건을 장악하여 우세한 병력과 풍부한 물자를 가지고 공격해 오는 데는 대항할 수가 없습니다. 승부는 뻔합니다. ……그렇다면 한시라도 빨리 항복 사신을 파견해서 무력한 전쟁을 피해야 할 것이 아닙니까. 그 사신이라면 이 다니 주베가 즉시 명을 받들어 하시바 측에 교섭하러 가겠습니다."

한 때는 화도 냈지만 주베의 말에는 나라를 생각하고 주가를 걱정하며, 백성을 애호하는 진실이 들어 있었다.

모토치카도 그 진실에 대해서는 노여워할 수가 없었다. 특히 이 노신은, 부조(父祖)의 대부터 가신이었다.

아무리 가신이라 하더라도 나라와 가문을 위한 것이라고 정색을 하니, 모토치카라 하더라도 단지 주군의 권위를 휘두르면서 '처단하겠다'거나 '무례한 놈, 물러가라' 하고, 폭군의 통상적인 위협으로 처리할 수가 없었다. 또 그렇게 해서 물러 갈 다니 주베도 아니었다.

"정히 그렇다면 한 번 생각해 보겠다."

모토치카 쪽에서 이렇게 그 자리를 피해 잠시 안으로 들어갔다.

그 뒷모습을 향해 주베가 말했다.

"그럼 주군. 내일 아침에라도, 일족의 여러 장수들을 불러 내서 토의하시기 바랍니다. 사정이 급합니다."

모토치카는 대꾸하지 않았다.

그날 중으로 다니 주베는 회람문을 작성하여, 먼 곳에 사자를 보내고 성중, 성하에 있는 자에게 직접 찾아가서 소신을 밝히고 설득하며 돌아 다녔다.

그는 그 회람문 속에, 히데요시와 싸워서 승리할 가망이 없는 이유를 다음과 같이 들고 있다.

──히데요시 군의 군병, 병선을 보건대, 그 부강이 도저히 시코쿠 군이 대항할 수 있는 바가 아니다. 이 시코쿠는 근 20년의 병란에 의해 백성들의 집은 병화를 맞고, 촌락의 생업은 파괴되고 논밭은 망초로 덮여 앞으로 5년이나 3년 동안은 아직 농경도 할 수가 없으니 곳간에 오곡이 가득 차는 날도

없을 것이다.

그뿐 아니라 백성은 지치고, 여러 병졸은 권태를 일으키고, 병기와 마구도 묵어서 썩고, 신예의 기운이 없으며, 무인은 공연히 장어대언(壯語大言)하지만, 전우행마(田牛行馬)는 야위고 힘이 빠져, 그것을 전장에 내몬다 하더라도 무슨 일을 할 수 있으랴. 마음을 가라앉히고 적 히데요시 군을 보건대 무구와 마구는 빛을 내고 반짝이며 장졸의 사기는 모두 충천하고 진막은 찬란, 말은 장대하고 한기(悍氣) 높으며 해외로부터 도입한 신병기와 화약 등의 물자가 뛰어나고, 무사들의 모습이 늠름하고 엄하며, 군율이 잘 지켜져서 멀리 오사카와 바다를 사이에 두고 있어도, 전선은 히데요시가 언제나 있는 것과 같다.

반면에 우리 시코쿠 군의 갑옷은 줄이 끊어져 삼베 실로 꿰맨 것을 입고, 허리에 찬 작은 깃발을 비스듬히 꽂고, 손잡이가 길고 짧은 통일되지 않은 창, 칼 등을 가진 짚신의 군세라서 비교해 보면 우습기만 하다. 그뿐 아니라, 4면이 바다인 이 고장의 세 방향은 막히고, 국내의 군량도 남은 것이 헤아릴 수 있을 정도이다. 이 한 가지를 생각해 보더라도 히데요시 군과 싸우는 것이 무익하다는 것은 필부라도 깨달을 수 있을 것이다. 10 중 하나라도 대항할 승산이 없다.

다니 주베가 설파하는 이러한 이유와 그의 진실에 넘친 시국에 대한 전망은, 다른 가로와, 중신, 모토치카의 혈족들까지 감동시켜, "참으로 옳은 말이다" 하며 그토록 열을 올리던 주전열도 하룻밤 사이에 모두 비전론으로 변해 버렸다.

"아직은 이치노미야의 성이지만, 이와쿠라 성을 지키고 지탱하고 있는 동안이야말로 항복하는 데도 유리하고 후일을 위해 크게 득이 되는 바가 있을 것이라 생각합니다. 아무쪼록 이 점을 잘 판단하셔서······."

이렇게 다음 날 아침, 다니 주베는 동의한 가로와 중신 일족을 거느리고 다시 모토치카 앞에 고간(苦諫)하러 나섰다. 그래서 드디어 모토치카도 고집을 꺾고 "좋도록 하라"고 하면서 눈물을 흘렸다. 중신들도 모두 함께 눈물을 머금었다.

이면이 있으면 표면이 있다.

시코쿠 측의 내부에서는 벌써 다니 주베와 같은 식견을 갖춘 무사가 있어서 전도를 잘 전망한 '승부수'를 두어 모토치카의 동의를 간청하고 있었을 정도였으나, 전국상의 표면에서는 하시바 측이 공략군이라고 하지만 그 작전 기도가 쉽게 진전되고 있지가 않았다.

7월에 들어서서도 이치노미야 성은 함락되지 않고, 불과 몇 군데의 작은 성을 공격하여 뺏은 데 지나지 않았다.

그래서 히데요시 군은 이치노미야 성 하나에 주력을 집중시켰다.

그러나 조소카베 모토치카, 모리치카(盛親) 부자도 도사와 아와의 접경——오니시 하쿠지(大西白地)의 성을 본영으로 삼고 그것을 원호하며 왕성하게 독전했으므로 공격군은 불락의 절벽에 부딪쳐 버린 꼴이 되었다.

그 동안——.

히데요시는 오사카에 있으면서 신통치 않은 보고에 혀를 차면서 말했다.

"나가히데, 히데쓰구 등이 처리하지 못한다면 내가 직접 시코쿠에 출진할 수밖에 없군."

그래서 즉각 쓰쓰이 시로(筒井四郞)에게 명하여 출선 준비에 착수케 했다는 사실이 시코쿠에도 들려왔다.

나가히데는 크게 수치스럽게 생각하여 곧 비토 도모사다(尾藤知定)를 사자로 보내 오사카 성에 서신을 보냈다.

'손수 진발(進發)하신다고 듣고 황공하기 짝이 없습니다. 물론 나가히데의 역부족의 소치로 심려를 끼치게 된 것이라 생각하니 자책을 금할 길이 없습니다. 분발하여 반드시 기대에 어긋나지 않게 하겠사오니 부디 동좌(動座)하신다는 분부를 거두어 주시기 바라나이다.'

이러한 서신의 내용을 보고, 히데요시는 나가히데의 뜻을 양해했는지 혹은, 처음부터 나가히데로 하여금 분발케 하기 위해서 한 것인지 모르지만 아무튼 히데요시 자신의 출진은 중지하게 되었다.

당연히 나가히데는 그 임무 수행에 몇 배의 노력과 분투를 기울여, 이치노미야 성을 공격했다.

공격을 다하고 있는 여러 장수들을 보면, 첫째가 히데쓰구 이하 하치스카 부자, 센고쿠, 호리, 하세카와, 히네노, 아사노, 도다, 다카야마, 이치야나기 등 모두가 오사카 측의 장성이었다.

7월 15일부터 총공격이 개시되어, 맹렬한 포격으로 대번에 외성을 무찌르고, 적의 수로를 끊어놓는 데 성공했다.

물의 공급이 끊어진 성은 며칠 안 되어 패할 조짐을 나타냈다.

"고비에 왔다."

"낙성은 시간문제……."

공격군은 제2단계 공세를 갖추었다. 그리고 단숨에 최후의 공격에 나서기로 한 전야——성 안의 수비장 에무라 마고자에몬과 다니 주베, 두 사람 이름으로 군사를 보내왔다.

"5일간의 휴전을 요청한다."

나가히데는 휴전을 받아들였다.

조소카베 모토치카는 자식을 볼모로 내놓고 항복을 제의했다. 그리고 거의 무조건으로 처분을 기다렸다.

"나가히데, 히데쓰구님께 처분을 맡기겠습니다."

그러나 나가히데와 다니 주베 사이에는 사전에 조건부 묵약이 서로 교환되어 있었던 것은 말할 나위가 없다.

가령 히데요시가 이의를 내건다 하더라도 조소카베 가의 존속과 도사 일족의 영지만은 반드시 남게 하도록 한다는 보증을 받고 있었던 것이다.

히데요시도 그것을 허용했다.

7월 하순, 시코쿠의 일은 전부 해결되었다.

아와, 사누키, 이요 3개국은 아와를 하치스카 마사카쓰에게, 사누키는 센고쿠 곤베에게, 이요는 고바야카와 다카카게에게 각각 분할하여 봉하게 되었다.

잡어와 대어

 히데요시의 머리에는 언제나 어떤 구상이 있었지만, 그것은 옆의 사람도 알 수가 없다.
 크다고 할까, 복잡하다고 할까, 다각적이라고 해야 할까, 아무튼 그가 당연한 일로서 추진시켜 가는 일은 왕왕 사람들의 의표를 찌르는 것이었다.
 그 해, 덴쇼(天正) 13년 여름의 삿사 정벌이 그 좋은 일례이다.
 7월 17일이라고 하면, 시코쿠에 주둔하는 장병들이 이치노미야 성에 총공격을 시작하여 그 외성을 가까스로 짓밟은 시기였다.
 그리고 시코쿠 공략의 어려움에 대해서는 아직 아무도 전망할 수가 없었고 만약 나가히데와 히데쓰구의 힘으로 부족하다면, 히데요시가 직접 나서려고까지 했던 그 직후였다.
 그런데——,
 아무도 모르는 사이에 히데요시는 그 7월 17일 자로 호쿠리쿠의 마에다 도시이에 앞으로 서신을 보냈다.
 "……그럼 전년부터의 약속대로 그곳으로 나가서, 전부터 제멋대로 하도록 내버려 둔 삿사 나리마사를 처분하고, 오랜 환난의 땅을 평정하고 질서를 바로 잡을 생각이오. 그렇게 알고, 그 준비에 만전을 기하고 내가 당도하는 날을 기다려 주시오."

이렇게 하치야 요리타카(蜂屋賴隆)를 사신으로 보내 벌써 말을 전하고 있었던 것이다.

사실——.

8월에 들어서자마자, 오사카의 움직임은 갑자기 남쪽에서 북쪽으로 방향이 달라졌다.

히데요시 자신도 같은 달 6일에 오사카를 출발하여 요도 강을 주행의 병마로 가득 메웠다.

"무슨 일일까. 시코쿠 공격을 그만 두고 이 많은 병력과 깃발을 도대체 어디로 데리고 가는 것일까."

사람들은 히데요시의 의중에 대해 의아심을 품었다. 아니 종군하는 장병들조차 이렇게 해서 되는가 하고 염려했다.

왜냐하면, 시코쿠의 전쟁은 조소카베의 요청에 의해 휴전이라는 말을 들었으나 그 뒤처리가 아직 끝나지 않았기 때문이다.

아무리 이름난 장수라 하더라도 작전에는 반드시 중점이 있다. 왜 히데요시 같은 인물이 남쪽도 아직 처리가 되지 않고 있는데 또 다시 북쪽으로 대군을 나누고, 그뿐 아니라 오사카 성을 비워두는 악수를 두는 것일까? 의아해서 견딜 수가 없었다.

그러나 히데요시에게 물으면 아마 빙그레 웃을 것이다.

"걱정마라."

그의 이 거동은 결코 이면 작전도 아니고, 공연히 전국을 확대시켜서 스스로 힘을 이분하는 것도 아니었다.

그에게는 역시 전쟁의 중점이 있었고, 그 중점의 발을 뺏고, 손을 잘라서, 나중에 적의 심장으로 다가가기 위한 일관된 대책을 따르고 있는 데 불과했다.

그렇다면 그의 적은 시코쿠의 조소카베가 아니었단 말인가. 또 북쪽의 삿사 나리마사도 노리는 적이 아니었던가.

물론 그렇다. 일개 조소카베와 일개 삿사 같은 자는 히데요시가 적으로 여기는 자가 아니었다.

그가 의도하고 있는 중점이 아니었다.

지금 히데요시가 깊이 생각하고 있는 것은 단 한 사람, 도쿠가와 이에야스가 있을 뿐이었다.

장차 자신에게 커다란 장애물이 되는 인간은 그 사람이라고, 히데요시의 혜안은 벌써 다음의 역사를 전망하고 있었다.

이에야스를 믿는 자, 이에야스를 돕는 자, 이에야스를 통해 야망을 뻗치려고 하는 자, 이에야스의 사지가 되어 이에야스와 내통하는 모든 자의 맥을 끊고 그 뒤에 도마 위에 요리할 대어를 보면서——그는 그물을 남쪽에 치고 북쪽에 쳐서, 서서히 중점이 되는 것을 가까이 당겨 오려는 것이었다.

눈이 녹으면 전쟁이 시작되고, 전쟁이 끝나면 눈에 파묻히는 북국의 서민들은 평화를 그리는 것이 오래 되었다.

삿사와 마에다의 투쟁은 금년에도 길례(吉例)처럼, 4, 5월경부터 여러 곳에 병화를 일으켜 일성 일루를 서로 뺏고 빼앗기며, 말발굽 아래 짓밟히지 않는 들판이 없었다.

히데요시의 북벌군은 고호쿠(湖北)를 넘어서 에치젠으로 들어갔다.

총군 10만으로 일컬어지는 그 기치를 지방별로 보면, 오와리, 미노, 이세, 단고, 와카사, 이나바, 에치젠, 가가, 노토, 9개국에 걸치고 있다.

또 그들의 부장으로는 오다 노부오, 오다 노부카네, 니와 나가시게, 호소카와 다다오키, 가네모리 지카시게, 하치야 요리타카, 이케다 테루마사, 모리 나가카즈, 가모 우지사토, 호리오 요시하루, 야마우치 가즈토요, 가토 미쓰야스, 구키 요시타카——그밖에 얼마 뒤 마에다 부자가 당연히 그 대열에 참가했다.

이번에도 역시 히데요시는, '싸우기도 전에 이긴다'고 할만한 양과 질을 가지고 출진했다.

히데요시가 에치젠에 들어가니, 마에다 도시이에는 가네자와에서 마쓰가시마까지 나와서 히데요시를 기다렸다.

길은 깨끗했고 도로와 다리도 보수되어, 8월의 염천도 시원스럽게 10만의 나그네들을 위로하고 있었다.

마다자에몬 도시이에는 그날 황색 나사의 진중 하오리에 칠요(七曜)의 투구를 쓰고 아들 도시나가와 조카들과 함께, 말을 나무에 매어 놓고 길가에서 줄지어 서 있었다.

이윽고 매미 소리가 시끄러운 속을 히데요시의 직할 부대가 말굽소리를 내며 다가왔다.

  숲처럼 늘어선 창, 총포의 열, 깃발, 일군의 화려한 시동들, 황색 모의대(화살을 막기 위해 갑옷으로 / 화살 막는 용구를 장착한 부대) 속에서 빙글 빙글 웃고 있는 붉은 얼굴이 있었다.

  "앗! 원숭이님이다!"

  도시이에의 뒤에 섰던 조카 게이지로가 괴상한 소리를 내며 손가락질했다.

  "이 녀석!"

  도시이에는 뒤돌아보며 그 손을 철썩 때렸다. 약 20길 앞쪽에서 히데요시가 말에서 내려, 말고삐 줄을 무사에게 맡기고 빠른 걸음으로 이쪽으로 걸어왔다.

  벌써 도시이에의 눈과 히데요시의 눈은 멀리서부터 웃음을 주고받으면서 기타노쇼 함락시 이별 이래의 격조를 만감 속에 서로 이야기하고 있었다.

  도시이에도 바삐 수십 보 앞으로 걸어 나갔다.

  "오오, 마타자."

  손이 앞으로 내밀어진다.

  "야아, 드디어 먼 길을 오셨군."

  손과 손의 따스함을 서로 느꼈다.

  "……내가 왔네. 이렇게 지난날의 약속을 이행하기 위해."

  "기다리고 있었소이다. 나의 힘이 부족하여 시코쿠 방면이 다망하신 데도 불구하고 이렇게 심려를 끼쳐 드려서 뭐라고 죄스러움을 표현할 길이 없소이다."

  "무슨……소리."

  히데요시는 고개를 흔들며, 잡았던 손으로 도시이에의 어깨를 쳤다.

  "무슨 일이 있어도 일년에 한 번쯤은 만나서 옛정을 나누고 싶지 않은가. ……마침 여러 고장을 두루 돌아다니기에 알맞은 때라고 생각하여 온 거요."

  "하하하. 아마 당신이니 틀림없이 그 정도의 기분으로 왔을 것이라고 집사람도 말하고 있었소."

  "마나님이 말이지. 음, 마타자와 마나님은 내 기분을 잘 알고 있는 사람 중의 한 사람이지. 무고하신가?"

  "여전하오."

"그런데 그 황색 나사의 진중 하오리가 잘 어울리는데, 그것도 마나님이 만드신 건가?"

"아니 이건, 나가시노(長篠) 전투 후에 노부나가님으로부터 하사 받은 추억이 담긴 진중 하오리요……"

두 사람은 전쟁에 대해서는 조금도 언급하지 않고, 그야말로 길가에서 만난 친구 사이에 지나지 않는 듯 했다.

마쓰가시마에서 오야마 성(尾山城)까지——도시이에가 앞장서서 안내하고 히데요시와 그 군대는 기다란 선을 끝없이 그렸다.

선두는 가나자와에 도착했는데도, 아직 후미 부대는 기타노쇼를 떠나지 않았을 정도였다.

아마, 이 비보는 청천벽력처럼 도야마 성(富山城)의 삿사 나리마사의 귓전을 때렸을 것이다.

이날, 8월 18일.

삿사 군의 동향이 손에 잡힌 듯이 오야마 성에 있는 히데요시한테 긴급 보고되고 있었다.

그것들을 종합해 보면——.

삿사는 이때야말로 내 생애의 중대사라고 하면서 엣추 전체를 동원해서 이에 대한 방책을 굳혔다.

구리카라 고개(俱利伽羅峠)의 좌우, 도리고에의 천험, 고마쓰, 오와라, 마쓰가네, 기라의 방채는 16개 성에 손질을 하고 또 네지로(根城), 기부네(木舟), 모리야마(森山), 마스야마(益山) 등 십 여개소에 새로이 큰 돌을 쌓아올려 방책과 망루를 만들고, 국경의 도처에 방비책을 강구하여 병력을 배치하여, 출입문, 관문 등을 보태면 모두 58개소의 대적점(待敵點)을 급히 설치하였다.

"이번에야말로, 나리마사에게 신종하는 자에게는 만사일생의 전투가 될 것이다."

이렇게 공포적인 구호 아래 영지의 모든 사람들을 몰아쳤다.

그러나 방어에 강제 동원된 나리마사의 하급병과 일반 서민들 중에는 벌써 이러한 불평의 소리가 있었다.

"너희들은 죽게 하지 않겠다, 우리들 무문이 앞에서 너희들 서민을 지켜주겠다, 특히 여자와 애들은 다쳐서는 안된다……이렇게 말해 준다면, 같은 땅에서 살던 사람끼리니 저희들도 하겠습니다……하고 자진해서 적과 맞서기도 하겠지만, 이럴 때만 나리마사에게 신종하는 사람들이라고 불린다면 견딜 수가 없다. 신종하는 사람들이란, 함께 영화도 누리며 거들먹거리던 사람들만 가리키는 말이겠지."

인심은 미묘하다.

나리마사도 곧 짐작을 했다.

"선을 넓게 지키려고 하면, 선의 힘은 약해진다. 총력을 진즈 강(神通江)의 일선에 집중하여 불퇴의 방어를 결집시키겠다."

갑자기 접경지대의 작은 방루를 모두 포기하여 진즈 강의 대하(大河)를 앞에 두며, 안으로는 국내의 불평분자를 눌러서 "여자들도 사수에 임하라"는 발광적인 포고령을 내려, 삿사 군은 결사적인 준비를 서두르고 있었다.

히데요시는 도시이에의 병력 8천을 선봉에 내세우고, 깃발을 엣추에 진출시키고 있었다. 도상의 작은 적(敵)은 그 기세를 보고 항복해 왔다.

20일 구리카라 고개를 넘어, 도나미 산(砥波山)을 밟고 하치만 봉(八幡峰)에 올라 엣추 일원을 조감하며, 마치 손바닥을 가리키는 듯이 여러 군사의 부서를 지시했다.

"저곳에 누구누구를, 이곳에 아무개를……."

걸상에 앉아서, 그때까지 보지 못했던 호쿠에쓰 산맥(北越山脈)의 장관과 일본의 바다 색깔 등을 바라보면서, 이따금 좌우의 장수와 담소하고 있는 모양은 정말 유람이라도 온 것 같은 모습이었다.

그는 고후쿠 산(吳服山)에 가성을 짓게 하고 8월 내내 그곳에 체진했다.

계절의 호우가 계속됐다.

여러 곳에서 산사태가 나고, 각지의 하천이 범람했다고 전해졌다.

그러던 어느 날 밤, 고후쿠 산의 기슭에 있는 오다 노부오의 진소에 세 사람의 여승(旅僧)이 경비병을 통해 배알을 요청해 왔다.

"은밀히 배알하고 싶습니다만……."

이름을 물어도 승려들은 뵙기만 하면 바로 알게 되는 사람입니다고만 하고, 이름은 밝히지 않았다.

"결코, 이상한 자가 아닙니다."

승려 중의 한 사람은 휴대용 붓을 꺼내 조그만 종이 조각에 무언가 써서 매듭을 지은 뒤 건네 주었다.

경비병은 부장에게, 부장은 그것을 노부오에게 올렸다.

종이 조각에는——.

에치젠 가의 삿사 헤이자(佐佐平左), 삿사 요자에몬(與左衞門), 노노무라 몬도(野野村主水), 3명의 이름이 적혀 있었다.

"그래? ……"

어떻든 만나 보니 그들 3명은 주군 나리마사를 대신하여 전면 항복을 제의해 온 것이었다.

"일단 국내를 초토화해서라도 나리마사 이하, 목숨이 붙어 있는 한 싸우려고 생각했습니다만, 도저히 하시바님에게는 미치지 못하는 것을 깨닫고, 주군 구라노스케 나리마사 이하 저희 중신들은 자리를 함께 해서 성하의 한 사원에서 삭발했습니다."

이렇게 사정을 말하고, 서로 삭발한 지 얼마 안 되는 머리를 마루바닥에 비비면서 노부오에게 간청하는 것이었다.

"어떻게 지쿠젠님께 주선을 하셔서 주군 나리마사의 한 목숨만은 살려 주시기를 부탁드립니다. 그래서 야음을 틈타, 부끄러움을 무릅쓰고 매달리러 왔습니다."

노부오는 부탁을 받고는 몹시 기분이 좋았으나, 한편 불쌍하게 생각되기도 했다.

그리고 자기가 한 마디만 말하면 아무리 히네요시라도 이의가 없을 거라는 듯이 승낙을 했다.

"좋아 좋아. 살려 주지. ……뭐, 나리마사도 결코 나쁜 인간은 아니니까 말이다. 특히 선친 노부나가 공에 의해 경호의 한 심부름꾼으로부터 발탁되어 상당히 촉망을 받아온 자가 아닌가?"

"주군 나리마사의 심중에는 오로지 옛 주인의 은혜와 의리를 지켜서, 끝까지 절개를 관철하고 싶다는 점도 있습니다."

"알고 있다. ……그런데 삿사는 도대체 지금 어디에 있는가?"

"가까운 사원에 숨겨 두고 왔습니다. 만약 구명(求命)을 보장해 주신다면 모시고 오겠습니다."

"좀 기다려라. 아무튼 내가 지쿠젠을 만나서 잘 처리해 주겠다. 그때까지 통지를 기다려라."

노부오는 즉각 히데요시의 본영으로 찾아갔다.

히데요시는 노부오를 보자, 왠지 빙글빙글 웃고 있었다.

도시이에도 있고 해서, 그 말을 꺼내는 것을 망설이고 있는데 히데요시 쪽에서 먼저 말했다.

"노부오 경, 이제 전쟁의 고비가 보이는 것 같군요."

"옛, 왜 그렇습니까?"

"땅거미 질 무렵에 진즈 강 방면으로부터 돌아온 첩자의 말에 의하면 삿사의 가중에서는 먼젓번에 내가 퍼뜨렸던…… 노토의 시치오 항에서 군선 100척을 앞세우고, 엣추의 도처에 대군을 상륙시킨다……고 하는 낭설을 진정으로 믿고 당황하고 있는 것 같다고 합니다."

"하하아, 그 때문에 그랬군요."

"무슨 일이 있었습니까."

"실은……"

노부오는 도시이에 쪽을 보고 입을 다물었다.

도시이에는 짐작을 했는지 다른 일을 핑계대고 곧바로 자리를 떴다.

"실은 삿사 구라노스케가 삭발을 하고 내 진소까지 항복을 제의해 왔소."

"흐음……."

히데요시는 기뻐하지도 않았다.

"먼저 삭발해서 항복해 온 것은 목숨이 아깝다는 것이겠지요. 노부오님은, 그것을 어떻게 다루셨습니까."

"지쿠젠님께 주선해 주겠다고 말하여 돌려보냈으나……."

"맡았습니까."

"하는 수 없이……."

"그건 곤란한데……."

히데요시는 일부러 쓰디 쓴 표정을 지으면서 입을 다물었다.

비웃음

노부오는 히데요시의 안색을 보고, 갑자기 자기가 떠맡아 온 일의 중대성과 어려움에 생각이 미쳐 난처해진 모양이었다.

"아무리 해도 나리마사의 목숨을 살려 줄 수는 없을까……."

그러면서 계속 혼자 중얼거렸다.

"나리마사도 이제 와서는 지쿠젠님께 반항한 것을 진실로 뉘우치고 있다고 하오. ……원래 그 사나이는 단순히 무골에만 치우친 사람이라서 깊은 흉계가 있었던 것도 아니지. 그저 도쿠가와님으로부터 충동질을 받고 교묘히 이용당해 온 거요."

히데요시의 꽉 다문 입술만 바라보며 혼자 지껄이고 있더니, 문득 너무 지나쳤나 싶었던지 그냥 입을 다물고 말았다.

히데요시는 그래도 아무 말 않는다. 그러나 그의 본심은 이미 정해져 있었으리라. 다만 노부오가 너무 경솔하게 떠맡아 온 것에 대해 어쩐지 마음이 내키지 않았다.——그보다도 아직껏 세상 물정을 모르는 노부오에 대해 어떤 계고(戒告)를 줌과 아울러 그의 장래를 위해,

"좀 혼내주지 않으면 버릇이 되겠다"고 하는 좀 의식적인 것이 있었으리라.

노부오는 난처한 나머지 겁이 났다.

"벌써 밤이 깊었으니 내일 아침 다시 뵙고 어쨌든 지시를 받지요."

그는 허둥지둥 물러나와, 영문 밖으로 돌아가려다가 문득 생각이 나서 마에다 도시이에의 막사에 들러 사실대로 이야기했다.

"어떻게 할까. 이미 삭발하고 내게 살려 달라고 온 나리마사를 못 본 체하는 것도 가엾고……."

한숨을 쉬며 암암리에 도시이에의 조언을 구했다.

도시이에는 이내 히데요시의 속셈을 눈치챘다. 그래서 자신도 함께 나리마사의 구명에 협력하겠다고 약속하고 헤어졌다.

그 때문인지 다음날 노부오의 영내로 이시다 사키치가 심부름을 왔다.

"모처럼의 걱정이시고, 더욱이 마에다님께서는 오래 전부터의 원한도 잊으시고 열심히 구라노스케 나리마사의 목숨을 살려 달라고 오늘 이른 아침부터 지쿠젠님께 열심히 중재하셨소. ……그래서, 마에다님의 낯을 봐서 목숨만은 살려 주신다는 말씀이시오……나중에 나리마사님을 병영으로 끌고 오시도록."

그렇게 전하고 돌아갔다.

노부오는 안도의 한숨을 내쉬었다. 그 때, 옆방에서 삿사 헤이자와 요자에몬도 몸을 숨기고 사키치의 말을 엿듣고 있었다.

"들은 바와 같다. 곧 나리마사에게 알려 이리로 오게 하도록."

그렇게 일러 보냈다.

그러나, 이 구명의 성공은 노부오의 힘보다 도시이에가 구명 운동을 한 것처럼 되어 노부오는 왠지 서운했다.

이윽고 산기슭의 사원에서 나리마사가 혼자 올라왔다.

머리를 깎고 물들인 옷을 걸치고, 그처럼 수년간을 호쿠리쿠의 산야를 진동시켰던 맹호도 지금은 손목에 낀 한 줄의 염주에 스스로 자기의 패기를 묶고 있었다.

삿사 나리마사는 일찍이 시바타 가쓰이에와도 한패가 되어 히데요시에게 저항했는데 그때도 시바타가 멸망한 뒤에야 항복했다.

이번이 두 번째 항복이다.

그처럼 왕성한 반골을 중대가리와 법의에 감싼 그는 민망한 듯 노부오를 따라 히데요시 앞에 나아갔다.

히데요시는 비웃듯이 입가에 엷은 웃음을 띠고 그를 맞이했다.

그 웃는 얼굴을 보자 나리마사는 얼굴이 붉어져서 뭐라고 하려던 말까지 쑥 들어가 버린 채 잠자코 부복했다.

"나리마사는 할복의 분부도 각오하고 있었는데 관대한 처분을 받아 감격해 마지않고 있습니다. 과거는 잊어버리시고, 금후 아무쪼록……."

노부오가 옆에서 말하며 중재역을 했다.

히데요시는 웃음을 그치지 않으며 말했다.

"하하하, 무슨 그런 지난 일을 언제까지 마음에 새겨 두랴……지쿠젠이 웃은 것은 삿사의 중대가리가 너무 우스웠기 때문이다. 지금 비로소 삿사의 머리통이 울퉁불퉁한 것을 보았기 때문이야. 달리 생각지 마라, 삿사. 얼굴을 들라, 얼굴을……."

그리고 히데요시는 허리춤에서 작은 칼을 풀어 내밀었다.

"항복한 상이다. 삿사, 이것을 주마."

나리마사는 당황하여 어리둥절하고 있다가, 무릎걸음으로 기어가서 양손으로 받았다. 그리고, 바로 뒷걸음질로 물러나려고 하자, 히데요시는 잠시 생각하더니 말했다.

"잠깐, 잠깐만. 아무리 삭발하고 법의 한 장의 가벼운 몸이 되었다 해도 녹이 없이는 먹고 살 수 없으렷다. 떼어 버릴 수 없는 처자식과 권속들이 있을 텐데……여봐라, 여기 붓을 가져오너라."

그는 손수 종이에 대고 친필로 썼다. 도야마 성을 포함한 신카와 군 한 군을 금후 나리마사의 녹으로 준다는 인가(認可)였다.
"화, 황송합니다……."
나리마사는 떨리는 목소리로 이 말 한 마디를 겨우 했다.
"조만간 오사카로 오너라."
히데요시는 마치 옛 친구처럼 대하며 더 이상 그가 부끄러워하는 모습을 보지 않으려 했다.
"네, 반드시."
나리마사는 겨우 인사말을 하고 물러 나왔다.
후일.
그는 후일 히데요시의 말벗으로 오사카로 이사했다. 생각건대 만약 노부나가의 경우라면 이런 관용을 베풀었을 리 만무했고, 그의 목은 두 개 있어도 모자랐을 것이다.
'무서운 사나이다.'
나리마사는 새삼 히데요시의 '진정한 모습'을 안 것 같은 심정으로 감동하며 막사를 떠나 마에다가의 막사 앞을 풀이 죽어 물러나왔다.
그러자 마에다 도시이에와 그 가신들이 변해 버린 그의 모습에 모두 눈길을 모았다.
돌연 가신 한 사람이 말했다.
"웃음을 참는 것은 몸에 해롭다. 모두들 웃으시오, 웃어."
그것을 계기로 막사 안에서 한꺼번에 와아 하는 웃음이 터져 나왔다.
나리마사는 새빨개져서 걸음을 재촉했다.
——웃어 줄 테다, 는 당시의 가장 큰 사회적인 제재였다. 비웃음을 당했다거나 때로는 죽음 이상의 치명적인 모욕을 의미했다. 무문의 세계 뿐이 아니라, 상인들의 차용 증서에도 '만약 반환을 게을리 하는 일이 있거든 웃어 주십시오'라는 문구마저 있었다. '목을 걸고라도' 이상으로 사람들에게 비웃음을 사는 것은 괴로운 일이었다. 그런데 나리마사는 그런 비웃음을 당한 것이었다.

하루 저녁의 맹세

나리마사의 항복 직후 히데요시는 고후쿠야마(吳服山)를 출발하여, 진즈 강을 건너 도야마(富山)에 입성했다.

이보다 먼저.

이웃나라의 우에스기 가게카쓰는 니가타 성을 공격하기 위해 간바라 군에 출격 중이었다.

'히데요시 오사카를 출발, 대거 북상 도상에 있음.'

이런 정보를 받자, 만일의 변을 염려하여 급히 병력을 되돌려 에치고의 이토이가와 성(糸魚川城)에 들어가 8천여 기로 국경을 경계했다.

'삿사의 배후를 찌르려는 것도 아니고, 또 삿사의 배후를 도와주려는 것도 아니다. 또한 히데요시에게 항거하는 자도 아니고, 또 히데요시 편을 드는 자도 아니다. 우에스기는 다만 우에스기일 뿐이다.'

이런 미묘한 입장을 취하며, 엄연히 위엄을 지켜 함부로 이유 없이 움직이지 않는 태세를 취하고 있었다.

그렇다고 물론 히데요시로 하여금 의혹을 품게 할 태도는 아니었다. 즉 히데요시가 에치젠에 도착하자 우에스기가는 즉시 사신을 보내, 그의 착진을 맞아, "금번의 성공을 빕니다" 하고 축하하는 의미의 경승서와 선물들을 보내 적의가 없음을 표시하고 있었다.

적의는 없으나 그렇다고 해서 아첨도 하지 않고, 한편이 되지도 않는다는 것이 우에스기가(上杉家)의 독자적인 방침인 듯했다.

"도대체 이런 함축성 있는 재주를 부리는 자는 어디의 어떤 자냐?"

히데요시의 마음 한구석에 이런 의문이 생겼다. 그것은 지금 시작된 것이 아니었다. 재작년 기타노쇼를 함락시켰을 때도, 고마키 싸움 때도 그랬다.

한편 히데요시의 눈은 에치고의 북단에서 우에스기 가의 충실한 내용도 소홀히 보고 있진 않았다.

'여하간 경승의 마음을 포착하고, 우에스기의 실력을 보듬어 두어야 한다. 나에게 기울지 않는다면 후일 반드시 이에야스에게 기울 것이다. ……만약 히데요시의 배후에 우에스기가가 갖는 지리(地利)와 사풍(土風)의 중후함을 더하게 된다면?'

히데요시는 일찍부터 이런 생각에서 그다운 촉수의 기회를 틈타고 있었는지도 모른다. 도야마 입성 다음날 그의 모습은 홀연히 어디론가로 사라졌다.

군내(郡內)를 한 번 돌아본다는 구실로 20여 명의 기병만을 이끌고 성 밖으로 나간 것은 분명한데, 그 다음은 아무도 아는 사람이 없었다.──아니, 도시이에나 심복의 일부는 당연히 알고 있었겠지만 모르는 척하고 있었으리라.

기병 20여 명이 말을 나란히 한 가운데 히데요시도 있었다. 일행은 오야시라즈의 험준한 재를 넘어 에치고로 들어가, 오치미즈의 역참까지 왔다.

그곳은 이토이 강에서 그다지 멀지 않다.

──일행 중에서 기무라 히데토시(木村秀俊)가 말을 달려 이토이 강으로 먼저 심부름을 갔다.

성 밑에서 우에스기가의 병사에게 의심을 받았으나, 병사와 동반하여 성문까지 갔다.

"가스가야마(春日山)의 태수 가게카쓰님께서 당성에 재진 중이라는 말을 듣고, 주군 하시바 지쿠젠노카미께서도 다시 없는 좋은 기회라 하며, 하루 저녁 꼭 만나 뵙고 싶다고 행군 중의 틈을 타서 도야마에서 여기까지 오셨습니다. ……오치미즈까지 와 주셔도 좋고, 또 저희 주군이 이곳으로 찾아뵈어도 좋다고 말씀하십니다. 가게카쓰님의 생각이 어떠하신지 듣고자

왔습니다."
부장을 통해 이렇게 성 안에 알렸다.
——이 일은 우에스기가의 여러 사람들을 정말일까? 하고 눈이 휘둥그레 지도록 놀라게 했다.
'설마 거짓말일라구.'
그러면서도, 지금 기세가 한창인 오사카 성의 히데요시가 아무 예고도 없이 홀연히 왜 그의 한 성하로 온 것인지 도저히 이해할 수가 없었다.
"우선 서원으로 올라오십시오."
전갈 온 기무라 히데토시는 의심을 받으며 성 안의 한 방으로 안내되었다.
그가 잠시 기다리자 26, 7세쯤 되어 보이는 젊은 무사가 평복을 입고 정중한 태도로 인사한다.
"나는 가게카쓰의 신하 나오에라고 합니다."
히데토시는 내심 이렇게 전하면 가게카쓰 자신이 황망히 나오려니 생각했더니, 의외로 평복의 젊은 무사 하나만이 인사를 나왔으므로 약간 평정을 잃었다.
"아니오, 주군 히데요시님께서 오치미즈에 기다리고 계시므로, 형편만 듣고 곧 돌아가렵니다. 인사는 생략해 주시오."
그러자, 그 젊은 무사는 웃는 낯으로 말했다.
"알겠습니다. 곧 내가 영접을 나가 안내하겠습니다. 주군 가게카쓰님도 뜻밖의 내방이시라고 매우 기뻐하고 계십니다."
북국인의 특징일까, 어디까지나 침착하여 말로는 매우 기뻐한다지만 성 안이나 이 젊은 무사의 모습은 실로 조용했다.
첫째, 히데요시를 맞는 데 이 청년을 시킨다는 것이 히데토시는 맘에 들지 않았다. 그러나 거기까지는 지시하거나 간섭할 수 없는 노릇이었다. 이윽고 그 젊은 무사가 말을 불렀다.
"⋯⋯그럼 함께."
둘은 나란히 성문을 나왔다.
"잠깐만 기다려 주십시오."
젊은 무사는 성문 밖에 말을 멈추고, 두세 명의 부장을 불러 작은 소리로 무언가 이르더니 다시 히데토시와 함께 달려갔다.
히데요시 일행은 오치미즈 길가의 부농인 듯한 집에서 휴식하며 차를 마시고 있었다.

히데토시는 말에서 내려 있는 그대로 보고했다.

"그렇다면 곧 가자."

그에게는 영접 나온 것이 누구든, 저편이 어떻든 상관없었다.

마중 나온 우에스기가의 젊은 무사는 멀리서 잠깐 목례를 하고는 이내 앞장섰다.

가며 가며——히데요시는 그 젊은 무사의 뒷모습을 보고 말했다.

"잘 생겼다."

히데요시의 그 말엔 모두 동감이었다. 에치고는 미녀의 고장이라고 듣고 있었는데, '미남도 있구나' 하고 모두 넋을 잃고 바라보았다. 그렇다고 선이 가늘고 유약한 형이 아니라, 훤칠한 키에 검은 눈썹, 볼은 불그레하고, 입술은 앵두빛 같은, 건강해 보이는 미장부요, 위장부(偉丈夫)였다.

"히데토시, 저자는 우에스기가의 누구라고 하는 자냐?"

히데요시가 말 위에서 물었으나 히데토시도 생각이 나지 않아 이렇게 대답했다.

"저……아직 성명도 똑똑히 듣지 못했습니다. 우에스기가도 좀 소홀합니다. 여하튼 곧 안내한다면서 저런 젊은이 하나만을 영접에 내보내다니 원."

——이윽고 이토이 강의 동네 입구가 보였다. 그러자 놀랄 만큼 군률이 잘 잡힌 군대가 영빈의 예를 갖추고 기다리고 있었다. 동네 안, 길가 등에도 먼지 하나 없었다.

——보니 우에스기 가게카쓰 자신이 그곳까지 마중 나와 있었다. 나가오 곤시로, 혼조 에치젠, 후지타 노부요시, 야스다 노리야스 등 12기의 가신을 거느리고 말에서 내려 길가에서 히데요시를 기다렸다.

먼저 단 한 명의 젊은이가 안내하러 나온 데 대해, 매우 불친절한 태도라고 히데요시에게 불평을 토로한 바 있는 기무라 히데토시도 그 정중함에 놀라 오히려 부끄러웠다.

'이건……'

가게카쓰는 벌써 히데요시의 모습을 알아보고 빠른 걸음으로 다가와서 손수 히데요시의 말고삐를 잡았다.

"참으로, 먼 곳을 잘 오셨습니다. ……가게카쓰입니다. 인사는 뒤로 미루고, 자, 변변찮은 시골 성이지만."

"오오, 가스가야마님이시군."

히데요시가 급히 안장에서 내리려 하자 가게카쓰는 빙긋이 웃으며 말했다.

"아니 그대로 계십시오."

말고삐를 잡은 채 이토이 강가의 길을 지나 성문 안까지 영접해 들였다.

히데요시도 실로 꾸밈없는 돌연한 방문이었으나, 가게카쓰의 영접도 허식 없이 솔직했다.

그러나 성내 각 방은 손님이 올 동안 깨끗이 청소되어 있었고, 뜰에는 물을 뿌려놓고 저녁의 등롱엔 불이 켜져 있었다. 그리고 무기나 방어 설비를 모조리 감춘 듯 보이지 않았다.

"시골 요리입니다만……."

내 온 밥상에도 일본 고유의 맛이라고 할 수 있는 신선한 물고기와 산야의 채소들이 향기롭게 조리돼 있었다.

"이번 출진은 호쿠리쿠 산맥의 험준한 곳에까지 걸쳐 있어 진중에 어려운 일도 많으셨을 터인데 피로한 기색도 없으시니……."

가게카쓰가 소탈하게 손님의 건강을 칭찬하자 히데요시가 이렇게 대답했다.

"뭐 북정이니 뭐니 하면 굉장한 것 같지만, 반은 북국 유람차 왔소이다. 이곳에도 갑작스러운 방문이라 지쿠젠이 내심 무슨 의도라도 있는 듯이 생각하시겠으나 한번 만나 뵙고 싶었던 것뿐이오. 늘 한번 만나 뵈었으면 했기에."

"고마키 이래로 기슈, 시코쿠 등 계속되는 진무에 저도 멀리서나마 경탄해 마지 않았습니다."

"그때그때마다 숨은 원조에 이 지쿠젠도 깊이 감사하고 있소. 그렇지, 여기 온 용무는 우선 그 인사가 첫째였는데. 하하하하."

"천만의 말씀. 가게카쓰는 가게카쓰의 그릇만큼밖에 안 되는 것을 잘 알고 있으므로 다만 선대 겐신의 유헌(遺憲)을 지키고 있는 자에 불과합니다. …… 그러나, 오랫동안 바로 이웃 나라에 이번에 사로잡으신 범이 살고 있어 가끔 달갑잖은 상대를 하고 있었습니다만……."

"그 범도 이번만은 폭호의 야망이 미치지 못할 것을 알았던지 얌전히 머리를 깎고 항복을 했소. 이후로는 귀국의 국경에서도 귀찮은 일이 생기지 않을 것이오."
"감사합니다. 그것만으로도 감사는 이편에서 해야 하는 것을."
"그런데 오늘 이 지쿠젠을 오치미즈까지 마중 왔던 젊은이는? ……"
히데요시는 술잔을 받고 가게카쓰의 소개를 청했다.
"나오에 야마시로노카미 가네쓰구(直江山城守兼繼)일 것입니다. 야마시로, 잔을 주시겠단다, 인사 드려라."
가게카쓰는 자랑스런 가신인 듯 말석을 바라보며 불러 냈다.
"야마시로라고 하느냐?"
"앞으로도 잘 부탁드립니다."
"오늘은 수고했다."
"감사하옵니다."
나오에 야마시로는 잔을 히데요시에게 돌려주고 제자리로 돌아왔다.
히데요시는 이 미장부의 행동을 내내 주의 깊게 지켜보고 있었다.
호쿠리쿠에 와서 그는 많은 사람을 보았다. 그 중에서 이 나오에 야마시로노카미는 그의 인상에 남은 한 사람이었다.
또한 가게카쓰가 직접 자신의 말고삐를 잡고 마중해 준 것도 기쁜 일 중의 하나였다.
'에치고에는 아직도 겐신의 유풍이 있다. 잘 사귀어야 하고 침범해서는 안 되겠다.'
그렇게 속으로 생각했다.
잡담이 오간 뒤 히데요시가 말했다.
"겐신공의 상속자이신 가스가야마의 주인에게 말고삐를 잡게 한 것은 아마도 이 지쿠젠 하나뿐이겠지만, 도중의 백성들이 그것을 보고 당신을 가볍게 여기지나 않았을까?"
그러자 가게카쓰는 웃으며 이렇게 대답했다.
"천만에요. 가게카쓰를 가볍게 본다는 걱정은 조금도 하지 않습니다. 다만 소문으로만 듣던 하시바 지쿠젠님을 눈으로 보고 더욱 소중히 여겼을 것입니다."
식후 히데요시와 가게카쓰는 각자의 가신을 물리치고 저녁 때부터 초경 때까지 무언가 회담하고 있었다.

좌석에 모시고 있던 자는, 히데요시의 신하로는 이시다 미쓰나리, 우에스기 편에서는 나오에 야마시로노카미의 두 사람 뿐이었다.

이날 저녁의 일을 뒤에 역사가는 '오치미즈의 회맹'이라 하여, 이후 세키가하라 전후까지 계속된 도요토미가와 우에스기가의 금석같은 맹약은 바로 이 때 두 사람 사이에 체결된 것으로 전해지고 있다.

아니, 이날 밤을 기연으로 따로 또 한패의 젊은 맹우의 약속이 생겼다.

그것은 이시다 미쓰나리와 나오에 야마시로노카미가 비로소 여기서 알게 된 것이다.

무사는 무사를 알아본다. 두 사람은 주인의 자리를 모시고 있는 동안, '호한은 서로 이야기하기에 족하다는 듯이' 상통하는 미소로 야마시로는 미쓰나리를 보고, 미쓰나리는 야마시로를 보고 있었다.

둘 다 물러가서 좀 쉬도록 하라는 허락으로 미쓰나리와 야마시로는 함께 뜰로 나왔다. 8월의 큰 달이 중천에 떠 있었다.

"실례지만 야마시로님은 올해 몇이십니까?"

"스물여섯이오……그런데 당신은?"

"이건 우연이군요. 나도 금년 스물여섯입니다."

"야아, 동갑이었군요."

"서로가 아직 젊소."

"그렇소 시대도 젊고."

"우리 자중하십시다."

"뜻밖에 벗을 하나 얻은 것 같소."

"나도 그렇소."

성의 동산 안에 비사문당(毘沙門堂 : 불법을 수호하는 선한 신을 모신 사당)이 있었다. 두 사람은 달빛이 비치는 툇마루에 걸터앉아 천하의 인물을 논하고, 시운을 이야기하고, 또 이때에 젊은 생명을 얻게 된 것을 서로 축복하며 밤이 깊어가는 줄도 모르고 있었다.

나오에 야마시로노카미는 원래 우에스기가의 주방에서 근무하며 땔감을 취급하던 하찮은 벼슬아치의 아들이었다.

그러나 겐신의 동자로 뽑혀 그 재주를 사랑받고 있었다. 그러던 중 우에스기 일족 중의 명문인, 나오에 야마시로노카미에게 후손이 없게 되자 겐신이 이렇게 말했다.

"요로쿠(야마시로노카미의 아명)로 후계를 삼으면 틀림없다."

겐신의 지명으로 요로쿠는 하찮은 벼슬아치의 아들에서 당장 우에스기가의 노신 나오에 야마시로노카미의 대를 이었다. 나중에 여러 번의 전쟁과 내정에 참여시켜도, 고(故) 겐신의 정확한 안목을 부끄럽게 하는 일이 없었다. 그리고 이제는 홍안 26세의 청년으로서 이미 우에스기가의 첫째가는 인물이라고 사방에서 그 존재를 알고 있었다.

이시다 미쓰나리도 또한 미천한 낭인의 아들이었다.

미쓰나리는 사키치라고 불렸던 어린 시절, 고슈의 한 절간에서 사미(아기중)로 기르던 중이었다.

우연히 히데요시가 휴식하려고 들렀을 때 그가 차를 나르는 것을 보고, '이 사미를 나에게 달라' 하여, 절에서 얻어다 나가하마 성의 시동들 방에서 키운 것이 오늘 있게 된 연유였다.

두 사람은 나이도 같았고 또 성장과정도 서로 비슷했다.

특히 미쓰나리도 무변 일변도가 아닌 정치적인 두뇌의 소유자였고, 야마시로노카미도 약관으로 전진에서 무명을 날리고 있었다. 그 본질은 어디까지나 경세적(經世的)인 포부에 있었다.

그런 점에서도 매우 공통된 점이 있었다.

비사문당 위 밝은 달빛 아래.

이야기를 하면 할수록 두 사람은 지루하지 않았다. 간담을 서로 비춰본다는 것은 바로 이 두 사람을 두고 이른 말이리라.

"일평생 좋은 벗을 만나기 어렵다고 하는데 우리는 좋은 주인을 모시고 있소. 이 즐거움이 하루 하루의 보람이오."

"좋은 주인을 모신다는 것은 좋은 사명을 갖는다는 것과 같소. 그러나 미쓰나리님은 주인으로서 부족됨은 없으나 그대와 나는 몸을 두는 지리면에 차이가 있소. 그대는 중앙에서 일하고 나는 북극의 벽지……욕심을 말하자면 그것이 부럽소."

"아니오. 야마시로님, 그렇게 고착하여 생각할 것만도 아니오. 어차피 우리의 좋은 주인이 건재하신 동안은 우선 제국의 전란이나 사투도 일단 종식되고 한동안은 태평성세 같은 몇 년이 계속될 터인데……그러나 우리 서로가 50, 60이 될 때까지 과연 세상의 통일이 지속될까?"

"그것은 모르지요. 아무도 모를 걸요……."

"……그렇지요? 우리는 사투도 전란도 없는 평화로운 세상을 바라 마지 않지만, 시대의 움직임이란 사람의 바램과 꼭 일치되지는 않소. 역사가 되풀이되는 과거를 보면 군웅이 할거하는 소국과 소국이 싸워서 대국이 되고, 대국과 대국이 싸워서 저 당나라의 6국이나 3국 같은 대립의 세대가 되고, 드디어는 2대 강국의 두 개의 세계가 되었소."

"두 개의……그렇군요."

"그러나 그 두 개도 마지막에는 아무래도 하나로까지 가야 하오. 숙명적인 운명을 더듬어 왔소. 어리석은 일이오. 그러나 그 어리석음이 인간의 역사인 것이오."

"어째서 두 개의 분권으로는 지상의 인간을 다스릴 수 없는 걸까요? ……생각하니 그대의 주군 히데요시님과 동해의 웅장 이에야스님은 그렇게 되면 실로 두 개의 세상의 대표자 격인데……."

"그렇소. ……귀공이 거기까지 이야기한다면 나도 숨김없이 이야기하지요."

미쓰나리는 좀체로 남에게 나타내지 않는 정열을 얼굴에 드러내며 야마시로노카미의 시원스런 눈을 보고 말했다.

"지금을 두 개의 세계라고 한다면 말씀대로 누구나 곧 서쪽에 하시바님, 동쪽에 도쿠가와님이라고 할 겁니다. 만약 이 두 분이 진심으로 마음을 하나로 합쳐, 이해를 다만 이 세상 인간의 억조창생에만 둔다면 세상은 두말할 것도 없이 태평할텐데 내가 생각하기에는 안됐지만 그 반대라고밖에 여겨지지 않아요."

"글쎄요, 그럴까요?"

"미쓰나리의 얕은 지혜로 말하는 것이 아니오. 앞서도 말했듯이 역사가 말해주고 있소. 인간의 어리석은 되풀이를."

"그것은 알겠으나 몇 천 년대의 어리석은 전례를 역사에서 보면서 어찌 또 두 개의 것이 알고도 남는 어리석은 전철을 밟는지 나는 알 수 없소."

"나 역시 동감이오. 그러나 아마 두 개의 분권은 두 개로서는 안 되는가 보오. 제갈공명의 천하 3분의 계획도 효과가 없었습니다. 천하 2분은 더욱 격렬한 대립상을 나타낼 것이오. 왜냐면 두 사람의 일거일동은 전부가 그 상대자를 결정하고 있소. 가장 큰 이유는 양자의 시기와 이에 편승하는 책모가, 야망가, 불평가들의 선동 때문이오. 아니 인간이 본래 갖고 있는 끝없는 욕망 자체라고 종교가는 말할 것입니다. 결국 우주의 운행과 천수의 약속처럼 또 역사를 되풀이하는 것 아니겠소?"
"……그렇다면 두 개가 곧 하나로 된다는 예견이오? 하시바님이오, 도쿠가와님이오?"
"그렇게 될 겁니다. 나만의 생각지만."
"하나가 되면 천하는 태평해지고 서민은 안온하게 살 수 있을까요?"
"그렇게 살 수 있을 것입니다. ……그러나 또 한계가 옵니다. 양웅이 병립할 수 없다지만, 적이 없는 나라는 망한다는 말도 있소. 완전한 하나도 세태의 본연의 자세로 본다면 아직도 불완전한지도 모르지요. 하나의 세계에서는 난숙이 빠르고 부패에 빠지기 쉬우며, 인간의 투쟁 본능도 빠져나갈 구멍이 막혀 버리오. 그래서 예측 못할 불만이 또 일어날 것이오. 그리고 결국은 스스로 괴멸되고 또 재분열의 작용을 불러일으키오. 혁명이란 끝을 가리키는 말이 아니라 전의 혁명을 혁명하고 다음 혁명을 약속하는 것이오. 당나라 대륙의 오랜 역사, 이 일본의 근세를 되돌아보아도 그렇게 생각되지 않습니까?"
"정말 그렇게 생각하니 제가 태어난 무렵부터 오늘날까지도."
"더욱이 앞으로 20년, 30년 뒤에는 어떻게 변할지 모르오. ……그렇기에 귀공이 북국의 벽지에서 태어났다고 한탄할 것도 전혀 없소. 그러니까 그대가 평생 북변의 한 모퉁이에서 움직이지 않고 있어도 천하는 움직이고, 또 시운은 뜻밖에 빨리 움직이는 법이오."
"그렇게 생각하면 애써 오래 살아야겠군요."
"목숨을 아끼지 않는 무사는 함께 이야기할 것도 못 됩니다."
미쓰나리는 잘라 말했다.
"그렇기에 나는 오사카 성 안에서 제일 가는 겁쟁이라고 같은 시동 출신의 거친 무사들에게 늘 따돌림을 당하죠."
"하하하, 좋은 말을 들었소. 나오에 야마시로도 좀 무사다운 데가 지나칠까요?"
두 사람이 손뼉을 치며 웃고 있을 때였다.
"출발입니다. 하시바님의 가신 모두께서 출발하십니다!"
우에스기가의 무사가 저편에서 달려오며 미쓰나리에게 알려 준다.
히데요시의 수행원들까지도 당연히 자고 갈 줄 알았는데 히데요시는 밤이 깊어 2경쯤인데도 갑자기 일어서며 말했다.

"이제 그만 가야겠소."

히데요시는 우에스기 가게카쓰에게 작별을 고하고 곧 성문으로 말을 끌고 오게 했다.

가게카쓰 이하 야마시로 등 우에스기가의 중신들이 성문에서 횃불을 들고 히데요시 일행을 전송했다.

"안녕히……."

"안녕히……."

이리하여 이날의 회맹(會盟)은 하루 저녁 새에 이루어졌다.

히데요시는 이 회견에서 우에스기가와의 제휴를 굳히고 호쿠리쿠의 장래에 튼튼한 기반을 마련했다. 아니 결국은 이 날의 행동도 또한 도쿠가와 견제의 선수를 친 하나의 포석이었다고 할 수 있을 것이다.

9월 1일.

히데요시는 도야마를 출발, 가나자와까지 철수하여 오야마 성에서 십수일을 체류하고 있었다.

원정군의 장병들을 위로하기 위해 오야마 성에서는 다회와 아악 등을 열어 주어 히데요시도 재미있게 쉴 수 있었다.

무라이 마타베, 후와 히코조, 나카가와 세이로쿠, 오사 구로자에몬, 다카바타케 마고사부로, 마에다 도시히사, 마에다 야스카쓰, 마에다 히데쓰구 들에게, 각각 황금, 시복, 패도 등의 상을 내려 주었다.

"북국의 사민(士民)들도 이제부터는 어느 정도 편히 일을 할 수 있을 것이다. 그대들의 노력이 큰 공이었다. 더욱 마다자에몬 도시이에를 기둥으로 삼고 앞으로 태평을 지키도록 하라."

특히 오쿠무라 스케몬 부부를 불러 손수 차를 끓여주며 그들의 충성을 치하하였다. 그리고 도시이에를 향해 말했다.

"일이 있을 때 이만큼의 인재를 갖고 있으면 무엇보다 우선 사람들에게 자랑하셔도 되겠소."

오쿠무라 부부는 면목을 세우고 돌아갔다.

히데요시는 떠나기 전 날 재차 마다자에몬 도시이에에게 말했다.

"……노토(能登)는 그대가 자력으로 이룬 영토인 만큼 따로 히데요시에게 진상할 이유는 없으니 마음대로 지배하시오. 삿사의 엣추 3군도 잘 다스리시오……그리고 관위서작(官位叙爵) 등도 생각하고 있으나, 우선 나의 하시바 성을 당신에게 물려줄 터인즉 이로서 히데요시가 그대의 선의에 대해 얼마나 감사하고 있는지를 헤아려주기 바라오."

사실 히데요시는 최대의 기쁨과 은우(恩遇)로써 도시이에를 대접했다. 도시이에도 물론 그것에 감사했다. 서로가 20여세의 젊은 시절부터 50에 가까운 오늘날까지 이를 데 없는 난세 속에서 변함없이 사귀어 오며, 단 한번의 배신도 없이 일관해온 교우를 계속해 온 것만으로도 세상에 드문 일이라 하겠다.

하물며 그 두터운 교우의 양심 위에 이루어진 성과의 기쁨을 서로 나눌 수 있는 날을 가질 수 있었던 것이다. 인간의 지락(至樂), 남아의 회심사, 이보다 더할 게 있으랴.

이후, 마에다가는 북국의 웅번으로서 그 후 수세기에 걸친 치민과 번영을 이때 약속한 것이다. 그러나 히데요시와의 교우와 그 은우 때문에 마다자에 몬 도시이에는 결국 중원에 나와 천하를 다툴 생각을 버려야만 했다.

──그렇다고 하면 그 또한 히데요시의 손아귀에서 논 것에 지나지 않았다고도 보겠으나, 역사적인 긴 안목으로 볼 때 도요토미가 멸망 후에도 마에다는 더 오래도록 북국의 웅자의 자리를 지켰다. 흥망의 변천은 모두, 어느 것이 행이고 어느것이 불행인지 모를 일이다.

간파쿠(關白)

봄에서 가을에 걸쳐 히데요시는 문자 그대로 남선북마(南船北馬)의 정벌을 이루고, 9월에 오사카로 돌아온 뒤로는 내치외정(內治外政)을 돌보며──그답게 잠깐 동안의 평범한 생활을 즐겼으리라.

그리고 때로는 또 지금까지의 고갯길을 돌아보며 자기의 반평생에 스스로 깊은 감회에 잠기기도 했으리라.

'잘도 예까지 올라 왔다.'

왜냐하면 그도 내년이면 만 50세가 된다. 50이란 사람의 수명의 도표는 인생행로 중에서도 "아아 나도 이제 50인가" 하고 새삼스레 과거의 반성과 이제부터의 갈 길을 일단 생각하는 시기이기 때문이다.

그래서 인간인 이상, 아니 남달리 범부의 번뇌가 한층 더한 그는 당연히, "마흔 아홉도 이제 몇 달 안 남았구나" 하며, 깊은 밤 남몰래 과거, 현재,

또 미래로 그 범정(凡情)을 여러 모로 생각했으리라.
　인생의 긴 행로를 등산에 비긴다면 그의 느낌은 이제 비로소 목표한 정상의 7, 8할쯤까지 기어 올라 기슭을 내려다보는 것 같았을 것이다.
　등산의 목표는 정상으로 정해져 있다. 그러나 인생의 즐거움, 생명의 숨결의 즐거움은 그 산정에는 없고 오히려 역경의 산중턱에 있다고 하겠다. 골짜기가 있고, 절벽이 있고, 계곡이 있고, 또 단애가 있고, 눈사태가 있는 등의 험로에 직면하여, '이젠 그만인가!'고 생각하거나, '차라리 죽는 것만 못하다'는 생각까지 하면서도, '아니, 그렇지 않다'며, 당면한 간난신고와 싸워 그것을 이기고 넘은 뒤 그 간난을 뒤돌아 볼 수 있을 때, '나는 살아 있다. 잘도 살았구나'하는 인생의 즐거움을 진실로 인생의 도상에서 가져보는 것이다.
　만약 사람의 생애에 그 많은 미로와 다난한 싸움이 없이 탄탄한 평지만 걷는다면 얼마나 지루하고 또 살기에 싫증이 날 것인가. 필경 인생이란 고난과 고투의 연속이고, 인생의 쾌락이라면 다만 그 한 고개 한 고개를 넘고 이긴 후 잠시 동안의 휴식에 있다고 할 수 있을 것이다.
　그렇기에 고난을 두려워하지 않는 자만이 인생의 개가와 축연이 마련되고 고난에 약하고 번뇌에 지기 쉬운 사람에게는 비극만 계속 된다.
　'역경 또한 즐겁도다.'
　감연히 맞서는 인생의 투사 앞에는 도대체 그 인간을 자살하게 할 만한 역경은 이 세상에 없다. 그러나 나약하게 방황하는 사람에게는 역경의 악마가 조약돌 하나를 그에게 던져도 그는 평생의 상처로 안고 언제나 스스로 낙오해 간다.
　히데요시는 그런 점에서 분명히 역경 속에서 태어나 역경과 놀면서 자란 것과 같다.
　오늘날의 그를 볼 때 그 영달은 욱일승천같이 빠르게 보이지만, 노부나가를 따르게 된 후부터도 역경없는 해는 1년도 없었다.
　평탄한 해라곤 노부나가의 사후, 덴쇼 10년부터 금년 13년 가을까지의——겨우 2년 반이라 해도 좋을 것이다.
　이 2년 반 동안 그가 생애의 대부분을 쌓았다고 할 수 있다. 게다가 단숨에 이룬 것 같은 대업 또한 파란만장한 나날이었다.
　결실의 가을이 히데요시에게 찾아왔다. 히데요시는 이해 여름 큰 수확을 거두었다. 간파쿠(關白 : 천황을 도와 국가를 다스리는 중직·섭정)가 되고, 도요토미라는 성을 창설한 데도 그다운 일화가 있다.

히데요시의 희망은 처음에는 평범했다. 정이대장군——즉 장군가라는 재래의 것을 내심 지속적으로 희망했던 것 같다.

그런데 장군의 직명은 요리토모(源賴朝) 이후 겐(源)씨 계통의 사람들에게 국한된 것 같은 관례가 돼 버렸다. 히데요시도 노부나가의 가신으로서 다이라씨(平氏)로 부르고 있었기 때문에 좀 어색했다. 그래서 그는 지금 영락한 전 장군인 아시카가 요시아키를 생각했다.

"요시아키님은 그 뒤 어디서 무엇을 하고 계실까?"

조사를 시켰더니 망명 또 망명으로 시대 밖으로 쫓겨나 홀로 남에게 잊혀져 있던 이 인물은 여전히 건강하여, 지금은 사이고쿠의 모리가에 몸을 의탁하여 머리를 깎고 이름도 뉴도 쇼잔(入道昌山)이라 하고 있다는 것을 알게 됐다.

"거절은 안 할 것이다. 그를 만나 차분히 얘기 해보자."

히데요시는 곧 사자를 보냈다. 목적은 아시카가가의 양자 명목을 구하는 데 있었다. 이것은 요시아키에게도 좋은 이야기임에 틀림없었다. 히데요시를 양자로 삼는다면 자기 평생 망명생활에서 벗어나 장안에서도 훌륭한 저택을 가실 수 있게 되는 셈이다.

그러나 요시아키의 대답은 의외였다.

"……사양한다."

요시아키는 실로 오래간만에 자신의 긍지를 만족시키려고 의연히 거절했다.

그리고 히데요시의 사자를 돌려보낸 뒤 모리가의 사람들에게 그 심중을 더욱 자랑하며 말했다.

"아무리 영락했어도 아시카가가 수대에 걸친 중직을 이름도 성도 없는 미천한 졸부에게 팔 수는 없으니 말야. ……이 쇼잔도 이 집의 식객 노릇을 하고는 있지만 아직 선조의 명예를 팔아먹을 만큼 영락하지는 않았소."

재미있는 인생이다. 일신의 생활조차 자립하지 못한 몸으로 과거의 헌 옷에 불과한 헛 지위 헛 이름을 가지고, 가련한 신세인 지금, 옛 허영심을 달래고 있는 것이다.

그러나 그 요시아키에게도 뒤지지 않는 어리석음을 히데요시도 갖고 있었다. 아니 인간 공통의 어리석음이라고 해도 좋을 것이다. 특히 의관, 벼슬의 존귀가 절대적으로 인심에 큰 작용을 하던 당시로서는 히데요시도 다만 자신의 속정(俗情)을 만족시킬 뿐만 아니라 천하를 손아귀에 넣는 데 없어서는 안 될 존재였으리라.

"하하하, 안된다더냐."

요시아키의 대답을 듣고 히데요시는 웃었다. 그 소심한 체면을 지키기 위해 요시아키가 지불한 허영심이 얼마나 비싸게 치었는가 생각하니 우스웠던 것이다.

그러나 그는 요시아키의 거절을 오히려 소심한 자라고 불쌍히 여겼다. 앞으로도 모리가가 은거비용을 대고 있으니 우선 화근의 불씨가 될 걱정은 없겠다고 안심했다.

"기쿠테이(菊亭)님께 의중을 넌지시 한 번 떠보시면 어떨까요?"

누군지 히데요시에게 이런 꾀를 낸 자가 있었다. 히데요시의 좌우에 사람은 많다. 애석하지만 어떤 자가 그런 꾀를 냈는지는 분명하지 않다. 어쨌든 상당한 꾀보가 있어 두 사람의 회합을 꾸민 것만은 분명하다.

기쿠테이 우대신 하루스에(右大臣晴季)는 정치가 기질의 공경(公卿)이었다.

형식은 조정이지만 거기에는 무력도 재물도 없다. 있는 것은 정신적인 존귀함의 상징뿐이다.

실제적인 힘도 재물도 없는 그 존엄을 지키기 위해 수많은 궁중인은 의관을 갖추고 위계 훈직의 옛 제도만을 시끄럽게 따지고 있었다.

이 숙명적인 무능한 무리들 속에서 약간이라도 시대에 관심을 갖고 다소의 야망이라도 품는다면 당연히 무문의 무(武)와 권세와 재력과 결탁하지 않으면 아무것도 할 수 없다.

"기쿠테이님은 모사야."

그가 이런 말을 듣는 것도 그 때문이었다.

아침에 오나라 장수를 보내고 저녁 때 월나라 장수를 맞는 교태를—유녀처럼 부리며 가난한 조정 생활을 윤택하게 하고, 가냘픈 궁중의 존재를 보전하며, 다케다, 우에스기, 오다, 아케치, 하시바—등 서울로 올라오는 사람이면 누구를 불문하고 이를 주상하여 그들 무문이 바라는 서작, 영직의 이름을 청허하였다. 그리하여 그 무가의 뇌물이나 금은을 수입으로 삼는 것이 이 사람들의 유일한 생명줄이었다.

기쿠테이 하루스에 한 사람만이 아니었다. 멀리 후지와라씨의 영락기를 고비로 무문 독재의 세상이 된 뒤부터는 조정의 모사는 모두 그렇고 그랬다. 그 중에서도 기쿠테이 하루스에는 무문의 두령들과 흥정을 해도 제법 사람을 잘 다루었다. 쓸데없이 헐값에 팔지 않고 조정을 위해서나 사복을 위해서나 충분히 이익을 취하며, 게다가 위엄도 손상시키지 않는 선이 굵은 특질이 있는 인물이었다.

"뭐, 날더러 오사카에 한번 놀러오지 않겠느냐고…… 가도 괜찮긴 하지만."

하루스에는 히데요시의 사신에게 응할 듯한 기색을 보였다. 올 게 왔구나 하고 이미 알아차린 눈치였다.

날짜를 약속하고 그는 곧 오사카 성으로 공무라는 명목 하에 출발했다. 그리고 히데요시와 만났다.

틀에 박힌 향응 후엔 으레 차를 마신다. 히데요시가 차를 끓이고 센노 소에키(千宗易)와 또 한 사람의 묘한 사나이가 하루스에를 주빈으로 접대했다.

근래 무인들 사이에 다도가 매우 유행하고 있었으나 궁중에서만은 하루스에를 비롯하여 이런 유한하고 한적한 정취라는 것에 흥미를 갖고 있는 자는 아무도 없었다.

왜냐면 공경들의 극단적인 가난한 생활은 새삼스레 정적이나 한적 따위를 즐길만한 호사스럽고 화려한 생활이 아니었기 때문이다.

오히려 있는 그대로의 청빈한 생활이 적적하기 이를 데 없는 가난하고 궁핍한 생활이었다.

더욱 중요한 원인은 무가들처럼 일상 생활의 긴장이란 것이 없다. 아침에 있다가도 저녁때는 알 수 없는 그런 생명관도 없다. 그것이 자연히 풍모에나 감각에 번질하게 나타나 있는 것이 공경인데 하루스에에게는 좀 더 속된 데가 있었다.

소에키는 차가 끝나자 바로 사라졌으나, 또 한명의 묘한 사나이만은 히데요시 곁에서 주객의 이야기를 싱글벙글하며 듣고 있었다.

하루스에는 그 사나이가 맘에 꺼려 내심을 토로하지 못하는데 히데요시는 그것을 알아차렸는지 웃으며 이렇게 말했다.

"기쿠테이님. 이 사람은 사카이의 소로리(슬그머니라는 뜻과 통함)라고 하는, 약도 독도 안 되는 사나이니 상관 마시고 흉중을 들려주시오."

히데요시는 이미 흉중을 털어 놓았다. 아시카가 요시아키에게 입양을 거절당한 것도 수치스럽다고 감추지 않았다.

하루스에는 다가앉았다.

"그러면 기탄없이 말하겠는데 장군직은 단념 하시는 게 좋을 것 같소."

"희망이 없소?"

"있더라도 서서히 하는 게 좋지 않겠습니까?"

"흠, 그럴까."

히데요시는 콧등을 찡긋 하며 옆을 돌아보았다.

뒤에 앉아있던 소로리가 히데요시와 얼굴을 마주 보고 싱긋 웃는다. 근래 이 소로리라는 등이 굽은 늙은이는 히데요시의 허리에 찬 주머니란 말을 들을 정도로 항상 그의 곁에 있었다. 그러나 히데요시의 기분에 따라서는 때때로 눈에 거슬리는 때도 있었다. 지금도 갑자기 말을 꺼낸다.

"신자에몬."

"네에."

"너도 물러가 있거라. 나중에 부르마."

"네, 네."

말 잘 듣는 고양이처럼 소로리는 다실을 나갔다.

"묘한 늙은인데 저 사람도 다인인가 하는 잔가요."

기쿠테이 하루스에는 마음에 거슬리는 늙은이가 나가 버렸으므로 겨우 주인과 단 둘만의 편한 마음으로 묻는다.

"아니, 아니 사카이에 사는 칠장이로 스기모토 신자에몬이라는 소탈한 사나이요. 칼집에 칠을 잘하므로 사람들은 소로리 칼집이라 부르는데, 그것이 어느 샌가 성처럼 돼버려 소로리 신자라고들 부르지."

"칠장이를 곁에 두시다니 당신도 호기심이 많군요."

"호기심이 많다면 장군직의 칭호를 탐내는 것은 그 이상의 호기심이 아닐까. 저 등이 굽고 이가 빠진 늙은이를 사카이에서 불러다가 말 벗을 삼는 호기심과 장군가가 되고자 하는 나의 호기심이 다 같이 어리석은 짓이라고 생각하나……기쿠테이님 웃으시오, 히데요시는 반드시 되어보고 싶소. 수가 없을까, 무슨 좋은 수가."

"그만 두십시오, 장군가 따위는……그보다는 당신만한 분이 왜 그 이상의 직위를 바라지 않소?"

"무엇이, 장군 이상의 직위라고. ……호오 정이대장군 위에 또 무슨 훌륭한 칭호가 있었던가?"

"간파쿠입니다. 차라리 간파쿠가 되어버리시면 좋지 않겠소?"

"간파쿠. 글쎄."

아이들이 갖고 싶던 것을 눈앞에 본 듯이 히데요시의 얼굴에 의욕적인 표정이 떠오른다.

"그러나 가만 있자, 기쿠테이님. 그 간파쿠직은 지금 차 있지 않은가. 니조 간파쿠 아키자네라는 현직자가 있잖소."

"마침 기회가 좋습니다."

하루스에는 싱글싱글 웃으며 잠시동안 히데요시를 바라본다. 현재 오사카 성의 주인의 말이라면 공경 백관은 물론 천하의 제후들도 모두 승복하는데 하루스에가 보기에는 마치 어린애처럼 분별이 없었다. 자기 손등에 올려놓고 보는 것 같았다. 하루스에는 잠시동안 그런 쾌감을 맛본 후 말했다.

"실은 그 간파쿠 벼슬은 니조오님이 고노에 노부스케님께 이미 물려 줄 순위가 된 겁니다. 그런데 한쪽은 현직에 미련을 갖고 사임할 기색이 없습니다. 그래서 고노에 파와 니조 파 사이에 얼마전부터 암투가 벌어지고 있소 …… 좋은 기회가 아닙니까. 옆에서 어부의 무언가 하는 것을 차지하는 거지요. 이건 당신이라면 쉽사리 할 수 있지 않겠소?"

기쿠테이 하루스에가 교토에 돌아오고 약 1개월 뒤였다. 갑자기 조정에서 히데요시에게 간파쿠의 선지가 내렸다.

전 간파쿠인 니조 아키자네를 대신하여 금후 간파쿠로 임명한다는 대명이었다.

하루스에의 암약에 의한 것임은 두 말할 나위 없다. 무문의 그것 이상으로 비밀은 잘 지켜졌다. 조야의 사람들은 망연자실했다. 이 발표는 누구에게나 뜻밖의 일이었던 것이다.

"유사 이래의 이례(異例)다."

"다이라노 기요모리(平淸盛)가 태정대신이 된 것을 고금의 이례라고 말했다는데, 기요모리는 그래도 다이라씨의 황족의 혈통. ……가문도 없는 한 필부와는 다르다."

하루 저녁의 맹세 501

당연히 공경들 중에 물의가 일어나 불평이 분분했다.
그러나 얼마 안 가서 이론도 불평도 깨끗이 사라지고 말았다. 히데요시의 인심 회유책은 곧 그 효과를 나타냈다. 한 떼의 공론가가 낡아빠진 전통과 과거의 관습을 아무리 떠들어 보았자 그것은 아무 힘도 없었다. 세상은 실력의 시대다. 실력만이 사람을 움직이고 세상을 처리해 간다. 7월 13일 히데요시는 배명의 답례로 남궁에서 사루가쿠(잡예)를 개최하여, 예람하시게 한다는 명분으로, 천황, 황태자, 5인의 섭정가, 공경가, 기타의 대신, 모든 다유(5위 관직자 전부), 모든 무사들까지 모조리 초대했다.
연무(演舞)는 오전부터 오후까지 계속됐다. 도중에 소나기가 왔다. 무대와 관중이 모두 흠뻑 젖었으나, 오기마치 천황(正親町天皇)도 히데요시도 자리를 뜨지 않으므로 무대인과 관중들도 그대로 흥을 즐겼다.
소나기는 금세 개었다. 소나무와 오동 앞에 저녁놀이 비치고 동녘 하늘에는 무지개가 걸려 있었다.

어제는 입궐하여 특별히 아뢴 말씀 잊을 수 없다 하시도다. 종일 어심을 위안 받자오신 일 말로 다할 수 없도다. 상경할 때는 종종 들리도록 기다리신다고 하옵시도다.
간파쿠에게

이것은 다음날 권수사 다이나곤(大納言 : 관직이름)을 통해 히데요시에게 전달된 밀칙이었다.
히데요시는 먼저 조정의 피폐한 경제면에 공헌을 하고, 빈한한 공경들을 구제하는 데 힘썼다.
가뭄에 단비——사루가쿠를 하던 날의 소나기처럼——궁중 사람들은 한숨을 돌렸다.
이렇게 하고 난 뒤 그는 예의 삿사(佐佐) 퇴치를 목적으로 하는 북벌길에 올랐던 것이다.
그리고 9월 중순.
북국에서 돌아오자 곧 다시 기쿠테이 하루스에와 의논하여 도요토미라는 새 성씨를 정하고, 조정의 칭허를 얻어 그 뒤부터 도요토미 히데요시라고 칭하게 되었다.

간파쿠는 씨족의 장이라 하여 입궐 시 내람(內覽), 병장(兵仗), 우차(牛車)를 허용하는 신민으로는 최고의 직위였다. 오와리 나카무라의 일개 농부의 아들에게는 원래 분명한 성씨도 가계도 없었다.

 예부터 문무의 선비에는 미나모토(源), 다이라(平), 후지와라, 다치바나(橘)의 4성이 있었다. 미나모토씨나 다이라씨, 후지와라, 다치바나씨도 모두 그 용(用)과 공(功)에 의해 조정에서 하사한 것으로 굳이 후세까지 4성에만 국한할 필요는 없다. 옛 성을 잇지 않으면 안 된다는 것은 우스운 일이다. 새로운 시대에 새로운 사명을 가진 새로운 인간이 나타난 이상, 새로운 성을 받고자 한다는 것이 히데요시의 주청의 이유였다.

 무슨 일이든 전통과, 격식과 선례를 방패삼아 한바탕 이론을 주고받아야만 속이 시원하던 공경들도 이 4성 타파론에는 아무런 이의를 달 여지가 없었다.

 성씨뿐만 아니라 옛 전통과, 구제도는 모두 공경들의 관념속에만 있었고, 히데요시의 눈에는 하나도 절대적인 것으로 보이지 않았다. 그 점에서 그는 모든 새 시대의 구현자와 마찬가지로 창의와 건설만이 항상 자기를 격려하는 흥미였다.

참을 인(忍)

 만약 히데요시 곁에 달력을 두고 달마다 그가 지난 1년 동안 완수한 사업 항목을 표로 만든다면 히데요시 자신도 그것을 돌아보고 의심하지 않을 수 없으리라.
 "1년도 채 안 되는 사이에 이 많은 난사가 잘도 처리되었구나. 도대체 이것은 무슨 힘일까?"
 한동안 고마키의 침체상을 보고 세상 이목은 그것 봐라, 뜻대로 되어 우쭐해진 히데요시가 여기서 거꾸러지는 게 아닌가 하고 위태롭게 생각했다. 그러나 그것도 그의 기상천외한 꾀에서 나온 노부오와의 단독강화를 전기로 하여, 이에야스를 완전히 망연자실과 속수무책의 고립상태에 몰아넣고 말았다.——이후 그 도쿠가와를 넘보고 도쿠가와 계의 동맹국인 기슈우, 구마노를 공략하고, 시코쿠의 조소카베를 항복시켰다. 또한 내해 일대를 진압하고 나아가 숙제이던 삿사 정벌을 감행하였다. 호쿠리쿠 평정의 기반을 마에다 도시이에에게 주고, 또 우에스기 가게카쓰와 일회지맹을 맺는 등 그 구상의 방대함과 남주북치(南走北馳)의 신속함은 그야말로 덴쇼 13년의 일본의 위용이었다. 동시에 히데요시가 나오고부터 일본은 갑자기 작아지고 좁아진 것 같은 느낌마저 세상 사람들에게 주었다.

 게다가 그런 밤낮을 가리지 않는 군무 정령의 잠시의 여가에 그는 간파쿠가 되어, 도요토미의 성을 세우고 또한 모친에게는 오만도코로(大政所)라는 칭위를 주청하고 아내 네네를 만도코로(政所)로 하여 안으로도 내사의 정돈을 착착 진행시키고 있었다.

 그가 간파쿠에 취임하자 그가 가장 시임하는 중신(重臣)들도 모두 임관이나 서작을 받았다. 이시다, 오다니, 후루타, 이코마, 이나바 등 12명도 여러 다유(大夫 : 5품 관위의 통칭)에 임명되었다. 특히 내정의 쇄신으로 인재 5명이 선발되어 새롭게 다섯 행정관의 문관제가 생겼다.

 마에다 겐이, 마스다 나가모리, 아사노 나가마사, 이시다 미쓰나리, 나쓰카 마사이에 등, 이들 다섯 명의 행정관들이 분담 관장한 범위는 다음과 같다.

 마에다 겐이는 교토의 쇼시다이를 겸하고, 궁중, 사사(寺社)의 일체를 관장하고 교토의 모든 일을 재판한다.

 나쓰카 마사이에는 금전의 세출입, 물자 구입, 징세 등의 경제면 일체를 재결한다.

 이시다, 아사노, 마스다 세 명은 나머지의 일반내무를 관장하고, 중요한 문제는 다섯 행정관의 합의에 의해 결정하고 모든 정사는 간결과 민활을 골자로 한다.

 그리고 이 다섯 행정관에 대해 따로 3개 조항의 서약을 내걸었다.

 첫째, 권위를 휘두르고 편파적인 일이 없을 것.

 둘째, 숙원(宿怨), 사모(私謀)를 갖지 않을 것.

 셋째, 재산을 지나치게 모으거나, 주연, 유흥, 여색, 미식 모두 지나치지 않을 것.

 직무와 서약이 모두 매우 간단하다. 그러나 다분히 그 사명의 중대성은 오로지 그 인간에 대한 신뢰에 맡겨져 있었다.

 뒤에 다이고, 모모야마, 게이초에 이르는 한 세대에 걸치는 찬란한 문화의 흥융에 이들 다섯 행정관의 공적이 다른 무장의 무훈에 못지 않았던 것은 더 말할 나위도 없다. 짧기는 했으나 저 노부나가의 일생에는 그 실마리조차 보이지 않았던 문치 문화면의 시책을 히데요시는 경륜의 제1보로서 덴쇼 13년의 그 바쁜 시기에 이미 착수했던 것이다.

이런 히데요시. 이런 오사카 성을 중심으로 한 내외의 움직임. 그리고 이런 덴쇼(天正) 13년이라는 심상찮은 시대의 하루하루를 그 뒤의 도쿠가와 이에야스는 어떤 구상과 심정으로 지냈을까.

 이야기를 바꾸어 이에야스를 보는 것은 또한 히데요시의 눈동자를 들여다 보는 것과 같다.

 이에야스는 봄에서 여름까지 하마마쓰 성에서 지내고 있었다.

 오카자키는 이시카와 호키노카미 가즈마사에게 맡기고 당분간은 정양한다는 태도였다.

 '정양'이라는 명분은 곧잘 역경에 처한 정책이나 사업자들이 즐겨 쓰는 낱말인데 한가롭게 살고 있어 한가함을 사랑하며 정양의 진가를 스스로 체득하는 사람은 천에 하나도 없다고 할 수 있을 것이다.

 이에야스의 경우——물론 문제는 다르나 족장적(族長的)인 위치에 있는 그의 고뇌는 책임, 체면, 나날의 대처 등 제 몸 하나의 역경 따위와는 비교도 안될 만큼 클 것이다.

 실로 고마키 이래 노부오를 히데요시에게 빼앗긴 뒤의 도쿠가와는 역경에 처해 있었다. 성운(盛運)을 느닷없이 오사카의 광휘에 빼앗기고, 소위 '내리막길에 들어선 진영' 같았다.

 그러나——

 역경에 처하면 당장 약한 본질을 드러내고 가난하면 둔해진다는 옛말대로 되어 버리는 인간도 있고, 또 반대로 역경이 닥쳐오면 가지고 있는 생명력을 더욱 발휘하여 역경이 더욱 그 사람의 깊은 소질을 그윽이 나타내어 이 사람이야말로 역경에 처해서도 역경을 모르고 오히려 역경을 사랑하고 있지 않나 하고 의심할 정도로 항상 온화한 얼굴에 미소를 잊지 않는 인간도 있다.

 이에야스는 후자였다.

 단지 항상 미소로서 사람들로 하여금 춘풍을 느끼게 하는 듯한 자애는 갖지 못했으나, 결코 주위 사람들이 보고 "얼마나 우울하실까. 안 됐어라" 하도록, 남에게 자기 흉중을 들여다 보게 하는 처량함도 가난함도 보이지 않는다.

 일선에 가까운 오카자키에서 물러나 일부러 하마마쓰에서 여가를 즐기고, 오사카에 대한 소문을 못들은 체하고 있던 이에야스가 금년에 들어서자 자주 사냥을 나갔다.

매를 손등에 올려놓고 개를 끌고 하마마쓰 근방의 시골을 종자 7, 8명과 함께 쏘다니는, 등이 둥글고 작달막한 키, 뚱뚱한 몸집의 46, 7세의 무인이 자주 나타나 누군가 하고 자세히 보면 이에야스였다.

"밭도 늘었고 벼 농사도 올핸 특히 잘 됐구나."

이에야스는 조사관처럼 걸으면서도 논밭의 경작물을 잘 보고 있었다. 그러면서 종자에게 이런 얘기를 들려주기도 했다.

"너희들은 차츰 잊어갈 것이다. 내가 아직 이마가와의 볼모로 슨푸에서 어린시절을 보내던 때…… 너희들은 모두 코흘리개였고, 너희들의 애비나 할애비가 오다, 이마가와 등의 강국 틈에 끼어 근근이 주인 없는 하마마쓰의 작은 성을 지탱하고 있었다…… 그때는 말이다, 너희들의 할애비나 애비들은 아침에는 국경의 작은 싸움이 났다 하여 싸우러 나가고, 저녁때는 갑옷을 벗자마자 곧 논에 들어가 잡초를 뽑고, 밭에 나가서는 괭이를 들고 겨우 감자죽이나 조밥을 먹었느니라. ……그 덕분으로 내가 열여덟 살 때 이마가와가에서 풀려나 하마마쓰에 돌아왔을 때는 내가 없었어도 모아 놓은 병량이 무기고와 병량창에 나라를 지킬 만큼은 있었다. 그래서 훗날 내가 재능을 발휘할 수 있었던 것이다. 그때 도리이 모토타다(鳥居元忠)가 이미 80이 넘은 노인이었는데…… 내 손목을 이끌고 창고 앞으로 가서 안을 가리키며, 젊은 주군…… 하고 말하던 것을 지금도 잊을 수가 없다. 그때를 생각하면 나도 요즈음은 마음이 꽤 사치에 치우치게 됐다는 것을 느낀다. 모토타다에게 미안하기 짝이 없는 일이야."

돌아보면 이에야스의 유년시절부터 장년기의 대부분은 참을 인(忍)자 한 자로 보낸 반생이었다.

그는 참을 인자를 지켜 사람이 되어, 참을 인(忍)자를 지녀 강국 틈에서 살아남았고 참을 인자를 이겨서 오늘날의 위치를 쌓았다. 소극적인 인내가 아니라 적극적인 대희망을 멀리 기약하고 있는 인내였다. 필경 이제부터의 후반생도 그 특질을 바꾸지는 않을 것이다.

특히 요즘은 가신들에게도 무슨 일에든지 인내(忍耐)라는 말을 자주 했다. 잔벌레가 움츠리는 것은 뻗기 위해서라는 의미를 깨우쳐 주려고 애썼다.

——그것은 올 봄 이래의 불평 불만이 아직도 팽배해 있어 히데요시에 대한 감정은 조금도 달라지지 않았기 때문이다. 오사카 방면의 정보를 들으면 오카자키 하마마쓰에서는 즉시 그 반발이 나타났다.

"안하무인격인 원숭이 재주로군."

"이대로 시간을 보내, 원숭이를 자유롭게 놓아두면, 머지않아 천하는 문자 그대로 그의 뜻대로 되어 후회해도 소용없게 될 것이다."

"그때 가서 아무리 몸부림쳐도 소용없다……지금 당장. ……하려면 바로 지금이다."

여전히 주전논자가 압도적이었다. 그 뒤의 히데요시의 행동에 대해 절치부심(切齒腐心)하는 가운데 혼자 쓸쓸히 아무 말이 없었던 것은 이시카와 가즈마사 정도였다.

그와 또 한 사람은 이에야스였다. 이에야스도 교토의 움직임에 완전히 불감증인 것 같은 얼굴을 하고 있었다.

가령.

고마키 전후부터 도쿠가와가와의 묵계로, 히데요시가 없는 동안 오사카를 빈번히 위협하고 있던 기슈와 구마노, 또한 시코쿠의 조소카베 등이 차례로 이에야스의 수족을 잘라내는 듯한 일을 추진하고 있어도 이에야스는 그 사지를 떼어가는 것을 달갑게 맡고 있었다.

그 중에서도 그처럼 이에야스나 노부오에 대하여 정열적으로 가담하며 호쿠리쿠 일대의 반 히데요시 기세를 한손에 떠맡고 있던 삿사 나리마사의 괴멸도 참견하지 않고 가만히 보고만 있는 데에는 혈기 왕성한 미카와 무사가 잠자코 있지 못하는 것도 무리가 아니었다.

"그것도 어떤 생각이신지? ……"

이에야스의 무표정을 마지막에는 무능한 것으로까지 의심하며 불평들을 늘어놓았다.

"우리 주군께선 그렇게도 히데요시를 겁내고 계실까? ……그렇다면 결국 우리들이 약하다는 얘긴데."

"혹시 천하는 오사카에 맡기더라도 스루가, 도토미, 미카와, 시나노에 걸친 4개국만 무사하면 그만이라고 벌써 작은 성공에 만족하실 생각인지도 모르겠다…… 만약 그렇다면 위험천만이다."

"히데요시가 눈엣가시격인 도쿠가와가를 그대로 둘 리가 없다. 이제 도쿠가와 편의 여당을 모조리 잘라놓은 다음에는 결국 주체인 적에게 달려들게 분명하다."

"우리들이 한 번 체면불구하고 주군께 솔직히 우리의 의견을 말해 보는 게 어떨까?"

오카자키에 있는 중견들은 건의서를 쓰고 연이어 서명했다. 그러나 그 연명에도 이시카와 가즈마사의 이름만은 없었다.

그들의 건의서는 반응이 없었다. 이에야스는 아무말 없이 손등에 매를 얹고 개를 끌고 들에 나가 있었다.——그러던 중 오다와라의 호조 우지마사, 우지나오 부자에게서 무슨 일인지 항상 하마마쓰에 사자가 와 있었다. 문제는 이에야스의 고민거리의 하나인 듯 호조가의 사자라고 하면 언제나 그 자신이 직접 만나 무언지 변명만 하고 있었다.

호조가의 독촉 사신은 마쓰다 오와리노카미 도리히데라는 자였다.

야마나카 성의 성주도 우지마사의 신임이 두터운 오다와라의 원로 장군이었고 거만한 풍채와 웅변이 특징이었다.

"언제나 같은 대답은 어린아이 심부름 같아서 내가 매우 곤란하오. 실은 우리 오다와라의 두 분(우지마사, 우지나오를 말함)께서도 차츰 짜증을 내고 계시므로."

말없는 가운데 위압이 있었다. 우리 호조가 있으므로해서 존재하고 있는 도쿠가와. 만약 호조가가 화를 당하면 도쿠가와는 존재할 수 없다.

그것이 호조 편의 통념이었다.

사실 이에야스는 노부나가의 죽음을 계기로 호조가와는 무사주의를 취해 왔다.

'도쿠가와는 신슈를 칠 테니 호조 쪽은 조슈를 취하십시오. 그리고 서로 침범하지 않도록 합시다.'

혼노사의 이변이란 일대 혼란과 대전환이 일어났을 때, 호조, 도쿠가와 사이에 교환 된 비밀 협약이 그러했다.

그래서 히데요시가 야마자키의 싸움에서 오늘날까지 주로 중앙에 정신을 쏟고 있는 몇해 동안 이 두 강국은 불난 집에 도둑처럼 베고 빼앗는 수입으로 배를 불렸다.

그동안 쌍방에 불평은 많지 않았다.

화목의 맹세로 이에야스는 자기 딸을 우지마사의 아들 우지나오에게 시집도 보냈다.

이 혼인 정책은 고마키전 때도 중대한 효과를 나타냈다.

——만약 그 쐐기를 박지 않았더라면 히데요시와 우지마사는 당장 연맹을

부르짖어 덴쇼 13년에는 이미 도쿠가와씨의 이름은 도카이에서 불식되어 버렸을 것이다.

호조 우지마사는 그런 흥정에 오산을 할 사나이가 아니다.

그는 50이 갓 넘었는데 벌써 우지나오를 족장으로 세웠다. 자신은 오다와라 성에서 사실상의 권력은 쥐고 있었으나, 이름을 세쓰류사이라 부르며 삭발을 하여 가문의 시조 소운 이래의 야망은 좀처럼 식지 않고 있었다.

"이에야스는 다루기 힘든 사나이다. 이 우지마사까지도 조종하려 한다."

호조가의 은연한 비호가 이에야스의 위치를 점점 키워왔다는 걸 알게 된 우지마사는, 곧 하마마쓰에 강경한 독촉사신을 귀찮도록 보냈다.

"덴쇼(天正) 10년 이래 화목과 동시에 도쿠가와님은 신슈를 빼앗고, 호조가는 조슈를 마음대로 한다는 협정이었는데, 결과는 도쿠가와가 사쿠군과 그밖의 지방을 더 얻었는데도 불구하고, 당가에서는 조슈 누마타 성을 받아야 함에도 우에다의 사나다 야스후사노카미 마사유키가 아무래도 명도하지 않소. ──그 사나다 마사유키는 틀림없는 귀가의 가신이오. 사나다를 내쫓고 즉시 누마타 성을 우리에게 넘기시오."

당연한 요구였다.

또 이에야스로서는 고마키의 일은 끝났어도 히데요시 이외에 배후에서 새로운 대적을 만드는 불리함을 너무나 잘 알고 있다.

"잘 알겠소. 곧 사나다 야스후사노카미에게 일러 우지마사님의 뜻에 따르리다."

이에야스는 이렇게 대답하고 즉시 사나다의 우에다 성으로 재삼 누마타 명도 명령을 보냈다. 그것을 게을리 하고 있는 것은 절대로 아니었다.

그런데 우에다의 사나다 마사유키나 그의 아들 유키무라 등 일족은 완강히 거절하는 것이다.

"누마타도 내 줄 수 없다. 우에다도 움직이지 않겠다."

이에야스의 명령을 절대로 들을 기색조차 없다.

이에야스로의 빈번한 재촉에 대해 사나다 쪽에도 상당한 구실이 있었다.

이유는 이러했다.

"누마타 성은 지난 해 우리가 일족의 목숨을 걸고 우리들만의 힘으로 영토에 보탠 것이다. 이에야스의 힘을 빌려서 취득한 땅이 아닌데, 그것을 뭣 때문에 갑자기 호조가에 명도하라고 명령하는 것인가. 도쿠가와가에 어째서 그런 권한이 있단 말이냐."

명령의 부당성을 이렇게 토로하는 것은 비단 사나다 유키무라만이 아니었다. 일족 말단 무사에 이르기까지의 여론이었다.

"주지 말라. 굳이 명도하게 하려면 적당한 환지를 먼저 보내야 마땅하다."

본시 도쿠가와와 사나다의 관계는 주종이라 할 만큼 밀접한 것은 아니었다. 당시의 대국이 어디서나 그랬듯이 자국의 국경이나 먼 땅에 슬며시 길들여 놓은 정도의――한 위성국――그것이 그들의 관계였다.

그러나 사나다 마사유키는 작은 존재이지만 노련한 꾀보였다. 다케다씨의 멸망 때 다케다계의 족장은 모조리 패망하여 그 이름도 행적도 사회의 표면에서 지워져버렸으나, 그는 신슈 우에다에 의지하여 주가의 괴멸 후에도 노부나가와 잘 결탁하여 그 영토를 무사히 지탱해 왔다.

또한 노부나가가 죽자 전후의 우에스기와 손잡았고 우에스기와 호조의 싸움에서 호조가의 우세함을 보자 다시 호조가를 의지했으나, 얼마 뒤 이번엔 이에야스를 믿고 도쿠가와가의 정책에 따라 위성국의 역할을 다하고 있었다.

마사유키의 경력은 이렇듯 항상 흔들렸다. 수완가이기는 해도 절조가 없고, 계략은 풍부하나 배포는 크지 못했다. 평한다면 그런 정도였다. 그러나 아침에 저녁 일을 예측할 수 없는 전국의 군웅들 틈에 끼어 적잖은 일족 부하를 부양하고 있었다. 게다가 망가 다케다 외에는 진정으로 받들 주인을 갖지 않겠다는 속셈을 감추고, 우에다의 작은 성 하나라도 지탱해 나가려면 이런 위성국적인 처세술도 또한 어쩔 수 없는 처사라 아니할 수 없다.

그것도 다만 지리의 천험을 지켜 오래 연명하자는 소극적인 것이 아니라, 마사유키나 차남 유키무라도 실은 왕성한 영웅심을 감추고 있었다.

일족과 가신들도 모두 지난날은 고장의 강자였고 적어도 덴모쿠 산(天白山) 이전까지만 해도 오다 도쿠가와가 뭣하는 자들이냐 했던 신겐의 전성기의 자존심이 아직도 높은 자들이었다.

그렇기에 덴쇼 11년, 노부나가의 죽음으로 한때 천하가 어지러운 틈을 타서 호조나 도쿠가와의 군웅이 열심히 소국을 치고 뺏는 경쟁을 할 때에 소국이지만 사나다 일족도 그 꼬리에 붙어 영토를 넓혔다. 조슈의 누마타는 당시 그들이 수중에 넣은 것이었다. 그것을 지금 무턱대고 호조가에 명도하라 하는 것이니 못주겠다고 버티는 것도 무리가 아니다.

그러나 호조가에서는 "약속과 다르다"며 엄중하게 항의해 왔다. 이에야스로서는 서쪽에 히데요시를 두고, 그 히데요시에게 자기의 위성국을 가차 없이 빼앗기고 있는 오늘날, 굳이 배후의 강대한 호조가와의 불화를 달갑게 여기지 않은 것은 말할 것도 없다.

"작은 벌레를 죽이고 큰 벌레를……."

이런 당연한 타산은 또 당연한 고압적인 엄명이 되었으므로 사나다 쪽은 드디어 그 주체국 도쿠가와에게 활을 겨누더라도, 비장한 각오를 굳히기에 이르렀다.

젊은 날의 유키무라(幸村)

"도리를 모르는 도쿠가와."

"이쯤 되면 마주 싸우는 수밖에 없습니다. 아무리 대국이지만."

"누마타를 호조에게 명도하고, 우에다 성 하나만남게 된 뒤, 저들이 내는 난제에 걸려들어 자멸을 자초하느니보다는."

"우리는 적은 세력이기는 하나, 고원 시나노의 지세를 이용하여 겨울까지만 버티면 주위의 성세도 달라질 것이다."

"아니다. 이에야스도 명장, 이 여름 동안 무너뜨리려고 일거에 대병을 보내올지도 모른다. ……그에 대한 각오와 방비를 가져야 한다."

우에다 성에 집합한 사나다 일족의 군사회의 분위기는 모두가 주전적이었다.

누구나 한결같이 더 이상 대국의 예속 취급에다가 굴욕적인 복종을 강요당하는 것보다는, 하고 더 못 참겠다는 표정들이다.

그러나 우에다, 누마타 두 영토를 합해도 모두 사병은 2천 명, 무사는 2백도 안되는 빈약한 숫자였다.

오늘의 도쿠가와는 이미 어제의 도쿠가와가 아니었다. 이 작은 힘으로서 능히 그의 강군과 싸울 수 있을까.

일이 여기에 이르자 누구의 얼굴에나 염려하는 빛이 보였다.

성주 사나다 마사유키, 노신 세키조 이즈노카미, 다카쓰기 빗추노카미, 고이케 아와지노카미, 무사 우두머리 네즈 조에몬, 오쿠마 겐에몬, 마루코 사람 도조 마타고로, 요네자와 오스미노카미, 게다가 객신(客臣)인 이타가키 슈리노스케가 있었다. 그 중에서 시원스런 풍채를 갖고 있는 것은 오직 성주의 차남 사나다 벤지로 유키무라 뿐이었다.

벤지로 유키무라는 그 당시 약관 17세였다.

"오벤."

그를 부친은 항상 이렇게 불렀다.

"너도 한 마디 의견이 없느냐, 일족 부침(浮沈)의 위기다. 평소와 달리 근신할 것 없다. 의견이 있거든 사양 말고 말하라."

"네……그러시다면."

오벤은 조금 다가앉더니 말했다.

"우견(愚見)을 말씀드리겠습니다."

"음."

아버지는 17세의 내 자식이 이런 때 무슨 말을 할 것인가 하고 17년간의 양육의 결실을 보려는 듯 지긋이 바라보고 있었다.

"아까……당가의 객장 이타가키 슈리노스케님이 말씀하신 의견에 저는 찬성입니다. 아무리 강한 척 해도 미약한 소국이 대국을 이길 수 없는 것은 명백한 일입니다…… 그런고로 에치고의 우에스기 가게카쓰님의 원조를 바라는 것은 더없는 선책입니다. 그 밖에 다른 계책은 없는 줄로 압니다."

"그러나 오벤, ……그것에 대해서는 여간해서 우에스기가에서 들어주지 않을 것이며, 또한 이 마사유키가 새삼스레 말하기도 어려운 사정임을 너도 지금 듣지 않았느냐?"

"네. 그 이유는 전에 우리 사나다가는 우에스기가에 예속되었다가 그 우의를 파기하고 호조가로 가고, 또 도쿠가와가의 여당으로 변했다는 그 말씀이시죠? 즉 한 번 배반한 우에스기님께서는 우리를 전혀 신용하지 않으시리라는 말씀이죠?"

"그렇다."

"우에스기가로서는 필경 망하려면 망해라 하고 비웃고 구경이나 하겠죠. 그러나 그래도 우에스기가에 부탁하지 않으면 안 됩니다. 그렇지 않으면 우리는 멸망합니다. 어떤 수치를 무릅쓰고라도 살아나가야지요."

"……그렇지만 움직이지 않는 우에스기를 움직이게 할 계책도 없지 않느냐?"

"있습니다! 없다고 해 버리면 없습니다. 그러나 어떻게든 살아나갈 길을 찾아야 합니다."

유키무라가 말하는 것은 이러했다.
"지금 각국의 세력과 판도의 추이를 보는데는, 각국의 성주를 일일이 손꼽지 않아도 됩니다. 오사카의 히데요시냐, 도카이의 이에야스냐? 이 둘만 생각하면 됩니다. 우리는 이미 그쪽에서 이탈한 것이니 당연히 앞으로의 운명은 오사카 편에 붙는 수밖에 없겠죠."
명확한 시국관이다.
마사유키나 여러 사람들도 모두 수긍했다.
"우에스기가의 외교는 그 둘을 목표로 하면서도 그 어느 쪽에도 붙지 않고 떨어지지도 않는 기회주의를 취하고 있습니다. 그러니 우리가 도쿠가와에서 떨어져 나왔으니 도와달라고 해도 도쿠가와를 정면으로 적으로 맞기 전에는 과연 원조해 줄지 의심스럽습니다. ……특히 새삼스럽게 우에스기가에 면목 없이 그런 말을 할 수 없다는 아버님의 고민도 있으시고……."
마사유키는 유키무라가 하는 말대로 고민의 표정을 지으며 또 한 번 고개를 크게 끄덕였다.
유키무라는 말을 잇는다──
"솔직히 오사카에 사신을 보내 하시바님께 경위를 이야기하고 당신 밖에는 도와 달라고 할 분이 없다고 매달리는 길이 있을 뿐입니다. 그런데 히데요시 공의 흉중을 살피건대 이건 곤란하다기보다는 오히려 때마침 맛있는 새가 날아 들어왔구나 하고 기뻐할 것입니다."
"그 이유는 오사카와 하마마쓰 고마키 이후 양자간의 차가운 반목과 올 봄의 기슈 시코쿠에 걸친 오사카의 적극적인 동향을 보면 세 살 아이라도 알 수 있는 일입니다. ……그리고 결국 오사카의 히데요시 공이 우리의 배후에 있게 되면, 우에스기가에서도 소홀한 행동은 못할 것입니다. 당가에서 원군을 청하는 데 있어서 그리 불명예스런 굴욕적인 태도를 취하지 않아도 우에스기가 자체를 위해서도 응해올 것입니다."
"오벤……."
부친 마사유키는 유키무라가 말을 마치자 눈물을 머금은 목소리로 그의 착상의 비범함을 칭찬했다.
"좋은 말이다. 우리는 시골 무사의 우물 안 개구리처럼 좁은 안목으로 주위를 바라보고만 있었기에 오벤이 말하는 것 같은 대국을 볼 줄 몰랐다. 모두들 어떻게 생각하는가?"

이타가키 슈리노스케를 비롯하여 좌중의 노련한 지장(智將)들도 놀라면서 17세의 벤지로 유키무라에게 깨우침을 받은 것 같았다.

"젊은 주군의 말씀이야말로 실로 지당하다 싶습니다. 사흘이나 걸린 회의도 벤지로님의 한 마디로 결정을 본 것 같습니다."

모두들 이구동성으로 말한다.

"그럼 누가 오사카에 사신으로 가겠는가?"

이 문제에 이르자 이 또한 어려웠다.

지금 한창 번영중인 히데요시, 소문으로만 듣던 오사카의 번쩍이는 황금성에 들어가 히데요시를 설득시키는 일이라, 이 산중의 한 소국의 신하로서는 자기를 아는 자일수록 더욱 움츠러들 수밖에 없다.

아무도 선뜻 나서는 자가 없었다.

"제가 가겠습니다."

유키무라가 자진해서 이 사자를 자청했다.

그리고 종자에는 이타가키 슈리노스케를 희망했다. 슈리노스케는 객신으로 있는 낭인이기는 하나 그의 부친은 고슈의 명장이라 일컫던 유명한 이타가키 노부타카였고, 평소에 오벤과도 마음이 잘 맞았다.

"절대로 도쿠가와가 사람들이 눈치 채지 않게 하라."

부친과 일족은 세심한 주의를 주었다.

길을 떠나는 두 사람은 흡사 시골 무사 형제가 수행겸 서울 구경이라도 가는 양 꾸미고 나카센도 기소지로 해서 오사카에 잠입했다.

두 사람은 우선 약간의 연고를 더듬어 아사노 야헤 조키치의 저택을 방문하고, 야헤를 따라 오사카 성 안에서 히데요시를 만났다.

히데요시는 때마침 시코쿠 평정의 결말을 보고 한숨 돌리던 참이었다. 그때 신슈의 한 지방에서 뜻하지 않은 사나다가의 소청이 들어온 것이다. 일은 작지만 놓칠 수 없는 쾌보라고 그는 생각했다.

"흠, 흠. ……그래? 잘 알았다."

히데요시의 배짱은 이미 결정되고 있었다. 그러나 승낙 여부는 대답하지 않았다. 다만 사자인 사나다 벤지로의 모습만 바라보고 있었다. 특히 벤지로 유키무라가 히데요시의 마음을 움직이게 하려고 귓불을 붉히면서 젊은 열정으로 거리낌 없이 자기의 의견과 간청을 말하는 동안 히데요시는 도취한 듯 실눈을 뜨고 듣고 있었다.

"사나다님의 차남이라던데, 너는 올해 몇 살이냐?"
히데요시의 물음에 벤지로가 17살입니다 하고 대답하자 재차 묻는다.
"형은?"
"네, 형 마사테루는 덴쇼 3년 나가시노의 싸움에 다케다 가쓰요리 님을 따라 출진하여 도쿠가와 편과 싸우다가 전사했습니다."
"분하다고 생각하겠지?"
"제가 아직 7살이었을 때의 일입니다. 아무것도 생각나지 않습니다."
"그래도 골육지정으로 도쿠가와가에 대하여 어딘가에 원한은 남았을 걸."
"춘추시대에 흔히 있는 일입니다. 일개 일개의 사적인 은원을 평생 갖고 있을 수는 없습니다. 설령 도쿠가와님이라 할지라도 이번 같은 이치에 어긋나는 위압을 부친께 강요하지 않았더라면 부친도 일부러 저를 오사카까지 사자로 보내 귀가의 비호를 청하지는 않았을 것입니다."
"그럼. ……만약 히데요시가 그대 일족의 청을 거절한다면 사나다님은 어찌할 생각일까?"
"그렇게 된다면 부친의 심중은 모르겠사오나 저로서는 어떤 굴욕이라도 참고, 즉석에서 하마마쓰님(도쿠가와)의 뜻을 따를 것입니다. 그리고 훗날을 위해 힘을 길러 두었다가 금후 도쿠가와 군이 대거 오사카를 치게 되는 날에는 그 선봉을 맡아 약간의 공을 세워 그것으로 이번 호의에 대한 답례로 삼겠습니다."
"하하하하."
히데요시도 웃지 않을 수 없었다.
"하마마쓰님과 이 히데요시는 얼마 전 화목하여 지금은 다시 없는 사이다. 어찌 도쿠가와 군이 오사카를 침공해 올 날이 있겠느냐."
"없으면 귀가의 다행입니다. 그러나 우리들 소국의 일족들은 자존을 위해 귀가를 의지하거나, 하마마쓰님을 믿거나 둘 중 하나를 택해야 합니다. 만약 귀가에서 우리의 청을 들어주시지 않는다면 도쿠가와님께 눈 딱 감고 굴복할 수밖에 없습니다. 세상에 대국 소국이 많은 것 같이 보이지만 앞으로 몇 해 못가서 천하는 하나가 될 것입니다. 즉 귀가가 아니면 하마마쓰가입니다. 그러니 우리들 일족을 어느 편으로 하든지 그것은 오히려 도요토미님의 생각에 달렸습니다."
대국(大局)의 후세를 옳게 꿰뚫어 본 말이다. 신슈의 산골 태생답지않게,

아직 어린 한 소년이 제후도 황공해 마지않는 오사카 성에 처음 와서 자기 앞에서 당돌하게 이런 큰소리를 하는구나하면서 히데요시는 벤지로의 언변을 들으며 아주 귀여운 녀석이라고 생각했다.

"그래 그래. 기대려면 큰나무 그늘이란 말도 있다. ……히데요시를 의지하라. 비호해 줄테니 걱정 마라."

히데요시는 이 소년 사자가 퍽이나 마음에 들었는지 그날 밤은 오사카 성에 재우고 잘 대접했다. 다음날 시복과 패도를 주어 고향으로 내려 보냈다.

떠날 때 벤지로 유키무라는 다시 한 번 히데요시에게 다짐했다.

"돌아가면 벤지로 유키무라는 말씀을 잘 전하겠습니다. 그리고 실행에 옮기겠습니다. 그럼 우에스기가와의 교섭은 어떻게 할까요?"

"우에스기가에는 따로 오사카에서 곧 밀사를 보내 너희들에게 가담하도록 일러두겠다. 그건 걱정 마라."

"그러면 우리 편에서 특별히 소청할 필요는 없겠습니까?"

"아니 사나다님은 사나다님대로 지금까지의 경위를 해명하고 거듭 가담을 부탁하는 것이 좋겠다."

"잘 알겠습니다. 목을 길게 빼고 길흉을 기다리는 일족들이 참으로 기뻐할 것입니다. 높으신 은혜, 잊지 않겠습니다."

오벤은 급히 신슈로 돌아왔다.

누가 알았으랴.

──그 20여년 뒤 도오토미가의 유자를 지켜 도쿠가와 노 오고쇼(老大御所 : 은퇴한 이에야스)의 관동군과의 의전(義戰)을 벌여, 이 소년 벤지로가 소위 구도 산의 은자(隱者) 사나다 유키무라로써 오사카 입성자의 도착부 제1호로 그 이름을 기록하게 되리라고는.

오벤이 귀국한 뒤 사나다 일족은 즉시 우에다 성의 전비를 굳혔다.

"서로의 인사는 그만둡시다."

그 후부터는 사자를 쫓아버리고 요로의 교통을 차단했다. 한편 우에스기가의 가와나카지마 사람들을 통해 내원을 청했다.

오사카에서는 히데요시의 친필로 된 급보가 도착해 있었다. 우에스기 가게카쓰도 이것을 한 지방의 작은 분쟁이라고 가볍게 보아 넘길 수도 없다. 결국 자번(自蕃)의 운명을 히데요시에게 거느냐, 이에야스에게 거느냐의 기로에 서게 된 것이다. 번론은 원병을 내기로 결정됐다. 가와다 세쓰(河田攝

津), 혼쇼 호젠(本庄豊前)등을 대장으로 가와나카지마 사람 6천의 군대가 급파되었다.

도쿠가와 쪽은 사나다를 과소평가하고 있었다.

"마사유키는 신겐이 가르친 싸움에 능숙한 자지만 산골의 작은 싸움에만 익숙하지 아직 진짜 대부대에 직면한 적이 있는 병법자는 아니다. 성은 조그맣고 인구래야 3천도 못되는 소국, 아마 하마마쓰의 대군을 보면 질겁하고 항복하러 나올 것이다."

이런 견해를 가진 자가 많았다.

도쿠가와 군의 총수는 1만 8천이 넘는다. 신슈 행정관 오쿠보 시치로오에몬(大久保七郎衛右門), 고슈 행정관 도리이 히코에몬(鳥居彦右衛門), 호시나 빈고노카미(保科肥後守), 호시나 하즈마사(保科禪正), 스와 아키노카미(諏訪安藝守), 히라이와 시시노스케(平岩七之助), 고마이 우쿄(駒井右京) 등 두 주에서 온 패와 하마마쓰에서 이이 나오마사, 시로 이안(城伊庵), 다마무시 지로에몬(玉虫二郎右衛門), 야시로 엣추노카미(矢代越中守) 등의 대장들이 그와 합류했다.

8월 상순. 이 대군은 우에다 성밖 10여 리의 간가 강에 그 모습을 나타냈다.

성에서 바라보니 그것은 아군의 10배나 되어 보이고, 장비의 차이가 눈에 띄었다. 중앙에 접하고 있는 강국간에서는 얼마나 급속히 진화해가고 있는가를 말해주고 있었다.

"저 인명과 장비로 성문으로 밀어 닥쳐온다면 잠시도 지탱하지 못하겠다. 적이 강을 건너는 도중에 불시에 쳐야 하겠다."

마사유키를 중심으로 제장의 의견이 일치했다. 그러나 객장인 이타가키 슈리노스케는 반대했다.

"그건 졸책입니다. 간가 강은 지쿠마의 지류로, 건너는 데 그리 힘들지 않습니다. 성병의 반을 보내도 아마 하찮게 무너져버릴 것입니다. 차라리 가까이 끌어 들여서 전력으로 치는 편이 낫습니다."

여러 사람의 뜻에 따라 슈리노스케의 의견을 채택하기로 결정됐다.

"곧 수배를."

마사유키의 꾀로 복병으로 나가는 패, 적을 유인하러 나가는 패 등 각각의 부장이 사병을 지휘하고 있었다.

"도쿠가와 편에서 오쿠보, 도리이의 이름으로 권항(勸降)의 군사가 왔습니다."

성문을 지키고 있던 벤지로 유키무라가 부친에게 와서 전했다.

"네가 군사를 만났느냐?"

"네. 근본 취지를 물어보았더니 그들은 그 대군을 뽐내며 이런 말을 했습니다. ──마사유키 이하 아무리 싸워도 도쿠가와님의 이 대군에 포위되면 당할 도리가 없으리라. 지난 잘못을 뉘우치고 항복하라. 그렇지 않으면 단번에 짓밟아 버리리라……고."

"아직 화살 하나도 쏘아보기도 전에 항복하라니 사나다 일족에 뼈대가 있는 줄 모르는 모양이구나. 오벤, 군사로 온 놈을 성문에서 끌어내고 두 번 다시 왔다가는 목을 날려버릴 거라고 말해라."

"그것 참 통쾌하겠습니다."

"졸병들에게 손뼉을 치며 달아나는 군사를 비웃어 주라고 해라. ──사기도 높아질 것이다."

"아닙니다. 그런 조그만 쾌감을 맛보는 것은 좀 어떨까요. 이미 우리의 계획은 멀리 오사카와 연결돼 있고, 호쿠에쓰와 결속하여 천하의 풍운과, 흥정할 호응을 갖고 있지 않습니까. 지방의 작은 분쟁 정도라면 그런 싸움놀이도 재미있겠지만 좀 더 자중하는 것이 좋을 것 같습니다."

"그럼 어찌 할 것이냐."

"아버님께서 군사를 맞으시고 정중하게 또한 신중히 상대방의 권항문에 귀를 기울이시고……벌벌 떠는 시늉을 하시다……아무쪼록 회답을 드릴 때까지 3일간의 여유를 달라 하시고 돌려보내십시오."

"그래서?"

"3일의 여유가 있으면 가와나카지마 패도 전부 도쿠가와 군의 뒤까지 하루를 틈타 접근할 것입니다. 우리도 각각 변장하여 기병을 끌고 이곳저곳의 요로에 숨어, 매복의 계략을 충분히 도모할 수 있습니다."

"그렇구나. 3일 후에 거절하여 그들의 분노를 유발시켜서 칠까?"

"아군은 시간을 벌고 적은 타성과 교만을 길러, 그들의 대군과 아군의 소군은 호각의 싸움을 할 수 있을 것입니다."

"그렇게 하자! 오벤, 군사를 이리로 불러라."

"아닙니다. 아버님께서 직접 중문까지 맞으러 나가십시오."

부모지만 오벤의 재능을 인정하는 마사유키는 아들이 시키는 대로 군사를 영접하고, 3일의 여유를 얻어 돌려보냈다.

3일째가 되었다. 대답이 없다. 재촉이 온다. 이런 저런 변명을 한다. 그리고 그럭저럭 열흘이나 끌다가 마지막에 가서 단절을 통고했다. 도쿠가와 군은 격분한 나머지 그날 중으로 간가 강을 건너 우에다 성으로 달려들었다.

오쿠보, 도리이 양 부대 간에 작전 착오가 생겼다. 오쿠보는 거리에 불을 지르라고 지휘를 내렸는데, 도리이군은 "이런 비좁은 역참 동네에 불을 지르면 지리에 어두운 아군은 오히려 막다른 골목길로 들어가 회군마저 곤란해진다"고 반대하며 적의 성을 앞에 두고 서로 다투었다.

성안에서는 마사유키의 지휘 아래 사나다 편의 정병이 2단 3단으로 곧장 튀어 나왔다.

모든 옛 성하 도시의 도로는 교통의 편리나 미관보다 그 주안은 유사시에 '수비의 도시'로 설계되어 있는 것이다.

신겐(信玄) 치하 때 고슈류(流)를 기초로 하여 건설된 가이, 시나노 지방의, 성이 있었던 옛 도시는 여행자가 지금 보아도 그 구상의 발자취를 엿볼 수 있다.

야전에 익숙한 미카와 무사의 정예조차 산골의 그런 '미로의 도시'에 발을 들여놓고는 진퇴유곡에 빠졌던 것도 무리가 아니다.

게다가 그들은 고마키 이래, 약간 자부심을 갖고 있었다. 또한 사나다 일족을 단순히 하찮은 지방의 작은 무족이라고 깔보고 있었다.

당장 혼란이 빚어졌다.

"거리의 집은 불사르지 말라."

"불질러라, 불질러라."

완전히 정반대의 두 호령이 같은 공격군 속에서 내려지는 동안 벌써 이곳 저곳에서 시꺼먼 연기가 올랐다.

길은 복잡해서 빠져 나갈 수 있을 것 같은데 막상 막다른 골목이고, 서쪽으로 나왔다 싶으면 동쪽이다.

대군인만큼 혼란도 컸다. 설상가상으로 성문에서 쏟아져 나온 사나다 마사유키의 군병은 그 불과 연기를 이용하여 교묘하게 출몰했다.

도처에서 도쿠가와 군에 나타나 총격을 가했다.

"어디, 맛좀 봐라."

성벽 쪽에서 동네 쪽으로 밀고 들어간 오쿠보 다다요의 군대, 도리이 히코에몬의 군대, 이이 나오마사의 군대 등——어느 하나도 약병이 아니다. 그러나 때와 장소와 통솔을 얻지 않고서는 그 힘을 발휘할 수 없다.

이윽고 붕괴되어 원래의 진지로 돌아가려 하나 길을 찾을 도리가 없다.

그러는 중 건물 이층이나 농가의 문틈에서 복병의 저격을 받아 수많은 사상자를 냈다.

성주의 마사유키는 기를 흔들어 두 번째 신호를 보냈다.

성 아래로 멀리 삼삼오오 도망쳐 달아나는 적의 그림자가 이윽고 얕은 산이나 강가에 모여 아군의 집합을 초조히 기다리고 있었다.

마사유키의 신호와 함께 갑자기 근처의 숲과 산그늘에서 일대 또 일대 사나다 편의 복병이 나타나 한숨 돌리고 있는 도쿠가와 편에 독수리같이 달려드는 것이 보였다.

그중에는 벤지로 유키무라도 한 부대를 이끌고 도리이 편의 무사들에게 도전하고 있었다.

도쿠가와 편은 거기서도 많은 희생자를 내고 강을 건너 달아났으나 때마침 밀려온 밀물 때문에 빠져죽는 자도 많았다.

게나가 그들이 도망치는 곳에는 우에스기 편의 가와나가지마 패가 요로를 막고 참새 떼를 기다리는 그물같이 가차 없이 타격을 가했다.

——결국 이 싸움은 그 후 수일에 걸쳐 도쿠가와 군의 대패로 돌아갔다. 미카와 무사로서 일찍이 없었던 참패를 맛본 것이었다.

손을 덴 고양이. 그것과도 같이 그 후 도쿠가와 군은 우에다 성을 멀리서 에워싸기만 하고 군량의 길을 막고 움직이질 않는다.

우에스기의 가와나카지마 패도 멀리 떨어져서 적극적 행동으론 나오지 않았다. 오히려 그들은 자국의 국경을 지킨다는 태도였다.

마사유키는 움직이지 않는 적의 지구책에 실로 곤란에 빠졌다. 조그만 성이라 오래 지탱할 자신이 없었다.

'이렇게 되면 우에스기 가게카쓰 자신의 출병을 바랄 수밖에 없는데——'

그러나 가게카쓰의 출병이 용이치 않은 일임은 너무도 잘 알고 있었다.

"아버님."

"뭐냐, 오벤."

"괴로워하시는 것은 잘 알겠습니다. 아무쪼록 저를 에치고에 볼모로 보내

주십시오."
"네가……가겠단 말이냐?"
"네. 한편 오사카에도 사자를 보내 히데요시 공께서 우에스기가에 재차 독촉을 해 주시도록 애원하십시오."
"도쿠가와 군은 월동을 할 모양이다. 겨울이 되면 가게카쓰님의 출병도 더욱 어렵다. …… 네가 가겠느냐?"
"오사카의 사자로는 슈리노스케를 보내시고 저는 아버님의 서신을 갖고 에치고로 가렵니다. 그리고 가게카쓰님의 가스가 산에 볼모로 남아 있겠습니다만 반드시 가게카쓰님의 출병을 실현시키고야 말겠습니다."
이타가키 슈리노스케는 재차 오사카로, 또 유키무라는 종자 세 명만 데리고 성을 나와 적의 포위망을 뚫고 탈출했다.
에치고 가스가 산의 우에스기 가게카쓰에게 고립상태의 우에다 성을 탈출하여 부친의 서한을 갖고 온 이 어린 사자가 호소하면서 도와달라고 애원했다.
"지난날의 아버님의 행위에 대하여 불신감을 품으시겠사오나 저를 볼모로 삼으시고 제발 위기에 당면한 우에다 성을 구해 주십시오."
가게카쓰는 기특한 벤지로 유키무라의 말에 감동하여 이렇게 맹세했다.
"오냐. 꼭 가게카쓰가 직접 가서 도와주겠다. 물론 오사카에서 이미 히데요시의 이름으로 재삼 가게카쓰에게 간청이 와 있었던 것이다."
우에스기가는 군비에 착수했다.
에치고에 들어가 있던 도쿠가와가의 사이사쿠(제5열)는 곧 하마마쓰에 변고를 알렸다.
이에야스는 아연실색했다.
"우에스기가?"
그렇게 의심할 만큼 그는 설마 하고 예기치 않았던 것 같다.
이미 이런 신슈 토벌군이 범한 시전(市戰)부터가 큰 실패를 범한 것을 그는 마음속으로 평생의 실수라고 후회하고 있던 차였다.
게다가 또 지금 가게카쓰가 직접 군대를 이끌고 시나노로 진군해 온다면 그것은 이미 일개 사나다만의 문제가 아니었다.
"나도 나가야지……."
이런 생각이 들었다.

이에야스가 지금 하마마쓰를 비우고 시나노로 달려간다면 우선 호조의 향배도 의문이다.

오다와라의 호조가, '절호의 기회'라 하며 즉각 사가미를 나와 스루가로 들어와 도카이에 난을 일으키는 일이 없으리라고 장담할 수가 없다.

더욱이 오사카의 히데요시는 자기 생각대로 들어맞았다고 언제 어느 때 이에야스의 발밑에서 대규모의 다음 사태를 일으킬지도 모른다.

"……어찌할 것인가?"

이에야스는 절치부심했다. 또 한 가지 그의 마음에 걸리는 기우는 오카자키 하마마쓰의 사병들 간에 보이는 고마키 이후의 불만과 불온한 공기였다.

"그렇다 참자. 참을 인자 한 자를 부적처럼."

이에야스는 신슈의 원정군에 즉시 회군을 요청했다.

9월 24일 이래 전 부대는 우에다에서 퇴군을 개시했다. 사나다 마사유키는 성병을 억제하고 이를 추격하지 않았다.

우회해서 도쿠가와 군을 추격하지 않은 것은 참으로 병사에 노련한 사나다 마사유키의 현명한 결정이었다.

또 일시적인 세상의 조소에 구애되지 않고 이건 안 되겠다고 판단하자 체념하고, 곧 전군의 철수를 명령한 것 또한 이에야스의 뛰어난 점이라고 하겠다.

진격의 결단은 내리기 쉽지만 후퇴의 과단성은 어렵다. 내부의 불평, 세상의 조소, 자신의 체면, 모든 의미에서 싸움에 지고 달게 후퇴하는 것 같이 어려운 일이 없다.

그러나 만약 이에야스에게 대국을 보는 총명함도 없고 장래의 전망도 서지 않은 채, 한 발짝 더 내딛어 "가게카쓰가 출병하여 사나다를 돕는다면, 나도 말을 시나노로 몰 것이다" 하고 움직여버렸다면 결국 히데요시의 술수에 빠져들지 않고는 못 배겼으리라. 왜냐면 히데요시는 이미 그렇게 된 후의 제2차 고마키 전의 비책을 강구하고 있었던 것이다.

'이에야스 움직이다.'

이런 정보를 이제나 저제나 하고 오사카에서 기다리고 있었기 때문이다.

가령 이에야스가 경솔한 세상의 평판이나 체면에 사로잡혀, 완강히 사나다의 작은 성에만 구애되어 스스로 움직일 경우를 상상해 본다면, 우선 첫째로 인접한 대국 호조가 반드시 이 때에 편승하여 야망을 달성시키려 할 것이고, 오사카와 오다와라 사이의 밀사가 무엇을 약속했는지 모를 일이다.

게다가 앞서 가니에(蟹江) 부근을 넘보는 교토의 해군도 엔슈(遠州) 스루가 바다 부근에 떠돌 것이고 미노, 이세, 고슈에 걸친 노부오의 동맹국은 히데요시의 충동으로 좋든 싫든 또다시 제1차 고마키 전 때보다 오카자키에 훨씬 가까이 밀고 내려올 것이다.

그리고 이제는 도쿠가와를 지지하는 강 건너 아군도 없고, 오사카의 배후를 위협해 줄 시코쿠, 기이 등의 동지도 없이 이에야스는 완전히 고립상태가 되어 버릴 것이다.

"결국 고마키의 불미스런 결과 때문에 자포자기한 싸움을 걸어 쓸데없이 세상의 대세를 모두 적으로 돌리고 허무한 최후를 마쳤다."

그의 반생의 마지막을 역사의 한 페이지로 남기고 이에야스라는 이름은 결국 그것으로 끝나고 말았으리라.

그러나 이에야스는 히데요시의 배짱을 잘 알고 있었다.

"마음껏 뽐내라, 사나다. 네놈에게 한 때의 명성을 날리게 해줄 터이니……."

이에야스는 웃으며 패배했다. 이 패배의 값어치는 어떤 대승보다 더 컸다. 그것은 그 뒤의 세월이 증명했다.

이런 사정도 덴쇼 13년의 봄에서부터 9월 말까지의 약 반년에 걸친 일로, 히데요시로서는 그해의 주력적인 행동계획의 선은 아니었지만, 이에야스로 본다면 '아차' 싶은, 자기의 목숨과 바꿀 뻔 했던 위험한 전략의 벼랑이었다.

자만은 짧고 불우(不遇)는 길다.

또 속담에 뒤로 넘어져도 코가 깨진다는 말은 한 개개의 조그만 집안의 이변 만이 아니다.

이즈음 이에야스의 운명은 어디를 보아도 잘못 되는 일 뿐이었다.

자신의 세력 하의 한 직속무관이라 믿었던 사나다에게 배반당하고, 더욱이 견디기 힘든 패배를 감수해야 했고, 군사의 사기도 떨어진 그 해 겨울도 11월의 중순 경. 이에야스에게 또 다시 소름끼칠 만한 심각한 사건이 그의 내부에서 일어났다.

겨울바람

별 하나 없는 칠흑 같은 밤하늘과 혹독한 추위의 겨울 대지──.

침묵의 거인처럼 오카자키 성의 망루가 쌀쌀한 바람 속에 버티고 서 있다. 성벽의 총구(銃口)에도 오늘밤은 불빛이 보이지 않는다. 성곽을 둘러싼 나무의 어둠이 울부짖는 하늘에 화답하며 파도처럼 출렁이고 있을 뿐이었다.

11월 13일의──초저녁이 지났을 때다.

항상 니노마루(성 외곽)에 있는 수령 하지카노 덴에몬(初鹿野傳石衞門)은 바람이 너무나 세므로 외곽을 한 바퀴 돌고, 본성과의 사이에 있는 약간 높은 언덕에 귀가 떨어져 나갈 듯한 찬바람 속에 서서 무심히 어둠의 한 군데를 바라보았다. 그러자 어디선지 말 울음소리가 두서너 번 들려 왔다.

"……이상하다. 누가 나가는 것일까?"

평소 열지 않는 뒷문의 언덕길을 말발굽 소리와 은은한 사람 소리가 조용조용히 내려간다.

두세 사람의 인기척이 아니었다. 적어도 2, 30명은 따라가는 성 싶었다.

덴에몬은 황급히 본성과의 사이에 있는 중문으로 달려갔다.

"당번, 어잇 당번……."

당직실을 들여다보니, 불빛 없는 방에서 당번 사병 두 사람이 졸리는 얼굴을 황소처럼 쑥 내밀었다.

"아아, 하지카노님이십니까?"

"있었구나. 왜 등불을 켜 놓지 않았느냐?"

"오늘밤은 바람이 세니 일체 등불은 켜지 말라는 성주대리 명령이었습니다."

"이상하구나."

덴에몬은 고개를 갸우뚱하며 말했다.――니노마루에서 보아도 본성의 무수한 출구에 불빛이 한점도 새어 나오지 않는 것이 아까부터 수상한 생각이 들었었다.

"겨울의 쌀쌀한 바람은 미카와 명물이다. 바람이 거센 것은 비단 오늘밤뿐이 아니다. 오늘 밤에 한해 불을 켜지 말라는 것은 어찌된 일이냐?"

"소인들은 모릅니다."

"성주대리님은?"

"어제부터 감기 기운으로 누워 계신다고 들었습니다."

"흠, ……그러면 좀 전에 뒷문으로 고갯길을 내려간 사람들은 어느 분의 패인가?"

"모릅니다. 소인들에게는 따로 아무 말씀도 없으셨으니까요."

덴에몬은 갈수록 의심이 들었다. 그것은 평소 그의 가슴 속에, 성주대리 호키노카미 가즈마사에 대해 하나의 동정과 또 어떤 의혹이 함께 도사리고 있었다.

그래서 혹시나? 하는 기우가 곧 가슴을 찌른 것이다. 그는 본성으로 가서 가즈마사에게 직속돼 있는 수령 구토 산고로(工藤三五郞)를 만났다.

"가즈마사님을 만나고 싶은데."

"감기 기운이 있어서……."

산고로는 거절했다.

"오늘도 종일 사람을 들여보내지 말라는 엄명으로, 지금 누워 계십니다."

"그러면 근시를 불러다오."

덴에몬은 다른 사람을 만나 병세를 물었다.

그런데 모두의 대답이 한결같이 애매할 뿐만 아니라, 불빛 없는 무사대기실의 사람들이 모두 좀전에 뒷문으로 빠져 나간 사람들에 대해서는 아무것도 모르고 있는 것이다.

"허, 그런 일이 있었습니까?"

그로부터 얼마 뒤.

하지카노 덴에몬은 성문을 성큼성큼 캄캄한 성과 동네 쪽을 향해 성큼성큼 걷고 있었다.

"……기마가 섞인 2, 30 명이 여길 지나가지 않았느냐. 그리고 어느 방향으로 가더냐?"

도중에 그는 그렇게 사람들에게 물어 그 뒤를 더듬어 갔다.

수상한 인마의 한 떼가 간 곳은 곧 알았다. 야나기노바바(柳馬場)를 반쯤 돌아, 사무라이지로 돌아가는 도랑가의 두 번째 네거리. 그곳의 커다란 저택이었다.

"과연, 호키님……."

이시카와 호키노카미 가즈마사의 관저, 소위 성주대리의 저택이었다. 덴에몬은 문 앞에 서서 낙담하여 이렇게 중얼거렸다.

"문을 꼭 닫고 여기에도 불빛이 없다. 예사로 방문을 했어도 만나 주지 않을 텐데……자아 어떻게 한다?"

이건 깊이 생각할 필요가 있다고 생각했다. 그의 가슴은 우려로 꽉 차 있었다. 가르마사는 존경하는 벗이요, 선배였다. 그의 불리를 염두에 두지 않는다면 일은 간단하지만——극비를 전제로 하고 이웃의 이목을 꺼린다면 가즈마사를 만나는것조차 쉬운 일이 아니다.

앞문을 피해 옆문으로 갔다.

이곳도 덧문이 단단히 닫혀 있고 캄캄하여, 다만 그날 밤의 쌀쌀한 바람만이 초저녁보다 더욱 강하게 주위의 나무들을 흔들고 있었다.

성주대리의 저택은 비상시에 작은 성채를 대신할 만큼 둘레에 도랑을 돌려 파고 조교를 놓아 모두가 견고한 구조로 돼 있다.

그는 또다시 뒷문으로 가려고 했다. 그러자 그곳에 아까 도착한 너댓 필의 말이 아직 어둠 속 버드나무에 매어 있었다. 그 밖에 무언지 바쁜 듯이 작은 문을 출입하는 사람의 그림자가 보였다. 덴에몬은 잘됐다 싶어 종종걸음으로 다가갔다. 그러자 파수꾼이라도 서 있었던지 그를 불러 세운다.

"게 서라, 어디 가느냐?"

깜짝 놀라 돌아보는 그의 눈 속에 창을 들고 몸에 무구를 갖춘 병정의 그림자가 서넛 눈에 띄었다. 그 모습이나 말씨에 살기가 등등하다. 그러나 덴에몬은 부드럽게 말했다.

"니노마루의 수령 하지카노 덴에몬이오. 성주대리님을 특별히 만나 뵐 일이 생겨 야간을 불구하고 찾아 온 것이오. 말씀드려 주오."

병사들은 서로 얼굴을 바라본다. 덴에몬의 풍채는 낯이 익다.

한 명이 안으로 뛰어 들어 갔다.

찬바람 속에 한참이나 기다렸다. 이윽고 겨우 가즈마사의 심복인 듯한 연배의 가신이 나왔다. 그리고 정중히 사과하고는 하는 말이, 주인은 성내에만 근무 중인데 특히 며칠동안 감기에 걸려 여기 돌아오지 않으셨소. 무슨 착오가 아니겠느냐. 아무쪼록 주인의 병이 낫거든 성내에서 면회해 주시오 하며 사과하는 것이었다.

이런 대답은 덴에몬이 예상했던 그대로였다. 그는 억지로 미소를 머금고 상대방보다 더 정중하게 말했다.

"아니 뭐……남들에겐 그렇게 말씀도 하시겠지만, 덴에몬에겐 마음 쓰실 필요 없습니다. 가즈마사님께서도 거세게 불고 있는 세상 바람과 덴에몬을 한통속으로 생각하지는 않으실 것이오. 부디 나도 한 인간, 가즈마사님도 한 인간으로서 만나고 싶은 것이니……."

──실은 하고 덴에몬은 목소리를 낮춘다.

"감기로 누워 계시다는 성주대리님께서 좀 전에 가만히 본성을 빠져 나와 이리로 돌아오신 것도 이 사람 눈으로 분명히 보았소. ……아니 뭐, 안 것은 다행히 나 한 사람뿐, 아무도 눈치 채지 않았으니, 그 점일랑 괘념치 마시도록 다시 한 번 주인님께 말씀해 주시오. 만나서 폐가 될 일은 아니오."

가즈마사의 가신은 덴에몬의 자상한 말과 모든 걸 알고 있는 듯한 기색에 굳이 거짓을 꾸밀 수도 없었던지 재차 안으로 들어갔다 다시 나와 이번엔 안으로 안내했다.

"그럼 여하간 들어오시오."

들어가니 넓은 저택의 여기저기에 지촉과 등잔불의 희미한 빛이 흔들리는 것이 보인다. 어떤 방은 장지문을 떼고 있어, 무언가 이 집안에 큰 변사가 일어나고 있음을 여실히 말해 주고 있었다.

그러나 덴에몬은 그런 것에는 곁눈질도 하지 않고 안내하는 대로 안으로 들어갔다.
 가신이 먼저 한 방에 들어가 무언가 속삭이는 소리에 이어 분명히 주인 가즈마사의 목소리가 들렸다.
 "……그러냐? 이리로 안내해라."
 덴에몬은 들어가자 바로 얼음장 같이 차가운 방안에 꺼질 듯이 깜박이는 촛대 옆에 앉아 있는 60세 정도의 노 무사를 보았다.
 "오오……."
 "오오……덴에몬인가?"
 마주 앉아서 한동안 서로 말이 없었다.
 누구보다 친한 사이, 누구보다 서로 잘 이해하는 사나이와 사나이의 침묵은 말보다 더한 만감을 예기하고 있었다.
 "……."
 오랜 침묵 끝에 드디어 덴에몬의 눈에서도 가즈마사의 눈에서도 뜨거운 눈물이 걷잡을 수 없이 흘렀다.
 "성주대리님. ……아니 가즈마사님. 당신은 기어이 세상의 겨울을 이기지 못하고, 이 찬바람에 몸을 맡기고 어디론가 달아날 심산이구려."
 "……."
 "본성에서는 나오셨으나 아직 저택에 계시오. 이 한 발자국을 다시 한번 돌이켜 생각할 수는 없겠소? 아니 할 수 있다고 생각하오…… 당신의 나이, 당신의 도쿠가와가에서의 위치, 당신의 중책…… 또한 부리고 있는 많은 가신과 부하들의 슬픔이나 운명의 기로를 생각한다면 결코 이 한 발자국을 경솔히 내딛을 수는 없을 것이오."
 "덴에몬, 잠깐. ……이제 그만해 두라. 괴롭다. 들으면 괴로울 뿐이야."
 "설교는 그만 두라 그 말이오? 아니면 생각을 고치겠단 말이오."
 "지금에 이르러서는……."
 "지금에 이르러서는 어떻단 말이오?"
 "배짱을 정한 가즈마사, 자네의 말은 고마우네만……."
 "그러면 아무래도 오카자키를 떠나실 각오로군요."
 "……하는 수 없지."
 고개를 푹 떨구는 가르마사의 서릿발 섞인 수염이 촛불에 애처롭게 비쳤다.

"호키님 원망스럽소. ······어, 어째서 결심하기 전에 단 한 마디도 제게 말씀 안 하셨소?"

진실로 그것이 원망스러운 듯, 덴에몬은 어금니를 깨물며 마음의 벗을 나무란다.

"자네만을 단 한 사람의 지기로 나는 생각하네."

이 말은 가즈마사의 입으로, 올 정월 설날 술을 같이 나눌 때도 한 말이 아니던가.

그 뒤에도 이 오카자키 성을 가즈마사는 성주대리의 주장으로, 덴에몬은 니노마루의 부장으로 선출되었을 때, '자네만이 마음의 벗'이라고 몇 번이나 말했는지 모른다.

그런데도――하지카노 덴에몬은 가즈마사가 이런 중대한 결의를 사전에 아무런 귀띔도 없이 단지 혼자만의 생각으로 오카자키를 떠나려 하는 것에 몹시 서운했다.

두 사람 사이는 결코 하루저녁 하루아침의 교분이 아니었다.

덴에몬은 원래 다케다가의 옛 신하이었다. 방계(傍系)일 뿐더러 적국의 항복인으로서 이에야스의 신열(臣列)에 들게 되고, 그 이래로 여러 전장에서의 시험과 평소 행동의 어려움, 동번의 질시도 꾹 참고 겨우 요즈음 중용된 자이다.

그 시초부터 그의 인간 됨됨이에 끌려, 음으로 양으로 비호해 준 가즈마사를 덴에몬은 기쁘고 고마워서 자기를 알아주는 진실한 선배라고 얼마나 감사했는지 모른다.

만약 도쿠가와가에 가즈마사가 없었더라면 자기는 이 전통이 강한 순수한 미카와 태생의 동료들과 훨씬 전에 헤어져서 또다시 방랑의 세월을 보냈으리라고 생각할 때마다 항상 그 은혜, 그 지기를 감사해 왔다.

그렇기에 오늘 밤 덴에몬은 화가 났다. 선의에서 불타오르는 분노였다.

이미 고마키 전후부터, 특히 노부오와 히데요시의 화해 이후에는 이시카와 가즈마사가 오사카 편과 좀 수상한 관계라는 도쿠가와가 전반의 백안시――그것을 참고 견디는 가즈마사의 흉중이――덴에몬에게는 남의 일 같지 않았다.

표면은 호쾌한 것 같고 극히 쾌활담백한 척하면서도 안으로는 여성 이상으로 질투와 술책과 배타 근성 등을 감추고 있는 무문의 사나이 특유의 그런 백안시와 시기에는 신분과 내력은 다르지만 덴에몬도 일찍부터 아침저녁으로 바늘방석에 앉은 듯한 쓰라림을 맛보아 온 터였다.

'아니, 나 같은 건 아직 미미한 외부인으로서 그것은 오히려 가벼운 편이다. 하나 호키님은······'

덴에몬은 자기보다 몇 백 배 더 큰 쓰라림을 참는 가즈마사를 생각했다.

세상이 다 아는 이시카와 호키노카미 가즈마사(石川伯耆守數正)라면, 사카이 다다쓰구(酒井忠次)와 함께 도쿠가와가의 오늘을 있게 한 두 원로다.

타지에서 온 떠돌이 신하가 아니었다. 대대의 신하일 뿐만 아니라 이에야스가 아직 코흘리개였던 시절부터, 또 일곱 살 때 이마가와가에 볼모로 가 있을 때도 곁을 떠나지 않았던 조강(糟糠)의 충신이다. 없어서는 안 될 주춧돌이기도 하다.

또 가즈마사의 군공으로 말하면, 이 미카와 토박이의 용맹한 무장은 많지만, 그에게 비견할 수 있는 자는 없었다. 그 점에서도 혁혁한 무훈을 세운 첫째가는 대들보라 할 수 있었다.

──그런데 그 가즈마사가 근래에는 곁에서 보기가 딱할 정도로 초췌해지고 광대뼈가 두드러졌다.

그러나 가신들의 백안은 덴에몬 외에는 아무도 그를 딱한 무사로 보지 않았다.

동정은 고사하고 가즈마사에 대한 가신들의 눈은 도쿠가와가가 요즈음 날로 고립과 역경의 고민이 짙어감에 따라 압박을 점점 더 가해 갔다.

"이처럼 불리한 입장을 초래하게 된 것도 대대로 신하의 녹을 먹으면서 어느 틈엔가 교토에 아첨하여, 음으로 양으로 히데요시를 이롭게 하며 주가의 무문을 팔고 있는 괘씸한 놈이 우리들 위에서 집안의 주춧돌인양 버티고 있기 때문이다."

이것이 가즈마사를 보는 자들의 통념처럼 돼 버렸다.

애당초 동료간의 질투가 화근의 씨앗이었음에는 틀림없었다.

가즈마사가 이에야스의 대리로서 처음으로 히데요시를 만난 것은 덴쇼 10년, 히데요시가 야마자키 싸움에서 대승하고, 연이어 시바타 가쓰이에를 야나가세키에서 토벌한 뒤였다.

호키노카미 가즈마사는 축하의 사자로서 오사카로 가 이에야스가 히데요시에게 보내는 도쿠가와가의 가보인 하쓰하나의 차통을 전하는 역사적인 사

겨울바람 531

명을 다했다.

　대체로 이런 사신은 누구라도 하고 싶은 것이다. 누가 선출되느냐? 발표되기 전에는 누구나 내심 자기를 첫 번째의 후보로 꼽는다.

　이에야스는 이 사자를 중시했음에 틀림없었다. 신하중 최고인 자를 선출했다. 그것은 가즈마사에게는 결정적인 군총(君寵)을 말해 주는 것이었고, 뿐만 아니라 그는 오사카 성에 가서도 히데요시로부터 대환영을 받았다.

　체재 예정 날짜도 히데요시의 만류로 4일이나 연기했고, 소위 '무척 마음에 드는 사람'이라는 대접을 받고 귀국했다. 그가 돌아올 때도 여러 가지 선물을 받았다고 한다.

　낙선 패들의 입은 시끄러웠다.

　"호키님은 사람을 녹이는 명인이라는 히데요시로부터 달콤한 흙모래를 흠뻑 뒤집어 쓰고 좋아서 돌아왔다는구나."

　이때부터 이미 번의 내부에는 가즈마사에 대한 감정이 뿌리를 내리고 있었다.

　그 뒤로는 무슨 말끝에나,

　"우리들 미카와 시골뜨기 무사들은 아직 요즘의 서울을 구경하지 못했는데 호키님이 구경하신 감상은?"

　등으로 이야기에 끌어 들이고는, 가즈마사가 아무 다른 말없이 오사카 성의 웅대함, 시가 규모의 크기, 서민의 문화 수준이 높은 것 등을 얘기하면 그 얘기 중에도 눈짓 손짓으로 뭔가 의미 있는 눈짓을 주고 받았다.

　"저봐라. 호키님의 서울 찬미가 또 시작됐다."

　그러면서 서로 웃는 일이 이미 그 직후부터 생기기 시작했던 것이다.

　그 뒤 히데요시의 답례사자가 하마마쓰에 왔을 때도 이에야스는 구면인 그에게 접대역을 맡겼다. 또 고마키 재진 중에도 히데요시로부터 가즈마사의 진중으로 사자가 여러 번 왕래한 것도 사실이었다. 그런 일은 적으로 갈라진 뒤에도 히데요시는 아무렇지도 않게 여기는 소탈한 기질이기에 가즈마사도 싸움은 싸움대로 하며 혼연히 응대해 왔던 것이다.

　점점 어색한 기운이 가즈마사의 신변을 싸고 돌기 시작했다. 화친 문제에 그가 개입하게 된 것이다. 당장 주전론의 아군으로부터 '친적인물'이라는 낙인이 찍혔다.

　그러나 가즈마사는 변명도 하지 않았다. 사실 그는 히데요시와 화목하는 것이야말로 주가의 안전이라고 믿고 있었다. 그 문화, 그 군수 자재, 그 규모의 크기, 시운의 추세 등, 그는 서울을 실제로 보고나서는 히데요시라는 인물과 접해 보고 도저히 오카자키나 하마마쓰와 비교할 상대가 아니라는 것을 통감하고 있었다.

그것에 동의하는 사람은 이에야스뿐이었다. 다른 사람들은 미카와의 무사가 용맹하다는 것만 알았지, 시대의 문명이나 무비의 진보가 빠른 속도로 이루어지고 있다는 것을 모르고 있었다. 시골뜨기 무사의 지식으로는 여전히 오사카를 과소평가하는 자들뿐이었다.

이시카와 가즈마사에 대한 비난이나 험담이, '양다리 걸쳤다' '집안 망치는 자' 등등 차츰 노골적이 된 것은 히데요시와 노부오의 단독 강화에 이에야스가 배제된 뒤 사사건건 도쿠가와가의 불리가 두드러지게 나타나기 시작한 지난 반 년 동안의 일이다.

가끔 위험인물로서 그의 이름이 이에야스의 귀에 들려오곤 했다.

"가즈마사의 생각은 이유가 있는 것이다. 의심을 받는다면 그건 억울한 일이다. 딱한 입장이로구나!"

언제나 이에야스는 이렇게 생각하고, 자기가 참고 있는 것은 가즈마사도 참고 있으려니 하고, 가신들의 귀찮은 말들에는 귀머거리인 양하고 있었다.

──그러나 가즈마사는 이에야스처럼 참고 견딜 수가 없었다. 또한 그의 인생관도 이렇게 속삭였다.

'무엇 때문에 그런 굴욕을 참고 견뎌야 하느냐?'

무인의 인생관 뒤에는 항상 죽음이 있다. 아침에는 살아 있으나 저녁 일은 알 수 없다. 그런 멋없는 짧은 생애를 뭣 때문에 바늘방석 같은 불안을 참고 견디며, 무엇 때문에 우물 안 개구리 같은 사대주의 패거리들에게까지 시기를 받고 경멸을 당하며 혼자 그늘진 나날을 보내지 않으면 안 된단 말인가.

생각하면 그런 대접을 받아야 할 이유는 아무 것도 없었다.

다만 있는 것은 자신의 환각의 우리였다. 주종, 신절(信節), 정의 등 무문생활의 약속뿐이었다. 그러나 근 백 번이나 전장을 왕래하며 머리카 하얗게 세도록 그 속에서 살아 오면서 과연 그 아름다운 약속이 동료, 지우 사이에 정말로 실천되어 왔던가.

──도쿠가와가(家) 제일의 무훈을 쌓은 늘그막의 자기에게 이제 돌아온 것이 무엇인가?

'이것이 그 보상인가?'

분한 생각이 치밀어 올랐다. 그리고 문득 만절(晚節)은 지켜 무엇하랴. 앞날은 짧은데, 이제부터라도 즐기지 않는다면 무슨 인생의 재미가 있을소냐 하며 주먹을 불끈 쥐고 생각에 잠긴 적도 한두 번이 아니었다. 그런 때, 이런 격렬한 생각과는 반대로 이 노(老) 무인의 눈에서는 여자와 같이 눈물이 흘러내렸다.

'만약 가즈마사가 오카자키를 떠난다면 주군의 심정은 어떠하실까. 불충불의의 못된 놈이라고 이 가즈마사를 미워하실까? 아깝도다. 결국 참지 못하고 가버렸구나 하고 한탄하실까?'

그는 역시 우리 안의 무인이었다. 결국 주종의 정리는 주종의 정리였다. 그러나 그런 망상을 품기 시작한 뒤부터는 이에야스의 모습을 보아도 어딘지 모르게 차가운 주인으로 보였다. 아무리 목숨이 다하도록 받들어도 이 사람은 역시 차갑다. 이쪽에서 울어도 그는 운 일이 없었다. 현재 내가 이처럼 가신들의 비방과 백안 속에 놓여 있는 것을 보고 듣고 하면서도 마치 아무것도 모르는 양 언제나 이 가즈마사를 차가운 눈으로 보고 있다.

'히데요시 공은 따뜻하다.'

저도 모르게 비교하는 마음이 생겼다. 히데요시를 생각할 때는 새로운 오사카 성을 중심으로 하는 문화와 군비의 융성함을 생각할 때 가즈마사는 졸지에 서울이 그리워졌다.

사람들은 히데요시를 사람을 녹이는 명인이라고 하지만 가즈마사는 그렇게 생각지 않았다. 히데요시는 자기의 진가를 인정해 주고 있었다. 어깨를 치며――인연이 있으면 언제든지 오라. 그만한 인물을 시골의 성에 묻혀 두기는 아깝다. ――고 말한 적도 있다.

가즈마사는 어느새 가슴속에 중대한 결심을 품기 시작했다. 오카자키 탈출이었다. 시기도 적당했다. 오늘 11월 13일, 거센 바람이 부는 이 어두운 밤이야말로 안성맞춤의 기회라 생각하고, 전날부터 감기라 칭하고는 남몰래 성중에서 사저로 옮겨온 것이었다.

두 개의 세계

차도 내오지 않고 심부름꾼도 부르지 않고, 방문을 굳게 닫은 방에서 주객은 이야기가 얽혀, 무언가 둘 사이의 타합이 쉽사리 이루어질 것 같지 않다.

그러나 안에서는──아니, 이시카와가의 안팎과 부엌 모두라고 하는 편이 옳겠다.

여러 곳에 희미한 지촉을 밝히고 신변의 일용품을 꾸린 몇 개의 고리짝을 무사에게 건네주고 가만히 말 등에 싣곤 한다. 가즈마사의 아내를 비롯하여 딸과 시녀들까지 제각기 길 떠날 채비에 가벼운 몸차림으로 서두르고 있다. 부엌에서는 3, 40명 분의 도시락을 마련하여 이것도 사무라이들이 나누어 싣는 등, 이 대가족이 먼 곳으로 밤중에 남몰래 달아나듯 하려면 아무리 사전에 준비가 잘돼 있다 하더라도 일단 떠날 때는 분주하게 마련이다.

이미 어제 그저께부터 이시카와가에서는 수많은 하인, 심부름꾼 등을 대부분 내보내고 있었다.

가재도구는 배로 세 척이나 미리 어디론가 보냈으나 아직도 성 안에서 데리고 나온 20여 명의 사람들과 가즈마사의 처자 등을 합해 약 40명의 인원이 집을 버리고 나가게 되니, 비밀을 감추려는 그 소리만으로도 심상찮은 귀기가 집의 용마루를 먹과 같이 감싸고 있었다.

"사나이(佐內), 사나이."

문 안에 가마를 감추고 몇 개의 그림자가 바람을 피해 움츠리고 서 있다. 이제 당장 떠나도 될만큼 차리고 거기 나와 있는 이시카와 가즈마사의 처자들이었다.

가신 야마다 사나이(由田佐內)는 부인의 부르는 소리에 황망히 그 앞에 꿇어 엎드린다.

"무척 추우시지요. 이제 곧 하지카님도 가실 터이니……."

여러 사람들의 초조한 마음을 살피고 위로한다.

"아니, 추운 건 괜찮지만 덴에몬님이 너무 오래 계시지않느냐. ……혹시 나리와 언쟁이라도 벌어져 다투고 계신 것이나 아닐까, 사나이, 가만히 가서 보고 오게."

"걱정 마십시오. 하지카님이 어떤 생각으로 나올지 몰라서 객실 밖에 젊은 무사들을 서너 명 숨겨두고 여차하면 하지카님이라도 살려 두지 않을 각오로 있습니다."

"평소 나리와 절친하신 덴에몬님. 사람도 좋으신 분인데, 뜻밖의 일이 생기지 않도록 어떻게 속히 돌아가시게 할 궁리는 없을까?"

"아니올시다. 이미 일가의 퇴거를 다 알아버린 하지카님을 쉽사리 놓아 드리면 주군을 비롯하여 모두의 파멸입니다. 배를 등과 바꿀 수는 없습니다."

"그런 것을……나리께서는 덴에몬님께 사리를 차근차근 따져서 의논하고 계시는 게 아닐까? 어쩐지 불안해서 말이야. 사나이, 형편을 살며시 보고 와 주게나."

"그러나 오규(大給)의 마쓰다이라 고자에몬님 댁에 심부름 간 사람이 오지 않아서 그 하회를 알기 전에는 곧 떠날 수도 없습니다."

"오오 참, 마쓰다이라님의 회답은 저녁때까지 알려 주시기로 했는데 심부름 간 사람이 아직도 돌아오지 않았는가?"

바람 소리가 더욱 요란스러워졌다.

그 폭풍 속을 말을 달려 돌아온 자가 있다.

"주군의 준비는?"

오규의 마쓰다이라 고자에몬 지카마사의 저택에서 달려 돌아온 한 가신이 안색이 질려서 황망해 한다.

마쓰다이라 지카마사는 일찍부터 이시카와 가즈마사와 어떤 묵계를 가지고 있었다.

"당신이 도쿠가와가를 떠난다면 나도 도쿠가와가에 있기 싫다."

이렇게 실토할 정도로 지카마사도 동족 중에서 따돌림을 당해 다년간 불우한 처지에 있었다. 불우가 맺어준 사이였다.

그래서 가즈마사는 오늘 저녁 때 오규에 사람을 보내어 미리 알렸다.

"오늘밤 오카자키를 떠나 예정한 행선지로 가오. 나루미의 선창에서 기다리시오."

그런데 지금 그 심부름꾼이 하는 말에 의하면, 가즈마사와 운명을 같이 하는 것에 대해 막바지에 와서 가족 중에 반대가 생겨 큰 분쟁이 일어났다는 것이다.

"자식 가즈나리와 가신 중에 찬성하지 않는 자가 생겨 동행한다던 약속을 지키기 어려울 것 같소."

지카마사는 그러면서 갑자기 태도를 바꾸어 거절했다는 것이다.

위약이 위약뿐이면 좋으나, 지금 천하의 어디에 살던지 지상의 세계는 하나가 아니다.

서쪽이냐, 동쪽이냐, 오사카냐, 도쿠가와 편이냐, 두 개의 세계 어느 쪽엔가 몸을 의탁하지 않으면 살아 나갈 수가 없다.
 가즈마사와의 약속을 깨고, 가즈마사 탈출의 비밀을 사전에 알고 있는 이상, 남아 있는 마쓰다이라 지카마사는 반드시 하마마쓰에 위급을 알려 자신의 결백을 입증하는 데 이용할 것이다. 큰일 났다, 큰일 났어! 하고 심부름 간 사람이 돌아오자마자 황망하게 주위에 있는 사람들에게 소리친 것도 무리가 아니었다.
 "이 일을 어쩐다?"
 가신들은 당황했다. 가즈마사의 처자들은 더욱 그러했다. 안에서 돌아가지 않고 있는 손님이 원망스러웠다.
 "사나이, 사나이. 이제 이러고 있을 때가 아니야. 가만히 주군께 귀띔이라도……."
 가즈마사의 아내가 정신없이 일렀다. 야마다 사나이는 안으로 달려가 주인과 덴에몬이 있는 객실을 엿보았다.
 ──그러자 방안에서는 주객 두 사람의 목소리가 처음보다 언성을 높여 서로 무언가 언쟁을 하고 있는 것 같았다.
 "……그러면 가즈마사님께서는 아무래도 마음을 돌릴 수는 없다, ……이 말씀이로군요."
 "물론 정든 이 고향과 젊어서부터 모셔 온 이에야스님과 헤어진다는 것은 무척 괴로운 일이나, 일이 이쯤 됐으니……."
 "음……그렇게까지 결심하셨다면 이제 덴에몬이 아무리 만류해도 무의미할 것이오. 더 이상 말리지 않겠소."
 하지카노 덴에몬도 할 수 없이 그렇게 중얼거리고는 물었다.
 "그렇지만 가즈마사님. 많은 권속을 데리고 도대체 앞으로 만년을 어디에 정착하실 작정이오?"
 "……."
 "괴로움을 끼치게 된다면 이 덴에몬 결코 남에게 말하지 않겠소. 헤어지더라도 때로는 소식도 전해드리고 싶으니……."
 "덴에몬."
 가즈마사는 자세를 바로 잡는다.
 "대답하는 이상 자네에게 거짓말은 하지 않는다. 가즈마사는 오사카로 떠날 작정이다."

"뭣, 오사카로……저 히데요시 공에게 몸을 의탁하실 생각이오?"

덴에몬은 자신의 귀를 의심하는 듯, 낯빛이 싹 변하여 서너 걸음 뒤로 물러섰다.

자리를 넓힌 찰나, 덴에몬은 무의식중에 뒤쪽 멀리 놓아두었던 자기 칼에 왼손을 뻗고 있었다.

가즈마사는 깜짝 놀라 몸을 움찔하며 소리쳤다.

"덴에몬……무슨 짓인가?"

"뻔한 일. 이제부턴 이시카와 호키노카미를 불충한 모반인이라 부를 것이다. 주군의 신임을 받고, 오카자키 성의 성주대리를 맡고 있는 노신이 배반하고 오사카 편에 가담하여 도망치는 것을 내 눈으로 본 이상 어찌 이대로 놓아두겠는가?"

"잠깐, 덴에몬, 자네를 다시 없는 친구라 생각했기에 곧이곧대로 털어 놓은 것이다. ……이 가즈마사를 참혹하게 만들지 말아다오. 모르는 척, 못 본 척하고 돌아가 다오."

"못한다!"

덴에몬은 머리를 설레설레 흔들면서 말했다.

"세상이 다 아는 호키노카미 가즈마사이기에 설령 오카자키는 떠나더라도 틀림없이 평생을 낭인으로 다소곳이 무인의 만절을 지키리라고……지금 이 순간까지도 믿었던 게 분하구나. ……보, 본심이냐, 호키노카미."

덴에몬은 뺨 위에 두 줄기 눈물을 그리면서도 오른손은 칼자루를 꽉 잡고 다가섰다.

가즈마사는 비참하게 고개를 떨구고 울 뿐이었다.

──자기의 쓰라린 가슴 속을 이 완고한 친구조차 알아주지 못한다.

오사카로 가더라도 자기는 결코 히데요시에게 몸을 의탁하여 일신의 영달을 꾀하려고는 꿈에도 생각지 않았다.

나이 60에 가까운 몸이 무엇 때문에 더 이상의 뜬구름이나 허영을 바랄소냐.

무사의 일생과 인간의 부침, 높은 지위와 명리의 허무함을 아침에 느끼고 저녁에 싫증이 나도록 보아 왔다.

더구나 자기는 주위의 백안시와 질시 속에 놓여 있으나 어쨌든 주군 이에야스에게 신임을 받고 오카자키 성을 맡아 일가 권속도 각기 주(住)와 식

(食)을 얻고 있는 것이다.

그것에 무슨 불만이 있으랴.

불만은 시대에 어두운 우물 안 개구리들의 독선적인 허세다. 오사카 경시는 반히데요시의 위험한 사상에 있다. 이것이야말로 결과적으로 도쿠가와를 그르치게 하는 것이 아니고 무엇이랴.

문화의 수준은 서울과 비길 바가 못 된다. 그 낮은 안목으로 이 가즈마사를 친적파로 보고 항상 번의 화목을 깨뜨리고 있는 것은 자신의 잘못이 아니다.

그러나 주군에게는 대할 낯이 없다.

그 점에서 가즈마사는 확실히 아군 속의 해충이라 할 수 있으리라. 스스로 물러감만 못하다.

그러나 떠나서 오사카의 일원이 되더라도 자기는 히데요시의 품속에서 하마마쓰와 오사카와의 화친을 도모하고 이곳 미카와 무사가 이에야스로 하여금 장래 큰 과실을 범하지 않도록 하기 위하여 뒤에서 노력할 수는 있다.

그것이야말로 자기가 아니면 할 수 없는 인욕의 숨은 충성이 아닐까.

──동시에 자기도 바늘방석에서 벗어나 살 수 있을 것이다.

그것이 자기의 본심이라고 친구에게 밀하고 싶었던 것이다.

그러나 그럴 여유가 없었다. 덴에몬의 상기된 눈은 이미 살기를 띠고 가즈마사를 찌르려는 자세를 취하고 있었다.

가즈마사는 하는 수 없이 한 마디 내 던지고 자리를 뜨려 했다.

"덴에몬, 더 이상 지체할 수 없다. 자네와도 이별이다. 잘 있게."

"모, 못 간다."

덴에몬은 기어코 칼집을 멀리 집어 던지고 가즈마사의 가슴팍을 겨누고 획 달려들었다.

──순간, 지촉이 넘어지고 암흑 속에 흰 실 같은 연기가 한 줄기 피어올랐다.

"미쳤느냐? 덴에몬!"

"뭣이? 미치긴 호키노카미, 너야 말로…… 덴에몬은 제 정신이다. 나라를 파는 배은망덕한 도둑을 죽이지 않고 무엇하랴."

"위험하다. 칼을 치워라. 이야기하면 알 일이다."

"그런 말을 들을 귀는 없다."

집안이 울리고 문은 찢어지고 가구는 넘어졌다. 그와 동시에 옆방과 벽 뒤에서 주인의 안위를 염려하여 몸을 숨기고 있던 가즈마사의 가신들도 회오리바람이 이는 이 방으로 몰려 들어왔다. 더욱 큰 진동이 일어났다.

"앗! 안 된다. 베지 말라. 덴에몬을 상하게 하지 말라."

덴에몬의 팔을 비틀어 넘어뜨린 위에 덮쳐 목을 베려고 다투고 있던 가신들이 웅성댄다.

"주군! 왜 말립니까? 이 자를 살려 두었다가는……."

"아니다. 그 기둥에 묶어 두기만 하면 된다. 결코 덴에몬을 죽이지 말라."

여러 사람은 덴에몬을 뒤로 묶어 방 한 구석의 기둥에 붙들어 맸다.

야마다 사나이는 그 사이에 가즈마사의 귀에 속삭였다.

──오규의 마쓰다이라 지카마사가 약속을 어기고 하마마쓰에 보고할 우려가 있다는 것을──.

가즈마사는 당황하지 않았다.

"그럼 곧 떠나라. 너희들은 아녀자를 보호하고 먼저 가라. 나도 곧 가겠다."

사람들의 발자국 소리가 요란했다. 가즈마사는 또다시 덴에몬 앞으로 와서 말했다.

"덴에몬, 용서하게."

덴에몬은 눈을 감고 있었으나 양미간에 통분을 새기고 있다.

가즈마사는 다시 말했다.

"잠시 동안 여기서 참아 주게. 자네의 무사도가 서도록 해줌세. ……주군을 배반하고 좋은 친구를 버린 이 가즈마사의 마음도 결코 편치는 않네. ……그러나 운명이겠지. 용서하게."

"……."

가즈마사는 아직도 뒤에 서 있는 2, 3명의 가신에게 일렀다.

"불은 낱낱이 다 꺼라. ──집안 구석구석에 끄지 않은 불이 있나 잘 살펴 보고 밖으로 나가라."

가즈마사도 문 밖으로 나가 즉시 말 등에 올랐다.

불빛도 없고 이제는 사람도 없는 거센 바람 속에, 다만 빈집을 남기고 가는, 오래 살던 집에 그도 감회가 없을 리 없다.

그는 암연히 대문을 바라보고 있었다.

그 문에서 마지막 서너 명이 튀어나오자 문을 잠그고는 앞뒤로 서서 말을 재촉했다.
"여러분은 먼저 떠났습니다. 같이 모시겠습니다."
잠시 달려가다 그는 한 대문 앞에서 급히 말을 멈췄다.
"여기가 하지카노 덴에몬의 저택이지?"
"네, 그렇습니다."
"누가 문을 두드리고 덴에몬의 집에 대고 이렇게 전해라. 주인 덴에몬님이 이시카와의 호키노카미의 저택에서 기다리시니 가마를 가지고 마중가라고."
"괜찮을까요?"
불안한 눈치였으나 종자는 가즈마사의 명령대로 전했다.
"자아, 달려라!"
가즈마사는 말 궁둥이를 세게 쳤다.
그날 밤 나루미 부근의 앞바다에서 두 척의 배가 떠났다.
어촌의 불빛조차 보이지 않는 큰 바람이 부는 밤이었다.
배는 꽤 큰 것이었으나 틀림없이 풍랑에 몹시 시달렸으리. 어쩌면 그것은 이시카와 가즈마사의 장래의 운명을 암시하는 것 같기도 하고, 또 이 격랑과 겨울의 대지 저편에야말로 앞으로 그가 여생을 맡기려 하는 생활수준 높은 평화의 세계가 있는 것 같기도 했다.
그가 향한 방향이 그가 생각한 대로였던가, 아닌가. 또한 과감하게 결행한 그의 탈출이 과연 무인으로 취할 길이었던가, 취할 길이 아니었던가.
커다란 시대의 움직임, 역사가 이루어져 가는 과정도 참으로 단순하지 않으나, 이 한 인간의 변천도 이처럼 복잡한 것이었다. 그리고 모든 것은 그들 환영(幻影)이 모조리 과거의 피안에 묻혀 버리고 개개의 사람도 백골로 변한 뒤가 아니면 그것의 옳고 그름을 말하기 어렵다.
"아아, 벌써 가 버렸구나!"
한 시간도 채 못 되어 그 곳으로 말을 달려와 거센 바다를 바라보고 있는 자는 덴에몬이었다.
'이곳을 떠나도 호키님은 만족한 땅을 얻을 수 없으리라. 그것이 사람의 인생……세상사인 것이다. 무릇 인간이 살고 영위하는 세상에 호키님이 싫어하는 인간의 추한 면이 전혀 없는 별천지가 있을 리 만무하다. 그만큼

겨울바람 541

고생과 경험을 쌓은 노 무사로서의 번뇌가 있었던게지. ······아아, 풍랑아, 호키님의 뱃길에는 제발 거세게 불지 말아다오.'

묵묵히 서 있는 동안 덴에몬의 마음속에는 그런 생각이 오가고 있다.

──그는 가즈마사의 가신들이 묶는 대로 달게 몸을 맡겼고, 자기 집에서 데리러 온 것도 일부러 꾸물거리다가 도망자의 뒤를 쫓아 온 것이다.

그러나 곧 말머리를 돌려 오카자키 본성으로 들어가 비상북을 치게 했다.

"호키님이 달아났다."

"······."

성 안이 발칵 뒤집혔다. 아직 가즈마사의 부하에 속하는 자도 많이 남아 있었기 때문이다.

"떠들어대서는 안된다."

덴에몬은 성주대리역을 대행하여 문마다 출입을 금지시켰다. 그리고 하마마쓰의 이에야스에게 파발을 띄웠다.

비상북에 놀라 성 아래의 무사들도 달려왔다. 등성하는 사람으로는 맨 먼저 후카미조(深溝)의 성주 마쓰다이라 이에타다(松平家忠)가 30리 길을 땀에 흠뻑 젖어 말을 달려왔다.

한편──거행 직전에 약속을 깨고 가즈마사와의 동행을 거절한 마쓰다이라 지카마사는 아들에게 하인 둘을 딸려 그날 밤 즉시 이에야스에게 급소(急訴)하기 위해 보냈다.

"상세하게 하마마쓰에 직소(直訴)하라."

그 밖에 진상을 알거나 풍문으로 듣고, 여러 방면에서의 급보가 10일 새벽녘부터 그날 밤까지 끊임없이 하마마쓰 성으로 들어왔다.

이에야스는 본성의 싸늘한 방에 커다란 화로와 팔걸이를 옆에 놓고 구부정한 등을 더욱 웅크리고 앉아 솜옷을 껴입고 새벽녘부터 묵묵히 앉아 있었다. 그는 끊임없이 들어오는 정보에는 별다른 감정을 나타내지 않았다. 가끔,

"······이 몸의 부덕, 이 몸의 부덕."

그 말만 되풀이해 중얼거리고 있었다.

도대체 이 사람의 뱃속은 근친이든 측근이든 도무지 알 수 없다고들 한다. 이에야스 자신은 결코 기교로 사람들에게 그렇게 해 보이는 것은 아이었다.

아무리 세심한 주의를 해도 기교가 완전히 사람을 그렇게 믿게 할 수는 없

다. 이에야스의 모호한 성격은 천성으로, 이에야스가 의식하고 하는 연기는 아니었다.

그 증거로 그에게도 범인과 같은 감정이 있고 때에 따라서는 감정도 크게 움직인다. 그러나 그 움직이는 감정이 분명히 밖으로 나타나지 않기 때문에 사람들이 가끔 못볼 따름이다.

무슨 일에도 놀라지 않는 분이라 보고 경탄하고 놀라는 것이다.

그 점에서 히데요시는 정반대의 성격이다. 크게 놀라고, 크게 기뻐하고, 크게 슬퍼하고, 크게 노한다.

다시 말해 히데요시는 감정을 피부 밑에서 꿈틀거리게 하지 않는다. 드러내 놓고 표출하는 것이다.

더 나아가서 감정의 파장을 넓혀 주위를 동조시키고 세상 대중들과도 함께 기뻐하고 함께 슬퍼하고 함께 살아가려고 한다.

이에야스는 그렇지 않다. 그도 중신과 대중을 거느리고 있으나, 그는 항상 고독하다. 그는 나면서부터 그런 성격이었다.

고통스러운 것을 홀로 참고, 백년지계를 홀로 생각하고 홀로 고민하고 또 남몰래 홀로 즐기는 성격이었다. 그러므로 그의 무표정하게 보이는 감정은 언제든지 피부 아래에만 있었다. 그러나 무표정이 무감정은 아니다.

오히려 표면으로 나타내지 않는 그것은 히데요시보다 더 복잡하고 다감했다고 할 수 있을 것이다. 다만 그는 자기의 감정 처리에 놀랄 만큼 면밀성을 갖고 있었다. 그것이 끝나기 전에는 좀처럼 감정에서 행동으로 옮기지 않는 것이 그의 버릇이었다.

그래서 이번 돌발 사건의 처음에도 '가즈마사의 출분!'이라는 아닌 밤중에 홍두깨격의 급보를 받은 순간에는 정평 있는 그도 내심 깜짝 놀라 간에서 새 나오는 쓴 물에 내장의 모든 기능도 혼란이 일어난 듯이 두근거려, 잠시 동안 실로 나쁜 안색이 그의 얼굴을 스쳐갔다.

그러나 입에서 흘러나온 말은 이 한 마디뿐이었다.

"그러냐……."

그리고는 즉시 조치를 강구하여 명인의 손가락이 바둑판 위에 돌을 한 점 한 점 놓아가듯 이것저것 자기 방에서 명령을 내리고 있었다. 홀로 앉아 있는 그 거실은 그 외에는 아무 기척도, 기침 소리조차도 들리지 않았다.

이에야스로서는 이 타격이 수명에 해로울 만큼 강한 마음의 상처였음을 그 평소에 없었던 태도로도 짐작이 갔다.

앞서 우에다 성의 사나이 마사유키가 배반하여 기른 개에게 손을 물린것 같은 쓴잔을 마셨으나, 가즈마사의 이탈은 거기에 비할 바가 아니었다. 온전히 자기 오체의 일부와 같이 죽을 때까지 떨어지지 않을 것이라고 믿고 있었던 가즈마사였기 때문이다.

"......인간은 믿을 수 없다."

원래 그는 그렇게 생각했으나 더욱 그것을 실감했다.

여기에도 이에야스와 히데요시 두 사람의 차이가 있다. 이에야스는 믿을 수 없는 것은 사람이라고 평생은 물론 사후(死後)의 백년지계도 그 사상을 바탕으로 하고 있었다.

히데요시는 정반대다. 히데요시는 인간을 믿고 인간에 흠뻑 빠졌다. 훗날 히데요시는 죽는 순간에 이 이에야스에게 후사를 부탁하고 죽는다.

두 개의 세계는 이 두 주재자(主宰者)의 성격적 색채도 둘로 나누어 칠하고 있었다.

──하여간 가즈마사의 출분은 이에야스의 일생 중 가장 큰 불상사였고, 나라 안의 대사건이었다. 그는 즉시 오카자키로 나왔다.

"오오, 사카이 다다쓰구도 와 있었구나. 마쓰다이라 이에타다도 왔고."

재빨리 달려와서 오카자키의 모든 문을 굳게 지키고 있는 본대의 가신들에게 마중을 받자, 오랫동안 돌봐온 그들의 얼굴이 여느 때보다 몇 배나 믿음직해 보였다.

본성에는 하지카노 덴에몬, 나이토 이에나가(內藤家長), 마쓰다이라 시가게카쓰 등이 협력해서 가즈마사가 이탈한 뒷일을 맡고 있었다.

"또 놀라운 일이 생겼습니다."

이에야스가 여기 오자마자 사카이 다다쓰구가 보고했다.

"또......?"

이에야스에게도 요즘 운명의 집요함에 대한 일종의 자조감 같은 것이 배어 있었다. 이 위에 또 어떤 사건이 덮쳤는가 하고 그것을 가슴으로 지탱하려는 기분이 앞섰다.

이시카와 가즈마사와 함께, 도쿠가와가의 대들보이다. 이에야스를 돕는 두 팔이다라는 말을 들어오던 사카이 다다쓰구도 뭔지 모르게 쓸쓸해 보였다.

"신슈, 후카시(深志) 성에 두었던 오가사와라 사다요시(小笠原貞義)도 호키노카미의 출분과 동시에 처자 권속을 데리고 오사카로 달아났다 합니다."

"무엇이 사다요시도?"

"그도 가즈마사도 모두 오사카와 내통하며 내밀히 계략을 꾸몄던 것 같습니다."

"할 수 없지."

이에야스는 뜨거운 것을 꿀꺽 삼키는 것 같은 얼굴로 말했다.

"떠날 자는 떠나는 편이 낫다. 진실로 굳게 뭉칠 자들을 위해서도 이것은 이에야스를 도와주는 일일 것이다. ……그렇지? 다다쓰구."

다다쓰구는 노안을 내리깔고 속눈썹을 손가락으로 눌렀다.

지진과도 같은 대진동은 16일간이나 계속되었다.

"가리야(刈屋)의 성주 미즈노 다다시게(水野忠重)님도 가즈마사와 첩보를 교환하며 어느 길로 갔는지 성을 버리고 오사카로 출분하신 모양입니다."

이 또한 청천벽력이었다. 정보를 알려 온 파발꾼이 이 이탈자에게 경칭을 쓴 것은 엔슈(遠川) 가리야의 미즈노 다다시게가 실은 이에야스의 숙부였기 때문이다.

"아아, 숙부까지……."

이에야스의 마음은 그야말로 만신창이였다.

숙부의 신변에도 불평과 내분은 있었다. 그러나 이에야스로서는 다다시게마저——는 생각할 수도 없는 일이었던 것 같았다.

"지진은 흔들릴 만큼 흔들려 버리는 것이 좋다. 땅 속에 빈 공간이 남지 않게."

좌우의 가신들에게 하는 말 같지도 않게 이에야스는 혼자 중얼거리며 이 큰 지진을 견뎌 내려는 듯 앉아 있었다.

그리고 가즈마사가 남겨 놓은 성 안의 부하는 모조리 나이토 이에나가에게 전속시켰다.

또 신슈 고모로(小諸)의 오쿠보 시치로에몬 다다요(大久保七郎右衛門忠世)를 소환하여 며칠 안에 바꿔 넣었다.

"이제부터 오카자키를 맡으라."

동시에 고슈 군다이(군사, 경찰 사무를 맡은 사람) 도리이 히코에몬(鳥居

彦右衛門)도 갑자기 소환하여 책임을 맡겼다.
"종래의 우리 가문의 병제(兵制), 병기, 군형(軍形) 일체를 이 계제에 근본적으로 개혁하라."
이런 때 이에야스에게 말하는 측근들의 말은 거의 똑같다.
"은혜를 저버린 호키노카미도 오사카에 있어보면 나중에는 필경 본집 생각을 하고 후회하는 날이 있을 것입니다."
"……요컨대 호키노카미가 세상 일류의 사람처럼 보인 것도 도쿠가와가라는 배경이 있었기 때문이지, 다이고에게 종속돼 봤자 무엇을 할 수 있겠습니까."
등등, 모두 나쁘게 가즈마사의 비행을 욕하며 이에야스의 마음을 위로하려는 것이었다.
그러나 이에야스는 말했다.
"호키의 마음은 미워한다. 그러나 호키는 역시 일류의 인물임에는 틀림없다. 무사의 업적을 얕보아서는 안 된다. 이에야스에게는 큰 손실이다. 이 손실을 무엇으론가 메꾸어야 한다."
다른 사람의 위로를 받고 안심할 이에야스가 아니다. 불행한 태생의 이에야스는 아직 아무도 생각하지 못하는 앞날의 근심에 벌써부터 마음을 쓰고 있었다.
급거 고슈에서 도리이 히코에몬을 부른것도 그 때문이었다. 이제껏 도쿠가와가의 특색으로 삼고 내려온 독특한 병제, 군법이 이시카와 가즈마사의 이탈에 의해 그 기밀이 송두리째 오사카로 빠져 나갈 것은 뻔한 일이었다.
주위에서는 며칠이고 끝없이 이시카와 호키노카미의 참소로 날을 보내고 있는 동안 이에야스는 이렇게 말했다.
"히코에몬, 그대의 손으로 신겐(武田信玄)의 유법이라고 할만한 것은 모두, 군서, 병제의 문서, 토목, 경제에 관한 것은 물론이고 무기, 병구, 마구류에서 지지, 지도류, 기타 진구, 진도에 이르기까지……수중에 들어오는 한 단시일 내에 고슈 지방에서 수집해 오라."
또 이렇게도 명령했다.
"당초 고슈의 무사로서 그런 것 중 한 부분에 통달해 있으면서 산야에 파묻혀 있는 노장이라도 있거든 충분한 예로 보답할 것인즉 찾아내어 데리고 오라."

이에야스는 이이 나오마사(井伊直正), 사카키바라 야스마사(榊原康政), 혼다 다다카쓰 3인을 병제 개혁의 책임자로 임명했다.

  그리고 덧붙였다.

  "나가시노(長篠), 덴모쿠 산 이후로 우리 가문에 투신하여 일하고 있는 전 다케다의 고슈 출신 무사들의 적(籍)을 조사하여, 그런 자들에게서도 신겐의 군법을 들어서 개혁안의 참고로 하라."

  신속한 연구가 진행되어 연일 열띤 토의 끝에 종래의 도쿠가와 식 병제는 철폐되고, 대신 신겐류(信玄流)의 군법에 시대의 창의를 가미한 새로운 미카와류 군제가 채용되었다.

  비단 병제상의 개혁만이 아니라, 신겐의 두뇌가 가장 뛰어났다고 정평이 나있는 통화제도, 교역법, 토목에 이르기까지 이에야스는 이 기회에 그 특징을 가미하여 습관적인 낡은 제도를 과감히 혁신했다.

  "호키는 이에야스에게 좋은 선물을 주고 갔다. ……이런 일이 없으면 군제, 경제의 개혁 등은 좀체로 옛것을 버릴 수 없다. 가즈마사가 스스로 자기 자신을 우리 가문에서 팽개쳐 버린 것도 말하자면 낡은 것을 버린 것 중의 하나와 같다."

  무엇이든 이에야스의 말 뒤에는 전화위복하려는 심리의 노력이 아닌 것이 없었다. 그 증거로 그는 이런 말도 했다.

  "어떤 일이라도 완전한 손해는 없는 법이다. 생각해 보라. 어떤 재난과 흉사를 만나더라도 손해만 보는 경우 없다. 결코 없어."

강권(强勸)·강거(强拒)

 기타바타케 노부오가 오카자키 성을 방문하여 이에야스에게 무슨 용무가 있는 듯한 눈치를 보인 것은 이시카와 가즈마사가 출분한 십수 일 뒤인──11월 말 경이었다.
 "어디 몸이라도 편찮으십니까?"
 노부오는 이에야스의 안색을 보고 걱정스러운 듯이 우선 말했다.
 가는 자는 붙들지 않는다고 하며 이에야스는 이시카와에 대한 문제는 애써 감정에서 씻어 버리고 있었다. 다소 건강하지 않게 다른 사람에게 보였다면 그것은 군제의 급개혁 때문에 의논하느라고 요 며칠 계속 밤을 샜기 때문일 것이다.
 "뭐 별로."
 이에야스는 노부오가 무엇하러 이세에서 왔는지, 목적은 무엇인지 벌써 노부오의 얼굴에 쓰여 있는 것을 실눈으로 지긋이 보며 읽고 있었다.
 "이 이에야스보다는 노부오공이 지난 4, 50 일 못 만나는 동안 좀 수척해 지신 것 같은데……."
 "아니오. 나는 건강합니다. 요즘은 싸움하는 고생도 없고, 아무래도 나는 선친 노부나가와 달라 싸움은 질색입니다."
"누구든지 좋아하지 않지요."
이에야스가 평소와는 달리 시무룩했으므로 노부오는 당황해서 고쳐 말했다.
"……아닙니다. 이 노부오 때문에 고마키 싸움 때는 귀가에도 막대한 비용을 쓰게 하고 간파쿠님과의 화목 후에도 여러 가지로 근심만 끼쳐드려 죄송합니다. 그렇기에 노부오는 책임을 느낍니다. 귀가와 간파쿠님이 강화를 맺어 아무쪼록 영원한 평화를 약속하고 백성들도 진심으로 태평성세를 즐길 수 있게 하는 것이 저의 의무라고 생각해서……."
"중장님, 그것은 당신 혼자만의 희망이 아니오."
"그런데 어째서 이 세상이 이처럼 항상 화산 위에 있는 것 같고 사람들은 모두 살얼음을 딛는 것 같은 생활을 하고 있는 것일까요?"
"이번에 간파쿠가 된 오사카 성의 주인에게 물어 보는 게 어떻겠소?"
"……아니, 사실은 말입니다."
노부오는 갑자기 실마리를 잡은 듯, 나약한 신체를 가진 사람의 특징인 어리석은 듯한 눈에 활기가 돈다.
"요사이 하찮은 볼일로 오사카에 나갔던 참에 간파쿠님과 만나 여러 가지 얘기를 나눴습니다……그 때 전하께서 말씀하시기를 세상에서는 쓸데없는 말 끝에 곧 고마키 이상의 큰 싸움이라도 일어날 것 같이 말하고, 입으로는 태평을 빌면서 유언비어를 좋아하여 우연히 생긴 일도 모두 전쟁에 결부시켜 생각하는 버릇이 있는데, 도대체 나와 도쿠가와님이 싸워야 할 이유가 어디에 있느냐고……히데요시는 도무지 알 수 없는 노릇이라고 술회하시더군요."
좌중에는 이에야스 외에 사카키바라 야스마사와 혼다 다다쓰구가 있었고 그밖에 3, 4명의 중신들이 있었다.
그들은 주인의 태도와는 달리 완전히 노부오를 멸시하는 눈길로 보고 있었다.
노부오가 늘 말끝마다 간파쿠 님이라고 하고, 전하라고 경칭을 쓰는 것이 듣기 싫은 양, 불쾌한 낯빛을 하고 있었다.
그러나 노부오의 신경은 그런 반응에는 극히 둔하다.
"……다음에 오카자키에 들르거든 히데요시가 그런 말을 하며 한탄하더라고 도쿠가와님께 전해주오. 그리고 도쿠가와님은 어떻게 생각하시느냐는 전하의 말씀이었습니다. 마치 지금 물으시는 말을 반문하고 있는 것과 같습니다그려. ……하하하하."

그는 어리숙한 사람답게 혼자 웃어제낀다.

노부오란 사람처럼 약(藥) 발이 잘 받는 사람도 없다.

이에야스는 이 어수룩한 사람이 요긴한 것을 잘 안다. 이 사람을 자기 호주머니에 넣어 히데요시와 절충도 시키고 사람들에게 보이기 위한 우상으로 이용한 적이 있었기 때문이다.

그런데 지금은——.

이 요긴한 사람은 히데요시의 손아귀에 있다. 그리고 히데요시는 이번엔 반대로 자기를 고문하는 도구로 쓰고 있다.

'인과(因果)는 돌고 돈다'고 우스워지기도 하고, '이건 질색인데' 하고 때때로 노부오의 어리숙한 데서 오는 파렴치와 무반응을 처리할 도리가 없어 두렵기조차 했다.

미워할 수 없는 사람처럼 처치 곤란한 것도 없다. 특히 신분이 높고 자존심은 강하면서 염치가 없는 데는 이에야스도 어찌할 도리가 없었다. 지혜와 수단, 상식 같은 것이 있는 편이 오히려 지고 만다.

"다이코(太閤) 전하(히데요시)는 이런 말을 하시더군요. 도쿠가와님의 진의를 꼭 듣고 싶다구요. 어떻습니까. 그 대답은?"

연거푸 묻는 말에 이에야스는 쓴웃음을 지을 수밖에 없었다.

"동감이지, 동감이야…… 똑같이."

"그럼 동감이십니까?"

"음, 이에야스와 히데요시가 고마키에서 해본 일도 실로 어리석은 짓이었는데. ……또다시 이에야스와 히데요시가 천하의 불행을 생각지 않고 자기의 모든 것을 걸고 대 전란을 일으킨다면 이에야스도 어리석고 히데요시도 어리석은, 천하의 두 바보들이라고 할 수 밖에 없지."

"호오, 그렇게까지……."

"중장님, 다음에 오사카에 가시거든 이에야스가 그렇게 말하더라고 전하시오. ……그리고 또 한 마디, 그런데 무슨 이유로 원공(猿公)의 욕망이 그리 급할꼬! 욕망이 급한 곳에 반드시 소인의 야망이 틈타기 쉬운데, ……조심하시오…… 하고 이에야스가 중얼거리더라고 덧붙여 주시오."

"그러지요."

노부오는 자기라면 거리낌 없이 말할 수 있다는 것을 사람들에게 자랑이나 하듯 가슴을 쑥 내밀었다.

"스스로 어리석다고 하시기에 저도 어리석은 의견을 말합니다만, 정말 인간은 어쩌면 이렇게 어리석게 생겨 먹었으까요. ……지금 누가 보더라도 이 나라의 넓은 땅덩이 대부분의 세력은 오사카와 도쿠가와님의 둘로 나눠져 있습니다. 서로 사이좋게 둘로 나눈 땅덩이에서 정치고, 문화고, 경제고 또한 자기 하고 싶은 모든 것……영광과 번영이든 하고 싶은 것을 하고, 국경을 서로 지킨다면 퍽이나 좋은 위치가 아닌가 생각하오. 노부오 같은 자는 그렇게 생각하고 두 사람의 더 이상의 싸움은 판단이 곤란합니다."

"옳거니……옳거니."

이에야스는 몇 번이나 고개를 끄덕여 노부오를 우쭐하게 하였으나, 옳거니, 옳거니 하는 그 말의 여운은 조금도 그것을 긍정하는 것같이 들리지 않았다.

"그래서 실은 깊이 생각하시기를 제가 바라는 것은……."

노부오가 점점 본론에 가까워지자 이에야스는 입을 삐죽하고 비웃는 웃음을 짓는다.

"무엇인지? 이에야스에게 깊이 생각하라는 것은?"

"전에도 예기한 상경하시라는 것입니다."

"오사카에 가서 히데요시에게 신하의 예를 취하라는 권유로군."

"천만에요. 그게 아닙니다."

노부오는 머쓱한 얼굴로 손을 가로 젓는다.

"신하의 예라니, 그런 무례한 말씀을 권하는 것이 아니오. 다만 천하의 모든 사람들이 안심합니다. 태평성세를 이룩하기 위해 한 번 상경하셔서 전하와 만나셨으면……하고 바랄 뿐입니다."

이에야스에게 음으로 양으로 한 번 오사카에 가야 한다는 종용은 벌써 오래 전부터의 현안이다. 올 여름부터, 아니 고마키 강화 전후부터 이름은 히데요시의 양자지만 실제는 볼모로서 이에야스의 아들 오기마루가 오사카 성으로 보내진 뒤부터——도쿠가와님도 계제를 보아 한 번 상경하시라는 히데요시의 의향이 종종 오사카 편의 사람으로부터, 기타바타케 노부오의 입으로도 이에야스에게 전해졌다.
　화목을 약속하며 양자를 보내고, 노신의 아들까지 볼모 보내, 이제는 싸우지 않겠다고 공적인 형식을 취한 것이다.
　그러니 이에야스도 내 자식을 보낸 양부모에게 놀러 갈 겸 한 번 인사를 가는 것쯤은 개인적으로는 하등 어려운 문제가 아니었다. 그러나 가신들의 여론은 맹렬한 반발을 일으켰다.
　"어림도 없는 일이다. 그런 뻔뻔스러운 요구는 들은 체도 해서 안된다. 결코 주군께서 마음이 쏠리지 않도록 우리들이 경계해야 한다."
　미카와 무사들의 오사카에 대한 감정은 이 문제로 더욱 격화되었다.
　한때 이시카와 가즈마사에게 쏠렸던 의심의 눈초리도 이 문제와 관련이 있다. 그와 주군의 사이를 극히 위험한 접촉이라고 생각한 가신들의 심리가 신경질적으로 가즈마사의 행동을 경계한 것도 분명 그 원인 중의 하나요, 여론의 저류작용이라고도 할 수 있다.
　두드러진 도쿠가와가의 여론에 대해 오사카 편에도 당연히 강경한 여론이 잠재해 있었다.
　"이에야스가 상경을 완강히 거절하는 것은 수상쩍은 일이다. 스스로 화목을 배반하는 증거라 할 것이다."
　이 대립을 걱정하는 조정자로서 노부오가 시국에 한몫 낄 여지는 다분히 있었다. 그러나 그의 말솜씨는 근래 히데요시의 말 그대로를 흉내 내는 것이어서 이에야스는 언제나 피식피식 쓴웃음만 지을 뿐이었다.
　오다 나가마스(織田長益)니, 다키가와 가쓰토시(瀧川勝利)니, 또는 하시바 가즈마사(羽柴勝雅), 히지카타 다카히사(上方雄久) 등이니 하는 자들과 어느 때는 공식적인 오사카의 사신으로 오기도 하고 개인적으로 권유하러 오기도 했다.
　이 문제에는 집요하리만큼 히데요시의 강한 의지가 숨겨져 있었다.
　특히 히데요시가 북국 출진을 결심했을 때는, 달려와서 이에야스를 끊임없이 설득했다.
　"형식만이라도 일부 장병을 귀가에서도 참가시켜 우의를 표시하는 것이 옳지 않을까요?"
　이에야스는 모든 장수들을 하마마쓰에 모아 놓고 이 문제를 중의에 물었다. 여론은 만장일치로 반대였다. 이에야스는 그대로 노부오에게 대답하고 깨끗이 거절했다.

　일이 중대하다 생각하면 이에야스는 곧잘 중의에 묻는다. 여론을 존중하는 것처럼 하면서 기실 여론을 이용하는 것이다. 밖으로 이용하고 안으로는 각자의 책임감을 무겁게 만든다. 그리고 이에야스 개인의 사적인 싸움이 아니라 공분이라는 형태를 취하는 것이다.

　"……중장님, 거듭된 호의는 고맙게 받겠으나 도무지 가중의 일족들이 듣질 않소. 이에야스도 근래 나가기 싫은 버릇이 생겨서 먼 여행이나 서울 사람들에게 나가는 게 싫소. 용서하오, 용서하시오."

　이날도 이에야스는 노부오의 궁둥이가 질긴 것을 지루한 듯 선하품을 삼키고 있을 뿐이었다.

　노부오는 자기가 오래 있는 것이 귀찮아 이에야스가 그다운 심술궂고 싫증난 얼굴을 일부러 짓고 있는 것을 눈치챘다. 그래도 노부오는 추근추근 늘어붙는다.

　"가중의 반대는 말씀 한 마디면 쑥 들어갈 것입니다. 어떻든 이번은 다이코님의 의사를 존중해서 생각을 고칠 수 없을까요?…… 그렇잖으면 실은 노부오도 전하와 도쿠가오님 사이에 끼어 입장이 난처합니다."

　노부오는 이제 흥정을 하고 있을 형편이 못되는 것 같았다. 히데요시에게 재촉을 받고 히데요시의 대변자로 온 것을 무언 중 자백하고 있는 거나 다름없었다.

　이런 어리숙한 자의 끈기에 지거나 동정할 이에야스가 아니다.

　갑자기 말끝을 끊어 버리고 말했다.

　"오오 참, ……오늘은 주무시겠소? 아니면 곧 돌아가실 생각이오?"

　"네……?"

　노부오는 당황해서 더듬거리며 말했다.

　"아니, 실은 저어, 이곳에서 만나기로 한 사람도 있고 해서 죄송하지만……."

　"천만에, 주무시려거든 어려워하실 것 없소. 그러나 또 누가 오시기로 했소?"

　"오다 나가마스, 다키가와 가쓰토시 등 두 사람이오. 벌써 올 때가 되었습니다만."

　"거 참, 또 응원을 하러 옵니까?"

이에야스는 지겹다는 표정을 지었다. 어리석은 노부오도 있기가 거북한 양 하면서도 좀체로 단념할 눈치가 없다.

얼마 후 나가마스와 가쓰토시는 히데요시의 사자라는 명분으로 정식 방문을 했다.

예에는 예로 대접하지 않을 수 없다. 이에야스도 공식적으로 가신에게 명령했다.

"정중하게 객전으로."

다시 한 노신에게 일렀다.

"저녁 대접을 소홀하지 않도록 준비시켜라."

그리고 의복을 갈아입고 사자를 만나러 갔다.

접견은 간단히 끝났는지 곧 처음의 방으로 돌아왔다.

그동안 남아 있게 된 노부오는 이에야스의 흐린 안색을 슬쩍 살폈다. 이에야스와 함께 자리에 돌아온 혼다, 사카이, 사카키바라 등 시신들도 모두 불쾌한 표정이었다.

침울한 공기가 주위에 낮게 감돌았다.

"사자들의 향응은 후지노마에 준비해 두었습니다."

밖에서 노신이 고한다. 이에야스는 노부오를 보고 말했다.

"저녁은 사자들과 동석하시도록 지시해 두었소."

노부오는 괜찮다고 대답했다.

그리고 아까부터 품고 있던 소심한 불안이 가신 듯 양미간을 펴며 또 다시 물었다.

"오사카에서 온 사자는 역시 상경하라는 재촉이던가요?"

"아니, 문안이라고 하오. ……나는 사자의 말뜻을 잘 모르겠는데."

"문안이라니 무슨 문안일까요?"

"당가에서 도망간 이시카와 호키노카미가 오사카 성으로 가서 돌봐 달라고 했다는군. ……그것에 대해 히데요시도 의외로 생각했다는 변명과 정말 뜻밖이실 거라는……다이코로부터의 문안이라는군. 하하하하 문안이라. 하하하하."

드물게 보는 이에야스의 웃음이었다. 사카이나 사카키바라 등 주위에 앉은 사람들의 얼굴은 반대로 모두 굳어졌다. 웃는 대신 눈물 고인 눈을 껌벅거리는 자도 있었다.

오사카의 사자 두 사람과 기타바타케 노부오는 그날 밤 성 안에서 잤다.
"어제 저녁에는 실례가 많았습니다."
오다 나가마스와 다키가와 가쓰토시는 아침 식사를 마치자, 곧 노부오가 있는 객전으로 인사를 왔다.
"오늘은 떠나시겠소?"
"우리들 말씀입니까?"
"음, 심부름도 잘된 거 아니오? 어제 저녁 술자리 뒤부터는 도쿠가와님도 기분을 고치신 것 같더군. 가즈마사 출분 건도 이쯤의 어색함으로 그친다면……."
"실은 아직 중요한 건이 한 가지 남아 있소. 그래서 우리 두 사람은 고민 중 입니다."
"도쿠가와님 상경 건이오?"
"그렇습니다. 어제도 실은 도쿠가와님의 안색이 좋지 않아서 말을 못 꺼냈습니다만."
"나도 어제 무척 권해 보았는데 쉽사리 대답을 않더군."
"오늘 만나게 되면 우리도 물론 강경하게 승낙을 구하겠습니다만, 중장님께서도 옆에서 거들어 주십시오."
"아아 그러지. 시원한 대답을 듣기 전에는 나도 다이코님께 면목이 없소."
세 사람은 때맞추어 오카자키의 노신을 통해서 오늘 다시 한번 이에야스를 만나 뵙자고 했다.
그러나 노신은 고개를 저었다.
"거 참 안되셨군요. 어제 저녁에 측근에게 말씀을 해두셨더라면 좋았을 걸. ……주군께서는 오늘 새벽같이 떠나셨습니다."
"옛. 어디로?"
"기라(吉良)로 매사냥을……."
세 사람은 서로 얼굴만 마주 볼 뿐이다.
하는 수 없이 노부오는 이세로 돌아갔다. 그러나 나가마스와 가쓰토시는 히데요시에게서 거의 최종적인 내의를 얻어 이에야스 상경 여부의 진의를 다짐하고 오라는 심부름이었으므로 이대로 터덜터덜 돌아갈 입장도 못되었다.
"그러면 기라의 사냥터까지 가서 만나겠소."

드디어 그들은 기라까지 이에야스를 뒤쫓아 갔다.
사냥터에 있는 이에야스는 여행용 바지에 짚신을 신고, 시골 늙은이 같은 두건을 쓰고 있었다. 그는 뒤쫓아 온 두 사람을 보자 "아직도 안돌아 갔느냐?" 하는 얼굴로 돌아보았다.
두 사람은 이에야스에게 차근차근히 이해득실을 말하고 히데요시의 의중도 말한 뒤 오사카 입성을 권했다.
말에는 은연 중 정중한 위협도 다분히 포함되어 있었다.
"좋다. 다이코가 병력으로 이에야스를 강권한다면 이에야스도 산(三), 엔(遠), 슨(駿), 신(信) 4주의 병력으로써 꼼짝도 않을 것이다. 또다시 싸움을 하겠다면 그것도 좋다. 이에야스의 준비는 내 손등 위의 매가 날아오르는 사이에 끝난다. 냉큼 돌아가라. 가거든 다이코에게 전하라. 이 이상의 사자는 거절이라고."
근시들의 눈초리나 사냥개의 눈초리가 똑같이 두 사신을 노려보며 두 말도 못하게 만들었다. 두 사람은 가까스로 도망치듯 오사카로 돌아갔다.

금원(禁苑)의 도둑

히데요시와 이에야스의 단절은 이제 확실했다. 또다시 천하는 혼란에 빠질 것인가. 두 사람의 영웅은 양립하지 못하고 결국 두 개의 세계는 이렇게 되고 마는 것인가.
사명을 다하지 못한 두 사람의 마음은 비통했다. 두 사람이 기라의 사냥터까지 이에야스를 쫓아가 거기서 필사적인 언설을 늘어놓은 최후 교섭도 이에야스에게 일축 당하고 말았다.
"필연코 개전이 되겠는 걸. 이미 피하기 어렵게 됐어……."
이렇게 생각하며 돌아오는데, 아무 것도 모르고 세모를 맞는 생업에 분주한 마을들과 이 조그만 평화에 한숨 돌리고 있는 집들의 창에 비친 불빛을 보니 왠지 가슴이 아팠다.
두 사람은 오사카 성에 도착하자마자 이 중대한 보고를 하려고 히데요시의 측근에게 곧 만나 뵙게 해 달라고 안내를 부탁했다.
마침 해질녘이었다.
"전하는……전하는?"
본성의 온 마루를 여기 저기 찾아 다녔으나 보이지 않았다.

"전하께선 좀 전에 동자들을 데리고 니노마루로 건너 가셨다."

그 말을 듣고 측근들이 큰 회랑의 구름다리를 건너 니노마루와 경계를 이루는 문까지 오자 한 떼의 동자들이 있었다. 그들은 문간방에서 안에 들어간 주군이 돌아오기를 기다리고 있다.

"오늘 저녁은 오래간만에 니노마루에서 특실들과 함께 저녁을 드시겠다고 들어 가셨습니다. 니노마루에 오시면 언제나 늦으시니 언제 돌아오실지 모릅니다."

동자들의 말이었다. 그러나 그것을 기다리고 있을 수 없는 문제였다. 두 사람은 니노마루에서라도 굳이 배알하겠다고 히데요시에게 전해 달라고 했다.

그런데 뜻밖의 대답이었다.

"전하께서는 안에도 안 계십니다."

사정을 물으니 분명히 오늘밤은 오래간만에 안의 여자들과 저녁을 같이 하기로 약속하고, 니노마루에 건너 온 게 틀림없었다.

산조노 쓰보네(三條局), 오차차(茶茶), 마쓰노마루(松丸) 등 후처들이 아까부터 주안상과 금침을 준비해 놓고 히데요시가 오기만 기다리고 있는데, 정작 그 히데요시는, "정원을 돌아보고 오겠다……" 하고 밖으로 나간 채 아무리 기다려도 돌아오지 않는다는 것이다.

지난 10월.──북쪽 출진에서 돌아올 때, 히데요시는 마에다 도시이에의 셋째딸──올해 15살 되는 마야히메(麻耶姬)를 얻어 왔다. 마야코, 마야코 하며 이게 또 히데요시 마음에 흠뻑 들어 계집아이가 고양이 새끼를 안은 것처럼 니노마루에 오기만 하면, 잠시도 놓칠 않았다.

지금도 그 마야코를 데리고 밖으로 나간 채 돌아오지 않으므로, 누구보다도 안절부절인 것은 오차차였다.

오차차는 점점 아름다워져서, 모친 오이치노카다를 능가할 만큼 미인이었다. 오다가의 고귀한 핏줄을 이어받아 춘란 꽃잎 같은 뺨과 명주털이 야들한 뒷덜미를 가졌다. 그러나 그녀는 아직 무르익지 않았다. 사내를 알기에는 아직 어렸다. 전진군여(戰陣軍旅), 다망하다고는 하나 히데요시는 종종 금원의 열매를 따러 살며시 들어올 여유는 있었던 모양이다. 그것은 근래 오차차의 거동에서도 엿볼 수 있었다. 그러나 오차차는 히데요시를 잘 따르기는 해도, '이상한 아저씨'라며 단연코 금원의 도적에게 봄의 창문을 열어 주지는 않았다.

그러나 오차차도 이 겨울을 나면 갓 스물이다. 생리적으로 여자의 자각이 싹트기 시작해도 하나도 이상할 것이 없는 것은 아니었다. 특히 후궁 생활의 여성들 중에는 고상한 중에도 음탕한 향기가 짙었다. 깊은 규중을 그런 의미에서 아직 꽃봉오리의 온실이었다.

50대 사나이의 공통점으로 히데요시 또한 봉오리를 피게 하는 느긋한 유희를 귀찮게 여기지 않았다.

오차차가 이상한 아저씨라고 자기를 싫어하기 시작하자, 그는 그거야말로 오차차의 성장이라 보고, 어느 날 밤 오차차가 자신의 뺨을 손톱으로 할퀴어도, 돌아앉아서 몸을 공같이 둥그렇게 웅크리고 밤새도록 앉아 있어도, 결코 성을 내거나 폭력으로 정복하려고 드는 일은 없었다. 오히려 그 애처로움을 싱글벙글 웃으면서 지켜보는 것이었다.

그래서 그는 요즘 북국에서 데려온 열다섯 살 난 마야코를 일부러 오차차 앞에서 사랑해 보였다. 확실히 오차차의 눈은 안절부절못하는 빛을 띠기 시작했다.——오늘 저녁만 해도 그렇다. 누구보다도 오차차가 제일 마음을 쓰고 히데요시와 마야코의 모습을 찾아 정원 이곳저곳을 헤매는 것이었다.

"어디로 가버리셨을까……전하께선……."

그녀는 초저녁의 샛별 아래서 금방이라도 울음을 터뜨릴 것 같은 표정이었다.

"감기 드시겠어요. 전하께서 어디 계시든 결국 이 성안이 아니겠어요? 곧 돌아오시겠지요."

시녀들은 그녀를 달래서 겨우 방으로 데리고 왔다.

——그 무렵.

히데요시는 도대체 어디로 갔을까. 실은 성밖 다마즈쿠리조(玉造町)의 가노 에이토쿠(狩野永德)의 쓸쓸한 집을 찾았던 것이다.

동자도 겨우 두 사람뿐이었다. 게다가 소녀 마야코를 데리고 니노마루에서 넓은 외곽으로 나온 뒤 아직 공사 중인 다마즈쿠리 입구의 성문을 나와 어슬렁어슬렁 여기까지 온 것이다.

그의 이런 개인으로서의 가벼운 방문이 이 낡고 쓸쓸한 집에서는 오늘 처음인 것 같지가 않았다.

'어, 또 오셨네……' 하는 듯한 표정이 그림 선생 에이토쿠와 제자인 산라쿠(三樂), 그리고 늙은 종의 얼굴에도 역력히 나타나 있었다.

히데요시는 성큼성큼 걸어 들어가서 안의 좁아터진 화실을 기웃거렸다.

"오쓰는 여전히 그림 공부를 열심히 하고 있느냐?"

"어서 오십시오."

오쓰는 그가 서 있는 장지문 앞에 두 손을 짚고 절을 하고 나서 대답했다.

"열심히 배우고 있습니다."

화실의 융단 위에 수많은 물감 접시며, 붓이며, 벼루, 휴지 등을 잔뜩 늘어놓고 있었다. 그녀가 황망히 치웠지만 다 못 치웠을 정도로——.

"……이것은 네가 그린 것이냐?"

히데요시는 융단 위에 있는 한 장의 화조화를 들여다보며 오쓰의 솜씨인 줄 알고는 둘둘 말아 쥔다.

"얻어 간다."

그리고는 문간으로 나와 다시 그녀를 돌아보며 말했다.

"오쓰, 이따금 에이토쿠를 따라 니노마루에 놀러 오너라. 이 히데요시에게 너무 소식을 끊지 말고."

그의 취미는 끝을 알 수 없다. 사람들은 히데요시를 호색가라고 하지만 그런 단순하고 현실적인 것으로 끝나는 정도가 아니었다.

분명 그는 여자를 좋아하고, 이 점은 부인 네네도 인정하는 바였으나 그의 호색은 사람들이 생각하는 것보다 훨씬 더 여자를 좋아하는 것이었다.

그 결과는 30대, 40 전후처럼 단순히 생리적으로 처리하고 끝내 버리는 게 아니었다. 원래가 번뇌의 사나이였고, 치정에 있어서는 더욱 자기를 억제하거나 감추지 못하는 일면을 나면서부터 갖고 있는 지극한 범인(凡人)이었다.

그것이 지금 한창 때인 사나이 50에 달하여, 게다가 소년기의 기아 생활과 중년기의 야망욕과 전장에서의 금욕 생활을 벗어나, 모든 조건이 번뇌를 마음대로 풀 수 있는 경지에 도달한 참이었다.

단지 좋아하는 여자를 첩으로 삼아 번갈아가며 다루는 정도의 비희(秘戲)가 오래도록 즐거울 리가 없었다.

더욱이 어려서 영양 부족으로 겨우 사람이 된 그의 몸은 이에야스같이 지방과 근육이 풍부한 중후함을 갖지 못했다. 건강의 소중함은 치민경국의 소중함과 마찬가지여서, 밤의 비희로 소모해 버릴 만큼 어리석은 히데요시는 아니었다. 히데요시도 알고 있는 마쓰나가 히사히데(松永久秀) 같은자는 대낮에도 애처와 교회하면서 부하의 보고를 들을 때 장막을 반쯤 올리고 들었다고 하나, 히데요시는 그렇게까지 인간 자체를 모독할 수가 없었다.

오히려 그는 그 자신 범부 번뇌의 전형이면서도 인간이란 것을 더욱 아름답게 보고 싶었다. 하물며 여성에 있어서랴——.

그가 상음(上淫)을 즐긴 것도 양풍양속 속에서 자란 여자에게는 스스로 우아한 향기가 있기 때문이었다. 또 열일곱, 열다섯의 꽃봉오리 같은 소녀를 사랑한 것도, 소녀의 순정과 마주 앉으면, 그도 소녀처럼, 소녀와 함께 가슴의 피가 고동치기 때문이었다. 그렇다 해도 결국 색을 즐긴다는 것은 누구와도 다를 바 없으나 그는 그 경로와 분위기, 그리고 모든 반주를 전제에 두고 최후의 비곡(秘曲)을 들으려는 다정다욕한 사람이었다.

이리하여 그의 신변에는 지금 세 사람의 가련한 꽃봉오리가 꽃잎을 꼭 오므린 채 그에게 운명을 맡기고 있었다. 오쓰도 그중의 하나이고, 오차차도 마야코도 그렇다.

그림 선생 에이토쿠에게 맡긴 오쓰를 불시에 보러 간 것도 이것으로 세 번쨴가, 네 번째였다. 그림을 잘 배우고 있구나, 하는 것으로 그때의 그의 마음은 끝나는 것이다. 깨끗이 성안으로 돌아오니 이미 초저녁 불이 켜져 있었다. 니노마루의 여자들 틈에서 그의 모습은 정녕 분별없는 한낱 치정의 인간 그대로였다.

"전하. ……잠깐 여쭐 말씀이 있사온데."

그자리에 있던 소로리 신자가 입구에서 전해온 말을 그대로 속삭여 전했다.

듣자마자 히데요시의 눈빛이 빛났다. 주위의 여성들은 이런 눈을 좀처럼 본적이 없었으므로, 문득 웃고 떠들던 것을 그쳤다.

"무엇이, 다키가와와 나가마스가 미카와에서 돌아왔다고? ……아니 지금 듣자. 여기서도 좋다. 곧 데려 오너라."

다키가와 가쓰토시와 오다 나가마스 두 사람은 꽃밭처럼 찬란한 여성들 속에 있는 히데요시를 보고 다음 방에서 꿇어 엎드렸다.

"어, 수고했다. 지금 돌아왔느냐."

히데요시는 다음 방으로 건너와서 두 사람 앞에 앉았다.

화려한 촛불과 알록달록한 여성들과 가까이 있어선지 두 사람의 얼굴은 얼핏 보아도 너무나 창백한 비통함을 드러내고 있었다.
"이야기가 성공하지 못했구나."
히데요시가 먼저 말했다. 침통하게 꿇어 엎드려 있기만 하는 두 사람에게 구원의 손길을 내민 셈이다.
"넷······."
오다 나가마스는 얘기의 실마리를 얻은 양 말했다.
"도쿠가와님께서는 여전히 어림도 없다는 대답이었습니다. 말도 하지 말라는 정도로 여지없이······."
그리고는 다키가와 가쓰토시는 심부름을 잘 못한 데 대해 사실대로 보고했다. 기라의 사냥터까지 이에야스를 좇아가 충심으로 권했다는 얘기도 했다. 이에야스가 평소와 달리 팔뚝 위에 놓은 매의 예를 들어, 일전을 불사하겠다고 호령했던 말도 감출 일이 못된다고 생각하여 그대로 히데요시에게 전했다.
그러나 히데요시는 재잘거리다가 조용해진 옆방의 여성들도 깜짝 놀랄 만한 소리로 웃어젖혔다. 무엇이 우스운지 혼자서 몇 번이나 웃고 또 웃었다.
"딴은 그래. 무리가 아냐. 듣기 좋은 노래도 한두 번이란 말이 있지 않느냐. 그런데 몇 번이나 재촉했다. ······그 참을성 있는 도쿠가와님이 시치미 떼는 두건도, 모른체 하는 가면도 벗어 던지고 급기야 울화통을 터뜨린 그 얼굴이 눈앞에 선하구나. 재미있다 재미있어."
그에게는 이에야스와의 교섭 실패가 실로 흥미진진한 모양이었다.
지금도 그가 말했듯이 시치미 떼기 잘하고 참기 잘하고 게다가 옹고집쟁이를 어떻게 자기 손바닥 위에 올려놓을까를──그는 오차차를 사랑하듯이, 마야코를 어르듯이, 오쓰가 나긋나긋해지기를 기다리듯이 흥미를 가지고 대하고 있었다.
이에야스는 무슨 일이든 느긋이 두고 보는 홍시주의(紅柿)를 신봉하고 있었으나, 그것을 꿰뚫어 보는 히데요시도 그에게 지지 않는 끈질긴 데가 있었다. 결코 힘이나 위엄으로 회유할 수 없는 상대라는 것은 고마키 이래 히데요시도 잘 알고 있는 터였다.
"둘 다 심신이 피로하겠구나. 뭐, 그리 걱정할 것 없다. 수고했어. 수고했다. 술이라도 마셔라."
히데요시는 두 사람을 위로하며 술병을 들고 있는 계집아이를 불렀다.

"괜찮다. 도쿠가와님에게도 그런 정도의 고집은 부리게 해야겠지. ……그러나 나가마스도 가쓰토시도 이제 보아라. 머지않아 그 고집쟁이를 히데요시의 무릎 위에 올려놓고 미카와의 도미 반찬에다 찰밥을 먹여 줄테니. 하하하하, 일곱 살 때부터 볼모로 고생은 했지만 역시 그 자는 다이묘의 아들이다. 히데요시가 한 고생과는 전혀 달라."

나가마스, 가쓰토시에게 술잔을 주고 자신도 마시더니 이윽고 큰 걸음걸이로 니노마루의 침실로 들어갔다. 그 조그마한 몸집이 자기보다 키가 큰 여자들에게 둘러싸여 침소로 향하는 것이 조금도 어색하지 않았다. 아니 나가마스와 가쓰토시에게는 큰 고래가 봄의 조수를 타고 물과 하늘이 맞닿는 수평선으로 어슴프레 사라져 가는 것 같이 보였다.

오륜서(五輪書)

요시카와 에이지는 하루하루 도를 닦는 마음으로 미야모토 무사시가 쓴 《오륜서》를 읽으며 《다이코》와 《무사시》를 썼다. 인생전략서이기도 한 《오륜서》를 옮겨 수록한다.

머리글

나의 병법의 도(道)를 니텐이치류(二天一流)라 이름하여 수년 동안 연마해온 바를 이제 책으로 펴낸다. 때는 강에이(寬永) 20년(1643) 10월 첫무렵 규슈 히고(肥後 : 지금의 구마모토 현) 이와토 산에 올라 하늘과 관음보살께 예를 드리고 부처님 앞에 예불을 올린다. 나는 하리마(播磨) 태생 사무라이, 신멘 무사시노가미(新免武藏) 후지와라노 겐신(藤原玄信)이며, 나이는 어언 60에 이르렀다.

나는 어려서부터 병법의 도(道)에 뜻을 두어, 13세에 처음으로 신토류(新當流 : 검법의 한 유파)의 아리마 키헤에라는 병법가와 승부를 겨루어 이겼고, 16세 때 다지마 국의 아키야마라는 빼어난 검객에게 이겼다. 21세에 교토로 올라와 천하의 병법가들을 만나 몇 차례 승부를 겨루었지만 그때마다 이겼다. 그 후 방방곡곡을 떠돌며 여러 유파의 검객들을 만나 60여 차례나 승부를 겨루었는데 단 한번도 승리를 빼앗기지 않았다. 내 나이 13세에서 28, 9세까지의 일이다.

나이 30을 넘어 자취를 더듬어보니, 병법이 깊어 이긴 것이 아니었다. 그저 타고난 재주가 있었고 하늘의 이치에 따랐던 것뿐이다. 아니면 상대의 실력이 불충분했기 때문일 것이다.

그 뒤 더욱 깊은 도(道)의 이치를 얻기 위해 밤낮으로 단련을 해서 스스로 병법의 진수를 깨달았다. 이것이 내 나이 50세 때의 일이다. 그때부터 특별히 터득해야 할 것이 없어 그저 하는 일 없이 세월을 보냈다. 병법의 이치에 따라 모든 무예의 도(道)가 통달하니 만사에 있어 나에게 스승이 없다.

지금 이 글을 쓰면서 불법·유교의 옛말을 빌리지 않고, 군사 기록이나 병법서의 내용을 인용하지 않았다. 오직 하늘의 도(道)와 관세음보살의 공덕을 거울삼아 나의 병법 니텐이치류의 견해와 참된 뜻을 남겨두기 위해, 10월 10일 새벽 4시에 붓을 들어 쓰기 시작한다.

땅(地)의 전략

 무릇 병법이란 무사가 익혀야 할 전략이다. 장수가 된 자는 이 전략을 실행해야 하고, 병사가 된 자도 이 전략을 알아야 할 것이다. 지금 세상에는 병법의 도를 확실하게 터득한 무사가 드물다.
 그 도(道)라 함은, 부처의 가르침으로써 중생을 구제하는 것, 또 유교로써 학문의 길을 밝히는 것, 의사로서 여러 병을 고치는 것, 가인(歌人)으로서 노래의 길을 가르치는 것, 또는 풍류인·궁예가 등 여러 예술과 기능에 이르기까지 나름대로 단련하고 마음껏 즐기는 것이다. 그런데 병법의 길에는 이를 갈고 닦는 사람들이 드물다.
 무엇보다 무사는 문무양도(文武兩道)라 하여 두 개의 도리를 성실히 배워야 한다. 비록 그 길이 어렵더라도 무사라면 각자 신분에 맞게 병법의 도를 깨닫기 위해 정진해야 한다.
 대개 무사의 정신을 그저 매사에 임할 때 죽음을 각오하는 것쯤으로 여긴다. 그러나 무사만이 아니라 승려나 여자, 백성 모두에 이르기까지 의리를 알고 수치를 생각하며 죽음을 각오하는 것에는 매한가지다.
 무사가 병법을 실천하는 길은, 어떤 일에나 남보다 나아야 함을 기본으로 삼는다. 또한 1대 1 결투에서나 여러 명과의 싸움에 임해서 적을 이기고, 주군(主君)을 위해서나 자기 자신을 위해서 이름을 높이 세우려는 데 있다. 이것은 오직 병법의 덕(德)으로써 가능하다.
 세상 사람들은 병법의 길을 배워도 실전에 늘 도움이 안 된다고 여기기도 한다. 그럴 경우에는 언제라도 도움이 되도록 단련하고 모든 일에 있어서 쓸모가 있도록 하는 것, 이것이 병법의 진정한 길(道)이다.

모든 일에는 저마다 도(道)가 있다
 중국, 일본에서는 병법의 도(道)를 터득한 자를 병법의 달인이라고 불렀다. 무릇 무사로서 이 법을 배우지 않는다면 어찌 옳다고 하겠는가.

이즈음 병법가라고 자칭하면서 처세하는 자가 있는데 이는 한낱 검술, 칼 쓰는 재주만을 뜻하는 것이다. 히타치국(國)의 가시마·간토리 신사(神社)의 신관(神官)들이 신(神)에게 전수받은 것이라 하며, 검술의 여러 유파를 만들어 각지를 돌며 사람들에게 검술을 전수한 것이 최근의 일이다.

예부터 10능(能)·7예(藝)라 하여 그 중에서도 병법이란 이로움을 주는 것이라고 여겨져 왔다. 사실 병법은 무예이지만 이로움을 가져다주는 것이라면 검술에 그쳐서는 안 된다. 검술 하나에서 얻은 이로움만 생각한다면 결국 검술 그 자체의 진리조차도 알지 못할뿐더러, 하물며 병법 전체에는 도저히 이르지 못할 것이다.

세상을 보니 모든 예(藝)를 상품화하여 자기 자신을 팔려는 사람이 많다. 여러 도구에 있어서도 기능은 제쳐두고 팔기만 하면 된다는 식이다. 꽃과 열매 두 가지를 놓고 볼 때 꽃보다 열매가 적은 것과 같다. 특히 이 병법의 도(道)에 화려한 기법을 사용하며, 혹은 무슨 무슨 도장이니 하면서 그 도를 가르쳐 이득을 얻으려 한다면, 세간에서 말하는 '서투른 병법을 사용하면 오히려 몸에 큰 해를 입힌다'와 같이 된다.

사람이 이 세상을 살아가는 데는 사농공상(士農工商)의 네 가지 길이 있다. 첫째는 농사(農事)의 길. 농부는 갖가지 농기구를 갖춰서 계절의 변화에 마음을 쓰며 세월을 보낸다. 이것이 농사의 길이다.

둘째는 상업(商業)의 길. 예를 들면 술을 빚는 자는 여러 가지 도구를 이용해 좋건 나쁘건 그에 상응한 이윤을 얻어 생활을 한다. 상업의 도는 누구든지 분수에 맞는 이윤을 얻어서 세상을 살아가는 것이다. 이것이 상인(商人)의 도(道)이다.

셋째는 무사(武士)의 길. 무사는 쓰임새에 따라 무기를 만들고, 무기의 용법을 잘 구별하여야 진정한 무사의 도(道)에 이른다. 무사이면서도 무기를 다루지 못하고 그 무기 하나 하나의 효용을 깨닫지 못한다면 어찌 무사라고 하겠는가.

넷째는 장인(工)의 길. 이를테면 목수는 다양한 연장을 만들어 그 연장의 특징을 잘 알아 사용하며, 먹줄과 굽은 자를 이용해 도면을 그리고, 쉬지 않고 그 기능을 발휘하여 세상을 살아간다. 이것이 사농공상 네 가지의 길이다.

병법을 목수의 길에 비유해서 말하겠다. 목수에 비유하는 것은 양쪽 다 집과 관련이 있기 때문이다. 공가(公家 : 조정 혹은 文官 집안)니, 무가(武家)니, 사가(四家 : 귀족 집안)니 일컫고, 혹은 그 가문이 망하느니 존속하느니 말한다. 또 무슨 유(流)니 풍(風)이니 무슨 가문이니 하여 집 가(家)자를 써서 표현하니 목수의 길에 비유할 만하다.

목수가 크게 솜씨를 부린다고 한다면, 병법의 길도 일종의 큰 기교라고 할 수 있으므로 목수에 비유할 수 있다. 병법을 배우고자 하면 이 글을 잘 읽고 터득하여 스승은 바늘, 제자는 실이라고 생각하여 열심히 익혀야 한다.

왜 병법의 도를 목수에 비유하는가

대장은 도목수(우두머리 목수)에 비유되는데, 천하를 재는 자를 갖춰서 나라의 자를 정확히 바로잡고, 집의 자를 아는 일, 이것이 바로 도목수의 도리이다.

도목수는 집·탑(塔)·가람(伽藍)의 규격과 치수를 재어 궁전 누각을 설계할 줄 알며, 사람들을 부려서 건물을 세울 수 있어야 한다. 이는 도목수나 무가의 장수나 마찬가지이다.

집을 지을 때 적당한 자재를 적당한 곳에 배치해야 한다. 재목이 곧고 마디가 없으며 보기 좋은 것은 앞쪽 기둥으로 삼고, 조금 마디가 있어도 곧고 튼튼한 것은 바로 손질해 뒷 기둥으로 쓴다.

다소 무른 것도 마디가 없어 보기 좋은 나무는 모양을 살펴보아 문지방·상인방·문짝 미닫이용인가를 구분한다. 마디가 있거나 구부러져 있어도 튼튼한 나무는 그 집의 곳곳을 잘 살펴보고 잘 찾아 쓴다면 그 집은 오래 지탱할 것이다. 또한 재목 속에 마디가 많고 휘어 발판으로도 쓸 수 없으면 나중에 땔감으로라도 써야 한다.

도목수가 되려면 목수를 부림에 있어서 그 솜씨의 상중하를 파악해야 한다. 솜씨에 따라 마루, 문과 미닫이, 혹은 문지방·상인방·천장 등의 일을 맡긴다. 솜씨가 그다지 좋지 않은 자에겐 마루 귀틀을 치게 하고 더 솜씨가 형편없는 자는 쐐기를 깎는 따위의 잡일을 시킨다. 이처럼 사람을 잘 분별하여 부리면 일이 빠르게 진전되어 훌륭한 성과를 거두는 것이다.

일이 잘 진행되어 성과를 올리는 것, 모든 일에 있어서 실패 없도록 세심한 주의를 기울이는 것, 사람을 부릴 줄 아는 것, 기운의 정도를 알아서 독려하되 능력의 한계를 파악하는 것, 이 모든 것이 장수가 신경써야 하는 일이다.

병법도 이와 마찬가지이다.

실력을 갖추는 것 모든 일의 기본이다

병졸은 목수에 비유된다. 손수 갖가지 연장을 손질하여 연장통에 넣어 가지고 도목수가 지시하는 곳을 손본다. 기둥의 표면이 어긋나 있으면 손도끼로 잘 다듬고, 바닥과 선반을 대패로 밀고, 틈새를 발견하면 메워서 세밀한 구석까지 잘 마무리하는 것, 이것이 바로 목수의 길이다. 목수의 기술을 손에 익히고 도면을 잘 읽으면 후에 도목수가 될 수 있는 것이다.

목수의 소양이란 잘 드는 연장을 갖추고 틈날 때마다 손질하는 것이다. 그 연장을 이용해 문갑·책장·책상 또는 호롱·도마·냄비 뚜껑까지 솜씨있게 만들어내는 것이 목수의 길이다. 병졸된 자도 마찬가지다. 자주 되새겨야 할 것이다.

또한 목수의 소양이란 일을 그르치지 않는 것, 모서리의 각이 비뚤어지지 않게 하는 것, 대패로 잘 미는 것, 함부로 깎지 않는 것, 나중에 뒤틀리지 않게 하는 것이다. 이 길을 배우려고 한다면 이 글 하나 하나를 명심해서 새겨야 한다.

이 병법서가 5장으로 되어 있는 까닭

이 병법서는 다섯 개의 장으로 되어 있다. 그것은 다섯 가지의 도리를 한 권 한 권에 설명하기 위함인데, 즉 땅(地), 물(水), 불(火), 바람(風), 비어 있음(空)의 5권이 그것이다.

'땅'의 장에서는 병법의 길에 있어서 나 자신의 견해를 말하는데, 검술만으로는 진정한 도를 얻을 수 없다. 가장 큰 것에서 가장 작은 것에 이르기까지 알게 되고, 얕은 곳에서 깊은 곳으로까지 이른다. 곧은 길에 옥석을 깔아 땅을 굳게 만든다는 의미에서 처음 장을 '땅'의 장이라고 이름지었다.

둘째는 '물'의 장. 물을 거울삼아 마음을 물처럼 맑게 하는 것이다. 물은 네모난 그릇, 동그란 그릇에 따라 모습을 달리하며, 한 방울이 되기도 하고 넓은 바다가 되기도 한다. 물의 투명하고 깨끗한 마음을 빌려 나의 니텐이치류 병법을 적고자 한다.

한 명의 적을 이길 수 있는 검술의 이치를 터득했다면 세상 사람들 모두를 이길 수 있게 된다. 한 사람에게 이긴다는 것은 천만 명의 적도 이길 수 있다는 뜻이다.

장수된 자는 작은 것을 통해 큰 것을 터득한다. 이는 작은 모형을 가지고 큰 불상을 세우는 것과 같다. 이런 것은 세세하게 서술할 수 있는 것이 아니다. 하나로써 만 가지를 깨우치는 것이 병법의 이치이기 때문이다. 어쨌든 니텐이치류에 관한 것을 이 '물'의 장에 기록하여 둔다.

셋째는 '불'의 장. 이 장에서는 싸움에 대한 것을 적어둔다. 불은 커지기도 하고 작아지기도 하는 그 힘의 무서움과 변화무쌍함 때문에 싸움에 비유하여 썼다. 싸움의 길은 1대 1 싸움이나 만 명 대 만 명의 싸움이나 모두 같다. 크고 작은 것에 너무 신경쓰지 말고 잘 새겨봐야 할 것이다.

큰 것은 잘 보이나 작은 것은 잘 보이지 않는다. 따라서 많은 사람이 싸울 때는 그때그때 전술을 바꿀 수가 없어 쉽게 포착되는데 비해, 개개인은 각자 마음대로 전술을 쓰기 때문에 세밀한 변화를 알아내기 어렵다. 잘 연구해 보아야 할 일이다.

승부는 한 순간에 결판이 나기 때문에 매일 매일 단련하여 충분히 몸에 익혀야 한다. 어떤 일에 임해서든 당황하지 말고 평상심(平常心)을 기르는 것이 병법의 핵심이다. 이러한 싸움과 승부에 대한 것을 '불'의 장에 기록하고 있다.

넷째 '바람'의 장. 이 장에서는 니텐이치류뿐 아니라 세상의 여러 유파의 병법들을 써놓았다. 풍(風)이라 함은 예스러움을 말하는 고풍이라든가, 현대풍, 가문의 전통을 말하는 가풍 등으로 표현한다. 세상의 병법과 무예의 유파들의 내용을 명확히 적고자 한다.

남을 잘 알지 못하면 자신을 인식하지 못한다. 그 자신에 대한 인식이 없으면 모든 일에 있어서 진실되지 못한 마음이 생겨난다. 평소에 그 길에 전념한다고 해도 정도(正道)에 어긋나 있다면 진실되지 못한 것이다. 진실의 도를 깨닫지 못하면 마음의 사소한 어긋남이 나중에는 크게 빗나가게 되는 것이다. 잘 생각해보아야 할 것이다.

병법을 검술로만 생각하는 것은 잘못이다. 나의 병법의 이치에 있어서도 마찬가지이다. 세상의 일반적인 병법을 알기 위해 바람의 장에서는 다른 유파의 병법을 적어 놓았다.

다섯째 '비어 있음(호)'의 장, '비어 있음'에는 시작도 끝도 없다. 도리를 터득해도 그 도리에 얽매이지 않는다. 스스로 자유롭고 뛰어난 역량을 발휘한다. 때와 장소에 따라 박자를 알고 손에 검이 있다는 사실을 잊는 경지에 이르는 것, 이것이 '비어 있음'의 도이다. 스스로 진실의 도에 이르는 것을 '비어 있음(호)'의 장에 적어 두었다.

나의 병법은 니토류

2도(二刀)라고 부르는 것은, 무사는 대장이나 졸병 모두 두 개의 칼을 허리에 찼기 때문이다. 옛날에는 큰 칼(太刀, 다치)·칼(刀, 가타나)이라고 했고, 지금은 가타나·작은 칼(脇指, 와키자시)이라고 한다. 무사가 이 2도를 허리에 차는 것은 새삼 언급할 필요가 없는 일이다.

무사에게 있어서 알든 모르든 두 개의 칼을 허리에 차는 일은 무사의 길이다. 이 두 개의 칼의 쓰임을 깨우쳐주기 위해 니토이치류(二刀一流)라고 칭하는 것이다. 창·장검과 함께 그 밖의 것(활, 말, 쇠사슬 등)도 무사의 도구에 속한다.

니토이치류의 참된 길은 초심자에게 있어서도 큰 칼과 칼을 양손에 들고 수련하는 것이다. 싸움에 임해 목숨을 버릴 때에는 무기를 남김없이 활용해야 하지 않겠는가. 무기를 제대로 써보지도 못하고 허리에 찬 채 죽는다는 것은 잘못된 일이다.

그러나 무기를 두 손으로 쥐고 마음대로 휘두르기는 어렵다. 니토이치류를 주창하며 한 손으로도 큰 칼을 능히 다룰 수 있도록 하기 위함이다. 창·장검 같은 큰 무기는 어쩔 수 없지만, 칼·작은 칼 등은 얼마든지 한 손으로 쥘 수 있는 무기이다. 말을 타고 달릴 때나 수렁·진흙탕·돌밭·가파른 길·사람이 북적대는 곳에서는 두 손으로 큰 칼(다치)을 다루기가 곤란하다.

왼손에 활·창을 쥐거나 그 외 다른 무기를 가지고 있는 경우에도 한 손으로 큰 칼을 사용할 줄 알아야 한다. 두 손으로 큰 칼을 잡는 것은 진정한 도가 아니다. 만약 한 손으로 적을 무찌르기 힘든 경우에는 두 손으로 해치운다. 시간을 버는 일이기도 하다.

우선 한 손으로 큰 칼을 쥐는 일에 겁을 먹어서는 안 된다. 큰 칼을 능숙하게 다루기 위해서는 두 개의 칼을 쓰되, 큰 칼을 한 손으로 후려치는 훈련을 해야 한다. 사람에 따라서 처음에는 한 손으로 큰 칼을 들면 휘두르기 어러운 경우가 있다.

처음 배울 때는 활시위도 당기기 힘들고 장도도 휘두르기 어렵다. 그러나 익숙해지고 나면 활시위도 힘있게 당길 수 있고, 큰 칼 역시 검도가 지니는 본래의 힘을 터득해 다루기 수월해진다.

큰 칼을 다루는 법이란 빨리 휘둘러야 하는 것이 아니다. 이것은 '물'의 장에서 다루겠다. 큰 칼은 넓은 곳에서 사용하고, 작은 칼(와키자시)는 좁은 곳에서 쓴다. 그 기능을 아는 것이 도의 기본이다.

이 2도 1류에서는 큰 칼로도 이기고 짧은 칼로도 능히 이기는 것이다. 때문에 칼의 길고 짧음에 얽매이지 않고 어떻게든 이기려고 하는 마음가짐이 니텐이치류의 정신이다.

대도 하나를 가지는 것보다 두 개를 가지는 것이 혼자서 많은 사람과 싸울 때, 또는 집안의 좁은 장소에 칩거해 있는 자를 덮칠 때에 유리하다.

이것은 지금 세세히 언급하지 않겠다. 하나를 가지고 만 가지를 깨우쳐야 한다. 병법의 도(道)를 터득하게 되면 어느 것 하나 거칠 것이 없다.

잘 새겨야 할 것이다.

먼저 '병법' 그 두 글자를 이해하라

병법의 도에 있어서는 흔히 큰 칼(太刀, 다치)을 능숙하게 다루는 자를 가리켜 병법자라고 부른다. 무예의 길에 있어서 활을 잘 쏘는 자는 사수라 하고, 총을 잘 쏘는 자는 포수라 하며, 창을 잘 다루는 자는 창수라 하고, 검에 능한 자는 검술사라고 한다.

그러므로 큰 칼의 도(道)를 터득한 자를 장도잡이 또는 칼잡이라고 해도 무방할 것이다. 활·총·창·검 모두 무사의 도구이기 때문에 어느 것이든 병법의 길에 이른다. 그런데도 굳이 큰 칼의 도에 한해서만 병법이라 하는 데는 그 나름대로의 이유가 있다. 그것은 큰 칼의 덕으로써 세상을 다스리고 또한 자신을 다스리는 것이므로 큰 칼은 병법의 근원이 되는 것이다.

큰 칼의 덕을 터득한다면 능히 혼자서도 열 명을 이길 수 있다. 혼자서 열 명을 이기면 백 명이 천 명을 이기고 천 명이 만 명을 이긴다. 따라서 나의 검법에서는 한 명의 상대건 만 명의 상대건 마찬가지라고 여기며, 검법뿐만 아니라 무사가 명심할 이러한 법들을 모두 병법이라고 부른다.

유학자, 불자(佛者), 풍류인, 예법가(예의 범절을 가르치는 사람), 예능인 등의 도(道)는 무사도와는 다르다. 그러나 그 길이 아니더라도 도를 넓히면 모든 일에 통용될 수 있는 것이다. 인간으로서 여러 가지 도를 잘 닦는 것이 중요하다.

병법에서의 무기의 효용이란

무기의 효용을 판단해 어떤 무기라도 때에 맞게 쓸 줄 알아야 한다. 짧은 칼(와키자시)은 좁은 곳에서 적과 맞섰을 때 유용하다. 큰 칼은 어느 곳에서나 사용할 수 있다. 장도는 전장터에서는 창보다 비효율적인 경우가 있다. 창은 선수(先手)를 쓸 수 있으나 장도는 후수(後手)가 된다. 같은 위치에서는 창이 조금 유리하다.

장도나 창, 모두 때에 따라서는 좁은 곳에서는 이롭지 않다. 숨어 있는 자를 덮칠 때도 유용하지 않다. 그저 전투용으로 긴요한 무기일 뿐이다. 전장의 무기로서의 본래의 의미를 망각하고 사소한 것에 집착하여 진정한 도를 잊는다면 승리를 얻지 못할 것이다.

활은 전투시 내닫고 후퇴함에 있어서 유용하고 창이나 칼, 그 밖의 무기보다 빨리 쏠 수 있어서 특히 야전(野戰)에 유리하다. 그러나 성을 공격할 때 또는 적과의 사이가 20간(間, 약 40미터)을 넘을 때는 적당하지 않다.

그런데 오늘날 활을 비롯한 여러 무예가 겉만 화려하고 실전에는 역할을 다하지 못한다. 그러한 무예나 기능은 결정적인 순간에 아무 구실을 하지 못한다.

성곽 안에서는 총포가 가장 유리하다. 야전에서도 백병전이 벌어지기 이전에는 총이 도움이 된다. 그러나 1대 1 전투가 시작되면 적당하지 않다.

활의 한 가지 장점은 쏜 화살을 눈으로 확인할 수 있어 좋다. 총알은 눈으로 볼 수 없다는 것이 단점이다. 이것을 잘 새겨야 할 것이다.

말은 힘이 세고 인내력이 있고 고약한 버릇이 없는 것이 유용하다. 무기와 마찬가지로 말도 큰 것이 좋고, 검, 작은 칼, 창, 장도도 큰 것이 유리하며, 활, 총도 강하고 쉽게 부서지지 않는 것이 좋다.

무기를 한 가지만 써서는 안 된다. 그렇다고 필요 이상으로 무기를 많이 지니는 것은 부족한 것이나 마찬가지이다. 다른 사람을 따라하지 말고 자기 몸과 자기 손에 적당한 무기를 가져야 한다. 대장이나 졸병이나 모두 어떤 무기가 좋고 어떤 무기가 나쁜지를 따져서는 안 된다. 이 점을 명심해야 한다.

매사 병법에는 박자 즉 호흡이 중요하다

모든 일에는 박자가 있다. 특히 병법에 있어서 이 점이 중요하다. 박자는 단련을 하지 않으면 엉거주춤해지기 쉽다. 박자가 뚜렷한 것으로는 춤이나 음악의 박자 등이 있는데, 이는 모두 박자 즉 호흡이 잘 맞음으로써 어우러지는 것이다.

무예의 도(道)에 있어서도 활을 쏘고, 총을 당기며, 말을 타는 것에까지 박자와 가락이 있는 법이다. 여러 무예와 기능에 있어서도 박자를 무시해서는 안 된다.

또한 눈에 보이지 않는 것에도 박자가 있다. 무사의 일생에도 박자가 있다. 신분이 올라 벼슬을 하여 입신 출세하는 박자, 실패하여 뒤로 물러서는 박자, 뜻대로 척척 맞는 박자, 어긋나기만 하는 박자 등.

혹은 장사를 하는 데도 마찬가지이다. 부자가 되는 박자, 망하는 박자, 저마다 박자가 달라진다. 따라서 발전하는 박자와 퇴보하는 박자를 잘 분별해야 한다.

병법의 박자도 여러가지이다. 우선 호흡이 맞는 박자와 맞지 않는 박자를 구분하고, 크고 작거나 느리고 빠른 박자 중에서도 맞는 박자를 알며, 사이사이의 박자를 알아내고, 엇박자까지도 알아 상대를 무너뜨리는 것이 병법의 길이다. 특히 상대를 무너뜨리는 엇박자를 터득하지 못하면 병법을 완전히 몸에 익히기 어렵다.

전투에 있어서 적의 박자를 살핀 후 상대가 예상치 못한 박자로써 치고, 전략으로써 눈에 보이지 않는 박자를 발췌해 비로소 승리를 이끌어내는 것이다.

어느 장에서나 박자에 대해서 기록하고 있다. 이 글을 잘 음미하여 충분히 단련해야 한다.

이 니텐이치류 병법의 도(道)는 밤낮으로 익히고 단련하여 절로 넓은 마음이 생기게 하며, 집단이나 개인의 병법으로서 세상에 전해지는 것이다. 이것을 처음 글로써 나타낸 것이 땅(地), 물(水), 불(火), 바람(風), 비어 있음(空) 5권이다. 나의 병법을 배우고자 하는 사람은 도를 행함에 있어서 다음의 9가지 법칙을 지켜야 할 것이다.

첫째, 올바른 길(正道)을 생각할 것
둘째, 도를 실천하고 단련할 것
셋째, 한 가지 무예뿐만 아니라 여러 예를 갖출 것
넷째, 자신의 직종뿐 아니라 여러 직종의 도(道)를 깨우칠 것
다섯째, 합리적으로 손익을 따질 줄 알 것
여섯번째, 매사에 직관적인 판단력을 기를 것
일곱번째, 눈에 보이지 않는 것을 간파할 것
여덟번째, 사소한 것도 주의를 게을리 하지 말 것
아홉번째, 별로 도움이 못 되는 일은 하지 말 것

이러한 이치를 마음에 새겨 병법의 도를 단련해야 한다. 이 도를 분명히 깨우쳐 넓은 시야로 진실을 바라보지 못한다면 병법의 달인이라고 할 수 없다. 이 법칙을 터득하기만 하면 혼자서도 20~30명의 적과 싸워도 지는 법이 없다.

우선 무엇보다도 병법에 충실하고 진정한 도를 단련하면 손으로 물리칠 수 있고 눈에 보이지 않는 것도 이길 수 있다. 또한 단련을 통해 온몸을 자유자재로 움직이게 되면 육체적으로도 남을 능가하게 된다. 또 이 길에 전념하여 정신을 수련하면 그 정신으로도 남을 이길 수 있다. 이러한 탁월한 경지에 이르면 어찌 남에게 질 수 있겠는가.

또한 넓은 의미의 병법으로서는 뛰어난 인물을 부하로 삼아 부리며, 몸을 바르게 행하고 나라를 다스리며, 백성을 돌보고 세상의 질서를 바로잡을 수 있게 된다. 어느 도에 있어서나 남에게 지지 않을 자신이 생기며, 스스로 이름을 높이는 것이 바로 이 병법의 도(道)이다.

쇼호(正保) 2년(1645) 5월 12일
신멘 무사시(新免武藏)가 데라오 마고조(寺尾孫丞)에게

물(水)의 전략

나의 병법 니텐이치류(二天一流)의 핵심은 맑은 물 같은 마음으로서, 이익이 되는 병법을 행하는 것이므로 '물'의 장이라 이름 붙이고 칼 쓰는 솜씨를 기록하고 있다. 이 병법의 도를 세세하게 마음대로 나누어 쓰기는 어렵다. 비록 말로는 잇기 어려워도 이치는 자연히 이해할 수 있을 것이다. 이 책에 기록해 놓은 것은 한 자 한 자 깊이 새겨야 할 것이다. 적당히 넘어가면 그 도를 잘못 깨닫게 된다.

병법의 이치에 있어서 1대 1의 승부인 것처럼 써놓았어도 만 명 대 만 명의 전투와 같은 이치임을 깨닫고 크게 보는 것이 중요하다. 이 도에 있어서 조금이라도 잘못 이해하거나 실수하게 되면 혼란에 빠지거나 잘못된 길로 빠지고 만다.

이 글을 읽는 것만으로는 병법의 진수에 도달할 수 없다. 여기에 써놓은 것을 자신의 것으로 만들어야 한다. 보기만 하고 생각은 하지 않는다거나 흉내만 낸다거나 하지 말고 자신의 마음속에서 스스로 이치를 터득하여 늘 몸에 익히고 잘 연구해야 한다.

병법에서의 마음가짐

병법의 도에서 말하는 마음가짐은 평소 그대로의 마음(평상심)이라고 바꿔 말할 수 있다. 평소에나 전투에 임해서나 조금도 다름이 없이 정신에 여유를 갖고, 지나치게 긴장하지 말고 조금도 흐트러지지 말아야 할 것이다.

모든 일에 거리낌이 없이 늘 자유스러운 마음을 조용히 움직여, 그 움직임이 단절되거나 멈추어지지 않도록 신중을 기해야 한다.

조용한 곳에서도 마음은 조용하지 않고, 주위가 빨리 움직일 때에도 마음은 조금도 빠르지 않으며, 마음은 몸에 끌려가지 않고 몸은 마음에 끌려가지 않으며, 몸은 긴장하지 않아도 마음은 긴장을 늦추지 않는다. 마음은 부족하지도 않고 조금이라도 넘치지 않으며, 겉마음에 치중하지 말고 속마음을 강하게 하며, 남에게 마음속이 꿰뚫어보이지 않도록 한다.

몸이 작은 자는 몸이 큰 자의 입장이 되어 파악하고, 몸이 큰 자는 몸이 작은 자의 마음이 되어 살펴야 한다. 몸이 크건 작건 마음을 바르게 갖고 자신의 편견에 사로잡히지 않고 높이 볼 줄 알아야 한다. 마음속으로만 보지 말고 넓게 생각하는 지혜를 가지도록 한다.

지혜나 마음이나 오직 단련해야 한다. 지혜를 닦아 사회의 옳고 그름을 분별하고, 사물의 선악을 알며, 수많은 예(藝)의 도를 경험하고, 세상 사람들에게 조금도 속지 않게끔 된 뒤에야 비로소 병법의 지혜를 얻을 수 있다.

특히 전장에서 판단력을 기른다는 것은 아주 중요하다. 비록 전장에서 모든 일이 숨가쁘게 돌아갈 때에도 끊임없이 병법의 이치를 연마하고 흔들리지 않는 정신을 지켜나가야 한다. 이를 잘 음미해야 할 것이다.

전투시 자세

몸의 자세는 얼굴을 숙이거나 쳐들지 않으며, 기울이거나 비틀지도 않는다. 이마에 주름을 짓지 말고 미간을 조금 찌푸려 시선을 고정시킨다. 눈동자는 깜박거리지 말고 평상시보다 조금 가늘게 뜬다.

부드러워 보이는 표정으로 콧대를 똑바로 하여 아래턱을 조금 내민 듯하게 한다. 목은 뒤쪽에 힘을 주어 목덜미를 곧게 세우고, 어깨에서 전신에 걸쳐 고루 힘이 가도록 한다.

양어깨를 내리고 등줄기를 곧추세우되 엉덩이를 내밀지 말며, 무릎에서 발끝까지 힘을 주고 배에다 힘을 주어 허리가 구부정해지지 않도록 한다. 이것을 쐐기를 박는다고 하여, 칼집에 배를 밀착시켜 허리띠가 느슨해지지 않도록 하기 위함이다.

모든 병법의 자세에 있어서, 평상시의 몸가짐을 전투때와 같이 하고, 전투시의 자세를 평소와 다름없이 하는 것이 중요하다. 잘 새겨야 할 것이다.

전투시 눈의 운용

병법에서 '주시(注視)는 싸움에서는 눈을 크고 넓게 봐야 한다. 관(觀), 즉 깊이 꿰뚫어보는 것은 강한 것이고 견(見), 즉 살피는 것은 눈을 약하게 하는 것이다. 먼 곳에 있는 것을 가까이 있는 것처럼 자세히 파악하고, 가까운 곳을 멀리 넓게 보는 것, 이것이 바로 병법의 길이다. 상대의 큰 칼(다치)을 파악하여 상대의 칼의 움직임에 흔들리지 않는 것, 이것이 병법에서 중요한 일이다. 깊이 새겨야 할 것이다.

이 '주시'란 1대 1 대결이든 집단간의 전투이든 모두 마찬가지이다. 눈동자를 움직이지 말고 양옆을 보는 것이 중요하다. 그러나 이것은 하루아침에 터득되는 것이 아니다. 이 글을 읽고 항상 이 '주시'에 유념하며 어느 경우에든 주시하는 눈초리가 유지되도록 해야 한다.

큰 칼을 잡는 마음

큰 칼을 잡는 법은 엄지손가락 전체를 띄우는 기분으로, 가운뎃손가락은 조이지도 말고 풀지도 말며, 약지와 새끼손가락은 조이는 기분으로 잡는다. 손바닥 힘이 느슨해져서는 안 된다.

큰 칼을 쥐었을 때는 항상 적을 벤다고 생각하며 쥐어야 한다. 적을 벨 때에도 손에 변함이 없어야 하고, 손이 움츠러들어 움직임이 부자연스럽게 되어서는 안 된다. 만약 적의 큰 칼을 치거나 받거나 부딪치거나 누르거나 할 때에도 엄지손가락과 집게손가락만을 약간 바꾼다는 기분으로 큰 칼을 쥐어야 한다.

시험삼아 베는 연습을 할 때에나 실제로 싸움에서 적을 벨 때에나 그 손 모양은 실제로 사람을 베는 손 모양과 다르지 않아야 한다. 그렇다고 해서 큰 칼에 손을 고정시켜 움직이지 않음을 뜻하는 것이 아니다. 고정된 손은 '죽음'이고, 고정시키지 않은 손은 '삶'의 손이다. 마음에 잘 새겨야 할 것이다.

자연스럽고 균형있는 발놀림

발의 자세는 발끝을 약간 뜨게 하여 발뒤꿈치를 강하게 딛는다. 발 사용법은 때에 따라 크고 작음, 느리고 빠름은 있어도 항상 평소처럼 자연스러움을 유지해야 한다. 발의 자세에서 펄쩍 뛰는 발, 허공에 뜬 발, 땅에 고정된 발, 이 세 가지는 피해야 할 자세이다.

발놀림에 있어서도 음양(陰陽)의 이치가 중요하다. 음양의 발놀림이란 한쪽 발만을 움직이는 것이 아니라, 벨 때, 물러설 때, 맞받을 때 모두 오른발 왼발, 오른발 왼발 이런 식으로 발을 딛는 것이다. 거듭 말하지만 한쪽 발만 움직여서는 안 된다. 잘 새겨보아라.

형식에 얽매이지 말고 목적을 생각하라

다섯 가지 겨눔 자세란 상단(上段), 중단, 하단, 오른쪽 옆자세, 왼쪽 옆자세를 뜻한다. 자세가 다섯 가지로 나뉘어 있는 것은 모든 적을 베기 위함이다. 다섯 가지 자세뿐이나 어느 자세이건 자세 그 자체에 얽매이지 말고 오직 적을 벤다는 생각만 하라. 자세의 크고 작음은 경우에 따라 이로운 쪽을 택하면 된다. 상, 중, 하단의 자세는 기본 자세이고, 양 옆자세는 응용 자세이다. 좌우 옆자세는 위가 막히거나 양쪽 중 한쪽이 막혔을 때의 자세이다. 좌우 어느 쪽을 택할 것인가는 장소에 따라 판단하면 된다.

이 도에서 가장 중요하게 여기는 자세는 결국 중단이다. 중단이야말로 칼싸움 자세의 진수이다. 이를 큰 전투에 비유해보면, 중단은 대장의 지위에 해당하며 이에 따라 네 가지 자세가 따르는 것이다. 잘 새겨야 할 것이다.

기술과 능력 상황에 따라 적절하게 써라

큰 칼 도(道). 평소 자신이 차고 있는 칼을 두 손가락만으로 휘두르는 경우에도, 검술의 도만 터득하고 있다면 자유자재로 놀릴 수가 있다.

큰 칼을 함부로 빨리 휘두르려고 하면 검도의 법칙에 어긋나 오히려 휘두르기 어려워진다. 큰 칼은 조용히 휘두르는 것이 중요하다.

부채나 단검을 사용하듯이 빨리 휘두르려고 들면 큰 칼의 도리에 어긋나 휘두르지 못하는 것이다. 그런 자잘한 칼질을 하듯 큰 칼을 사용하면 적을 벨 수 없다.

큰 칼을 내려쳤을 때는 올리듯이 하고, 옆으로 휘둘렀을 때는 다시 옆으로 되돌리듯이 한다. 어느 경우에나 팔꿈치를 크게 뻗어 강하게 휘두르는 것, 이것이 큰 칼을 쓰는 법이다.

나의 검법의 다섯 가지 기본 자세를 유념하여 몸에 익히면 큰 칼의 도를 터득해 휘두르기 쉬워진다. 단련을 게을리 하지 않도록 하라.

상대를 겨누는 5가지 기본자세

첫번째 자세-중단(中段)

칼끝을 적의 얼굴에 대고 적과 맞선다. 적이 칼을 치면서 공격해 올 때, 칼을 재빨리 쳐올려 오른쪽으로 밀어붙인다. 또 적이 치고 올 때는 칼끝을 되받아 치고, 큰 칼을 내린 채 그대로 두었다가 적이 계속해서 공격해오면 아래에서 적을 올려친다. 이것이 첫 번째 자세이다.

대강 이 다섯 가지 자세를 모두 설명한다 해도 쉽사리 이해가 되지 않을 것이다. 큰 칼을 직접 손에 쥐고 이 다섯 가지 자세를 훈련해야 한다. 이 큰 칼의 도를 터득했을 때, 상대의 어떠한 칼의 도(道)라도 판단할 수 있다.

이 2도(二刀)의 자세는 다섯 가지 외에는 없다. 잘 단련해야 할 것이다.

두 번째 자세 — 상단(上段)

상단에 칼을 겨누고 적이 공격할 때 단숨에 내려치는 것이다. 빗나갔을 경우 적을 내려친 자세 그대로 있다가, 적이 다시 치고들어올 때 아래에서 위로 치켜올리듯이 올려친다. 반복할 경우에도 마찬가지이다.

마음의 상태나, 다양한 박자의 변화가 있는 법이어서, 이에 따라 충분히 단련을 하면 다섯 가지 큰 칼의 도를 얻을 수 있고, 어떠한 경우에도 승리하게 된다. 잘 연습해야 할 것이다.

세 번째 자세 — 하단

큰 칼을 늘어뜨리는 기분으로 하단에 겨눠 자세를 잡고, 적이 공격해올 때 밑에서 훑어올리듯 손을 치는 것이다. 손을 칠 때 적이 칼을 쳐서 떨어뜨리려고 하면 한 박자 앞서 적의 팔을 옆으로 친다.

이때는 박자가 중요한데, 적이 큰 칼을 휘둘러 공격해올 때 이쪽은 아래쪽 하단에서 단숨에 치는 것이 요령이다. 하단의 자세는 검법 수련에 초심자일 때나 충분히 단련한 뒤에도 종종 당면하게 마련이다. 큰 칼을 가지고 단련해야 한다.

네 번째 자세 — 왼쪽 옆자세

큰 칼을 왼쪽 옆구리에 비껴 잡고, 적이 공격해 왔을 때 그 손을 아래에서 위로 올려친다. 다시 공격해 오면 적의 손을 친다는 기분으로, 상대의 큰 칼이 내려긋는 선을 되받아 자신의 어깨의 위쪽을 향해 대각선으로 올려친다.

이것이 네 번째 큰 칼을 쓰는 법이다. 또 적이 연거푸 공격해올 때도 큰 칼의 도(道)를 터득하면 이를 되받아쳐서 능히 이길 수 있다. 잘 음미해야 한다.

다섯 번째 자세 – 오른쪽 옆자세

큰 칼을 자신의 오른쪽 옆구리 쪽에 비껴 잡고, 적이 공격해 오면 자신의 큰 칼을 아래에서 비스듬히 위로 쳐올린 다음, 위에서 아래로 일직선으로 내려치는 것이다.

이 검법 또한 큰 칼의 도(道)를 잘 익히기 위함이다. 이 검법을 잘 단련하면 무거운 큰 칼을 자유자재로 다룰 수 있게 된다.

이상 다섯 가지 자세에 관해서는 새삼 세밀하게 기록하지는 않겠다. 나의 검법의 도(道)를 알고, 박자를 익혀 적의 칼 쓰는 법까지 판단할 수 있도록 우선 이 다섯 가지 자세로 매일 기술을 연마하는 것이 중요하다.

적과 싸우는 동안에도 이 큰 칼의 법칙을 알고 적의 마음을 헤아리며 갖가지 박자를 알면 어떻게든 승리할 수 있다. 이를 꼼꼼히 새겨야 할 것이다.

고정관념에서 벗어나라

"자세가 있으면서도 자세가 없다."

이것은 큰 칼의 검법에서 반드시 정해진 형식에 따라 겨누어 드는 일이 있어서는 안 된다는 의미이다. 그러나 다섯 가지 자세(상단, 중단, 하단, 좌·우 옆자세)를 큰 칼의 검법 자세라고 한다면 나름대로 정해진 것이 있다고 말할 수도 있다.

큰 칼을 쓰는 데 있어서 가장 중요한 점은 적이 어느 곳에 있든 어떤 자세로 칼을 들었든 간에 오직 적을 베겠다는 마음가짐이다. 이를테면 상단으로 자세를 잡았어도 경우에 따라 칼을 약간 숙이면 중단이 되고, 중단 자세에서도 약간 치켜든다면 상단이 된다. 하단으로 잡았을 경우 역시 조금 올려 잡으면 중단이 된다. 양 옆자세도 약간 가운데로 내밀면 중단이나 하단이 된다. 따라서 자세가 있되 자세가 없다는 이치이다.

우선 큰 칼을 든 다음은 어떻게든 적을 베는 것이 중요하다. 적이 후려치는 큰 칼을 받거나, 치거나, 맞서거나, 버티거나 하는 일이 모두 적을 베기 위한 수단임을 명심하라. 받는다, 친다, 맞선다, 버틴다, 라는 것에 정신을 쏟으면 결코 적을 벨 수 없다. 그 무엇이든 적을 베기 위한 수단이라는 생각이 철저히 박혀 있는 것이 중요하다. 이 이치를 잘 음미해야 한다.

큰 육박전에 비유한다면 대열을 짜는 일이 이 검법의 자세에 해당된다. 이 역시 전투에서 이기기 위한 수단이다. 모름지기 한 가지 틀에 박히는 것은 좋지 않다. 잘 연구해야 할 것이다.

적을 칠 때는 일격에 쳐라

적을 칠 때는 일격에 쳐야 한다. 적과 내가 모두 큰 칼을 멈추고, 적이 미처 판단이 서지 않았을 때를 포착하여 내 몸을 움직임 없이, 주저함이 없이 몹시 빠르게 단번에 치는 것이다. 적이 큰 칼을 빼고, 겨누고, 공격하려고 마음을 결정할 틈을 주지 않고 이쪽에서 선수를 쳐 내리치는 동작, 이것이 일격이다. 이 동작을 잘 익혀 순식간에 날렵하게 칠 수 있도록 단련해야 한다.

상대가 방심했을 때 쳐라

'두 호흡 치기'란, 이쪽이 치려고 하면 적이 재빨리 물러날 때, 자기는 치려는 것처럼 거짓 액션을 취하여, 적이 물러서 약간 느슨해진 틈을 포착해 순식간에 내려치는 것이다.

여기에 쓴 것만으로는 좀처럼 어려울 것이나, 가르침을 받으면 금방 이해할 수 있다.

무념무상(無念無想)의 경지

적도 공격하려고 하고 자신도 공격하고자 할 때, 몸은 적을 치는 자세를 취하고 있고 정신 또한 적을 치는 데 집중되어 손은 어느새 자연스럽게 공중에서 세차게 적을 치는 것, 이것이 무념무상의 타격이다. 이것은 매우 중요한 타격법으로 자주 겪게 되는 검법이다. 잘 익혀 단련해야 할 것이다.

온힘을 모아 추진하라

유수(流水)의 법칙. 적과 내가 서로 비등한 실력으로 대치하고 있을 때 적이 서둘러 공격하려 들거나, 재빨리 비키려 하거나, 빨리 큰 칼을 치려고 할 때, 이쪽은 심신에 여유를 가지고 칼이 이에 따라 움직이게끔 하고, 마치 물줄기가 천천히 고여들 듯 일단 정지하는 것처럼 크고 강하게 치는 것이다. 이 병법을 습득하면 확실히 손쉽게 칠 수 있다. 이 경우 적의 수준이며 역량을 간파하는 것이 중요하다.

시도할 수 있는 방법은 모두 시도하라

연속적인 검법. 이쪽이 치고 나갈 때 적은 반격을 가해오든지 피하든지 한다. 이 순간을 포착해 한 동작으로 상대의 머리건 손이건 발이건 칠 수 있는 곳을 가리지 않고 친다. 큰 칼이 미치는 곳이면 어디든 치는 것이 이 검법이다. 이것은 잘 습득해야 하며, 자주 상대하게 되는 병법이다. 이론보다는 실제로 자주 단련하여 분별력을 키워야 한다.

빠르고 강하게 쳐라

석화(石火)의 병법. 이것은 적의 칼과 내 쪽의 큰 칼이 맞설 때 자신의 큰 칼을 조금도 치켜들지 않고 매우 강하게 치는 법이다. 발과 몸, 손, 이 셋의 힘을 강하게 모아 재빠르게 쳐야 한다. 이것은 자주 익히지 않으면 활용할 수 없다. 잘 단련하면 강하게 대적할 수 있다.

상대의 시도를 철저히 차단하라

낙엽 병법. 적의 칼을 쳐서 떨어뜨린 다음 적을 치는 자세이다. 적이 큰 칼을 들어 치거나 때리거나 맞받으려 할 때, 자신은 무념무상의 병법 또는 석화의 병법으로써 적의 큰 칼을 강하게 내려친 다음, 그대로 쓸어내리듯이 칼끝을 아래로 쳐내리면 적의 칼은 반드시 떨어지게 된다. 이 역시 잘 단련하면 충분히 이를 수 있다.

생각과 행동을 함께 하라

'큰 칼을 대신 하는 몸'이라는 검법. 반대로 '몸을 대신하는 큰 칼'이라고도 할 수 있다. 적을 칠 때 큰 칼과 내 몸이 한꺼번에 칠 수는 없다. 칼을 휘두르는 적의 상황에 따라 내 몸을 먼저 공격 자세로 잡은 다음 큰 칼을 치는 것이다. 때로는 몸은 움직이지 않고 큰 칼만 치는 일도 있지만, 대개는 몸부터 먼저 움직이고 큰 칼은 이를 따라가는 법이다. 잘 음미하며 단련해야 한다.

계획에 의한 성공과 우연한 성공은 다르다

'치는 것'과 '닿는 것'은 전혀 다르다. 친다는 것은 무엇이든 마음에 작정하고 확실히 치는 것이다. 닿는다는 것은 어쩌다 부딪치는 정도를 말한다.

아무리 강하게 부딪쳐서 적이 죽는다 해도 이것은 그저 '닿는 것'일 뿐이다. 치는 것은 마음먹고 행동하는 것이다. 잘 되새겨야 한다.

　적의 손이든 발이든 내 칼에 닿는 것은 나중에 강하게 치기 위해 우선 스친 상태에 지나지 않는다. 잘 익혀서 구별해야 한다.

온몸을 던져 도전하라

　'짧은 팔 원숭이의 몸'이라는 것은, 적과 대결할 때 함부로 팔을 내밀지 않는 마음가짐을 말한다.

　적에게 접근할 때 팔을 조금도 내뻗지 않고, 적이 칼을 내려치기 전에 몸을 재빨리 접근하는 방법이다. 팔을 뻗으면 반드시 몸이 멀리 떨어지게 되므로 팔을 뻗지 말고 온몸을 재빨리 밀어붙여 버린다. 피차 손에 닿을 정도의 거리에서는 몸도 바짝 접근시키기기 쉽다. 잘 음미해야 할 것이다.

먼저 일의 본질을 파악하라

　마치 아교처럼 적에게 몸을 밀착시켜 떨어지지 않는 것을 칠교(漆膠) 검법이라 한다. 이때 머리도 몸도 발도 강하게 바짝 붙인다. 대개의 경우 얼굴과 발은 재빨리 붙여도 몸은 떨어지게 마련인데, 적의 몸에 자기의 몸을 바짝 붙여 조금이라도 빈틈이 없게 한다. 잘 새겨야 할 것이다.

위축되지 말고 온 능력을 발휘하라

　키재기. 적에게 접근할 때는 어떠한 경우에도 내 몸이 움츠러들지 않도록 조심해야 한다. 허리, 머리를 곧게 세우고 마음놓고 적에게 쳐들어가라. 적의 얼굴과 나의 얼굴을 나란히 하여 키를 견주어보아 내 키가 크다고 생각될 때까지 마음껏 몸을 뻗쳐 바짝 밀어붙이는 것이 중요하다. 잘 연구해야 할 것이다.

'끈질김'과 '얽힘'은 다르다

　끈질기게 맞서기. 적과 내가 얽혀서 맞싸울 때 이쪽의 큰 칼을 저쪽의 칼에 접착시키는 듯한 기분으로 내 몸을 밀어붙인다. 접착제를 붙인 듯 적이 쉽사리 칼을 떼지 못하도록 하되 너무 거세게 밀고 나가면 안 된다. 적의 큰 칼에 접착시키듯 공격해 들어갈 때는 서둘지 말고 서서히 할수록 좋다.

'끈질김'과 '얽힘'은 분명 다르다. 끈질김으로 밀어붙이면 강하지만, 얽혀서 들어가면 약한 법이다. 이것을 잘 분별해야 한다.

온몸으로 부딪쳐라

몸으로 부딪치기. 내 몸을 날려 적에게 부딪치는 자세이다. 이때 얼굴을 조금 돌려 왼쪽 어깨를 내밀고 적의 가슴에 부딪친다. 부딪칠 때는 있는 힘을 다해 힘껏 부딪치는데, 호흡을 맞춰 솟구치듯이 단호하게 뛰어든다. 이것을 익히면 적을 2~3간(間, 4~5미터)쯤 날려버릴 수 있을 만큼 강해져서, 적이 죽어버릴 정도로 무서운 힘을 발휘하게 된다. 잘 단련해야 한다.

적극적으로 맞서라

방어법에는 세 가지가 있다. 첫째, 적이 치는 큰 칼을 받을 때 자신의 칼이 적의 눈을 찌르는 듯한 자세를 취함으로써 적의 칼끝을 자신의 오른쪽 어깨로 흘려 이를 피하는 것이다. 둘째, 공격해오는 적의 칼을 피해 이쪽에서는 오른쪽 눈을 찌르듯이, 목을 찌르듯이 하여 고개를 숙이는 기분으로 달려들어 막는 것이다. 셋째, 적이 공격할 때 내가 짧은 칼을 가졌을 경우, 상대의 큰 칼을 막는 데 신경쓰지 말고 내 왼손으로 적의 얼굴을 찌를 듯이 쳐들어간다.

이상이 세 가지 방어법이다. 어느 경우건 왼 주먹을 쥐고 얼굴을 찌를 듯이 해야 한다. 잘 단련해야 할 것이다.

정공법으로 나아가라

얼굴 찌르기. 적의 실력과 자신의 실력이 막상막하일 때, 각자의 큰 칼을 사이에 두고 적의 얼굴을 자신의 큰 칼 끝으로 찌르려는 마음으로 계속 신경을 곤두세우는 것이다. 얼굴을 찌르려는 기색을 보이면 상대는 얼굴과 몸을 뒤로 젖히게 될 것이다. 적이 자세를 뒤로 하면 이길 수 있는 갖가지 허점이 생긴다. 잘 연구해야 한다.

싸우는 동안에 적이 몸을 뒤로 젖히면 이미 이긴 것이나 다름없다. 따라서 안면 찌르기를 항상 잊어서는 안 된다. 병법을 연마하는 동안 이처럼 유리한 방법을 익히기 위해 잘 단련해야 할 것이다.

상황이 좋지 않을 때는 상대의 급소를 찔러라

가슴 찌르기. 싸우는 동안 위아래가 낮고 옆도 막힌 비좁은 곳에서 도저히 적을 벨 수 없을 경우, 내 칼끝으로 적을 찌르는 방법이다. 공격해 오는 적의 큰 칼을 피하기 위해서는 자신의 칼등을 적과 수직 방향으로 잡아 그 칼끝이 엇나가지 않도록 일단 끌어당겼다가 적의 가슴을 찌른다. 만약 자신이 지치거나 칼쓰기가 여의치 않을 때는 이 병법을 사용하게 된다. 잘 판단해서 활용하라.

호흡이 중요하다

갓·톳(喝·咄) 박자. 적을 공격해 제압하려 할 때 상대가 다시 되받아치면 아래에서 칼을 들어 찌르듯이 되받아치는 것을 말한다. 반드시 빠른 박자로 '갓' 하며 치켜 찌르고, '톳' 하며 내려치는 호흡이 중요하다. 결투할 때 흔히 이런 호흡으로 싸우게 된다.

갓·톳의 비결은 칼끝을 올리는 기분으로 적을 찌른다고 생각하고, 치켜듦과 동시에 내리치는 동작이다. 잘 연마하여 음미해야 한다.

기선을 잡아라

맞받기. 적과 서로 내려치는 동작이 맞지 않을 때 적이 치는 것을 내 큰 칼로 맞받아 치는 것이다. 맞받기는 그렇게 세게 맞서거나 받는 것이 아니다. 적이 공격하는 큰 칼을 털어내듯이 막자마자 재빨리 적을 치는 것이다. 상대의 칼을 털어내듯이 함으로써 기선을 잡는 것이 중요하다. 이 동작이 익숙해지면 적이 아무리 강하게 공격해 와도 이를 가볍게 털어내듯 한다면 몰릴 일이 없다. 잘 익혀 음미해야 한다.

급한 일부터 먼저 처리한다

혼자 많은 적과 싸울 때는 큰 칼과 짧은 칼을 모두 뽑아 좌우로 넓게 벌리고 큰 칼을 옆으로 하여 자세를 취한다. 적이 사방에서 덤벼도 한쪽으로 몰아가며 싸운다.

적이 덤빌 때 어느 쪽이 먼저고 어느쪽이 나중에 덤비는지 잘 파악하여 먼저 달려드는 자와 우선 대적한다. 전체의 움직임을 파악하고 적이 칼을 치는 순간을 붙잡아 큰 칼과 작은 칼을 단번에 교차시켜 적을 벤다.

앞서가는 큰 칼로 앞쪽의 적을 베고, 칼을 끌어당기며 옆에서 공격하는 적을 벤다. 큰 칼을 교차시킨 후 꾸물거려서는 안 된다. 재빨리 양옆을 대비하는 자세로 고쳐잡고 적이 다가오는 타이밍을 잡아 강하게 공격해 들어가 그대로 밀어붙여 적의 태세를 무너뜨린다.

어쨌든 물고기떼를 몰아 한 줄로 꿰는 식으로 적을 몰아붙여야 한다. 적이 흐트러져 보이면 그대로 틈을 주지 말고 강하게 치고 들어간다.

적이 몰려 있는 곳만을 정면으로 쫓기만 하면 오히려 상황이 불리해진다. 또한 적이 나오기를 기다리면 진척이 없다. 적의 움직임을 파악하여 어떻게 하면 상대가 무너지는가를 궁리한 다음에 이기도록 하라.

기회 있을 때마다 상대를 모아놓고 들어가는 방법을 수련하여 익숙해지면, 10~20명의 적도 마치 한 사람을 상대하듯 수월하게 처리할 수 있다. 잘 연마하여야 할 것이다.

승리의 비결을 터득하라

병법·검법에서 승리를 얻는 비결을 깨닫는 것이다. 글로써 세세하게 나타낼 수 있는 것이 아니다. 잘 연마하여 승리의 길을 깨우칠 뿐이다. 이는 무예의 진수라고 할 수 있는 큰 칼의 검법을 말한다. 이는 말로써 전한다.

단 한번에 끝내라

이 '일격'이라는 마음을 가지면 확실히 이길 수 있다. 이것은 충분히 병법을 연마하지 않으면 깨달을 수 없다. 이것을 잘 단련하면 병법을 내 마음대로 사용하여 생각한 대로 승리할 수 있다. 잘 연마해야 할 것이다.

통찰력을 길러라

직통(直通)의 마음. 이는 니토이치류(二刀一流)의 진정한 길을 깨달아 전하는 것이다. 잘 연마하여 이 병법에 몸을 익히는 것이 중요하다. 말로써 전한다.

위에 적은 것은 니텐이치류의 검술을 대략 기록한 것이다.

병법에 있어서 큰 칼로써 상대에게 이기는 법을 터득하면 우선 다섯 가지의 자세를 알게 되고, 큰 칼의 도(道)를 깨달아 온몸이 자유롭게 되며 바른 판단력이 생기고 저절로 검법을 터득하게 된다. 스스로 큰 칼의 진리를 깨우치게 되고, 몸도 발도 생각대로 원활히 움직여 자유자재가 된다.

한 사람을 이기고 두 사람을 이기고 스무 명을 이겨, 병법의 옳고 그름을 깨닫게 된다. 이 글의 내용을 한 조항씩 연마하여 적과 싸우며 차차 이 도의 이치를 터득하게 된다. 끊임없이 명심하되, 서두르지 말고 여러 사람과 대결함으로써 상대의 정신을 파악해 어떻게 하면 이길 수 있는가 이치를 깨닫는다. 천리길도 한 걸음씩 가는 법이다.

병법의 도를 깨우치는 것을 무사의 소임으로 알며, 느긋하게 정진한다. 오늘은 어제의 자신에게 이기고, 내일은 한 수 아래인 자에게 이겨서, 훗날에는 한 수 위인 자에게 이긴다고 생각하고 여기에 적힌 대로 단련을 하며 한눈을 팔지 않도록 하라.

아무리 많은 적과 싸워 이겨도 원칙에 따른 것이 아니면 진정한 도라고 할 수 없다. 이 이치를 깨닫게 되면, 혼자서 수십 명에게 이길 수 있는 비결을 터득하게 된다. 그렇게 되면 검술의 지력(智力)으로써 1대 1 싸움이거나 많은 적과 싸울 때 능히 승리를 얻게 될 것이다.

1천 일의 연습을 단(鍛)이라 하고, 1만 일의 연습을 연(練)이라 한다. 잘 음미해야 할 것이다.

쇼호(正保) 2년(1645) 5월 12일
신멘 무사시(新免武藏)가 데라오 마고조(寺尾孫丞)에게

불(火)의 전략

나의 니토이치류(一刀二流)의 검법에서 싸움을 불(火)의 힘에 비유하고, 승부에 관해 '불'의 장이라 이름 붙여 기록하고자 한다.

세상 사람들은 병법의 이치를 과소 평가하여 말초적인 기교로 여기고 있다. 어떤 자는 손가락 끝으로 손목의 세 치, 다섯 치의 이치를 안다고 하고, 혹은 부채를 가지고 팔꿈치로부터 손끝의 움직임으로 승부를 터득할 수 있다고 여긴다. 또한 죽도(竹刀) 따위로 손놀림과 발놀림을 배워 적보다 약간 선수를 쳐서 유리한 입장을 차지하려고만 하고 있다.

나의 검법은 매번 승부에 목숨을 걸고 싸움으로써 죽느냐 사느냐의 이치를 터득하는 것이다. 검(劍)의 정신을 알고 공격해오는 적의 칼의 강약을 판단하며, 큰 칼의 도리를 알고 적을 쓰러뜨리기 위한 단련을 쌓는 것이다. 손끝으로 연연하는 잔재주와는 비교할 수 없다.

특히 여섯 가지 무구(武具, 방패·투구 등 갑옷 한 벌)를 갖춘 실전의 장에서는 이런 잔재주에 의해 요행만을 가지고는 승리할 수 없다.

더욱이 목숨을 건 싸움에서 혼자서 다섯 명, 열 명과도 싸워 승리의 길을 확실히 몸에 익혀가는 것이 나의 병법의 도이다. 그러므로 한 사람이 열 명을 이기는 것이나, 천 명이 만 명을 이기는 것이 다르지 않다. 잘 음미해야 한다.

그러나 평소 연습할 때 천 명, 만 명을 모아 놓고 할 수는 없는 일이다. 혼자 큰 칼을 가지고 연습하면서 그때그때 적들의 전략을 간파하고, 적의 강하고 약함, 수단을 파악해야 한다. 병법의 이론으로 모든 자에게 이기는 데까지 통달하고 나서야 이 도의 달인이라 할 수 있다.

세상의 그 누가 니텐이치류의 진정한 참뜻을 깨우칠 수 있겠는가. 어떻게든 밝혀보리라 확실히 작정하여 밤낮으로 단련하고 연마한 뒤 스스로 자연히 뜻한 바를 얻고 뛰어난 역량을 발휘하며 신통력을 얻는 것. 이것이 무사로서 승부의 원칙을 실천하는 마음가짐이다.

여건을 최대한 활용하라

위치 정하기. 싸움을 할 때 자신이 어떠한 상태에 있는가를 살피는 것은 아주 중요하다. 싸움의 위치를 정할 때는 태양을 등지고 서야 한다. 만약 장소에 따라 태양을 등질 수 없을 때는 오른쪽에 태양이 오도록 자세를 잡아야 한다.

실내에 있어서도 마찬가지로 불을 등지거나 오른쪽 옆에 오도록 한다.

등 뒤가 막히지 않도록 하고 왼쪽 옆은 넓게, 오른쪽은 좁혀서 태세를 갖추도록 하라. 밤에도 적이 보이는 곳이라면 불을 등 뒤로 하고 불빛을 오른쪽 옆에 두어야 한다.

적을 내려다볼 수 있도록 조금 높은 곳에 위치해야 한다. 실내에서는 상석을 차지하라.

일단 싸움이 시작되면 적을 자기의 왼쪽으로 몰도록 하라. 불리한 곳을 적이 등지게 하도록 몰아붙이는 것이 중요하다. 이런 불리한 곳으로 몰린 것을 눈치채지 않도록 적이 사방을 살필 새 없이 방심하지 말고 몰아붙인다. 방안에서는 문지방, 문틀, 미닫이문, 마루, 기둥 등과 같은 곳이 불리한 쪽인데, 여기로 적을 몰아붙일 때 역시 상대에게 '싸움의 장(場)'을 살필 틈을 주지 말아야 한다.

어느 경우건 적을 몰아붙일 때는 발판이 나쁜 곳, 또는 옆에 장애물이 있는 곳 등으로 몰아서 내 위치를 유리하게 살려 우위에 서는 것이 중요하다. 잘 음미하여 단련해야 한다.

선수(先手)치는 3가지 방법

선수(先手)를 치는 데는 세 가지 방법이 있다. 그 하나는 이쪽에서 먼저 공격해 선수를 치는 법, 즉 '거는 선수'라고 한다. 또 하나는 적이 자기에게 덤벼들 때 선수를 치는 법, 즉 '기다려 잡는 선수'이다. 마지막 하나는 이쪽과 적이 동시에 치는 선수, 즉 '맞서는 선수'이다.

어떤 싸움에 있어서도 처음에는 이 세 가지 선수밖에 없다. 어떤 선수로 기선을 제압하느냐에 따라 재빠른 승리를 얻을 수 있기 때문에 선수라는 것은 병법에서 아주 중요하다.

이 선수에 세세한 것들이 있지만, 어떤 선수를 취하는가는 그때그때의 상황에 따라 적응해야 하며, 적의 마음을 간파하고 검법의 지혜로써 이겨야 하는 것이다. 이들을 자세하게 기록할 수는 없다.

첫째 '거는 선수'. 이쪽에서 먼저 치기로 마음먹고, 조용히 있다가 느닷없이 재빨리 공격하는 방법을 말한다. 몸의 움직임은 빠르고 거세게 덤벼들되, 마음에 여유를 두는 방법이 있다. 또 잔뜩 긴장하고 빠른 발걸음으로 다가가 적의 측면에서 단숨에 날카롭게 공격하여 적을 압도하는 방법도 있다. 또한 심리전으로 적의 마음을 교란시켜 약하게 한 뒤 꺾어버리는 방법도 있다. 어디까지나 강한 마음을 가지고 승리해야 한다. 이것이 '거는 선수'이다.

둘째 '기다리는 선수'. 비록 적이 먼저 공격해올 때도 거꾸로 이쪽에서 선수를 칠 수가 있다. 조금도 당황하지 말고 조용히 막다가, 적이 가까이 오면 뒤로 쓱 물러나 도망가는 척하여 적이 방심하는 듯하면 단숨에 공격함으로써 승리한다. 또 적이 달려들 때 이쪽에서 더욱 세게 나가면 적의 공격이 흐트러지고 이 틈을 타 단번에 승리를 거두는 것, 이것이 '기다리는 선수'이다.

셋째 '맞서는 선수'. 적과 동시에 격돌해도 이쪽에서 먼저 선수를 칠 수 있다. 즉, 상대가 빠르게 덤벼들면 이쪽은 조용하면서도 강하게 막아내고, 적이 가까이 오면 물러나는 기미를 보였다가 적이 방심하는 듯 보일 때 대담하게 덤벼들어 승리한다. 또 적이 조용히 접근할 때는 자기의 몸을 들뜬 듯이 보이게 해 조금 빨리 공격을 유도하고, 적이 접근하면 한 차례 접전을 벌인 뒤 적의 허점을 틈타 강하게 공격해 이긴다. 이것을 상세히 기록하기는 힘들다. 이 글을 유념하여 연구해야 한다.

경우와 상황에 따라 이 세 가지 선수 중 하나를 선택한다. 언제나 이쪽에서 선제 공격을 하라는 뜻은 아니지만, 되도록 이쪽에서 먼저 기선을 잡아 적을 혼란케 하여 승리를 얻어낸다. 어쨌든 선수란 병법의 중요한 전력으로서 반드시 이기도록 하는 것이다. 잘 단련해야 한다.

기선을 제압하라

'베개 누르기'. 적의 머리를 들지 못하게 하는 것이다. 승부의 길에 있어서 적에게 휘둘려 수세에 몰리는 후수(後手)에 이르는 것은 좋지 않다. 어떻게 해서든 적을 후수로 돌려야 한다. 적도 이쪽과 마찬가지로 그렇게 생각하겠지만, 적의 공격 방향을 간파하지 못하면 선수를 잡을 수 없다.

검법에서 '베개 누르기'란 적의 공격과 찌르기를 제압하여 상대가 몸으로 달려들 낌새를 떨쳐내는 것이다. 이것은 나의 병법의 핵심을 터득함으로써 적과 맞설 때 적의 의도를 간파하여 행동을 꺾어 눌러 주저앉히는 것이다. 이를테면 적이 달려들거나 뛰거나 베려고 하면 그 돌출부를 제압하는 것이다.

적이 전술을 걸어올 때 쓸모가 없는 것이면 하는 대로 놔두고, 그렇지 않으면 억눌러 적을 꼼짝 못하게 하는 것이 병법에서 중요하다.

적의 공격을 막자고만 하는 것도 후수(後手)인 것이다. 적이 술수를 쓰려고 할 때 검법의 도(道)에 따라 막고, 적의 선수가 전혀 소용없도록 만들어 상대를 내 마음대로 휘두르는 것, 이것이 병법의 참뜻을 터득한 달인이다. 이는 충분한 단련으로 가능하다. '베개 누르기'를 잘 새겨야 할 것이다.

반드시 극복한다는 의지로써 위기를 극복하라

'도(渡)를 건넌다'는 것, 예컨대 바다를 건널 때는 좁은 해협도 있고, 40~50리나 되는 긴 바닷길을 건너는 경우도 있다. 인간이 세상을 헤쳐나가고 죽음에 이르기까지는 수많은 위기를 만난다.

뱃길을 알고 그 건널 곳을 알며, 배의 위치를 알고 날씨의 상태를 잘 알아, 날씨가 좋다고 판단되면 뒤따르는 배가 나오지 않아도 혼자서도 나갈 때가 있다.

상황에 따라 순풍을 받아 나아갈 때도 있고, 혹은 풍향이 바뀌어도 20~30리는 노를 저어서라도 뭍에 닿겠다는 일념으로 배를 움직이고 도(渡)를 건넌다. 인생에 있어서도 이와 같은 마음가짐으로 전력을 다해 도(渡)를 넘는다고 스스로를 타이르지 않으면 안 된다.

싸울 때에도 이와 마찬가지이다. 적의 전력을 알고 자기의 특기를 잘 알아서 병법의 이치로써 '도(渡)를 넘는' 것이니, 노련한 뱃사공이 바다를 건너는 것과 같다.

'도(渡)를 넘고' 나면 다시 편안한 상태가 된다. 그럼으로써 적은 열세에 빠지고 자신은 우위를 차지하게 된다. 이런 경우 대개는 승리를 거둘 수 있게 된다. 작은 전략이나 큰 전략에 있어서 '도(渡)를 넘는다'는 것은 아주 중요하다. 잘 음미해야 할 것이다.

상대의 약점을 파악하라

기세 파악하기. 이것은 대부분의 병법에서 적의 사기가 높은가, 떨어져 있는가를 간파하여, 장소의 상태와 적의 기세를 가늠하는 것이다. 그리고 나서 아군을 움직이고 전략을 세움으로써 승리에 대한 확신과 전망을 가지고 싸우는 것을 말한다.

또한 1대 1의 승부에 있어서도 적의 유파를 헤아리고 상대의 성질을 파악해, 그 사람의 강점과 약점을 찾아낸다. 이렇게 해 적의 의표를 찔러 적이 전혀 예상치 못한 방법으로 공격하며, 강하게 응대하는 경우와 약해지는 구석, 그 변화의 간격과 타이밍을 포착해 선수를 치고 나가는 것이 중요하다.

모든 기세 판단은 자신의 지력이 뛰어나면 반드시 할 수 있다. 검법을 통해 자유자재의 몸이 되면 적의 마음속까지 꿰뚫어 승리를 차지할 수 있는, 숱한 방법을 터득하게 된다. 충분히 연구하라.

상대를 제압하여 우위에 서라

검 짓밟기. 이것은 병법에서 흔히 쓰는 말이다. 대규모의 전투에서 적이 활이며 총을 쏠 때면 똑같이 적에게 맞서고, 그 뒤에 적의 공세가 잠시 주춤해지면 공격해 들어간다. 화살을 매기고 총포에 화약을 넣고만 있으면 어느 세월에 적진에 쳐들어 갈 것인가. 적이 화살을 재고 총포를 장전하는 동안에 재빨리 쳐들어가면 적이 응대하기 어렵다. 그때그때 적이 공격해오면 도리어 이쪽에서 맞받아 치면서 짓밟아 버리고 좌절시켜 승리하는 이치이다.

또한 1대 1의 싸움에서도 적이 큰 칼로 쳐들어올 때 막기만 한다면 털컥털컥 걸리듯이 쉽사리 결말이 나지 않는다. 적이 큰 칼로 공격할 때는 발로 밟아 버리는 기분으로 맞받아 쳐서 두 번 다시 공격할 수 없게 해야 한다. 밟는다는 것은 발로 밟는 것만 뜻하지 않는다. 몸이나 마음으로도 밟을 수 있고 물론 큰 칼로도 밟을 수 있다. 다시는 적이 공격해 오지 못하게 하는 것이다.

이것은 즉 모든 싸움에서 기선을 잡는다는 이치이다. 적의 공격과 동시에 쳐나가는 것이지만, 정면으로 맞붙으라는 뜻은 아니다. 적이 주춤한 틈을 타 단숨에 쓰러뜨리는 것이다. 잘 음미해야 한다.

상대가 무너질 때를 놓치지 말라

무슨 일이든 '허물어질 때'가 있는 법이다. 집이 허물어지고 몸이 허물어지고 적이 허물어지는 것 모두 때가 되어 박자가 어긋나 허물어지는 것이다. 싸움에서 적이 허물어지는 박자를 알고 그 순간을 포착하여 추격하는 것이 중요하다. 허물어지는 순간을 놓치면 적에게 다시 태세를 고쳐잡는 기회를 허용하는 결과가 되기 때문이다.

또한 1대 1의 승부에서도 싸우는 동안에 적의 박자가 어긋나 허물어지는 순간이 있다. 그때를 놓치면 적은 다시 되살아나서 새롭게 공격해 온다.

그 허물어지는 순간에 일격을 가해 적이 다시 얼굴을 들지 못하도록 확실하게 몰아붙이는 것이 중요하다. 이는 적이 다시 회복하지 못하도록 단숨에 강하게 치는 것이다. 친다는 것은 잘 분별해야 한다. 순간을 놓치면 늘어지기 십상이다. 잘 연구해야 할 것이다.

적의 입장에서 판단하라

'내가 적이 된다'는 것은 적의 입장이 되어 생각함을 말한다. 예를 들면 집안에 든 도둑이 관헌과 대치할 때, 사람들은 도둑을 집 안에 가둬 놓고 그 도둑을 강하다고 생각한다.

그러나 도둑의 입장이 되어 보면 사람들에게 쫓겨 들어와 어쩔 수 없는 진퇴양난에 빠진 기분일 것이다. 갇힌 것은 꿩이고 잡으러 들어가는 것은 매가 된다. 잘 생각해야 한다.

많은 수의 싸움에서 적을 강하게 생각하고 조심하다 보면 소극적이 된다. 그러나 잘 훈련된 부대를 가지고 병법의 도리를 이해하여 적에게 이기는 이치를 깨달으면 아무 염려할 것이 없다.

1대 1의 싸움에서도 적의 입장에서 생각해 보라. 누구든지 병법을 잘 터득해 검법에 밝고 그 길의 달인이라 할 자와 맞서게 되면 반드시 지고 만다고 지레 생각할 것이다. 이 점을 잘 음미해보라.

교착 상태에서 벗어나라

네 개의 손(四手)을 푸는 것. 적과 자신이 같은 생각과 전략으로 겨루게 된다면 교착 상태가 되어 싸움이 결판나지 않는다. 팽팽하게 교착 상태가 되었다고 생각하면, 그때까지의 전법을 버리고 다른 전략으로 이길 생각을 해야 한다.

집단간의 싸움에서 교착상태에 이르면 결말이 나지 않고 많은 병사만을 잃게 된다. 빨리 그 전략을 버리고 적의 의표를 찌르는 방법으로 승리해야 한다.

또한 1대 1의 싸움에서도 교착 상태라고 생각되면 전략을 바꾸고 적의 상태를 파악하여 각각 다른 수단으로써 승리를 얻는 것이 중요하다. 잘 분별해야 한다.

때로는 계략을 써서 적의 의도를 간파하라

그림자 움직이기. 이것은 적의 의중을 알 수 없을 때 취하는 병법이다. 많은 수의 싸움에서 아무리 해도 적의 상황을 간파할 수 없을 때는 짐짓 이쪽에서 강하게 공격하는 듯이 꾸며서 적의 전술을 알아내는 것이다. 적의 의중을 파악하면 그때그때 각각의 방법으로 대응해 승리할 수 있다.

또한 1대 1의 싸움에서 뒤나 옆쪽에서 적이 큰 칼을 가지고 있을 때, 적이 어떻게 공격해올지 알 수 없을 때는 이쪽에서 갑자기 공격해본다. 그러면 상대의 계획이 큰 칼의 움직임으로 나타나게 된다. 적의 의도가 드러나고 이쪽은 그것에 대응하는 전술을 써서 확실한 승리를 거둘 수 있다.

그러나 그렇게 해서 적의 의도가 드러나도 이쪽이 방심하면 박자를 놓친다. 잘 음미해야 할 것이다.

적의 의지를 초장부터 꺾어라

그림자 누르기. 이것은 적이 공격하려는 의도를 보일 때 취하는 방법이다. 큰 싸움에서 적이 선수를 칠 때 이쪽에서 그것을 알고 누르려 한다는 사실을 강하게 내비치면 적은 그 기세에 눌려 방법을 바꾸게 된다. 그러면 이쪽도 새로운 전법으로 바꿔 선수를 쳐서 이기는 것이다.

1대 1 싸움에서도 적의 강한 공격 의도를 결정적인 박자로 막아내고, 그런 후 이쪽은 승리의 길을 찾아내어 선수를 치는 것이다. 잘 연구해야 한다.

심리전으로 조종하라

옮겨놓기. 모든 것은 옮겨진다. 졸음 같은 것도 옮겨지고 하품도 옮겨진다. 시간도 옮겨진다.

큰 싸움에서 적이 변덕을 부려 서두르는 기색이 보일 때는 이쪽이 개의치 않는 듯 짐짓 느긋한 태도를 보이면 적도 그 영향을 받아 기세를 늦추게 된다. 그런 기분을 적에게 옮겨주었다고 생각되면 마음을 비우고 재빨리 강하게 공격하여 이기는 것이다.

1대 1의 싸움에서도 자신의 몸과 마음을 느긋하게 보여 적이 방심한 틈을 타 강하고 빠르게 선수를 쳐서 이기는 것이다. 또 이와 비슷한 것으로 '취하게 한다'가 있다. 싫증이 나는 마음, 들뜬 마음, 약해지는 마음 등으로 상대를 유도하는 것이다. 잘 연구해야 한다.

상대의 균형을 잃게 하라

균형을 잃게 하는 방법에는 여러 가지가 있다. 첫째로는 아슬아슬한 곳에서 위험을 느끼게 하는 것. 둘째, 역부족이라고 느끼게 하는 것. 셋째, 앞을 예측할 수 없게 하는 것 등이다. 이런 경우에 사람은 마음의 균형을 잃게 된다. 잘 음미해 보라.

큰 싸움에서 상대 조직의 균형을 깨뜨리는 것은 아주 중요하다. 적이 예측하지 못한 곳을 거센 기세로 공격해, 상대가 동요하는 사이에 선수를 쳐서 이기는 것이 중요하다.

또한 1대 1의 싸움에서도 처음에는 짐짓 느긋하게 보였다가 갑자기 강하게 공격하여, 적이 우왕좌왕하며 당황할 때 그 틈을 타 승리를 얻는 것이 중요하다.

잘 음미해야 할 것이다.

적을 겁나게 하라

위협하기. 공포를 느끼는 것은 흔한 일로서, 생각지도 못한 일 때문에 두려움을 느끼는 것이다.

큰 싸움에서 적을 위협하는 방법은 눈에 보이는 것만 있는 것이 아니다. 소리로도 위협할 수 있고 혹은 작은 병력을 크게 부풀려 위협하기도 하며, 옆에서 불시에 기습을 하는 것 모두 공포를 느끼게 하는 일이다. 그 적이 겁을 먹었을 때 그 타이밍을 이용해 승리하는 것이다.

1대 1의 싸움에서도 몸으로써 위협하고 큰 칼로써 위협하며 소리로써 위협하여, 적이 예상치 못한 곳에서 갑자기 공격하여 그대로 승리를 얻는 것이 중요하다. 명심하라.

혼돈 상태를 만들어 돌파구를 찾아라

얽히는 것. 이것은 적과 내가 접근하여 서로 강하게 맞부딪칠 때, 결말이

나지 않을 것이라 생각되면 그대로 적과 하나로 뒤얽혀 싸우고, 그렇게 얽혀 싸우는 동안에 작전을 세워 승리하는 것이다.

다수의 싸움이건 적은 수의 싸움이건 서로 대치하여 좀처럼 승부가 나기 어려운 때에는 그대로 적과 얽혀 서로 떼어놓을 수 없게 된다.

그 와중에도 유리한 전략을 세워 승리의 길을 알아내는 것이다. 잘 음미해야 한다.

급소를 쳐라

"모난 귀퉁이를 쳐라."

강한 것을 칠 때는 정면에서 똑바로는 쉽게 깨지 못한다. 그 경우 모서리 각(급소)을 친다. 상대가 너무 강하여 한 번에 쓰러뜨릴 수가 없는 경우에 필요하다.

다수의 싸움에서도 적의 동태를 파악하여 특별히 강한 곳의 모서리를 공격하여 우위에 설 수가 있다. 모서리가 깨지면 전체도 약해져 차차 무너지고 만다. 그러는 동안에도 곳곳의 모서리를 공격해 승리하는 것이 중요하다.

1대 1의 병법에서도 적의 한쪽 모서리에 상처를 주어 조금씩 약해지고 허물어지면 쉽게 무너뜨릴 수 있다. 이것을 잘 연구하여 이기는 방법을 분별할 줄 알아야 한다.

상대를 허둥대게 만들어라

허둥대게 만들기. 이것은 적에게 싸우고자 하는 확실한 의지를 남겨주지 않는 것이다.

큰 싸움에서도 이 병법의 전략을 이용해 적의 마음을 헤아리고 교란시킨다. 여기로 저기로, 느리게 빠르게, 혼란스럽게 해 적을 허둥대게 만드는 순간을 포착해 승리를 이끌어낸다.

또한 1대 1의 싸움에서 박자에 맞춰 갖가지 전술을 써서 쳐들어가는 것처럼 보이게 하고, 혹은 찌르는 듯이 혹은 파고들어갈 듯이 보이게 해 적을 허둥대게 만들고 그 틈에 승리를 거두는 것, 이것이 중요하다. 잘 음미해야 한다.

소리로써 기세를 제압하라

'세 가지 소리'는 처음, 중간, 끝 소리로 구분한다. 소리는 기세(氣勢)를 나타내는 것으로서 불이 났을 때, 태풍이나 파도를 만났을 때 지르는 것이다.

큰 싸움에서 처음에 지르는 소리는 상대를 위압하듯이 내고, 또 싸우는 동안에 내는 소리는 뱃속에서 내는 소리처럼 낮은 어조로 지르며, 승리하고 나서는 크고 강하게 함성을 지른다. 이것이 세 가지 소리이다.

또 1대 1 싸움에서도 적이 움직이면 쳐들어갈 듯이 '에잇' 하고 소리를 지르며 곧바로 큰 칼을 내리치는 것이다. 또 적을 쓰러뜨린 후에 지르는 소리는 승리를 알리는 소리이다. 이것을 '앞뒤(先後)의 소리'라고 한다.

큰 칼을 내려치면서 동시에 크게 소리를 지르지는 않는다. 전투 중에 지르는 것은 박자를 맞추기 위한 소리로써, 낮게 지른다. 잘 새겨야 할 것이다.

공격의 리듬을 타라

뒤섞이기. 큰 싸움에서 서로 대치하고 있을 경우, 적이 강하다고 판단될 때면 이 전략을 쓰는데, 적의 한쪽을 먼저 공격하여 허물어지는 듯이 보이면 재빨리 떨어져 또 다른 강한 쪽을 공격하여 좌우로 무너지게 한다.

혼자서 많은 적과 싸울 때 이 전략을 이용한다. 한쪽만 쓰러뜨리는 것이 아니라, 한쪽이 도망가면 또다시 강한 쪽을 쳐서 적의 공격 박자를 파악하여 그 박자에 맞게 좌우로 움직이면서 쳐들어가는 것이다. 적의 역량을 관찰하며 공격하는 경우에는 한치도 물러서지 않을 결심으로 강하게 밀고 들어가야 한다.

혼자서 싸울 때도 적을 바짝 밀어붙일 때 적이 뜻밖에 강적이라면 마찬가지로 이 전략이 중요하다. 혼동시키고자 할 때는 한치도 물러나지 말고 상대의 판단을 흐리게 만들어야 한다. 이를 잘 분별해야 한다.

단숨에 무찔러라

이것은 이를테면 적을 약하게 보고 자신은 강하다는 결의로써 단숨에 짓눌러 밟아버리는 방법이다.

싸울 때 적의 숫자가 의외로 적거나, 또는 많다고 해도 적이 당황하며 사기가 떨어진 듯 보이면 처음부터 위압적인 자세로 철저하게 눌러야 한다. 어설프게 누르면 되살아난다. 손 안에 쥐고 누르듯이 해야 한다.

또 혼자서 싸울 때도 상대가 실력이 딸리거나 호흡이 흐트러졌을 때, 또 도망치려고 할 때, 다시 되살아나지 못하도록 단숨에 짓누른다. 다시는 일어나지 못하게 하는 것이 무엇보다 중요하다. 잘 음미해야 한다.

같은 전략을 세 번 되풀이 말라

'산과 바다(山海)의 교차'. 적과 내가 싸우는 동안 같은 동작을 수차 반복하는 것은 좋지 않다. 같은 기술을 두 번 반복하는 것은 어쩔 수 없지만 세 번 반복해서는 안 된다. 적에게 기술을 걸어 한 번에 성공하지 못하면 다시 한 번 공격해도 처음과 같지 않다. 완전히 다른 기술로 적의 의표를 찔러도 싸움이 끝나지 않으면 또다른 기술을 걸어야 한다.

따라서 적이 산(山)이라고 생각되면 바다(海)로 걸고, 바다라고 생각되면 산, 하는 식으로 의표를 찔러나가는 것이 병법의 도이다. 잘 음미해야 한다.

적에게 여력을 남겨주지 말라

뿌리째 뽑기. 적과 싸울 때 겉으로는 무예의 기술로써 이겼다고 하더라도 상대의 마음속에 아직 투지가 남아 있고 적개심을 가지고 있는 한 속마음은 굴복하지 않은 경우가 있다. 그런 때는 이쪽에서 빨리 태세를 고쳐서 적에 대한 기력을 꺾어, 뿌리째 뽑아내듯이 하여 마음을 확인하는 것이 중요하다. 뿌리째 도려낸다는 것은 큰 칼로도, 몸으로도, 마음으로도 도려내는 것이다.

적이 뿌리째 완전히 무너지면 마음을 놓을 수 있지만 그렇지 않을 때는 주의를 해야 한다. 여전히 적에게 경계심이 남아 있다면 적은 완전하게 무너지지 않은 것이다. 다수의 싸움이든 1대 1 싸움이든 뿌리째 뽑는 일을 단련해 두는 것이 중요하다.

과감하게 방향을 전환하라

새로워지는 것. 적과 내가 싸울 때 뒤얽혀 결판이 나지 않을 경우, 그때까지의 작전을 버리고 모든 것을 새롭게 시작하는 마음으로 새로운 박자를 가지고 승리의 길을 찾아내야 한다. 새로워진다는 것은 언제든지 적과 자신이 원활하지 않은 상태라고 여겨지면 그대로 생각을 바꿔 각각 다른 전략으로 이겨야 함을 뜻한다.

큰 싸움에서도 새로워지는 법을 터득하는 것이 중요하다. 병법의 지력을 갖추면 순식간에 할 수 있다. 잘 음미해야 한다.

대세를 잊지 말라

'쥐의 머리, 소의 목'. 적과 싸우는 동안에 서로 세세한 곳을 공격하다가 엉켜붙는 상황이 되었을 때, 쥐의 머리에서 소의 목으로 전환하듯 상황을 재빨리 판단해 크게 바라보고 임하는 것, 이것이 병법의 자세이다.

무사란 평소에도 쥐의 머리, 소의 목을 생각하며 마음가짐에 유념해야 한다. 크고 작은 싸움에서 이 마음을 잊어서는 안 된다. 잘 음미해야 한다.

주도권을 잡아라

"장수는 병졸을 안다."

언제든 전투에 임할 때 자기가 생각하는 도에 이르면 끊임없이 이 법을 연마하여 병법의 지력을 터득한다.

적을 모두 자신의 부하라고 생각하고 자기의 뜻대로 움직일 수 있는 것으로 여겨, 적을 자유자재로 다룰 수 있게 됨을 뜻한다. 이 경지에 도달하면 나는 장수요 적은 병졸이 된다. 잘 연구해야 한다.

칼자루를 놓아라

"칼자루를 놓는다."

이것은 여러 가지 뜻을 가지고 있다. 칼을 들지 않고 이기는 것, 또는 큰 칼을 가지고도 이기지 못하는 것. 명심해서 잘 단련해야 한다.

바위 같은 마음을 가져라

바위 같은 몸. 병법의 도를 터득함으로써 바위처럼 단단하고 우람해져서 그 어떤 타격에도 흔들림 없는 경지에 이르게 됨을 말한다. 구전(口傳)하겠다.

지금까지 쓴 것은 니텐이치류(二天一流)의 검술을 행할 때 끊임없이 생각난 것들을 기록한 것이다. 이제 처음 그 이치를 서술하는 것이므로 앞뒤 맥락이 어지럽고 자세하게 표현하지 못하였다. 그러나 이 도를 배우려는 사람에게는 마음의 길잡이가 될 것이다.

내가 젊어서부터 병법의 도에 마음을 두고 검술 하나만을 단련하여 몸에 익혔다. 세상에는 여러 가지 소양을 쌓지 않고 다른 유파를 접하여, 말솜씨와 손놀림만 보면 언뜻 그럴듯하게 보이지만 실제로는 진정한 도에 전혀 이르지 못한 사람들이 많다. 물론 그들도 나름대로는 몸을 단련하고 마음을 단련했겠지만, 이러한 화려한 검술은 병법의 도(道)에 오히려 병폐가 된다.

  검술의 진정한 도는 적과 싸워 이기는 것이요, 이것을 빼면 아무것도 있을 수 없다.

  나의 병법의 지력(智力)을 터득하여 그것을 거듭 실천해나가면 승리를 거둘 수 있음은 의심할 여지가 없다.

쇼호(正保) 2년(1645) 5월 12일
신멘 무사시(新免武藏)가 데라오 마고조(寺尾孫丞)에게

바람(風)의 전략

 검법에 있어서 다른 유파의 도(道)를 아는 것도 중요하다고 여겨, 다른 유파의 여러 가지 일들을 적어 '바람'의 장이라 칭하여 기록한다. 다른 유파의 도를 알지 못하면 니텐이치류의 도를 확실히 알지 못한다.
 다른 유파의 병법을 살펴보면 큰 검을 사용하여 강하게만 보이는 기술을 자랑한다. 혹은 소도라 하여 짧은 칼을 주무기로 사용하기도 한다. 혹은 검을 쓰는 데 있어서 기교를 많이 쓰고 칼을 겨누는 방법에 겉(表)이니 속(奧)이니 하며 유파를 세우는 자도 있다. 이것들은 모두 진실한 도가 아니라는 것을 '바람'의 장에서 분명히 기록하여 선악과 시비를 가릴 것이다.
 니텐이치류의 도(道)는 특별하다. 다른 유파들은 예(藝)에 치중하여 그것을 생계의 수단으로 삼으며, 색을 칠하고 꽃을 피우듯 화려하게 장식하여 상품화하고 있다. 그것은 진정한 검법과는 거리가 멀다.
 또 세상의 다른 병법을 보면 검술 하나만으로 좁게 한정지어 큰 칼을 휘두르는 연습을 쌓고 몸을 단련하고 기교를 능숙하게 부림으로써 이길 수 있다고 여기고 있다. 그러나 이는 절대로 검법의 도에 맞지 않는다.
 다른 유파의 결점을 일일이 이 글에 저술해 놓으니, 잘 연구하여 니토이치류(二刀一流)의 이치를 터득해야 할 것이다.

칼 길이에 연연하지 말라
 다른 유파에서는 큰 칼을 즐겨 사용하는 경향이 있다. 니토이치류의 병법에서는 이것을 약자의 검법이라고 보고 있다. 그 까닭은 어떠한 경우에도 적을 이겨야 한다는 도리에 이르지 못하고, 칼의 길이에만 의존하여 적이 멀리 있을 때 쳐서 이기고자 긴 칼을 선호하기 때문이다.
 세상에서는 이것을 '한 치만 길어도 그만큼 유리하다'고 말하고 있으나 이는 검법을 모르는 자의 이야기이다. 그러므로 병법의 도(道)를 알지 못하고 칼 길이에 의지해 멀리서 이기려고 하는 것은 마음이 나약한 탓이며, 약자의 병법이라 할 수 있다.

만약 적과 가까이 얽히게 되었을 때는 긴 칼을 자유롭게 휘두를 수 없어 오히려 짐이 되며, 와키자시(허리에 차는 짧은 칼)를 쓰는 사람에게 지게 된다.

긴 칼을 좋아하는 자에게도 다 이유가 있겠지만 그것은 억지에 불과하다. 세상의 진정한 이치로 볼 때 도리에 맞지 않는다. 그 말대로라면 긴 칼을 쓰지 않고 짧은 칼을 쓴다면 반드시 패배해야 한다는 것 아닌가.

또 장소에 따라 상하좌우가 좁고 막힌 경우, 혹은 짧은 칼밖에 쓸 수 없는 경우에도 긴 칼을 선호하는 것은 검법에 대한 정리가 안 되어 있기 때문이다. 사람에 따라서는 힘이 약하고 긴 칼을 쓰기에 부적합하여 소도를 써야 하는 사람도 있다.

예부터 '대(大)는 소(小)를 겸한다'라고 하였는데, 내가 무조건 긴 칼을 싫어하는 것은 아니다. 단지 긴 칼에만 집착하는 마음을 버려야 한다는 것이다.

전투에서 볼 때 긴 칼은 많은 병력에 해당하며, 짧은 칼은 소수의 병력을 뜻한다. 소수로써 많은 인원과 싸우는 것이 불가능할까. 오히려 소수의 병력으로 많은 인원과 싸워 이긴 예는 많이 있다.

니텐이치류에 있어서 이러한 잘못된 편견을 버려야 할 것이다. 잘 음미해야 한다.

강한 칼이란 무의미하다

무릇 큰 칼에 강한 것, 약한 것이 있을 수 없다. 세게 마음먹고 휘두르는 칼은 거칠고 난폭한 칼잡이로 만든다. 난폭한 검법으로는 이길 수 없다. 또 큰 칼의 힘만 믿고 사람을 벨 때 무리하게 힘을 줘서 벤다면 오히려 벨 수 없는 법이다. 베는 연습을 할 때도 강하게 베는 것은 좋지 않다.

누구나 적과 싸울 때 이놈은 약하게 베어주자, 이놈은 강하게 베어주자 구별해서 생각하는 사람은 아무도 없을 터이다.

단지 사람을 베야겠다고 생각할 뿐이지, 강하다고도 약하다고도 생각지 않는 것이다. 적을 죽이겠다고 생각할 뿐이다.

만약 오로지 '강하게'라는 생각만으로 치면 지나치게 긴장하여 몸의 힘이 무너지고 나쁜 결과를 초래한다. 상대의 큰 칼을 세게 치면 자기의 칼도 충격을 받는 것이다. 그러므로 '가장 강한 칼'이라는 것은 아무 의미가 없다.

전투에서도 마찬가지다. 이쪽에서 강한 군대를 가지고 강하게 이기려고 하면, 적도 강한 군대로써 강하게 대처할 것이다. 그것은 양쪽 다 마찬가지이다.

모든 일에 있어서 이기려고 한다면 진정한 도(道)가 없이는 불가능한 것이다. 조금도 무리하는 일 없이 병법의 슬기로써 어떻게든 이기는 일에 중점을 두는 것이 니텐이치류의 정신이다. 잘 연구해야 한다.

요령보다 정석으로 밀고나가라

짧은 칼로써만 승리한다고 생각하는 것은 진정한 도가 아니다. 예부터 큰 칼(太刀, 다치)과 칼(刀, 가타나)이라고 하여 칼의 길이로써 구분하고 있다. 일반적으로 힘이 센 자는 큰 칼을 가볍게 휘두를 수 있기 때문에, 창(槍)이나 장검도 그 점을 활용하여 사용하는 바, 일부러 짧은 칼만 선호할 필요는 없다.

짧은 칼을 즐겨 쓰는 이유는 상대가 휘두르는 큰 칼의 틈을 노려 덤비고자 하는 것이니, 일부러 짧은 칼만 선호하는 편협한 생각은 옳지 않다.

또한 적의 틈만 노리게 되면 후수(後手)가 되어 적과 뒤엉키는 상황이 되므로 바람직하지 못하다. 만약 짧은 칼로 적진에 뛰어드는 경우, 많은 적을 상대로 할 때는 도움이 되지 않는다.

짧은 칼에만 익숙한 자는 많은 수의 적을 공격하려고 자유롭게 칼을 휘두르고자 해도 항상 수세에 몰려 적과 엉키게 된다. 이것은 진정한 도가 아니다. 자기 몸은 강하고 바르게 지키면서 상대를 추격하여 당황하게 만들어 확실한 승리를 얻는 것이 진정한 도이다.

전투에서도 마찬가지 이치이다. 이왕이면 많은 병력으로 적을 불시에 공격하여 단숨에 무너뜨리는 것이 병법의 진수이다.

사람들은 일반적으로 병법을 익힐 때 평소부터 맞받기, 엇갈리기, 빠져나가기, 들고나가기 등의 잔재주만 배운다. 그러면 선수를 뺏기고 후수(後手)가 되어 상대에게 휘둘리기 십상이다. 병법의 길이란 곧고 바른 것이다. 바른 도리로써 상대를 몰아붙여서 이기는 것이 중요하다. 잘 음미해야 한다.

흔들림없는 마음이 가장 강한 무기이다

다른 유파에서 큰 칼의 사용법을 여러 가지 사람들에게 가르치는데, 이는 도를 상품화하는 것이며, 큰 칼의 사용법을 자랑하여 초심자에게 감탄을 받기 위함일 것이다. 이것은 병법에서 가장 배척해야 할 생각이다.

왜냐하면 사람을 베는 데 있어서 그 방법이 여러 가지가 있다고 생각하는 것은 잘못이기 때문이다. 사람을 베는 일이란 검법을 터득한 자건 모르는 자건, 여자건 어린아이건 다를 바 없기 때문이다. 다르다면 찌르거나 옆으로 후려치는 것 외에는 없다. 어떻든 적을 베는 것을 검법의 길이라고 한다면, 그 방법이 많을 까닭이 없는 것이다.

그러나 장소나 사정에 따라 위나 옆이 막힌 곳에서는 큰 칼을 사용하기 어렵기 때문에, 큰 칼을 쓰기 쉽도록 잡는 요령을 5방(方)이라 하여 다섯 가지 방법을 사용하기는 한다. 그 밖에 손목을 비틀어서 칼을 잡든가, 몸을 비틀어 날려 상대를 베는 것은 진정한 도가 아니다. 사람을 벨 때 비틀어서도 안 되고 꺾어서도 안 되며 뛰어서도 안 된다. 이것은 전혀 도움이 되지 않는다.

니텐이치류의 병법에서는 나의 몸과 마음을 바르게 하고, 적으로 하여금 마음이 비틀어지거나 흔들려서 평정을 잃게 한 후 승리하는 것이 중요하다. 잘 새겨야 한다.

멋을 부리다가 일을 그르치고 만다

다른 유파에서는 칼을 드는 자세를 가장 중요시하는 것 같은데, 이는 잘못된 일이다. 도대체 칼 쥐는 자세가 있다고 하면 그것은 적이 없을 때밖에 없다. 왜냐하면 병법의 도에서는 '예부터의 내려오는 예는 이렇다'든가 '지금은 이렇다' 해서 싸움의 법칙을 만드는 것은 있을 수 없기 때문이다. 상대로 하여금 불리하도록 유도해나가는 것이 승부의 길이다. '자세'란 칼을 드는 자세가 아닌, 모든 것에 있어서 흔들림이 없는 확고한 태세를 갖추는 마음이다.

성(城)을 쌓는다든가, 진(陣)을 치는 것도 남이 공격해 와도 강하게 버티며 움직이지 않는 상태를 일컫는 말이다. 싸움의 승부에 있어서는 무엇이든 선수를 친다는 생각을 가져야 한다.

병법에서 '자세'란 적이 선수 치기를 기다려 공격당하는 것을 기다리는 마음과 같다. 이와 같은 차이를 잘 연구해보라.

싸움의 승부에 있어서 적의 자세를 동요시키고 적이 예상 못한 방법으로

의표를 찌르거나, 혹은 적을 혼동시키거나 화나게 하거나 위협해서 적이 무너지는 박자를 파악해 승리를 거두는 것이다. 그렇기 때문에 '자세'라는 것은 후수(後手)의 방법에 지나지 않는다. 그러므로 니텐이치류의 도에서 '자세는 있되 자세가 없다'고 한다.

큰 싸움에서도 적 병력의 많고 적음을 파악하고, 전장의 상태를 알며, 내쪽 병력 수를 감안하여 전략을 세워 공격하는 것이 전투에서 아주 중요하다.

적에게 선수를 빼앗겼을 때보다 이쪽에서 먼저 선수를 치는 것이 곱절은 유리하다.

태세를 완벽히 하고 적의 칼을 잘 막으려고 벼르고 있어도 수동적인 입장이기 때문에, 창과 긴 칼로 울타리를 치고 있는 것이나 다름없다. 반대로 이쪽에서 적을 공격할 때는 울타리의 말뚝조차도 창이나 장검 대신 구실을 할 것이다. 잘 음미해야 할 것이다.

겉이 아닌 속을 꿰뚫어보라

다른 유파에서는 적의 칼을 눈여겨본다든가, 혹은 손놀림을 주시하는 경우도 있다. 또는 얼굴, 발등을 관심을 가지고 주시하기도 한다. 이처럼 특정한 곳에 관심을 두어 주시하다 보면 그것에 마음이 현혹되어 병법에 방해가 된다.

이를테면 공을 차는 사람은 공을 주시하지 않아도 갖가지 공묘기를 부릴 수 있다. 무엇이든 익숙해지면 그 자체를 보지 않아도 되는 것이다.

또한 곡예를 하는 자들도 그 길에 익숙해지면 문짝을 코에 세우기도 하고, 여러 개의 칼을 다루는 기교를 부릴 수 있다. 이 또한 일일이 눈으로 보고 하는 것이 아니고, 부단히 습득하여 저절로 몸에 익힌 것이다.

병법의 도에 있어서도 적과의 싸움에 익숙해지면, 사람의 마음의 강함과 약함을 알게 되고, 도를 터득하게 되면 큰 칼의 거리, 속도까지 볼 수 있게 된다. 병법에서 '주시'라는 것은 상대의 심리 상태를 읽어내기 위한 것이다.

집단간의 전투에서도 적의 힘만을 주시해야 한다. 관(觀)·견(見) 두 가지 보는 방법에 있어서도, 관은 사물의 본질을 꿰뚫는 데에 중점을 둔다. 적의 심리를 간파하고 전장의 상황을 판단해, 어느 쪽이 이로운가 그때 그때 적과 아군의 힘의 강약까지도 파악함으로써 확고한 승리를 거둘 수가 있는 것이다.

집단간 전투에서나, 1대 1 대결에서나 작은 것에 얽매여서는 안 된다. 앞에서 말한 것처럼 사소한 것에 신경을 쓰다가 큰 국면을 못 보면 갈팡질팡하여 확고한 승리를 잃게 되는 것이다.

이 이치를 잘 음미하여 단련해야 한다.

박자 리듬을 놓치지 말라

다른 유파에서는 발을 딛는 자세에도 뜬 발, 뛰는 발, 뛰어올랐다가 내딛는 발, 짓밟는 발, 까치발 등 갖가지 빠른 자세의 발이 있다. 이것 모두 나의 니텐이치류 병법에서 보면 불충분하다고 여겨진다.

뜬 발이 왜 좋지 않은가? 그 이유는 싸움에 들어가서는 반드시 허둥대기 십상이기 때문에 확실히 밟는 것이 좋다.

또 뛰는 발을 꺼리는 것은, 뛰어오를 때 멈춘 상태가 되고, 뛰어오르고 난 다음 동작이 부자유스러워지기 때문이다. 싸움에서 그렇게 몇 번이고 뛸 필요가 없기 때문에 뛰는 발은 좋지 않다.

또한 내딛는 발은 그 자리에 고정되어 선수를 빼앗기게 되므로 아주 좋지 않다. 짓밟는 발은 대기하는 발로서는 특히 좋지 않다. 그 외에 까지발 등 여러 가지 빠른 발 자세가 있다. 그러나 늪, 개천 혹은 강, 돌밭, 좁은 길에서 적과 대적하게 되면 장소에 따라 뛰어오르거나 빠르게 발을 쓰는 자세를 취할 수 없다.

나의 병법에 있어서는 전투라 할지라도 발놀림이 평소와 변함이 없다. 적의 박자에 맞춰 서두를 때, 조용하거나 몸의 상태에 맞춰 부족하지도 않고 넘치지도 않게 발 동작을 잘 조절하는 것이 중요하다.

큰 싸움에서 발의 움직임은 중요하다. 그 이유는 적의 마음을 모르고 함부로 급하게 공격하면 박자를 놓쳐 승리하기 어렵기 때문이다. 또한 발동작이 느리면 적이 허둥대며 흩어지는 틈을 치지 못하니 승리의 기회를 놓쳐 빨리 결판을 내지 못한다. 적이 당황하며 허물어지는 순간을 포착해 적에게 조금이라도 여유를 주지 말고 몰아붙여 이기는 것이 중요하다. 잘 단련해야 한다.

노련하고 여유있게 보여라

병법에 있어서 빠름을 중시하는 것은 진정한 도가 아니다. 모든 것에 박자가 맞지 않을 때 빠르다 느리다 말하는 것이다. 그 도에 통달해지면 자연스럽게 보인다.

이를테면 '날아가는 발(飛足)'이라 하여 40~50리를 가는 자도 있다. 그렇다고 아침부터 밤까지 빨리 달리는 것은 아니다. 반면 미숙한 자는 하루종일 달리는 것처럼 보이지만 성과는 별로 오르지 않는 것이다.

가무에 있어서 능숙하게 부르는 창(唱)에 맞춰 서툰 자가 춤을 추면 춤사위가 처지고 마음만 급해진다. 오이마쓰(老松 : 옛노래인 노(能)의 일종)는 조용한 가락이나, 서툰 자가 북을 치면 가락조차 따르지 못하고 마음만 허둥대게 된다. 다카사고(高砂 : 옛노래인 노(能)의 일종)는 빠른 박자이지만 빠르게만 연주하면 좋지 않다. 빨리 달리면 넘어지듯이 박자도 맞지 않으면 밖으로 퉁겨져 나온다. 그렇다고 느린 것도 좋지 않다.

능숙한 자가 하는 일은 여유는 있어 보여도 처짐이 없다. 무슨 일이든 숙련된 사람이 하는 일은 서두르게 보이지 않는 법이다. 이러한 예로써 도의 이치를 이해할 수 있을 것이다.

병법의 도에 있어서 서두른다는 것은 좋지 않다. 장소에 따라서는 늪이나 개천 등에서는 몸도 발도 빨리 움직일 수 없다.

더욱이 큰 칼로 빨리 벤다는 것은 불가능하다. 빨리 벤다고 해도 부채나 단검 같지 않으며, 가까이 있는 적을 벨 수도 없는 것이다. 이를 잘 분별해야 한다.

집단 간의 싸움에서도 빠르거나 서두르는 것은 좋지 않다. 적의 베갯머리를 누르는 기분으로 나가도 조금도 늦지 않은 법이다. 또한 상대가 무턱대고 서두르고 있을 때는 이쪽은 조용히 하고, 끌려다니지 않도록 하는 마음가짐이 중요하다. 이것을 연구하고 단련해야 한다.

형식보다 질을 중요시하라

병법에 있어서 속(奧)도 없고, 겉(表)도 없다. 검법에 있어서 무술의 비결이다. 기초다 하고 떠들지만 막상 적과 싸울 때 겉으로 싸웠다, 속으로 베었다 말할 수는 없다.

나의 병법을 가르칠 때는 처음으로 배우는 사람에게는 그 사람이 익히기 쉬운 기량부터 가르치고, 빨리 이해할 수 있는 이치부터 익히게 하며, 이해하기 어려운 도리는 그 사람의 이해력의 진척을 보아 차차 깊은 도리를 가르치는 것이다. 그러나 대개는 적과 대적할 때에 체험한 바를 통해 이해시킨다. 그렇기 때문에 속이다, 겉이다 할 수 없다.

예를 들어 산 속 깊이 들어가고자 더욱 깊이 깊이 안으로 가다보면 다시 입구로 되돌아나오는 경우가 있다. 이처럼 어떤 도이건 간에 비결이 필요한 경우와 초보적인 기량이 필요한 경우가 있으므로 그때그때 형편에 따라야 한다.

병법의 도(道)에 있어서 무엇을 공개하고 무엇은 비전(秘傳)이다, 하는 것이 가능하겠는가. 따라서 나의 병법을 전함에 있어서 서약이나 규칙 따위는 쓰고 싶지 않다. 이 도를 배우는 사람의 지력을 판단하고 병법의 진수를 가르쳐 세상의 다른 유파의 좋지 못한 영향을 제거하고, 자연히 무사도(武士道)의 진리를 깨닫고 동요함이 없는 정신을 지니게 하는 것이 나의 병법의 가르침이다. 잘 단련해야 한다.

이상과 같이 다른 유파의 병법을 9가지 조항으로 나누어 '바람'의 장에 기록하였다. 유파들의 하나하나를 입문(入門)부터 비결까지 속속들이 적어야겠지만 일부러 어떤 유파의 무슨 일이라고 이름까지는 표현하지 않았다.

그 까닭은 각 유파들의 도에 대해 사람에 따라 그 견해가 다를 수 있으며, 같은 유파 속에서도 사람에 따라 견해 차가 있기 때문에 어떤 유파의 어떤 칼솜씨라고 적지 않았다.

그래서 다른 유파에 대해 대략 9가지 경향으로 나누어 보았다. 그것을 세상의 도리, 인간의 바른 도리로 바라보았을 때, 긴 칼에 치중하거나 짧은 칼을 선호하고, 칼을 씀에 있어서 강약에 사로잡혀, 때로는 개요를 내세우고 때로는 자질구레한 것을 내세우는 등 모두 편협된 행동인 것을 어느 유파를 지적하지 않아도 알 수 있을 것이다.

니텐이치류에 있어서는 고수나 초보가 없다. 큰 칼의 안과 밖이 없고, 정해진 검법 자세도 없다. 오로지 바른 정신으로써 병법의 참뜻을 몸에 익히는 것이다. 이것이 병법에서 가장 중요하다.

쇼호(正保) 2년(1645) 5월 12일
신멘 무사시(新免武藏)가 데라오 마고조(寺尾孫丞)에게

아무 것도 없음(空)의 전략

니텐이치류(二天一流) 병법의 길을 '공(空)'의 장에 기록한다.

'공'이란 아무 것도 없다는 것, 인간으로서 알 수 없는 경지를 뜻한다. 사물의 이치를 깨달았을 때 비로소 이치가 없는 바를 깨닫는다. 이 아무 것도 없는 것이 '공(空)'이다.

세상의 비속한 생각으로는 사물의 도리를 알지 못하는 무지함을 '공'이라 보는데, 이것은 진정한 '공'이 아니며 모두 어리석은 마음이라 할 수 있다.

병법의 도에 있어서도 무사로서 무사의 법을 알지 못하는 것은 '공'이 아니라 엄밀히 말해 이것 또한 진정한 의미의 공이 아니다.

무사는 병법의 길을 확실하고 분명하게 깨달아 여러가지 무예를 잘 익혀서, 무사로서의 길을 충실히 하며 마음의 동요 없이 수시로 수양을 쌓아, 마음과 정신을 닦아 나가며, 관(觀, 통찰력)과 견(見, 주의력) 두 눈을 길러, 조금도 흐려지지 않고, 흔들리는 구름이 맑게 개이는 것, 이것이 진정한 '공'이라는 것을 알아야 한다.

진정한 도(道)를 깨닫지 못할 때는 불교의 가르침이건 세상의 법칙이건 자신만의 생각으로 판단하고 좋은 일이라고 해석한다.

그러나 마음의 바른 도를 가지고 세상의 요소 요소를 바라보면, 그 몸과 마음이 편협하고 그 눈이 왜곡되어 진정한 도리에서 벗어나고 있는 경우가 많다.

이 도리를 잘 분별하여 바른 정신 상태로 진실된 마음가짐을 근본으로 하며, 병법의 도리를 널리 알려서 올바르고 정당하게 큰 일을 판단할 수 있도록 한다.

'공'이 도리요, 도리가 '공'이라 여겨야 할 것이다.

'공'에는 선(善)만이 있을 뿐, 악(惡)은 없다. 병법의 지혜, 병법의 도리, 병법의 정신, 이 모든 것을 갖춤으로써 비로소 일체의 잡념에서 벗어난 공(空)의 참경지에 이르를 수가 있는 것이다.

쇼호(正保) 2년(1645) 5월 12일
신멘 무사시(新免武藏)가 데라오 마고조(寺尾孫丞)에게

요시카와 에이지의 추억

요시카와 에이지(吉川英治) 전집—가와바타 야스나리(川端康成)

개인 전집으로 모두 53권이라는 방대함은 과거에 예가 없었다. 마치 커다란 나무로 덮인 울창한 산맥을 보는 것과 같은 장관이다. 이는 요시카와 님에 대한 출판사의 존경어린 포부의 산물이다. 물론, 요시카와 님의 작품이 있었기에 가능한 일이다. 요시카와 님이 아니면 불가능한 일이다. 전 53권이나 되는 작품 목록을 보고 있노라니 40여 년을 이어온 수많은 독자의 감흥이 느껴져 온다.

별권으로 제작된 다섯 권은 소년을 위한 책이다.

'신슈텐마쿄(神州天馬俠)', '히요도리 이야기'의 애독소년들은 성인이 되어 '미야모토 무사시(宮本武藏)', '신·헤이케이 이야기(新·平家物語)'의 애독자가 되었을 것이다. 또한, 초기 작품 '나루토 비첩(鳴門秘帖)'의 독자들은 마지막 작품 '사본 다이헤이키'(私本太平記)의 독자가 되었을 것이다.

'대중문학'이라는 단어가 탄생하고 헤이본샤(平凡社)의 대중문학 전집 1권으로 '나루토 비첩'이 출판되었을 때, 나도 그것을 읽은 기억이 난다. 그 뒤, 요시카와 님은 대중문학의 제1인자로서 비약하게 되어 국민문학 정상에 성큼 다가선다.

요시카와 님은 일본의 도를 작품에 그리고 있다. 요시카와 님이 지니고 있는 인간주의, 이상주의가 작품의 매력으로 작용하고 있는 것은 누구나 알고 있는 사실이다. 그리고 작품 속에 그려진 마음 깊은 곳의 그리움이 독자를 매료시킨다.

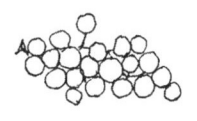  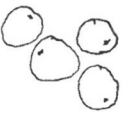

요시카와 님에게 빌린 책―이부세 마스지(井伏鱒二)

요시카와 님의 '다카야마 우콘(高山右近 : 1552~1615, 아카시의 영주로 에도 막부에서 금한 기독교의 신자가 됨)'은 미완성 작이다. 치밀하기로 유명한 사람이 어째서 미완성인 채로 두었을까? 나는 후에 그 이유를 알게 되었다. 그때 나는 기독교 신자를 주인공으로 한 장편 소설을 마이니치(每日) 신문에 연재하기 위해 참고가 될 만한 서적을 찾고 있었다. 그러자 요시카와 님이 종교관련 서적을 다수 소장하고 있다며 학예부의 야마구치 히사요시(山口久吉) 군이 알려 주었다. 그리하여 야마구치 군과 함께 요시노(吉野) 마을의 요시카와 님 댁을 찾았다. 마침 요시카와 님은 부재중이었고, 그의 동생이 서고로 안내해 주며 필요한 책을 원하는 만큼 빌려가도 좋다는 것이었다. 서고 안은 말끔히 정리가 되어 있었고 어마어마한 양의 책이 있었다. 나는 종교 관련 서적을 스무 권 정도 골라 종이에 책 이름을 하나하나 적고, 빌려가겠다는 내용의 쪽지를 동생에게 전했다. 하루아침에 구할 수 없는 소중한 책들이었다.

나는 한 달 동안 빌려온 책의 5, 6권 정도를 읽었다. 요시카와 님도 '다카야마 우콘'을 집필하기 위해 읽었던 책인 듯, 군데군데 빨간 펜으로 밑줄을 그어 놓았다. 하나하나 꼼꼼히 읽었다는 것을 알 수 있었다. 게다가 내가 관심을 가질 만한 부분에는 이미 밑줄이 그어져 있었다. 아마도 '다카야마 우콘'의 속편을 쓰기 위해 준비해 둔 것이리라. 그 때문에 표시가 되어 있는 부분은 참고하기가 꺼려졌다.

아무튼 그 덕에 나는 연재소설 집필에 착수할 수 있었다. 제목은 '카르산 저택'이었다. 그것을 4, 5회 연재했을 무렵, 어떤 모임에서 요시카와 님을 만나게 되어 질문을 했다. 밑줄 쳐진 부분이 계속 마음에 걸렸기 때문이다.

"다카야마 우콘의 속편은 언제쯤 쓰실 생각이십니까?"

"속편은 쓰지 않을 지도 모르네. 종교물은 골치가 아파서."

요시카와 님은 작품에서 다카야마 우콘이 신부로서 이성과의 사랑을 한

것으로 썼다는데, 이것이 요시카와 님의 집필을 가로막는 원인이 되었다.

당시 일본에 체류 중이던 외국인이 우콘을 성자로 인정할 것을 요구하는 신청서를 기독교 본부에 제출한 터라, 성자를 연애소설의 주인공으로 쓴다는 것은 용납할 수 없다는 항의가 들어온 것이다.

"이해하기 힘든 일본어로 반나절 이상 떠들어대는 설교를 듣는다는 건 못할 일이지. 질렸소."

"그 얘길 우콘이 들었다면 뭐라고 했을까요?"

"글쎄, 상대방이 워낙 진지하게 나오니. 종교물은 정말 골치가 아프다네."

한편, 나의 소설 '카르산 저택'은 120회 만에 중단되었다. 독자와 지국에서 집필 중지를 요구하는 투서가 날아왔기 때문이다. 작품이 재미가 없다는 것이다. 신문 연재란 쉽지 않다.

요시카와 님으로부터 격려의 편지도 받았다.

"열심히 쓰고 있는 점은 인정하네만, 힘들어 보이는군. 기운 내게."

괜한 칭찬은 하지 않는 사람이다.

요시카와 님에게 책을 돌려줄 때는 이미 요시노 마을에서 시나가와로 이사한 뒤였다. 빌린 책은 보자기에 싸서 시나가와의 자택으로 가져갔다.

이전 요시카와 마을 집의 말끔히 정돈된 서고 안과 너른 마당, 문 앞의 오래된 매실 나무, 빨간 펜으로 그어놓은 밑줄. 그것이 지금도 잊혀 지지 않는다.

불세출의 창작력 —시바 료타로(司馬遼太郎)

메이지(明治) 이후로 그토록 많은 독자를 확보하고 있는 작가도 드물 것이다. 사람의 일생은 관 뚜껑을 닫기 전에는 알 수 없다는 말이 있다. 요시카와(吉川) 님의 부음을 접했을 때 문득, 요시카와 에이지가 없었더라면 쇼

와(昭和)시기(1926~1988)의 문화는 상당히 황량했을 것이라는 생각이 들었다.

문학의 의의 중에서 가장 큰 영광의 하나는 인간의 전형을 만들어 낸다는 것이다. 셰익스피어는 햄릿을 만들고, 세르반테스는 돈키호테를 만들어냈다. 그로 인해 인류는 인간의 이해에 비상한 지혜를 지니게 되었다. 햄릿형, 돈키호테형이라는 정신상이 구분 지어졌다.

일본의 작가 중에서 그것을 가능케 한 것은 단 둘뿐이다. 다니자키 준이치로(谷崎潤一郞) '치인(痴人)의 사랑'이 만들어 낸 나오미와 요시카와 에이지의 '미야모토 무사시'가 그것이다.

요시카와 님은 '미야모토 무사시'에서 일본적인 구도자의 전형을 만들어 냈다. 그 덕분에 일상 회화에서 "그는 무사시형 인간이야"라는, 의미심장하고도 간단한 표현을 할 수 있게 되었다. 그러한 의미에서 일본의 문화사에 요시카와 에이지가 차지하는 위치는 상당한 것이다.

요시카와 님은 1923년 자신이 근무하던 마이세키(每夕) 신문에 '신란기(親鸞記)'를 연재하게 되는데 그것이 그의 첫 작품이다. 소재는 혼간 사의 전설로, 신선한 소재는 아니었다. 그러나 우리는 경탄하지 않을 수 없는데, 고승의 전설은 과히 재미있는 내용이 아닌 데도 불구하고 그것을 흥미롭게 써낸다는 것은 기적에 가깝다.

요시카와 님의 구도적 성격은 처녀작에도 잘 나타나 있었는데, 저널리즘은 구도적 성격보다는 그의 전기(傳奇) 작가적 재능에 초점을 맞추고 있었다. 그의 재능이 크게 꽃을 피운 것은 다이쇼(大正 : 1912~1926) 끝 무렵, 〈오사카 매일신문〉에 연재된 '나루토 비첩(鳴門秘帖)'에서였다.

'나루토 비첩'은 요시카와 님이 작가로서의 입지를 확실히 굳히게 된 작품인데 그와 동시에 일본의 대중소설 융성이 시작되었다 할 수 있다. 만일 그가 영어권이나 프랑스어권에서 태어났더라면, 이 작품으로 알렉산더 뒤마를 뛰어넘는 작가라는 큰 평가를 받았을 것이 틀림없다.

　나는 요시카와 님을 딱 한 번 만났다. 내가 나오키(直木) 상을 수상했을 때, 수상식에 요시카와 님이 참석해 주셔서 낮은 목소리로 말을 건넸다. 매우 부드러운 몸짓이었던 것으로 기억된다. (마치 미야모토 무사시에 등장하는 혼아미 고에쓰(本阿彌光悅)와도 같은) 그때까지 그토록 부드러움을 지닌 인물과 대화를 해 본 적이 없었으므로 소심하게도 어찌 대응을 해야 할지 몰랐다. 당황스러웠던 터라 요시카와 님이 무슨 말을 했는지 당시에는 기억이 나지 않았다. 가까스로 요시카와 님의 음성을 기억해내고 보니 다음과 같은 내용이었던 것 같다.
　"나는 젊은 시절 사람들의 요구에 맞추다보니 형편없는 글을 너무 많이 써 왔네. 사람의 일생은 짧아. 쓰고 싶은 걸 써야겠다고 마음먹었을 때는 이미 늙어버려 시간이 턱없이 부족했지. 자네한테 말하고 싶은 건, 나와 같은 전철을 밟지 말라는 거야."
　그때 내가 어떤 대답을 했는지 전혀 기억나질 않는다. 의미도 모르는 채 황송해하고 있었으리라. 시간이 흐를수록 그때의 요시카와 님의 낮은 목소리가 생생히 떠오르면서 마음 깊은 곳에서 황송함을 느꼈다. 그때의 말은 평생 잊을 수가 없다. 그러나 요시카와 님의 말 중에서 "형편없는 글을 너무 많이 써왔다"는 것은 대체 어떤 작품을 가리키는 것일까?
　요시카와 님은 자신의 작품 중 무엇이 형편없고, 무엇이 만족스럽다 느꼈을까? 나로서는 알 방법이 없다.
　만일 '나루토 비첩'이나 '신슈텐마쿄(神州天馬俠)' 등의 전기(傳奇)소설을 형편없다 하고, '신헤이케 이야기(新平家物語)', '다카야마 우콘(高山右近)' 등의 역사소설을 만족스럽게 생각한다면, 불손하게도 이의를 주장하지 않을 수 없다.
　요시카와 님의 역사 소설은 분명 재미가 있다. 전기성이 강한 일본역사를 토대로 전기적 재능을 지닌 작가가 소설화하였으니 당연한 결과인 것이다.
　그러나 요시카와 님이 쇼와 문화에 커다란 위치를 차지하게 된 것은 탁월

한 전기성과 창작력을 지녔기 때문이다. 이러한 놀라운 재능은 아마도 100년에 한 명 나올까 말까한 것이리라.

어느 날, 고단 구락부(講談俱樂部)의 편집장이었던 미키 아키라(三木章) 씨와 이야기할 기회가 있었다. 미키 씨가 조사한 바로는, 요시카와 씨가 젊은 시절, 고단샤(講談社)의 대중잡지 〈오모시로 구락부〉에서 원고 의뢰를 받았다고 한다. 당시는 〈오모시로 구락부〉의 고정 작가로 매호, 몇 개의 펜네임을 써가며 여러 소설을 썼는데, 소설 코너의 80%가 요시카와 님의 작품이었던 적도 있었다고 한다.

"이 이야기는 고단샤의 고참 사원한테 들은 겁니다."

미키 씨에게 그 이야기를 들은 후 생각했다.

고단샤의 편집부 직원이었던 친구에게서 들은 이야기가 있다. 아마도 미키 씨의 이야기와 동일한 시기에 벌어진 일이다. 친구의 동료가 요시카와 님 담당이었다고 한다. 대부분의 시간을 곁에 지켜 서서 소설을 쓰게 하고, 며칠간 철야작업을 하게 한 적도 많았다고 한다. 어느 날, 요시카와 님이 그에게 말했다.

"부탁이니 20분만 자게 해주게."

그리고 책상에 엎드렸다.

"20분만입니다."

그러나 20분이 지나도 요시카와 님은 일어나지 않았다. 담당 직원이 몸을 흔들어 깨워도 일어나지 않자, 고민 끝에 코끝에 후추를 뿌렸다. 깜짝 놀라며 요시카와 님이 잠에서 깨어났다고 한다.

이 이야기를 미키 씨에게 하자, 그는 맞장구쳤다.

"맞아요. 그 시기일거에요. 요시카와 씨에게는 그런 시기가 있었지요."

'그걸 말하는 걸까?'

젊은 시절 형편없는 작품을 너무 많이 썼다는 요시카와 님의 말. 요시카와 님은 그 시기를 말한 것이었을지도 모른다.

　'나루토 비첩'을 비롯한 일련의 전기 소설을 빗대어 말한 것이 아니라 앞서 말한 시기의 작품을 형편없다고 말한 것인지도 모른다. 틀림없으리라.
　어쨌든, 요시카와 님의 육성이라고는 몇 마디 밖에 듣지 못한 나에겐, 그 몇 마디조차 의미를 이해하지 못했다는 것이 크게 마음에 걸렸었다. 비로소 분명해졌다는 생각에 지금은 마음이 가볍다.

요시노(吉野) 마을에서 — 미즈카미 쓰토무(水上勉)

　1946년 가을, 요시노 마을에 사는 요시카와 선생을 찾았다. 그때 나는 분초샤(文潮社)에 근무하고 있었는데, 전쟁이 갓 끝난 시기였던지라 질 나쁜 선화지에 재간본을 발행하고 있었다. 순수 문학과 대중 문학의 수작을 중심으로, 다니자키(谷崎), 마사무네(正宗), 무로우(室生), 우노(宇野), 야마모토(山本), 시라이(白井), 기쿠치(菊池), 구메(久米) 등의 출세작과 대표작을 출판하였다.
　요시카와 선생의 '나루토 비첩(鳴門秘帖)' 원고를 받아오라는 지시가 있어 댁을 방문하게 되었다. 다치카와(立川)에서 아오우메 선(靑梅線)으로 갈아타고, '니노마타오(二俣尾)' 역에서 내렸다. 5분 쯤 선로를 따라 터벅터벅 마을길을 걸어 들어가니, 오른쪽에 커다란 창고가 딸린 요시카와 저택이 보였다. 선생과 나는 초면이었다. 유명하지도 않은 출판사의 일개 직원이 약속도 없이 불쑥 찾아간 것이다. 만나주실지도 의문이었으나, 용기를 내어 안으로 들어갔다. 건물만 봐도 단번에 호농임을 알 수 있었다. 현관의 문턱을 넘어 울퉁불퉁한 안마당을 지났다. 오른쪽에 넓은 방이 있고, 그곳에 화로가 놓여있었다. 요시카와 선생의 부인에게 용건을 전하니, 안마당 탁자로 안내되었다. 부인은 흰색 스웨터에 검은색 바지 차림이었다. 작업복 바지였던 것 같다. 기다리고 있노라니 역시 작업복 바지를 입은 선생이 오른쪽 방 중앙에

앉아 화로 옆의 책상을 사이에 두고 나를 맞아 주었다. 선생은 몸집이 작고 말랐는데, 머리카락은 검고 윤이 났다.

시라이 교지(白井喬二) '후지 산에 선 그림자', 기쿠치 칸(菊池寬) '자비심새(慈悲心鳥)', 구메 마사오(久米正雄) '하센(破船)' 등, 출판사에서 간행된 책을 나열하며, 부탁했다.

"선생의 '나루토 비첩' 원고를 주십시오."

"뜻은 잘 알겠지만 타사와의 약속도 있고 하니, 이 자리에서 결정할 수는 없습니다. 조금 더 생각한 후에 연락을 드리겠으니, 오늘은 우선 돌아가 주십시오."

난처한 기색이었다. 지당한 말씀이다. 앞서 서신으로 부탁을 드린 것도 아니고 갑작스런 방문이었다. 그때 부인이 내주신 차와 말린 살구를 맛있게 먹었던 기억이 난다.

3, 4분의 짧은 면담이었다. 기억에 남는 건, 요시카와 선생의 온화한 표정과 부드러운 눈빛, 정중한 말투였다. 그 뒤 얼마 되지 않아 분초샤는 도산하고 말았다. 선생의 작품은 끝내 출판하지 못한 것이다. 내 평생에 선생을 뵌 것은 이렇게 단 한 번 뿐이었다. 그 후, 13년이 흘러 나는 '기러기의 절'로 나오키(直木)상을 수상했다. 그때 선생은 심사 위원이셨는데, 몸이 편찮아 출석은 하지 않으셨지만 문서로써 나의 작품을 강력 추천해주셨다고 한다. 그 1년 전, 나는 '안개와 그림자'라는 작품으로 수상후보에 올랐다. 그때에도 선생은 나의 작품을 추천하셨다고 한다. 그때의 감사한 마음은 오늘날까지 잊지 못한다. 지금 생각하면 수상 이후에 편지로라도 감사의 마음을 전했어야 했다는 후회가 든다. 선생님 댁을 찾아가 막무가내로 원고를 부탁했던 출판사 직원이었다는 말을 꼭 하고 싶었다. 언젠가 선생을 뵐 기회가 된다면 감사의 인사를 드려야겠다는 생각만을 하고 있던 차에 돌아가시고 말았다.

나의 서재 책장에는 사방이 한 척쯤 되는 커다란 액자가 놓여있다. 요시카

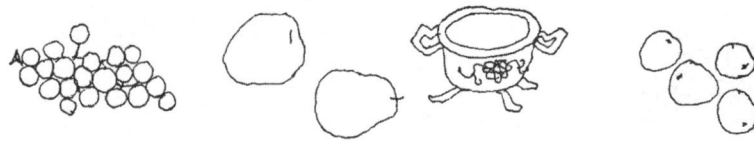

와 선생의 서명이 있는 편지지에 다음과 같은 내용이 쓰여 있다.

"미즈카미 쓰토무 씨의 '기러기의 절'을 추천합니다. 미즈카미 씨는 여러 차례 후보에 올랐으며, 이번 기회를 통해 작가로서의 자질을 재차 입증."

나오키 상 위원회에 보낸 문서의 일부이다. 선생의 부인께서 발견하시고는 액자에 넣어서 나에게 보내주신 것이다.

"작가로서의 자질을 재차 입증."

그 다음 내용이 무엇인지는 나도 모른다.

선생의 글씨는 작고 가늘다. 한자 한자를 칼로 판 듯, 정성이 담긴 글씨이다. 병환 중에 쓰신 글씨다. 나는 이 액자를 들여다 볼 때마다 깊은 은혜를 느낀다.

분초샤에 근무하던 시절, 작품 확보를 위한 작가와의 교섭은 거의 내가 도맡아서 했다. 수십 권의 명작문고를 출판하였는데, 그때 인연을 맺게 된 다니자키, 마사무네, 우노, 구메, 기쿠치, 무로키 선생들은 지금은 모두 돌아가셨다. 작지만 출판사와의 인연이 요시카와 선생을 만날 수 있게 해주었다. 요시노 마을의 기억은 나의 마음 깊은 곳에 지금도 자리하고 있다.

대마력 - 야마다 후타로(山田風太郞)

10년 쯤 전, 닌자 소설 '고가 인법첩(甲賀忍法帖)'을 집필하던 중 제목을 '인법첩(忍法帖)'으로 할 것인지, '인술첩(忍術帖)'으로 할 것인지 망설였던 기억이 있다.

인법이란 단어는 정착된 것은 아니지만, 그렇다고 내가 만들어낸 단어도 아니다. 정착된 단어는 아니었지만 사용되어 온 것임에 틀림없다. 대체 그 단어는 어디에서 유래한 것일까? 그것은 오랜 시간 나를 고민하게 만들었다. 그 의문이 최근에 풀렸다. 요시카와 에이지(吉川英治)의 '신슈텐마쿄

(神州天馬俠)'에서 '인법 시합'이라는 단어가 나온다. 물론 나의 기억력의 문제일 수도 있지만, 그 외에는 출처가 기억나지 않으므로, 나는 인법의 유래는 신슈텐마쿄라고 추정할밖에 도리가 없다.

인법이라는 단어뿐이 아니다. 잘 생각해 보면, 다치카와(立川) 문고(1900년대 초에 유행한 소년 소설로 닌자를 소재로 한 소설이 큰 인기를 얻음)를 읽은 기억도 없는 내가 닌자 소설을 쓰게 된 것도 소년시절에 읽은 '신슈텐마쿄'의 덕분이 아닌가 한다. 물론 나의 소설과는 크게 다르므로, 요시카와 선생이 살아 계셔서 이 이야기를 들으면 크게 실망하실지도 모르겠다.

요시카와 에이지, 나에겐 감개무량한 이름이다. 살아계실 때부터 나에겐 참으로 감개무량한 이름이었다.

초등학생 때부터 나는 그 이름을 알고 있었다. 집에는 축음기가 있어서 '나루토 비첩'의 영화 레코드를 들었다. 나의 초등학교 시절은 한마디로 '신슈텐마쿄', '류코핫텐구(龍虎八天狗)' 그 자체이다. 그 작품이 잡지에 연재된 것은 훨씬 이전으로, 낡은 잡지를 구해 띄엄띄엄 읽는 게 전부였는데도 충분히 재미있었다. 중학교 시절엔 '미야모토 무사시'가 최고였다. 내가 하숙을 하던 곳에 한 노인이 있었는데 그는 매일 목을 빼고 신문을 기다렸다. 중학생과 노인이 의기투합할 수 있는 소설이란 그렇게 흔하지 않다. 게다가 초등학생이 어른이 되어서까지 애독하는 작가란 요시카와 에이지 이외에는 전무후무할 것이다.

어린 시절 띄엄띄엄 읽을 수밖에 없었던 '신슈텐마쿄'와 '핫텐구'의 매력에서 좀처럼 벗어나지 못하고, 어른이 되어서 단행본으로 읽게 되었다. 충격적이었던 것은 어린 시절에 읽었던 부분은 전체 내용에서도 흥이 덜한 부분이었다는 것이다. 다시 말해, 소년의 가슴을 매료시키는 힘이 그만큼 컸던 것이다.

전쟁 수기를 많이 읽다보니 장군, 장교, 병사, 학도병 등 모든 계급에서 요시카와 에이지의 작품을 애독하고 있다는 것을 알게 되었다. 게다가 생사

를 초월하기 위한 방편이었다는 것을 알고는 깊은 감개를 느끼지 않을 수 없었다.

내일 당장 죽을지도 모르는 상황에 놓인 많은 사람들을 열렬한 애독자로 끌어들인다는 것은 결코 쉬운 일이 아니다. 마력이라 해야 할 것이다.

그 마력은 어디에서 오는 것일까? 뛰어난 창작력, 발군의 구상력을 들 수 있다. 그러나 가장 절대적인 것은 요시카와 선생의 남다른 열정이 아닐까 한다. 여성을 대할 경우 가장 그것이 현저하게 나타나는데, 누군가를 나의 사람으로 만드는 데는 지능과 금전 뿐 아니라 열정이 최우선이 되어야 한다. 적어도 열정이 가장 부족한 나의 견해로는 그렇다. 요시카와 문학은 열정이 지배한다.

'미야모토 무사시'에서도 한냐(般若)들의 결투에서 소년 조타로가 노래를 부르며 광희난무(狂喜亂舞)하는 장면이 있다.

까마귀야
나라(奈良)에만 있지 말아라
대청소는 가끔 필요하지
자연의 이치란다
만물이 소생하기 위해
해마다 밑에서부터 봄이 찾아온다

어린아이가 이런 노래를 부를 리가 없다며 웃어넘기는 것은 큰 잘못이다. 여기에는 작가의 격앙된 정신이 담겨있다. 작가 자신이 있는 힘껏 목소리를 높여 노래를 부르고 있다. 그것이 대중의 마음을 움직이게 하는 것이다. 비록 형태는 달라도 시나 순수 문학에도 반드시 존재한다.

추색색(秋索索) — 이노우에 야스시(井上靖)

아사히(朝日) 신문사의 초청으로 시나가와(品川)의 요정에서 요시카와(吉川) 선생 부부와 자리를 함께 한 적이 있다. 그 자리에서 나는 당시 요시카와 선생이 월간잡지 〈일본〉에 연재하고 있던 '신수호전(新水滸傳)'에 대한 몇 가지 감상과 그곳에 인용된 백락천의 시 '비파행(琵琶行)'에 대해 이야기한 것으로 기억된다.

요시카와 선생은 '신수호전'에서 백락천의 시를 인용했다.

"潯陽江頭夜送客심양강 나루에서 손님을 밤에 보내려니(潯陽江頭夜送客) 단풍이 든 갈대밭에 가을바람도 쓸쓸하다(楓葉荻花秋瑟瑟)"

그 중 추슬슬(秋瑟瑟)을 추색색(秋索索)으로 고쳐 쓴 것을 보고, 작품에서 인용하는 한시 하나에도 세심한 주의를 기울이고 있음에 감동했던 기억이 난다.

'비파행'에서는 '추슬슬'이 일반적인 표현이며, 나 또한 학생 시절부터 그 표현에 익숙하다. 마침 요시카와 선생과 자리를 같이 하기 직전 '추색색'이라는 표현을 사용한 책이 출판되었다. 이와나미(岩波)에서 출판한 중국시인선집 제1권 '백거이(白居易)'에 보면 '슬슬', '색색' 각각의 표현으로 쓰인 시를 다루고 있는데, 압운(押韻)을 따지자면 '색색'이라 하는 편이 좋다고 한다. 그 외 다른 시집에서도 '색색'이라는 표현을 찾아볼 수 있다.

요시카와 선생을 만난 그날, 중국시인선집을 참고하여 '색색'을 선택한 것이 아니냐는 질문을 했다. 그때 요시카와 선생이 어떤 대답을 했는지는 지금은 기억나질 않는다. 기억나지 않는 것은 특유의 온화한 미소로 내 추측이 맞았다고 대답했기 때문이 아닐까?

그러나 지금의 나라면 그 문제에 대해 조금 다른 질문을 하지 않았을까 한다. 이 문제의 핵심이자 나의 최대 관심사라 할 수 있는, '슬슬'과 '색색'중 요시카와 선생의 취향은 무엇이었느냐 하는 것이다. 아마도 요시카와 선

생은 '색색'을 좋아했으리라. 만일 '슬슬'이 '색색'보다 좋았다면 굳이 고쳐 쓰지 않았을 테니 말이다.

'슬슬', '색색', 두 표현 모두 아주 작은 입자가 보일 듯 말듯 흘러가는 모양을 나타내는 단어이다. 그러나 두 글자가 주는 이미지는 상당히 다르다. 물론 가을의 정취가 물씬 풍겨온다는 점은 같지만 '슬슬'은 왠지 어둡고, 쇠퇴해 간다는 의미가 담겨있다. 그에 반해, '색색'은 밝다. 둘 다 가을이 주는 쓸쓸함을 담고는 있지만, '슬슬'에는 영혼의 울림이 느껴지고, '색색'은 차갑지만 밝고 투명한 인상을 준다.

요시카와 선생이 '색색'의 이미지를 선호했다는 것을 뒷받침하는 것이 '요시카와 에이지 유묵(遺墨)첩'이다. 페이지를 넘길 때마다 요시카와 에이지가 '색색'의 시인이라는 것을 말해준다.

그의 글에서 가을은 '슬슬' 이 아닌 '색색'으로 표현되고 있다. 이것은 비단 가을에 대해서만이 아니다. 요시카와 선생의 유묵을 읽노라면, 그가 인생을 노래하는 뛰어난 시인이었다는 것을 통감하게 된다. 그에겐 인생의 괴로움, 슬픔, 외로움이 결코 어둡고 축축하지 않다. 투명하고 밝다. 이것은 요시카와 선생의 수많은 명작에도 일맥상통한다. 그의 죽음과 상관없이 여전히 어마어마한 수의 독자를 확보하고 있는 비결은 아마도 이러한 점에 있을 것이다.

그의 유묵에서 가장 강렬하게 나의 마음을 사로잡은 것은 다음의 문장이다.

반고(反古)에 7년을 살다 비로소 나비로 태어나리

〈주간 아사히(朝日)〉에 7년간 연재한 '신 헤이케 이야기(新平家物語)'를 완결한 후의 감상이다. 문득 경건함이 느껴진다. 나 또한 이러한 감회를 느낄 수 있는 일을 해야겠다고 생각했다. 긴 세월을 반고에 묻혀 일을 하고, 그 속에서 탈출했을 때는 훨훨 나는 나비가 되고 싶다.

요시카와 에이지(吉川英治) — 다니자키 준이치로(谷崎潤一郎)

요시카와와는 그다지 자주 만나지 않았다. 그를 처음 만난 건 무척 오래전 일이다. 정확히 기억하지는 못하지만, 1939년 1월 겐지모노가타리(源氏物語) 구번역판이 세상에 나왔을 때 도쿄와 오사카에서 출판기념회를 개최한 적이 있었다. 그때 요시카와는 나를 위해 출석해서 겐지현대어역이 갖는 가치에 대해 연설했다. 이후로 그와는 자주 만나지 못했다. 아마 두 세 번쯤 만나지 않았을까. 편지가 오간 것도 그 정도다. 하지만 다른 사람을 통해 우리는 늘 서로의 소식을 듣고 있었다.

특히 평소 아끼던 가쿠군과 그의 딸 아케미가 결혼하기 전후부터 나는 그에게 한층 친밀감을 느꼈다. 만년의 요시카와와는 만날 기회가 없었다. 가쿠군은 결혼하기 얼마 전 아케미와 둘이서 아타미 집을 찾아왔는데, 그 때의 일은 고인의 편지에도 적혀있다.

나는 젊은 시기의 요시카와 작품을 거의 읽지 않았다. 《나루토 비첩(鳴門秘帖)》이나 《미야모토 무사시(宮本武藏)》가 신문에 났던 것은 알고 있었지만 읽고 싶다는 생각이 들지 않다가, 《신서 다이코기(太閤記)》가 나올 즈음부터 조금씩 읽기 시작했다. 나도 대중문학에 야심을 가졌던 때가 있었다. 《헤이케모노가타리(平家物語)》나 《다이헤이키(太平記)》같은 작품을 현대풍으로 고쳐 쓰고 싶다는 생각을 했었던 것이다. 하지만 참고서를 뒤져가며 그 많은 번역을 해낸다는 것도 큰 일이고 체력도 따라주지 않을 것 같아 그만두었다. 시도해본들 요시카와 에이지의 업적 같은 뛰어난 작품이 나올 것 같지도 않았다. 시작했다면 분명 도중에 그만두고 말았을 것이다. 가장 부러웠던 작품은 《사본 타이헤이키(私本太平記)》로, 신문에서 읽고 단행본으로 나온 뒤 또다시 읽었다.

요시카와의 추억―무로이 아사코(室井朝子)

요시카와 님이 세상을 떠나신 지 3년쯤 전일까. 한 호텔에서 기쿠고로(菊五郎)극단의 축하파티가 열렸다. 아버지는 그런 데 참석하는 걸 좋아하지 않았던 터라 대신 그 자리에 나를 보내셨다. 파티장에는 테이블이 디귿 자 모양으로 배치되어 있었는데, 각각의 자리 위에는 거기 앉을 손님 이름표가 단정하게 놓여져 있었다.

내가 안내 받은 자리는 상좌 쪽이었는데, 오른쪽 대각선 앞에 구보타 만타로(久保田万太郎)님이 벌써 앉아 계셨다. 내 오른쪽 자리는 텅 빈 채, 얼굴은 알아도 한번도 말해본 적이 없는 사람들이 주위를 꽉 채우고 있었다.

파티가 시작되기 바로 전, 오른쪽 자리에 기모노 차림의 요시카와 님이 오신 뒤에야 마음이 좀 놓였다. 요시카와 님이 오시기 전에 이름표를 보고 안심은 했지만 어쩌면 안 오실지도 모른다고 은근히 걱정했기 때문이다.

해마다 여름이 되면 요시카와 님은 가루이자와에서 아버지께 선물을 보내왔고, 2, 3일 후에는 내가 꼭 답례품을 드리러 갔다. 가루이자와의 요시카와 님 댁은 1933, 34년 무렵에 화가 라구자 오타마(ラグーザ玉)가 살았던 곳으로, 어릴 때 몇 번인가 어머니와 함께 간 적이 있는 집 바로 뒤편에 있었다.

그 무렵 가루이자와는 사람이 적어 꿩들만이 한가로이 길을 지나다녔다. 나는 요시카와 님을 가루이자와 댁에서는 뵙지 못했다. 마을 산책 중에 아버지와 손님들과 함께 아카사카반점에 갔을 때, 아버지의 노마상(野間賞) 수상식 파티장에서 뵈었을 뿐이다.

여름이 주는 한가로움 때문인지 가루이자와에서 만나는 작가들과는 마음 편히 말을 할 수 있었다.

파티 때 나는 쟁쟁한 사람들에게 둘러싸여 혼자서 조용히 음식만 먹고 있었다. 몇 사람의 연설이 끝나고 사람들의 대화소리가 웅성웅성 들려오기 시작하자 요시카와 님은 선뜻 내게 말을 걸어오셨다. 그때의 화제가 무엇이었

는지는 잘 생각이 안 나지만, 아버지는 여전히 골동품 가게를 다니시느냐, 건강하시느냐, 며 내가 지루해하지 않도록 아버지에 대한 질문을 하신 기억만은 또렷하다. 그 자리에 여자는 거의 보이지 않았다. 나는 아버지가 이런 딱딱한 자리라는 것을 알고 나를 보내셨다는 것에 기분이 상했는데, 요시카와 님이 말을 걸어주셔서 마치 구제 받는 기분이 들었다. 분위기에 눌린 나를 조금이라도 편하게 있게 해주시려는 요시카와 님의 따뜻한 마음을 말씀 중간 중간에 느낄 수 있었다.

요시카와 님은 마음씨 좋은 옆집 아저씨 같았다고, 집에 돌아와 아버지께 자세히 말씀드렸더니 아버지는 생각지도 않은 말을 한다는 표정을 지으셨다. 나라면 너 같은 사람과는 이야기할 끈기가 안 생길 것 같다고 하시면서도, 요시카와 님이 당신의 딸에게 친절을 베풀어주셨다는 기쁨을 얼굴에 환히 드러내셨다.

아버지의 건강은 1961년 9월 가루이자와에 있을 때 나빠지기 시작했다. 그리고 요시카와 님의 가슴 속에도 아버지와 똑같은 병이 자라나고 있었다. 도라노몬 병원에 아버지가 입원했던 10월 6일이 요시카와 님의 수술날짜라는 것을 나는 주위 사람을 통해 알았다. 아버지는 요시카와 님의 병명은 물론이거니와 수술할 거라는 사실도 알고 계셨다.

10월 중순, 주치의는 내게 아버지의 병명이 폐암이라며 앞으로 1년 밖에 살지 못하실 거라고 했다. 요시카와 님처럼 수술하면 안 되겠냐고 했더니, 주치의는 요시카와 님처럼 종양이 폐 안에 있으면 적출수술이 가능하지만, 아버지는 폐 벽에 붙어있어서 제거 수술이 불가능하다고 대답했다. 의학적 용어는 모르지만 주치의 설명을 듣고 나니 납득이 갔다. 하지만 내심 요시카와 님이 부러웠는데, 요시카와 님과 아버지의 연령 차이를 생각해 다시 마음을 가라앉혔다.

11월 8일, 아버지는 치료를 끝내고 퇴원하셨다. 퇴원 전날 아버지는 게이오 병원에 입원해 계신 요시카와 님께 병문안을 다녀오라고 하셨다.

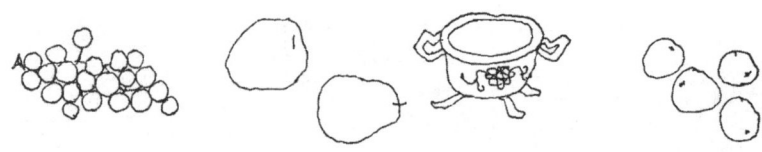

　당신이 입원중이라 병문안이 늦어서 죄송하다는 말씀과 함께, 내일 먼저 집에 돌아가니 부디 수술 잘 마치고 건강 되찾으시길 바란다는 말씀을 꼭 전하라고 하셨다.
　병실 침대에 반쯤 일어나 앉아계신 요시카와 님과 옆에 서 계신 사모님을 5분 정도 만났던 것 같다. 아버지의 말씀은 잘 전했는데, 아버지가 말씀하신 '제가 먼저'에 자꾸 신경이 쓰였다. 요시카와 님은 걱정했던 것과는 달리 건강한 모습으로 되레 아버지를 걱정해 주셨다. 나에게는 몸이 조여드는 듯한 슬프고도 복잡한 심정의 병문안이었다.
　3월에 아버지는 당신이 말씀하신 대로 먼저 가셨다. 그리고 요시카와 님은 9월에……
　고개를 크게 끄덕이며 따뜻하게 말씀을 건네주신 요시카와 님. 단 한 번이었던 2시간여의 만남이 내게는 말할 수 없이 소중한 추억이다.

지은이
요시카와 에이지(吉川英治)

그린이
곤도 고이치로(近藤浩一路)

옮긴이
박재희 창춘사도대학일문학전공 김문운 니혼대학일문학전공
김영수 와세다대학일문학전공 문호 게이오대학일문학전공
유정 조지대학일문학전공 추영현 서울대학교사회학전공
허문순 경남대학불교학전공 김인영 숙명여대미술학전공

대망 17 다이코 5

지은이 요시카와 에이지/책임편집 박재희 추영현 김인영

1판 1쇄/1979. 12. 1
2판 1쇄/2005. 8. 8
2판 12쇄/2020. 7. 6

발행인 고정일/발행처 동서문화사
창업 1956. 12. 12. 등록 16-3799
서울 중구 마른내로 144(쌍림동)
☎ 546-0331~6 (FAX) 545-0331
www.dongsuhbook.com

*

이 책은 저작권법(5015호) 부칙 제4조 회복저작물 이용권에 의해 중판발행합니다.
이 책의 한국어 大멸상표등록권 문장권 의장권 편집권은 저작권 법에 의해 보호받으므로
무단전재 무단복제 무단표절 할 수 없습니다.
이 책의 법적문제는「하재홍법률사무소 jhha@naralaw.net」에서 전담합니다.

*

사업자등록번호 211-87-75330
ISBN 978-89-497-0356-5 04830
ISBN 978-89-497-0351-0 (2세트)